LICHTSCHLAG NR. 47

FSC
www.fsc.org
MIX
Papier aus verantwortungsvollen Quellen
Paper from responsible sources
FSC® C105338

LICHTSCHLAG NR. 47

Umschlag: Lichtschlag Medien Düsseldorf
Printed in Germany.

ISBN: 978-3-939562-77-1

Frank Jordan

Der Fonds

Kein Fall für Carl Brun

Roman

„Wenn es ernst wird, muss man lügen."

„Wir beschließen etwas, stellen das dann in den Raum und warten einige Zeit ab, ob was passiert. Wenn es dann kein großes Geschrei gibt und keine Aufstände, weil die meisten gar nicht begreifen, was da beschlossen wurde, dann machen wir weiter."

„Wer Entscheidungen zur Währung trifft, sollte das am besten hinter verschlossenen Türen, in geheimen dunklen Räumen tun."

Jean-Claude Juncker, Premierminister Luxemburg und Vorsitzender der Euro-Gruppe

„Eigentlich ist es gut, dass die Menschen unser Banken- und Währungssystem nicht verstehen. Würden sie es nämlich, so hätten wir eine Revolution noch vor morgen früh!"

Henry Ford

„Gebt mir die Kontrolle über die Währung einer Nation, dann ist es für mich gleichgültig, wer die Gesetze macht."

Mayer Amschel Rothschild

„In der Politik geschieht nichts zufällig. Wenn etwas geschieht, dann kann man sicher sein, dass es auf diese Weise geplant war."

früherer US-Präsident Franklin D. Roosevelt

„... eine Regierung, der es an Autorität fehlt, wird wenig Möglichkeiten haben, es sei denn über eine kataklysmische Krise, von ihrer Bevölkerung die Opfer zu verlangen, die vielleicht notwendig sind."

Samuel Phillips Huntington, Historiker und Autor („The Clash of Civilizations and the Remaking of World Order")

1.

Schweiz, Kanton Wallis, Fiesch

Er hätte nicht gedacht, dass er sich derart gegen das Sterben stemmen würde. Oder dagegen, nicht mehr zu leben. Er wusste nicht, was von beidem es war. Auch nicht, welcher Teil von ihm gegen die Entscheidung ankämpfte. Die blutigen Fersen in das gestemmt, was an Grund übrig war. Es war viel. Mehr, als vermutet.

Man hätte diese Entscheidung längst fällen sollen. Mehr als einmal, hatte er vorhin beim Aufstellen des Fliegers gedacht. Man wäre möglicherweise klüger gewesen. Reicher. Es spielte keine Rolle mehr.

Jetzt war er allein hier oben.

46° 24‘ 16.23“ N

8° 5‘ 40.87“ O

Startplatz Eggishorn, Fiesch. Das Fliegermekka.

Als er gegen Mittag mit der Seilbahn auf den Berg gekommen war, hatten fünf andere Piloten ihre Flügel bereits aufgestellt gehabt, hatten herumgesessen. Essend, plaudernd, an GPS-Geräten rumfingernd.

Man hatte sich gegrüßt. Er hatte sich zu ihnen gesellt, zugehört.

Das Wetter heute, gestern, morgen. Die Luftverhältnisse, die Thermik, der Weltcup im kommenden Jahr am selben Ort, das Fliegen gestern und im Jahr zuvor:

Es war immer dasselbe. An jedem Startplatz der Welt. Immer dasselbe. Vor- und Nachspiel eines jeden Flugs. Sich Mut machen, auch wenn von Furcht selten die Rede war, Erfahrung teilen, warnen, einander schützen.

Jetzt waren sie in der Luft, die anderen. Er saß allein auf der Startrampe, sah jenen beim Aufsteigen zu, die seinem Blick noch nicht entschwunden waren.

Er stellte fest, dass er sich auf den bevorstehenden Flug freute. Als wär's einer wie jeder andere. Die Wetterverhältnisse waren optimal. „Hammerwetter“, wie vorhin einer gesagt hatte. Selten zu dieser Zeit im Jahr. Die besten Tage hätten längst vorbei sein müssen.

Er fühlte das Adrenalin, das weitete und beengte, die Ungeduld, die Rampe hinter sich zu bringen. Stark zu starten. Stark zu fliegen. Stark zu landen.

Er wunderte sich über die beiden in Gegenrichtung laufenden Mechanismen, die in seinem Innern und nebeneinander her präziser, schärfer, deutlicher funktionierten als je zuvor. Mechanismen, die nach bisherigem Ermessen unmöglich nebeneinander funktionieren können, sich gegenseitig ausschließen sollten, in die Luft jagen. Irgendwas. Aber das war nicht der Fall. Im Gegenteil: Je entschlossener er sich seine Entscheidung vor Augen hielt, desto schneller rotierte das parallel laufende Gedankenzahnrad, das von einem normalen Flug sprach und von der Möglichkeit, zu spät zu starten, nicht hochzukommen, die Sache auf morgen zu verschieben.

Er schob alles Denken von sich, stieg von der Rampe, ging zu seinem Drachen und machte sich systematisch an den Check von Flieger, GPS und Gurtzeug.

Erst einmal würde er fliegen.

Das war es, was er immer gewollt hatte. Nur das. Auch damals schon, vor bald 20 Jahren. Leben, Geld verdienen, irgendwie durchkommen: Alles, um fliegen zu können.

Jeanne, seine damalige Freundin und spätere Frau, hatte ihm den Job im Laboratorium vermittelt. Aber auch das stimmte nicht, wie er heute wusste. Nicht irgendeine Arbeit – er selber war vermittelt worden. Er hatte gedacht, es sei einfach nur Glück: Jeanne, der Job, der Jackpot.

Jenen, die ihn angestellt hatten für das Labor, war es egal gewesen, ob er tagsüber zu den regulären Zeiten seine Arbeit erledigte oder nachts. Dass er keinen festen Wohnsitz vorzuweisen hatte und stattdessen in einem Wohnmobil hauste. Auch dass er mit seinen langen Haaren, unrasiert und in Funktional-Klamotten daherkam wie der Tarzan des Nanotechnologie-Zeitalters, hatte nicht interessiert.

Er hatte seinen Ohren nicht getraut, als sie ihm das Anfangsgehalt genannt hatten. Er sei gut, war ihm gesagt worden. Es sei selten, dass einer parallel in Mikrobiologie und Medizin mit Bestnoten abschließe. Sie wollten die Besten. Er gehöre dazu.

Er hatte das nie so gesehen. Es war ihm zugefallen. Leicht. Er mochte, was er tat. Es interessierte ihn. Dass Interesse soviel wert sein konnte, hätte er nie gedacht. Interesse und Verschwiegenheit.

Er hatte ein Lachen nicht ganz zurückhalten können, als sie auf einem separaten Blatt die Maulkorbklausel neben den Vertrag gelegt hatten. Den Code of Compliance. Eine Reihe freiwilliger Kodizes, zu denen sich das Unternehmen und jeder, der für es arbeitete, verpflichteten. Ein Regelwerk im Rahmen der Corporate Governance, wie jedes Unternehmen es heute kannte. Von Risikominimierung war die Rede am Tisch gewesen, Effizienzsteigerung, Umgang mit Ausnahmesituationen und so weiter.

Er hatte damit kein Problem gehabt. Im Gegenteil. Darum auch sein Lachen. Er mochte es nicht, zu sprechen. Er wusste nicht, warum. Das war schon immer so gewesen. Sie taten ihm hier einen Gefallen. Einen mehr.

Das Lachen war auf der anderen Tischseite erwidert worden. Die Stimme indes war vollkommen frei davon gewesen:

„Werden diese Bedingungen nicht eingehalten, dann werden Sie auf der ganzen Welt keinen Job mehr kriegen, Herr Bernoulli. Auch nicht als Reissackschlepper im Hafen von Pjöngjang. Glauben Sie mir. Wir können das."

Kurz hatte er gestutzt. Dann hatte er unterschrieben. Und sich daran gehalten.

Der Job war gut. In seinem Weltbild hieß das: Er war interessant. Nie hätte er gedacht, jemals die Möglichkeit zu solchen Forschungen zu bekommen. Auch die Mittel spielten keine Rolle.

„Was brauchen Sie? Material, Räume, Personal? There you go."

So lief das. Mit dem Gehalt war es genauso, auch wenn er der Meinung war, bloß seine Arbeit zu tun. Jahr für Jahr. Nicht mehr, nicht weniger. Eine Arbeit, an der er Spaß hatte. Dennoch verdiente er mittlerweile soviel wie der CEO einer großen Regionalbank.

Er hatte sich gesagt, es sei wegen des Risikos. Große Risiken können hohe Renditen abwerfen. Das war schon immer so gewesen. Seine Arbeit musste in den Augen von Leuten, die nicht tagtäglich mit diesen Dingen zu tun hatten, lebensbedrohlich wirken. Was sie ja auch war – bloß, dass er eben gut war.

Dasselbe hatte er sich gesagt, als er herausgefunden hatte, dass auch das Putzpersonal des Laboratoriums dieselben Knebelverträge zu unterzeichnen hatte wie er und dass deren Einhaltung von einer externen Sicherheitsfirma überwacht wurde. Aithon. Und damit nicht genug: Die Firma überwachte die Einhaltung der Verträge und die Menschen gleich mit. Ihn ebenso wie jeden anderen, der irgendwas mit dem Labor zu tun hatte.

Normalerweise sind solche Überwachungsstellen Teil der strategischen Corporate Governance des Unternehmens. Mit klar definiertem Auftrag und Stoppschild an der Abzweigung ins Private. Nicht so im Fall des Laboratoriums. Der weltweit operierende Agrochemie-Konzern, zu dem es gehörte, hatte wohl eine Compliance-Abteilung. Allerdings erstreckten sich deren Befugnisse nicht auf das Labor. Der Grund dafür war denkbar einfach: Es existierte auf keinem Organigramm. Stoppschilder gab es keine.

Aber dieses Wissen war später dazugekommen. Begonnen hatte alles, das heute hier enden würde, mit der Aufforderung aus der Etage der Konzernleitung, über seine Arbeit, die Forschung, die Ergebnisse zu sprechen.

Wie einen schnell vorschiebbaren Verschluss hatte er im Lauf der Jahre eine sichernde Reserve an Wendungen, Worten und Wirklichkeiten entwickelt, um bei entsprechender Fragestellung seine Tätigkeit zu umschreiben. Wurde er danach gefragt, was genau er denn tue und für wen, wovon er lebe, wie er die vielen Freiheiten finanziere, hatte ein Teil seiner selbst automatisch das Schott zur Realität für die Dauer von ein paar Minuten dichtgemacht und auf interne Luftumwälzung umgestellt. Er war Erbmillionär. Arbeitete nur ein wenig zum Spaß, wie er jeweils behauptete, um nicht ganz zu verblöden. Die Reaktionen der Fragenden gingen von Konsternation über stillneidvolle Bewunderung bis zu unverhohlener Verachtung. Damit konnte er leben.

Und dann sollte er auf einmal ein Referat halten. Irgendwelchen Leuten die Möglichkeiten und Gefahren der erforschten biologischen Stoffe erläutern. Es war ihm vorgekommen wie die Aufforderung zum Selbstmord. Was war mit der Klausel, mit der Drohung?

Er hatte wissen wollen, wer die Leute seien, zu denen er sprechen solle. Man hatte ihm zu verstehen gegeben, diese Informationen seien für seinen Beitrag nicht relevant. Er hatte nicht lockergelassen, hatte sich rundheraus geweigert, den Job zu erledigen, wenn er nicht die Möglichkeit habe, das Referat dem Wissens- und Interessenstand des Auditoriums entsprechend vorzubereiten. Nachdem auch die Andeutung, er riskiere mit seinem renitenten Nachfragen seine Stelle, nicht gefruchtet hatte, war eingeräumt worden, die Organisation des Anlasses liege nicht in der Hand der Firma. Das vorhandene Wissen dies betreffend beschränke sich auch auf Konzernleitungsebene auf Datum, Zeit und Örtlichkeit:

15. Juni, 17.00 Uhr, Suvretta House, St. Moritz. Der genaue Ablauf, also der genaue Zeitpunkt seines Referats, würde kurzfristig bekannt gegeben. Und nein: Er müsse sich keine Sorgen machen wegen der Schweigeklausel. Gegen die Sicherheitsvorkehrungen und -prüfungen bei der Konferenz sei sie ein Klacks.

Er hatte seinen direkten Vorgesetzten, den Leiter des Labors, Paul Minkowski, darauf angesprochen.

„Was soll das, Paul? Sind wir jetzt das neue Polterabend-Programm, oder was? Soll ich dort vielleicht als Bakterium verkleidet aus einer Torte steigen oder nach dem Dinner mit Petrischalen jonglieren? Ich will verdammt noch mal wissen, wem ich das hier“ – er hatte mit dem Kinn eine Geste gemacht, die das ganze Labor umfasste – „zu erklären habe. Und wozu."

Paul Minkowski, ein Mann um die 60, einer jener zerzausten Wissenschaftler, die wenig auf Äußeres geben, deren Haare auf Kragenlänge und deren Bartwuchs ins Ungepflegte grassieren, hatte seinerseits mit der offenen Hand eine müde Kreisbewegung angedeutet, die einen ganzen Berg von Schwierigkeiten beschreiben konnte. Zu langwierig, zu mühselig, zu sinnlos, darauf einzugehen.

„Okay – andersrum", hatte der Jüngere nachgehakt. „Stehen wir zum Verkauf? Ist es das, worum's geht? Brautwerbung?"

„Jetzt setz dich erst mal hin und komm' wieder runter, Tom."

Bernoulli hatte sich auf einen Schemel in der Nähe gesetzt, die Schultern an die Kante der Laborküche gelehnt, den rechten Fuß auf dem linken Knie. Minkowski hatte seine Pfeife gestopft, schweigend und umständlich. Die Pfeife, deren Inhalt er nach einem Gespräch sorgfältig wieder in den Tabakbeutel zu leeren pflegte. Bernoulli hatte ihn noch nie rauchen sehen.

„Was interessiert dich das überhaupt, Tom?", hatte er schließlich angesetzt. „Tu doch einfach, was die dir sagen. Geh dahin, erzähl ihnen, was sie hören wollen, und vergiss es wieder. Das ist manchmal das beste. Und wenn's deiner Beruhigung dient: Nein, wir stehen nicht zum Verkauf. Wenn du so willst, dann hast du gar nicht mal unrecht mit deiner Polterabend-Idee: Man hat uns dort gebucht. Du bist also schon so was wie ein Special Act. Und glaub mir: Man lässt sich deinen Gig dort sehr viel Geld kosten."

Und bevor er hatte auffahren, sich empören können:

„Kein Grund, dich aufzuregen, Tom. Take it or leave it. Und frag mich nicht, wer ‚man' ist. Ich weiß es nicht. Ich habe die Gesichter, oder zumindest einige von ihnen, ein paar Mal selbst gesehen. Politiker, Unternehmer, was weiß ich – mich interessiert außerhalb dieser Wände wenig, wie du weißt. Ein Haufen in die Jahre gekommener Herren in Anzügen, oder solche auf dem Weg dahin. Frauenanteil gleich null. Nein – falsch. Beim letzten Mal, vor vier Jahren in Griechenland, war eine Frau dabei. Wie dem auch sei – jedenfalls fahren die am jeweiligen Ort eine Woche vor Konferenzbeginn – so nennen sie diese Veranstaltungen – auf und riegeln Luft und Land systematisch von der Außenwelt ab. Das WEF in Davos oder ein G20-Treffen kommen einem dagegen in puncto Sicherheitsdispositiv vor wie eine Bahnhofstoilette. Geh‘ dahin, Tom. Du wirst sehen: Das ganze entbehrt nicht einer gewissen Komik. Wenn du mich fragst, dann hält dort eine Gruppe gelangweilter Eine-Welt-Strategen mit zuviel Geld ein Klassentreffen ab. Nicht mehr und nicht weniger. Durchaus interessant, diese Spezies mal aus der Nähe zu sehen. Sehr wahrscheinlich kann von denen bei sich zu Hause keiner den Kühlschrank öffnen, ohne vorher eine Kapuze überzuziehen und ein Codewort an die Tür zu klopfen. Die kaufen sich ein Wochenende Suspense, weil sie‘s sich leisten können, wo andere sich mit Bungee-Jumping begnügen müssen. Geh‘ hin, amüsier dich und vergiss es wieder.“

Er hatte es versucht. Der Sand, in den er seinen Kopf gerammt hatte, war in die Gedanken eingedrungen, hatte verklebt, blockiert, ihn zu ersticken gedroht. Er hatte in Panik um sich geschlagen, sich befreit, Fragen gestellt, gesucht. Und er hatte Antworten erhalten: darauf, wie das Laboratorium und seine Arbeit finanziert wurden, darauf, wer hinter der Fassade öffentlichkeitstauglicher Organigramme in Wahrheit sein Arbeitgeber war, und schließlich darauf, was hinter den Begriffen „Forschung“ und „Sicherheit“ der Zweck seiner Arbeit war.

Möglich, dass er diesen Antworten standgehalten, weitergemacht, sich an den Sand gewöhnt hätte. Aber dann war Material aus dem Labor verschwunden. Kulturen eines pathogenen Virenstamms. Kurz darauf waren die ersten Fälle eines bis daher unbekannten hämolytisch-urämischen Syndroms mit Durchfall aufgetreten: die EHEC-Epidemie, an der 855 Menschen in Europa erkrankten und 53 starben.

Vielleicht hätte er sich auch das erklären können. Irgendwie. Hätte die behördliche Erklärung, wonach aus Ägypten importierte Bockshornkleesamen als Quelle des Virus identifiziert worden seien, glauben und weitermachen können. Hätte sich sagen können, ein Laborassistent habe geschludert, die Kulturen seien durch einen Irrtum abhandengekommen. Vielleicht entsorgt worden. Er hatte es nicht gekonnt. Das Zusammentreffen der Ereignisse hatte es ihm nicht erlaubt. Er war verantwortlich. Er war schuldig. Es reichte nicht, dass er sämtliches Material, Forschungsunterlagen, Berichte und Protokolle zerstört hatte. Das Wissen blieb. Das war es, was ihn dahin geführt hatte, wo er jetzt war. Hier hoch und bereit, den abgeänderten Öffnungsmechanismus seines Gurtzeugs zu betätigen. Er würde sterben. Und mit ihm das Wissen. Und vielleicht ein Teil der Schuld.

***

Möglicherweise hätte Tom Bernoulli gelacht, hätte er gewusst, was seinetwegen noch vor der Morgendämmerung desselben Tages in die Wege geleitet worden war. Gelacht deshalb, weil es umsonst wäre. Alles.

Es war kurz vor fünf Uhr, als Joseph Burger, eines von fünf Mitgliedern des ständigen Gremiums Sicherheit, das Telefon auf die Ladestation zurückstellte und das Fenster, das hier am Rand der Siedlung auf die Terrasse und den Wald hinausging, öffnete. Der Name – „Gremium Sicherheit“ – vermochte leicht darüber hinwegzutäuschen, dass hier sämtliche Entscheidungen betreffend die interne und externe Sicherheit des Landes vorbereitet wurden. Das Gremium war allein dem Bundesrat rechenschaftspflichtig und wurde zur Zeit von Jacques Panetta präsidiert.

Burger war im Pyjama. Aber abgesehen von dieser Tatsache wirkte der Mann, der jetzt in der Fensteröffnung stand, eher wie einer, der, seines Wissens und der Wirkung seines pockennarbig gealterten Gesichts gewiss und nicht ohne Freude gleich vor die versammelte Meute der nationalen Medien zu treten hätte, als einer, der eben durch ein Telefonat der horizontalen Verdammung im Bett entkommen war. Die kurzgeschorenen Haare, die sich der Anzahl der Lebensjahre entgegenstemmten und sich weigerten, zu ergrauen, vielmehr irgendwo zwischen stetig dreckiger werdendem Gelb und Silber herumeierten, waren gekämmt. Die zerklüftete Landschaft des Gesichts wirkte, soweit sie das konnte, rasiert und gewaschen.

Ein Schwall schwerfeuchter Luft drängte sich durch die Öffnung und um ihn herum ins Zimmer, presste ihm Nässe auf Gesicht und Arme. Es war ein seltsamer Herbst. Der Regen vom Tag zuvor hatte keinerlei Abkühlung gebracht. Das Vogelgezwitscher wollte weder zur Schwere des bleiernen Tagesanbruchs noch zur Jahreszeit passen. Trotzdem machte er den Schritt über die Schwelle und setzte sich auf das regennasse Gitter des einzigen Stuhls hier draußen. Er hatte selten Besuch. Und wenn Brun vorbeikam, pflegte der mit seinem Bier auf der Schwelle, die er eben überschritten hatte, zu sitzen.

Es war kurz nach fünf Uhr. Wenigstens die kaum vorhandene Beleuchtung schien sich den saisonalen Gepflogenheiten anzupassen – es war dunkel, und Burger empfand diese Tatsache gerade jetzt als tröstlich.

Er wusste nicht, was er von dem Anruf halten sollte. Er kannte den Mann, der vor zwei Monaten zum Bundesrat gewählt worden war und jetzt dem eidgenössischen Finanzdepartement vorstand, nicht. Zwar hatte er die Fakten im Kopf, die man – wobei es sich bei „man“ um den Inlandsnachrichtendienst handelte –, sobald ein Name für ein politisches Amt herumgereicht wird, zu sammeln beginnt. Beschaffung und Auswertung.

Dieser Name war jedoch nicht im üblichen Sinn herumgereicht worden. Wohl war er von seiner Partei als Bundesratskandidat nominiert und dem Parlament vorgeschlagen worden. Mit seiner Wahl hatte indes keiner gerechnet.

Wo andere, um Bewahrung ihrer Pfründen bemüht oder in vorauseilender Begeisterung für eine mindestens vier Jahre dauernde ministeriale Labe an den medialen und finanziellen Honigtöpfen des Landes, bereits Monate im Vorfeld der Wahlen den Kleinkrieg um Aufmerksamkeit, Prestige und politischen Beistand pflegten, war von diesem Mann nichts zu hören oder zu lesen gewesen. Er hatte sich dem öffentlichen Schaulaufen und dem Wettbewerb um die höchste Anzahl an Erwähnungen im Medienkanon verweigert. Der Mann hatte sich darauf beschränkt, weiter seinen Job als kantonaler Finanzdirektor zu machen, wo andere magistrale Volksverbundenheit beim Jodlerfest zelebrierten und gleichzeitig nicht müde wurden, den eigenen glühenden Draht zur Welt, zu Europa und in jedes einzelne Wohnzimmer des Landes zu beschwören.

Mittels überstürzter Beschlüsse und alarmistisch gefärbter Interviews wurde das Image unermüdlicher Schaffer und tüchtiger Umsetzer kultiviert, wo besagter Nicht-Kandidat sich auf seine kantonalen Dossiers beschränkte, die außer ihn keinen interessierten. Fast hatte es den Eindruck vermittelt, es gäbe eine unausgesprochene Vereinbarung zwischen ihm und der publizierenden Zunft: Du brauchst nicht auf meinem Foto zu lächeln und ich nicht auf deinem, dann haben wir alle unsere Ruhe.

Der Mann war schlicht kein Knaller, kein Quotenrenner, kein Auflagetopper. Er war in Burgers Augen der totale Anti-Kandidat gewesen.

Dann war er zum Bundesrat gewählt worden. Zum Chef des prestigeträchtigsten und wichtigsten Ministeriums. Beinahe hörbar hatten hektisches Treiben und die panische Suche nach irgendwas Verkäuflichem über den Mann die Redaktionsstuben der nationalen und internationalen Medien erfüllt. In Ermangelung des Echten hatte sich das größte Boulevardblatt des Landes als erstes und auf entwaffnend ehrliche Weise dem gewidmet, worin seine Stärke lag: ausgiebigem und vor Häme triefendem Personen-Bashing. Auch Unterhaltung genannt. Der Mann sei eine „Sprit-Krähe" hatten die „Blick"-Schlagzeilen gegeißelt. Ein investigativer Journalist hatte sich demnach, seine geistige und physische Gesundheit riskierend, am Waldrand, der an den Garten des neuen Bundesrats grenzte, während ein paar Stunden buchstäblich in die Nesseln gesetzt. Ausbeute der Tortur, nach der sich Haut und Hirn des Jungjournalisten wie Hackfleisch anfühlen mussten: Der Minister hatte während der in Frage kommenden Zeit drei Gläser Rotwein konsumiert, was gemäß Bundesamt für Gesundheit bei regelmäßiger Wiederholung das Kriterium der Alkoholkrankheit erfüllte. „Wird unser Land von Alkis regiert?", war tags darauf zu lesen gewesen. Die anderen Medien hatten – leise und in gepflegter Sprache, fast so, als wäre es ihnen peinlich – nachgezogen. Halbherzig nur. Dann war nichts mehr gekommen. Schweigen war dem kurzen Aufbäumen gefolgt. Fast schien es, als sei man allenthalben bemüht, die Person selbst und vor allem die eigene Inhaltslosigkeit zu vergessen.

Von Inhaltslosigkeit konnte indes im Zusammenhang mit Oskar Ludwig nicht die Rede sein. Aber wer will im Gratisblatt seiner Wahl morgens früh bei minimaler Neuronentätigkeit schon von einem lesen, der seit Jahrzehnten freiwillig und täglich um vier Uhr morgens aufsteht, um zu arbeiten, der sieben Sprachen fließend spricht, der vor dem Verkauf seines Unternehmens als einer der erfolgreichsten Businessconsultants in Nord- und Südamerika, in Europa und im arabischen Raum tätig gewesen war und der seit fünf Jahren mit demselben Engagement und mit Erfolg die Finanzen seines Kantons auf Vordermann bringt?

Burger war es gewesen, der die vom Research-Team des NDB ausgegrabenen Informationen zu öffentlichen oder potentiell öffentlichen Personen zu prüfen gehabt hatte, um sie erst seinen Kollegen im Gremium und anschließend der Regierung zu präsentieren. Beim Studium der Akte Ludwig hatte er sich einer Regung, die Sympathie sein konnte, nicht erwehren können.

Das Ludwig-Dossier war umfangreicher, als es solche Dossiers in der Regel waren. Dies zum einen aufgrund der langjährigen Auslandstätigkeit des Mannes, zum anderen aufgrund seiner Familienverhältnisse.

Ludwig kam aus gutem Haus. Sicher hatte der Name das Seine zum geschäftlichen und später politischen Erfolg beigetragen, Türen geöffnet, Wohlwollen vorgeschossen, Kredit. Fakt war allerdings, dass er – im Gegensatz zu anderen Familienmitgliedern – nicht den sanft auf ruhigem Wasser gleitenden Kahn ererbter Hofhalterschaft bestiegen, sondern sich auf der eigenen Barke ins unsicher Offene gewagt hatte. Trotzdem waren Geldflüsse und Konti der letzten Dekaden auf ihre Ableitbar- und Nachvollziehbarkeit zu prüfen gewesen, Reisetätigkeit, Geschäftspartner, Verträge, Personal, Krankenakten – ein Leben.

Es war Burgers Job gewesen, beziehungsweise der seiner Leute, den Mann zu durchleuchten. Was dabei herausgekommen war, ließ sich in einem Wort zusammenfassen: korrekt. Der Mann, sein Reden und sein Tun waren vollständig deckungsgleich.

Je mehr Burger aus der Akte erfahren hatte, desto öfter hatte er sich gefragt, ob Ludwigs potentielle Kollegen-Truppe im Bundesrat und die Parlamentarier sich bewusst waren, mit wem sie es im Fall einer Wahl zu tun bekämen, oder ob sie dem auf den ersten Blick harmlosen Eindruck eines Leisetreters auf den Leim gegangen waren. Er vermutete letzteres. Das Telefonat von vorhin hatte ihn in dieser Annahme noch bestärkt.

Er war nicht erstaunt gewesen, als das Telefon kurz nach vier Uhr geklingelt hatte. Sein Job brachte es mit sich, dass es Dinge wie Arbeitszeit oder sogenannte freie Zeit nicht gab. Weder Wochenenden noch Feiertage. Sein Leben, sein Job waren ein einziges Ganzes; ein steter Ablauf periodisch wechselnder Varianten desselben in verschiedenen Belichtungen die einzigen Indikatoren, die einen Bezug zum fließenden Zeitlichen herstellten.

Es war das abhörsichere Telefon gewesen, ein leises Piepen. Die Seltenheit, mit der dieses auftrat, ließ hohe Lautstärke überflüssig sein – nur sehr wenige Leute hatten die Nummer.

„Ja?“

„Joseph Burger?“

„Ja.“

„Hier Oskar Ludwig. Finanzministerium.“ Kurze Pause, als zolle der Sprecher der frühen Stunde Respekt. Eine Entschuldigung oder Erklärung folgte nicht. Wozu auch.

„Herr Minister. Guten Morgen.“ Auch Burger verzichtete auf laute Interpunktion, beschränkte sich auf das, was war: morgens früh, vier Uhr, ein Finanzminister am Telefon.

Erst jetzt im Nachhinein fiel ihm auf, dass am anderen Ende der Leitung ebenfalls Vogelgezwitscher zu hören gewesen war. Ein anderer alter Mann an einem anderen Waldrand.

„Lassen wir das mit den Titeln, Burger. Viel zu früh am Tag für solches."

Burger hatte nun seinerseits mit Schweigen geantwortet. Es war verstanden worden.

„Warum ich anrufe – ich brauche Ihren Rat. Möglicherweise Ihre Hilfe. Eine Angelegenheit, die ich, um offen zu sein, nicht verstehe."

„Worum geht's?"

„Sagt Ihnen der Name Thomas ‚Tom' Bernoulli etwas?"

„Nein."

„Das wundert mich nicht. Ich habe ihn auch erst gestern abend zum ersten Mal gehört. Und dies von einer Person, die im Auftrag eines Unternehmens handelt, von dem ich nun definitiv nicht zu hören erwartet habe."

Erneut entstand eine Lücke zwischen den Worten. Das singend aufgeregte Erwachen der Natur auf beiden Seiten der Leitung hatte in Burger, ohne dass er es bewusst wahrgenommen hatte, den Eindruck erweckt, Ludwig stünde direkt neben ihm.

„Syngenta." Das Wort hatte die Blase platzen lassen.

„Wie bitte?"

„Syngenta", hatte Ludwig wiederholt. „Thomas Bernoulli arbeitet in der Forschung für den Agrochemiekonzern Syngenta. Die Person, die mich kontaktiert hat, ein gewisser Michael Kron, von dem ich ebenfalls noch nie gehört habe, ist gemäß eigenen Angaben als Berater im Bereich Kommunikation sowohl für Syngenta als auch für den Pharma-Multi Novartis tätig. Beide in Basel."

Burger hatte darauf verzichtet, zu fragen, was das alles mit ihm oder mit dem Dienst zu tun habe. Oder mit dem Finanzministerium. Er hatte gewartet.

„Ich habe die letzten Stunden mit den Mitteln, die mir zur Verfügung stehen, versucht, diesen Kron ausfindig zu machen. Oder wenigstens einen Zusammenhang zwischen der Person und den genannten Firmen herzustellen. Ohne Erfolg. Unter uns, Burger: Mit dem Wissen, das mir nach dieser Nacht zur Verfügung steht, könnte ich mich ohne weiteres in den Aufsichtsrat eines dieser Unternehmen wählen lassen. Aber von einem Michael Kron keine Spur. Der Mann scheint von außerhalb tätig zu sein. Das ist mein erstes Problem. Das zweite ist Thomas Bernoulli. Er ist gemäß Krons Aussagen verschwunden. Nun – das allein kümmert mich nicht. Bernoulli ist Kron zufolge im Forschungsteam von Syngenta in leitender Funktion tätig. Jedoch nicht als F&E-Verantwortlicher und offenbar auch nicht als Laboratoriumsleiter. Aber was den Gegenstand seiner Forschung anbelangt eine Schlüsselfigur. Kron wollte da nicht ins Detail gehen, hat aber angedeutet, dass es sich um ‚heikle' Inhalte handle."

Auch bei dieser kurzen Leerstelle, die sich hier aufgetan hatte, war von Burger weder ein Beitrag noch eine Frage erwartet worden. Vielmehr hatte er den Eindruck gewonnen, sein Gesprächspartner überfliege ein gedankliches Skript, bevor er die fragliche Stelle, von der aus es weitergehen sollte, gefunden und den Faden wiederaufgenommen hatte.

„Die Tatsache, dass dieser Bernoulli verschwunden ist, scheint jemanden dort zu beunruhigen. Allerdings nicht in dem Maß, dass Krons Anruf zu rechtfertigen gewesen wäre. Der Grund für die interne Aufregung ist ein anderer. Und jetzt wird es wirr: Gemäß Aussagen Krons soll Bernoulli vor seinem Verschwinden – was, nebenbei gesagt, erst gestern war, warum ich die Aufregung erst recht nicht verstehe – versucht haben, eine Person aus Ihren Kreisen zu finden. Eine gewisse Anja Sanders."

Diesmal war die Leerstelle mit einem Fragezeichen versehen gewesen.

„Sagt mir auch nichts." Burger hatte darauf vertraut, dass die Lüge nicht zu hören war. 40 Jahre Business des Schweigens mussten irgendwas Gutes haben. Gut im Sinn von nützlich.

Er wusste sehr wohl, wer Anja Sanders war. Oder besser: wessen Legende. Es war eine von vielen Tarnidentitäten einer externen Mitarbeiterin des NDB unter Führung von Carl Brun: Jezreel Vidali.

„Na ja – mir ebenso wenig, wie Sie sich vorstellen können", hatte Ludwig gesagt. „Aus einem mir nicht bekannten Grund gehen die Leute, die sich um die Angelegenheit kümmern, Kron mit eingerechnet, davon aus, dass besagte Anja Sanders im Bereich Sicherheit zu suchen sei. Polizei, Bundesbehörde, Geheimdienste. Sie befürchten des weiteren, dass Bernoulli aus unbekannten Gründen vorhat, seine vertraglich geregelte Schweigepflicht zu brechen, und aus diesem Grund abgetaucht ist, was offenbar einer Katastrophe gleichkäme."

„Sie wollen also von mir, dass ich eins unserer Teams auf Kron, Bernoulli und auf diese Anja Sanders ansetze", hatte Burger unaufgefordert zusammengefasst, dem Finanzminister dabei um ein Haar ins Wort fallend. „Das ist kein Problem. Solches machen wir täglich. Ich verstehe allerdings nicht, warum sich diese Leute an Sie gewandt haben. Sie sind Finanzminister."

Es hatte sich angehört, als wäre die letztgenannte Tatsache bis zu diesem Punkt des Gesprächs einem der daran Beteiligten nicht klar gewesen. Burger hatte zu relativieren versucht: „Wo ist da die Schnittstelle? Ich verstehe es nicht. Aber okay – das geht mich nichts an. Wie gesagt: Kron, Sanders und Bernoulli – kein Problem. Bis wann brauchen Sie die ersten Informationen?"

Burger war davon ausgegangen, dass das Gespräch damit beendet sei, und hatte sich einmal mehr gewundert, wieviel unnötiges Drumherum für viele Leute vonnöten war, bevor sie zum Kern einer Sache vordringen konnten. Wieviel Zeit verschwendet wurde. Lebenszeit, Arbeitszeit, freie Zeit, Leidenszeit. Alles eins. Er ärgerte sich längst nicht mehr darüber. Auch das: Zeitverschwendung. Von Ludwig hatte er es nicht erwartet. Er hatte irgendwo zwischen Brust und Luftröhre ein Lächeln sich recken gefühlt: Alter Idealist, was hast du denn gedacht?

„Unwichtig, Burger", war es von Ludwig gekommen. „Ich glaube nicht, dass es eilt. Aber das ist nicht der springende Punkt. Wie Sie richtig gesagt haben, macht die Kontaktaufnahme von Kron mit mir als Finanzdepartementsleiter keinen Sinn. Auf den ersten Blick jedenfalls nicht. Und auf den zweiten auch nicht. Ich bin aber überzeugt, dass es einen Grund dafür gibt. Und je länger ich darüber nachdenke, desto überzeugter bin ich außerdem, dass mir dieser Grund nicht gefallen würde. Das ist es, worum es mir geht, Burger. Darum brauche ich Sie und Ihre Leute. Ich will wissen, was da für ein Zusammenhang besteht zwischen meinem Ministerium und der Forschungsabteilung der Syngenta. Denn sofern da einer besteht, wovon dieser Kron zu sprechen scheint, dann können wir davon ausgehen, dass es sich erstens um Finanzmittel handelt, die nicht oder falsch ausgewiesen sind, und dass zweitens, sollte hier etwas nicht koscher sein, ich dafür verantwortlich gemacht werden würde. Ich will wissen, was da auf mich zukommt."

Das Lächeln auf Burgers Gesicht hatte sich zu voller Größe aufgerichtet. Er hatte sich doch nicht getäuscht. Ludwig war nicht eines dieser Heißluftgebläse. Es gab einen Grund für den Rundumschlag. Burger ergänzte das Offensichtliche:

„Sie wollen, dass wir die nötigen Informationen beschaffen."

„Zumindest das, ja. Und noch etwas: Ich möchte, dass Carl Brun sich darum kümmert."

Keine Frage, ob dies möglich sei. Eine Forderung.

Burger hatte gar nicht erst erwogen, zu verhandeln, eine mögliche Nichtverfügbarkeit Bruns, dessen Abneigung gegen alles, was nach Öffentlichkeit roch, ihm allzu vertraut war, aufgrund anderer Jobs zu erwähnen. Ludwig wollte Brun, und Ludwig war die Regierung. Punkt.

„Sie kennen sich?", fragte er stattdessen nur.

„Er ist mein Sohn. Und um Ihre Frage zu beantworten: Nein – wir kennen uns nicht. Allerdings habe ich in Erfahrung gebracht, dass Sie beide sich gut kennen. Und Ihnen vertraue ich."

„Danke." Es hatte sich hilflos angehört, dieses schüttere „Danke", fand er im Nachhinein. Ludwig hatte sich, sofern er es ebenso empfunden hatte, nichts anmerken lassen:

„Nichts zu danken, Burger. Finden Sie raus, was hier los ist. Ich kann in der aktuellen wirtschaftlichen Lage keine unangenehmen Gerüche gebrauchen. Und hier stinkt's gerade gewaltig, wenn Sie mich fragen."

„Sie hören von mir."

„Ich glaube, es ist besser, wenn ich mich bei Ihnen melde. Ich weiß ja jetzt, wann Sie am besten erreichbar sind. Apropos: Entschuldigen Sie bitte die unmögliche Uhrzeit. Ich hoffe, ich habe Sie nicht geweckt."

Und bevor Burger noch irgendwas hatte erwidern können, war am anderen Ende aufgelegt worden.

„Nein, Sie haben mich nicht geweckt, Ludwig", hatte Burger laut in die Leere des dunklen Wohnzimmers gesagt, während er das Telefon zur Ladestation trug. „Ich schlafe schlecht, und wenn, dann nie mehr als drei Stunden. Offenbar sind wir uns da ähnlich. Muss am Alter liegen, Freund."

Dann war er auf die Terrasse herausgetreten, wo er auf der karierten Nässe des Stuhls zu sitzen gekommen war.

Die Angelegenheit – denn dass es eine solche war, schien festzustehen –, wie Ludwig sie geschildert hatte, war seltsam. Es hörte sich fast danach an, als würde von Kron, beziehungsweise von jemandem innerhalb oder oberhalb der Syngenta, an Schuldigkeiten erinnert, von denen der frischgewählte Bundesrat offensichtlich noch nichts wusste und von denen man sich wünschte, dass sie ihm bekannt würden. Im Umkehrschluss hieß das, dass man auf der anderen Seite davon ausging, dass Ludwig genau das tat, was er eben getan hatte: Informationen beschaffen, Leute kontaktieren und damit ihm noch unbekannte Zusammenhänge bestätigen. Und mit dem Wissen würde er schuldig. So einfach.

Ja – Jo Burger ging mit Ludwig einig: Es roch nicht gut. Und das schon seit Ludwigs Wahl und der Departementsübergabe nicht.

Ludwigs Vorgängerin im Finanzdepartement, Carla Brunner-Del Vecchio war nicht freiwillig gegangen. Im Gegenteil: Auch hier schien es eine stillschweigende Vereinbarung mit den Medien gegeben zu haben. Bloß unter umgekehrten Vorzeichen wie im Fall Ludwig. Hatte man den Vorwahl-Schlagzeilen, Wahlbarometern, Expertenmeinungen geglaubt, dann war die Frau bereits Monate vor der Wahl so gut wie gewählt gewesen. Oder besser: im Amt bestätigt. Wahlkampf war keine Notwendigkeit. Man saß fest im Sattel. Doppelseitige und wohlwollende Interviews fernab der politischen Realitäten in den Spalten der Sonntagsmedien kamen Huldigungen näher als journalistischer Interrogation.

Als dann alles anders gekommen war, als die doppelt und dreifach gesicherten Seilschaften sich als schwächer erwiesen hatten als die Parteiinteressen, war die Frau abgetaucht. Gerade noch für ein Foto, auf dem sie Ludwig lächelnd die Hand schüttelte, hatte es gereicht. Dann Leere. Und ein paar Tage lang banges Warten in den personellen Reihen des verlassenen Departements. Man hatte das erwartet, was man selbst zu inszenieren geholfen hatte beim Antritt der Ministerin vor vier Jahren: Altes raus, neues rein. Das Halali eines neugewählten Veränderers, das damals vor dem Mobiliar, der IT-Infrastruktur und den baulichen Gegebenheiten ebenso wenig haltgemacht hatte wie vor dem Personal oder störenden Etatlimits. Dies mit dem nach vier Jahren in Politsendungen des öffentlich-rechtlichen Fernsehens nicht diskutierten Resultat, dass durch endlose Reorganisation, personelle und finanzielle Aufstockung und laufendes externes Monitoring außer finanzieller Schieflage, Grabenkämpfen und dem Verlust jeglicher Effizienz in der Bewältigung der Kernaufgaben des Departements nichts erreicht worden war.

Das Schlimmste und Schockierendste für Ludwig war allerdings etwas anderes gewesen: Man schien von ihm die einzig der Selbstinszenierung dienende Wiederholung desselben zu erwarten. Es war schließlich nicht das eigene Geld, das hier in Abgründen intriganten Gegeneinanders geschreddert wurde.

Aber Ludwig war anders: Er dachte nicht daran, die Leute auf die Straße zu setzen, ohne ihnen die Chance gegeben zu haben, sich in ihrem Job zu bewähren. Ohne wenigstens das an Dossierwissen aus ihnen herauszuholen, was sich allem magistralen Größenwahn zum Trotz hatte festsetzen können.

Mit einem Mal wurde gearbeitet hinter den Mauern des Finanzdepartements.

Die einzige Neueinstellung war Steffen Sauter gewesen, Ludwigs Pressesprecher. Eine Partnerschaft, die sich über Jahre bewährt hatte. Burger und seine Leute hatten dagegen nichts einzuwenden gehabt. Auch Sauter schien sauber zu sein.

Unter den gegebenen Umständen war es nicht erstaunlich, dass Vereinbarungen, Details der hängenden Dossiers oder mündliche Absprachen unter den Tisch gefallen waren. Oder eben Schuldigkeiten. Eine Departementsübergabe hatte nicht stattgefunden. Allein dafür gehörte Ludwigs Vorgängerin Burgers Meinung nach hinter Gitter. Oder besser gleich abgeschoben. Davon war sie allerdings weit entfernt: Nur um Haaresbreite einer Abwahl entgangen, hatte sie sich im Ämter-Schacher, der der Wahl unmittelbar gefolgt war, die Leitung des Justiz- und Militärdepartements gesichert. Völlig problem- und hindernisfrei.

Dennoch: Die von Ludwig geschilderte Story war dem Chaos eines departementalen Neuanfangs zum Trotz seltsam. Burger hätte am liebsten gleich angefangen, Licht in die Angelegenheit zu bringen, ein paar Telefonate zu führen und die Fühler auszustrecken. Er zwang sich, es nicht zu tun.

Er würde nicht bestmögliche Denkarbeit leisten, solange er die andere Sache nicht von allen Seiten betrachtet und soweit möglich vermessen hätte: Carl Brun war Oskar Ludwigs Sohn. Ludwig war Carls Vater.

Für Burger hörte sich das in etwa so an, als hätte ihm einer gesagt, der Kaffee, den er vor sich stehen hatte, sei der Regentonne entnommen. Es passte nicht. Mehr noch: Es war gegen die Natur. So zumindest kam es ihm vor.

Nicht, dass er die Tatsache, dass auch Carl Brun einen Vater hatte, ausgeblendet hätte. Wobei: „Vater" war ein großes Wort in diesem Zusammenhang. Ein Wort, das er, wenn er es denn verwenden müsste, eher auf sich selbst bezogen hätte, wenn es um Carl ging. Ja – so war das. Zumindest hier draußen auf der nassen Pyjamahose sitzend sollte er ehrlich sein. Er hatte Brun im Lauf der Jahre zu einem Sohn gemacht. Und: Er hatte ihn nie gefragt, ob er das gutheiße. Oder gar ebenso empfinde.

„Alter Idealist", knurrte er. „Träumer."

Dann tauchten Ludwigs Worte wieder auf: „Um Ihre Frage zu beantworten: Nein – wir kennen uns nicht."

Burger ließ los. Und obwohl das „eigentlich" ihn störte – es musste reichen.

Er erhob sich, nahm den Schritt über die Schwelle und blieb einen Moment im Dunkeln stehen. Der Tag war noch nicht stark genug, gegen die Mauern des Hauses anzutreten. Und er selber noch nicht stark genug, Brun zu wecken. Das hatte Zeit.

***

Tom Bernoulli hatte die Rampe hinter sich. Die Luft hieß ihn willkommen, war übermütig, spielte ungelenk, grob fast wie ein steifbeiniges Fohlen mit den 13 Metern Spannweite seines Flügels. „Labil" war der korrekte Terminus. Die Bedingungen waren perfekt. Er brauchte sie nur auszunutzen. Auszufliegen.

Ein aufsteigendes Luftpaket, das sich aufgrund seiner relativen Wärme auch mit zunehmender Höhe weniger schnell abkühlt als die es umgebenden Luftschichten, diese überholt, durchsteigt, übersteigt. Er brauchte einen Bart, und er fand ihn bereits an der ersten Waldkante, wo der Boden den ganzen Vormittag über von der Sonne aufgeheizt worden war und wo der vom Tal kommende Wind sie abriss und zum Steigen zwang, so sehr sie auch klammern mochte. Der Lift war gigantisch, nahm mit jedem Höhenmeter noch zu. Fünf Meter pro Sekunde, sieben, acht, 9,5 in der Spitze. Der Steigmesser kreischte an seinem linken Ohr. Kein schönerer Sound auf dieser Welt. Der Ton war in ihm wie das pochende Blut, das auch das Rauschen des Fahrt- und Steigwinds sein konnte, die rasende Leere im Innern, die Fülle war. Jede Faser wusste, warum er da war, warum er flog – und doch schien alles Wissen ausgelöscht zu sein. Oder reduziert. Reduziert auf die Essenz dessen, was Leben in der ganzen Fülle war. Alles Denken, alles Fühlen, jede Bewegung, jeder Atemzug auf eine einzige Sache ausgerichtet, von der man Teil war. Winziger Teil. Ausgesetzt, ausgeliefert, geborgen. This is what we call a serious focus, babe!

Er hatte den Bart gut zentriert, stieg jetzt regelmäßig kreisend leicht vom Wind nach Nordwesten versetzt dem Gebirgskamm entgegen, gleich würde sich der Blick auftun auf den Aletschgletscher. Bewusst entspannte er sich im Gurtzeug, ließ Schultern und Beine in die vertraute Enge sacken, genoss die Tatsache, dass der Flügel die Zentrierung hielt, sich nicht sträubte, rein- oder rauskippen wollte aus dem Bart. Er nahm einen Schluck aus dem Wasserschlauch.

Der Gedanke hatte gelauert, hatte die erste Konzentrationspause abgewartet und schlug jetzt mit einer Kraft zu, die ihm schier den Atem raubte. Auf einmal erschien es ihm unmöglich.

Das ist es jetzt also, dachte er. Das ist die Angst.

Entweder hatte er sie bis hierher erfolgreich verdrängt gehabt, oder sie war nicht da gewesen. Er wusste es nicht. Aber er hatte immer mit ihr gerechnet. Dass sie so widerlich war, so hässlich ihre Fratze, so schmutzig, darauf war er nicht gefasst gewesen. Ihre dreckigen Schlieren breiteten sich wie ein platzender Sack voll Fäkalien in seinem Denken aus, das Fühlen erstickte im Gestank, der Ort, die Zeit, alles kontaminiert von etwas, das nur das Leben allein wieder reinwaschen konnte. Landen.

Aber das war ausgeschlossen. Die Entscheidung stand fest. Dennoch: So sollte es nicht sein, so durfte es nicht sein.

Kollidierende Luft- oder Windmassen rissen ihn los. Für Sekunden, Minuten war er gerettet. Die Luft „bockte", wie man unter Piloten zu sagen pflegte. Sein Flügel wurde hin und her geworfen, an Luftmauern geschleudert, ins Leere katapultiert. Er riss die Basis nach hinten, um zu beschleunigen und die Turbulenzen zu durchfliegen. Mit 110 Stundenkilometern bretterte er über den Grat, querte das enge Tal und gelangte in ruhigere Luftmassen. Trotzdem hielt er den Speed aufrecht. Es war nicht nötig, jeden Bart „mitzunehmen", das Risiko, einmal keinen mehr zu finden, wenn es nötig wäre, war kalkulierbar, solange Landemöglichkeiten in Gleitnähe waren.

„Du darfst heute nicht absaufen", ermahnte er sich, während alles in ihm hoffte, es doch tun zu müssen. Irgendwo landen zu müssen, weil weit und breit keine einzige Mücke mehr bereit war, einen Furz zu tun, der ihn möglicherweise wieder in die Höhe trug.

Langsam ließ er den Zug auf die Basis lockerer werden, ließ sie in ihre Ausgangsposition zurückkehren, dehnte seine Gedanken aus bis zu den Flügelspitzen, den Winglets, fühlte nach Bewegung, die einen Bart anzeigte. Es dauerte nicht lange, bis er einen hatte, eindrehen konnte, weiter steigen.

Auf 4.000 Höhenmetern tat er etwas, das er immer tat. Nicht aus Sucht, nicht aus einem physischen Bedürfnis heraus, sondern einfach, weil es möglich war: Er fummelte eine Zigarette aus dem Gurtzeug, das Sturmfeuerzeug, das an einer Schnur befestigt war, und steckte sich die Fluppe über dem Helmrand so in den Mund, dass beim Anzünden nicht das Helmfutter mit abgefackelt wurde. Das Feuerzeug ließ er fallen. Er konnte das nach all den Jahren so gut, dass er es schaffte, die Kippe zu rauchen, ohne Helm oder Handschuhe anzusengen. Wobei: Rauchen war viel gesagt. Zwei Züge waren normalerweise drin – der Rest wurde vom Fahrtwind getilgt. Dennoch: Er empfand jedes Mal eine ungetrübt kindliche Freude an diesem Ritual ohne Zeugen.

Er versuchte, sie zu schützen, diese Freude. Wenigstens sie, wenn schon nicht sich selber. Sie sollte nicht beschmutzt werden von der Angst, nicht angesogen von dem stinkenden Dunkel, durch das er hindurchzumüssen schien.

Nein, er konnte da nicht durch. Angst vor der Angst und dem, was danach kommen würde, packte ihn, hielt ihn im Griff. Er nahm nicht länger wahr, wohin er flog, auf welcher Höhe, ob er stieg oder sank.

„Landen“, schrie es in ihm. „Landen, landen, landen. Dann wird alles gut. Du kannst auch anders verschwinden. Neu anfangen.“

Hell und klar und sauber lockte die Stimme, versprach Wärme, Liebe allem zum Trotz. Reinheit. Vergebung.

You will be forgiven.

Er nahm nicht wahr, dass sein Gesicht nass war in der eisigen Luft, dass die Kraft nicht mehr reichte, um die körperlichen Funktionen zu kontrollieren, dass jeder Muskel seine Kraft abgab an diesen einen Satz. Er fühlte nicht einmal das Zittern, das ihn schüttelte, das verzweifelte Ringen und Aufbäumen des Körpers, das eigene Schreien und Stöhnen, als er den Reißverschluss des Gurtzeugs öffnete, die Beine aus der Hülle zog, den oberen Verschluss öffnete, die Arme und Schultern aus der Enge des windschlüpfrigen Anzugs zwängte. Sein Sichtfeld engte sich ein. Er fühlte das Herz in seinem Kopf. Die Worte, die ihn retteten.

Er drückte den Knopf, der den Hauptverschluss unter Zug öffnete. Freier Fall.

Die Meldung über einen abgestürzten oder notgelandeten Drachenflieger ging am selben Nachmittag im TBB Goms in Fiesch ein. Ein anderer Pilot hatte den Flügel entdeckt und noch aus der Luft den Notruf abgesetzt. Die Schweizerische Rettungsflugwacht, deren Nervenzentrum für In- und Auslandsrettungsflüge sich am Flughafen Zürich befindet, war acht Minuten nach Erhalt des Notrufs von der Basis Wilderswil aus in der Luft. Das Aufgebot von der Einsatzzentrale wurde routinemäßig per Funk übermittelt. An Bord des Helikopters, eines AugustaWestland Da Vinci, befanden sich der Pilot, ein Rettungssanitäter sowie ein Notarzt. Unmittelbar nach dem Start funkte der Rettungssanitäter und Kopilot den Polizeiposten in Fiesch an.

Postenchef Markus Borel stand zusammen mit zwei Leuten des Abschleppdienstes beim Bahnhof in Fiesch, als ihn die Meldung der Rega erreichte. Man hatte gemeinsam eine geraucht, sich über Nichtigkeiten unterhalten und – ohne dass es abgesprochen gewesen wäre – gewartet, dass die Situation sich klären und der Halter des Fahrzeugs doch noch auftauchen und das Abschleppen überflüssig machen würde. Markus Borel hielt nichts von solchen Aktionen und versuchte sie nach Möglichkeit zu verhindern. Wo käme man da hin? Fiesch war ein 1.000-Seelen-Dorf, das mit Ferienwohnungen und Chalets mehr als 4.000 Gästebetten zählte. Hier wurden die Autos zu Dutzenden falsch geparkt. Nur eben nicht *so* falsch. Der Audi A6 stand am Bahnhof mitten auf dem Bushalteplatz. Die Postautos und Busse waren gezwungen, auf der Bahnhofstraße anzuhalten, der Verkehr wurde komplett blockiert. Die Parkplätze beim Bahnhof waren bis auf den letzten Meter besetzt und boten keine Ausweichmöglichkeit.

Markus Borel, der den Funkruf stehend neben seinem Auto entgegengenommen hatte, schippte seine Kippe weg und kam zurück zu der kleinen Gruppe, zu der sich in der Zwischenzeit die Kioskfrau und ein paar Anwohner gesellt hatten.

„Sieht aus, als kämen wir heute nicht drum herum. Aufladen und ab mit ihm in die warme Stube", sagte er zu den beiden Fahrern.

„Gibt's einen Notfall, Markus?"

Der Frage folgte ein Grinsen, das sich auf den Gesichtern der anderen spiegelte. Borels Mimik zog mit, während er kehrtmachte und etwas von „gefährlicher Szenebildung in der ‚Walliser-Kanne'", von „SEK-Einsatz" und „stürmen" knurrte.

In seinem Rücken machte Heiterkeit die Runde.

Ein Außenstehender hätte den Eindruck gewinnen können, der Postenchef würde von seinesgleichen nicht für voll genommen. Der Eindruck wäre falsch gewesen. Borel *wurde* von den Leuten hier ernst genommen. Er war einer von ihnen. Die meisten aus der Runde hatten ihn schon in den Windeln gekannt. Das Piesacken überschritt nie die Grenzen seiner Funktion. Und wenn einer doch mal persönlich wurde, dann saß der Betreffende meist stänkernd wie ein Kleinkind neben ihm im Wagen, roch wie ein Schnapsfass und fragte sich am kommenden Morgen, wie um alles in der Welt er vom Stammtisch weg und in den „Krachen" zurückgekommen war, den er sein Zuhause nannte.

Borel war weit weg von derartigen Überlegungen, als er jetzt das Gaspedal seines Subaru durchdrückte und das Dorf Richtung Bellwald hinter sich ließ. Der Rega-Helikopter würde ihn beim „Baschi" an Bord nehmen.

Zusammen mit den Worten aus dem Funkgerät hatte sich wie Mehltau die Anspannung über sein Funktionieren gelegt. Er wusste, was es hieß, wenn man ihn zu diesem Zeitpunkt mit an

Bord holte. Bei Beinbrüchen und Kreislaufkollapsen tat man das nicht. Am Funk war nur das Nötigste gesagt worden. Drachenpilot. Nichts deutete darauf hin, dass ein Rettungsschirm geworfen worden wäre.

An Bord informierte ihn der Rettungssanitäter über das Helm-Mik:

„So wie es aussieht, ist der Pilot von Fiesch aus in Richtung Grimselpass und Finsteraarhorn geflogen. Bei ausreichender Flughöhe ist es möglich, von da aus ins Berner Mittelland rüber zu kommen. Dieselbe Höhe braucht es allerdings auch, um zurück ins Tal zu gleiten. Die Bedingungen dafür sind heute optimal. Das kann nicht der Grund …“

„Ich habe ihn“, kam es vom Piloten. „Ich geh‘ runter. Seht ihr den Flieger?“

Sie sahen ihn.

Der Hubschrauber ging runter bis auf eine Höhe von 50 Metern über Grund. Der Notarzt seilte sich ab. Ihm folgte Borel. Er war noch nicht unten, als der Arzt das Zeichen gab, man solle ihn an der Winde wieder hochziehen.

„Da unten ist nur der Flieger“, schrie der Notarzt durch das Rotorflappen und die Windgeräusche hindurch. Trotzdem ging Borel ganz runter. Der guten Ordnung halber: Schließlich war er es, der später den Rapport würde schreiben müssen. Es war so, wie der Arzt gesagt hatte: Unten stand der Flieger. Ein sogenannter Starrflügler. Hochleistungsgerät. Brachte bei genügend Gewicht des Piloten schon an die 160 Stundenkilometer hin. Borel war selber viele Jahre lang geflogen. Bis zu seinem Unfall. Oder dem Tag seiner zweiten Geburt, wie er es nannte. Damals hatte er entschieden, es sei genug.

Gerät und Gurtzeug sahen aus, als hätte man sie da hingestellt. Bereit zum Start. Nicht mal ein Trapezrohr schien beschädigt zu sein. Der Anblick war in seiner Harmlosigkeit grässlich. Borel ließ sich wieder an Bord holen.

„Da muss irgendwas am Gurtzeug gerissen sein“, schrie der Notarzt ihm entgegen, als er ihn an Bord zerrte. Borel verzichtete auf eine Antwort. Ihn grauste schon jetzt bei dem Gedanken, was ein Sturz aus mehreren Hundert oder Tausend Metern auf felsigen Grund aus einem Körper machte.

Ausgehend von der Fundstelle des Drachens flog der Pilot das Gebiet in elliptischen nach Süden ausgerichteten Kreisen ab.

„Windrichtung und -stärke im Tal und auf den Gebirgskämmen sprechen dafür, dass der Flügel nach Norden getrieben worden ist und der Verunfallte weiter südlich zu finden ist", antwortete der Pilot auf Borels Frage hin. „Wenn wir Glück haben", ergänzte er. „Das Talwindsystem hier kann einen ganz schön zum Narren halten."

Borel dachte über den Begriff des Glücks in ihrer Situation nach. Nicht konkret oder konzentriert. Vielmehr hatte er das Wort vor Augen wie auf einem altmodischen Diabild. Zitternd gesprenkelt wie sein Inneres.

„Da ist etwas", kam es fast gleichzeitig von Kopilot und Notarzt.

Von da an ging alles sehr schnell.

Der Notarzt seilte sich erneut ab. Diesmal blieb er länger unten. Auf sein Zeichen hin folgte ihm der Rettungssanitäter. Borel bediente die Winde. Als ersten zog er den Notarzt wieder hoch. Er hatte etwas mit zusätzlichen Gurten am eigenen Leib fixiert. Der Pilot hielt den Helikopter stabil. Trotzdem drehte sich das Seil. Die beiden Gestalten vollführten einen schwebenden Tanz. Schier endlos, wie es Borel erschien. Endlich waren sie oben. Er zog den Arzt rein und war froh über die Professionalität, mit der dieser seinen Job erledigte, während er den Sanitäter nach oben holte. Die Luke wurde geschlossen. Der Arzt stellte den Tod des Drachenpiloten fest.

„Sieht so aus, als könnten wir dich gleich am ‚Baschi' wieder absetzen. Auf ein paar Minuten mehr oder weniger kommt es ja nicht an", kam es übers Mikrofon vom Piloten.

„Ja, gern", antwortete Borel nur.

Er hatte den Toten, von dem man einzig den Helm klar identifizieren konnte, nicht angeschaut. Er hatte nur die Hände gesehen. Männerhände wie seine eigenen. Geradezu grotesk unversehrt im Gegensatz zu dem, was da neben ihm blutig in einer Bergungshülle lag. Anfang, Mitte 40. Tot.

Über Funk verständigte er den Posten in Fiesch. Im selben Moment reichte ihm der Notarzt die Papiere des Toten, die im Overall gesteckt hatten.

„Bei dem Toten handelt es sich um einen gewissen Thomas Bernoulli. Wohnhaft in Basel. Schaut mal, ob ihr, bis ich wieder da bin, schon was finden könnt. Familie und so weiter. Und seht zu, dass die aus Sion einen Helikopter schicken, um den Drachen zu bergen, bevor es dunkel wird." Er diktierte die genauen Koordinaten der Fundstelle. „Und sie sollen einen von euch an Bord nehmen. Ich will das Gerät bei uns haben für einen ersten Check." Und mit einem Blick zum Notarzt: „Der Tote wird jetzt nach Sion gebracht." Der Arzt nickte.

„Alles klar. Ende", kam die Bestätigung.

Borel ignorierte den fragenden Blick des Notarztes. Er wusste selbst, dass es nicht üblich war, den Drachen auf irgendeinen Polizeiposten ohne technische Infrastruktur mitten in der bergigen Pampa zu bringen, während in Sion die ganze notwendige Technik inklusive Personal zur Untersuchung des Fluggeräts bereitstand. In diesem Fall allerdings wollte er sich erst selber ein Bild machen. Oder besser: einen zweiten Blick auf das werfen, was er in den paar Sekunden am Fundort des Drachens zu sehen geglaubt hatte: nämlich, dass an dem Gurtzeug rein gar nichts gerissen war.

2.

Michael Kron existierte nur als Name. Es gab jedoch eine Person, die inklusive Reisepass, Kreditkarten und Führerschein unter diesem in Erscheinung trat. Allerdings nur dann, wenn sie für einen bestimmten Kunden, den sie unter dem Namen Michael Kron betreute, tätig und unterwegs war. Der richtige Name dieser Person war Daniel Wittmann. Deutscher Staatsbürger und Inhaber einer der renommiertesten PR-Agenturen Europas. Seine Bühne waren die Hinterzimmer der Politik, die, der gängigen korporatistischen Fasson entsprechend, meistens mittels kleinerer Renovationsarbeiten und auf Kosten des Steuerviehs mit jenen der Wirtschaft zusammengelegt waren.

Ihn selbst, dessen Job es war, im richtigen Moment die passenden Leute für eine Dauer von ein paar medialen Sekunden auf den Laufsteg politischer Scheinrealitäten zu schicken, oft mit nicht mehr angetan als dem Hauch eines populistischen Nichts, kannte man nicht. Er trat nicht in Erscheinung. Die wenigen Fotos, die von ihm existierten, zeigten ihn als 20-Jährigen. Und kam ein sommerlochgebeutelter Vertreter der schreibenden Zunft dennoch auf die Idee, Daniel Wittmann ins Licht einer in der gleißenden Langeweile geschmolzenen Promi-Rubrik zu zerren, dann kam dabei nicht mehr raus, als die Website der Konversus, so der Name von Wittmanns Firma, hergab. Der Mann selber blieb ein weißer Fleck, der spätestens auf dem Bildschirm des leitenden Redakteurs mit dem Foto der letztjährigen Dschungelkönigin gefüllt wurde.

Hätte man dazu seine Meinung eingeholt, dann hätte er dies alles mit großer Wahrscheinlichkeit bestätigt – ergänzt um die Bemerkung, besagter weißer Fleck sei einer von der verdammt gut aussehenden und smarten Sorte, was ihm fälschlicherweise als Eitelkeit hätte ausgelegt werden können. Aber Wittmann war nicht eitel: Sein Selbstbild verharrte wohl im Zweidimensionalen – aber Gnade dem, der behaupten würde, der Grund sei jener, dass ebendort bereits der Grund des Daniel Wittmann erreicht sei, dass der Mann selbst nicht tiefer reiche. Wittmann wusste es besser, und es hatte ihn Jahre und zweimal die Existenz gekostet, diesen nutzlosen, mit nichts als immer hungrigen Schatten bevölkerten „dritten“ Dimensionsbereich seiner selbst abzuriegeln. Zweifel an der und Sorge um die eigene innere und äußere Vollkommenheit lagen in Ketten. Das Gleichgewicht, das er zwischen den verbleibenden Ebenen erlangt zu haben glaubte, erschien ihm das einzig handhabbare. Schließlich konnte man auch nicht drei Hanteln stemmen. Warum also in seelischer oder geistiger Hinsicht etwas versuchen, dem das physisch Erfahrbare so grundlegend widersprach? Der Blick in den Spiegel und auf Kontosalden gab ihm recht: Im vergangenen Sommer war er 50 geworden. Wenn die Zahl dem entsprach, was er sah, dann war es eine gute Zahl. Das beste Alter: Finanziell abgesichert mit Polstern, die auch einen unmöglichen Fall abgefedert hätten, und körperlich durch tägliches Training in jene Form gemeißelt, von der er jedem abriet, der von einer fetten und fordernden Klientel verstanden und geliebt werden wollte. Ja – er war ein verdammt gutaussehender weißer Fleck. Und wenn sein stets wacher Blick im dezent gebräunten Gesicht auf ein Lächeln traf, das Spuren von Herablassung nicht rechtzeitig zu übertünchen vermochte, dann war er es, der dahinter, auf der Ebene der Schatten, jene Emotion ausmachte, die er sich selbst verbat, mit der sich indes jederzeit erfolgreich Geschäfte machen ließen: Neid.

Nebst den amtlichen Dokumenten existierten auf den Namen Michael Kron Konten bei der BNP Paribas in Frankreich, der Royal Bank of Scotland, der HSBC Holding in England, der französischen Crédit Agricole sowie bei der britischen Barclays. Außerdem in Übersee bei der Bank of America, bei JPMorgan Chase, Citigroup und Wells Fargo.

Die Deutsche Bank und die schweizerische UBS waren von Michael Kron nicht berücksichtigt worden. Eine Bedingung des Kunden: Keine Fingerprints von Michael Kron in der Schweiz und in Deutschland. Weder finanzielle, noch physische.

Ging auf einem der Konten ein Betrag ein, wurde dieser automatisch gesplittet und auf die anderen verteilt, wiederum gesplittet, wiederum verteilt, bis die Bruchstücke absenderloser Guthaben irgendwann im Briefkastenlabyrinth küstenferner Finanzplätze, die sich durch niedrige Steuern, wenig Regulierung und hohe Diskretion auszeichneten, versickerten.

An einem ebensolchen Standort war auch die Maschine registriert, die Michael Kron bei allen Aktivitäten für Inlands- und Überseeflüge von seinem Kunden zur Verfügung gestellt wurde.

Wittmann, in diesem Moment in seinem Büro irgendwo zwischen seinem Alter Ego und sich selbst festgefahren, tobte innerlich, war wütend. Eine glatte, helle, schattenlose Wut. Dachte er jedenfalls. Hätte er sich allerdings die Mühe gemacht, der blinden Scheibe des stumpfen Furors den Spiegel des Realen entgegenzustellen, wäre der Blick auf glasklare, scharfkantig kalte Angst gerichtet worden.

Er konnte es sich nicht leisten, sich diese Mühe zu machen. Er musste die Wut im Bauch festhalten, um im Ring zu bleiben. Auf den Beinen.

Von draußen her drang das weinende Pfeifen eines Bussards zu ihm. Wittmann kam vor der Fensterfront zum Stehen. Er konnte den Vogel nicht sehen, war sich nicht einmal sicher, ob er richtig gehört hatte. Trotzdem holte es ihn aus dem Konfusen heraus, wirkte wie eine Gedankenlinse, die ausrichtete und bündelte, was ungeordnet und ziellos wabernd sein Inneres belegte.

Ja – diesmal stand er selber im Ring. Er, der es bis hierher verstanden hatte, als schattenloser Schatten-Don-King im Hintergrund die Fäden zu ziehen. Der mit erarbeiteter ebenso wie instinktiver Präzision die Kontrahenten eingeschätzt, trainiert, gemanagt und am Ende verkauft hatte.

Diesmal war es anders. Diesmal war *alles* anders. Man hatte ihn in den Ring geschickt, ohne dass er es bemerkt hatte. Er hatte es nicht bemerken wollen. Und jetzt hatte er keine Wahl mehr. Die ersten Runden – er wusste nicht einmal, wie oft die Glocke bereits erklungen war, in welcher Runde er stand – waren durch. Alles, was zählte und was er hatte, war die Tatsache, dass er noch auf den Beinen war. Und: Er war der Außenseiter. Sein Gegner ein leiser, aber tödlicher Puncher. Körperlich hatte er keine Chance gegen ihn, das wusste er. Seine einzige Chance waren Wissen, Taktik und Geschwindigkeit. Möglich, dass diese Einsicht bereits einen Vorsprung bedeutete.

Und als wäre die Schreibtischkante in Wirklichkeit die Seile, an die er sich hatte treiben lassen, stieß er sich ab, straffte die Schultern unter dem maßgeschneiderten Stoff und ging, einen Schwall Obszönitäten murmelnd, zur Kaffeemaschine.

Provozieren und ermüden lassen. So würde er vorgehen. Wann immer möglich am Ende einer Runde die Deckung verlassen und dem Gegner eine Serie präziser Treffer verabreichen. Dem Kunden.

Das Wort war in diesem Fall ein Witz. Nach 15 Jahren der Zusammenarbeit wusste er nicht, wer „der Kunde" war. Es hatte ihn nie gestört. Auch nicht die Tatsache, dass umgekehrt – so vermutete er – das Gegenteil zur Anwendung kam: dass er für „die" gläsern war bis hin zum Muster seines bevorzugten Klopapiers. Er war vorgewarnt worden, hatte, was seine künftige Durchsichtigkeit anbelangte, gewusst, worauf er sich einließ. Der Spur nach zumindest.

„Name of the game", hatte der Logenbruder damals gesagt. „Was willst du? Premierminister, Ministerpräsidenten, Amnesty International, der Papst, der UN-Generalsekretär und die größten Unternehmen der Welt mitsamt ihrem Kader werden doch längst überwacht. Hätte Gott Handy, Telefon oder Fax, ginge es auch ihm nicht anders. Du solltest dich geehrt fühlen. Und im Vergleich zu anderen brauchst du dir verdammt wenige Sorgen zu machen."

Der Bruder hätte sich die Worte sparen können: Bezahlung und Beziehungen – was mitunter dasselbe war – stimmten. Und was an Unsauberem über die Person Michael Kron in Erfahrung zu bringen war, stand in direktem Zusammenhang mit einem Mandat, das wiederum nicht existierte.

Was es über Daniel Wittmann, die Person, die er gemäß Geburts- und Firmenregister war, zu wissen gab, war unverfänglich, bestenfalls langweilig. Auch dafür hatte der Kunde gesorgt.

Er hatte sich nie etwas vorgemacht. Das hatte er jedenfalls bis vor kurzem gedacht.

Wie sehr hatte er diese elitär-inzestuöse Verschwörerbande zu verachten geglaubt. Und wie sehr hatte er gleichzeitig gestrampelt, um Teil davon zu werden. Ernst genommen. Er, der Underdog, der einstige Automechaniker, der bankrotte Garagenbesitzer, der 22-jährige Vater eines Kindes, das er nie gesehen hatte. Er, dem man um des Aufstiegs willen eine homosexuelle Affäre mit dem Gründer und CEO der Konversus nachgesagt hatte. Er war am Ende angekommen, wo er hingewollt hatte.

Er hatte sich tatsächlich eingebildet, eben diese Verachtung sei auch während des lächerlichen Aufnahmeprozederes in die Loge das vorherrschende Gefühl in ihm gewesen. Er habe Distanz. Jetzt wusste er es besser: Er hatte sich von seiner eigenen Maske korrumpieren lassen. Der Abstand war kleiner geworden. Er hatte sich eingelassen und sich dabei vorgemacht, das Gegenüber tue es. Er selbst bleibe an Ort und Stelle, verankert in seiner Haltung und Überzeugung. Es war umgekehrt. Sie hatten ihn nie ernst genommen. Weder der Kerl, der ihn hineingeleitet hatte, noch die anderen befreundeten oder zugewandten Mitglieder ähnlicher Verbünde. Er war immer bloß ein Läufer gewesen. Ein guter, schöner und blöder Verkäufer ihrer Ware.

Die Einsicht machte ihn auch jetzt noch wütend, aber er konnte damit leben. Zumal er mit diesem einen Kunden, den er der Mitgliedschaft in dem Verein verdankte, in den vergangenen Jahren mehr Geld verdient hatte als Daniel Wittmann in derselben Zeit mit seiner Medienagentur, die rund 45 Leute beschäftigte.

Außerdem hatte er seinen Spaß gehabt an der Camouflage, die der Job mit sich gebracht hatte. Daran, als ein anderer durch die Welt zu reisen, ein anderer zu sein für Stunden oder Tage. Verachtung und Lächerlichkeit hin oder her. Er hatte sich auf eine ihm neue Art frei gefühlt als Mensch hinter der Maske, der Wahrheit näher. Dem Menschsein.

Trotzdem war er sich stets bewusst gewesen, dass das Vergnügen unecht war. Bloß eine Fassade. Hemmungslosigkeit, Undiszipliniertheit, Trotz, Egozentrismus und Imponiergehabe bis hin zur Dekadenz, die er als der andere zuweilen pflegte, wenn ihm danach war und wenn die Umstände es erlaubten – alles Tand.

Das einzig Echte an dem Job schien das Geld zu sein, das sich irgendwo draußen im gesetzlosen Blau summierte. Und es war viel Geld. Mehr, als er jemals brauchen würde.

Er hätte aufhören können. Bis vor kurzem jedenfalls. Jetzt nicht mehr. Etwas hatte sich verändert.

Angefangen hatte es mit der Konferenz vor einem Jahr. Oder besser: Mit dem Auftrag zur Organisation der Konferenz. Wie üblich gab es keine Mandatsverträge. Auch das war für Wittmann in Ordnung. Das Risiko konnte er tragen. Du stellst alles bereit und keine Fragen. Kein Problem. So lief das nun seit Jahren.

Was ihn irritiert hatte, war die Tatsache, dass die Konferenz diesmal im schweizerischen St. Moritz stattfinden sollte. No fingerprints there – hatte es immer geheißen. Und jetzt sollte er dort rein und raus, als wäre er irgendein beliebiger Grenzgänger. Egal, wie vorsichtig man war – man hinterließ immer Fingerabdrücke, wenn man irgendwo arbeitete. Und wenn es sich bei der Arbeit um die Organisation einer Konferenz unter diesen Sicherheitsvorkehrungen handelte, würde der Boden nach getaner Arbeit aussehen wie das massakrierte Terrain nach einem verregneten Open-Air-Festival. Mit der Abweichung, dass die ganzen Spuren im Dreck seine eigenen wären. Egal welcher Name welcher Stiftung, hinter deren Kulisse Michael Kron operierte, die Sohle zierte.

Er hatte darauf hingewiesen. Höflich. Fragend.

„Die Dinge ändern sich manchmal“, hatte die Stimme am Telefon gesagt. Er hatte ein Lächeln zu hören geglaubt. Warmglänzend. „Die Schweiz ist jetzt durch Nukleus eine Partnernation, wie Sie wissen. Das schließt Sie mit ein.“

Die zweite Sache, die ihn irritiert hatte: Die Stimme war neu gewesen. Eine Frauenstimme. Über all die Jahre war die gesichtslose des anderen zu einer beinahe physischen Größe geworden. Er hatte sie erkannt, wie man ein vertrautes Gesicht in der Menge erkennt. Er hätte sie aus Tausenden herausfiltern können.

„Sind Sie neu?", hatte er gefragt und im selben Moment gemerkt, wie unbedarft die Frage klang.

Wieder das nur vermutete Lächeln am anderen Ende der Leitung:

„Nun – ‚neu' ist ein großes Wort, finden Sie nicht auch? Was gibt es denn heute noch wirklich Neues?"

Wittmann hatte es als eine rhetorische Frage aufgefasst und nicht geantwortet.

„Um Ihre Frage zu beantworten: Nein – wie das meiste andere bin auch ich nicht neu. Ich ersetze lediglich die Person, mit der Sie bisher in Kontakt waren. Sie steht leider nicht mehr zur Verfügung."

„Na dann", hatte Wittmann geantwortet. „Auf gute Zusammenarbeit."

Am anderen Ende war aufgelegt worden.

Und er – er hatte seinen Job gemacht. Wie immer.

Das Hotel, diesmal das Suvretta House in St. Moritz, war gebucht worden. Geschlossene Gesellschaft. Eine Woche lang. Nicht einmal die Hotelleitung wusste, wen sie beherbergen würde. Erst eine Woche im Vorfeld wurde dies bekanntgegeben. Allerdings auch das erst, wenn das gesamte Personal einer intensiven Überprüfung standgehalten und sich schriftlich zu Verschwiegenheit verpflichtet hatte. Bei Problemen in dieser Hinsicht wäre ein Plan B – anderes Hotel, anderer Ort – zur Anwendung gekommen. Zum selben Zeitpunkt wurde, um den Schein einer Art Öffentlichkeit zu wahren, eine magere Presseerklärung veröffentlicht: die Bekanntgabe von Ort und Zeit, eine nichtssagende Traktandenliste und eine ebensolche Agenda der Konferenz. Die offizielle Teilnehmerliste wurde erst nach der Konferenz veröffentlicht. Die inoffizielle gar nicht.

Einzig bei der Konferenz im Mai 2008 war es anders gewesen. Sie hatte ohne Vorwarnung stattgefunden. Oder besser: Die kleine Meute der meist freischaffenden Journalisten irgendwelcher Außenseiter-Publikationen, die sich für diese Art von Elitetreffen interessierten, war auf eine falsche Spur gelockt worden. Den Grund dafür hatte auch Wittmann nicht gekannt. Es hatte ihn nicht zu interessieren, und er hatte es wieder geschafft, dass es auch so war. Er hatte weggesehen. An das Geld gedacht. Es hatte funktioniert.

Warum es das in St. Moritz nicht mehr getan hatte, war ihm selbst anfänglich nicht klar gewesen. Er war wie immer vorgegangen. Schweizer Polizei, Militärpolizei, Aithon, ein privates Sicherheitsunternehmen, mit dem er auf Wunsch des Kunden auch als Daniel Wittmann zusammenarbeitete, Inlandsgeheimdienst und Teile einer militärischen Sondereinheit hatten vom Justiz- und Militärdepartement des Landes den Auftrag, in enger Zusammenarbeit sowohl den Ort als auch das Hotel ab Mitte der Woche abzuriegeln. Nicht nur diskret, sondern lautlos. Das Ziel: die Schar der Konferenzteilnehmer, Persönlichkeiten, die normalerweise im Rampenlicht standen, und solche, die das Licht scheuten, für drei Tage in einem publizistischen Schwarzen Loch verschwinden zu lassen.

Wittmanns Job war es, zusammen mit den genannten Firmen und Behörden das Schwarze Loch bereitzustellen.

Wer es war, der die Chapman House Rule durchsetzte, wonach sowohl Teilnehmende als auch Referenten der Konferenz über deren Inhalte absolutes Stillschweigen zu wahren hatten, und mit welchen Mitteln dies erreicht wurde, entzog sich seiner Kenntnis. Die Tatsache, dass die obersten Chargen der weltweit größten Verlagshäuser allesamt vertreten waren, sprach für sich. Seit einigen Jahren waren auch die CEOs und Gründer der globalen sozialen Netzwerke mit von der Partie. Facebook, Linkedin, Twitter, Google – und nirgends war auch nur eine Zeile über den Anlass zu lesen.

Obwohl er selbst es war, der als Michael Kron den Rahmen für die Konferenz bereitstellte, war diese selbst bis zum letzten

Frühjahr sogar für ihn scheinbar und unwirklich geblieben in einem Maß, das es einfach machte, sie zu vergessen, sobald sein Job erledigt war.

Dann hatte man ihn dieser Distanz beraubt, hatte ihn näher herangezogen.

Es war ein Unterschied, ob man bloß neben einem dunklen Wasserbecken stand, von dem man zwar wusste, dass es einen in seinem Potential tödlichen Reaktor beherbergte, das aber in puncto Eindrücklichkeit einem außer Betrieb befindlichen Aquarium glich, oder ob man gezwungen wurde, Blick und Wissen auf das diffus flackernde bläuliche Leuchten in der Tiefe des Schwimmbeckens zu richten, wenn die Maschine in Betrieb war.

Genauso war es ihm ergangen: Über Jahre hinweg hatte er mit dem Innern der Konferenz nichts zu tun gehabt, hatte am Rand wirken, aus sicherer Distanz seinen Job erledigen, im vagen Vermuten um das Machtpotential dessen, was er arrangierte, verharren können.

Dann hatte man das dämpfende Flies heruntergerissen, ihn aus dem komfortablen Ahnen hinauskatapultiert in scharf umrissenes Wissen. Es gab kein Wegsehen mehr. Und er – Idiot, der er war – hatte sich eingeredet, angekommen zu sein. Angenommen.

Für die Konferenz in der Schweiz hatte man seinen Verantwortungsbereich ohne Angabe von Gründen erweitert, hatte ihm die Abwicklung des Einlade- und Bestätigungsprozederes ebenso wie die Sicherstellung der Abläufe vor Ort und die Kooperation mit den Sicherheitsbehörden übertragen, wo er bisher beinahe gemütlich im Regiestuhl und in sichtoptimierender Distanz zur Szene hatte Anweisungen erteilen können. Damit war es vorbei gewesen und er selber mittendrin.

Er hatte die Namen der Konferenzteilnehmer gelesen, hatte sie memoriert, sie sich zu eigen gemacht, um agieren und notfalls reagieren zu können – business as usual. Und doch hatte es ihm Denken und Sprechen verschlagen, als er gesehen hatte, wer da nachts und in gepanzerten Limousinen am Tagungsort eingetroffen war. Als er nicht bloß als schwarze Buchstaben auf anonymem Grund, sondern berührbar, persönlich mit einem Schwall geatmeter Luft aus dem Fonds einer Limousine jene Menschen hatte aussteigen sehen, die auch für ihn normalerweise nur als Namen, bestenfalls als Fotos existierten. Und weit und breit keine Mikrofone, kein Kamerablitzen, kein Fragen oder Rufen: Ungesehen hatte sich hier im 5.000-Seelen-Dorf auf rund 1.800 Metern über dem Meer der innere Kern dessen getroffen, was sich – glaubte man den Medien – nie traf.

Mit Schrecken und Faszination zugleich bemerkte Wittmann erst da, dass ein G-20-Meeting, von der internationalen Presse begleitet, analysiert und geröntgt, von den Börsen gefeiert oder bachab geschickt, von den Massen stumpf zur Kenntnis genommen, in Wahrheit nicht mehr war als eine sauber präsentierte Schau von Zirkuspferden. Programm und Choreographien waren längst geschrieben worden. Monate oder Jahre zuvor auf einer Konferenz wie dieser, wo sich ungesehen die Hände schüttelte und umarmte, was in der Öffentlichkeit nie zusammen in Erscheinung trat. Die Spitzen des abendländischen Geldadels trafen im künstlich geschaffenen Vakuum auf die Führungsriegen der NATO-Nationen, der weltgrößten Unternehmen aus den BIP- und sicherheitsrelevanten Branchen, der Geheimdienste, der Wissenschaft und der Großverleger. Einziger Widerhall auf der anderen Seite der von Sicherheitskräften abgeschirmten Mauern des Hotels das schale Communiqué, aus dessen Zeilen nicht mehr als die Worte „informell“ und „Austausch“ deutlich vernehmbar heraustraten.

Das Realwerden dessen, was für ihn bis dahin ein zwar außerordentlich gut bezahltes, aber in seiner Anonymität austauschbares Projekt gewesen war, hätte genügen sollen, um Daniel Wittmann alias Michael Kron ein für alle Mal auf seinen Platz zu verweisen. Aber das hatte es nicht. Im Gegenteil: Er hatte sich erhoben gefühlt – für kurze Zeit zumindest. Auf einer neuen Ebene. Exaltiert. Die Tatsache, dass er bei den sogenannten Referaten, die in Wahrheit eher lockeren Gesprächsrunden glichen, nicht dabei war, auf der anderen Seite der Türen verblieb, schrieb er seinem Job zu. Er hatte alle Hände voll zu tun und dafür zu sorgen gehabt, dass die Grenzen respektiert wurden, dass weder eine Hand noch ein Wort die gläsernen Trennwände zwischen Teilnehmenden, Spezialisten, Referenten und Sicherheitsleuten berührte. Er hatte sich eingeredet, er gehöre trotzdem oder gerade deswegen dazu. Er kenne als einziger beide Seiten. Hatte sich aufgeführt und gefühlt wie eine minderbemittelte Ballkönigin, eine hirnlose Debütantin, der man erklärt hatte, ihre Rede zum Weltfrieden sei zwar wichtig, müsse aber aus zeitlichen Gründen gestrichen werden.

Alles war rund gelaufen. Er hatte alles geglaubt, was sein berauschtes Ego ihm an Schmeichelhaftem anbot. Hatte angestoßen auf seinen Erfolg, sein Dabeisein und Dazugehören. Buchstäblich. Hatte allein in der Bar des Hotels einen Whisky gekippt, einen zweiten. Hatte seine Runden gedreht. Schwebend fast. Und er hatte versagt. Einen Fehler gemacht. Nicht aufgepasst. Die unsichtbare Scheibe war berührt worden und der Alarm nicht losgegangen. Beweisen und überprüfen konnte er das im Nachhinein nicht. Der Fingerabdruck dort, wo keiner hätte sein dürfen, war erst viel später entdeckt worden. Vor ein paar Tagen.

Irgendein Wissenschaftler mit Namen Thomas Bernoulli, der die Konferenz als Referent besucht hatte und dessen Fachgebiet sich Wittmanns Kenntnis bis vor kurzem entzogen hatte, schien sich mit einer der Hostessen, allesamt Mitarbeiterinnen eines in- oder ausländischen Nachrichtendienstes, unterhalten zu haben.

„So what?“, hatte ihm auf der Zunge gelegen, als ihm die mittlerweile vertraute neue Stimme das Problem vergangene Woche am Telefon mitgeteilt hatte. „Was soll‘s? Was kratzt es Sie oder mich, ob über die Ränder zweier Gläser hinweg ein paar Anzüglichkeiten Purzelbaum geschlagen haben?“

Er hatte es nicht gesagt. Hatte geschwiegen. Ein neutrales „Ja“ das einzige, was signalisierte, dass er zuhörte, bereit war, weiterzuhören.

Dennoch schien die Frau das Gedachte vernommen zu haben, hängte ein am Unausgesprochenen, als sie fortfuhr:

„Das allein wäre zwischen zwei Menschen, zumal es sich dabei um einen Mann und eine Frau handelt, nicht weiter bemerkenswert. Ein Abend irgendwo auf der Welt, eine Bar, ein Drink – Sie wissen schon…"

Dann war die Stimme anders geworden. Wittmann vermochte auch jetzt nicht zu sagen, *wie* anders. Nur, dass es auf eine Art geschehen war, die zu bewirken vermocht hatte, dass seine Haut sich scheinbar enger um ihn zog, kein Platz mehr war für Atem und Stimme zugleich.

„Bei dem Mann handelt es sich um Thomas Bernoulli, wissenschaftlicher Referent bei der Konferenz und leitender Mitarbeiter der Syngenta-Laboratorien", fuhr die Stimme fort. „Das allein wäre an sich kein großer Deal, wenn der Mann nur für besagtes Unternehmen arbeiten und nur neue Schädlingsbekämpfungs- und Düngemittel erforschen würde. Ist aber nicht so. Erstens ist das Laboratorium, für das er arbeitet, beziehungsweise: zu arbeiten glaubt, nicht der Syngenta angegliedert – man hat sich da lediglich eine Stabstelle auf einem offiziellen Organigramm angemietet, wenn sie so wollen –, und zweitens ist der Forschungsgegenstand, mit dem er sich beschäftigt, weit davon entfernt, sich auf dem weltweiten Agrarmarkt zu verkaufen."

„Wäre es Ihnen möglich, etwas deutlicher zu werden? Sie sollten inzwischen wissen, dass Sie mit mir nicht in anderen Zungen zu reden brauchen, wenn es um die gesellschaftsfördernden und geheimen Projekte staatlicher Lenkung geht. Also: Woran forscht dieser Bernoulli und für wen?"

„Tut mir leid. Ich kann in diesem Fall nicht ins Detail gehen. Nur soviel: Das Projekt läuft unter dem Namen ‚Delta' und befasst sich mit den Möglichkeiten moderner Bio-Kampfstoffe zu Zwecken der Verteidigung. Auftraggeber ist ein kleiner Kreis von Leuten aus den Kernstaaten der Euro-Zone. Wohlverstanden: nicht die Regierungen. Eine Interessensgemeinschaft zum Wohl aller, wenn Sie so wollen. Dieser Sachverhalt in Kombination mit der Frau, die Bernoulli zu kontaktieren versucht hat, eine gewisse Anja Sanders, Mitarbeiterin des Schweizer Staatsschutzes beziehungsweise des Nachrichtendienstes des Bundes, wie sie das dort nennen, ist keine gute Kombination, wie Ihnen bewusst sein dürfte. Wir gehen davon aus, dass Anja Sanders nicht ihr richtiger Name ist. Ebenfalls sind wir davon ausgegangen, dass Thomas Bernoulli zum Zeitpunkt der Konferenz nicht wissen konnte, was ihre eigentliche Funktion vor Ort war. Wir haben uns also keine allzu großen Sorgen gemacht, als uns jemand von der Syngenta vor ein paar Tagen über das Ausbleiben von Bernoulli informiert hat. Warum auch? Wir haben lediglich seine letzten Kontakte durch den Routine-Scan geschickt. Telefon, Handy, E-Mails. Das Resultat war unauffällig, wie erwartet. Sicherheitshalber und wegen der Hysterie, die sich bei Syngenta offenbar bemerkbar machte, haben wir auch unsere Kontakte bei den Behörden aktiviert. Und da sind wir – leider, muss ich sagen – fündig geworden. Der Mann hat offenbar vor seinem Verschwinden keine Mühe gescheut, jede Polizeiwache des Landes zu kontaktieren auf der Suche nach der Frau, die er als Anja Sanders kennengelernt hat und die er richtigerweise in den Reihen einer Sicherheitsbehörde vermutete. Und bevor Sie jetzt einwerfen, die versuchte Kontaktaufnahme könne auf rein menschlichem Interesse beruhen… Vergessen Sie es. Amor und sein Pfeil machen zwar oft genug einen schlechten Job. Aber in den meisten Fällen braucht er nicht ein Dreivierteljahr, um sein bestes Stück abzufeuern. Das ist im übrigen auch der Grund für die Besorgnis in den Reihen des Konzerns. Und wir neigen dazu, diese Besorgnis zu teilen."

„Ich verstehe", kam es von Daniel Wittmann. Er sagte es, um irgendetwas zu sagen. Er verstand rein gar nichts außer der Tatsache, dass etwas im Entstehen begriffen war, das ihm nicht gefiel.

„Ich bin mir nicht sicher, ob Sie verstehen, Kron. Das ist Ihre Baustelle. Es war Ihr Job, dafür zu sorgen, dass genau solche Kontakte nicht stattfinden vor Ort. Wir haben versucht, die Kohlen für Sie aus dem Feuer zu holen und Bernoulli zu finden. Es ist nicht gelungen, und jetzt ist es an Ihnen, da wieder reinzugehen. Sie waren es, der mit den Behörden in der Schweiz zusammengearbeitet hat. Sie kennt man dort. Außerdem erwartet man Ihren Anruf bereits."

Etwas in Daniel Wittmann hatte sich gegen den Kommandoton der Frau aufgelehnt. Möglich, dass es bloß der bleiche Schatten des fehlgeleiteten Auserwähltheitsglaubens seines Egos war, das die vage Idee der Aufnahme seiner selbst in einen inneren Kreis seit der Konferenz gegen alle Realitäten verteidigte. Was es auch war – es hatte bewirkt, dass sein Denken in Gang gekommen, dass seine Antwort schärfer ausgefallen war, als sie es möglicherweise gedurft hätte.

„Okay – nur damit ich alles richtig verstehe: Irgendein Wissenschaftsheini, der im Rahmen Ihrer Konferenz ein Referat zu irgendwelchen Mikroorganismen oder meinetwegen Bio-Kampfstoffen gehalten hat und der anlässlich selbiger Konferenz ein paar Worte mit einer NDB-Mitarbeiterin gewechselt hat, leistet sich ein paar blaue Tage, was bei seinem Pro-forma-Arbeitgeber und bei ein paar Leuten aus dem Sicherheitsbereich Panik auslöst. Sie und Ihre Leute checken kurz mal sein Leben und finden nichts Auffälliges. Sicherheitshalber wecken Sie dann doch noch die Hunde jenseits der Grenze, indem Sie Datenklau betreiben, um seine gesamte Kommunikation zu röntgen."

„Keiner hat irgendwas geklaut, Kron. Wir haben höflich angefragt, und wir haben die Daten erhalten."

Wittmann ließ nicht durchblicken, ob er ihren Einwurf gehört hatte, sondern fuhr ohne Pause fort: „Und jetzt, wo alles, was halbwegs in der Lage ist, zu bellen und zu beißen, wach ist, rufen Sie mich an mit der Bitte, doch mal schnell da reinzugehen und die Dinge mit ein paar Leckerlis zu klären. Der Gedanke, der mir möglicherweise in diesem Moment durch den Kopf geht und der mir möglicherweise sagt, dass es möglicherweise gut gewesen wäre, mich zu einem früheren Zeitpunkt zu kontaktieren, würde von Ihnen sehr wahrscheinlich als Anmaßung empfunden. Das will ich nicht riskieren. Aber…" Wittmann hatte sich zusammenreißen müssen, um nicht laut zu werden, „…hätten Sie mich nicht dazuholen können, *bevor* das, was man umgangssprachlich als Diskretion bezeichnet, wie eine geschändete Minderjährige nackt in den Schlagzeilen rumliegt? Und was soll das überhaupt heißen: Man erwartet Sie? Wer erwartet mich?"

„Das ist keine Bitte." Die Stimme am anderen Ende war gleichsam leiser und doch lauter geworden.

Wittmann war kurz irritiert gewesen, hatte nicht gleich verstanden:

„Was...?"

„Wir wenden uns nicht mit einer Bitte an Sie, Kron. Tun Sie einfach, was nötig ist. Nehmen Sie Kontakt auf mit der Person, die unser Mann in der Schweiz uns angegeben hat. Das ist alles. Stiften Sie Unruhe. Und zu Ihrer eigenen Beruhigung: Es liegt rein gar nichts in den Schlagzeilen rum. Die Sache ist unter Verschluss. Und Sie können damit rechnen, dass die Person, die Sie kontaktieren werden, sehr rasch feststellen wird, dass es besser ist, sie auch dort zu belassen."

„Ansonsten was?", hätte Wittmann am liebsten nachgehakt. Die Worte, obwohl unausgesprochen, waren hörbar gewesen. Für ein paar Sekunden hatten sie die gläserne Faser, die sie verband, ausgefüllt. Dann flossen die stummen Silben ab. Die Stimme klang wieder neutral, freundlich fast:

„Die Person, die Sie auf Anraten unseres Kontakts anrufen werden, ist der Leiter des Finanzdepartements. Alles weitere wird der Mann selber in die Wege leiten."

Es hatte wie ein Friedensangebot geklungen. Auch Wittmann hatte sich beruhigt, war zurückgekehrt zur Sache.

„Sie sprechen von Oskar Ludwig." Es war eine Feststellung gewesen, deren Richtigkeit durch das Schweigen von Wittmanns Gegenüber bestätigt worden war.

„Bitte nehmen Sie es mir nicht übel, wenn ich schon wieder dagegenhalte. Aber Oskar Ludwig ist gerade mal ein paar Wochen im Amt..."

„In einem Amt, das traditionell von uns besetzt wird", war ihm die Frau ins Wort gefallen, „auch wenn der Glückliche das, wie im aktuellen Fall, nicht weiß. Und bevor Sie richtigerweise Ihren nächsten Einwand anbringen: Nein – Sie liegen richtig:

Es ist nicht Oskar Ludwig, der Ihre Kontaktaufnahme erwartet. Aber Oskar Ludwig wird jene Leute aktivieren, die sie erwarten. Davon geht zumindest unser Mann aus. Er ist einer von ihnen."

Lachen. Wittmann hatte eingestimmt. Nicht verstanden. Gewartet.

„Ich nehme Ihnen Ihre Überlegung nicht übel, Kron", war der Faden wiederaufgenommen worden. Das Lachen ebbte in der Stimme nach. „Sie haben von Ihrer Warte aus durchaus recht, irritiert zu sein. Aber die Details würden…"

„Die Details würden die Grenzen dieses Telefonats sprengen", war Wittmann ihr seinerseits ins Wort gefallen und hatte versucht, zumindest ein Grinsen in seine Stimme zu legen.

„Ja – leider, Kron. Aber Dinge ändern sich."

„Das klingt fast, als wollten Sie mich trösten."

„Das haben weder Sie noch ich nötig, Kron. Nehmen Sie's als Vorschuss."

Wittmann war nicht darauf eingegangen. Es war ihm peinlich gewesen. Er hatte eine nie gesehene und dennoch wiedererkannte Szene vor Augen gehabt, in der ein bockiger Vierjähriger eine Stange Kandiszucker in den schreienden Mund gestoßen bekam und wo ihm, vom Heulen und Zetern verklebt noch, die Erkenntnis dämmerte, dass Lutschen und Weinen zusammen nicht ging.

Auf beiden Seiten der Leitung war aufgelegt worden.

Und als hätte er nicht den Auftrag erhalten, ein simples Telefonat zu erledigen, ein paar Fragen zu stellen, um „Unruhe zu stiften", sondern vielmehr mit bloßen Händen ein scharfes Geschoss zu plazieren, von dem er weder Sprengkraft noch Druckwirkung und -distanz kannte, hatte er den Hörer aufgenommen und die Nummer gewählt, die ihm die Frau gegeben hatte. Besser, es gleich hinter sich zu bringen.

Fast war er erschrocken, als der Finanzminister der Schweiz sich nach dem zweiten Klingeln persönlich gemeldet hatte. Nicht so sehr über die Stimme an sich, aber einmal mehr über das Geflecht von Kontakten, über das sein Kunde zu gebieten schien. Dann hatte er den Gedanken, der bloß ein Gefühl war, beiseitegeschoben und seinen Job gemacht. Wie immer.

Er hatte nur ganz am Anfang des Gesprächs offensiv gespielt, hatte sich vorgestellt als Michael Kron, Kommunikationsbeauftragter im Dienst einer Stiftung, die Teile der Öffentlichkeitsarbeit von Syngenta betreute. Wie erwartet, hatte Oskar Ludwig, als Kron ihn hatte zu Wort kommen lassen, angefangen, Fragen zu stellen, während er selber sich darauf beschränkt hatte, zu reagieren. Seine Antworten waren durchs Band vage geblieben. Und in dem Maß, wie er selber sich ins verbal Beliebige hinübergerettet hatte, war die Irritation des Gegenübers gewachsen. Das war es, was er hatte erreichen müssen: Die Umrisse von etwas anfänglich Klarem und Einfachem im Lauf des Gesprächs derart verwischen und unkenntlich machen, dass am Ende Unsicherheit entstand.

Als er aufgelegt hatte, war er sicher gewesen, dass der Finanzminister nicht zögern würde, sich Klarheit zu verschaffen, Informationen. Über eine Person namens Michael Kron, über Anja Sanders, Tom Bernoulli, die Syngenta – und vor allem darüber, was er selber oder das Departement, dem er vorstand, damit zu tun hatte.

Sein Job war damit erledigt gewesen. Dachte er jedenfalls. Er dachte falsch, ohne es freilich zu wissen. Hätte er es in diesem Moment bereits gewusst, wäre es ihm möglicherweise ein Trost gewesen, dass seine Auftraggeber denselben Fehler machten und ebenso falsch dachten. Und möglicherweise wäre Daniel Wittmann für einmal dankbar gewesen, nur ein Läufer zu sein.

Unbelastet von solcherlei Wissen drückte er die Espresso-Taste der Kaffeemaschine. Das Mahlgeräusch ein heiseres Kreischen in den leeren Räumen der Agentur. Es war Samstag. Die Großraumbüros waren leer bis auf einen der Web-Designer, der kurz nach ihm reingeschlichen gekommen war in einem Zustand, dass Wittmann sich gefragt hatte, ob es angebracht wäre, den Sicherheitsdienst der Aithon zu rufen, der an den Wochenenden Bereitschaftsdienst machte. Oder besser noch die Ambulanz. Oder die Heilsarmee. Das einzige, was den Jungen aufrecht zu halten schien, war der verstärkte Träger seiner Freitag-Tasche.

Wittmann setzte sich hinter seinen Schreibtisch. War 15 Sekunden später wieder auf den Beinen. Etwas legte sich auf seine Brust, sobald er in Bewegungslosigkeit verfiel. Wieder ging er vor der Fensterfront auf und ab. Die Espressotasse in seiner Hand war leer, das Porzellan bereits kalt.

Das Boxtraining, das er sich heute früh gegen die innere Unruhe verordnet hatte, hatte nicht die erhoffte Wirkung gezeitigt. Körperlich fühlte er sich zwar wie gewünscht potent und matt zugleich. Das Vibrieren in ihm, das Überspannte, an dessen Ende weiter angezogen wurde, das drängende Wissen, dass etwas dabei war, sich zusammenzuziehen, er etwas verstehen, etwas unternehmen sollte, jetzt, war indes geblieben. Das „Etwas" blieb im Dunkeln.

Das Display des Smartphones auf der Schreibtischplatte leuchtete auf. Ein eingehender Anruf. Kennung unterdrückt. Er kannte nur eine Person, die diese Nummer unterdrückt kontaktierte. Wobei, wie gesagt, „kennen" in diesem Zusammenhang ein großes Wort war. Er hatte keine Ahnung, was sie jetzt schon wieder von ihm wollen könnte. Er ließ es klingeln. Zum ersten Mal.

Dann lachte er. Es kam selbst für ihn überraschend. Als hätte ein Teil von ihm sich sowohl seinem Verstand als auch seinem Körper entzogen, sich losgerissen. Der Klang hatte nichts Heiteres an sich. Schall bloß, ein panisches Zuviel, das gegen die Fenster und von ihnen zurückgeworfen wurde in den nüchternen Raum. Fast glaubte er, die Druckwelle zu spüren, die aus ihm herausbrach, ihm entgegenbrandete und schließlich verebbte. Er war zum Stehen gekommen. Die Stille, die dem Ausbruch folgte, war berührbare Schwere. Müdigkeit. Er straffte sich, dehnte Nacken und Hals, indem er den Kopf erst auf die rechte, dann auf die linke Seite neigte. Ja – es war absurd. Alles. Darauf ausgerichtet, einen einzelnen Menschen irr werden zu lassen. Aber er, Daniel Wittmann, würde ihnen nicht den Gefallen tun, die Nerven zu verlieren. Keiner würde je von ihm sagen können, er stehe leider nicht mehr zur Verfügung.

Für den Moment würde er einfach hierbleiben, solange auf und ab gehen, bis das Dunkel sich verzog. Oder bis seine Augen sich daran gewöhnt hätten. Klarer sehen würden. Umrisse zumindest. Mehr konnte er nicht tun.

Und schließlich ist auch ein schlechter Plan besser als keiner, dachte er.

***

Der Junge, wie Wittmann ihn genannt hatte, war für den Teil einer Sekunde zusammengezuckt, als er festgestellt hatte, dass er nicht allein war. Dass der Inhaber und CEO der Konversus am Samstagmorgen offenbar nichts Besseres zu tun hatte, als den Teppichbelag in seinem Büro zu strapazieren und Selbstgespräche zu führen. Doch das allein war es nicht, was die Kontraktion im Innern, das kurze Stocken der Atmung ausgelöst hatte. Vielmehr war es der Kerl selbst gewesen. Daniel Wittmann.

Der Junge mit Namen Lorenz Balmer war Mitarbeiter des schweizerischen Nachrichtendienstes des Bundes im Operations-Team eines gewissen Carl Brun und hatte während der vergangenen Stunden genügend Zeit gehabt, alle existierenden Fotos des Mannes zu studieren, dem er sich ohne Vorwarnung auf die Distanz von 20 Metern und nicht bemerkbar innehaltend gegenüber befand. Aber es war etwas anderes, ob man die beliebig manipulierbare Hochglanz-Version eines Gesichts vor sich hatte oder aber die in ihrer perfekten Symmetrie schockierende Realität. Der Mann war mehr Bild als alle Fotos zusammengenommen.

Er war froh gewesen, die verspiegelte Pilotbrille aufgesetzt zu haben. Auch wenn es unwahrscheinlich schien auf diese Entfernung: Das menschliche Gehirn war in der Lage, ein Sich-Weiten von Pupillen zu erahnen, ohne es zu sehen. Als würde Unsichtbares von Unsichtbarem abgetastet. Und er war sicher, dass diese minimale Veränderung seiner Mimik ihn hätte verraten können. Auch Wittmann, hinter den gläsernen Wänden dessen, was den Plänen zufolge sein Büro war, hatte kurz innegehalten, als er seiner ansichtig geworden war. Der Junge hatte genickt auf eine Art, die besagte, dass diese Bewegung das Äußerste war, was er in Anbetracht seines Zustands und der frühen Stunde zustandebringen würde. Er hatte sich nicht groß zu verstellen gebraucht, um den von Natur aus entrückten und vom Qualm psychotroper Pflanzen auf einer separierten Bewusstseinsebene befindlichen Computerheini zu spielen. Die von der Zugfahrt zerknitterte und wohl auch entsprechend riechende Kostümierung rundete das Bild ab: Turnschuhe, Röhrenjeans, die nur knapp den oberen Saum der Boxershorts erreichten, formfreies T-Shirt in orange und violett über einer schwindsüchtigen Brust, grüne Lederjacke und zu guter Letzt eine aus Lastwagenplanen gefertigte Tasche hätten auch einem Blinden das Bild des 30-jährigen und – was die soziale Entwicklung anbelangte – zu Beginn der Pubertät vom Verstand ausgebremsten ADHS-Patienten übermittelt. Superhirn hebelt Mensch aus, tat die Erscheinung fast schreiend kund. Lorenz hätte gern gelächelt, als er sicher gewesen war, Wittmann im Rücken zu haben, das Gesicht im Schatten. Er hatte es sich nicht erlaubt, hatte zugesehen, an die Arbeit und so rasch wie möglich wieder hier raus zu kommen.

Alles hatte bis dahin reibungslos geklappt. Valentin hatte gute Vorarbeit geleistet. Wie immer. Sie hatten sich kurz vor neun Uhr, als sein Zug aus Basel angekommen war, am Hauptbahnhof in Karlsruhe getroffen. Im Café des Bahnsteigs, der die Gleise 2 und 3 verband. Wortlos, wie nur Alltäglichkeit es erlaubt, standen zwei Männer an einem der Stehtische im windgeschützten Winkel der Rolltreppe. Sie hätten Vater und Sohn sein können. Arbeitskollegen. Jeder einen Styroporbecher vor sich. Der eine rührend und mit Milch und Zucker hantierend, der andere mit Blick auf die Uhr einen Teebeutel tunkend. Nach exakt zwei Minuten hatte er ihn herausgefischt. Die Sorgfalt und Umständlichkeit, mit denen die Prozedur ausgeführt wurde, hatten Valentin ein Kopfschütteln entlockt, das ohne Bewegung auskam.

Er hatte alles dabeigehabt, was Lorenz für den Job brauchen würde: Zweitschlüssel für den Haupteingang der Agentur, der an einem Samstag geschlossen sein würde, personalisierter Badge auf den Namen Torsten Hunke für den Bereich hinter der Lobby, Passwort für dessen Arbeitsstation, Gebäude und Büropläne und sogar Chips für den Kaffeeautomaten. Sämtliche Papiere und Karten, die ihn als Torsten Hunke, deutschen Staatsbürger und gesetzlich registriertes und somit vor einer Obrigkeit existenzberechtigtes Individuum auswiesen, hatte er bereits in der Schweiz erhalten.

„Knöringen“, hatte er, während er in den Tee blies, gemurmelt. Es hatte sich angehört wie etwas unter der Gürtellinie. Die Antwort auf eine persönliche Beleidigung.

„Ich glaube nicht, dass die Idylle der rheinland-pfälzischen Landschaften dich allzu sehr belästigen wird“, hatte Valentin zu besänftigen versucht. „Erstens ist‘s bis dorthin nur eine knappe Stunde Zugfahrt, und zweitens“ – an dieser Stelle hatte er in Richtung Lastwagenplanen-Tasche des Jüngeren genickt – „spielt es in deinem Fall ja doch keine Rolle, was rundum stattfindet oder zu sehen ist“.

„Trotzdem …“

„Trotzdem was …?“

„Vergiss es.“

Dann hatten sie geschwiegen, bis die Becher leer gewesen waren. Der Junge hatte sich in Richtung Abfahrtsgleis getrollt, wo bereits der Regionalzug in Richtung Landau wartete. Dort angekommen, hatte er ein weiteres Mal umsteigen müssen. Er hatte versucht, ab Karlsruhe jeden visuellen Kontakt mit der Umgebung zu vermeiden. Es hatte vollkommen gereicht, zu *wissen*, wo er war. Er brauchte es nicht auch noch zu sehen, um sich zu fühlen wie ein im kanadischen Norden ausgesetzter Käfig-Kanarienvogel. Das sanfte Wellen menschenleerer Rebenzeilen hätte gereicht, ihn panisch werden zu lassen. Mit Hilfe von Kopfhörern und Laptop hatte er es geschafft, unter der Postkarten-Hölle hindurch- und erst an der Tür der Konversus in Knöringen wiederaufzutauchen.

Dann die Überraschung: Die Agentur eine ehemalige Fabrik. Technisch und architektonisch nach modernstem Standard aus- und aufgerüstet und doch belassen im rauhen Zustand früh industrialisierten Handwerks. Walter Gropius, Gründer und Verkünder des Weimarer Bauhaus-Glaubens, hätte hier These und Antithese seiner Überzeugung gleichermaßen vorgefunden.

„Oder sich das Leben genommen." Er hatte es halblaut gesagt und war ob der Hörbarkeit der eigenen Stimme erschrocken, hatte nicht bemerkt, dass seine Kopfhörer verstummt waren.

Er hatte sich einen Ruck gegeben: Lobby, Empfangsbereich, Großraumbüro, Wittmann.

Einmal am Arbeitsplatz des Konversus-Mitarbeiters Torsten Hunke angelangt, hatte es keine 60 Sekunden gedauert, bis er im internen Netzwerk drin gewesen war.

Während er jetzt die lokal abgelegten Daten bündelweise auf eine Reise um die Welt schickte, griff er auf die Festplatten zweier geschäftsführender Partner zu. Eigentlich hatte er vorgehabt, erst auf Wittmanns Computer zuzugreifen, ließ es aber sein in Anbetracht der Tatsache, dass dieser vor Ort war und er nicht sicher sein konnte, ob eingeloggt oder nicht. Er wurde auch so fündig: Der Mensch, höchstgradig vernetzt, technisiert, virtualisiert, liebte trotz all dem oder gerade deswegen das, was man früher als „Zettelwirtschaft" bezeichnet hätte; verankerte das wenige Reale, das er produzierte, an „seinem" Platz, sammelte, heftete ab, pinnte an, bevor er es dem wolkigen Globalen überließ. Sicher ist sicher ist unsicher. Der Mensch blieb ein Dörfler. Darauf konnte man sich verlassen. Immer. Egal wie strikt die Vorschrift war, wonach sensible Mandatsdaten nie lokal gespeichert werden durften. Und je gründlicher und gewissenhafter ein Mensch in der Regel war im Befolgen der Vorschriften, desto sicherer war es, die Stelle zu finden, wo er sie aus eben diesen Gründen verletzte. Bereits auf der ersten Festplatte fand er lokal einen Ordner, der den Zeit- und Datenangaben zufolge als temporär einzustufen war. Der Ordner war leer – die darin abgelegten Dokumente waren korrekt ausgelagert und lokal gelöscht worden. Dass der Ordner mit Namen „Delta" noch vorhanden war, war der Zettelfaktor. Der Junge konnte sich ein Lächeln nicht verkneifen.

Der größte Teil der Konversus-Daten wurde aus Platz- und Sicherheitsgründen extern gelagert. Bereits von der Schweiz aus war es kein Problem gewesen, der Datenspur zur Serverfarm zu folgen, die die Speicherkapazitäten und die Sicherheit für die mandatsrelevanten Daten zur Verfügung stellte. Letzteres vor allem – was der Grund war, warum er heute hier saß. Die Sicherheitsvorkehrungen der in London gelegenen Serverfarm waren sogar für Lorenz eine Herausforderung. Das Risiko, aufzufliegen beim Versuch, den Namen des Hosts herauszufinden, auf dem die Agenturdaten lagerten, indem er mal einfach so und barfuß von der Schweiz aus dort reinspazierte und sich umsah, war zu groß gewesen. Die einzige Chance, da am Eingang und an den Sicherheitsposten vorbeizukommen, die Daten zu holen und zu verschieben bestand darin, sich von Anfang an überzeugend als Interner identifizieren zu können. Trotzdem: Einmal drin, musste er schnell sein. Denn *die* wären auch schnell, wenn es darum ginge, festzustellen, dass ein Interner namens Torsten Hunke Datenmanipulationen vornahm, die er nicht vorzunehmen hatte.

Die Firma, Aithon Host Services, die die Datenspeicherung und Sicherung für die Konversus abwickelte und sicherstellte, war ein Tochterunternehmen der Aithon Defence Services Ltd., einer privaten Sicherheitsfirma mit Holdingsitz in Basel. Die „ganzheitlichen Lösungen“, die die Firma gemäß Website anbot, wurden für internationale Kunden, einschließlich Regierungen und global agierende Agenturen, „maßgeschneidert“. Die Holding war außerdem eingetragener und aktiver Auftragnehmer der Vereinten Nationen sowie Hauptauftragnehmer der US-Regierung. Nebst London, Washington und Basel unterhielt sie Büros in Afghanistan, Bahrain, dem Irak, Kenia und Nepal. Kurz: Es handelte sich um eine Privatarmee. Nicht mehr und nicht weniger. Und es war davon auszugehen, dass sowohl die Holding als auch die darin verbundenen Unternehmen (Research and Intelligence, Technical Services, Host Services und Security Operations) von der Organisation, der Operationsweise und den Sicherheitsstandards her dieser Tatsache entsprachen. Oder anders gesagt: Da reinzugehen war eine Kampfhandlung. Der einzige Vorteil, den er hatte, war, dass er hier aus der Deckung der Konversus heraus operieren und sich auch wieder durch sie zurückziehen konnte, dass er allein und schnell und flexibel war und dass er es verstand, seine Spuren zu verwischen und zu verschwinden.

„Na, dann mal los. Hallo, allerseits“, murmelte er.

Als virtueller Torsten Hunke war es kein Problem, mit einem abzulegenden Datenbündel unter dem Arm rein und auf direktem Weg zu Delta zu gehen. Oder besser: zu schlendern. Er durfte nicht riskieren, sich durch die Geschwindigkeit des Hacks zu verraten. Nicht gleich zu Beginn. Gemütlich ein Liedchen pfeifen, in der einen Hand die Kaffeetasse, in der anderen die Akten. Diesmal glitt wirklich ein Lächeln über die blassen Züge.

Einmal vor Ort, ließ er allerdings jede künstliche Gelassenheit fallen und drehte auf: Bündeln, verpacken, weg damit. Es lief gut. Soweit er es beurteilen konnte, waren außer ihm nur zwei Leute auf der Farm. Er ging davon aus, dass es sich dabei um Aithon-Mitarbeiter handelte, die zur Wache abgestellt waren. Beide zur Zeit und soweit er es beurteilen konnte inaktiv.

Man sollte den Job wechseln. Sich von einem dieser hochgerüsteten Söldnertrupps anstellen lassen, ging es ihm durch den Kopf. Der Lohnzettel wäre dann mit großer Wahrscheinlichkeit ebenso hochgerüstet.

Er dachte es nicht bewusst. Es war Gedankenmüll, der trotz der Konzentration, die er auf das Tun bündelte, Platz und Zeit hatte, freischwebend um den aktiven Kern herum zu kreisen. So war es immer. Er hatte aufgehört, sich Gedanken über das immerwährende Drehen zu machen. Über das Kreuz und Quer, das Auf und Ab nimmer zur Ruhe kommender, stetig teils neu gebärender, teils sich klonender Gedankenstränge und -bruchstücke. Was jetzt kurz sein kognitives Sichtfeld tangierte, war nur eines von unzählbaren. Sie leuchteten auf am Rand irgendwo, verschwanden wieder. Manche drangen ein in die Hülle, die den festen Körper des Bewussten umgab, zogen einen Schweif hinter sich her, verglühten. Er hatte gelernt, die Kapriolen des Unkontrollierten zu akzeptieren. Nahm es hin, keinen Einfluss geltend machen zu können. Es war Zeit- und Energieverschwendung. So auch jetzt: Das Kontrollierbare blieb fokussiert und gebündelt in Augen und Fingern, die über Tastatur und Bildschirm flogen. Trotzdem blieb Platz für das träge Ziellose.

Er wusste, warum er auf dieser Seite saß. Warum er nicht in die Dienste eines hundertfach besser zahlenden Auftraggebers trat. Es nie tun würde, solange es diesen Job hier für ihn gab. Solange es das Team gab. Brun und die anderen. Er war kein moralischer Mensch. Keiner, der nach Sinn und Richtigkeit fragte. Es hatte eine Zeit gegeben, wo er es versucht hatte. Dann hatte er aufgehört. Es lag an der Konstruktion. Die Menschen hatten Drähte. So sagte man. Einen Draht haben. Zu einer Sache, zu anderen, zum Fühlbaren. Die Sache war die, dass er selber keine Drähte hatte. Nicht mal einen, nicht mal einen Draht-Stummel. Er wusste auch nicht, wo dieser Stummel hätte sein sollen, damit er den Einstieg in das Andere gefunden hätte. Jenes Andere, das nach einer Verbindung außerhalb des Verstandes verlangte. Nun – die Verbindung fehlte. Er war auf andere angewiesen. Auf solche, die er aufgrund logischer Überlegungen als richtig einordnete. Das Team waren seine anderen. Und sie waren es nicht nur aufgrund seiner eigenen Entscheidung. Sie waren es vor allem, weil sie ihn so nahmen, wie er war. Ihn akzeptierten. Den Drahtlosen. Den bis zur Beleidigung Sachlichen. Den Unhöflichen und Formlosen, der Stimmungen, Launen und Befindlichkeiten nicht wahrnahm. Getrennt blieb. Sich lediglich am Koordinatensystem des Fassbaren orientierte und verankerte.

Abrupt wichen die losen Gedankenfäden ins diffus Dunkle zurück. Er hatte etwa die Hälfte des Jobs geschafft, als Bewegung in einen der Aithon-Bouncer kam. Lorenz grinste.

„Jetzt wollen wir doch mal sehen, was ihr Typen draufhabt."

Seine Finger flogen. Jetzt galt bloß noch Tempo. Dann hörte er das Surren eines vibrierenden Handys nebenan. Wittmanns Handy.

Nicht schlecht. Die Kerle waren wacher, als er gedacht hatte. Das war's dann wohl. Er war aufgeflogen. Den Atem anhaltend lauschte er, bereit, sich in Sekunden aus der Aithon-Farm ebenso wie aus der Agentur zurückzuziehen.

Das Surren dauerte eine scheinbare Ewigkeit. Endlich verstummte es. Wittmann hatte das Gespräch nicht entgegengenommen. Vielleicht hatte er sich geirrt. Vielleicht hatten die Kerle bei Aithon nichts bemerkt und der Aktive der beiden war bloß auf einem regulären Rundgang.

Doch er hatte sich nicht geirrt: In der Zeit, als das Handy geklingelt und er sich zum Absprung bereitgemacht hatte, war der zweite Aithon-Mitarbeiter aktiv geworden und befand sich jetzt auf dem Weg zu Delta.

Na dann: Sieg oder Sarg.

Er tat, was ihm in dieser Situation als einziges zu tun übrigblieb: Er fasste alle verbleibenden und noch nicht transferierten Daten zu einem Paket zusammen und schickte es los, während er bereits im Rückzug begriffen war.

Möglich, dass die Sendung zu groß war, irgendwo hängenblieb und nie ans Ziel kommen würde. Er hatte nicht mehr die Zeit, sich darüber Gedanken zu machen. Er gab Fersengeld. Buchstäblich. Machte sich nicht die Mühe, sich als Torsten Hunke abzumelden und auszuloggen. Wozu auch. So ruhig wie möglich stand er von dessen Arbeitsplatz auf, schob den Stuhl unter die Tischplatte, als hätte er all die langsamen Stunden eines Samstagmorgens für sich gepachtet, und warf einen letzten Blick auf den Bildschirm: Man hatte Torsten Hunke blockiert.

Er schlenderte zum Ausgang der Agentur. Aus Wittmanns Büro drang Lachen. Auf seinem inneren Koordinatensystem blinkte Sava auf. „Hysterisch", hätte sie gesagt. „Der Kerl ist hysterisch."

***

„Wer ist es?“

Die Stimme des Fragestellers klang gereizt. Nicht in der Art von „Der Wasserhahn tropft seit 24 Stunden und macht mich wahnsinnig“. Eine solche Art der Enerviertheit hätte nicht zu Jacques Panetta gepasst. Der Wasserhahn wäre längst repariert oder gesprengt worden. Eigenhändig. Der Mann, der zur Zeit das Gremium Sicherheit der Schweizer Regierung präsidierte, war aus anderem Holz geschnitzt als jenem biegsamen und reizanfälligen Ausgeliefertseins. Wenn etwas ihn zu reizen in der Lage war, dann musste es schon ein Axthieb sein.

Der Anruf an diesem Samstag kam einem solchen gleich. Dass der Sprecher außerdem in stark slawisch akzentuiertem Deutsch sprach, war nicht eben dazu angetan, reizmindernd auf Panetta zu wirken.

Den Anrufer schienen indes weder Panettas Befindlichkeit noch die Gründe dafür zu interessieren. Seine Stimme war sachlich, bar jeder Emotion.

„Wir wissen es nicht. Fakt ist, dass er, wer immer es auch ist, gerade sämtliche Daten der Konversus auf Weltreise geschickt hat. Delta und Delta2. Aus der Agentur heraus, versteht sich. Und Aithon kann Wittmann nicht erreichen.“

„Und warum kommen Sie damit zu mir?“

„Weil sich die Aithon-Leute mit der Sache an Kolko gewandt haben und weil dieser es nicht schätzt, mit Dingen belästigt zu werden, die jene betreffen, die daran auch am besten verdienen.“

„Und ich dachte, genau dafür hätten wir einen Vertrag mit der Aithon Defence Services Ltd.“

Der Name wurde ausgespuckt wie etwas, das seit Tagen schmerzend, störend und stinkend zwischen den Zähnen gesteckt hatte.

Ein Geräusch am anderen Ende der Leitung. Ein Lachen, das sich in einem Schnaufen erschöpfte.

„Falsche Frage, Herr Panetta. Die richtige – und Herr Kolko legt Wert auf ihre Beantwortung – lautet: Warum wenden sich die Aithon-Leute nicht zuerst an Sie? Sie sind schließlich in deren Geschäftsleitung und außerdem ein Stakeholder. Kann es sein, dass sie richtig liegen, wenn sie glauben, dass das NDB-Team, das auf die Ungarn-Sache angesetzt war, den Job nicht abgebrochen hat und weitermacht? Oder anders gefragt: Wissen Sie genau, was Ihre Leute im NDB tun? Aithon ist ganz klar der Meinung, dass die Aktion professionell abgelaufen ist. Zu professionell, wenn Sie verstehen."

„Sie unterstellen …"

„Ich unterstelle gar nichts. Ich überbringe lediglich die Botschaft."

„Wer weiß noch davon? Von dem Datenklau, meine ich?"

„Im Moment nur Kolko, ich und die Leute von Aithon. Und die, die sie geklaut haben, natürlich."

„Dann sehen Sie zu, dass das so bleibt. Sie hören von mir."

„Wann?"

Die Frage wurde nicht mehr gehört, und Panetta gestattete sich eine flüchtige Regung von Genugtuung. Sekunden nur. Dann war es vorbei. Zweifel und Wut fluteten das kurz im Sand wärmender Eitelkeit aufgetauchte Gefühl.

Er griff erneut zum Telefon und wählte eine Nummer in Basel.

„Der Kerl soll erst mal anständig Deutsch lernen", murmelte er, während er dem Klingelton auf der anderen Seite lauschte.

3.

Carl Brun, bereits mit Mitte 40 dienstältester Führungsoffizier beim Schweizer NDB, Jo Burgers Zögling, Rettungsprojekt und Freund, hatte sich für Bier entschieden und ließ sich, nachdem der Alte seinen Platz auf dem kissenlosen Gitter des einzigen Stuhls eingenommen hatte, auf dem oberen der beiden Tritte nieder, die von der Wohnung auf die Terrasse führten.

Auf der Schwelle – wie immer. Und wie immer saßen sie eine Weile schweigend. Jeder für sich. Fröstelnd vielleicht. Ließen die Geräusche vorwinterlicher Verrichtungen aus den Gärten hinter Burgers Haus, die sich für eine Nacht richtende Geschäftigkeit des Waldrands auf sich herabsinken. Tauchten ein in den Ort, in die Realität der Präsenz des anderen. Ankommen. Zueinander finden.

„Oskar Ludwig hat Kontakt aufgenommen“, brach Burger schließlich das Schweigen. Und als Brun nicht antwortete, sondern abzuwarten schien, dass er weiterspreche: „Er sagt, er sei dein Vater, Carl.“

„Da müssen wir jetzt durch, nicht wahr?“, kam es nach einer Weile von Brun.

„Ja – da müssen wir wohl durch.“

Burger hörte Brun ausatmen in seinem Rücken, wusste, ohne ihn zu sehen, dass dieser den Blick vom Schweifen zurückgepfiffen, ihn jetzt auf die Hände und die Flasche gerichtet hielt. Er hörte ihn einen Schluck nehmen, aufstehen, an den Rand der Terrasse gehen. Hätte er jetzt den Kopf gewandt, die Augen vom Waldrand losgerissen, dann hätte er ihn gesehen. Bewegung war jedoch nicht nötig – er sah ihn auch so: Sah den großen Mann, der den Leuten, die ihn trafen, immer als eher klein und drahtig in Erinnerung blieb. Sah ihn dort stehen, als wäre er anderswo – auch wie immer, obwohl seine Haltung – Beine schulterbreit auseinander, Arme locker an den Seiten, Hände in den Taschen der Jeans, der Kopf erhoben, der Blick klar – von Hiersein, von

Fokus, von Verankerung sprach. Oh ja – Burger sah ihn genau, diesen Mann, der mit sich selber nicht deckungsgleich zu sein schien und den er vor fast 20 Jahren aus einer Sondereinheit des Militärs zum Dienst geholt hatte. Er schien sich in all den Jahren nicht verändert zu haben. Er war sich sogar sicher, dass die Lederjacke, die Brun trug, dieselbe war wie damals. Gleich würde er sich eine Zigarette anzünden. Burger hörte das Feuerzeug klicken, hörte, wie Brun scharf die Luft einsog, die Dämmerung. Einer, der Anlauf nimmt.

„Ich weiß es seit meinem 18. Geburtstag." Und nach einer Pause: „Ich hatte damals erwartet, dass sich etwas ändern würde. Oder besser: Ich hatte *gewusst*, dass sich etwas ändern würde. Die ganze Zeit über, seit ich zum ersten Mal gefragt hatte, war ich überzeugt davon gewesen, dass alles anders würde, wenn ich erst mal wüsste, wer mein Vater sei."

Brun sprach langsam. Einer, der, seit er denken konnte, dieselben ungeordneten Teile eines Puzzles vor sich liegen hatte. Der jedes Teil kannte, seine Form, die Farbnuancen bei jedem Licht, sie blind hätte beschreiben können. Und der sich jetzt zum ersten Mal daran machte, zusammenzufügen, was bisher lose geblieben war. Behutsam. Wort an Wort reihend, Bild an Bild.

„Du hast meine Mutter gekannt, Jo. Du weißt, wie sie war. Sie war klar. Das ist es, was mir immer als erstes in den Sinn kommt, wenn ich an sie denke. Die Klarheit, mit der sie die Dinge sichtbar und fassbar machte. Und sie auch tat. Manchmal frage ich mich, ob es außerhalb des Lichtkegels ihrer Wahrheit Dramen gegeben hat, Krisen. Im Schatten außerhalb der geraden Linie unserer Realität. Ich weiß es nicht." Und als würde er eines der Puzzleteile zurechtrücken: „Ich brauche es nicht zu wissen."

„Was den Mann, der mein Vater ist, anbelangte, hielt sie es ebenso. Wenn du 18 wirst, werde ich es dir sagen. Punkt. Als ginge es um die erste Zigarette, das erste Glas Wein. Sie nahm jeder Dramatisierung von vornherein den Wind aus den Segeln und ließ nicht zu, dass ich Gelegenheit bekam, die Leere mit Ideen von Dingen zu füllen, von denen ich nichts verstand. Der Mann hatte zwar keinen Namen und keine Adresse, war aber nie ein Tabu. Sie sprach von ihm, erzählte. Er war Teil von uns – sehr wahrscheinlich mehr, als mancher es ist, der jeden Abend nach Hause kommt. Dass sie ihn achtete und respektierte, möglicherweise liebte, war ebenso klar wie die Tatsache, dass er nicht bei uns war, weil er verheiratet war. Gebunden. Weil sie entschieden hatte, dass es so blieb. Sie hatte es so gewollt. Sie und nicht er. Sie stellte sich vor ihn, wenn ich mich anschickte, ihn ins Visier zu nehmen und zu beladen mit allem, was Kindheit und Pubertät an Unrat und Unklarem mit sich brachten. Und wenn ich einmal nicht locker ließ, wenn ich ihn, den Unbekannten, hinter ihr hervorzerrte, den Schuldigen an allem, was nicht so lief, wie ich es wollte, dann ließ sie es nicht gelten.

‚Schuld abgeben heißt Verantwortung abgeben', pflegte sie zu sagen. ‚Ich erlaube es nicht, dass du es dir so einfach machst, Carl. Das hat mein Sohn nicht nötig. Genauso wenig wie ich.'

Ich beugte mich dem. Weil ich wusste, dass sie recht hatte. Und weil ich dachte, dass, wäre ich erst mal 18, ich mich aufrichten würde, den Ballast abwerfen. Vorwürfe vielleicht. Aber bis dahin hatte es sich aufgelöst wie vieles, was kurzfristige Ausrede ist. Es hatte keinen Bestand gehabt. Möglicherweise war ich erwachsen geworden."

Dann, nach einer kurzen Pause: „Jedenfalls – am Morgen meines 18. Geburtstags beim Frühstück gab sie mir die Geschenke. Wie in jedem Jahr. An ihrem Geburtstag hielten wir es genauso. Es waren Gutscheine der Schweizerischen Bundesbahnen. Ich wollte in diesem Sommer mit dem Fahrrad los – einmal quer durch Europa. Fürs Zugfahren hatte ich kein Geld, und sie meinte, so hätte ich jederzeit die Möglichkeit, von wo aus auch immer, umzukehren. ‚Umkehren ist ein Luxus, Carl', sagte sie. ‚Im Leben hat man selten die Möglichkeit dazu. Diesmal sollst du sie haben.' Das zweite Geschenk war das Buch. Sie hatte es über Jahre angelegt und sehr wahrscheinlich schon immer so genannt. Das Buch. Und auch hier: Sie sorgte dafür, dass ich es nicht ignorieren, beiseitelegen oder zum Zweck degradieren konnte. Immer wieder machte sie es danach zum Thema, erwähnte es nebenbei, fragte nach. Zwang mich, es mitsamt seinem Inhalt wahrzunehmen. Bewusst zu entscheiden, es akzeptieren zu wollen. Sie erlaubte nicht, dass ich beim Wünschen stehenblieb. Dass ich im vagen und bequemen Unwissen verharrte, um notfalls eine Rechtfertigung zu haben. Eine Entschuldigung. Das ist der Punkt, denke ich. Indirekt stieß sie mich mit dem Kopf immer wieder auf denselben Punkt: Entscheiden heißt wollen. Heißt tun. Heißt schuldig sein. Heißt kein Opfer sein. Nie. Und glaub mir, Jo: Sie tat es nicht mit dem seidenen Handschuh."

Brun hielt inne. Schien zu merken, dass er abgeschweift war, tastete sich zurück. Burger hörte ihn aufstehen, hineingehen. Hörte das gedämpfte Schmatzen der Kühlschranktür. Seine Flasche war ebenfalls leer. Brun stellte eine volle daneben, blieb in Burgers Rücken stehen, die eigene Flasche zum Trinken erhoben, innehaltend.

„Du weißt, dass ich dich nach dem hier umbringen muss, oder?"

„Ist mir recht. Ich könnte den Gedanken an dich im seelischen T-String an der Stange sowieso für den Rest des Lebens nicht verdrängen. Es wäre kein Leben mehr. Aber erzähl vorher von dem Buch. Spielt ja jetzt auch keine Rolle mehr."

Burger hörte Bruns Lachen im Flaschenhals auf Flüssigkeit treffen, schnaubend innehalten, sich umspülen und schlucken lassen.

„Na ja – das Buch sah aus wie jenes, das meine Mutter für ihre Haushaltskasse führte. Heute denke ich, dass es passender nicht hätte sein können. Es war ein Kassabuch. Eine Auflistung und Sammlung sämtlicher zu diesem Zeitpunkt zur Verfügung stehenden und öffentlich zugänglichen Informationen zur Person Oskar Ludwig. Nach Datum festgehalten und eingeklebt. Aktiven und Passiven, Eigenes und Fremdes, Schulden, Forderungen, Erträge, Verluste. Handfeste Werte. Überprüfbare Fakten. Frei von jeder subjektiven Wertung. Sie muss gewusst haben, dass es jedoch genau das war, was ich wollte. Ich wollte nur das: werten. Bewerten, abwerten, abschreiben. Kindisch, selbstisch, emotional. Bereits die äußere Form des Buchs hielt diesem Ansinnen entgegen. Ich schaffte es nicht, einem Buch, das ich von seiner Beschaffenheit her als Kassabuch identifizierte, anders als rational zu begegnen. Versucht habe ich es allerdings trotzdem. Ich war überzeugt, dass das Buch und sein Inhalt alles verändern würden. Mich verändern, der ich endlich in Verbindung träte mit dem Namen und dem Mann, der mein Vater war. Und dann kam nichts. Nein – nicht nichts. Aber nicht das, was ich erwartet hatte. Während der Zeit vor meiner Fahrradtour las ich die Informationen Dutzende von Malen durch. Beschäftigte mich mit nichts anderem, sobald die Zeit es erlaubte. Der Name ‚Oskar Ludwig' war das erste, was ich dachte, wenn ich morgens erwachte, das letzte, was ich abends bewusst zu denken in der Lage war. Dann nahm ich es mit auf die Tour. Als Teil meiner selbst und als Gepäck. Ich habe unterwegs nie reingeschaut. Ich kannte es auswendig. Und ich stellte fest, dass ich die Tatsache, es bei mir zu haben, mochte. Wie gesagt: als Teil von mir. Aber vor allem als Teil meiner Mutter. Oskar Ludwig war nur eine Art Transmitter und blieb es für immer. Durch ihn als Hauptgegenstand von Artikeln und Notizen hatte ich eine Verbindung zu dem, was der Mensch, den ich am meisten achtete, selbst liebte, respektierte, hochhielt. Wie hätte ich ihn da anders sehen können als ebenfalls mit Respekt und mit Achtung? Ich konnte es nicht. Es zu wollen, hätte bedeutet, stehenzubleiben. So aber ließ ich Oskar Ludwig zurück. Anders kann ich es nicht beschreiben. Er war wohl eine feste Größe in meinem Leben, etwas, worauf ich zurückschauen konnte, aber ich war an ihm vorbeigegangen, hatte ihn hinter mir gelassen. Wenn ich mich umdrehe, an ihn denke, ihn von dort aus, wo ich stehe, betrachte, dann denke ich ‚Oskar Ludwig', denke ‚Vater'. Ein Name und ein Wort. Sie sind ein Teil der Substanz, die mich mit dem verbindet, was mir lieb und teuer ist. That's it. Möchtest du, dass ich dich hier im Garten verscharre, oder hast du irgendeinen Wunsch, wo du deine Asche verstreut haben möchtest?"

„Gib mir noch ein paar Minuten, okay? Ich kann solche Dinge nicht entscheiden, solange eine halbvolle Flasche Bier neben mir steht und mich anfleht, getrunken zu werden."

„Geht in Ordnung."

Dann, nach einer Weile: „Hast du die Bahngutscheine eingelöst?“

„Indirekt. Ich hatte von Frankreich kommend noch drei Tage Fahrt vor mir bis nach Bern. Ich habe sie gegen Proviant eingetauscht.“

„Das ist gut.“

Das Schweigen, das diesen Worten folgte, war weite Freiwilligkeit. Vertrauen, das keiner Vertraulichkeiten bedurfte. Beide hatten sie in ihrer Helligkeit verwandte Bilder vor Augen.

Das Auftauchen daraus war Eintauchen in Dunkelheit: Der kurze Herbstabend war als Kulisse hinter Bruns Erzählen vorbeigezogen, die Nacht war da. Das kompakte Schwarz wollte nicht zur lichtlosen Wärme passen, die sie umschloss. Als hätte der Spätsommer sie liegengelassen und vergessen.

„Ludwig hat also Kontakt aufgenommen. Was wollte er?“, fragte Brun.

„Nun – er hat Fragen. Wie jeder, der sich an uns wendet. Ein Job wie jeder andere. Allerdings will er, dass du dich mit deinen Leuten darum kümmerst.“ Und bevor Brun fragen konnte: „Er sagt, er vertraue dir, weil er mir vertraue. Und ich denke, in dieser Sache ist das eine vernünftige Entscheidung.“

„So schlimm?“

„Auf jeden Fall seltsam.“

„Dann ist es schlimm.“

„Wir werden sehen.“

„Worum geht es?“

Anstatt einer Antwort kam eine Gegenfrage: „Jetzt, wo die Ungarn-Sache vom Tisch ist, habt ihr ja bestimmt Kapazitäten frei, oder?“

Und als Brun nicht antwortete: „Sie ist doch vom Tisch, oder? Hat sich gemäß Bericht in politisches Wohlgefallen aufgelöst. Selten genug in unserer Branche. Carl?“

„Offiziell ist sie vom Tisch. Ja.“

„Du hast deine Leute nicht zurückgepfiffen.“ Es war mehr eine Feststellung als eine Frage.

„Ein Freund hat mir mal gesagt, ein Job sei wie ein Orientierungslauf im Team. Entscheidungen werden nur gefällt, wenn alle beim selben Posten eingelaufen sind. Ich warte bloß auf meine Leute, Jo. Die sind noch auf der Strecke."

„Hast du sie vom letzten Posten losgeschickt, *bevor* oder *nachdem* du die Weisung zum Abbruch erhalten hast?"

„Ich habe gesagt ‚ein Freund', Jo. Sprechen wir gerade als Freunde, oder ist die Anordnung eine andere?"

„Ich finde, wenn man mit jemandem im Dunkeln sitzt, ein Bier trinkt und sich dabei nicht an Leib und Leben bedroht fühlt, dann wird jede Ordonnanz überflüssig. Und was mich anbelangt: Ich bin unbewaffnet. Beantwortet das deine Frage?"

Bruns Bejahung kam verpackt: „Sagen wir so: Wir waren am Posten, als die Weisung zum Abbruch kam. Meine Leute waren alle da. Ich habe entschieden, noch eine Teilstrecke anzuhängen. Damit wir wenigstens im Ansatz verstehen, was das Wohlgefallen ausmacht, in das sich alles aufgelöst haben soll. Ich sehe es nämlich nicht. Und ich mag es nicht, wenn abgepfiffen wird, ohne dass man es für nötig hält, uns Gründe zu liefern."

„Du meinst, die Gründe, die herumgereicht worden sind, haben dir nicht geschmeckt."

„Das ist noch untertrieben, Jo."

„Die Weisung kam von Jacques Panetta, oder?"

„Das weiß ich nicht. Unsere Info kam von Hiller."

„Aber du weißt, dass du Probleme bekommen kannst."

„Herrgott – Jo. Als ob ich das nicht wüsste. Das brauchst du mir nicht extra zu sagen. Ich bin lange genug dabei, um meine Rolle zu kennen."

„Aber?"

„Ich bin auch lange genug dabei, um zu erkennen, wenn direkt vor meiner Nase Nebelkerzen gezündet werden. Es geht nicht darum, dass wir – und mit ‚wir' meine ich sowohl dich und mich als auch alle anderen Bürger des Landes – seit Jahren von der Politik belogen werden. Das ist Fakt und wird von den meisten als notwendiges Übel angesehen. Wie hat der Typ aus

Luxemburg doch gesagt: ‚Wenn es ernst wird, muss man lügen.' Aber die Art und Weise, wie Entscheidungen und sogenannte Abstimmungen heute vorbereitet, durchgeführt und wenn nötig umgedeutet werden, lässt mich zur Einsicht kommen, dass wir uns im Sturzflug auf eine Meinungs- und Gelddiktatur hinbewegen. Ich kenne meine Möglichkeiten, Jo. Ich mache mir nichts vor. Aber ich habe das Recht und meines Erachtens auch die Pflicht, mich dagegen zu wehren. Dafür bin ich damals zumindest auf dem Papier eingestellt worden. Dafür hast du mich eingestellt."

„Und was hat das jetzt mit dem Ungarn-Job zu tun?"

„Du hast den Bericht gelesen."

„Erklär du's mir."

„Okay – ich mach's kurz. Ungarn ist seit 2004 ein Mitgliedsstaat der Europäischen Union. Seit irgendwann Ende der 90er Jahre Mitglied der NATO."

„1999."

„Wie auch immer – es sind die Hauptachsen im ungarisch-europäischen interessenspolitischen Koordinatensystem. Nationale Politik spielt, wie wir beide wissen, auf dieser Ebene eine untergeordnete Rolle. Medientauglicher Parteischacher. Mehr nicht. Egal, ob gerade links oder wie zur Zeit rechts an der Macht sitzt und in welcher farblichen Ausprägung – die Problemstellung auf Nations-Niveau ist überall dieselbe und denkbar simpel: Wie überlebe ich die Legislatur und gewinne die nächste Wahl bei ausuferndem Handelsbilanzdefizit und ausufernden Staatsschulden, bei steigender Arbeitslosigkeit und mit einer Währung, die unaufhaltsam absäuft? Wie schaffe ich es, die Wähler hinter mich zu bringen, auch wenn diese selbst an der eigens verantworteten Zinslast in Fremdwährung zu ersticken drohen? Nun – da die Möglichkeit eines angedrohten Krieges im Fall Ungarns gegen ein allzeit verfügbares Feindbild wegfällt – die Türkei oder die Ukraine sind da massiv besser aufgestellt – muss eine andere Lösung her. Den Leuten etwas wegzunehmen oder sie mit höheren Steuern zu belasten, ist ebenfalls keine Option beziehungsweise wäre politischer Selbstmord. Im

Fall von Ungarn, das man gerne als Mitglied des Projekts Euro sehen würde, sprang mit Ausbruch der Finanzkrise erst mal die Europäische Zentralbank mit einem Swap über fünf Milliarden bei, weil die nationalen Banken die Kreditvergabe untereinander und an Private größtenteils eingestellt hatten. Vom Ausland war kein Geld zu erwarten. Im Gegenteil: Es wurde auf Teufel komm raus Kapital aus dem Land abgezogen. Die Staatsanleihepreise brachen weg. Das Land konnte sich auf dem Kapitalmarkt kein Geld mehr besorgen. 2008 stand man kurz vor dem Staatsbankrott. IWF, Weltbank und EU waren zur Stelle und sagten Ungarn ein Hilfspaket in Form eines Kredits über 20 Milliarden Euro zu. Im Gegenzug musste das angeschlagene Land der verordneten Rosskur zur Sanierung seiner Finanzen zustimmen: Privatisierungen, Entlassungen, Kürzungen – das ganze Programm. Hilfe durch Ausbluten – im Mittelalter nannte man das Schröpfen. Zur Zeit sind die Zahlungen zwar eingefroren, weil Ungarn scheinbar bockt und sich öffentlichkeitswirksam gegen den Ausverkauf wehrt. Aber das ist nur unterhaltsames Lavieren. Im Kern geht es darum, die Fallhöhe zu optimieren. Die Geschichte ist dieselbe, wie wir sie mittlerweile von anderen Ländern zur Genüge kennen. Alles im normalen Bereich, könnte man sagen. Und alternativlos, wie es so schön heißt. Aber – und hier wird es interessant – ein ungarischer Staatsbediensteter, Mitarbeiter des Finanzministeriums, ein gewisser Andras Szabo, nimmt, nachdem längst alles auf dem Weg beziehungsweise auf den entsprechenden Konten und verteilt ist, Kontakt mit uns auf. Mit nicht weniger im Gepäck als der Behauptung, das ganze sei nichts anderes als ein großangelegtes Betrugsmanöver. Grob gesagt. Der Mann geht soweit, zu behaupten, Belege dafür zu haben, dass die sogenannte Rettung sogenannt systemrelevanter Banken ein Fake gewesen sei. Die angeblichen Verluste im Zuge der Finanz- und Wirtschaftskrise tragbar. Keiner notleidend, sondern lediglich die Hand aufhaltend. Der finanzielle Super-GAU nur auf dem Papier real. Die Geld-Einfrieraktion der Rettungscrew, die offiziellen Rügen und das Drohen bloß ein Witz. Das ganze mit dem Ziel, auf scheinbar legale Weise an EU-Gelder zu kommen, indem Ungarn sich als finanzielle Hauptumschlagsbasis für Geldströme zur Verfügung stellt, die aber in Wahrheit nie für das Land bestimmt gewesen seien. Und er behauptet, dass auf Empfängerseite eine Schweizer Privatbank maßgeblich beteiligt sei an dem Betrug. Er wendet sich mit diesen abenteuerlichen Behauptungen nicht an unsere Regierung, sondern über einen Kontakt beim Finanzministerium an die Führung des NDB. An Jacques Panetta, wie ich jetzt von dir weiß. Nun – ich wage mal zu behaupten, dass, wenn einer sich an den Geheimdienst wendet und nicht an die betroffene Behörde – in diesem Fall die Finanzmarktaufsicht FINMA oder das Finanzdepartement –, er den Wunsch hegt, dass die Aktion erst mal geheim bleibt. Weil nichts daran offiziell ist und weil er befürchtet, ein Ersuchen bei der faktisch zuständigen Regierungsstelle könnte ihm oder seinem Land Probleme bescheren. Oder anders gesagt: Weil er Angst hat. Weil er allen Neutralitäts-Verlautbarungen zum Trotz weiß, dass unsere Regierung, Volkswille hin oder her, alles daran setzt, sowohl in die NATO als auch in die EU zu kommen. Und dass man zu diesem Zweck und ohne zu Zögern einen kleinen ungarischen Finanzbeamten über die Klinge springen lassen würde. Das war die Ausgangslage für uns. Der Job: den Informanten prüfen, Belege besorgen. Alles einseitig – die Weisung lautete, weder ungarische Behörden noch Dienste einzuschalten. Keine große Sache also. Allerdings – und schon das war komisch – wurde uns von Anfang an untersagt, Kontakt mit Szabo aufzunehmen. Aus Sicherheitsgründen, hieß es. Personenschutz. Also haben wir auf Umwegen und ohne seine Hilfe, die vieles erleichtert und beschleunigt hätte, getan, was wir immer tun: Wir haben gegraben. Monatelang, Jo. Wir haben Nachtschichten noch und noch geschoben. Und dann hat es angefangen, interessant zu werden. Wir sind endlich auf Brauchbares gestoßen, auf Parallelen. Namen von Unternehmen und Personen. Nicht viel, aber ein Anfang. Und genau da kommt der Abpfiff für uns. Nicht von Hiller diesmal, sondern von ganz oben. Begründung: Die Sache hat sich erledigt. Im Klartext: keine Begründung."

Brun hielt inne. Die Leere, die die abfließenden Worte hinterließen, wurde von Dunkelheit überschwemmt. Mehr noch: Finsternis. Als hätte ihnen eine Art Restlicht innegewohnt und als sei dies nun erloschen.

„Und das hat dir keine Ruhe gelassen“, konstatierte Burger nach einer Weile. Nur die Stimme verriet seine Position, verlieh ihm einen Körper.

„Darum geht es nicht, Jo.“

„Sondern?“

„Die Sache war zu leise. Darum geht‘s. Viel zu leise. Es ist nicht möglich, dass etwas von dieser Größe – und sei sie auch vorgetäuscht – keine Geräusche produziert. Nicht mal bei uns, Jo. Und glaubst du wirklich, irgendein Politiker, der davon Wind bekommen hätte, hätte sich die Chance nehmen lassen, seitenfüllend für ein paar Tage medial zu hyperventilieren? Oder dass auch nur ein einziges Medium sich diese Story hätte entgehen lassen in einer Zeit, wo Häme und Hetze parteiübergreifend als Wahlprogramme dienen? Das ist es, was nicht passte. Die Sache wurde gehandhabt wie irgendein administrativer Irrläufer. Aber sogar einem solchen wird nach den Regeln des Apparats seine Zeit gewährt – und sei es nur, um ihn zu den Akten zu legen. Nicht so in diesem Fall: Weder unseren Job noch den Fall hat es je gegeben. Ich habe sogar einen meiner Leute darauf angesetzt, die entsprechende Akte zu besorgen, in der Hoffnung, eine Art Begründung zu finden.“

„Du hast das Archiv hacken lassen? Warum die Akte nicht einfach anfordern?“

„Was denkst du denn, was ich gemacht habe?“

„Verschlussache.“

„Genau. Damit hätte ich leben können. Aber in Wahrheit ist da nichts, Jo. Keine Akte, kein Fall, kein Andras Szabo. Nur die zu Papier gebrachten und politisch korrekten Protokolle der ungarisch-schweizerischen Abkommen im Bereich der Amtshilfe, des Informationsaustauschs im Rahmen von Schengen-Dublin, et cetera, et cetera. Und noch etwas anderes: Als federführend in sämtlichen Belangen der ungarisch-schweizerischen Beziehungen treten von ungarischer Seite her nicht mehr die von der jeweiligen Sache betroffenen Minister oder deren Stabschefs auf, sondern eine Kommunikationsfirma aus Deutschland: die Konversus. So wie es aussieht, ist es seit genau dem Zeitpunkt, als man uns zurückgepfiffen hat, diese Agentur, die bei Treffen und Verhandlungen auf der Seite Ungarns die Regie führt. Seltsam, aber durchaus einleuchtend, wenn man erst mal sieht, für wen die Konversus sonst noch tätig ist: Europäische Zentralbank, IWF, Europarat, NATO, Bank für Internationalen Zahlungsausgleich. Der ganze Freundeskreis. Und von einem Andras Szabo will keiner je gehört haben. Deshalb habe ich jemanden aus meinem Team in die Konversus geschickt und jemanden nach Ungarn, um diesen Szabo auszugraben. Ich will die Sache verstehen, Jo. Wenigstens im Ansatz. Das bin ich meinem Job schuldig."

„Und dann?"

„Das entscheide ich, wenn meine Leute die Infos liefern. Oder eben nicht."

„Gut."

„Danke."

„Wofür?"

„Dafür, dass unser Gespräch genau jetzt anfängt. Was hat Oskar Ludwig von dir gewollt?"

***

Jezreel Vidali, externe Mitarbeiterin des NDB unter Führung von Carl Brun, lag auf dem Bett ihres Zimmers im Kempinski-Hotel Budapest. Bezirk V, Leopoldstadt am Elisabeth-Platz. Preis pro Nacht 303 Euro.

Nach ihrem Empfinden hatte sie gerade eben für ungefähr 200 Euro geduscht. Es war nötig gewesen – die Farce abwaschen, das ganze geschminkte Getue. Für einen Moment schloss sie die Augen und genoss die Hitze, die die Haut konservierte und die die Körperlichkeit auszudehnen schien. Es würde nicht lange dauern. Schon fühlte sie die Nässe der langen Haare, die durch den weißweichen Frottee-Bademantel ihren Rücken kühlte.

Es war ihr zweiter Tag in der Stadt. Ihr Auftrag, von dem sie wusste, dass er nicht offiziell genehmigt war: den Mann finden, der sich mit der monströsen Behauptung an den NDB gewandt hatte, Milliarden von EU-Rettungsgeldern seien in Wahrheit nicht zu irgendwelchen Rettungen, sondern zu Akquisitionszwecken von Anteilen eines Fonds umgeleitet beziehungsweise zur Seite gelegt worden. Europa und seine aufs engste verbandelte Führungsriege aus Politik und Wirtschaft eine einzige gut geölte Investment-Maschine.

Seit heute nachmittag wurde sie beschattet.

Der Mann schien noch ein Junge zu sein. Oder umgekehrt. Ein Gesicht, aus dem weder Falten noch Furchen das jungenhaft Blonde würden wischen können.

Jezreel Vidali glaubte nicht, dass die Beschattung etwas mit dem Job zu tun hatte, der keiner war. Vielmehr schien sie Formsache zu sein: Der Kerl gab sich nicht die geringste Mühe, unentdeckt zu bleiben. Sie ging davon aus, dass man die ungarisch-schweizerische Doppelbürgerin Anja Sanders trotz ihres Auftritts im Finanzministerium und dem Begehren, mit Andras Szabo und keinem anderen zu sprechen, im Grunde für harmlos hielt. Andere, wenn auch unwahrscheinliche Variante: Das offensichtlich Stümperhafte war gewollt und ebenso Täuschung wie ihre eigene. Grund genug, eine gute Show zu liefern.

Die Legende der Anja Sanders, als die sie reiste, war adaptiert worden und plausibel. Alter 39, verheiratet mit dem Schweizer Ingenieur der Medizinaltechnik Roland Sanders, Hauptwohnsitz Zürich, Schweiz, Zweitresidenz in Ungarns Westen in der Nähe des touristisch wenig erschlossenen Velencer Sees. Letzteres der schriftlich vorzeigbare Grund ihres Aufenthalts: Die Sanders hatten die Villa über die ungarische Niederlassung der Schweizer Raiffeisen-Gruppe finanziert. Der gewährte Kredit war in Schweizer Franken dotiert, die Zinszahlungen dementsprechend. Mit fortschreitendem Wertverlust des Forint hatten sich die monatlichen Raten im selben Verhältnis verteuert. Und zwar so, dass der Wert der Hypothek mittlerweile den Wert des Hauses überstieg.

Soweit kein Grund zur Aufregung – Tausende andere, meist Ungarn, die nicht über ein Einkommen in Schweizer Franken verfügten wie die Sanders, waren in wirtschaftlich guten Zeiten in die Währungsfalle getappt. Dass Anja Sanders die Reise nach Budapest unternommen und sich ohne Erfolg täglich im Ministerium für Nationale Wirtschaft eingefunden hatte, lag an der Besteuerung. Während der Wert der Immobilien im Land gegenüber ausländischen Währungen regelrecht zerbröselte, wurde als Grundlage für die Immobiliensteuer nach wie vor der ursprüngliche Kaufpreis des Hauses in Schweizer Franken zur Anwendung gebracht. Die Sanders wurden aufgefordert, Steuern für ein Drei-Millionen-Haus zu entrichten, während der reale Marktpreis sich geviertelt hatte. Nachweisbar hatte Anja Sanders fünf Mal versucht, die Sache telefonisch von Zürich aus zu regeln. Dies verbunden mit der Forderung, direkt mit dem unterzeichnenden Absender des Schreibens und Leiter der verantwortlichen Abteilung verbunden zu werden. Einem gewissen Andras Szabo. Es war nicht gelungen, und sie war nach Budapest gereist und bereits am Tag ihrer Ankunft im Ministerium am Honvéd-Platz vorstellig geworden. Wobei „vorstellig werden" nicht der Realität entsprach – es war ein Auftritt gewesen. Anja Sanders hatte am Flugplatz die Schlüssel zu ihrem von Zürich aus angemieteten Lexus-SUV abgeholt und hatte sich vom Bord-GPS direkt zur Adresse des Ministeriums dirigieren lassen. Auf dem Weg dorthin war sie von zwei Radarfallen geblitzt worden. Unwichtig. Leute wie die Sanders hatten nicht die Zeit, sich um solches zu kümmern. Verkehrsregeln konnte man entweder einhalten, oder aber man verfügte über die Mittel, sie zu umfahren. Dieselbe Regel war auch zur Anwendung gekommen, als sie den Lexus direkt vor dem Haupteingang des Ministeriums im absoluten Halteverbot abgestellt hatte. Drinnen an der Rezeption der erste Akt. Ihr Ungarisch war zwar fließend, aber in einer Weise akzentuiert, die den Eindruck erweckte, die Dame nähme die Silben und Wörter dieser Sprache nur äußerst widerstrebend in den Mund. Die ledernen Handschuhe wurden anbehalten. Auch als man sie mit dem Fahrstuhl in den dritten Stock geleitet und der angeblich zuständigen Person vorgestellt hatte. Letztere, eine gewisse Ilka Kerekezs, hatte ihr standgehalten. Hatte sich nicht vom wogenden Parfüm, vom vielfarbigen Kreischen des YSL-Deux-Pièce, von der professionell zugerichteten Visage einschüchtern lassen. Die zur Begrüßung ausgestreckte Hand war – nachdem die Besucherin aus dem Westen sie ignoriert hatte – zurückgezogen worden, als wäre es eine natürliche Geste, und hatte stattdessen die Richtung gewiesen in ein Kabuff, von dem Jezreel nicht hätte sagen können, ob es Abstellkammer, Sitzungsraum oder Isolierzelle war. Fensterlos und in lachhaft anmutendem Gegensatz zur prunkvoll-verspielten Fassade des Gebäudes erinnerte es an einen Verhörraum zu Hochzeiten des ungarischen Stalinismus. Anja Sanders hatte den Mantel anbehalten, hatte das Angebot, auf einem der Holzstühle Platz zu nehmen, wie die Hand zuvor ignoriert, war stattdessen stehengeblieben und hatte sich bemüht, der Dame ins Wort zu fallen, sobald diese zum Reden angesetzt hatte. Das Spiel hatte einige Minuten gedauert, bis ihr der Kragen geplatzt war:

„Hören Sie – ich bin nicht den ganzen Weg hierhergekommen, um mit *Ihnen* zu sprechen. Nichts gegen *Sie* … aber es ist doch nicht zuviel verlangt, mit jener Person zu reden, die diesen Brief hier unterzeichnet hat. Oder ist der Herr sich zu schade, sich persönlich mit den Adressaten seiner schriftlichen Ergüsse zu beschäftigen?"

Ein weiteres Mal hatte sie mit dem besagten Schreiben vor dem ungerührten Gesicht ihres Gegenübers herumgewedelt und sich, als hätte sie sich mit einem Mal anders entschieden, auf die vorderste Kante eines Stuhls niedergelassen.

„Ich werde hier solange warten, bis dieser Herr Szabo sich bereit erklärt, mit mir zu reden."

Und als wäre damit alles gesagt gewesen, hatte sie sich von Ilka Kerekezs abgewandt, in ihrer Vuitton-Tasche gegraben und ein Smartphone hervorgeholt. Sie schien die Frau, die nach wie vor neben ihr gestanden und sich angeschickt hatte, den Raum zu verlassen, bereits vergessen zu haben.

Die Funktionärsparade, die dieser Episode gefolgt war, glich einer Mischung aus verbeamteter Gleichgültigkeit und jahrmarktähnlicher Aufgeregtheit. Die Gesuchstellerin – MTV, Facebook und Google zum Trotz Inbegriff all dessen, was man sich unter westlicher Dekadenz vorstellte – gleichsam Einschüchterung und Gegenstand wohliger Herablassung im ministeriellen Nachmittag.

Sie hatte ihre Rolle durchgehalten, hatte keinen Moment lang durchscheinen lassen, dass sie sehr wohl verstand, dass das füßescharrende Flüstern und Kichern hinter der dünnen Holztür ihrer Person galt, dass ihr Handy abgehört wurde und dass die Scheibe ihr gegenüber kein Spiegel war. Während dreier Stunden hatte Anja Sanders ungeachtet der Gebühren mehrmals mit ihrem Gatten und scheinbar mit einem großen Teil ihres Freundeskreises telefoniert. Hatte ihrem Ärger, ihrer Ohnmacht, ihrer Verachtung Luft gemacht und aus jedem Telefonat die Energie für ein nächstes geschöpft. Der Inhalt der Gespräche blieb bis auf einige Anzüglichkeiten, die Roland Sanders galten, unverändert: zetern und lästern. Es schien sie zu entspannen. Obwohl nur am Telefon, war man doch unter seinesgleichen. Sie hatte die Beine übereinandergeschlagen, in der Scheibe gegenüber mit träger Bewegung ihre Frisur gerichtet, mehrmals im Taschenspiegel das Make-up geprüft oder sich einfach betrachtet. Und jedesmal, wenn im Defilee der Beamten ein neues Gesicht mit neuen Dokumenten und Erklärungen aufgetaucht war, hatte sie das jeweilige Telefonat mit einer in Deutsch vorgebrachten Erklärung unterbrochen, mit vorgerecktem Kinn und hochgezogenen Augenbrauen nach dem Namen des Betreffenden gefragt und ihn mit einem Handwedeln fortgescheucht. Andras Szabo war nicht erschienen, und um Punkt fünf Uhr hatte sie das Ministerium verlassen, den Strafzettel auf der Frontscheibe des Lexus zerknüllt und zu Boden geworfen und war davongerast. Dies nicht ohne der erstbesten Person auf dem breiten Flur außerhalb des Kabuffs zu erklären, dass sie morgen früh um neun wieder da sei.

Obwohl Jezreel zu diesem Zeitpunkt sicher gewesen war, nicht beschattet zu werden, hatte sie die Rolle der Anja Sanders durch den verbleibenden Nachmittag und Abend geschleift. Hatte die Boutiquen mit den richtigen Namen besucht, das hoteleigene Spa genutzt und am frühen Abend in der leeren Hotelbar ein Lachstartar mit Champagner bestellt. Hinter sich eine mit jedem Kontakt länger werdende Schleppe Gekicher, Kopfschütteln, Staunen herziehend.

Nächster Tag, gleiches Programm. Mit dem Unterschied, dass man die Besucherin im Ministerium nach Möglichkeit ignoriert, die Begründungen für das Nichterscheinen des Andras Szabo variiert hatte. Gegen Ende des neuerlich mit Warten und Telefonieren verbrachten Nachmittags, in einem scheinbar ungesehenen Moment, hatte sie die Fassade der Anja Sanders bröckeln lassen. Kurz nur, bevor sie erneut in den Flur gestürmt war, um nach Kaffee, Wasser und Andras Szabo zu verlangen, hatte sie ihren Kopf auf die auf der zerkratzten Tischplatte liegenden Arme sinken lassen. Eine Geste, die alles Teure an ihr in den Hintergrund hatte rücken lassen. Eine erschöpfte Frau, mit zuckenden Schultern.

Es war gesehen worden. Blick und Händedruck von Ilka Kerekezs waren anders gewesen danach.

„Es tut mir leid, dass wir Ihnen nicht weiterhelfen können." Und, lächelnd, noch ein letzter offizieller Versuch, sie davon zu überzeugen, dass zur Regelung der Angelegenheit kein persönliches Gespräch mit Andras Szabo vonnöten war: „Sie können Ihre Unterlagen gerne hier lassen. Ich werde die Sache für Sie abklären und Sie dann in der Schweiz kontaktieren."

Von Anja Sanders war kein Lächeln gekommen. Stattdessen Sorge in Stimme und Blick, möglicherweise ein Aufblitzen von Angst: „Mein Mann wird nicht akzeptieren, dass ich unverrichteter Dinge nach Hause komme. Dieses Haus – er hat es meinetwegen gekauft. Und jetzt all das Geld."

Dann die erste handschuhlose Erwiderung eines Händedrucks, ein „Danke – trotz allem". Ende Auftritt Anja Sanders. In der rechten Handfläche ein gefalteter Zettel, ging sie zu Fuß die drei Stockwerke hinunter, setzte sich hinters Steuer des Lexus und fuhr zum Hotel.

Jetzt lag der Zettel, den Ilka Kerekezs in ihre Hand gedrückt hatte, auf dem Sideboard neben dem Flachbildfernseher.

„12:15, Olimpia park", war darauf gekritzelt.

Jezreel Vidali stand vom Bett auf, griff danach, ging ins Bad und verbrannte ihn. Was du heute kannst besorgen, das verschiebe nicht auf morgen. Die bieder gewordene Lebensregel bedeutete in ihrer Branche mehr als ein durch Erfahrung geflügeltes Wort: Die kleinsten Dinge waren die gefährlichsten. Die grauen, alltäglichen, weil man sie übersah, vergaß, weil man sich an ihr Dasein viel zu schnell gewöhnte. Eine Botschaft auf einem Zettel wurde reduziert auf den Zettel, einen Zettel beachtete man nicht, ließ ihn liegen oder unbewusst in den Papierkorb fallen. Sie hatte schon erlebt, dass wochenlang vorbereitete Jobs an solchen Dingen gescheitert waren.

„Spatzen" nannte sie sie, diese Dinge. Sie waren überall, unzählbar, manchmal lärmend im Verbund oder lautlos wippend auf Stuhllehnen, Telefondrähten, Balkongeländern. Auf Restaurantböden und im eisernen Gestänge von Tramhaltestellen und Busstationen. Längst nahm niemand sie mehr wahr. Bis eines Tages eine Handvoll Federn gegen eine Scheibe knallte, bis die Hand, die wegräumen und entsorgen wollte, das Flattern eines Herzschlags an das Gehirn leitete. Wärme, wie nur Leben sie produzieren kann. Dann erst nahm man die Spatzen wieder wahr. Und dann war es zu spät.

Sie ging zurück zum Bett, nahm die Kopfhörer ab, setzte sich im Schneidersitz auf die Kissen, die Ellbogen auf die Knie gestützt, das Kinn auf die Handballen. Punkt für Punkt ging sie die Zeitspanne vom Moment dieser eigenartigen Zettelübergabe bis zu ihrem Abflug morgen abend um 18 Uhr noch einmal durch:

Vom Ministerium aus war sie direkt ins Hotel zurückgefahren. Dort hatte sie für den Zeitpunkt ihrer Abreise eine Limousine bestellt und veranlasst, dass der Lexus durch das Hotel an die

Mietfirma zurückgebracht würde. Damit war begründet, warum sie den Samstag ohne zwingenden Grund noch in der Stadt verbringen würde.

Oben auf ihrem Zimmer hatte sie sich ins WLAN des Hotels eingewählt und nach Kunstgalerien in Budapest gegoogelt. Eine Stunde hatte sie darauf verwendet. Das musste reichen. Sie hatte eine Liste von Namen zusammengestellt und jemanden von der Rezeption über das interne Telefon damit beauftragt, in vier Galerien Termine zu vereinbaren. Eine davon war die Galerie zur Alten Post oder Ye Olde Post Art Gallery an der Regionalpoststraße 7 im Kreis V, nicht weit vom Kempinski entfernt. Sie wäre die erste Station auf Anja Sanders kulturellem Rundgang. Dort würde sie sich in ein kleines Bild verlieben, würde versuchen, den Preis herunterzuhandeln, würde mehrmals erwähnen, ihr Cousin Czaba würde es lieben, es wäre das perfekte Geburtstagsgeschenk. Schließlich müsste sie sich die Sache noch einmal überlegen und würde vereinbaren, kurz vor Mittag noch einmal vorbeizukommen, nachdem sie andere Galerien und Werke besichtigt hätte. Um elf Uhr würde sie wiederkommen, den Handel würde man in einem vom Laden nicht einsehbaren Privatzimmer abwickeln. Wenn alles klappte, würde sie die Galerie kurz vor Mittag mit den nötigen Informationen zur Person Ilka Kerekezs und mit einer Glock 17, Kaliber 9 x 19 Millimeter Para in Richtung Olympia-Park verlassen. Durch den Hinterausgang, der über einen Innenhof auf die Aranykéz-Straße führte. Die Goldstraße.

Was danach kommen würde, konnte sie sich hier und jetzt nicht zurechtdenken. Es gab nichts mehr, was oder woran sie heute abend denken musste. Oder wollte.

Sie ließ den Atem entweichen. Stellte fest, dass sie fror. Sie würde sich die Haare föhnen müssen. Weitere 50 Euro bei dieser Menge. Man sollte abschalten können, dachte sie. Den Hebel im Inneren umlegen, die Verbindung trennen. „Aus“. Sie würde den Versuch nicht machen. Er würde sich im Brechen des Riegels erschöpfen. Die Idee einer Einflussmöglichkeit fiele weg, es würde enger.

Jezreel Vidali tat, was sie immer tat, wenn der Job, die Zeit oder die eigenen Grenzen sie zwangen, an einer Boje festzumachen: Den Blick durch das hohe Rechteck des Fensters hinaus gerichtet, zählte sie die vertikal angeordneten Stangen des niederen Gitters davor. Zwölf. Beim Gitter vor dem zweiten Fenster zählte sie nur zehn. Die Augen wanderten zu dem, was an diesem Abend der Himmel war. Ein verkehrter Berg grauschwerer Säcke, in dessen Innerem sich Bewegung regte. Als würde sich etwas darunter einen Weg bahnen. Sie zählte die Wolkenbäuche, fing ganz vorne an, zählte bis zuhinterst an den Horizont, wo ein düsteres Lichtrinnsal aus dem Grau sickerte. Irgendwo war es heller als hier.

Sie schloss die Augen, zählte weiter, was sie nicht mehr sehen konnte. Irgendwann würde sie einschlafen. Bis dahin würde sie Dinge aneinanderreihen. Egal was. Nicht aufhören. Aufhören bedeutete warten, ohne zu wissen, worauf. Warten war immer auch Hoffen. Richtungslos.

Sie hatte einmal, als sie noch in Bern gelebt hatte, einen Spaziergang am Fluss entlang gemacht. Es war bereits Abend gewesen. Keine Leute mehr auf dem Uferweg, keine Schatten. Schon von weitem hatte sie den Mann an der Wegbiegung stehen sehen. Auch er längst schattenlos, unbeweglich wie eine Pappfigur, die Augen auf etwas gerichtet, das vor ihm zu schweben schien. Ein Wegweiser. Als sie nähergekommen war, hatte er sich zu ihr umgedreht, ein ratloses Lächeln auf den faltigen Zügen.

„Excuse me." Ein Amerikaner.

Sie hatte innegehalten, gewartet.

„Können Sie mir sagen, welche Weg ich habe zu gehen nach Bern?" Und bevor sie auch nur zu dem Gedanken an den vor ihm stehenden Wegweiser hatte Anlauf holen können: „Jede Kilometer ich finde eine Wegweiser wie diese hier. Aber da ist immer nur geschrieben darauf ‚Wanderweg'. Nichts anderes."

Das Lachen, das den Worten gefolgt war, hatte ungläubig geklungen. Zweifelndes Amüsement, Funken beschaulicher Panik in der Heckwelle schwindenden Tageslichts.

Sie hatte sich selber davon überzeugen müssen, hatte das gelbe Metallschild ins Auge gefasst. Es war so: Wo Platz genug gewesen wäre, die Namen inklusive Höhenangaben und geschichtliche Hintergründe der 50 nächsten Ortschaften anzuzeigen, stand nur dieses eine Wort: „Wanderweg“. In alle Richtungen.

Mit dem Hoffen war es genauso.

Die Chancen standen 50 zu 50. Das reichte nicht. Außerdem: Man hatte gehofft, hatte gewartet, hatte, was dies anbelangte, längst das statistisch wahrscheinliche Durchschnittsalter eines Lebens gefüllt. Ihr Hoffen war alt geworden ohne sie, das Warten gebrechlich. Kinder und Greise hatten Grund, zu hoffen – ihr Hoffen war Wissen, ihr Warten Erwartung. Man selbst stand irgendwo dazwischen. Dort, wo Glaube die Leere füllen sollte. Liebe.

Bis es soweit war, ließ man besser die Finger davon, wie von überzuckertem Naschwerk. Auch wenn es bedeutete, den Radius einzuengen, das Leben kleiner zu machen, als es nötig war.

Darum gibt es Pink Floyd, dachte sie. Zuckerersatz für Richtungslose, Denkpause für Zählende. Stillstehende Leere, am Hier festgezurrte Weite, durch die man nicht hindurchfallen, an deren Grund man nicht aufschlagen konnte. Es gab keinen Grund.

Sie teilte sich die Sympathie für diese Musik mit Carl Brun. Ob sie sich auch den Grund teilten, wusste sie nicht.

Ein Lächeln kapriolte halbwüchsig durch ihr Unbewusstes, nahm Anlauf auf die verschlossene Tür zur Oberfläche, prallte ab, fiel zurück, zerfiel. Es war eine gute Tür.

Mit geschlossenen Augen tastete sie nach Kopfhörern, Zigarillos und Feuerzeug. Die Haare konnten warten.

4.

Oskar Ludwig saß am Schreibtisch in seinem Büro im Bundeshaus West. Samstag. Es war ruhig in diesem Teil des Regierungsgebäudes. Früher Morgen. Dunkel. Die Tage hatten ihr Pensum reduziert. Der Raum lag im Schatten, heruntergebrochen auf die Masse des stämmigen Lichtkegels seiner Schreibtischleuchte. Er schätzte diese Fokussierung, die Reduktion auf das, was unmittelbar vor ihm lag. Es war genug.

Dem Staunen und Drängen seines Generalsekretärs zum Trotz hatte er das Büro nach seiner Wahl zum Bundesrat nicht umgestalten lassen. Wozu auch. Es war ein Arbeitszimmer. Das einzige, das er ausgetauscht hatte, war die Kaffeemaschine. Und er hatte veranlasst, dass die Vorhänge immer zugezogen blieben. Das musste reichen.

Seit drei Uhr in der Früh war er hier. Mehr als vier Stunden Schlaf brauchte er nicht mehr. Was er brauchte, war Zeit. Zeit, aus der Vielzahl hängender Geschäfte und Dossiers jene herauszufiltern, die wichtig waren. Dazu musste er sie kennenlernen, sich mit ihnen über die Grenzen ihrer Wirkung in der Öffentlichkeit hinaus vertraut machen. Heute schien ihm diese Aufgabe schwieriger als sonst. Der Anruf von Michael Kron, sein Gespräch mit Burger – sie blitzten am Rand seines gedanklichen Sichtfelds immer wieder auf.

Seufzend stieß er sich im Stuhl vom Schreibtisch ab, stand auf. Der Körper wollte sich strecken nach dem langen Verharren über Papier, sich dehnen, gähnen. Er widerstand dem Drang. Solches gehörte seiner Ansicht nach auf die Bettkante, nicht in ein Arbeitszimmer. Stattdessen zündete er eine filterlose Zigarette an, schaltete die Kaffeemaschine ein und wartete rauchend auf das Blinken, das ihm sagte, dass der Aufheizprozess abgeschlossen sei.

Er hatte gewusst, dass er in die Landesregierung gewählt würde. Er hatte es von dem Moment an gewusst, als das Hauptblatt des größten Schweizer Verlags Monate vor der Bundesratswahl mit einer Interviewanfrage an ihn herangetreten war. Es hatte keinen Grund dafür gegeben. Weder war der Zeitpunkt des plötzlichen Interesses auf eine für die Medien saisonal bedingte Dürreperiode gefallen, noch hatte es etwas gegeben, das ihn oder sein Wirken zu diesem Zeitpunkt über den Status des „Füllers" hinausgehoben hätte. Nicht einmal auf Boulevardniveau. Im Gegenteil: Das Ringen um als Zahlen kostümierte Interessen im Zug der Sanierung der Kantonsfinanzen, die Schlammschlacht um gewohnte und versprochene Pfründen hatte hinter den Spalten und Zeilen der berichtenden Zunft stattgefunden. Und was seine Person anbelangte: Auf einer Skala zur Messung von Leserinteresse und -nutzen rangierte er weit hinter der in Kürze erwähnten Fertigstellung des Fahrradständer-Dachs in Rümligen. Sein Unterhaltungswert lag tief im Minusbereich.

Es war nur eine logische Möglichkeit verblieben: Es handelte sich um die mediale Einführung seiner Person. Nicht mehr und nicht weniger. Die Einladung zur Konferenz in St. Moritz hatte ihm die Bestätigung geliefert.

Keine kursiv geschwungene Reliefschrift auf Büttenpapier, kein innerhalb einer bestimmten Frist zu retournierender Antwortschein für Zu- oder Absage, weder Gästeliste, noch Menü- oder Traktandenplan. Ein Telefonat auf sein privates Handy an einem Samstagmorgen wie heute, die Audio-Botschaft – denn von einem Gespräch konnte keine Rede sein – ein Marschbefehl. Das ganze in französischer Sprache, der er trotz der Tatsache, dass er sie fließend beherrschte, nichts abgewinnen konnte: Zuviele meist nicht gewählte Gremien bedienten sich ihrer auf dem internationalen Parkett. Und nicht einmal sie, die Sprache der Allgemeinen Erklärung der Menschenrechte, eine der Weltsprachen und offizielle Amtssprache der EU, vermochte zu übertünchen, wie klein die laut und lachend in Kameras und Mikrofone kundgetanen gemeinsamen Nenner zum Wohl nie anwesender Gruppen in Wahrheit waren und um wieviel größer die persönlich zugeteilten Kuchenscheiben, auf die man sich je nach Verhandlungsgeschick der Beteiligten hinter dem Klicken der Auslöser geeinigt hatte.

Der Anrufer hatte ihm mitgeteilt, man würde sich am kommenden Tag erneut zwecks Bestätigung melden. Immerhin.

Ludwig hatte zugehört, hatte seinen Beitrag auf die ganz zu Beginn angebrachte Begrüßungsfloskel beschränkt. Kein Wort mehr. Trotzdem hatte er aus der Stimme am anderen Ende der Leitung nicht herausfiltern können, ob sein Schweigen erwartet oder Grund zur Irritation gewesen war.

Grußlos hatte er aufgelegt, war aufgestanden und hatte das Büro verlassen. Die kommenden Stunden waren zur Kulisse seines persönlichen Ringens, seiner eigenen Schlammschlacht geworden.

Er war der Meinung, dass solches am besten draußen in der Natur veranstaltet wurde.

Zu Hause hatte er sich umgezogen und war losgegangen. Kurz hatte er überlegt, ob er mit dem Auto irgendwohin fahren sollte, wo der Ausgangspunkt einer Wanderroute Aussicht auf Abwechslung versprach. Er hatte sich dagegen entschieden, war direkt hinter der Grenze seines Grundstücks losmarschiert.

Als er Stunden später den Garten wieder betreten hatte, hätte er nicht sagen können, wo sein Weg ihn durchgeführt, welche Dörfer und Weiler er passiert hatte, ob er Leuten begegnet war oder nicht. Was er allerdings wusste: Weitergekommen war er nicht.

„Du bist zu alt für so was“, hatte er gemurmelt. „Zu alt, um wie ein Mittdreißiger durch die Gegend zu rennen.“

Und wie um sich die Wahrheit dieser Feststellung zu beweisen, hatte er die wetterfeste Kleidung gegen Cordhose und Pullover getauscht und sich vor dem Kamin in den Ohrensessel gesetzt. War erneut aufgestanden, hatte nebenan einen Schwenker hervorgeholt, den Calvados eingeschenkt, sich erneut gesetzt. Die Flasche neben dem Sessel auf den Boden gestellt, die Beine der flackernden, noch jungen Wärme entgegengestreckt.

Er hatte die Szenerie mehr gefühlt als wahrgenommen. Das Alter, von dem das Bild seiner selbst vor dem Feuer sprach. Sitzenbleiben. Sich von außen wärmen lassen. Dem Inneren Ruhe gönnen.

„Hast du die Kraft dazu? Und wenn nicht: Kann der Glaube sie geben? Oder ersetzen? Das sind die Fragen, die du dir stellen solltest, alter Mann.“

Er hatte gewusst, dass am Ende der Fragen ein Ja stehen würde. Den Weg dorthin konnte er dennoch nicht überspringen. Die spiegelnde Oberfläche eines Sees unter wolkenverhangenen Himmeln. Irgendwann würde das Grau aufreißen, ein Stern aufleuchten. Der See könnte nicht anders, als ihn zu spiegeln. Aber man musste warten. Zeit, sich den Schattierungen des Dunkels zu widmen.

Den Schwenker in der Hand, die Hand auf der breiten Lehne des Sessels, hatte er sich gedanklich aufgerafft. Weg vom Feuer in der warmen Stube. Die Konferenz. Die Einladung. Fast hätte er gelacht.

Zu klar präsentierte sich ihm alles. Er hatte es vor allem im Ausland unzählige Male erlebt. Gebraucht und gefordert worden war von diesen Leuten nicht er, Oskar Ludwig als Person und Persönlichkeit. Weder sein Wissen, noch seine Erfahrung oder das, was er bewirken konnte. Gewünscht war eine Unbekannte. Eine Nicht-Person. Jemand, den man gefahrlos für die Zeitdauer eines Vakuums einsetzen konnte. Man gab ihm einen Job, eine Agenda, man ließ ihn laufen, und irgendwann, wenn er nahe dem Ziel wäre oder wenn ihm einfiele, eine andere als die vorgegebene Route zu nehmen, würde sich dasselbe Medium, das ihn heute aufbaute, unter umgekehrten Vorzeichen auf ihn einschießen, die dem Kollegialitätsprinzip verpflichteten Mitminister würden nachziehen, und die Öffentlichkeit würde ahnungslos Zeuge einer fahrplanmäßigen Demontage. Zu diesem Zeitpunkt hätte er wieder zwei Möglichkeiten: Entweder würde er mitmachen, sich einen bedeutungslosen, aber einträglichen Job in irgendeiner fernen Kommission zuschanzen lassen, oder aber er würde den ihm durch die Wasserträger des Systems hingeworfenen Fehdehandschuh aufnehmen, sich quer und taub und blind stellen, alles riskieren.

Das war die Situation. Das Spiel war längst abgekartet. Warum sie ausgerechnet auf ihn gekommen waren, wusste er nicht. Möglich, dass sie ihm zutrauten, die ihm zum Schein übergebenen Zügel im Sinn der aktuellen öffentlichen Meinung härter anzuziehen. Kosten einsparen, Ausgaben kürzen, neue Einnahmequellen erschließen.

Was auch immer: Die Konferenz, die in bezug auf seine Person nichts anderes gewesen war als die letzte Fleischbeschau des temporär einsetzbaren Führungsnachwuchses, hatte die Entscheidung gebracht. Und für ihn wieder zwei Möglichkeiten: Entweder zeigte er sich geehrt und beeindruckt, mehr noch: dankbar, seinem Alter zum Trotz dabei sein zu dürfen, Einlass zu erhalten in die äußersten Gemächer des Talentschuppens. Oder aber er sagte ab. Ein anderer *wäre* an seiner Stelle geehrt und beeindruckt und dankbar.

Oskar Ludwig war weit davon entfernt, ein Verschwörungstheoretiker zu sein. Ebenso weit war er allerdings auch davon entfernt, sich etwas schönzureden. Beides wäre zu einfach angesichts der Komplexität der Problemstellungen nach 2007. Ein Ja zu dem, was sich hinter der ganzen Aufschwungs-Rhetorik abzeichnete, würde bedeuten, sich die Mühe zu machen, die Entwicklungen hinter den vorgefertigten und diktierten Meinungen, versuchter Manipulation und Verzerrung zu sehen. Teilweise tat er das schon – und das war der Grund, warum er sich die Frage nach der Kraft hatte stellen müssen. Wie einer, der wusste, dass der Brunnen, den er irgendwo am Hindukusch grub, mit großer Wahrscheinlichkeit und in naher Zukunft in die Luft gejagt würde. Von wem, das spielte keine Rolle. *Dass* es so wäre und dass er diesem Wissen zum Trotz grub, sein Bestes gab für die Dauer eines Regenbogenspiels der Kinder im Dorf – darum ging es.

Die Ausgangslage war klar. Die Zeit, die man ihm gewähren würde, kurz.

Sowohl den Menschen auf der Straße als auch den kleinen und mittleren Unternehmen, die nicht mit der Politik im Bett lagen, war der prekäre Zustand der Wirtschafts- und Finanzwelt mittlerweile bewusst. Ein Gefühl latenter Panik war omnipräsent. Es wurde zur Zeit zwar durch nimmermüde Künder grüner Sprossen und junger Erholung gedämpft, würde sich aber Ludwigs Meinung nach in den kommenden Jahren wieder verstärken. Zu Recht, wie er überzeugt war.

Dennoch: Es galt, die Fähigkeit der Weitsicht nicht einzubüßen. Die Fähigkeit der Antizipation nicht gegen Vorurteile einzutauschen. Egal, wieviel jemand einem dafür bot. Es gab allem zum Trotz positive Perspektiven, wenn man bereit war und die Kraft aufbrachte, die Sichtweisen von vor 2007 einzutauschen gegen jene danach.

Die Fakten heute und jene, die sich für morgen abzeichneten, waren nicht schön. Ludwigs Meinung nach würde in naher Zukunft eine Dezimierung der Anzahl westlicher Banken um 10 bis 20 Prozent stattfinden, die Arbeitslosigkeit würde steigen, soziale Unruhen wären an der Tagesordnung.

Es würde scheinen, als hätten die am Drücker sitzenden nationalen Eliten versagt. Weltweit würden sich widersprechende Chöre laut: nach mehr Regulierung und nach weniger, nach mehr Protektionismus und nach weniger, mehr Kontrolle, weniger Kontrolle, nach Ausstattung globaler Institutionen mit mehr Befugnissen, Geld, Macht und nach deren Abschaffung. Die ersten Stimmen hatten sich bereits erhoben. Der Refrain, in den weltweit gemeinsam eingestimmt würde, wäre der Widerstand gegen die Wall-Street-Agenda des Aktuellen, den Takt würden jene NGOs, Stiftungen und Thinktanks angeben, die das Lied mit dem omnipräsenten Ticken des Geldmetronoms komponiert hatten. Denn Fakt war: Die Erzeugung und Produktion gegensätzlicher Meinungen war gewollt und somit kontrollierbar. Die Finanzierung und Einsetzung politischer Opposition ebenso. Es waren dieselben Organisationen, die die Eliten eingesetzt hatten. Jene, die auch ihn, die Nicht-Person, den Vakuumfüller Ludwig zur Konferenz eingeladen hatten.

Unter dem Beifall der Menschen da draußen würden neue Köpfe Hoffnung schaffen, während in ihrem Schatten Institutionen auf europäischer und globaler Ebene mit einem „Mehr an allem“ ausgestattet würden. Zutiefst sozialistische und fresslustige Kraken würden in Brüssel, in New York, London, Frankfurt inthronisiert werden, während die neuen Parlamente – bis dahin zumindest noch teilweise eigenständige Regierungen von Nationalstaaten – zu bloßen Abnicker-Organisationen degradiert würden. Ihre Hauptrolle wäre nicht die von Regierenden, sondern die von Sündenböcken. So sah es aus. So und nicht anders.

Ludwig glaubte dennoch an den menschlichen Makel, der in diesem Umfeld nottäte und Rettung sein könnte. An die aus der Reihe Tanzenden, die echten Störenden, die sich der kaschierten Planwirtschaft Widersetzenden. Er konnte einer von ihnen sein. Seinen Beitrag leisten. Wecken, parasitäre Strukturen, die Menschen und Wirtschaftskörper aussaugten, aufbrechen unter dem Radar weltumspannender Agenden. Für die Dauer seiner Amtszeit Farben erlauben. Egal, wie lang oder kurz sie wäre.

„Hast du die Kraft dazu?"

Er hatte sich einen weiteren Calvados eingeschenkt. Das Feuer war erloschen. Die Stube – Wohndiele, wie er sie nannte – hatte nach Rauch gerochen.

„Ich weiß es nicht", hatte er laut in die dunkle Leere gesagt. „Aber sie wird reichen, es herauszufinden. Das zumindest."

Am Morgen danach, am Sonntag, war er wie angekündigt erneut kontaktiert worden. Er hatte die Einladung angenommen. Sich erfreut gezeigt, beeindruckt, dankbar.

Das war vor knapp einem Jahr gewesen. Seit zwei Monaten war er Bundesrat Oskar Ludwig, Leiter des Finanzdepartements. In der Zwischenzeit hatte er manch solchen Bückling gemacht. Und man schien ihm zu glauben. Oder eher: fand die eigene Einschätzung seiner Person im stramm auf Linie stehenden und gehenden Macher Ludwig bestätigt. Das vor allem. Er würde weiterhin alles tun, damit das so bliebe, würde die Person, zu der die Medien ihn gemacht hatten, drehbuchgetreu wiedergeben. Und nebenher würde er Brunnen graben. Keiner würde es merken. Die Öffentlichkeit am wenigsten. Noch nicht.

Die Sache mit diesem Kron, die musste er erst mal zur Seite legen. Egal wie sehr sie wetterleuchtete am Rand des Berechenbaren. Er musste Burger und Brun ihren Job machen lassen. Dann würde er weitersehen. Bis dahin würde er sich darauf beschränken, alles an Informationen zusammenzutragen, die sein Departement mit der Syngenta in Verbindung brachten. Kurz erwog er, eine Mitteilung des Inhalts, alles Relevante zum Thema herauszusuchen, auf die Mailbox des Sekretariats zu sprechen, verwarf den Gedanken aber gleich wieder. Noch kannte er die Leute nicht – noch war nicht der Zeitpunkt, riskante Vorleistungen einzufordern, Vertrauen zu haben. Er musste die Informationen selbst beschaffen.

Er drückte auf den Knopf der Kaffeemaschine. Die kleine Tasse wurde bis zur Hälfte gefüllt. Im Stehen und mit einem Schluck leerte er sie, drückte die Zigarette aus und ging zurück zum Schreibtisch.

Sobald er sich gesetzt hatte, den Blick auf die Papiere vor sich gerichtet, war alles andere weg. Der Raum um ihn her, die Gedanken, die ihn vor Minutenfrist noch bevölkert hatten, ein kraftloses Echo nur noch, das am Deich seiner Konzentration ausrollte.

Vor ihm in Worten und Zahlen lag das, was allgemein nur „der Fonds“ genannt wurde: das Vertragswerk von Nukleus. Obschon in Zeiten wirtschaftlicher Unsicherheit und politischer Hektik geboren, war das, was sich hinter der Bezeichnung verbarg, etwas vom Besten, was die Regierung zusammen mit der Nationalbank und der Basler Privatbank K+K Wallenberg AG für das Land und die Menschen, die hier lebten, zustandegebracht hatte. Auch wenn die Motivationen, an deren Ende seine Gründung stand, sich in Opportunismus und Geldgier erschöpften: Der Fonds war Ludwigs Einschätzung nach zur Zeit nicht nur das größte, sondern auch das wichtigste Dossier, in das er sich einarbeiten musste.

„Ludwig! Weitermachen!“, sagte er zu sich selber.

Die Entwicklung, die der in aller Stille organisierten Gründung des Fonds vorausgegangen war, war heute in groben Zügen jedem zur Genüge bekannt: Das Verhältnis Euro/Schweizer Franken war in den ersten Jahren, die der Einführung der europäischen Gemeinschaftswährung – etwas, das Euro-Ketzern zufolge besser eine hübsche Idee für Festreden geblieben wäre – gefolgt waren, ein wider Erwarten harmonisches gewesen. Volkswirtschaftliche Ungleichgewichte innerhalb der Währungsunion wurden erfolgreich überlagert und verdrängt durch den planwirtschaftlich organisierten einheitlichen Kapitalbeschaffungsmarkt, der ab Beitritt und Übernahme der Währung jedem Land ungeachtet seines budgetären Gesundheitszustands offenstand. In dieser ersten schönen Zeit wurden scheinbar wirklich alle gleicher. Marktwirtschaftliche Mechanismen, die ein Land bis anhin ebenso wie ein Unternehmen nach bilanziellen Standards zu vernünftigem, sprich: Gläubiger von der künftigen Tragfähigkeit des Haushalts überzeugendem, Handeln gezwungen hatten, waren durch die dicke Schicht billigen Geldes, das sich jeder ab Beitritt zu jeder Zeit besorgen konnte, ausgehebelt worden.

Ludwig hatte sich nie entscheiden können, welche Tatsache an Irrsinn und Arroganz die andere toppte: die politisch erzwungene Außerkraftsetzung makroökonomischer Regeln, oder aber die Fähigkeit und der Wille großer und kleiner Marktteilnehmer, an das widernatürliche Konstrukt zu glauben und sich dem Glauben entsprechend zu verhalten.

Es war in der Absurdität zu vergleichen mit dem König einer in der Mitte der nördlichen Hemisphäre gelegenen alpinen Märchenrepublik, der ein Dekret erlassen hätte, wonach das Land ab Stichtag x eine Ebene und kein Bergstaat mehr sei. Flächendeckend und harmonisch auf theoretischen 330 Metern über Meer bei einer konstanten Jahrestemperatur von 18 Grad Celsius. Und als hätten die Untertanen, die freien und unfreien, ihm Glauben geschenkt, gehorcht und danach gehandelt. Fortan wären auf realen 2.000 Metern über dem Meer Tomatenfelder angelegt und in den Schattentälern Solarpanels installiert worden. Der Import von Winterreifen und Schneeketten eingestellt, der Abbau und die Beschaffung von Streugut aus den Aufgabenbereichen der Straßeninspektorate und Tiefbauämter gestrichen. Ungeachtet der Jahreszeiten, die königlichem Willen entsprechend nicht mehr existierten, würden im November Erdbeeren gepflanzt, und die öffentlichen Bäder hätten zum Beach-Soccer-Turnier geladen, während in den Sportgeschäften die erste Ski-Promotion des Jahres lief.

Solange es dem König gelingen würde, sich den verbal geäußerten Glauben der Minister zu kaufen, das Volk mit Brot und Spielen vom Denken fernzuhalten und das Irrsinnstempo immer abstruserer, aber unterhaltsamer Unwahrscheinlichkeiten aufrechtzuerhalten, würde die Farce funktionieren.

2007 dann – mit dem angekündigten Zuschlagen der Realität in Form eines Jahrhundertwinters – das erzwungene Erwachen des Monarchen mitsamt Hofstaat, während das Gros der Menschen noch den Traum vom ewigen Frühling weiterträumte. Lungenentzündungen grassierten, Frostbeulen waren verbreiteter als Akne bei Jugendlichen, die Grippetoten stapelten sich in den Krankenhausfluren.

Ab diesem Punkt konnten Märchen und Realität Ludwigs Meinung nach getrost zusammengefügt werden: Auf der politischen Großbaustelle Europa wurde man zusehends dünnhäutiger, die Phrasendreschmaschinen waren längst auf volle Kraft geschaltet, allenthalben wurde gerätselt und geraten. Der Aktionismus, der als einziges Ziel die Verlängerung des Status quo hatte und haben konnte und der kurz nach Wintereinbruch zu grassieren begonnen hatte, war hüben wie drüben deckungsgleich: Panik allenthalben. Mit der Diagnose hatte man sich gar nicht erst lange aufgehalten. Man war sich einig gewesen, dass ein Impfstoff hermusste. Sofort. Patent- und rezeptfrei – für solches hatte die Zeit scheinbar nicht ausgereicht. Hilf- und ratlos hatte man sich für ein Mehr von demselben entschieden, ein paar Hundert Milliarden Euro genommen, sie in einen Topf geworfen zusammen mit ein paar Nachschuldnern, hatte große Stükke süßer Worte hinzugefügt und ein paar Drohungen, eine Prise süffige Abkürzungen daruntergezogen, das ganze mit reichlich guten Absichten und noch reichlicherem Nebel verquirlt und es dem Volk und der Welt in schönen Gipfelgläsern, verziert mit Rettungsschirmchen serviert.

Wohltönende und weißrauchend ersehnte Worte erfüllten die Lüfte: „Habemus EFSF. Habemus Hebel. Habemus Solidarität. Habemus Target-Clearing-System."

Oder etwas variiert: Habemus Monster-Regulative, neben denen sich das gut 600-seitige Gemüsegurkengesetz der Brüsseler Bürokratie wie ein liebgewonnener Scherz aus Kindertagen ausnahm. Ludwig war es bis heute ein Rätsel geblieben, wer hier bis an welchen Punkt und in welcher Dioptrienstärke eine Art Durchblick hatte. Wo Bürgschaften anfingen und Versicherungen aufhörten, wo Teilkasko in Vollkasko überging, und ob die teilweise künstlich gehebelten Rettungsvehikel der Last, die sie zu schultern hätten, standhalten würden, sollten sie einmal gezwungen werden, das Papier, auf dem sie geschrieben standen, in Richtung Realität zu verlassen.

Nichtsdestotrotz – für eine Weile war es den Leuten warm ums Herz geworden beim Konsum der seligmachend heiß und in Echtzeit verabreichten Rettungsbowle. Man hatte erneut Vertrauen gefasst zu Väterchen König und Mutter Staat, hatte über amputierte Gliedmaßen und chronische Bronchitis hinweggesehen, solange die nötige Dosis dessen nachgereicht wurde, was die Sache erträglicher machte: Wohlfahrt in Form monetärer Opiate oder „sozialer Gerechtigkeit". Außerdem waren böse Spekulanten, gierige Banken und schlechte Ratings, die letzten Endes an allem schuld waren, von der Obrigkeit verboten worden. Das gefiel. Das ließ hoffen.

Ein Gesetz, das mit schlechten Nachrichten im Allgemeinen ebenso verfährt, befindet sich aktuell in der Vernehmlassung und muss noch von der Kommission abgesegnet werden. Aber dann wird endlich alles gut. Und wenn nicht: Mehr von demselben. Die Sintflut ist Glaubenssache derer, die nach uns kommen. Alles eine Frage der Perspektive.

In der Schweiz war die Lage in den ersten Jahren nach Einführung des Euro so interpretiert worden, dass sie für das Land und den Schweizer Franken insgesamt eine positive Entwicklung sei. Weil allenthalben, sprich: an den Börsen, an die Stabilität der Zone und ihrer Währung geglaubt wurde, hatte sich der

Franken seine Funktion als sicherer Hafen mit ihr teilen können, vorangegangene Aufwertungs-Schocks mit ihren Folgen für die Exportwirtschaft waren vorderhand ausgeblieben. Und man hatte geglaubt, dass es so bleiben würde. Schließlich gab es Verträge, Stabilitätspakte, Haushaltskriterien und Bestrafungskataloge für Schuldensünder. Auch Instabilität war verboten.

Soweit, so gut.

Mit dem Zutagetreten der Realität hatten sich die Vorzeichen ab 2007 in ihr Gegenteil verkehrt.

In den darauffolgenden vier Jahren hatte der Euro gegenüber dem Schweizer Franken um rund 40 Prozentpunkte abgewertet. Der Alpenrepublik war erneut der Stempel politischer Stabilität, finanzieller Disziplin im öffentlichen Sektor und solider Konjunktur aufgedrückt worden. Sehr zum Leidwesen der europhilen Führungscrew, die hinter anderslautenden Parolen auf allen Ebenen die Integration des Landes in die Europäische Union vorangetrieben hatte und es immer noch tat.

Die Konsequenz aus dieser Haltung der Regierung: Was Vorteil und – mehr noch – Grund zum Stolz hätte sein können, hatte glaubhaft zum Nachteil erklärt werden müssen, wollte man die zurückgelegten Meilen auf dem Pfad der institutionellen Anbindung und damit die in Brüssel und Frankfurt gesicherten Pfründen nicht wieder preisgeben.

Gegen das, was in den kommenden Monaten von Politik und Medien im gemeinsamen Endloswalzer inszeniert worden war, war die Organisation einer weltweiten Pandemie ein Klacks. Wenn auch auf kleinem geographischen Raum, so war es dennoch schauderhaft und faszinierend zugleich gewesen. Wie vorgängig mehrfach in den Petrischalen von Sozial- und Steuerpolitik getestet in Fällen, wo es darum ging, Missgunst zu entfachen und eine Debatte weg von jeder Sachlichkeit auf eine Ebene der Basisinstinkte zu leiten, war eine Neidkultur lanciert und implementiert worden, die, was ihre Distanz zu den wirtschaftlichen Realitäten anbelangte, ihresgleichen suchte.

Die mehrjährige Zeitachse des Geschehens war für die Öffentlichkeit zusammengeknüllt worden wie die Zeitung von gestern. Etwas Plötzliches und Unvorhergesehenes, ein Schock, verkauft sich besser als vertraut gewordene Alltäglichkeit. Was sich über Jahre entwickelt und angekündigt hatte, wurde zum Über-Nacht-Event umgedeutet. Als hätten die Ungleichgewichte innerhalb der europäischen Währungszone vorher nicht existiert, als wären nicht bereits Jahre der schleichenden Aufwertung des Frankens ins Land gegangen, war der Ausnahmezustand herumgereicht worden. Jeder darf mal. Und jeder hatte einen tiefen Zug getan. Was zuvor außer jede Frontseite verschandelnde Finanzbeamte niemanden interessiert hatte, war nun, ausgestattet mit der Sensationalität der Schocks und dem Kitzel möglichen Verlustes, auf die gleiche Attraktivitätsebene wie Dieter Bohlens Bauchfalten gehoben worden: Der Präsident der Schweizer Nationalbank, Eric Niederberger, hatte die Nation gerockt.

Dass die Situation aus einer Distanz von mehr als 20 Zentimetern zum Blackberry-Display durchaus auch Positives hatte, war ignoriert worden. Good news don't sell. Kein Politiker oder Chefredakteur war so dumm gewesen, freiwillig und frühzeitig den Glücksfall eines geschenkten Feindbilds zu kippen. Warum den Leuten unter die Nase reiben, dass unter den gegebenen Umständen quasi für lau im nahen Ausland eingekauft werden konnte, dass beim aktuellen Wechselkurs zum Euro zehn Mal Auslandsferien im Jahr drin lagen, dass man sich verdammt noch mal glücklich schätzen konnte, in einem Land zu leben, das politisch, wirtschaftlich und gesellschaftlich der Safe Haven schlechthin war.

Gib den Leuten das Gefühl, sie seien Opfer, mach ihnen das Geschenk vermeintlichen Leidens, und sie fressen dir aus der Hand.

Goethe aus dem Off: „Alles in der Welt lässt sich ertragen, nur nicht eine Reihe von schönen Tagen."

Das von Wohlstand und Wohlfahrt gebeutelte Schweizervolk war von da an professionell viktimisiert worden, hatte im Takt der Newsticker gelitten und für kurze Zeit, wenn auch nur schwarz auf weiß, etwas gefunden, woran es sich als theoretische Gemeinschaft festbinden konnte. Eine Art Glaube, der bereitwillig jedem folgte, der versprach, das Land aus der gefühlten Krise zu erretten.

Nach ein paar Wochen wohligen und kollektiven Sichfürchtens und Bemitleidens hatte jeder Bergbauer Bescheid gewusst: Der Franken musste abgewertet werden, die Preise mussten sinken, die exportorientierte Wirtschaft des Landes brauchte Hilfe. Die Hochpreisinsel Schweiz war Joch, Last und ohne jeden Segen. Ein Relikt aus Vorkriegszeiten, ein Produkt gieriger Wirtschaftssubjekte und rückwärtsgerichteter Bergler. Abhilfe und Erlösung mussten von oben kommen. Und als einziges Oben hatte sich der Staat in Position gebracht.

Wollte derweil einer seine persönliche und politische Selbstdemontage in Angriff nehmen, dann gab es keinen günstigeren Zeitpunkt als diesen und keine erfolgversprechendere Methode, es zu tun, als mittels Fakten.

Fakten, die besagten, dass die Schweizer Nationalbank *nicht* der Staat war und dass sie ihrem Auftrag gemäß unabhängig und unter Berücksichtigung der Konjunktur für Preisstabilität zu sorgen und nicht Erfüllungsgehilfin einer umfrageorientierten Meinungspolitik zu sein hatte. Dass weder Bundesräte noch Beamte oder Experten ihr Befehle zu erteilen hatten. Schon gar nicht das Volk. Dass es für die SNB nicht links oder rechts, sondern ausschließlich richtig oder falsch im Sinn ihres Auftrags geben durfte und dass sie aus dieser Unabhängigkeit und nur daraus jene Glaubwürdigkeit schöpfte, die die Wurzel zum Erfolg des inländischen Finanzplatzes bildete.

Der politische Selbstmörder musste außerdem Partei ergreifen für Handelsunternehmen und Importfirmen, die sich längerfristigen Preisstrategien verschrieben hatten und nicht wie an der Börse in Über-Nacht-Aktionen ihre Preise der politischen Lage anpassen konnten und wollten. Er musste den Freihandel predigen und die Selbstverantwortung der Konsumenten beschwören, die nach wie vor die Wahl hatten, wo sie sich ihre Frikadellen und Ravioli holten. Er sollte es nicht versäumen, immer wieder darauf zu pochen, dass sich die Preise für Lebensmittel, Kleider und Geräte in den vergangenen Jahren in der Schweiz für den Schweizer nur marginal verändert hatten und dass das subjektive Unmutsgefühl sich paradoxerweise an der gestiegenen Kaufkraft der eigenen Währung im Ausland nährte. Er sollte auch darauf hinweisen, dass die verwöhnten Deutschen, bei denen angeblich alles so billig war, infolge der Entwertung ihrer eigenen Währung für die Güter des täglichen Bedarfs viel mehr zahlen mussten als noch vor einem oder zwei Jahren, dass *sie* es waren, die unter den Auswirkungen der inflationären Währungspolitik der Europäischen Zentralbank ächzten, und nicht die Schweizer. Nicht vergessen sollte er auch den Hinweis darauf, dass hohe Preise oft auch ein Hinweis auf ein allgemein hohes Lohnniveau sind und dass am Ende jeder währungspolitischen Diskussion und Befindlichkeit nur zählt, was und wieviel von was man sich für sein Geld kaufen kann. Und zu guter Letzt, als K.O.-Argumente zur Garantie der eigenen Abwahl, sollte der Demontagewillige unbedingt noch zweierlei anführen: Erstens, dass die höheren inländischen Lebensmittelpreise hauptursächlich eine Folge der spezifisch schweizerischen und verteuernden Lebensmittelvorschriften und einer Agrarpolitik sind, die den Heimmarkt mit jährlichen Milliardenzahlungen aus Steuergeldern schützt und stützt. Und zweitens, dass die echte Teuerung nicht bei Alltagskosten und Konsumentenpreisen zu suchen und zu finden ist, sondern bei jenen Dingen, die unter Gebühren, Steuern und Prämien fallen. Bereiche also, für die der jetzt zur Rettung gerufene Staat die Hauptverantwortung trägt.

Nun – diese Stimme hatte es nicht gegeben oder sie war nicht gehört worden. Die Schweizer Nationalbank verpflichtete sich auf Druck von Regierung und Industrie, einen fixen Minimalwechselkurs Franken/Euro mittels Intervention am Devisenmarkt zu garantieren. Über Nacht war um zehn Prozent abgewertet worden, Millionen von Menschen teilenteignet, und das ganze Land hatte gejubelt.

Ludwig hätte sich nicht träumen lassen, dass solches in irgendeiner Welt jemals Freude auslösen könnte. Er war eines besseren belehrt worden.

Dass der federführende CEO der SNB und temporäre Nationalheld kurz nach dieser Entscheidung und in aller Stille seinen Stuhl in der Schweiz durch einen der weit begehrteren und besser dotierten im Financial Stability Board, kurz FSB, der Euro-Zone ersetzt hatte, hatte keiner mehr so richtig mitbekommen.

Auch nicht, dass es heute derselbe Eric Niederberger war, der als CEO Nukleus vorstand. Ein Schelm und Spielverderber, wer dem Mann nicht höhere Weihen gönnte nach diesem Rettungsakt und sich erdreistete, anzudeuten, er habe sich an Interessen verkauft, für die Worte wie „Schweiz", „Deutschland" oder „Frankreich" längst nur noch dem nationsversessenen Plebs zuliebe weiter verwendet wurden. Oder – weiter gedacht – möglicherweise auch deshalb, weil es nützlich sein konnte, dass es dem Griechen im Fall von Unruhen innerhalb der Friedenszone Europa und im Rahmen europäischer Sicherheitspolitik wesentlich einfacher fallen würde, in Deutschland auf einen Deutschen zu schießen, als zu Hause auf seinesgleichen. Und umgekehrt.

Vor diesem Hintergrund und unter Berücksichtigung der Tatsache, dass es innerhalb der Landesgrenzen nur wenige sehr leise Stimmen gegeben hatte, die vor einer Ausweitung der Nationalbankbilanz infolge massiver Euro-Käufe durch frisch gedrucktes Geld ebenso gewarnt hatten wie vor den möglichen Folgen für die Nation infolge Anbindung des soliden, aber kleinen Schweizer-Boots an die europäische „Titanic", erstaunte es Ludwig umso mehr, dass Nukleus *überhaupt* gegründet worden war. Keiner hatte danach verlangt. Was in der Medienlandschaft dazu verlautbart worden war, hatte seltsam vernünftig geklungen. Und hatte die Mehrheit der Bürgerinnen und Bürger sehr wahrscheinlich genau aus diesem Grund erst mal nicht interessiert.

In seltener Einigkeit und in aller Stille war man übereingekommen, dass die Nationalbank das Risiko massiver Kursverluste auf aufgebauten Währungspositionen nicht tragen könne. Zu groß sei die Gefahr, dass sie im Fall der weiteren Abwertung ausländischer Währungen durch Steuergelder rekapitalisiert werden müsse. Der Staat, der zu diesem Zeitpunkt eine

Verschuldungsquote von rund 37 Prozent des BIP auswies, sei dazu viel besser in der Lage. Dass auch letzterer mitsamt seinem Defizit irgendwann in der Zukunft durch die Gelder heutiger und kommender Generationen finanziert und entschuldet werden müsste, wurde gar nicht erst debattiert. Man war sich schnell einig geworden, dass eine Verschuldungsquote von rund 60 Prozent gemäß europäischen Maastricht-Kriterien tragbar sei. Für wen auch immer.

Aus welcher Ecke der Vorschlag zur Gründung eines unabhängigen mit Banklizenz ausgestatteten Fonds gekommen war, wusste Ludwig nicht und konnte es auch aufgrund der vorliegenden Informationen nicht nachvollziehen. Auch nicht, aufgrund welcher Einsichten die vor dem Hintergrund des politischen Trends geradezu absurd konservativ anmutende Entscheidung gefallen war, sowohl 30 Prozent des Fondskapitals als auch 30 Prozent der erwirtschafteten Gewinne in physischen Edelmetallen anzulegen und diese in der Schweiz zu lagern.

Zum heutigen Zeitpunkt hatte er nur eine Erklärung dafür: Da der Fonds sowohl ausländischen Staatsfonds als auch Privatpersonen – das war das eigentlich Revolutionäre an der Sache – die Möglichkeit gab, sich einzukaufen, sprich: ihr Geld zu investieren, bediente man meisterhaft das parallel zur wachsenden Unsicherheit um sich greifende Bedürfnis nach Sicherheit. Beispiele, die für einen soliden Trend in Richtung Kapitalerhalt vor Rendite sprachen, hatte es bereits zu diesem Zeitpunkt gegeben: Mehrere Banken waren dazu übergegangen, Transaktionsgebühren in Gold zu akzeptieren, in- und ausländisch geführte Goldfonds verzeichneten Rekordzuwächse.

Es hatte funktioniert. Heute – ein Jahr nach Gründung und Geschäftsaufnahme des Fonds – verwaltete dieser ein Vermögen von rund 566 Milliarden Schweizer Franken. Größter Anteilseigner war die Schweizerische Eidgenossenschaft mit rund 13 Prozent.

Aufgrund der Tatsache, dass nicht auf einen Schlag, sondern nur Schritt für Schritt die geplante Edelmetallposition von 30 Prozent aufgebaut werden konnte, war zur Zeit ein Großteil der zu investierenden Summe alternativ in Aktien und Unternehmensanteilen der Bergbauindustrie investiert. So die vorliegenden Informationen. Diese Beteiligungen würden über die kommenden Monate und Jahre zurückgefahren und gemäß Gründungsstatuten des Fonds umgeschichtet. Ungeachtet dessen wies der Fonds soweit ersichtlich solide bis hervorragende Renditen aus, und Herr und Frau Bürger wurden offenbar nicht müde, ihren jeweiligen Anteil allmonatlich aufzustocken. Ebenso die international aufgestellte institutionelle Kundschaft aus dem privaten und öffentlichen Sektor. Der Zufluss von Neukapital war enorm und schien nicht abebben zu wollen.

Oskar Ludwig fühlte aller gedanklichen Isolation zum Trotz den feinen Luftzug, der sich in sein Inneres stahl. Scheu fast zog der Hauch eine Runde, noch eine und verschwand wieder. Zurück blieb die unerwartete Einsicht, stolz zu sein auf das, was hier von anderen geschaffen worden war.

„Zeit, das Fenster zu schließen, alter Mann."

Ludwig hatte es laut gesagt und erschrak ob des dumpfblechernen Klangs einer unbenutzten Stimme im nach wie vor dunklen Raum.

Allerdings: Schreck passte. Ebenso war es ihm ergangen, als er erst zu vermuten, dann zu verstehen angefangen hatte, dass nicht alles so einfachsolid und stabil war an Nukleus, wie es auf den ersten Blick erschien. Möglicherweise kein Grund, stolz zu sein.

Ein Blick auf seine Armbanduhr. Neun Uhr vorbei. Er hob den Hörer seines Schreibtischtelefons und wählte.

„Niederberger", meldete sich die Stimme des ehemaligen SNB-CEOs am anderen Ende. Fetzen von Gesprächsgemurmel, Lachen, Gläserklirren gaben flatternd Geleit.

***

Bern, Schanzenpost

Carl Bruns Operationsteam innerhalb des NDB war vergleichbar mit einer einzelnen Masche innerhalb eines Netzwerks, bestehend aus sechs Knoten: Sava Nina Perroulaz, Nouriel Blum, Valentin Röthlisberger, Lorenz Balmer, Jezreel Vidali und Brun selbst. Trotz dieser scheinbaren Unabhängigkeit war es ihnen nicht möglich, losgelöst und frei vom Ganzen zu existieren oder zu operieren. Aber es half, von außen Kommendes als solches zu erkennen, wenn nötig zu verzögern oder ganz zu unterbrechen. Mehr war nicht drin.

Das allmonatlich wechselnde Postfach war damit Leck und Luke zugleich. Allem technischen Fortschritt und dem Anschein einer Hinterlassenschaft aus schwarz-weißen Zeiten zum Trotz war es eine der sichersten Möglichkeiten der Kommunikation.

„Gerade deshalb", pflegte Brun zu sagen.

Bruns Paranoia war Programm und Motor. Jeder im Team wusste, dass er nicht nur der Außenwelt nicht traute, sondern in erster Linie den nächstgelegenen Maschen – jenen, in deren Sold sie alle standen. Es war seine Art, kritisch zu bleiben, sich immer neu die gleichen Fragen zu stellen und die Energie aufzubringen, zu akzeptieren, dass die Antwort nie dieselbe war. Seine Art, nicht auf Linie zu sein.

„Wenn einer von euch müde wird, das Verlangen spürt, sich in der friedvollen Unzufriedenheit des Verordneten einzurichten, dem politisch forcierten Konsens und der Idee vom kurzsichtigen Vertrauen den Vorzug zu geben, dann hat er mir das zu sagen. Sofort. Ich werde es ihm nicht übelnehmen. Ich werde ihn möglicherweise einen Moment lang beneiden. Und ihn dann feuern. Wir sind für das angestellt worden, wogegen heutzutage per Dekret ein Lebtag angekämpft werden muss: Misstrauen, Leute. Zweifel."

Sava steckte den Schlüssel in das Schloss von PO-Box Nr. 249 in der Poststelle Schanzenpost und holte einen Packen mit Werbesendungen gespickter Umschläge heraus.

Nr. 249 lief auf die Firma lexpharma ag. Ein Unternehmen, das sich auf die rechtlichen Aspekte der Marktzulassung neuer oder erneuerter Medikamente spezialisiert hatte. Die Legende der Firma war bis hin zum Eintrag im kantonalen Handelsregister im Jahr 1989 wasserdicht. Keiner der amtlichen Stellen war bisher aufgefallen, dass die Adresse von lexpharma sich alle 28 Tage änderte.

Wie die meisten Leute, die ein Postfach angemietet hatten, wuchtete Sava den Papierberg auf einen der marmornen im Boden verankerten Stehtische, schloss das Fach ab und machte sich daran, zu sortieren, was einer Sortierung nur für die Kameras bedurfte. Drei davon waren gut sichtbar in den oberen Ecken der Poststelle installiert, drei andere, nicht sichtbar, in der Deckenverkleidung über den Tischen, wo die Leute ihre Briefe öffneten.

Sava sah auf den ersten Blick das, weshalb sie gekommen war: Es war ein weißer C5-Umschlag. Neutrales Adressetikett, ausgestellt auf die Firma lexpharma ag. Dennoch mühte sie sich weitere Minuten mit der Sinnlossortierung ab, verstaute alles in einer mitgebrachten Papiertasche und verließ die Poststelle. Sowohl der Eingang als auch der Parkplatz, der zwischen Gehsteig und Straße lag, waren mit Kameras gespickt. Hätte sie nicht schwarz auf weiß den Beleg dafür gesehen, dass das öffentlich-rechtliche und hoch profitable Unternehmen mit Konzernstruktur, das sich mittels Millionen investierter Werbefranken in den Köpfen der Menschen als die Mutter des Service Public schlechthin implementiert hatte, eine Hundertschaft von Technikern, Analysten und Psychologen in Lohn und Brot hatte, um die so gewonnenen Daten auszuwerten, hätte sie sich ein Grinsen möglicherweise nicht verkneifen können. Sie grinste nicht.

Die Post war zusammen mit der 1998 aus genau diesem Grund ausgegliederten swisscom AG – den neuen Technologien traute man in der Öffentlichkeit nicht im selben Maß wie dem guten Gelben Riesen – einer der wichtigsten Datenlieferanten des Bundes. Oder anders ausgedrückt: Zusammen mit der Tochtergesellschaft PostFinance war sie die perfekte Überwachungsmaschinerie. Flächendeckend präsent und trotz Marktliberalisierung mit allen Zügen des Monopols ausgestattet, hatten die beiden Unternehmen zusammen mehr als 70 Prozent der Bürger des Landes auf den Monitoren. Letzteres im wörtlichen Sinn. Nein – kein Grund, zu grinsen.

Sava ging ohne Eile zu ihrem Wagen im Bewusstsein, für heute einen Teil der Zielgruppe „Geschäftskunden KMU" bestmöglich repräsentiert zu haben.

Zu Hause schredderte sie bis auf den einen Umschlag alles. Sie öffnete ihn, las die für sie relevante in einem Formbrief eingebettete Zeile und überantwortete auch ihn den Metallzähnen des Papierfressers.

Es war der von Lorenz gelegte Zugangspfad für die Konversus-Daten. http://www.efd.admin.ch/dokumentation/medieninformationen/00467/index.html?lang=de&msg-id=33339.

Sava lachte laut auf, als ihr bewusst wurde, wo Lorenz die Daten abgelegt hatte. Die öffentlich zugängliche Seite für Presseinformationen des Bundesamts für Finanzen.

„Es ist wie im Supermarkt", hatte er einmal gesagt. „Wenn du überzeugt bist, dass das, was du brauchst, nur von wenigen Leuten gekauft und verwendet wird, dann wirst du dich vor dem Regal aufpflanzen und garantiert *nicht* auf Augenhöhe bei den gängigsten Marken suchen. Du konzentrierst dich auf die Ränder – ganz oben, ganz unten. Weil das Listing eines Ladenhüters auf dem besten Regalplatz keinen Sinn macht, wird es nicht dort sein. Es *darf* nicht dort sein."

Sie startete ihren Laptop und lud die Konversus-Dateien auf einen Wechseldatenträger. Den Computer ließ sie auf Standby. Bis Lorenz, von wo aus auch immer, sich einloggte und die Spur verwischte, musste sie mit dem Leck, das die Aktion in die Masche riss, leben. Fast schien es ihr, als fühle sie den ungesunden Luftzug, den die undichte Stelle einließ.

Sie schüttelte den ungedachten Gedanken ab. Sie hatte zu tun. Und nur 48 Stunden Zeit.

***

Hotel Kempinski, Budapest

Fertig gewandet in das verblasste Kleid eines Traums, dessen Muster schon nicht mehr zu sehen war, verließ sie der Schlaf. Fast war es ihr, als höre sie das Klicken der sich schließenden Tür, fühlte den Raum sich aufblähen unter der Lupe der zurückbleibenden Stille. Sie griff nach dem Lichtschalter. Die Lampe und ihr kleiner Schein hatten die Kraft, die Leere aufzusaugen, nur jenen Radius real werden zu lassen, den sie im Schwebezustand noch frischen Verlassenseins ertrug.

Über die interne Leitung bestellte Jezreel Vidali zwei Portionen Kaffee.

Etwas hatte sich verändert. Etwas außerhalb ihrer selbst, ähnlich dem, was Kinder frühmorgens hüpfen ließ, bevor sie wissen, dass in der Nacht Schnee gefallen war. Sie ging zum Fenster. Dreifachverglasung, neuester Energiesparstandard. Mit leisem Schmatzen ergab sich die gummierte Abdichtung dem Zug. Und da war es, was übermütig alles Schwere vor sich hertrieb: Wind. Ein Sturm fast. Ihr Zimmer ging auf die Harmincad utca, die 30. Straße, hinaus. Gegenüber lag der Elisabethplatz. Häuser, Bäume, Straßenschluchten, die trotzig sich querstellten und dabei erst möglich machten, was ausgelassen und warm wie freies Lachen aufstieg und fiel und wirbelte und vor sich hertrieb. Zu Hause wäre es ein Novembersturm. Der erste des Jahres. Sie wusste nicht, wie der Wind hier hieß.

Fast hätte der rauschende Wirbel draußen das Klopfen an der Tür übertönt. Sie durchquerte das Zimmer, öffnete. Kein Mensch zu sehen. Zu ihren Füßen ein silbernes Tablett. Kaffeduft. Zwei Tassen. Sie hob es hoch, stellte es auf das Sideboard, schenkte randvoll ein und ging mit der Tasse zum Fenster. Nicht ohne vorher die blecherne Zigarilloschachtel mitsamt Feuerzeug vom Bett zu klauben, wo sie sie hatte liegenlassen.

Auf dem breiten Fenstersims sitzend, die Tasse in der Kuhle zwischen den angezogenen Beinen und dem Bauch balancierend, zündete sie einen Zigarillo an. Der erste des Tages. Der beste. Draußen trieb das warme Kapriolen im Licht der Straßenlampen flatternd und wischend in goldgelben Wirbeln vor sich her, was sich gestern noch als Herbst ausgegeben hatte. Das Fehlen anderer Geräusche war Zeuge und Beweis für die Noblesse des Quartiers. Dort, wo sie zur Zeit in Zürich lebte, obwohl weit von Schäbigkeit entfernt, mischte sich anderes in solch nächtliche Stürme: das klappernde Ächzen einer losen Dachrinne, polterndes Papierzeug und Karton, von Böen gepackt und aus Hausecken und offen gelassenen Abfalltonnen gezerrt, das unregelmäßig knallende Metronom eines losen Fensterladens.

Jezreel schätzte die Zeit auf drei Uhr. Es war mehr als bloßes Schätzen. Kurz wurde im Blitzlicht des Erinnerns ein Bild sichtbar. Eine für Sekunden schneidend ausgeleuchtete Szenerie. Tripolis. 63 Tage. Ein Raum. 3,5 mal 4 Meter. Schätzungsweise. Zwei Kübel. Ein Feldbett. Vier Wände. Sie wusste noch heute nicht, wie es Brun gelungen war, sie rauszuholen. Sie hatte nicht damit gerechnet. Hatte sich eingerichtet in der Idee, dass das, was sie dachte, ihre letzten Abenteuer wären.

Das Bild wurde nach draußen in den Wind gesogen.

Es war drei Uhr in der Früh. Sie würde nicht mehr schlafen in dieser Nacht. Sie würde hier sitzen bleiben. Sein. Nicht mehr. Die versprengten Truppen der Gedanken desertieren, die unnütz um aufgereihte Ziffern geschlungenen Taue reißen lassen. Der Sturm machte es möglich. Kein Zählen mehr, kein Denken. Unverhofftes Geschenk einer fremd gewordenen Stadt.

***

Um halb acht stand Anja Sanders an der Rezeption, ließ sich die Liste der Galerien aushändigen und ein Taxi bestellen, das sie zur ersten Adresse bringen sollte: Ye Olde Post Art Gallery.

Die Galerie lag nur vier Querstraßen vom Kempinski entfernt, das Taxi bloß ein weiterer der Witze ohne Pointe, aus denen Anja Sanders sich nach hiesigen Maßstäben zusammenzusetzen schien.

Der warme nächtliche Wind hatte am Himmel ein graues Schlachtfeld hinterlassen. Erschöpft vom wilden Fest vergangener Stunden schien er träge über der Stadt zu liegen, die schweren Lider gegen jedes Hell schützend geschlossen.

Die Galerie, die auf den ersten Blick mit dem Charme eines früh geöffneten Tante-Emma-Ladens lockte, duckte sich neben dem großen sandsteinernen Torbogen der Regionalpoststraße weg. Sogar das warme aus den dunkelgrün umrandeten Schaufenstern fallende Licht schien sich entschuldigen zu wollen. Das Taxi war bereits weg. Anja Sanders blieb kurz vor dem Schaufenster stehen und schien die Adresse mit den Angaben auf der vom Hotel ausgefertigten Liste zu vergleichen. Kritisch ob der leichten Biederkeit dessen, was sich Kunstgalerie nannte. Ein Achselzucken schien zu sagen: „Wenn ich schon mal da bin, kann ich ja ebensogut reingehen. Auch wenn ich weiß Gott anderes erwartet habe als diese windige Pappbude.“

Der messingene Türknauf fühlte sich zu schmal an im Vergleich zum Namen, die Türe zu leicht. Ein schütteres Läuten ertönte im nicht einsehbaren Hintergrund des Ladens, als sie eintrat. Jezreel Vidali behielt das Lächeln des Wiedererkennens in sich drin.

Fünf Monate hatte sie hier gelebt. Der Klang der winzigen Glocke schien aus einem anderen Leben herüberzuklingen.

Sie fühlte sich ertappt von der rauchverhangenen Stimme:

„Frau Sanders. Man hat Sie uns angekündigt vom Kempinski. Es ist uns eine Ehre.“

Wie alles andere hier passten die pompösen Worte nicht zur dünnwandigen Schäbigkeit des Orts. Weder zum Raum, dessen durcheinandergewirbeltem Inhalt, noch zum Mann, der sie intoniert hatte. Als drücke man einem Schuhmacher ein Zepter in die Hand und befähle ihm, sich in königlichem Hermelin und Habitus wie ein Herrscher zu gebärden.

Wieder das Lächeln im Innern.

Dàniel Bartók – Czaba. Inhaber und Besitzer dessen, was sich „Galerie zur Alten Post“ nannte und was gemäß Steuerdeklaration ein ökonomisches Desaster war. Kein Wunder, dass der Mann auf zusätzliche Einnahmequellen angewiesen war. Allerdings, so Jezreels Vermutung, machte die Extraentlohnung, die er für seine Dienste als Kontaktmann des NDB kassierte, keinen Unterschied: Die Galerie war Bartóks Leidenschaft, die, was das Finanzielle anbelangte, durchaus Zerstörerisches aufwies. Jeder Heller, der ihm zukam, machte nur kurz halt in seinen Händen. Immer gab es eine Liste von Kunstgegenständen, oder solchen, in denen nur er die Kunst erkannte, die er einmal und für ebenso kurze Dauer wie das Geld sein Eigen nennen wollte. In Händen halten. Sie fühlen. Er wollte sie nicht behalten, sie sich nicht einverleiben, besitzen.

„Schon nur der Gedanke, etwas besitzen zu können, ist eine Beleidigung für jeden denkenden Menschen", pflegte er zu sagen. „Ich kann nicht mehr tun, als meine Tür weit zu öffnen, das Schöne eintreten zu lassen. Und wieder gehen." Und mit einem Zwinkern: „Du bist der lebende Beweis."

Bloß dass die Sache mit dem „Gehenlassen" nicht so richtig funktionierte in seinem Fall. Der kleine Mann im Anzug sah sich als Kneipenwirt der Kunstwelt, seine Kundschaft waren die Bilder und Figuren ferner Epochen, die er ebenso verehrte wie verfluchte, die Sublimierung allen menschlichen Strebens schlechthin.

„In diesen Formen und Schatten, Jezreel, wird unsere Sache abgehandelt. Deine. Meine. Und für die Erkenntnis, dass unsere Sache letztendlich nichts ist und gleichzeitig das einzige, was wir haben, würde ich alles tun. Hast du das Geld dabei?"

„Herr Bartòk – man hat Sie mir empfohlen", sagte Anja Sanders jetzt. Der Blick, mit dem sie den Laden in Besitz nahm, brachte deutlich zum Ausdruck, was sie von dieser Empfehlung hielt.

Wie der Teufel auf dem Berg beim letzten Versuch, den Himmelskönig auf den Boden vor sich auf die Knie zu bringen, breitete Bartòk die Arme aus.

„Das hier, Verehrteste, ist bloß meine Diebstahlversicherung. Wenn Sie mir gestatten, Sie nach nebenan zu geleiten, zeige ich Ihnen das, was keine Versicherung in ihrem Portfolio haben möchte."

Anja Sanders blieb eine Sekunde zu lange bei der Tür stehen. Unentschlossen den Wicht mit dem Gesicht eines Schlägers und den Augen eines Professors betrachtend, der sich mit den letzten Worten um die eigene Achse gedreht hatte und ihr jetzt einladend den Arm bot.

Schließlich schien sie sich zu überwinden, der Ruck, mit dem sie den ersten Schritt tat, war beinahe sichtbar. Den gebotenen Arm übersah sie. Alles, was recht war.

Das Hinterzimmer – mehr war es nicht – hielt, was Bartòk Anja Sanders mit pompöser Geste versprochen hatte. Jezreel kannte es seit Jahren. Sie war keine Kunstkennerin und auch niemand, der die Dinge, die sich Kunst nannten, in mehr als die zwei Kategorien „gefällt" und „gefällt nicht" einzuteilen vermochte. Von ihrer Zeit hier in Budapest wusste sie allerdings, dass dem Mann, dem sie jetzt ins Dämmrige folgte, über die Grenzen des Landes hinaus der Ruf dessen vorauseilte, der in seinem Fachgebiet den Gipfel des Möglichen erreicht hatte. Und vor allem wusste sie, dass der fensterlose Raum, den sie betraten, alles andere war als das gemütliche von Kaffeeduftfäden durchwobene Chaos eines Süchtigen.

Das unscheinbar vollgestopfte Zimmer war ein Faradayscher Käfig. Lückenlose Massivbauweise. Wände, Fußboden und Decken unter den Tapeten und Belägen mit eingewebten oder unterlegten Metallgittern versehen. Keine Fenster. Soweit, so gut.

Allerdings – ewiger Streitpunkt und Gegenstand zahlloser Witze im Team: Was sich hier auf engstem Raum an die Wände lehnte, den Boden bedeckte, den Tisch und jeden einzelnen Stuhl, sprach jedem professionellen Sweep und jeder baulichen Vorkehrung Hohn. Ganz zu schweigen von der Tatsache, dass der Mann, der hier mehr lebte als wirkte, jeden einließ, der glaubhaft den Eindruck zu erwecken verstand, auf der Suche nach Antworten zu sein.

„Was wollt ihr?", pflegte Czaba zu fragen, wenn Jez oder Brun ihn drängten, wenigstens die mannshohen Papier- und Büchertürme abzutragen, die aus jedem freien Quadratzentimeter zur Decke wuchsen wie lebendig sich windendes Gewächs. „Leere Wände, Plexiglasmöbel? Soll ich meine Kunden etwa an der Tür filzen? Take it or leave it, Kinder. Ich will euch zu nichts drängen. Aber es läuft entweder so, oder es läuft nicht. Punkt. Ansonsten könnt ihr meine zeitweiligen Freundschaftsdienste geradesogut draußen am Schaufenster anschreiben und im Tourist Guide mit ganzseitigen Inseraten bewerben. Ein Wegweiser wär‘ vielleicht auch nicht schlecht. Die kennen mich hier. Ich mache mein Möglichstes, um sicherzugehen, dass ihr sicher seid – mir zuliebe, versteht sich. Ab diesem Punkt müsst ihr mir vertrauen. Grässliches Wort, ich weiß. Aber wie gesagt …“

Sie hatten sich entschieden, ihm zu vertrauen. Die Eintrittswahrscheinlichkeit einer Enttarnung, das Schadensausmaß, das eine solche zur Folge hätte, war einkalkuliert. Das Restrisiko das inhärente Wesen ihres Jobs.

Bartòk alias Czaba ließ Anja Sanders mit einer angedeuteten Verbeugung den Vortritt, trat hinter ihr ein und schloss die Tür. Und als würde er mehr abstreifen als ein sich in Gesten und Tonlage erschöpfendes Gehabe, stieß er den Atem aus, schüttelte die Anzugjacke von den Schultern, löste die Manschetten des Hemds und krempelte die Ärmel hoch. Jezreel glaubte im Schattenkern seiner Bewegungen den Ex-SAS-Mann, der als Kind ungarischer Auswanderer in England in den frühen 70er Jahren dieser weitestgehend autonom agierenden Spezialeinheit der British Army beigetreten war, zu erkennen. Viel mehr als das wusste sie von seiner Vergangenheit nicht. Brun schien es zu wissen. Das reichte.

Jetzt stellte er eine bitterdampfende Tasse vor Jezreel, die noch immer stand, auf den Tisch. Sie setzte sich. Ihr Magen zog sich zusammen, als sie den Schwaden näherkam.

„Zucker kommt gleich“, kam es von der Ecke her, wo Czaba dabei war, eine weitere Tasse zu füllen. Sie wusste, dass er bei diesen Worten in sich hineinlachte.

Während er sich ihr gegenüber niederließ, löffelte sie braunen Zucker in ihren Kaffee.

„Der Löffel muss von allein drin stehen“, sagte sie und ließ ihren Blick kurz von unten her auf sein Gesicht und wieder zurück wandern. Den Gefallen tat sie ihm gern. Sie mochte es, wenn er sein lautloses Lachen lachte. Er blieb es ihr nicht schuldig.

Den bei ihren Zusammenkünften oft und zu beidseitigem Vergnügen geführten Streit darüber, wie ein richtiger Kaffee zu sein hatte und wie der dem auf der Höhe der Veredelung befindlichen Getränk entsprechende richtige Kaffeetrinker (Czabas Meinung nach fand man das eine wie das andere nur in Oman, wo er lange stationiert gewesen war), brauchten sie nicht zu erneuern. Das solid errichtete Gerüst ihres Zwists stand fest verankert – sie konnten sich darauf beschränken, Andeutungen und einzelne Worte herumturnen zu lassen.

„Wusstest du eigentlich, dass der arabische Sprachraum einer der ersten war, der das Wort für Zucker vom Sanskrit übernommen hat?", sagte Jezreel jetzt, ohne Czaba anzusehen.

„Ich werde nicht mit dir über Dinge reden, von denen du keine Ahnung hast, Jezreel Vidali. Also, Frau Sanders, was darf's denn sein?"

***

Bern, Residenz des französischen Botschafters

Eric Niederberger nahm seinen Namen und die Worte, in die er eingebettet war, an der Garderobe in Empfang, während sein Autoschlüssel in die Hand eines Menschen in Uniform glitt. Man würde den Wagen vorfahren.

„Ich bedaure sehr, dass Sie uns bereits verlassen, Herr Niederberger. Dürfen wir Ihrer Gattin später eine Limousine zur Verfügung stellen?", fragte der Livrierte.

„Das ist überaus freundlich. Danke."

Die Türflügel öffneten sich automatisch, als er darauf zutrat. Draußen ein strahlendfrischer Vormittag, während in seinem Rücken die gedämpfte Wärme der Matinee-Gesellschaft verklang.

Er war nicht erstaunt gewesen über den Anruf des Finanzministers. Früher oder später hatte das kommen müssen. Schließlich war der Mann faktisch sein Vorgesetzter. Was ihn erstaunt hatte, war der Widerwille. Es hatte Kraft gekostet, den Teil seiner selbst nicht zu Wort kommen zu lassen, der *hierher* gehörte. In diese Gesellschaft, in diese Welt und nicht in die biedere Realität eines Zahlenklaubers, wie Oskar Ludwig es war.

Er hatte ihn „Niederberger“ genannt. „Niederberger – ich brauche Sie hier!“ – als wäre er irgendein verdammter Vorarbeiter. *Sein* Vorarbeiter.

„Selbstverständlich, Herr Finanzminister.“ Und: „Nein, es bereitet überhaupt keine Umstände. Bis gleich.“

Er war zu der Gruppe im Salon zurückgekehrt, die er beim Klingeln seines Handys verlassen hatte. Seine Frau hatte sich ihm lächelnd zugewandt und den kleinen Kreis für ihn geöffnet. Er hatte ihr kurz den Arm um die Taille gelegt, während die Worte an das Paar gerichtet waren, mit denen sie sich unterhalten hatte:

„Bitte entschuldigt. Unser neuer Finanzminister scheint sich in einem seiner Dossiers verkeilt zu haben.“

„Jaja – die Realpolitik. Hartes Geschäft“, war es vom männlichen Part des anderen Paars gekommen. „Glaubt mir, Herrschaften, ich weiß, wovon ich rede.“ Es hatte geklungen, als spräche er von einem Puffbesuch. Und obwohl der Kerl in den vergangenen Wochen und Monaten durch die weltweite Presse geschleift worden war, hatte sich Niederberger in dem Moment partout nicht an den Namen erinnern können. Ehemaliger deutscher Verteidigungsminister, jung, von bestem blauem Blut, Plagiatsvorwürfe, unehrenhaft erhaltener Doktortitel, große mediale Empörung, Rücktritt für die Masse, Abstellgleise für die aufgebrachte Öffentlichkeit in Form eines Jobs bei der Washingtoner Denkfabrik Center for Strategic and International Studies. Irgendwann einmal dann ein nur widerwillig akzeptiertes Comeback. In drei, vier Jahren. Man hatte den Mann lediglich aus der Schusslinie genommen.

Wobei es sich bei „man“ um das Board des CSIS handelte, dieser sogenannt unabhängigen Stiftung, das sich aus aktiven Regierungsvertretern, Investmentbankern, Mitarbeitern des Verteidigungsministeriums und der Geheimdienste, Vertretern von Big Oil und Big Pharma ebenso wie den Köpfen anderer NGOs mit ähnlichen Interessen zusammensetzte. Oh nein – der Kerl war überall, bloß nicht auf dem Abstellgleis.

Niederberger – jetzt an seine Frau gewandt: „Tut mir leid, Schatz. Aber wenn der Finanzminister ruft …"

„Liebling – muss das wirklich sein?"

Herrgott! – Ihre Stimme hatte eisig geklungen trotz des Lachens an die Adresse des anderen Paars: „Sie müssen wissen, solche Anlässe hier sind mittlerweile so was wie unser Intimleben …"

Heiterkeit in der Runde. Sie hatte sich von ihm auf die Wange küssen lassen, sich gewichtlos an ihn schmiegend kurz ihre Hand in seinem Nacken ruhen lassen. Es hatte sich wie ein Tritt in den Unterleib angefühlt. Spitzes Schuhwerk.

Sein Wagen wurde vorgefahren, die Tür für ihn aufgehalten und geräuschlos zugedrückt. Er fuhr los.

Er war versucht, das Gaspedal durchzudrücken, den Kies um das Blumenrondell spritzen zu lassen. Irgendwas, das ihm Luft verschaffte. Stattdessen stieß er hörbar die Luft aus, ließ den Wagen durch das schmiedeeiserne Tor auf die Straße gleiten und konzentrierte sich auf das Vibrieren von 1001 gezügelten Pferden unter der Motorhaube. Er wurde ruhiger.

Es ging nicht um seine Frau, um Angélique – egal wieviel Kälte sie in ihre Stimme packte. Das Aufwallen von Wut richtete sich nicht gegen sie, auch wenn er ihren Forderungen und Wünschen meist ohnmächtig gegenüberstand. Das war eine wohlbekannte Ohnmacht. Eine, mit der er seit 13 Jahren Bett und Tisch teilte, die ihm vertraut war und in der er sich zurechtfand. Eine – und das war das Entscheidende –, die er selbst gewählt hatte und für deren Wahl er reich entschädigt wurde.

Nein – es ging nicht um Angélique. Es war nie um sie gegangen. Auch bei der Hochzeit nicht. Es war der Name. Immer schon gewesen. Der Name Wallenberg, der für die größte Privatbank Europas stand. Für offene Türen, für Abkürzungen, für Karriereleitersprossen außerhalb des Scheinwerferlichts. Diskret und geräuschlos in der hochflorigen Selbstverständlichkeit alten Geldes. Viel alten Geldes.

Er hatte die Schwestern Wallenberg auf einem Wohltätigkeitsanlass getroffen, den er in Vertretung seines damaligen Chefs bei der UBS besucht hatte. Vorgestellt hatte ihn kein anderer als sein heutiger De-facto-Vorgesetzter: Oskar Ludwig. Der Mann, von dem er heute wusste, dass er gesellschaftliche Anlässe nach Möglichkeit mied. Und, wenn es sich einmal doch nicht umgehen ließ, sich anhand der Gästeliste darauf vorbereitete, als ginge es um eine parlamentarische Abstimmung von nationaler Bedeutung.

Aber das hatte er, wie gesagt, damals noch nicht gewusst. Er war bloß erstaunt und froh gewesen, als der Mann, damals noch selbständiger Unternehmensberater, ihn bei der Veranstaltung als ehemaligen Waldorfschüler erkannt, ihn unter seine Fittiche genommen und davor bewahrt hatte, sich am Rand des Geschehens wie der auf die Schnelle eingesetzte Platzhalter zu fühlen, der er war. Er hatte ihn angesprochen, ihn aus dem toten Statistenwinkel herausgeholt und mitten hinein.

„Herr Niederberger, wenn ich nicht irre."

Irritiert und – als er sicher gewesen war, dass Ludwig wirklich ihn gemeint hatte – sichtlich erfreut, hatte er die trockenwarme Hand ergriffen.

Ludwig hatte es ihm leichtgemacht, die anfängliche Sprachlosigkeit zu überwinden.

„Bitte entschuldigen Sie, dass ich Sie so überfalle. Aber es freut mich immer, wenn ich irgendwo einen Leidensgenossen entdecke. Waldorfschulen, oder?"

Er hatte bejaht: „Bern."

„Welch Glück, mein Lieber. Mich haben sie damals in die Bergschule nach Avrona geschickt. Ist heute eine Sonderschule. Machen Sie sich ein Bild. Und bevor Sie fragen: Ja – ich kann auch heute noch meinen Namen tanzen."

Sie hatten gelacht.

„Kommen Sie – ich stelle Ihnen ein paar Leute vor."

Sie hatten eine Runde gemacht, und Ludwig hatte ihn wenig später schmunzelnd in der Obhut der Schwestern Wallenberg zurückgelassen:

„Seid nett zu ihm, meine Damen. Der junge Mann wird irgendwann sehr viel zu sagen haben.“

Sie hätten nicht nett zu sein brauchen, nicht schön, nicht klug. Von dem Moment an, als Niederberger ihren Namen vernommen hatte, war in seinen Augen eine Strahlkraft von den beiden ausgegangen, die jedes gängige Attribut in den Schatten stellte.

Später, als er allein nach Hause gegangen war, hatte er es bereits gewusst. Er wollte sie. Eine von beiden. Welche, war zweitrangig.

Angélique hatte gewählt, indem sie ihn ein paar Wochen nach dieser ersten Begegnung zum Besuch einer Vernissage aufgefordert hatte. Sehr formell das Ganze. Schriftliche Einladung, lächelndes Händeschütteln zur Begrüßung, professionell-freundliche Geste in Richtung Getränkeausgabe.

Während der Laudatio auf den Künstler war Angélique neben ihm aufgetaucht. Der Laudator war ein landesweit tätiger und weitestgehend unbekannter Regisseur von innerem und äußerem Format eines 1968 gestrandeten Walrosses. Seine Inszenierungen auf den Bühnen von Genf bis St. Gallen zeichneten sich durch eine stete, mal leise, mal laute Kommerzkritik aus. Egal, welcher Thematik sich das Stück gemäß Programmheft widmete. Immer lief es darauf hinaus, dass Schauspieler in Anzug und Krawatte auf schwarz beschmierten Bühnen vor schwarz beschmierten Kulissen Geldsäcke herumschleppten, während auf die bis auf die Schwärze kahle Wand im Hintergrund das Logo einer Bank projiziert wurde. Ganz im Sinn seiner Überzeugung waren die Vorführungen meist zuschauerfreie Zonen. Die Finanzierung sicherte die schweizerische Kulturförderung. Vom Ausland war er bisher mit Engagements verschont worden.

Anlässlich der Vernissage sah er seine Aufgabe offenbar darin, sich selbst und sein Wirken zu ehren.

„Ich glaube, man sollte jetzt den Künstler zu Wort kommen lassen“, hatte Niederberger Angélique zugeflüstert. „Der Kerl dort oben wird sich selbst sonst gleich für irgendeinen Nobelpreis vorschlagen.“

Sie hatte gelächelt, die Schultern kaum wahrnehmbar gezuckt und ihm anstatt einer Antwort den Vorschlag gemacht, nach der Vernissage auf ein Glas irgendwohin zu gehen.

Sie waren schließlich nirgendwohin gegangen, sondern in der Galerie geblieben. Aus dem vorgeschlagenen Glas waren zwei Flaschen geworden.

Später in seinem Hotelzimmer hatte Eric Niederberger seinen Namen getanzt.

Angélique gehörte zu jenem Kreis ihrer Generation, dem von Geburt an und aus Tradition eingebleut worden war, man habe nebst Zeit und Geld – von beidem war reichlich vorhanden – pressetaugliche Ziele zu haben. Die Jungs bekamen die ihren meist direkt im Kreißsaal mit dem Namensbändchen verpasst. Bei den Mädchen war man nicht so streng und ließ ihnen bei der Auswahl und Verfolgung der ihren jede Freiheit. Im Fall von Angélique waren es zum Zeitpunkt ihres Kennenlernens die Förderung der bildenden Künste, die Entwicklung des Sudans und die Herausgabe eines dreimal jährlich erscheinenden Magazins zu Frauenthemen. Im Fall des letzteren beschränkte sich ihr Beitrag allerdings auf die Finanzierung der dreiköpfigen antikapitalistisch positionierten Redaktions-Crew.

Eric Niederberger hatte ihr geglaubt, hatte aus dem, was sie berichtete, herausgehört, dass das Engagement echt war, der Glaube. Aber er hatte auch verstanden, dass alles auch als Buschwerk diente, hinter dem sie ihr profanes Hoffen versteckt hielt. Nach ein paar Gläsern hatte sie es ausgesprochen, hatte von Liebe geredet. Lachend das Wort „Seelenverwandtschaft" in die leere Galerie kullern lassen.

Es war so einfach gewesen. Seelenverwandtschaft. Beinahe wäre er aufgestanden und gegangen. Nur der Name hatte ihn zurückgehalten. Er war geblieben und hatte ein Gespräch geführt, das ebenso gut zwischen zwei mittelmäßig intelligenten Teenagern hätte stattfinden können. Oh nein – es war wie meistens nicht um Verwandtschaft gegangen, nicht um Affinitäten und Gleichklang bei dem, was sie als genau das bezeichnet hatte. Es ging darum, einander den einen oder anderen Blick in den

Abgrund zu gewähren, der einem als Seele diente, während man im Seichtwasser des sich im anderen spiegelnden Ich verblieb.

Er hatte es verstanden, die Reihenfolge des Strip-Jack-Naked-Spiels so zu drehen, dass sie immer einen Schritt voraus war. Er hatte sich aufs Spiegeln beschränkt. Am Ende des Abends hatte sie sich in ihm wiedererkannt.

Als er ein halbes Jahr später um ihre Hand angehalten hatte, war ein kurzer Aufruhr durch die Familie gegangen. Wie ein zeternder Spatzenschwarm im Geäst, wenn die Amseln das Vogelbad besetzen. In diesem Fall das Geäst des Stammbaums.

Die Männer der Familie hatten aber bald schon eingelenkt. Eric Niederberger entstammte zwar nicht ihren Kreisen, hatte indes einen einwandfreien Leumund und eine für sein Alter beachtliche Karriere aufzuweisen. Alles andere könnte man mit den richtigen Kontakten wettmachen. Und mit dem Doppelnamen, den er nach seiner Hochzeit tragen würde: Eric Niederberger-Wallenberg.

Der Verkehr hier draußen im Kirchenfeldquartier war flüssig. Nur die Tatsache, dass jede verfügbare Parkbucht belegt war, sagte ihm, dass es mit der Samstagsleere spätestens ab Höhe Kirchenfeldbrücke ein Ende haben würde: Die Leute fuhren aus den Agglomerationen und Außenquartieren an ihrem freien Tag meist bis hierher, stellten ihre Autos ab und eroberten das Stadtzentrum zu Fuß, mit Trambahnen und Bussen.

Dennoch reichte die Viertelstunde erzwungenen Wartens vor Fußgängerstreifen, an Trambahnstationen und hinter plastiksackbewehrt schlendernder Binnennachfrage nicht aus, um den Schock des Weltenwechsels abzufedern.

Als er auf Ludwigs kurzes „Herein“ in dessen Büro eintrat, fühlte er den Widerwillen fast körperlich. Zum zweiten Mal an diesem Tag wallte zähneknirschend Wut in ihm auf. Weil er ein Mann war, weil er jede Form und Andeutung von Unterlegenheit verabscheute und weil dieses Treffen unweigerlich und in Minutenfrist sein mit größter Anstrengung geschaffenes und aufrechterhaltenes Trugbild von der Realität kollabieren lassen würde.

Dabei waren sich Ludwig und Niederberger, deren Karrieren in Bahnen verliefen, die unterschiedlicher nicht hätten sein können, im Kern ähnlich. Ihrer beider Motivation und Tatendrang basierten auf Lebensentwürfen ohne Wenn und Aber. Der entscheidende Unterschied, abgesehen von der trennenden Generation, war anderswo zu suchen: Während der Ältere von Geburt an dem Schweizer Establishment angehört und diesem mit dem Ziel, Echtes und Eigenes zu schaffen, den Rücken gekehrt hatte, sah der Jüngere sein Heil im Weg weg vom puritanischen Mittelklasse-Stammbaum seiner Familie hin zur Teilhabe an der Welt der Hochwohlgeborenen.

Mit seiner dickschädlig zähen Offenheit, dem kultivierten Understatement des Hinterwäldlertums, dem ungezügelten Aufbrausen und dem Abkanzeln seinesgleichen ohne Rücksicht auf persönliche Verluste würde Ludwig Niederberger mit beschämender Klarheit vor Augen führen, dass sein vermeintlicher Aufstieg ein Abstieg und dass das, worein er Leben und Vermögen investiert hatte, der Entwertung preisgegeben und hohl war.

Oh ja – er hatte Grund, wütend zu sein und sich zu stemmen gegen die raumfüllende Eigenwilligkeit dieses natürlich dominanten Werte-Fossils. Aber ebenso wenig hatte es einen Sinn. Mit dem Schritt über die Schwelle in das nachtdunkle Büro, das ihn mit den schwer gezogenen Vorhängen vor den deckenhohen Fenstern an den Innenhof einer mittelalterlichen Burg gemahnte, hatte er verloren.

„Ah – Niederberger! Herein in die gute Stube“, kam es von Ludwig, der für den aus dem hellen Korridor Eintretenden in der kleinräumigen Helle der Schreibtischleuchte nur als Unregelmäßigkeit im Radius des Lichtkreises wahrzunehmen war.

Und ohne Übergang oder einen Gegengruß abzuwarten: „Man sollte meinen, ich hätte mich mittlerweile an die neue Umgebung gewöhnt. Aber um ehrlich zu sein: Jedesmal, wenn ich jemanden hier empfange, verspüre ich das dringende Bedürfnis, mich als erstes zu entschuldigen.“

Niederberger näherte sich, die Augen ans Dunkel gewöhnend, dem Schreibtisch des Ministers.

„Entschuldigen? Ich verstehe nicht, Herr Finanzminister."

„Nun ja – ich denke, es ist einmalig auf der Welt, dass der städtische Drogen- und Straßenstrich Tür an Tür mit dem Regierungssitz des Landes geschäftet. Aber was soll's. Es gibt weitaus hässlichere Formen der Prostitution als Hurerei."

Die kurze Pause, die dieser Feststellung folgte, war gerade lange genug, um ein unausgesprochenes Apropos zu plazieren: „Ich hoffe, Sie verzichten meinetwegen nicht auf einen Anlass von Wichtigkeit."

„Keineswegs, Herr Finanzminister. Im Gegenteil. Botschafts-Matinee zur Förderung irgendeines Dialogs. Ganz informell, versteht sich."

Niederberger hatte auf einem der Stühle vor dem Schreibtisch Platz genommen und saß dem Minister gegenüber.

„Dann ist ja gut. Und vergessen Sie den Finanzminister. Überlassen wir das Titel-Polieren den Dialog-Förderern. Wir haben zu arbeiten."

„Wie Sie wünschen. – Wie kann ich helfen?"

„Ich brauche Klarheit, Niederberger. Stichwort ‚Nukleus'. Sie kennen meine Meinung in dieser Sache. Und sie hat sich nicht geändert: Ich bin der Ansicht, dass das Auflegen des Fonds etwas vom Klügsten ist, was wir in den letzten Jahrzehnten für die Leute und für unser Land getan haben. Weg vom phantastischen und letztlich bloß verbalen Renditedenken, hin zur Vermögenssicherung, die nicht auf das ganze Smoke-and-mirror-Demokratiegerede von Politik und Wirtschaft angewiesen ist. Demokratie funktioniert meiner Meinung nach ausschließlich dort, wo sie ihren Ursprung hat: im Dörflichen. Europäische oder gar globale Demokratie, wie sie von regierender und oppositioneller Seite her gepredigt und beschworen wird, ist ein Witz. Die Wahn- und Idealvorstellung von Selbstbedienung von Leuten, die ihrerseits sehr kleinen Kreisen angehören. Was letzten Endes all ihr Reden ad absurdum führt. Nukleus kommt dem Kleinen zumindest teilweise entgegen. Dem Nationalen. Darin liegt seine Stärke. Kein Wunder, dass von EU-Seite eine Attacke nach der anderen dagegen gefahren wird. Verbal bloß – versteht sich. Nukleus ist Ausdruck nationaler Souveränität, finanzieller Unabhängigkeit und territorialer Begrenzung. Alles Dinge, die unsere europäischen und wohl auch amerikanischen Freunde gerne aufheben würden. Sie müssen es wissen, Niederberger. Schließlich ist das seit Ihrem Wechsel Ihr Terrain als Mitglied des europäischen FSB-Boards. Aber Sie sind auch CEO von Nukleus und als solcher der Idee des Fonds und damit der Idee des Kleinstaats verpflichtet. Ich frage mich…“

Ludwig ließ den Satz unbeendet. Es war klar, was er meinte. Und es reichte, um Niederberger klarzumachen, dass er dessen Doppelrolle erhebliche Zweifel entgegenbrachte.

„Aber darum geht's im Moment nicht“, fuhr er fort. „Das wird sich weisen. Zur Zeit will ich Informationen zu zwei Punkten. Erstens brauche ich die detaillierten Zahlen des Fonds. Ich will wissen, über wieviel Kapital er verfügt, um wessen Kapital es sich handelt und wie dieses investiert ist. Auch letzteres en détail: physisch hinterlegter Edelmetallanteil inklusive Lagerorte, Firmenanteile oder -anleihen, Staatspapiere, andere Fonds. Bis auf den letzten Rappen.“

„Bei allem Respekt, Herr Finanz… Ludwig, es wird Sie Wochen kosten, sich durch die ganzen Zahlen…“

„Ich bin noch nicht fertig“, fuhr Ludwig dazwischen. „Zweitens: Das Regelwerk des Fonds umfasst 15 Kapitel, 152 Unterkapitel und 549 Artikel. Sie sind mir bekannt und soweit verständlich. Ich will von Ihnen eine klare und eindeutige Auslegung von Artikel 372 (a).“

Niederberger hatte die letzten Worte über den schalldämpfenden Wall der Empörung hinweg wahrgenommen. Es kostete ihn alle Kraft, sie mitsamt ihrem Inhalt gegen den Widerstand persönlichen Beleidigtseins ins Blickfeld rationalen Verstehens zu zerren. Dann allerdings war ihm klar, dass er ein Problem hatte. Falsch: *Er* hatte nur insofern ein Problem, als er zusehen musste, hier und heute glatt rauszukommen. *Sie* hatten ein Problem.

„…verschonen Sie mich mit High-Tech-Präsentationen, Juristen und Experten“, hörte er Ludwig sagen. „Ich will von

Ihnen, und nur von Ihnen, persönlich jeden Buchstaben erklärt haben. Was *ich* nämlich verstanden habe, gefällt mir nicht. Und wenn mir etwas nicht gefällt, dann habe ich ein Problem. Und glauben Sie mir: Ich bin zu alt, um mich selbst zum Teil eines Problems zu machen, indem ich versuche, seiner Lösung aus dem Weg zu gehen. Egal, was es mich kostet."

Eric Niederberger tauchte unter und wieder auf im Wellengang aufkommender Panik, kriegte Ludwigs Wortstrang zu fassen und verlor ihn wieder. Dann war es vorbei. Das Wort war Luft: Zeit. Er brauchte bloß ruhig zu bleiben und Zeit zu gewinnen.

Selten war ihm das Klingeln seines Handys so willkommen gewesen. Ludwigs Rede verstummte abrupt.

„Bitte entschuldigen Sie, Ludwig… Meine Frau…"

Er stand auf, wandte sich von Ludwig ab.

Ja – Niederberger hatte wieder Oberwasser. So sehr, dass er sich ein kurzes Aufflackern von Befriedigung zugestand, als er das bäurisch irritierte Stirnrunzeln des anderen wahrnahm und darin die rudimentäre Charakterskizze des Mannes wiedererkannte, die in seinen Kreisen oft schon für Amüsement und Heiterkeit gesorgt hatte. „Dickschädel", „Hinterwäldler", „Poltergreis", „aufbrausend und taktlos", „rechthaberisch" waren dabei noch die schmeichelhaftesten Worte, die seiner Beschreibung dienten. Es war Erotik pur, das live zu erleben.

„Was gibt's Jeanne?", bellte er jetzt in den Hörer. Er hatte sich ablenken lassen. Und dann, leiser: „Wann?"

Er kam zurück zum Schreibtisch, setzte sich.

„… mein Gott… ja… danke."

„Ist etwas passiert?", fragte Ludwig. Aus seiner Stimme klang Sorge. Echte Sorge.

Eric Niederberger kam nicht umhin, den Mann zu bewundern für dessen Fähigkeit, den Fokus seiner Aufmerksamkeit einem Laser gleich und ohne Rücksicht auf persönliche Befindlichkeiten auf den Moment zu richten.

„Mein Schwager", sagte er jetzt. „Er ist tödlich verunglückt."

„Alain ist tot?“

„Nein – nicht Alain. Tom. Der Mann von Jeanne, Tom Bernoulli. Flugunfall.“

„Mein Beileid.“

„Danke.“ Und dann, nach einem kurzen Schweigen, das eine unterschwellige Fieberhaftigkeit nicht zu übertünchen vermochte: „Hören Sie – ich glaube, ich muss…“

„Keine Frage“, kam ihm Ludwig entgegen. „Das hier kann warten. Kümmern Sie sich um Ihre Familie.“

Mit diesen Worten stand er auf und trat hinter dem Schreibtisch hervor. Seine Hand lag auf Niederbergers Arm, als er ihn zur Tür geleitete. Eine stützende, ja tröstende Geste. Eric Niederberger fühlte die Wärme der Berührung durch den Stoff seines Anzugs hindurch und fürchtete kurz, auf diesen letzten Metern durchschaut zu werden. Er schüttelte die Paranoia ab, die Hand glitt herunter. Es war vorbei. Noch einmal eine Kondolenzbekundung, ein abwesend vorgebrachtes „Danke“, dann schloss sich der hohe Türflügel hinter ihm.

Drinnen ging Ludwig zum Schreibtisch zurück und setzte sich mit einer Behutsamkeit, als fürchte er, durch eine zu jähe Bewegung den feinen im Gewobenwerden begriffenen Gedankenfaden zu zerreißen.

Tom Bernoulli also. Der verschollene Labormitarbeiter von Syngenta, der irgendjemandem Sorgen bereitete.

Du bist gut, Eric Niederberger. Aber das Ableben deines Schwagers interessiert dich etwa so sehr wie mein Darmwohlbefinden. Allerdings wette ich, dass meines in diesem Moment um ein Vielfaches besser ist als deins.

Selten hatte er einen Menschen so schlagartig die Gesichtsfarbe wechseln sehen wie in dem Moment, als er auf Section 372 zu sprechen gekommen war.

Er griff zum Telefon und wählte Joseph Burgers Nummer.

Draußen im Schatten des Regierungsgebäudes setzte sich Eric Niederberger in sein Auto, startete den Motor, glitt rückwärts aus der Parkbucht und wendete. Fast hätte er eine Gruppe von Passanten auf dem Gehsteig zu spät gesehen, als er sich in den Verkehr auf der Bundesgasse einfädeln wollte. Abrupt und ohne jedes Gefühl stieg er auf die Bremse, nahm die empörten Gesten der Fußgänger auf, ohne sie zu sehen, hörte Wortfetzen, die er nicht verstand. Er fuhr erneut an, gelangte diesmal auf die Straße, fuhr in Richtung Kirchenfeldbrücke. Nach 200 Metern setzte er den Blinker. Anstatt weiter stadtauswärts zu fahren, rollte er die Rampe zur Tiefgarage des Bellevue Palace hinunter. Runter, runter, runter. Schon auf der Ebene des ersten Untergeschosses blinkten die Buchstaben „FREI“ ihm grün entgegen. Trotzdem fuhr er weiter bis ins unterste Geschoss. Dunkel, dunkler, dunkler. Hier waren praktisch keine Autos abgestellt. Er machte sich nicht die Mühe, ein Parkfeld zu suchen. Im hintersten Teil der Halle hielt er mitten auf dem weißen Raster der Markierungen an und stellte den Motor ab.

Nach etwas mehr als einer Stunde ließ das taubvibrierende Gefühl des Eingeschlossenseins nach. Er holte sein Handy hervor und kontrollierte, ob er hier unten Empfang hatte. Es würde reichen.

„Hallo.“ Die Stimme der Frau, die seinen Anruf entgegennahm, klang abwesend. Er war sich sicher, dass sie über irgendwelchen Dossiers brütete, und fragte sich wie schon oft in ihrem Fall, wie ein Mensch diese Kadenz aufrechterhalten konnte.

„Ich bin‘s.“

„Ah – Eric. Wie war die Audienz bei Ludwig?“ Niederberger stutzte. Nur kurz allerdings: Das hier war Jeanne. Sie würde es sich nie gestatten und wohl auch nicht verzeihen, Persönliches mit anderen außer sich selber zu bereden. Von Gefühlen ganz zu schweigen.

„Ihm gefällt Section 372 nicht.“

„Okay.“

Niederberger wartete. Erwartete, dass noch mehr kommen würde. Und es kam noch mehr. Allerdings nicht das, was er erwartet hatte:

„Hast du das von Tom schon gehört?“

„Ja – eben gerade. Angélique hat mich angerufen. Es tut mir leid, Jeanne.“

„Lass das, Eric.“

Dann tönte der Signalton an sein Ohr. Seine Schwägerin, Jeanne Wallenberg, hatte aufgelegt.

Ihm war kalt.

5.

Zürich – Bern

Was auftrat und sich gebärdete wie Nebel, war Niederschlag, der geborgt wattigen Geborgenheit des Autos nicht zu trauen.

Jezreel kurbelte die Scheibe auf der Fahrerseite herunter. Dröhnend und im Rhythmus der Leitplankenpfosten drang der Fahrtwind ins Innere des Ford Fiesta. Der müde Körper würde auch dieses kalte Tosen umzudeuten wissen. Jemand hatte mal gesagt, wenn man wolle oder wenn man müde genug sei, dann könne auch der Presslufthammer im Zimmer nebenan ein Schlaflied singen. „Alles kann Musik sein – man muss es nur hören wollen." Das Lenkrad mit Knien und Oberschenkeln fixiert, tastete sie nach der blechernen Dose und dem Feuerzeug auf dem Beifahrersitz. Sie fuhr jetzt auf der A6 kurz vor Bern. Das Bewusstsein hatte die Fahrt, auf die sie die Nacht über schlaflos gewartet hatte, vorweggenommen, hatte sie bereits hinter sich, wollte ruhen. Erst kurz vor der Ausfahrt spuckte der Nebel das Hinweisschild der Raststätte Grauholz aus. Sie setzte den Blinker, bremste. Alles einen Tick zu spät. Die digitale Uhr zeigte kurz vor sechs Uhr an. Sie hielt auf den erleuchteten Tankstellen-Shop zu, der wie ein Raumschiff vor Anker im nebligen Weiß der Nacht zu schweben schien. Sie parkte, stieg aus, erwartete, dass der Boden unter ihren Füßen Wellengang wäre. Sie stand auf festem Grund. Es waren die Knie, die zitterten vom Sitzen in der Kälte. Sie steckte die halbgerauchte Kippe in den mit Sand gefüllten Aschenbecher neben der Tür des Shops, gab sich einen Ruck und ging statt zum Automaten an die Bar, wo guter Kaffee aus der Kolbenmaschine serviert wurde. Nicht bloß wegen des Kaffees. Sie musste sprechen. Auch wenn es nur drei Worte wären. Sprechen weckte mehr, als alles Koffein der Welt es vermochte.

Das „Danke", das ihrerseits das Ende der Transaktion signalisierte, miteingeschlossen, waren es dann fünf Worte. Die

Bedienung, eine junge Frau ganz in Schwarz ohne sichtbare Körperformen, dafür mit einer großen Anzahl Piercings im Gesicht, hatte auf einen verbalen Austausch gänzlich verzichtet. Sie hatte sich nur widerstrebend von der Gruppe gelöst, mit der sie sich am anderen Ende der Theke unterhalten hatte. Auf Jezreels „Wieviel?“ hin hatte sie sich bemüßigt, mit einer Kopfbewegung auf das Preisschild neben der Kasse zu deuten.

Jez nahm die heiße Tasse, ließ Unterteller und Löffel auf der Bar stehen und ging zu einem der Stehtische, die als Trennung zwischen Bar und Laden fungierten. Sie klaubte einen Zigarillo aus der Schachtel. Rauchfreies Nuckeln war ja wohl nicht verboten. Im Gegenteil: Jeder Bundespräventionsfachmann hätte seine helle Freude an ihr. Ihre eigene Freude hielt sich derweil in Grenzen – und nicht lange vor: Sie ging an der Bar vorbei, deutete auf ihre Tasse: „Ich bring‘ sie nachher wieder rein.“ Die Barfrau streifte sie mit einem Blick, der Auskunft darüber gab, dass der Verbleib des Geschirrs nicht Teil ihres Jobprofils war. Vor der Tür setzte sich Jezreel auf die Stufe und zündete den Zigarillo an.

Von hier aus wären es noch knapp 20 Minuten. Um sieben wäre sie dort. Sie war auf dem Weg zu Brun. Sie hatte keine andere Möglichkeit gesehen. Sah sie auch jetzt nicht. Sie hatte den Auftrag in Budapest nicht erledigen können. Hatte, dem ersten Gebot des Jobs gehorchend, abgebrochen: die Identität schützen. Um jeden Preis. Es ging dabei nicht um Anja Sanders oder Jezreel Vidali als Personen. Es ging nie um sie. Nicht um einen Menschen mit einem Leben. Letzten Endes auch nicht um den zu erledigenden Job. Es ging immer um die Identität, die sie mit der Schweiz und mit dem Dienst in Verbindung bringen konnte. Diese – und nur diese – hatte sie in Sicherheit gebracht. Jedenfalls hoffte sie das. Sicher war sie keineswegs.

Als Anja Sanders nach dem Galerienmarathon erneut und kaufwillig in Bartòks Laden zurückgekommen war, hatte dieser sie klagend empfangen.

„Istenem! – Mein Gott!“ Er war um sie herumpirouettiert wie ein tanzender Derwisch. „Da ist der Laden tage- und wochenlang leer. Und dann … Naja – was soll's. Der Mensch ist nun mal ein Rudeltier. Oder sollte ich Herde sagen?" Es war keine Frage gewesen, er hatte sie überschwenglich ins Hinterzimmer dirigiert. „Kommen Sie, kommen Sie, Verehrteste."

Die Tür zum Verkaufsraum hatte er offenstehen gelassen. Jezreel hatte verstanden. Er hatte „Kundschaft" der besonderen Art gehabt.

„Ich kann warten, Herr Bartòk, ich habe Zeit. Hauptsache, mein Bild ..."

Er war ihr ins Wort gefallen.

„Ich bin zutiefst beschämt, Frau Sanders. Das Angebot war einfach zu gut. Wie gesagt: Da gehe ich wochenlang hinter den Schaufenstern meiner Verbleichung entgegen, während die Kataloge unter meinen Händen vergilben, und dann, an einem einzigen Morgen …"

Was soviel hieß wie: Czaba hatte, was sie brauchte, nicht besorgen können. Zu großes Risiko. Keine Informationen und keine Glock also.

Anja Sanders hatte sich ihrer Rolle gemäß empört gezeigt und war keine zwei Minuten später aus dem Laden gerauscht.

Ganz die Person, die, vom Wohlstand überrascht, nicht mehr in der Bedürftigkeit zu Hause war und in der gelassenen Klasse des Habenden noch nicht, hatte sie sich, das Handy am Ohr und wild gestikulierend, per Taxi die paar Meter rüber zur Andrássy Avenue chauffieren lassen, um die scheinbare Frustration über den Misserfolg bei Gucci, Cavalli und Vuiton gegen etwas einzutauschen, das für ihr Geld zu haben war. Alles, um Czaba wenn möglich aus der Schusslinie zu nehmen und die eigene Identität zu schützen.

Die Zeit war ihr davongelaufen. Ihr war nur knapp eine Stunde geblieben bis zum Treffen mit Ilka Kerekezs. Das einzig Gute: Der Pfadfinder, der ihr folgte, schien ihre Show zu kaufen. Er hatte sich gelangweilt, war unvorsichtig gewesen. Durch das Schaufenster einer Boutique hatte sie ihn auf der anderen Seite der Avenue hin und her gehen sehen. Lachend, schwatzend.

Beladen mit Tüten hatte sie erneut ein Taxi bestiegen. Am Kempinski war sie ausgestiegen, hatte ihre Bagage aufs Zimmer gebracht und an der Rezeption eine kalte Mahlzeit bestellt mit der Bitte, diese ohne anzuklopfen vor die Tür zu stellen, da sie für eine Stunde zu ruhen gedenke.

Oben hatte sie den Rock gegen eine klassisch geschnittene schwarze Hose ausgetauscht, die hohen Hacken gegen ein paar Designer-Nikes. Die Identität musste halten. Auch wenn sie sie schlimmstenfalls irgendwo hier von der Straße kratzen würden, dürfte es keinen Zweifel daran geben, dass es sich dabei um die mit viel neuem Geld gepflegten Überreste von Anja Sanders handelte.

Über die Treppe war sie in die Tiefgarage gelangt, von dort auf die hinter dem Hotel gelegene Gasse. Es war nur ein Katzensprung bis zum Olympia-Park. Sie war zu früh gewesen. Auf der Balassi-Bálint-Straße, die parallel zum Park und zur Uferpromenade verlief, hatte sie sich in den Schatten eines Eingangs gelehnt und gewartet. Sollte irgendein Blick sich verirren, streifte er eine beliebige Frau, die sich für die Dauer eines Telefonats den Luxus erlaubte, innezuhalten. Sie hatte Ilka Kerekezs sofort erkannt. Sie war vom Parkplatz her auf die Mitte der kleinen Grünanlage zugegangen, wo der Rundfuß einer Säule den mittleren der fünf im Pflaster eingebetteten olympischen Ringe markierte. Sie war stehengeblieben. Unschlüssig. War dann rechterhand dem schmalen Spazierpfad gefolgt, der zu einer vom Sturm der vergangenen Nacht entlaubten Baumgruppe führte. Jezreel hatte noch die Trambahn vorbeiruckeln lassen, hatte den ersten Schritt aus dem Schutz des Eingangs und auf den Gehsteig hinaus getan. Dann abrupt innegehalten. Die Szene, die das altertümliche Gefährt bimmelnd geschluckt und jene, die es hinter sich wieder freigegeben hatte, waren nicht dieselbe gewesen. Etwas hatte sich kaum merklich verändert. Die Frau war noch da gewesen. Bloß dass sie Jezreel jetzt den Rücken zugewandt und wartend ein paar Schritte getan hatte. Das war es gewesen: die Schritte. Der zweigeteilte Körper. Wie die Leute, die im Gehen SMS schreiben. Die Beine bewegen sich anders. Als wären sie vom Kopf verlassen und auf sich allein gestellt worden. Jezreel hatte gewartet, bis die Frau sich ihr zugewandt hatte. Jetzt hatte sie das Telefon am Ohr deutlich sehen können. Das Gesicht, aus dem alle Farbe gewichen war. Die Frau hatte Angst gehabt. Jezreel war gegangen, und Anja Sanders hatte pünktlich gegen 16 Uhr im Kempinski ausgecheckt und die Limousine zum Flugplatz bestiegen.

***

Nähe Bern

Glück flutete Carl Brun, als es an die Tür klopfte. Sie war wieder da. Sie würden sich einander erzählen, ohne zu reden. In Kirchenfensteraugen gefüllt mit Licht würde er farbig ihrer beider Geschichte lesen. Endlich. Er brauchte nur aufzustehen und zur Tür zu gehen, sich kopfüber fallen lassen in die Welt, die sich in offenen Armen erschuf. Als er den ersten Schritt auf die Tür zu machte, glaubte er nicht, was er bereits wusste, was sich durch ihn hindurchfraß wie eine sich in Zeitlupe ins Fleisch bohrende Kugel: Es war nicht wahr. Die Tür zu weit weg, er zu spät, Pen gegangen. Das Glück zog sich zurück wie der Ozean Minuten vor der Verheerung. Die Woge hereinbrechenden Wissens hob ihn hoch, höher, ließ ihn los. Das Herz raste ihm im freien Fall. Er schreckte auf, lauschte, sah sich um.

Er war auf dem Sessel vor dem Kamin eingeschlafen. In der großen Küche, die ihm als Wohn-, Arbeits- und manchmal Schlafzimmer diente, war es stockfinster bis auf das heruntergebrannte Glühen, das der Docht der Petroleumfunzel auf dem großen Holztisch aus dem leeren Tank sog. Das Feuer hinter der Scheibe des Kamins hatte den Betrieb ebenfalls eingestellt. Brun stand auf, füllte Öl in die Lampe, drehte den Docht hoch. Der Schein fiel auf die Flasche und das Glas, die auf jenem Tischende standen, das vom Sessel aus erreichbar war. Daneben der Aschenbecher. Übergequollen, Kippen und Asche rundherum. Er wollte zur Flasche greifen, einen Schluck nur. Die Kanten abschleifen. Er ließ es sein, ging stattdessen rüber zum Herd und setzte Kaffee auf.

Das Erschrecken war körperlich, als es jetzt erneut klopfte. Nicht des Geräuschs wegen: Jemand hatte die ganze Zeit über da draußen gestanden, ohne dass er es bemerkt hatte.

Es konnte schon mal passieren, dass jemand irrtümlich den Weg zur Lichtung einschlug, zum Haus gelangte. Spätestens hier allerdings wurde dem Betreffenden klar, dass es nicht weiterging, und er machte kehrt. Keiner hatte bisher angeklopft. Keiner bis auf Pen. Sie war geblieben. Es hatte sie nicht gestört, dass der Weg hier auf der Lichtung abrupt endete. Es hatte sie nicht gestört, bis sie verstanden hatte, dass auch er hier zu Ende war. Carl Brun, die Sackgasse. Totes Ende. Dann hatte auch sie kehrtgemacht.

Etwas schnürte sich in Brun zusammen, als er jetzt zur Tür ging, sie aufriss. Kirchenfensteraugen. Diese hier dunkel und groß. Jezreel Vidali.

Er kniff ein Auge zu, als würde ihn der dunkle Morgen blenden.

„Vidali. Sie sehen aus, als hätte man sie vor kurzem aus einem Siphon gezogen.“ Gehässiger als beabsichtigt. Er riss sich am Riemen: „Kommen Sie rein.“

Diesmal klang es besser. Neutral. Er ließ die Tür offenstehen und ging zum Herd rüber, wo er den brodelnden Kaffeekocher vom Gas nahm, den Hahn abstellte.

„Kaffee?“ Er drehte sich um und sah, dass sie immer noch vor der Tür stand.

„Herrgott, Vidali! Kommen Sie rein oder bleiben Sie meinetwegen draußen. Aber machen Sie die Tür zu.“

Sie kam herein, schloss die Tür. Blieb allerdings auf dieser Seite genauso stehen. Er kannte sie. Das hier brauchte sie mehr als jede Tournee, auf die er sie je geschickt hatte. Während er die Becher füllte, versuchten sich seine Gesichtszüge an einem Grinsen: Er ging jede Wette ein, dass sie in diesem Moment lieber ohne Wasser und unter Beschuss irgendwo in Kuwait in der Wüste liegen würde, als hier stehen zu müssen. Er ließ sie stehen, ließ sie seine physische Nähe auf die Distanz eines Jobs dehnen, während er Kaffee in zwei saubere Becher einschenkte, die Kippen der vergangenen Nacht in die Restglut des Kamins beförderte und das Feuer neu entfachte.

Dann war auch sie soweit:

„Sind Sie unter die Schwarzbrenner gegangen? Hier drin riecht‘s wie in einer schottischen Destille.“

„Nein, Vidali. Nichts Illegales. Nur legales Trinken zum Wohl der Menschheit. Sehen Sie: Manchmal, wenn ich nachdenke über all das, was ich trinke, schäme ich mich. Dann sehe ich in das Glas vor mir und denke an die Arbeiter in der Brauerei und der Destille, an ihre Träume und Hoffnungen. Würde ich das Zeug nicht trinken, könnten sie ihren Job verlieren, und ihre Träume würden sich zerschlagen. Dann denke ich: Es ist besser, zu trinken und ihre Wünsche sich erfüllen zu lassen, als selbstsüchtig zu sein und mir Sorgen um meine Leber zu machen.“

„Nicht schlecht. Von wem?“

„Babe Ruth.“

„Babe Ruth?“

„Amerikanische Baseball-Legende. Soll ich Ihnen den Kaffee zur Tür bringen?“

Brun hatte sich wieder in seinen Sessel fallen lassen. Jez setzte sich in Bewegung, zögerte kurz, nahm sich aber dann einen Stuhl und stellte ihn in maximal möglicher Distanz zu Brun ebenfalls vor den Kamin. Wäre es nach ihr gegangen, hätte sie, um mehr Platz zu haben, den Tisch in die Mitte des Raums gezerrt. Stattdessen holte sie ihre Zigarilloschachtel und das Feuerzeug aus der Jackentasche.

„Darf ich?“

„Lassen Sie die Höflichkeiten, Vidali. Ich bin noch nicht wach genug, um mir von Ihnen einreden zu lassen, Sie wären mit so was wie sozialen Normen auf Du und Du.“

Sie hatte den Zigarillo bereits angezündet.

„Höflichkeit wird sowieso überschätzt.“ Sie blies den Satz in Richtung Kamin.

„Sie müssen es ja wissen. Also – was wollen Sie hier?“

Anstatt zu antworten, stellte sie eine Gegenfrage: „Waren Sie in meiner Wohnung?“

„In Zürich?“

„Ich wüsste nicht, dass ich noch eine zweite hätte.“

„Da sagt mir mein passives inoffizielles Gedächtnis was anderes.“

„Hören Sie, Brun: Ich meine es ernst. Waren Sie da? Oder haben Sie die Jungs von der Technik auf Ausräucherung geschickt?“

„Und jetzt hören *Sie*, Vidali: Meine Gefühle für Sie in allen Ehren. Meine Paranoia gleichfalls. Aber nein – ich war nicht da. Und ich habe auch niemanden hingeschickt. Habe ich noch nie in Ihrer Abwesenheit.“

„Jemand war drin. Ich bin mir sicher.“

„Wie sicher? Skala von eins bis zehn.“

„Neun.“

„Wie war‘s in Budapest?“

„Wenn eins gut ist und zehn schlecht: Ebenfalls neun.“

„Zufall? Die beiden Neunen, meine ich.“

„Deshalb bin ich hier.“

„Schießen Sie los.“

Sie erzählte systematisch. Tonlos, den Blick auf das Feuer gerichtet, als erkläre sie dies alles in erster Linie sich selbst. Ließ nichts aus. Vom Moment ihrer Ankunft an über die fruchtlosen Auftritte im Ministerium bis hin zum Zettel, der von Hand zu Hand ging und zum Morgen in Bartòks Galerie mit dem geplatzten Treffen im Olympia-Park.

Und dann: „Ich werde das Gefühl nicht los, ich sei die ganze Zeit auf zwei Schienen gelaufen, ohne es zu merken, Brun. Die eine ist der Job. Alles klar. Die Ungarn haben mir einen Pfadfinder als Begleitschutz gestellt. Routine, wenn eine neureiche Schweizer Ex-Journalistin das Finanzministerium stalkt. Was diesen Teil anbelangt: kein Problem. Anja Sanders ist als Anja Sanders ein- und auch wieder abgereist. Aber da ist eine zweite Schiene, eine, von der ich nichts wusste. Und Sie offenbar auch nicht. Für irgendjemanden ist nicht Anja Sanders, sondern Jezreel Vidali, Mitarbeiterin des NDB, nach Ungarn gereist."

„Sie sehen aus, als wären Sie die letzten drei Monate auf Schlafentzug gewesen, Jez. Kann es nicht sein, dass Sie das Gras wachsen hören? Wenn an dem, was Sie sagen, etwas dran ist, dann würde das heißen, dass diese zweite Schiene, wie Sie es nennen, hier in der Schweiz ihren Ausgangspunkt hat. Und nicht nur das ..."

„Meine Rede ..."

Brun ging nicht darauf ein.

„Das klingt alles ziemlich konstruiert. Nehmen wir mal an, die haben Anja Sanders auf dem Radar von dem Moment an, wo sie im Ministerium vorstellig wird. Ihre Rede: Der Pfadfinder war nicht vom Moment Ihrer Einreise an da, sondern erst ab dem zweiten Tag. Korrekt?" Er beantwortete sich die Frage selbst, indem er fortfuhr: „Das heißt: Ihr Aufstand in den Hallen der Steuereintreiber, möglicherweise der Name Andras Szabo, hat auf irgendeinem Bildschirm den Alarm ausgelöst, und man hat beschlossen, Sie im Auge zu behalten. Wie Sie richtig bemerkten: Ihre Legende gibt deutsch und deutlich darüber Auskunft, dass Sie zur Zeit zwar nicht berufstätig sind, allerdings *vor* Ihrer Heirat mit Roland Sanders als Journalistin tätig gewesen sind. Nun ja – in einer Welt, wo Journalisten Ihre Arbeitszeit noch nicht auf die Minute abrechnen wie hierzulande, bleibt ein Journalist immer ein Journalist. Hungrig und bissig und gefährlich. Nicht bloß hechelnder Recycler von Agentur- und Internetmeldungen. Grund genug, Ihnen jemanden an die Fersen zu hängen, finde ich. Grund genug, Sie *wissen* zu lassen, dass man Sie im Auge hat. Wenn Sie mich fragen, Jez: That's the whole deal."

„Okay", kam es von Jezreel. „Dann drehen wir die Sache mal um: Stellen wir uns vor, es wäre umgekehrt, jemand käme in die Schweiz und zöge dieselbe Nummer ab. Wir erhielten den Job, die Person im Auge zu behalten, wie Sie sagen. Und nehmen wir weiter an, wir nähmen den Job ernst, wir wären angehalten, ein Maximum an Informationen zu liefern. Was würden wir tun? Wir würden bestimmt nicht den Praktikanten darauf ansetzen."

„Na ja – wenn's bloß Routine ist und wir nach 24 Stunden zum Schluss kommen, dass die Person harmlos ist … Außerdem: Sie haben es selber schon in Erwägung gezogen: Möglicherweise war der Praktikant bloß Ablenkung. Es ist immer ein Vorteil, unterschätzt zu werden. Und es ist kein Geheimnis, dass gerade unsere Freunde aus der Medienbranche – in diesem Fall Anja Sanders – dies gerne und oft tun. Andere unterschätzen, meine ich."

„Das ist ein Witz, Brun. Warum sollten sie diesen Aufwand veranstalten? Warum der Praktikant? Warum eine Anja Sanders alarmieren und mit der Nase auf ihre Beschattung stoßen, wenn sie sie auch arglos und unvorsichtig haben könnten? Das passt nicht."

„Doch, das passt. Und eine solche Inszenierung würde bedeuten, dass an der Andras-Szabo-Sache definitiv was dran ist."

Jezreel schien auf dem Boden des Bechers nach Argumenten zu suchen, stierte ins Feuer. Etwas lag quer. Sie kriegte den Gedanken nicht zu fassen. Brun stand auf. Sie hörte ihn in ihrem Rücken den Kaffeekocher aufschrauben, hantieren, hörte das blaffende Anzischen des Gasherds. Dann war es still. Ein dumpfes Knallen drang durch die Scheibe des Kamins – ein Holzscheit barst in Funken. Die Wärme zerrte an ihren Lidern.

Brun, an die Kante des Herds gelehnt, konnte hinter der hohen Lehne des Stuhls nur die auf der Armstütze ruhende Hand, ein dem Feuer entgegengestrecktes Bein von ihr sehen. Die Hand entspannte sich, öffnete sich um Millimeter. Sie war eingeschlafen. Er holte eine Steppdecke aus dem Zimmer nebenan. Deckte sie zu. Nahm den Becher, den die Finger der anderen Hand bloß noch stützten.

Gut. Das mit dem Schlafentzug hatte er wörtlich gemeint. Er war sich sicher, dass sie seit Tagen wach war. Sollte sie schlafen. Er musste nachdenken. Allein.

Er setzte sich an den Tisch, klaubte Papier und Stift aus dem Stapel aus originalverpackten Büchern, ungelesener Post und Zeitungen hervor. Kurz legte er die Hände ans Gesicht, fuhr über stopplige Wangen, Augen, Stirn. Grob fast, schmerzhaft. Es reichte nicht. Wieder stand er auf, ging leise zur Tür, öffnete sie. Er brauchte kein Licht. Mit drei Schritten war er am Brunnen. Eiswasser. Dieselbe Bewegung: Hände an Stoppeln, an Wangen, Stirn. Er ging rein, trocknete das Gesicht mit dem Geschirrtuch, setzte sich erneut. Jetzt war's gut. Die Erinnerung an den gestrigen Abend hatte den Schwanz eingezogen, sich winselnd verdrückt. Das Trinken auf Ludwig und den Vater, später dann *mit* ihnen. Es ging ihn nichts an.

Der schlafende Mensch am Kamin war Zufall.

Zwei. Es gab genau zwei Möglichkeiten. Sie zeichneten sich deutlich voneinander ab. Er schob Papier und Stift von sich, notierte in Gedanken, sortierte.

Die erste Variante erschöpfte sich in seinen vorhin vorgebrachten Argumenten. Jezreel hatte recht. Es war unwahrscheinlich. Egal wie sehr die wirtschaftlichen und gesellschaftlichen Strukturen Ungarns den politisch geforderten EU- und OECD-Standards hinterherhinkten: In Sachen Überwachungs-, Spitzel- und Denunziationskulturpflege hatte sich das Land das paranoide Bewusstsein des Kalten Krieges bewahrt. Die Organisationen hießen heute zwar anders, Hunderte von Hektar Wald waren abgeholzt worden für neues Papier, das beladen mit neuen Konzepten, Richtlinien und korrekten Worten seinen Weg nach Brüssel und Frankfurt fand. Die Personen und Positionen dahinter waren indes dieselben geblieben. Zuviele hätten zuviel verloren durch das Aufbrechen der Struktur. Das ungarische Pendant zum NDB war rückwärtsgerichtet, reaktionär und in einer überholten Vergangenheit verankert – aber in diesem Fall, sprich: in dieser Branche, war echtes oder geformtes Bewusstsein permanenter Bedrohung und Belagerung leider ein Vorteil.

Die einzig korrekte Frage war jene, die Jez gestellt hatte: Warum sollten die jemanden aufschrecken, wenn sie ihn auch arglos haben konnten? Egal, was er oder sie in ihren Augen war. Antwort: Wenn sie zum Schluss kamen, dass keine Bedrohung vorlag, oder aber wenn sie unprofessionell waren. Letzteres waren diese Leute mit Sicherheit nicht. Das Prinzip von Druck und Gegendruck wurde nicht nur gegen den renitenten Pöbel, sondern vor allem gegen seinesgleichen eingesetzt. Wer lasch war, kam erst gar nicht in den Apparat rein, wer es drinnen wurde, stand auf verlorenem Posten. Der Vorhang hatte sich zusammen mit den Parolen von damals in den Kern des Systems zurückgezogen. Eisern war er geblieben. Entweder man war drinnen, oder man war draußen. Die Plätze waren knapp, und an den Türen standen die Leute Schlange. Nein – eine lasche Aktion konnte er von der Liste der Möglichkeiten streichen. Blieb die Paranoia.

Brun stand auf und holte sich ein Glas Wasser. Den Kaffee hatte er auf dem Herd stehen lassen. Er war nur noch lauwarm.

Was blieb übrig?

Andras Szabo. Hiller, sein direkter Vorgesetzter und Burgers Nachfolger, hatte den Auftrag erteilt. Höchste Diskretion. Es ging – wie fast immer – um Geld und um Interessen. Rettungsgelder der Europäischen Union, des IMF und einzelner Staaten sollten versickert sein, außer Landes gebracht. Die Rede war von 900 Millionen Euro. Möglicherweise mehr. Szabo hatte Belege angekündigt. Unerklärbare Rechnungen und Überweisungen an Stiftungen und Unternehmen, von denen teilweise nicht mal bekannt war, in wessen Besitz sie sich befanden. Scheinbar prüfungsfrei waren Millionen geflossen. Von dem Moment an, als Ungarn die Konditionen der Retter akzeptiert hatte, war die Medienkommunikation ausschließlich über die PR-Agentur von Daniel Wittmann gelaufen, die für ihre Nähe zu Brüssel und Regierungsstellen bekannt war. Aus dem Apparat selber war nichts mehr zu vernehmen gewesen. Wittmann zeichnete außerdem für die Kommunikation einer beachtlichen Anzahl an Stiftungen und privaten Holdings verantwortlich. Die Agentur war ein Filter. Dem, was vorne rauskam, sah man nicht mehr an, von wem es ursprünglich gekommen war.

Ein Gedankenfaden zerrte an der Verankerung, wollte weg vom Gegenstand, dem er seine Existenz verdankte, wollte sich verbinden mit einem anderen, ihm ähnlichen. Etwas hatte eingehängt, schrie danach, ebenfalls gedacht zu werden. Eine Verbindung. Brun kriegte sie nicht zu fassen. Er ließ los, machte weiter.

Dann – sie hatten hier auf die Kontaktaufnahme durch Andras Szabo hin gegraben wie die Irren – war die Sache abgeblasen worden. Hiller selbst zurückgepfiffen. Von Jacques Panetta. Der wiederum Mitglied und zur Zeit Präsident des fünfköpfigen Gremiums war, zu dem auch Burger gehörte und dessen Aufgabe darin bestand, die Reportings der verschiedenen Geheimdienstzweige zu koordinieren, zu analysieren und der Regierung mitsamt Einschätzung und Empfehlung vorzulegen. Sowohl Einschätzung als auch Empfehlung gegenüber dem Bundesrat hatten einstimmig zu sein. Das Gremium hatte der operativen Ebene gegenüber nur beschränkt Weisungsbefugnis. Jacques Panetta war möglicherweise nur der Bote gewesen. Vielleicht war der Rückzugsbefehl von anderer Stelle her gekommen. Von höherer Stelle. Und hier wurde die Anzahl der Varianten sehr klein. Oder aber Jacques Panetta hatte eigenmächtig gehandelt.

Weiter. Brun zwang sich, den Bereich des Vagen zu verlassen und dort weiterzumachen, wo Strohhalme sich anboten.

Tatsache war, dass er selber, dem es Naturell und Überzeugung war, die Hand, die einen fütterte, müsse in regelmäßigen Abständen auch gebissen werden, sich über den Rückzugsbefehl hinweggesetzt hatte. Er hatte Jez nach Budapest geschickt, Lorenz zu Wittmann.

Sofern alles nach Plan verlief, wäre Sava in diesem Moment dabei, die Daten von Wittmanns Agentur auszuwerten. Morgen würde sie informieren.

Blieb erneut das Geschehen in Budapest.

Zwei Schienen. Jemand vom Ministerium hatte an politischer Stelle Alarm geschlagen. Soweit, so gut. Man hatte daraufhin mit Dienst nach Vorschrift reagiert: routinemäßige Überwachung. Dem Verhalten des Beschatters nach war Anja Sanders als gefahrlos eingestuft worden. Es gab nur eine Erklärung dafür, warum zeitgleich jemand Jez‘ Wohnung hier in Zürich gefilzt und Czaba/Bartòk Besuch gekriegt hatte: Es waren weitere

Personen informiert worden. Diese *waren* beunruhigt und hatten die vordergründige Routine als Tarnung genutzt.

Bartòk hatte von „Kundschaft“ gesprochen. Klartext: Mehr als eine Person war bei ihm vorstellig geworden. Mindestens zwei. Anschließend das Verhalten von Ilka Kerekezs. Hier hatte er nur Jezreels Aussage. Allerdings: Wenn sie etwas gelernt hatte, dann war es, Angst zu erkennen. Und die Frau war kurz davor gewesen, auf der Stelle zusammenzuklappen. Es war davon auszugehen, dass man auch sie auf dem Radar hatte und dass sie in diesem Moment im Park einen Job gefasst hatte. Nichts einfacheres, als einen Ertappten bei der Stange zu halten. Aber vor allem: Jez war überzeugt davon, dass jemand in Zürich in ihrer Wohnung gewesen war. Er kannte sie gut genug, um zu wissen, dass sie sich die Nacht zumindest teilweise damit um die Ohren geschlagen hatte, die Bude auseinanderzunehmen. Sie hatte nichts gefunden. Keine Miks, keine Kameras. Man hatte sich offenbar nur einen Überblick verschaffen wollen.

Wenn das stimmte, dann hatte man von da drüben aus Kontakt zu jemandem hier aufgenommen. Und dieser Jemand wiederum war beunruhigt genug, um aktiv zu werden. Was im Umkehrschluss bedeutete: Diese Person kannte die Identität von Anja Sanders und wusste, dass sie mit jener von Jezreel Vidali deckungsgleich war. Außerdem hatte er Zugriff auf Daten wie die Wohnadressen seiner Leute. Und diese waren garantiert nicht auf den offiziellen Personallisten des Bundes zu finden. Der Kreis jener Leute, die die Möglichkeiten und Mittel hatten, an diese Informationen ranzukommen, war klein. Und es war einer von ihnen.

Vorausgesetzt, er erlag nicht Jez‘ oder der eigenen jobbedingten Paranoia, hatte er ein Problem.

Ein Junkie und Säufer, mit dem er im Zug einer Ermittlung zu tun gehabt hatte, hatte mal gesagt, ein Problem sei im Grunde was Positives.

„Denk doch mal nach. Sonst würde es ja Contraplem heißen.“

Ein freudloses Lächeln glitt über Bruns Züge. Er sah den Kerl vor sich. Die Haare gestutzt bis auf die Schwarte, wässrig-wütende Fieberaugen, das rotblau geäderte Gesicht die ideal vernarbte Projektionsfläche für Lebensmüde mit Helferinstinkt. Lachend hatte es die Maske fallengelassen. Geblieben war ein Kind. Schreien, fressen, scheißen. Egoistisch bis hin zur bevorzugten Geschwindigkeit des eigenen Exitus. Hatte gestänkert und gemault im Spitalbett, als die Leber schwarzbraun schon aus ihm heraus in den Katheterbeutel getränt war, er selber im Fünfminutentakt ein Stück Magen in ein nierenförmiges Gefäß gespuckt hatte.

Wobei: Das Kindische hatte beim Hund aufgehört. Siddhartha der Name. Wie der Kerl selber geheißen hatte, wollte Brun nicht einfallen. Sein letzter Gedanke hatte dem Hund gegolten. Und Brun hatte sich gekümmert. Vielleicht war Carl Brun doch nicht bloß Sackgasse. Vielleicht ging er weiter. Ein Pfad, wenn auch ein schmaler. Schwer sichtbar, abschüssig, kaum zu unterscheiden vom Geröll der Halde, die sein Leben war. Alles – nur kein totes Ende.

„Träum‘ weiter."

Er hatte es laut gesagt, der Mensch am Kamin schreckte hoch. Brun ließ sich nichts anmerken. Sollte sie in Ruhe die Panik des nackten Erwachens hinter sich bringen, innerlich zusammenraffen, was die Müdigkeit unverschlossen, der Schlaf achtlos liegengelassen hatte. Fast konnte er das knatternde Fallen stählerner Rolläden, den Knall beim Einrasten in Schienen am Boden, das Rasseln von Vorhängeschlössern vom Kamin her hören.

So stehet nun, umgürtet an euren Lenden mit Wahrheit …

Die Bibel oder Homers „Ilias". Brun tippte auf ersteres. Homer hatte er nicht gelesen.

Und wo er schon beim Tippen war und während er dem Moment sitzend und atmend beim gleichgültigen Verstreichen zusah, während irgendwoher hoch oben, wo sein Blick nicht hinreichte, draußen, das wiederkehrende Licht die ersten Kämme und Baumwipfel weckte, stellte er sich die Frage nach Jez‘

Weg. Nach dessen Beschaffenheit. Es war nicht ein bewusstes Fragen – mehr ein träges Ahnen, sein Sehen, das nicht vorgab, mehr als Projektion zu sein. Er kannte sie nicht. Und glaubte doch, sie zu erkennen. Jezreel Vidali, so tippte er, war – um bei der Begrifflichkeit von Straßen und Wegen zu bleiben – auch nicht gerade das, was man straßenverkehrstechnisch einen Autobahnzubringer nennen würde. Da war überhaupt kein Weg mehr. Als hätte sie irgendwo mitten auf der Strecke angehalten, die Warnblinkanlage eingeschaltet, wäre ausgestiegen, über die Leitplanke, davongegangen. Die Fahrertür hatte sie offenstehen lassen.

Man scheitert nicht an der Realität. Nur daran, wozu man sie machen will. Sie hatte die Sache – wie jeder andere – in ihre Richtung zu biegen versucht. Gezerrt und gestoßen und doch nur den Boden umgepflügt, auf dem sie stand. Strategiewechsel: sich selber anpassen an das, was man als Wirklichkeit empfand. Sich anschmiegen, die Form des Äußeren annehmen. Der Zustand der Einigkeit blieb unerreicht. Das Leben war nie Einigkeit. Die Menschen. Man einigte sich bloß mit der Einsicht, dass es so war, arrangierte sich mit der Uneinigkeit. Man verließ die kindliche Idee eines möglichen Gleichklangs, wurde erwachsen. Sie hatte sich verweigert. Hatte sich für die Idee entschieden. Oder einfach nicht anders gekonnt. Die Menschen hinter sich gelassen – einschließlich eines großen Teils ihrer selbst –, und mit ihnen jede Sorte von Weg oder Straße, wo Begegnung stattfand.

Er hatte sie im freien Gelände getroffen. Was er ihr abgerungen hatte, war das Einverständnis, sich für Geld und möglicherweise einen hartnäckigen Rest Hoffnung in der Raststätte einzufinden, wo die Schnellstraße fernab jeder Stadt die Wildnis durchschnitt. Das Team. Der Job. Er machte sich nicht vor, dass er selber etwas damit zu tun hatte. Es zu hoffen gestand er sich zu. In Momenten wie diesem, wo jeder vertraglich vereinbarte Treffpunkt weit, Mautstraßen nicht in Sicht waren und man sich dennoch begegnete. Schlafend.

Dann war der Moment vorbei.

Jezreel rührte sich. Streckte die Glieder, stand auf. Gab vor, gerade erwacht zu sein, wo sie längst die komplette Rüstung umgelegt hatte. Entweder so oder gar nicht. Erstaunt stellte Brun fest, dass er mit einem „gar nicht“ nicht hätte leben wollen.

„Ich dachte immer, Schlaf mache die Menschen schön.“

„Ihnen auch einen guten Morgen, Brun. Und bei allem Respekt – Wachsein scheint sich in dieser Hinsicht auch nicht auszuzahlen.“

„Noch Kaffee?“

„Nein.“ Und dann, als hätte jemand ihr einen Tritt versetzt: „Danke.“

„Lassen Sie – Sie hatten recht.“

„Womit?“

„Höflichkeit wird definitiv überschätzt.“

„Vieles wird überschätzt.“

„Und was bleibt übrig nach dieser Einsicht?“

„Keine Ahnung.“ Es klang trotzig. Sie war innerlich auf dem Sprung.

„Was ist los? Haben Sie Probleme mit der Hirndurchblutung?“

Sie antwortete nicht. Das Anderswo, dessen hervorragende und einzige Eigenschaft das Nicht-Hier war, schien an ihr zu zerren. Brun lenkte ein:

„Okay, Jez – hören Sie: Wenn das mit Ihrer Wohnung stimmt, wenn jemand wirklich da drin war, dann war das jemand von uns, und dann gilt ab sofort: Keine SMS, keine Telefonate, kein GPS. Wir treffen uns morgen im Team. Ich lasse Sie wissen, wann und wo.“

„Alles klar. Bis dann.“ Sie öffnete die Tür.

„Eine Frage noch, Jez.“

Sie drehte sich halb zu ihm um.

„Warum sind Sie so sicher? Dass jemand bei Ihnen in der Wohnung war, meine ich.“

„Spatzen.“

„Vögel?“

„Nein – Automatismen. Lorenz hat das mal so erklärt. Es passt. Der eine streift sich eine Haarsträhne aus der Stirn, der andere rückt ein Bild gerade, der dritte wischt einen Fleck weg, der vierte fegt einen Krümel vom Stuhl. Diesmal war's der Fleck auf dem Bildschirm. Genau dort, wo das Passwortfenster sich öffnet. Entweder man zieht das Fenster zur Seite, oder man wischt den Fleck weg. Wie's scheint, haben sie den Fleck weggewischt und aufgrund der im Vorfeld gemachten Aufnahme wieder drangemacht. Ich hatte auch ein Foto. Der Fleck war nicht derselbe."

„Machen Sie das jedes Mal, wenn Sie aus der Wohnung gehen? Nein – antworten Sie nicht. Ich will es nicht wissen."

„Besser so. Ich frage Sie ja schließlich auch nicht, welche Umwege Sie täglich fahren, um diesen Ort hier nicht preiszugeben."

„Und wie haben Sie ihn gefunden?"

„Auch das wollen Sie nicht wissen, Brun."

Sie machte den Schritt zu Ende, stand im hellen Rechteck des Türrahmens, verließ es, wurde verschluckt vom Licht, zog die Tür hinter sich zu.

Brun sprang auf, tauchte ein in das blendende Hell.

„Jez …!"

Die verzerrte Silhouette vor dem, was auf ihn zuglitt und ihr Wagen war, hielt in der Bewegung inne. Langsam fing er an, Farben wahrzunehmen, die Dinge tauchten auf wie Gegenstände aus dem abfließenden Wasser.

„Erinnern Sie sich an den Namen Thomas Bernoulli?", fragte er durch die Fensteröffnung der Beifahrerseite.

Klar würde sie sich erinnern. Aus zwei Gründen. Erstens rechnete Brun sie aufgrund seines vulgärwissenschaftlichen Allgemeinwissens, aber mit Überzeugung jenen Menschen zu, die die Fähigkeit besitzen, ein detailliertes, genaues Bild einer Szenerie abzuspeichern wie eine reale Filmsequenz und es nötigenfalls wieder hervorzuholen. Es reichte dazu die Erwähnung eines visuellen Details, eines Namens oder eines Geräuschs. Zweitens: Der Name stand für eine sogenannte *heiße* Situation. Eine Situation, die zwar jederzeit möglich war, aber wenn möglich verhindert werden sollte. Der Kontakt zwischen Tom Bernoulli und Anja Sanders im Suvretta House in St. Moritz anlässlich einer Konferenz war als solch *heiße* Situation einzustufen gewesen. Natürlich erinnerte sie sich.

„Ja", kam es daher nicht überraschend aus dem Innern des Wagens. „Warum?"

„Der Mann scheint Anja Sanders zu suchen. Ein paar Leute machen sich Sorgen, ob er es möglicherweise geschafft haben könnte."

„Was für Leute?"

„Seine Arbeitgeber, wie es scheint. Syngenta. Entweder jemand aus der Führungsetage der Firma oder aber jemand von außerhalb, der dort das Sagen hat." Und nach einer kurzen Pause: „Hauen Sie ab, Vidali. Das kann bis morgen warten."

***

Paris – Flughafen Charles de Gaulle – Chantilly

Daniel Wittmann glaubte von sich, ein Realist zu sein. Einzig verwurzelt in der Gesamtheit des Realen. Die Summe der Dinge – zu der er auch das Leben selbst als physisch-organische Existenz zählte – gleichsam Grund, Kulisse und Gerät. Nicht mehr und nicht weniger. Die Hölle, das waren *immer* die anderen. Die Klagenden und sich Beklagenden. Jene, die die Welt und das Leben, so wie sie sich darstellten, nicht wollten und das, was sie wollten, nicht hatten, während das logische Ende aller Realität schlicht ausgeblendet wurde. Jene, die immer nach dem anderen lechzten, das nicht mehr war als ein undefiniertes Sehnen auf dem Grund ihres konfusen Verlangens.

Er verachtete diese Haltung. Sie widerte ihn an. Gestand sich aber ein, dass selbst die Impfung des Ekels ihn nicht ganz immun dagegen machte. Man war nie gefeit vor sich selbst.

Die Realität stellte sich in diesem Moment so dar, dass er im Fonds einer Limousine saß, die ihn am Flughafen Charles de Gaulle im Norden von Paris abgeholt hatte und jetzt auf der A1 in Richtung Chantilly unterwegs war. Samstagabend, 21:04

Uhr, wie die Uhr auf dem Display des Multimedia-Centers anzeigte.

Die Realität war ein Drink im gekühlten Glas, Lichter von Straßenlaternen und Scheinwerfern wie unscharf zitternde Pailletten hinter den getönten Scheiben, das Rauschen der Straße unter den Reifen, das hätte Regen sein können.

Es blieb der harte Puls im Bauch. Er schaffte es nicht, sich ganz und gar auf die Fakten, die Dinglichkeit zu konzentrieren. Licht. Er schaltete die Leselampe ein. Es überbrückte besser als alles Denken das Getrenntsein von den Fakten, die Halt boten. Er holte die Unterlagen, die er in aller Eile vom Server gezogen und ausgedruckt hatte, aus der Aktentasche.

Es war eine Auflistung aller bei Aithon gehosteten Konversus-Daten in tabellarischer Form. Dateien, Ordner und Unterordner. Hunderte.

Keine zwei Tage waren seit dem Telefonat mit der Frau und jenem mit Ludwig vergangen. Und doch schien sich alles verändert zu haben. Sie hatten ein Problem, das offenbar über das Verschwinden von Thomas Bernoulli und dessen versuchte Kontaktaufnahme mit Anja Sanders hinausging.

Was ihn selber betraf, bot die Realität wie fast immer zwei Möglichkeiten: Entweder man brauchte ihn, um das Problem zu lösen, oder aber er war Teil des Problems. Klar erschien ihm außerdem, dass letzteres ein großes war. Er würde den Kunden treffen. Zum ersten Mal in all diesen Jahren.

We shall see.

Er kippte den Alkohol in sich hinein. Nicht trinken – bloß das Glas leeren. Er hatte keine Lust auf das Zeug. Hatte es nur eingeschenkt, weil es da war und er es konnte. Er lehnte sich in das lederne Polster zurück, schloss die Augen.

Die sich verändernde Bewegung des Wagens weckte ihn. Keine vorbeiziehenden Lichter mehr jetzt. Ein einzelnes stehendes Leuchten nur, das auf das sattdunkle Grün einer Tür fiel. Stufen. Der Schlag der Limousine wurde geöffnet, Wittmann stieg aus, fühlte sich frisch und benommen zugleich.

Kies unter seinen Schuhsohlen. Er holte seinen Mantel aus dem Fonds, die Papiere, die lose auf dem Sitz lagen, die Aktentasche. Tat einen Schritt. Die Autotür wurde zugedrückt, die Fahrertür schloss sich. Dann war der Wagen weg. Zurück blieb ein vager Eindruck von Größe des im Dunkeln nicht Sichtbaren. Das und Stille. Kein Lärm hier. Wieder zwei Möglichkeiten: Entweder er befand sich irgendwo in der französischen Pampa in der Nähe von Chantilly, oder aber in einer Enklave des mit der Hauptstadt verschmelzenden Ortes, die sich mit Geld den Lärm des Profanen vom Hals zu halten vermochte. Er tippte auf letzteres. Kostspielige Ruhe.

Er ging auf die Tür zu, jetzt ganz da, wach. Fünf Stufen. Die Tür wurde geöffnet, die Person in der Lichtschneise eine hochgeschossene, schmale Silhouette.

„Herr Kron. Bitte treten Sie ein. Man erwartet Sie."

Kein „Danke" von Kron, keine Erwiderung der Höflichkeit. Wozu auch. Der Kerl wurde für seine bezahlt. Er hielt nichts von klassenübergreifendem Respekt zur Bedienung des politisch Korrekten. Manch einer mochte sagen, es sei ein Mangel an Souveränität, im Grunde eine Unsicherheit, ein Komplex. Er würde dagegenhalten: Das Gegenteil war der Komplex. Emotionale Masturbation, als Respekt getarnte Herablassung. Der Empfänger wurde dadurch nicht erhöht, sondern bloß auf seine reale Bedeutungsstufe aufmerksam gemacht, erniedrigt.

Er wusste, wovon er sprach.

Er schlüpfte aus dem Mantel und reichte ihn blicklos in Richtung des Dieners, ließ den Blick durch das Foyer gleiten. Erwartend, dass das Faktotum verschwände, wieder auftauchte, ihn hineinführte, wo man ihn erwartete. Indes: Die Bohnenstange blieb an Ort und Stelle. Sprach:

„Schön, dass Sie es so kurzfristig einrichten konnten, Herr Kron. Wir sind sehr froh darüber."

Wittmann fühlte, wie ihm eine hohle Hitze aus dem Bauch in den Hals schoss, als würde er fallen. Idiot! Er zwang sich, nicht herumzuschnellen, die Bewegung des Zuwendens gelassen zu vollziehen. Eine Ewigkeit, bis sein Blick auf dem Gegenüber ruhte. Der Kunde.

Vincenzo Rossi. Starker Akzent im Englischen. Er hätte es merken müssen. Als wäre in seinem Gehirn ein Panikknopf gedrückt worden, spuckte es eine Liste von Fakten aus:

Vincenzo Rossi, Ex-Goldman-Sachs-Europe, Vorsitzender der St. Moritzer Konferenz sowie Präsident des European Round Table for Industrialists, ERT, der die Interessen der großen Konzerne mit jenen der Politik abstimmte und unter anderem bereits 1985 die Einführung einer europäischen Einheitswährung gefordert hatte. Der 1991 als unverbindlicher Vorschlag veröffentlichte Fahrplan der Lobbygruppe zur Einführung einer solchen Währung hatte eine sehr große Ähnlichkeit mit dem im Dezember desselben Jahres unterzeichneten Vertrag von Maastricht gehabt. Konnte Zufall sein.

Außerdem war der Mann Mitglied im Board des europäischen Ablegers des Center for Foreign Relations, CFR, und wurde im öffentlichen Umfeld der sich ins Endlose ziehenden Finanzkrise gerade zum Gesalbten aufgebaut, der den Kontinent innerhalb einer irrwitzigen Frist in einen ökonomisch und politisch sinnvollen Zustand zurückführen sollte.

Letzteres war in etwa so realistisch, als würden die Weight Watchers allen Ernstes „30 Kilos in drei Tagen“ ankündigen.

Außerhalb dieser Öffentlichkeit brauchte Vincenzo Rossi allerdings mitnichten aufgebaut werden. Als Vorsitzender des Zentralbankrats der EZB war er die Verkörperung von Macht schlechthin. In den letzten zwölf Monaten hatten er und seinesgleichen im Schatten der medialen Rettungsversuche und Gipfel eindrucksvoll bewiesen, dass sie bereits heute die Wirtschaftsregierung der EU bildeten, dass sie die nationalen Parlamente in der Hand hatten und nicht deren Exponenten oder gar das Volk. Diese konnten sich zwar wehren, gar drohen oder mit Demonstrationen ganze Städte oder Staaten lahmlegen. Letztlich war es aber der Zentralbankrat, der am längeren Hebel saß und seine eigene Rettungsmaschinerie in Gang setzen konnte, wenn ihm die Richtung der staatlichen Maßnahmen nicht genügte oder gefiel. Dieser Rat entschied, wer wann und wo gerettet wurde, und keine andere Instanz in Europa. Er war der Herr über das Geld und somit schlicht der Herr.

Bei alldem war Rossi so gut wie nie in Erscheinung getreten. Bis jetzt. Medial gefeiert als „neues Gesicht“ und Hoffnungsträger, der das System schlechthin zur Gesundung bringen würde.

Ein großer Teil ebendieser Kommunikation war über Wittmanns Konversus gelaufen. Aber erst jetzt, wo er den Mann real vor sich stehen hatte, ein Mensch aus Fleisch und Blut und Eigeninteressen, wurden ihm das ganze Ausmaß und der Irrwitz dessen bewusst, was längst im Begriff war, Gestalt anzunehmen. War man wie er normalerweise weit davon entfernt, ausschließlich mit Worten daran beteiligt, konnte man es ruhig abtun als eine obskure literarische Gattung. Es war leicht, es in einem Bereich zu belassen, der einen nicht direkt und spürbar berührte.

Wittmann fand Halt an der Frage, wieviele seinesgleichen diese Leute in Sold und Brot hatten. Die Tatsache, dass, wie letzte Woche bekannt geworden war, vier Milliarden Euro innerhalb des Apparats versickern konnten, ohne dass jemand es merkte, sprach dafür, dass es einige waren.

Irgendein englischer Naivling und Hobby-Controller in den Reihen des EU-Parlaments, der offenbar am Irrtum festhielt, er repräsentiere mehr als die eigene frei zu gestaltende Spesenabrechnung, hatte keine Mühe gescheut, in akribischer und Monate währender Detailarbeit die Geldströme der Administration zu prüfen.

Vier Milliarden. Ein Skandal. Köpfe waren gerollt.

Nun – die Öffentlichkeit hatte davon nur am Rand Kenntnis genommen. Der Skandal blieb intern und bestand nicht im Betrag oder in der Möglichkeit seines ungesehenen Verschwindens, sondern darin, dass die Info rausgegeben worden war. Wobei klar wurde, dass das „Draußen“ sich auf eine Grenze im Innern des Apparats bezog. Eine Grenze, die nur wenige Schritte vom Büro des Kommissionspräsidenten zu verlaufen schien. Folglich wurden nicht die Öffentlichkeit oder etwaige Budget-Verantwortliche und deren Vorgesetzte mit dem unappetitlichen

Köpferollen belästigt. Vielmehr wurden ein paar kleine Beamte zum verlängerten Luftschnappen geschickt, Idioten, die einen Schritt neben der Linie dachten und blöd genug waren, die Offenlegungspflicht im scheinbar demokratischen Regelwerk nach dem Buchstaben zu interpretieren.

„Signore Rossi“, sagte Wittmann nun. Es gelang ihm, den Ärger über den eigenen Fauxpas von den Stimmbändern fernzuhalten und es professionell jovial klingen zu lassen, während er sich den Mantel über den Arm drapierte.

„Geben Sie schon her, Kron.“ Rossi streckte den Arm aus, die Hand geöffnet. Und während der Mantel halb seinem Besitzer entrissen und halb von jenem gereicht wurde: „Sie sind der erste, der wissen muss, wie erfrischend es sein kann, von der Rolle des Bocks in jene des Gärtners zu schlüpfen.“ Mit brutzelndem Schalk in den Augen wurde das Kleidungsstück aus drei Metern Entfernung auf einen am Rand der Halle plazierten Sessel befördert. „Kommen Sie, kommen Sie – rein in die gute Stube.“

Rossi ging Wittmann voraus, durchquerte das Entree und steuerte auf eine linkerhand gelegene doppelflügelige Tür zu. Wittmann folgte und zwang sich, die Augen auf den schmalen Rücken des Mannes zu richten. Wobei: „Knochig“ oder „knorrig“ hätte es eher getroffen. Die Pressefotos bereiteten einen nicht auf die Wirklichkeit vor: Üppige schwarzgrau melierte Mähne, Hakennase, tiefliegende Augen – das war es, was man von dem Mann in der Regel zu sehen bekam. Das Gesamtkunstwerk „Rossi“ dagegen war eine Welt für sich. Der in der Schweiz gängige Ausdruck von einem „langen Elend“ traf es mitnichten. Der Kerl war eine Mischung aus Giacomettis „L‘Homme qui marche I“ und dem letzten einsam-aufrechtstehenden Bestandteil einer erodierenden Felsformation. Die Kleidung vermochte die Härte der Erscheinung – die ihren Quell nicht im ausschließlich Physischen zu haben schien – nur beschränkt zu dämpfen.

Von der Eingangshalle traten sie in einen weiten Salon. Linkerhand, die Wand dominierend, ein mannshoher Kamin, der auf beiden Seiten von Flachbildschirmen flankiert wurde. Wittmann zählte jeweils drei. Davor eine Sitzgruppe, die ohne weiteres einer Zwanzigschaft Platz geboten hätte. Der Tür gegenüber, vor der den Raum in seiner Breite querenden Fensterfront, ein ovaler Holztisch, die Stühle exakt ausgerichtet. Nur ein einzelner zurückgeschoben im warmen Lichtkegel einer Stehlampe, ein aufgeschlagenes Buch. Rossi musste hier gesessen haben. Den Blick nicht auf das Feuer, sondern auf die gegenüberliegende Schiebetür gerichtet.

„Auch einen Drink?“

„Gern.“

Erste Regel im Handbuch für angehende Kommunikationsfachleute: Nie das Angebot von Kaffee und/oder einem Drink zu Beginn eines Gesprächs ablehnen. Auch wenn Ihnen die Chose hochkommen oder Ihre Magenwände sich verätzend verabschieden sollten: Alles besser, als durch ein zu Beginn plaziertes Nein Geschlossenheit und Ablehnung zu signalisieren.

„Also, Kron“ – Rossi kehrte dem Angesprochenen den Rükken zu, hantierte mit Gläsern und Karaffen – „wie gesagt: Wir sind sehr froh, dass Sie heute hier sind. Ich hoffe, es stört Sie nicht, dass wir uns auf Englisch unterhalten. Mein Deutsch ist leider weit davon entfernt, mir Ehre zu machen.“

Wittmann wollte irgendwas von wegen „Kein Problem“ antworten, aber Rossi schien auf einen Kommentar oder gar eine Antwort seinerseits keinen Wert zu legen.

„Kommen Sie, nehmen Sie Platz.“

Er reichte ihm einen Schwenker, dessen Inhalt Wittmanns Geschmacksknospen schon von weitem um Gnade flehen ließ: Single Malt Whisky. Er hasste das Zeug. Es schmeckte in seinem Gaumen, als hätte man eine Dose ranziges Lederfett mit Sprit vermischt, damit einen Kamin gereinigt, es gefiltert und in Flaschen gefüllt. Er lächelte, ließ sich die Dämpfe glasschwenkend und mit Genießermiene in die Nase steigen und setzte sich in die Ecke der langen Couch. Rossi ließ sich in der anderen Ecke nieder und schlug die Beine übereinander. Wittmann überließ es ihm, den Gesprächsfaden wieder aufzunehmen. Er war hier nur der Läufer. Außerdem fand er Schweigen eine der wirksamsten und aufschlussreichsten Formen der Konversation.

Rossi stellte sein Glas auf den Beistelltisch. Die Bildschirme erwachten zum Leben. CNN, BBC, Bloomberg TV. Irgendein französischsprachiger Sender. Kein Ton. Nur Mimikvarianten modisch dem Studiodesign angeglichener Menschen von dringlich bis panisch. Das Schweigen wurde zu einer scheinbar fassbaren Größe. Wittmann war sich sicher, dass der andere genau das beabsichtigte. Dass ihm die Stille zur Qual wurde. Nun – das würde sie nicht. Es galt einzig, zu entscheiden, was dem Job dienlicher war: das Erwartete liefern oder das Unerwartete. Er beschloss, dass Rossi in diesem Moment und seinem Lächeln zum Trotz ein Maß an Überdruss ausstrahlte, das für letzteres sprach. Wittmann hielt die Klappe, fing an, den Luxus des wortlosen Augenblicks zu genießen, blieb auf der Hut.

„Wussten Sie, dass es jetzt eine EZB-App für Android zu einem Spiel mit Namen ‚Economia' gibt?" Wieder wartete Rossi keine Antwort ab: „Damit die Leute – ich zitiere – ‚herausfinden können, wie es sich zur Zeit anfühlt, die Geschicke der Zentralbank zu leiten' – Zitat Ende."

Wittmann kam es vor, als hätte sein Gegenüber nicht zu ihm gesprochen, sondern lediglich einem durchziehenden Gedanken durch den Ton eine deutlichere Gestalt gegeben. Trotzdem griff er ihn auf:

„Ja. Eins unserer Teams promotet es. Ich frage mich allerdings die ganze Zeit: Sagt dieses Spiel nun etwas über die EZB aus, die EU, oder über die Leute, an die sich die Botschaft richtet?"

„Sie sind doch der PR-Mensch. Sie müssten das am ehesten wissen."

„Es gibt Fälle, in denen sogar ich das Nicht-Wissen dem Wissen vorziehe."

„Aber wissen tun Sie es in diesem Fall trotzdem. Sie versuchen nur, es zu verdrängen."

„Solange es funktioniert …"

„Es funktioniert nie, Kron. Das wissen Sie. Nicht auf Dauer."

„Dauer?"

Rossis Lachen klang vollmundig: „Höre ich da einen gewissen Zynismus heraus, Kron?"

„Nein, bewahre. Das würde ja eine grundsätzliche Herablassung voraussetzen, die mir in bezug auf andere fernliegt. Was allerdings die eigene Person anbelangt ... okay ... möglich. Aber ansonsten bin ich – nennen wir das Kind ruhig beim Namen – eine Hure des Zeitgeistes. Und dieser ist wie alles andere nicht auf Dauer ausgelegt. Was noch vor wenigen Jahren als eine Aufgabe über mehrere Generationen wahrgenommen wurde, wird heute während eines Wochenendes erledigt. Gipfelbeschluss."

„Kron – das *ist* zynisch." Wieder dieses Lachen, das so überzeugend von echtem Amüsement sprach.

„Dann ist es die vorherrschende Wirklichkeit auch. Wie sagte einer so schön: I'm just reporting facts. Oder finden Sie ein Spiel, das dem Pöbel auf der Straße auf Rinnsteinniveau Sympathie für die EZB einträufeln soll, etwa *nicht* herablassend? Oder die Tatsache, dass ebendieses Spiel vorgibt, die Hauptaufgabe der Zentralbank bestehe in der Garantie der Währungsstabilität? Kein Wort von dem, womit die EZB heute in erster Linie beschäftigt ist. Von dem, was aktuell die Welt bewegt, allgemeinpsychologisch auch als Schuldenkrise bekannt. Alles wunderbar. Wirtschaft, Wachstum, Währung. *Das* ist zynisch, finde ich."

„Trotzdem scheinen Sie damit ganz gut leben zu können. Sie verdienen Ihr Geld damit, diese Dinge unter die Leute zu bringen."

„Oh ja – und glauben Sie mir: Ich mach' mir da nichts vor von wegen ‚Ich bin einer der Guten – ich verdiene bloß mein Geld mit dem Schlechten der anderen'. Ich reite die Welle des Mainstreams, die da kundtut: Zuerst komme ich, und das war's dann. Ich wäre dumm, es nicht zu tun."

„Sie sind sehr ehrlich, Kron." Rossi war aufgestanden und schenkte sich nach. Blieb neben dem Halbmondtisch, auf dem Gläser und Flaschen aufgereiht waren, stehen, den Blick ins goldene Innere des Schwenkers gesenkt. Und dann mit einem Lächeln: „Ich rede wie ein sentimentaler Greis – Sie machen hier einen Job. Tun wir beide. Ich sollte in dieser Situation wohl besser darauf verzichten, Worte wie ‚Ehrlichkeit' zu bemühen."

„Bei allem Respekt, Signore Rossi – da bin ich anderer Meinung. Ehrlichkeit hängt – was ihren Einsatz anbelangt – immer davon ab, was einer zu setzen bereit ist. Was er zu verlieren hat, wenn Sie so wollen. Ich bin hier, weil Sie mich hierher beordert haben. Noch entzieht sich der Grund allerdings meiner Kenntnis. Aber: Was auch immer mich heute abend erwartet: Ich sehe keine Veranlassung, nicht ehrlich zu sein."

„Sie haben nichts zu verlieren?"

„Natürlich habe ich zu verlieren. Das Mandat. Möglicherweise andere Mandate."

„Sie sind bereit, das zu verlieren?"

„Das weiß ich erst, wenn es soweit ist. Aber ich bin bereit, es zu riskieren."

„Sie erwägen, auszusteigen?" Rossis Stimme hatte eine andere Färbung angenommen, tendierte ins silbern Kalte.

Wittmann war zufrieden mit sich. Langsam wurden Grenzen sichtbar. Unscharf noch, aber immerhin eine grobe Ahnung dessen vermittelnd, was er im Rahmen des Mandats als seinen Freiraum bezeichnen konnte. Gleichzeitig fuhr es ihm kalt das Rückgrat hinunter, während er Schweißtropfen in der Achselhöhle rinnen fühlte. Da war kein Freiraum.

„Davon kann keine Rede sein, Signore Rossi. Wir sprachen von Ehrlichkeit zwischen Ihrer und meiner Person in diesem Moment. In einer Ecke des Saals. Die Musik spielt, die Leute tanzen, trinken, lachen. Keiner hört hin. Das ist alles. Ich riskiere, dass mein Wort eines Tages gegen Ihres steht. Damit kann ich leben."

Rossi entspannte sich sichtlich, und Wittmann wusste in dem Moment, dass er selber, allem Hurentum zum Trotz, dem nichtexistenten Freiraum, im unsichtbaren Strukturprinzip dessen, was die „Organisation" war, eine Stelle einnahm, die nicht außer acht gelassen werden konnte. Dass sein Ausfallen zumindest kurzfristig Sorge bereiten würde. Die Einsicht beruhigte und lähmte ihn gleichermaßen. Es wurde Zeit, endlich hinzusehen, sich ein Bild zu machen.

Und als hätte Rossi erneut seine Gedanken gehört: „Kommen Sie."

Wittmann stemmte sich aus dem Polster hoch und folgte, in der einen Hand das Glas, in der anderen die Aktentasche, seinem Gastgeber, der die doppelseitige Schiebetür auf der anderen Seite des Raums anpeilte. Ihr Öffnen erschien Wittmann weniger als solches, sondern eher wie das Wegreißen des Tuchs von einem bis dahin verhängten Spiegel: Die Szenerie, die sich auftat, war beinahe identisch mit jener, die er verließ. Kaminfeuer, Sitzgruppe, Bildschirme, ein ovaler Tisch.

Finden Sie die zehn Unterschiede.

Nun – das war nicht weiter schwierig: Sechs davon hatten zwei Beine und jeweils einen Drink in der Hand. Außerdem war der Tisch mit Papier, Laptops und Schreibgerät bestückt. Hier war gearbeitet worden.

Sechs Gesichter wandten sich von den Bildschirmen ab und ihnen zu. Vier Männer, zwei Frauen. Eine der Frauen jung im Vergleich zu den anderen. BBC News lief hier mit Ton. Irgendjemand drückte einen Knopf, die Screens verschluckten die Bilder, wurden schwarz. Wie ein Polaroid-Schnappschuss hatte Wittmanns Blick auf seinem Weg zu den Gesichtern eine Schwarzweiß-Szenerie erfasst. Einer der Bildschirme war ein Monitor, der ein leeres Zimmer gezeigt hatte. Das Zimmer, das er zusammen mit Rossi eben verließ. Er ließ sich nichts anmerken. Hatte auch nicht die Zeit, sich selbst zu fragen, was das bedeutete. Stattdessen konzentrierte er sich jetzt auf die Menschen. Ein Abgleich der Gesichter mit erinnertem Wissen brachte jede Menge Treffer, die allerdings auf die Schnelle im Vagen verblieben. Was allerdings sofort klar war: Auch sie erkannten ihn. Kein Erstaunen, keine hochgezogenen Augenbrauen.

Trotzdem schien es Vincenzo Rossi geboten, ihn vorzustellen: „Freunde – das ist Michael Kron." Und an den so Präsentierten gewandt: „Meine Gäste wissen natürlich, wer Sie sind. Oder besser: Wissen, was Sie für uns tun, kennen Ihre Arbeit. Ich bin da vielleicht altmodisch – aber ich empfinde es auch heute noch als eine Wohltat, das Gesicht hinter all dem Papier zu kennen.“ Und als wollte er sich korrigieren: „Ab einem gewissen Punkt jedenfalls.“

Wittmann hakte ein: „Und an was für einen Punkt haben Sie dabei gedacht?“ Sein Blick ließ Rossi los, machte die Runde der Gesichter, landete wieder bei Rossi. Auf dessen Gesicht ein Lächeln jetzt.

„Wenn ich diese Frage beantworte, werden Sie mich definitiv für einen sentimentalen Greis halten.“

Und als hätte er eine Pointe gebracht, die zwar allgemein bekannt, aber nach wie vor beliebt war, machte ein Lachen die Runde.

„Ich muss erneut Worte bemühen, derer man sich heute zwar noch fleißig bedient, die aber mittlerweile so ausgebombt sind wie die irakischen Tanks nach Desert Storm.“

Jetzt war es an Wittmann, fragend eine Augenbraue zu heben.

„Vertrauen, Kron. Vertrauen und Hoffnung. Ich spreche von dem Punkt, wo man sich für das eine oder das andere entscheidet. Sehen Sie es als zwei Arten von Kredit: In beiden Fällen wird eine vollständige Rückzahlung inklusive Zinsen vereinbart. Die Hoffnung schließt allerdings die Möglichkeit des Verlustes ein. Das Vertrauen nicht. Nun – wir haben entschieden, Ihnen zu vertrauen.“

Das „Wir“ klang wie ein kostümiertes „Ich“. Trotzdem wurde reihum genickt.

„Wenn ich Sie also richtig verstehe“ – Wittmann bückte sich im Sprechen und stellte seine Aktentasche an den Türrahmen gelehnt ab, richtete sich wieder auf – „dann stehe ich erstens bei Ihnen in der Kreide und bin zweitens ab diesem Moment an einen Knebelvertrag gebunden. Habe ich schon unterschrieben?“

Jetzt war das Lachen ein neues. Diese Pointe war noch nicht bekannt.

„Und noch eine Frage“, fuhr Wittmann fort: „Liege ich richtig mit der Vermutung, dass es sich bei dem Kreditbetrag, um bei Ihrem Beispiel zu bleiben, um eine hohe siebenstellige Summe handelt? Oder noch höher?“

Anstatt einer Antwort fasste Rossi ihn immer noch lachend leicht am Ellenbogen und führte ihn von der Türe weg in den Kreis der anderen. Wittmann war flau im Magen. Fast war er froh über die Geste seines Gastgebers, die dem Körper eine minimale Stütze bot, während alle verbleibende Kraft sich auf jene 17 Gesichtsmuskeln verteilte, die für die glaubwürdige Darstellung eines Ausdrucks von Belustigung notwendig waren.

Zwei Dinge waren klar: Der Vertrag, von dem Rossi sprach, setzte seine Einwilligung nicht voraus, und der Einsatz, um den es dabei ging, war jenseits des Bezifferbaren angesiedelt.

Rossis Stimme schien von weither zu kommen, als sie Wittmann erreichte: „Ich werde uns allen die Lächerlichkeit einer Vorstellung ersparen. Mein Vorschlag stattdessen, sehr verehrte Damen und Herren – lassen Sie uns die Arbeit erledigen, damit wir anschließend zum gemütlichen Teil übergehen können.“

Allseitiges Platznehmen an dem ovalen Tisch, lautloses Stühlerücken auf dem zentimeterdick mit Teppich belegten Boden. Gläser wurden abgestellt, Lachen und Amüsement verstaut. Wittmann hatte gedacht, Rossi sei hier der große Zampano. Jetzt stellte er erstaunt fest, dass der Platz an der schmalen Rundseite am oberen Ende des Tischs von der älteren der beiden Frauen eingenommen wurde. Er hatte sie vorhin nicht weiter beachtet und hatte ihr damit die Möglichkeit gegeben, ihn umso gründlicher in Augenschein zu nehmen. Ihre Stimme war das Ton gewordene Ebenbild ihrer Erscheinung: klassischer Schnitt, dezentes Grau und – trotz unübersehbar ausgeprägt weiblicher Attribute – geschlechtslos.

„Ich schließe mich Signore Rossi an: Vielen Dank für Ihr Kommen, Herr Kron.“

Die Stimme transportierte indes keinerlei Dankbarkeit. Wittmann konnte sich vorstellen, dass die Worte „Verpissen Sie sich“ in der gleichen professionellen Kühle ihren Mund verließen. Oder die Kriterien der neuen OECD-Geldwäscherei-Standards. Er entschied sich, den rein verbalen Dank gestenlos entgegenzunehmen, und beschränkte sich darauf, das neutral Kühle seines Gegenübers zu spiegeln. Am Rand seines Blickfelds nahm er wahr, dass die andere Frau sich gebückt hatte und an einem Riemchen ihres Schuhs herumnestelte. Würde er den Fokus für Sekunden verschieben, hätte er einen 1A-Blick auf ihr Dekolleté. Er gab dem Impuls nicht nach, behielt stattdessen sein dezent gebräuntes Gegenüber im Blick.

„Nun", fuhr die Dame fort, „Sie können sich vorstellen, dass dieses kurzfristig anberaumte Treffen aufgrund einer Situation zustandegekommen ist, die ich mir als ‚ungewöhnlich' zu bezeichnen erlaube. Oder – um es noch deutlicher auszudrücken – wir haben möglicherweise ein Problem. Jacques, würden Sie Herrn Kron bitte aufklären?"

Der Angesprochene ließ sich nicht lange bitten.

„Gerne."

Wittmann hatte nicht die Zeit, ihn einzuordnen oder gar einzuschätzen. Allerdings brauchte er nicht groß nachzudenken, um festzustellen, dass der Kerl etwas Militärisches geradezu ausdünstete.

„Die Daten Ihrer Agentur werden alle bei Aithon gehostet. Richtig?"

„Richtig."

„Jene, die nicht offiziell die Konversus betreffen, ebenfalls."

„Richtig."

„Wie sieht es mit privaten Daten aus? E-Mails, Korrespondenz?"

„Das ist strikt getrennt und läuft außerhalb des Konversus-Netzwerks. Ich kann mich über den privaten Laptop nicht einmal in meine eigene Agentur reinhacken."

Der Scherz wurde ignoriert. Stattdessen, als wäre Wittmann eben auf seine Ehrlichkeit hin getestet worden, kam diesmal von Kasernenhof-Fratze ein „Richtig".

„Ich verstehe nicht, was diese Fragen …"

„Sie werden es gleich verstehen, Herr Kron.“ Die Stimme, obwohl nicht lauter, war ein Bellen. „Sie werden es verstehen, wenn ich Ihnen sage, dass jemand Ihre sämtlichen Daten bei Aithon abgeholt und in alle Welt verschickt hat. Wenn ich Ihnen sage, dass ich mit ‚sämtlich‘ auch jene meine, die Sie mit uns in Verbindung bringen. Und last but not least: Wenn ich Ihnen sage, dass der Datentransfer aus dem Konversus-Netzwerk heraus stattgefunden hat.“

„Aber das kann nicht …“

„Offenbar doch“, fiel ihm der andere ins Wort. „Sie beschäftigen einen Webdesigner mit Namen Torsten Hunke.“

Wittmanns Hand fuhr über sein Gesicht, als müsse er die Kruste einer anderen Realität abreiben, um in jener, in die man ihn hier hineinkatapultierte, wach zu sein.

„Hören Sie: Ich bin nicht sicher. Kann schon sein. Ich kenne nicht jeden dieser IT-Fritzen mit Namen. Oft sind es Freie – nur für die Dauer eines Projekts mit an Bord.“

„Nun – im Gegensatz zu Ihnen sind *wir* sicher. Torsten Hunke arbeitet seit anderthalb Jahren für die Konversus. Diverse Projekte. Hauptsächlich Websites-Betreuung verschiedener Stiftungen.“

„Und der hat …“

„Nein. Der hat gar nichts. Unsere Leute haben dem armen Kerl auf den Zahn gefühlt. Möglicherweise wird Sie sein Kündigungsschreiben in den nächsten Tagen erreichen. Eine Vorladung vom Arbeitsgericht ist auch nicht auszuschließen.“

„Herrgott – würden Sie bitte so gut sein und aufhören, in Rätseln zu sprechen.“

„Wie Sie wünschen, Kron. Fakt ist, dass jemand es offenbar ohne Probleme schafft, an einem Samstagmorgen – vor nicht einmal zwölf Stunden – unbehelligt und mit falschem Badge in die Räumlichkeiten der Konversus zu gelangen. Fakt ist weiter, dass dieser Jemand sich die Passwortdaten ihres Mitarbeiters beschaffen konnte, was erklärt, warum bei Aithon nicht der Alarm losgegangen ist. Schließlich sah es so aus, als erfolge der Zugriff durch einen Mitarbeiter. Erst als ganze Datenpakete verschoben wurden, sind die Leute misstrauisch geworden. Und Fakt ist schlussendlich, dass der Kerl sich blendend amüsiert zu haben scheint. Hat sich so richtig ausgetobt. Jeder vorhandene Buchstabe wurde kopiert und rund um die Welt geschickt. Wir konnten eine der Spuren bis zu einem Server in Thailand verfolgen. Klar genug für Sie?"

„Glasklar." Mehr sagte Wittmann nicht. Er befürchtete, sein Ton würde das Bedürfnis, über den Tisch zu steigen und dem Kerl eine reinzuhauen, nicht verbergen können. Er wartete ab.

„Und?", schob sein Gegenüber nach. „Was sagen Sie dazu?"

Wittmann wurde etwas ruhiger, als er aus der Stimme des anderen heraushörte, was er selbst zu verbergen versuchte: Die Antipathie war gegenseitig. Hau rein, Junge!

„Was wollen Sie von mir hören? Auf Ihre Anweisung hin" – er ließ den Blick über die Runde schweifen – „habe ich alle Daten ausgelagert. Es waren Aithon-Leute, die die Agentur sicherheitstechnisch auf den aktuellen Stand gebracht haben. Ich kenne kein anderes Unternehmen der Branche, das ähnlich abgeriegelt ist wie die Konversus. Sie sagen es selber: Schlüssel, Badge und – je nach Position innerhalb des Unternehmens – verschiedene Sicherheitsstufen im IT-Bereich. Ich selber benötige drei Passwörter, um auf meine eigenen Daten zugreifen zu können. Das letzte wird mir jeweils im Moment des Logins per SMS zugestellt. Was – bitte! – wollen Sie also von mir hören?"

Im Klartext: Es ist Ihr verdammtes Paranoia-Ding, das nicht funktioniert. Also versuchen Sie nicht, mir die Schuld reinzuwürgen, wenn Sie Ihren Job nicht hinkriegen.

Und obwohl diese Worte nicht ausgesprochen wurden, schienen sie anzukommen. Kasernenhof-Fratze schien nur mit Mühe an sich halten zu können, sein Teint nahm eine Färbung ins Blaurötliche an, die angespannten Kiefermuskeln ließen den Kopf fast so breit erscheinen, wie er lang war.

Eine andere Stimme schaltete sich ein. Warm, dunkel wie regennasses Wurzelholz im Sommer. Glänzend, ohne Rinde. Die andere Frau.

„Es geht hier nicht darum, Ihnen etwas vorzuwerfen, Herr Kron …"

„Und worum geht es dann?", schnitt Wittmann ihr das Wort ab. „Wollen Sie mir nahelegen, meine Firma und jeden Mitarbeiter ab sofort komplett durch Sie überwachen zu lassen?"

„Längst geschehen."

Die Worte waren wieder von seinem Gegenüber gekommen. An niemand bestimmten, sondern vielmehr an die vor ihm liegende Mappe gerichtet. Wittmann zuckte auf wie eine vom Stock gegängelte Natter, die Stimme jetzt nur noch ein Zischen.

„Was sagen Sie da?"

„Sie haben mich schon richtig verstanden."

Obwohl sich kein Muskel in dem eckigfeisten Gesicht regte, schien der Kerl zu lächeln. Auch er hatte die Stimme gesenkt. Jede Silbe dennoch ein Peitschenknallen an einem Sonntagmorgen. Lautlos füllte sich der Raum mit etwas, das dichter war als Stille.

„Was Jacques sagen will …" Ein Zittern hatte sich in das Glänzendwarme der Stimme geschlichen. Ihre Augen – da war etwas mit ihren Augen. Aber Wittmann hatte keine Zeit, dem vagen Eindruck nachzuhängen.

„Jacques?", explodierte er in Richtung der Frau. „Ist das sein richtiger Name? Oder ist das auch einer dieser lächerlichen Decknamen? Wo sind wir hier denn überhaupt? Was soll diese ganze Pfadfinder-Scheiße? Herr Kron hier, Herr Kron da. Dabei kennen Sie ja offenbar alle die Interna der Konversus mindestens so gut wie ich. Jeder von Ihnen weiß, dass mein Name nicht Kron, sondern Wittmann ist." Und an Rossi gewandt: „Wenn Sie hier schon von Respekt sprechen, dann sollten Sie möglicherweise damit beginnen, dessen Grenzen für das aktuelle Gespräch zu definieren. Und Sie sollten außerdem die Güte haben, mir anschließend mitzuteilen, ob wir uns innerhalb oder – wie bis jetzt – außerhalb dieser Grenzen bewegen."

„Herr Kron ..." Ein neuerlicher Versuch der Frau, die sich jetzt wie Kron nach vorn beugte und Anstalten machte, aufzustehen. Wittmann hatte gar nicht bemerkt, dass er aufgesprungen war, stellte es fest, setzte sich wieder.

„Lass gut sein, Jeanne“, wurde sie abermals unterbrochen. Diesmal von dem Mann, der linkerhand der älteren der beiden Frauen Platz genommen hatte. Wittmann verschob erneut und mit Mühe den Fokus seines Sehens. Der Mann war ein Greis. Erst jetzt stellte er fest, dass er nicht wie die anderen auf einem normalen Stuhl, sondern in einem Sessel saß. Ein einfacher Trick, der es ihm erlaubt hatte, sich durch die tiefere Sitzposition der Runde zu entziehen. Im Hintergrund zu bleiben. Glattes, weißes, aus der hohen Stirn gekämmtes Haar. Dunkelblauer Nadelstreifenanzug, weißes Hemd, gestärkte Manschetten. Das volle Programm inklusive Foulard in der Brusttasche. Wittmann schätzte ihn vom Alter her auf Mitte 70. Mindestens. Seine Stimme allerdings war die eines Mannes, der mitten im Leben stand und es gewohnt war, dass ihm Gehör geschenkt wurde. Auch jetzt:

„Herr Wittmann hat von seiner Warte aus recht.“ Und diesen direkt ansprechend: „Mein Fehler, Wittmann. Bitte entschuldigen Sie.“

Der Ton strafte den Inhalt des Gesagten Lüge: Es war weder das Eingeständnis eines Fehlers, noch eine Entschuldigung. Reine Formalität, um den kurzzeitig verwischten Rahmen der Form wieder sichtbar zu machen. Wittmann stand kurz davor, ob der Platitüde laut zu lachen. Der Alte schien es zu spüren:

„Was Sie in diesem Rahmen möglicherweise korrekt als ‚Pfadfinder-Scheiß‘ bezeichnen, ist leider notwendig. Wir müssen uns schützen, Wittmann. Und uns schützen heißt auch, Sie schützen. Und bevor Sie mir jetzt sagen, Sie seien dazu durchaus selber in der Lage, lassen Sie mich einen Vorschlag machen.“

Bei den letzten Worten blickte er in die Runde, als hätte er eine Frage gestellt. Die Frau, die dem Tisch zu seiner Rechten vorsaß, brachte etwas zustande, das ein Nicken sein konnte. Wittmann glaubte allerdings nicht, dass der Alte auf irgendein Einverständnis angewiesen war. Auch das Nicken: reine Formsache.

Auf ein unsichtbares Zeichen hin öffnete sich die Tür des Salons, und ein Mann in schwarzem Anzug bezog im Rahmen Position.

„Bitte lassen Sie noch ein zusätzliches Gedeck auflegen, Vasek", wies der Alte ihn an. Die Tür schloss sich wieder.

„Also …" Der Alte nahm den Faden wieder auf.

Wittmann sah, wie seine Lippen Worte formten, die sich dem Blick nach zu urteilen an ihn richteten. Allerdings hörte er sie nicht. Das Echo des eben Gesagten und seine eigenen Gedanken waren zu laut. „Bitte lassen Sie noch ein Gedeck auflegen, Vasek." Er war für den „gemütlichen" Teil nicht vorgesehen gewesen. Man hatte ihn wie einen x-beliebigen Blutspender nach Hause schicken wollen. Vielen Dank. Sie können sich am Ausgang noch eine Erfrischung und eine Kleinigkeit zu essen nehmen. Er riss sich fast gewaltsam von der Wut los, die ihn mit Hunderten von Armen umfing. Gerade rechtzeitig, wie es schien.

„… macht sowieso vieles einfacher."

Der Alte war offenbar dabei, zu einer Vorstellungsrunde anzusetzen. Wurde auch Zeit.

„Zu meiner Rechten", er verzichtete darauf, durch eine Geste oder einen Blick die Richtung zu unterstreichen oder auf die Person zu deuten, hielt die Augen auf Wittmann gerichtet, „Carla Brunner-Del Vecchio, Bundespräsidentin der Schweiz und Vorsitzende des Justizdepartements. Jeanne Wallenberg", fuhr er fort, womit logischerweise die warmglänzende Stimme gemeint war, da sie nebst der elegant-geschlechtslosen Figur zu ihrer Linken als einzig verbleibende eindeutig dem weiblichen Geschlecht zuzuordnende Person in der Runde war, „Aufsichtsratspräsidentin der Bank Wallenberg und operativ verantwortlich für die institutionelle Anlegerschaft".

Wieder irritierte Wittmann etwas in ihrem Blick. Wieder hatte er nicht die Zeit, es einzuordnen. Aber da war etwas. Etwas, das nicht passte. Der Alte fuhr fort. Als nächstes war ein farbloses Individuum an der Reihe, dessen hervorragende Eigenschaft seine Unsichtbarkeit in jeder beliebigen Runde zu sein schien.

Einzig dazu da, übersehen zu werden: „Andras Szabo, Minister des Ressorts ‚Internationales' bei der Europäischen Zentralbank und als solcher Vertreter von Vinzenco Rossi im Rahmen der G20 und der Euro-Gruppe." Und direkt an den Vorgestellten gewandt: „Ich glaube, ich hatte noch nicht die Gelegenheit, Ihnen zur Ernennung zu gratulieren, Szabo."

Der Unscheinbare wurde durch die Röte, die ihm bei diesen Worten buchstäblich ins Gesicht schoss, aus der Runde herausgehoben. Präsentiert und sichtbar wie die scharf umrissene Silhouette im Quadrat eines einzelnen erleuchteten Fensters. Er schien sich dessen bewusst zu sein. Zur Röte gesellten sich Schweißtropfen hinzu, unter deren glänzender Patina er abermals die Farbe wechselte und erbleichte.

Wittmanns Aufmerksamkeit wurde durch des Alten Stimme ab- und auf die nächste Person gelenkt. „Eric Niederberger, Mitglied des Direktoriums des Financial Stability Board und CEO des Schweizer Nukleus-Fonds mit Sitz in Luxemburg."

„Bei so viel Stabilität sollten Sie Erdbebenexperte irgendwo im pazifischen Raum sein", kam es von Wittmann, was ihm einen Lacher einbrachte. Etwas löste sich in der Runde und in Wittmann selbst.

Der Angesprochene selber ließ es bei einem aufgesetzten Lächeln und einer angedeuteten Verbeugung in Wittmanns Richtung bewenden.

„Ich wage zu behaupten, dass sich Eric im aktuellen Marktumfeld nicht gerade über einen Mangel an Erschütterungen zu beklagen hat", kam es von dem Alten. „Nicht war, mein Lieber?"

Wieder ein Beinahe-Bückling von Niederberger. Das Lächeln an die Adresse dieses Sprechers eine Spur wärmer. Wittmann zweifelte keine Sekunde daran, dass der Kerl jede Eruption überleben würde. Egal in welchem Umfeld. Obwohl aalglatt in Erscheinung und Auftreten, traute Wittmann ihm die Wendigkeit und Anpassungsfähigkeit einer Kakerlake zu. Oh ja – diese Spezies überlebte fast alles. Und das Exemplar hier hatte eben bewiesen, dass es sehr wohl verstanden hatte, in welche Öffnungen es welche Menge an Zucker zu blasen hatte und wann es sich besser wegduckte. Und das alles, ohne ein einziges Wort zu sagen. Chapeau!

„Vincenzo Rossi kennen Sie bereits“, unterbrach der Alte Wittmanns Betrachtungen. „Und last but not least, zu meiner Rechten, Jacques Panetta, Sicherheitsexperte. Vorwiegend beratend für die Schweizer Regierung tätig und in dieser Runde auch als Vertreter ihrer Interessen präsent.“

Wittmann war sich nicht sicher, ob der Alte sich bewusst war, dass das „vorwiegend“ wie dessen Gegenteil klang. Dass jedem zufälligen Zuhörer klar sein musste, dass Panetta zwar *auch* für die Schweizer Regierung tätig war, daneben aber noch ganz andere Aufgaben wahrnahm, die erstere wenn nicht gerade aufhoben, so ihr doch diametral gegenüberstanden. Kurz: dass Panetta jenem Herrn diente, der die richtige Summe zahlte.

„Was schließlich meine Wenigkeit anbelangt“, schloss der Sprecher den Vorstellungsreigen ab, „ich bin hier lediglich als Vertreter der Investorengruppe US Trust Corp. geduldet. Der Name wird Ihnen nichts sagen. Nur soviel: Die Leute, die ich vertrete, haben ein gewisses Interesse an der Wiederherstellung stabiler Verhältnisse innerhalb der europäischen Finanzmärkte.“

Mit diesen Worten lehnte der Alte seine maßgeschneiderte Wenigkeit im Sessel zurück, faltete die Hände im Schoß und beschränkte sich darauf, Wittmann zu betrachten, als wolle er die Wirkung seiner Worte auf das zu studierende Subjekt prüfen.

„Haben Ihre Eltern Ihnen auch einen Namen gegeben, oder ziehen Sie es vor, mit ‚Herr Interessensvertreter‘ angesprochen zu werden?“, fragte dieser in die Stille hinein.

Luft wurde scharf eingesogen. Der rasselnde Atem erstmals Zeuge des Alters, das die kräftige Stimme zu übertünchen vermocht hatte. Der Angesprochene machte Anstalten, sich erneut aufzurichten, als die perfekt manikürte Hand von Carla Brunner-Del Vecchio sich auf seinen Unterarm legte.

„Gabriel Kolko.“

„Wunderbar“, ergriff Wittmann erneut das Wort. „Dann haben wir hier ja sozusagen einen inneren Kreis von Verfechtern des Washingtoner Consensus an einem Tisch, wenn ich das mal so sagen darf. Ich muss sagen: Ich bin beeindruckt. Und was machen wir jetzt? Die Welt retten? Oder bloß die Schweiz?"

„Ihr Zynismus zeugt von Ihrer Ratlosigkeit, Wittmann. Und glauben Sie mir: In diesem Kreis, der keinen Wert auf Öffentlichkeit legt, ist solches bei einer Person mit Ihren Verbindungen und Kontakten durchaus eine gute Nachricht."

„Ihre Freude in allen Ehren, Verehrteste. Wenn Sie mir jetzt noch den Grund dieses Zusammentreffens erklären, dann bin auch ich ein glücklicher Mensch." Die Stimme gewann an Schärfe, als er fortfuhr: „Denn, sehen Sie, Frau Brunner-Del Vecchio, es ist nämlich so, dass ich es – ohne die eigene Person überschätzen zu wollen – nicht gewohnt bin, ohne Nennung von Gründen herumzitiert zu werden wie ein Laufbursche."

Aus der Richtung von Jacques Panetta drang etwas wie ein Zischen an Wittmanns Ohr. Er gab der Versuchung, in seine Richtung zu blicken, nicht nach, hielt den Blick starr auf die Schweizer Magistratin gerichtet.

„Haben Sie die Güte und klären Sie mich auf", sagte er zu dieser und schaffte es, die Worte wie einen Flirt klingen zu lassen, eine Augenbraue hochgezogen. Fast konnte er die Kieferknochen von Kasernenhof-Fratze knacken hören. Gut so. Sehr gut. Er würde sich nicht einschüchtern lassen. Nicht sichtbar zumindest.

„Denn", fuhr er fort, „ich dachte – irrtümlich, wie sich jetzt herausstellt – ich sei hier in der Angelegenheit Bernoulli/Sanders. Und jetzt überraschen Sie mich mit der Mitteilung, irgendjemand habe sich bei Aithon in die Konversus-Daten gehackt und meine Agentur werde von Ihnen überwacht. Jawohl – ich gebe Ihnen recht: Ich bin vollkommen ratlos und habe Fragen."

„Fragen Sie."

„Danke. Erst mal, damit ich nur schon die Basics verstehe: Gehe ich recht in der Annahme, dass das hier mit der Konferenz in St. Moritz nichts zu tun hat? Oder anders gesagt: nur am Rande?"

„Richtig."

„Okay."

Und als Wittmann den Faden nicht wiederaufnahm:

„Sie sprachen von Fragen, Herr Wittmann. Im Plural."

„Wer sind Sie? Nebst den individuellen Funktionen, meine ich? Was ist das für ein Kreis hier? Viel Schweiz vor Ort, finde ich."

„Sehen Sie es als Interessensgemeinschaft. Das kommt am ehesten hin. Wir haben die Angelegenheit Bernoulli/Sanders, wie Sie vorhin richtig gesagt haben, Herr Wittmann. Das Problem hat in der Schweiz seinen Anfang genommen. Wir haben außerdem die Konversus-Daten, die gestohlen worden sind – *Ihre* Daten nota bene und damit auch unsere Daten. Wir gehen außerdem davon aus, dass die Leute, die sich diesen Hack geleistet haben, nach Informationen über Ihre Arbeit für die ungarische Regierung suchen – darum ist Andras Szabo hier. Und darum sind Jacques Panetta und Carla Brunner-Del Vecchio hier: Die Schweiz und Ungarn verbinden gemeinsame Interessen. Die EU und die EZB wiederum haben Interesse daran, Ungarn wo auch immer möglich zu unterstützen. Das Verschwinden informeller Daten ist nicht gerade das, was wir darunter verstehen. Kurz: Wir haben mindestens zwei Probleme, deren Lösung in unser aller Interesse liegt. Beantwortet das Ihre Frage?"

„Nicht im geringsten. Verzeihen Sie meine Begriffsstutzigkeit; aber ich für meinen Teil habe kein Problem, das es zu lösen gilt. Bernoulli/Sanders, die Agentur-Daten bei Aithon: *Ihre* Probleme, soweit mir bekannt ist. Mir bereiten sie keine schlaflosen Nächte. Es sei denn, Sie erklären mir, warum sie das tun sollten."

„Hören Sie, Herr Wittmann" – Carla Brunner-Del Vecchio lehnte sich nach vorn, die Ellbogen auf die hölzerne Tischplatte gestützt. Obwohl die auf Maß geschnittene Jacke ihres Kostüms sich um spitze Schultern spannte, das Gesicht Härte war, die Worte ein Silbenstakkato, war nur leise raumfüllende Gleichgültigkeit zu hören: „Seit wievielen Jahren arbeiten Sie jetzt für uns? 15, 20? Sagen wir 20. 20 Jahre easy money. Sie haben für uns klar definierte Aufträge ausgeführt, wir haben klar definierte

Beträge überwiesen. Ein fairer Deal. Auch jetzt noch: Per valuta heutiges Datum sind auf Ihrem Konto 200.000 Schweizer Franken eingegangen. Morgen werden weitere 100.000 überwiesen. Dass Sie und auch wir nie Probleme hatten in dieser Zeit, verdanken wir Leuten wie Jacques Panetta und der Kooperation mit Aithon. Unter anderem. Zur Stunde und zum ersten Mal haben wir eine Situation, in der wir aufgrund einiger Gegebenheiten gezwungen sind, die bewährten Gleise temporär zu verlassen, kurzfristig die Weichen umzustellen. Gemeinsam. Hier an diesem Tisch. Heute. Glauben Sie mir: Ich lege keinen gesteigerten Wert darauf, Sie persönlich kennenzulernen. Aber ich schlage vor, Sie hören auf, sich wie ein unterschätztes Wunderkind aufzuführen, und gehen dazu über, das zu tun, was Sie auch bisher getan und womit Sie, wie mir scheint, bis dato sehr gut gelebt haben."

Wittmann fühlte, wie sein Blut die Glieder verließ, zurückgedrängt von einer schlagartigen Taubheit, das Sehen nunmehr ohnmächtiges Haltsuchen zwischen schwarzen tanzenden Löchern, das Hemd klebend am nassen Leib. So fühlte es sich also an, wenn die Tür gewaltsam aufgestoßen wurde, schlagartig ein Lichtkegel fiel auf die Szenerie der Unwürdigkeit. Scham. Er, solange mit ihr allein, immer am längeren Hebel. Lachend, von oben herab. Fußtritte in den zusammengekrümmten Körper. Jetzt war das Lachen, das ihn unhörbar hinwegfegte über die Grenzen von Jahren und Minuten hinweg, nicht mehr das seine. Fast staunte er, als er weit über sich, dort, von wo er abgestürzt war in Sekundenteilen, das Echo seiner Stimme vernahm – normal, kontrolliert:

„Dann bitte ich Sie, meine Irritation zu entschuldigen und mir die *Situation*, die sich mir offensichtlich nicht erschließt, zu erklären. Ich bin, wie gesagt, davon ausgegangen, das heutige Treffen stehe ausschließlich im Zusammenhang mit der Sache Bernoulli/Sanders. Ich habe mit Mrs. Wallenberg nichts anderes besprochen. Ich gehe davon aus, dass Ihnen meine Meinung dazu, beziehungsweise zum gewählten Vorgehen – Stichwort: schlafende Hunde wecken – bekannt ist. Ebenso wie die Tatsache, dass ich nicht weiß, was diesen Zwischenfall zum Problem macht. Mit diesen Informationen bin ich hierhergekommen. Nicht mehr. Und jetzt sieht offenbar alles ganz anders aus, die Konversus-Daten sind gehackt worden, Bernoulli/Sanders ist vom Tisch … Ich bitte Sie – und das dürfte auch in Ihrem Sinn sein –, klären Sie mich auf."

Es war Jeanne Wallenbergs Stimme, die der seinen entgegenkam:

„Das Problem Bernoulli/Sanders, das darin bestand, dass Thomas Bernoulli alles unternommen hat, eine gewisse Anja Sanders ausfindig zu machen, hat sich erledigt. Auf denkbar tragische Weise, muss ich sagen: Thomas Bernoulli ist gestern einem Flugunfall in Fiesch zum Opfer gefallen. Der Mann war Drachenflieger."

„Die Information über sein Verschwinden hat diesen Kreis hier allerdings auf Ihr Geheiß hin bereits verlassen", sagte Wittmann. „Wie gewünscht, habe ich Oskar Ludwig kontaktiert. Der Mann war hörbar irritiert, hatte keinen Schimmer über Sinn und Zweck des Gesprächs. Was ist mit ihm? Sollte man da nicht diskret zu verstehen geben, dass er die Sache vergessen könne?"

„Auch das hat sich erledigt: Hätte Ludwig etwas unternommen, hätte er sich an das Gremium Sicherheit der Schweizer Regierung gewandt, dem Jacques Panetta vorsitzt. Dies hat er nicht getan. Und es ist anzunehmen, dass er es nicht tun wird – Eric Niederberger hat ihn über Bernoullis Verbleib informiert. Die Sache ist gegessen."

„Oder macht ihn erst recht misstrauisch", widersprach Wittmann, der seine Position nicht so leicht aufgeben mochte. „Ich meine: Erst ein Michael Kron, von dem er noch nie gehört hat und der ihn mit einer Angelegenheit konfrontiert, die meilenweit von seinem Tätigkeitsbereich entfernt ist, und dann ein Ex-Notenbankchef, der auf dieselbe Angelegenheit zu sprechen kommt."

„Ich glaube nicht, Herr Wittmann: Thomas Bernoulli war Erics Schwager. Der Anruf betreffend seinen tödlichen Unfall hat ihn anlässlich eines Treffens mit Ludwig erreicht. Es hat sich ganz natürlich ergeben, wenn ich das so sagen darf. Besagter Anruf kam außerdem von meiner Schwester: Tom war mein Mann."

Wittmann gab sich nicht die Zeit, das Geflecht an Verbindungen aufzudröseln, blieb beim Gerüst:

„Und was ist mit dieser Anja Sanders?" Die unausgesprochene Frage „Ist die auch tot?" schwebte im Raum. Panetta nahm sie auf:

„Frau Sanders erfreut sich bester Gesundheit. Soweit uns bekannt ist, ist nichts von der ganzen Angelegenheit bis zu ihr vorgedrungen. Wie Jeanne gesagt hat: Es hat sich erledigt."

„Okay", kam es von Wittmann. „Die Zusammenhänge erschließen sich mir zwar mitnichten … Allerdings entnehme ich Ihren Angaben, dass mein Verstehen oder Nachvollziehen in dieser Sache nicht notwendig ist." Und als keine entsprechende Antwort aus der Runde kam: „Richtig?"

„Richtig", machte Carla Brunner-Del Vecchio sich schließlich die Mühe und schien mit dem gleichen Atemzug zum nächsten Traktandum übergehen zu wollen.

Indes, die selbstdeklarierte Wenigkeit des fast vollständig im Schatten des Lehnstuhls verborgenen Investorenvertreters kam ihr zuvor:

„Bitte entschuldigen Sie die neuerliche Einmischung, Carla. Ich denke, es kann nicht schaden – im Gegenteil – wenn wir Herrn Wittmann die Möglichkeit geben, die Relevanz dieser Sache und auch jener, auf die wir noch zu sprechen kommen werden, vor dem Hintergrund der aktuellen Gegebenheiten zu verstehen. Mit Verlaub: Ich denke, Herr Wittmann *muss* die Zusammenhänge kennen."

Und ohne eine Geste des Einverständnisses seitens der Tafelvorsitzenden abzuwarten oder sie auch nur mit einem Blick zu beachten, wandte er sich an Wittmann, der für die Zeitspanne eines Lidschlags das Bild eines Märchenonkels vor Augen hatte, der sich gütig lächelnd anschickte, sich ihm zuwendend, die ersten Worte einer Geschichte aus längst vergangener Zeit hervorzuholen. Für ihn allein. Wort für Wort. Den Staub von den Silben pusten. Sieh her, mein Junge …

„Sehen Sie, Herr Wittmann, da ist bei der Konferenz in St. Moritz ein Kontakt zustandegekommen, der nicht hätte zustandekommen sollen. Sie haben sich gefragt, was das solle, als Jeanne Wallenberg sie kontaktiert hat. Was ist schon großes dabei: Irgendeiner dieser Forscherheinis da oben in den Bergen hebt einen über den Durst und – wer sollte es ihm verdenken – fühlt in sich das Bedürfnis, sich einer hübschen Frau mitzuteilen. Ein Abend, eine Bar, ein Gespräch. Wie es jeden Tag Millionen von Male auf dieser Kugel passiert, die wir unsere Erde nennen."

Das Bild einer Geschichte aus längst vergangener Zeit flammte noch einmal auf in Wittmanns Kopf – diesmal mit dem Belichtungseffekt eines Blitzlichts: Die Worte, die der Alte gebrauchte, waren fast exakt jene, die er Jeanne Wallenberg gegenüber am Telefon benutzt hatte. Das Gespräch war aufgezeichnet oder im O-Ton von Jeanne Wallenberg an Kolko weitergegeben worden. Wittmann wollte die Fortsetzung dieser Geschichte nicht hören. Er wollte weg. Raus hier. Scheiß auf die Soirée, jede Lust auf irgendwas wie einen „gemütlichen Teil" war ihm vergangen.

„Soweit ist Ihnen die Sache bekannt, denke ich. Nun zu Ihren Fragen betreffend Oskar Ludwig und Anja Sanders. Zu Ludwig und dem Anruf, den Sie für uns getätigt haben: Die Kontaktaufnahme ist eine Art Versicherung. Manchmal dient ein Anruf lediglich dazu, dass er nachgewiesen werden kann. Irgendwann. Irgendwo auf einer Auflistung von telefonischen Verbindungen. Der Beweis, dass Ludwig mit Ihnen in Kontakt stand. Eine ebenso gezielt plazierte Information wiederum würde Ihre Verbindung zu Syngenta belegen. Und schon schließt sich der Kreis: Ludwig kann eine Verbindung zur Syngenta nicht abstreiten. Egal, wie indirekt sie ist. Egal, ob sie real existiert oder nur ein Konstrukt auf weißem Papier ist. Verbindungsdaten der Telekom lügen nun mal nicht. Soweit alles klar?"

„Klarer geht nicht", kam es von Wittmann, der rein gar nichts verstand.

Ein Schnauben von Kolko entpuppte sich als Lachen. „Wunderbar. Nun zu Thomas Bernoulli. Der Mann war für die Syngenta tätig im Rahmen eines Programms, das in Zusammenarbeit mit dem Schweizer Justiz- und Militärdepartement realisiert wird.“ Ein Nicken in Carla Brunners Richtung. „Streng vertraulich.“

„Geheim“, kam es von Panetta. „Delta ist mehr als nur vertraulich.“

Kolko ging nicht auf den Einwurf ein.

„Die Finanzierung des Projekts läuft zu 50 Prozent über dieses Departement, allerdings waren zusätzliche Mittel notwendig, die allein mit dem regulären Ausgabenbudget von Armee, Polizei, Geheimdienst et cetera nicht zu rechtfertigen gewesen wären. Die zusätzlichen Kosten – wir sprechen hier von Milliarden im zweistelligen Bereich – mussten beschafft und ihre Verwendung genehmigt werden. Wurden sie auch. Durch das Finanzdepartement, dem Ludwig vorsteht. Indirekt zumindest: Nukleus war da sehr nützlich. Dann kamen die Wahlen, wie Ihnen bekannt ist. Ludwigs Vorgängerin im Amt, die hier anwesende Frau Brunner-Del Vecchio, stand jetzt dem Justizdepartement vor. Obwohl noch sie es gewesen war, die den inoffiziellen Vorgang begleitet hatte, existieren in ihrem Fall keine nachweisbaren Verbindungen zu Syngenta, zu Transaktionen von Nukleus oder zu Ihnen. Das konnten wir organisieren. Im Fall von Oskar Ludwig allerdings bestehen diese Kontakte und Verbindungen nachweislich. Unter anderem dank Ihres Telefonanrufs.“

Als müsste er an dieser Stelle entscheiden, wie weit er gehen, ob er überhaupt weitererzählen sollte, legte Kolko eine Pause ein, faltete die Greisenhände vor dem Gesicht, schloss die Lider. Kurz nur. Dann streckte er den mageren Arm, der sich unter dem Stoff seiner Anzugsjacke abzeichnete, nach seinem Glas aus, nahm einen Schluck und fuhr fort – das Glas nach wie vor in der Hand, auf Augenhöhe fast, nachdenklich die bernsteinfarbene Flüssigkeit betrachtend. Fast schien es, als erkläre er das nun folgende nicht Wittmann, sondern sich selber. Als hätte auch er, der doch alles wusste, noch nicht genau verstanden, oder als zweifelte er daran, es richtig verstanden zu haben.

„Nun – auch unter diesen Gesichtspunkten könnte der Kontakt zwischen Bernoulli und Sanders als Kollateralschaden betrachtet werden. Wir können mit großer Sicherheit sagen, dass Bernoulli zum Zeitpunkt der Konferenz in St. Moritz weder die Zeit noch die Gelegenheit hatte, der Frau Dinge mitzuteilen, die die Sicherheit des Projekts hätten gefährden können. Allerdings steht außer Zweifel, dass der Mann über das entsprechende Wissen verfügte. Wir wissen bis zum heutigen Zeitpunkt nicht, was ihn dazu bewogen hat, ein ganzes Jahr nach dieser Begegnung nach der Frau zu suchen. Fakt ist, er hat es getan, und das ist nicht gut.“

Wittmann musste an sich halten. Am liebsten hätte er in jede einzelne Visage dieser selbstzufriedenen Runde reingebrüllt. Sie wissen lassen, dass er auf ihr „Projekt“ einen lasse, solange sie sich nicht dazu durchringen konnten, deutlich zu werden. Dass ihn dieses Rumgeeiere von wegen „vertraulich“ oder seinetwegen „geheim“ nicht nur nicht interessiere, sondern ihm bloß auf den Sack gehe. Ausschließlich. Er wusste nicht, ob man es seiner Stimme anhörte. Es kümmerte ihn nicht.

„Ist es anmaßend von mir, mich nach dem Inhalt des Projekts zu erkundigen?“

Für eine Sekunde oder zwei schien das Bild um Wittmann herum einzufrieren. Die Starre löste sich, als der Alte sich an Panetta wandte:

„Jacques – würden Sie so gut sein, Herrn Wittmann in groben Zügen aufzuklären?“

„Mister Kolko, bei allem Respekt, ich weiß nicht …“

„Was wissen Sie nicht, Jacques?“, fuhr ihm Kolko ins Wort. „Ob Sie Herrn Wittmann trauen können? Nun – das wissen wir alle nicht. Wir wissen auch nicht, ob wir *Ihnen* trauen können, Jacques. Muss ich Ihnen sagen, dass ich in bezug auf Sie auch keine Garantie habe? Nichts. Bloß einen Preis.“

Kolko brauchte seine Worte nicht wirken zu lassen. „Bitte", sagte er nur noch – als wär's ein Kopfschuss: als Sicherheit und Signatur, abgegeben in einen toten Körper.

Panetta schien Mühe zu haben, sich den Anschein von Lebendigkeit zu geben, der Mann hatte etwas von einem Zombie, schien einer Ohnmacht nahe. Er war mit wenigen Worten und für Wittmann unhörbar an die Regeln des Spiels und an den Einsatz erinnert worden. Es war schwer, die beleidigende Einfachheit der Ursache seines Leidens mit anzusehen. Sogar für Wittmann, der sich nicht zu der Gattung der Menschenfreunde zählte.

„Kurz gesagt", hob er an, „handelt es sich bei Delta um ein Projekt im Bereich der Nahrungsmittel-Versorgungssicherheit der Bevölkerung. Wie auch Ihnen bekannt sein dürfte, gehört es zu den grundlegenden Aufgaben eines jeden Staates, dafür zu sorgen, dass die Existenzbedürfnisse der Bürger, also Essen und Trinken, auch in Krisensituationen garantiert werden können. Das heißt: im Fall von Krieg, Unruhen, Naturereignissen oder anderen Situationen, die die Beschaffung von Lebensmitteln erschweren oder verunmöglichen könnten. Es geht darum, Mittel und Wege zu finden, um die Ernährungssouveränität in jedem Fall aufrechtzuerhalten – egal, was drumherum passiert. Ganze Heere von internationalen Forschern arbeiten daran. Gründe gibt es zuhauf: Seit 1961 hat sich die Weltbevölkerung verdoppelt. Die meisten der Forscher arbeiten in der Privatwirtschaft. Stichwort: Syngenta. Außerdem: Es werden bis 2050 voraussichtlich weitere zweieinhalb Milliarden Menschen dazukommen. Zusätzlich zu denen, die schon da sind. Steigende Pro-Kopf-Einkommen, sich verändernde Konsumgewohnheiten weg vom Pflanzlichen, hin zu mehr Tierischem, allgemeiner Mehrkonsum, zunehmende Verwendung essbarer Ressourcen zur Ethanolproduktion. Stichworte, die für die Zukunft vor allem eins versprechen: ein gutes Geschäft. Ein hervorragendes Geschäft. Und bombensicher. Der weltweite Nahrungskalorien-Konsum ist in den letzten 50 Jahren um 150 Prozent angestiegen. Bis 2050 wird ein weiterer Anstieg von 60 Prozent erwartet. Trotz einer Verlangsamung des Bevölkerungswachstums wird sich die landwirtschaftliche Lebensmittelproduktion im selben Zeitraum um 70 Prozent ausweiten müssen. Die Schweiz als Teil Europas hat also sowohl politisch als auch ökonomisch ein Interesse daran, hier ganz vorne mit dabei zu sein. Und dafür zu sorgen, dass Firmen wie Syngenta es ebenfalls sind. Wir können es uns nicht leisten, das Feld anderen zu überlassen. Weil der Tag kommen wird, an dem es ‚wir oder die' heißt. Und weil dem Menschen das Hemd näher ist als der Schrank. Oder so ähnlich. Das ist die eine Seite von Delta."

Panetta machte eine Pause, die sich anhörte, als müsse er sich innerlich über die nächsten Worte hinwegprügeln:

„Die andere Seite ist die logische Konsequenz daraus: Wer Nahrung als Sicherheit verstehen will, muss sie auch als Gefahr verstehen. Wer Wachstum verstehen will, muss auch Tod verstehen. Stichwort: Bio-Terrorismus. Delta hat, wenn Sie so wollen, doppelte Schutzfunktion. Sicherstellung der Versorgung einerseits und Abwehr von Maßnahmen, die diese Versorgung gefährden könnten, andererseits."

Die Sachlichkeit des Gegenstands schien Panetta soweit beruhigt zu haben, dass Wittmann sich eine Frage gestatten zu können glaubte:

„Und warum diese Geheimniskrämerei? Ist doch alles wunderbar."

Panettas Blick schnellte nach oben, fräste sich kurz in die Gesamtheit von Wittmanns Gesicht, ließ davon ab und suchte Hilfe bei Brunner-Del Vecchio. Sie übernahm. Das schien ihr Terrain zu sein:

„Der Grund, warum die Sache unter Verschluss laufen muss, ist ebenso kompliziert wie einfach: Es ist im aktuellen politischen Umfeld des Noch-Wohlstands schwer, den Bürgern eines Nicht-Euro- beziehungsweise eines Nicht-EU-Landes zu erklären, warum Milliarden ihres Geldes in ein *gemeinsames* Projekt mit den Nicht-Partnerländern investiert werden. In ein Projekt, bei dessen Beschreibung man uns heute entweder noch als paranoid oder aber bereits schon als Landesverräter bezeichnen würde. In ein Projekt, das kriegsähnliche Zustände projiziert, die für unsere satte Gesellschaft unvorstellbar sind. Und schließlich: in ein Projekt, das unser Land jeder ökonomischen oder politischen Entwicklung zum Trotz zu einer Art Zweck-Frieden mit den benachbarten Nationen zwingt. Oder um es ganz deutlich zu sagen: ein Projekt, das deutlich macht, dass sogenannt ‚Nationales' längst obsolet ist und Größerem Platz machen muss. Nun – Sie sehen: Es liegt nicht in unserem Interesse, dass diese Zusammenarbeit der Schweiz sowohl mit der EU als auch mit der Privatwirtschaft an die große Glocke gehängt wird. Es gibt Dinge, die sollten nur leise und wenn möglich hinter verschlossenen Türen stattfinden. Was unsere Sorge betreffend Bernoulli erklären dürfte: Thomas Bernoulli war einer der führenden Köpfe innerhalb des Projekts. Auf Syngenta-Seite. Wobei: Syngenta war offiziell nie an Delta beteiligt. Sie stellen nur die Infrastruktur. Einen Teil davon jedenfalls. Wie gesagt wissen wir nicht, was genau er von Anja Sanders wollte, warum er versuchte, mit ihr Kontakt aufzunehmen. Ich brauche Ihnen allerdings nicht zu sagen, dass solches nicht toleriert werden kann."

Die Frau schien geendet zu haben. Wittmanns Sinne waren, wenn sie es nicht schon vorher gewesen waren, jetzt hellwach. Und ihm war klar: Diese Leute hier würden die Gleise des Diplomatisch-Vagen nicht verlassen in seiner Gegenwart. Was sie ihm boten, war eine Erstsemestervorlesung in Volkswirtschaft und Staatswissenschaften. Eine Vorlesung mit Aussparungen, die andeuteten, dass zwischen den gedruckten Phrasen der reinen Lehre gemauschelt wurde. Und die Art und Weise der Mauschelei, die sich als Kontur hinter dem sanfthügeligen Relief der Rhetorik abzeichnete, ließ ihn schaudern. Nein – er hatte überhaupt keine Lust auf Gemütliches.

6.

Jo Burgers Blick bot sich das typische professionelle Chaos einer erfolgten Herz-Lungen-Wiederbelebung, als er bei der Siedlung am Rand der Stadt eintraf. Stumm. Dennoch schien die Szenerie zu schreien. In der Hektik liegengelassene Verpackungen von Tubussen, Kanülen und Spritzen machten keinen Hehl aus dem Drama, das sich hier vor Stundenfrist ereignet hatte. Ohrenbetäubend kam es Burger vor. Allerdings: Das Ende der Geschichte war noch offen, wurde erst in diesen Momenten geschrieben. Irgendwo zwischen den Leitplanken der Landstraße in Richtung Stadt. Die Chancen, dass es ein gutes würde, waren gering. Oskar Ludwig, frisch gewählter Bundesrat und Vorsteher des Finanzdepartements des Landes, war das Opfer scheinbar zufälliger viehischer Gewalttätigkeit geworden. Schädel-Hirn-Trauma, gebrochene Rippen, Organrupturen. Burger war hier, weil er es als „alter Bulle", wie er sich selber gern bezeichnete, nicht lassen konnte, den Polizeifunk abzuhören. Weil die Adresse und die Beschreibung des Opfers, als die Meldung durchgegeben wurde, ihn hatten hellhörig werden lassen. Weil er im selben Moment gewusst hatte, dass es sich um Ludwig handeln musste, weil ein Rest von Hoffnung darauf, dass er falsch lag, ihn hatte ins Auto steigen und den Motor starten lassen. Nun war er da. Stand neben Max Lutz, dem leitenden Ermittler der Kantonspolizei, im herabsinkenden Schneeregen des frühen Abends. Weder Lutz noch er hatten hier zu sein. Der eine hatte Leute, die solche Routinefälle an Sonntagen übernahmen, der andere hatte schlicht nichts mit derlei Vorkommnissen zu tun. Die beiden Männer waren etwa im selben Alter. Um die 60. Alte Schule – was auch immer das heißen mochte. Standen da nebeneinander, der eine im schmutziggrünen Anorak, der andere im schwarzen Mantel, als stünden sie nicht auf dem nassen Teer eines Wegs am Waldrand, sondern vor der frisch ausgehobenen Grube eines Grabs. Die Köpfe gesenkt, einer nicht geschriebenen Rede lauschend. Und als hätten sie dasselbe gehört, das jetzt zu einem Ende gekommen zu sein schien, hoben sie gleichzeitig die Köpfe. Fielen einander in die sich formenden Worte:

„Meinst du …“, hob Burger an.

„Scheint …“, kam es im selben Atemzug von Lutz.

Beide verstummten.

„Ein Stück weit in Richtung Stadt habe ich einen Landgasthof gesehen“, kam es nach einer Weile von Burger. „‚Linde‘, wenn ich mich nicht irre. Sah aus, als hätten die geöffnet.“

„Fahr vor, ich folge dir. Kenne mich hier in der Gegend nicht allzu gut aus.“

Die Deckenleuchten in der Gaststube schienen den Kampf gegen das zu dieser Stunde von draußen hineinsickernde Zwielicht aufgegeben zu haben. Der Eintretende, der draußen noch auf warme Lichter zugestrebt war, fühlte sich unbewusst genarrt ob des Dämmers, in den er eintauchte, seine Augen in die Irre geführt.

„Das ist ja finster wie in einer Kuh hier drin“, hörte Burger Lutz‘ Stimme hinter sich.

„Dafür darf geraucht werden, wie‘s scheint.“

Die Tische am Rand des niedrigen Raums waren allesamt leer. Die Gäste, bei denen es sich zu 100 Prozent um Vertreter des Bauernstands und um Tabakkonsumenten handelte, die sich an Sonntagen vor der Stallarbeit eine Runde Karten gönnten, hatten sich am Stammtisch rechts von der Theke versammelt. Sie quittierten das Eintreten der zwei Fremden mit stummem Zuwenden von Gesichtern in unterschiedlich abgestuften Rottönen. Der Gruß der beiden blieb ohne Erwiderung. Es sei denn, man ordne ruckartiges Wegdrehen und vehementes Rauchausstoßen aus Pfeifen und Zigarren als solche ein. Sie setzten sich an einen Vierertisch in der der Tür gegenüberliegenden Ecke. Auf dem glänzenden Holz des Tischs standen exakt ausgerichtet eine Plastikschale mit sechs hartgekochten farbigen Eiern, eine Ménage mit Salz, Pfeffer, Aromat und Maggi, ein Aschenbecher sowie ein Holz-Metall-Ständer mit Speise- und Getränkekarten. Burger griff sich letztere, während Lutz sich daran machte, ein Ei zu schälen. Zeit überbrücken. Worte abwägen, Fragen. Die Bedienung, die am Stammtisch gesessen hatte, erhob sich und kam zu ihnen herüber. Das Pomeranzenrot ihrer Bäckchen wandelte sich beim Näherkommen in pudriges Rosa, die Bäckchen in Backen. Das Lächeln, das schon vom anderen Ende der Gaststube auf dem runden Gesicht aufgeblitzt war, war beinahe weltgewandt wissend. Burger amüsierte sich, Lutz' Tonfall bei der Bestellung fiel grob aus.

„Wir beide. Wer hätte das gedacht." Burger konnte ein Lachen nicht unterdrücken. Lutz grunzte Unverständliches. Scheinbar erbost über die Vorstellung, er und Burger würden hier draußen für zwei schwule Tanten auf der Flucht vor dem in der Stadt an allen Ecken lauernden Erkanntwerden gehalten. Zwei *alte* schwule Tanten. Weitere Unflätigkeiten, die ihm möglicherweise auf der Zunge lagen, wurden vom Ei erstickt, das er sich mit Verve in den Mund stopfte. Burger zündete sich eine Filterlose an. Zwei Kaffee schwarz ohne Zucker wurden gebracht. Und als wäre jetzt der Höflichkeit und der Präliminarien Genüge getan, kam Burger zur Sache:

„Was ist da oben passiert, Max?"

Lutz schien mit einem Schluckauf zu kämpfen, zündete sich einen Zigarillo an und suchte Heil in einem Schluck der Brühe, die sie hier als Kaffee verkauften. Hustete.

„Ich weiß nicht mehr als du, Jo. Polizeifunk. Dachte mir, ich komm' besser selber her. Die Adresse hat nach Ärger geklungen. Dort sollte es keinen Ärger geben. Nicht solchen."

Damit war klar, was er meinte. „Dort", das war ein von Landidylle umschlossenes Hochsicherheitsgebiet. Eine Siedlung, in der eine Wohneinheit an die fünf Millionen Schweizer Franken kostete, wo die Anzahl der Angestellten privater Sicherheitsdienste jene der Bewohner bei weitem übertraf und wo ein neuer Postbote vergebens nach Namen an den Briefkästen suchen würde.

Für Burger hieß Lutz' Antwort, dass dieser denselben Wissensstand hatte wie er selber. Ein Mann war von drei Maskierten brutal zusammengeschlagen und ausgeraubt worden. Davon ging die Person, die das Opfer gefunden hatte und bei der es sich um eine indirekte Nachbarin von Ludwig handelte, aus. Sie hatte die Täter zur nahegelegenen Straße rennen und in ein dunkles Auto steigen sehen. Sie war auf dem Nachhauseweg von ihrem nachmittäglichen Spaziergang mit den beiden Hunden – Utopia und Philosoph; die Angabe der Namen ihrer Hunde schien sie zu beruhigen – gewesen und sicher, dass es sich bei Ludwig – in seinem Fall allerdings ohne Hunde – genauso verhielt. Ihren Angaben gemäß kam es vor, dass sie sich unterwegs trafen und das letzte Stück bis zur Siedlung gemeinsam gingen. Ausgeraubt deshalb, weil sie angab, dass Ludwig nie ohne seine Brieftasche, seine Uhr und sein silbernes Zigarettenetui mit dazugehörigem Feuerzeug aus dem Haus ging. Nichts von alldem war da, als sie ihn gefunden hatte. Mantel und Schuhe hatte man ihm ausgezogen und in die Büsche geworfen.

Die Frau, Eva Burgermeister, wie sie zu Protokoll gab, war sich sicher, Ludwig wäre nicht mehr am Leben, wäre sie nicht vorbeigekommen. Es habe nicht den Eindruck gemacht, als hätten die drei Männer aufgehört, wären sie nicht gestört worden.

„Und dann stellen Sie sich das vor: Mit diesen Verletzungen und bei der Kälte. Es wird ja schon dunkel. Die Männer müssen gewusst haben, dass der Spazierweg fast nie genutzt wird. Schon gar nicht jetzt, wo‘s so früh dunkel wird. Mein Gott ...“ Schlagartig schien ihr bewusst geworden zu sein, dass es ebenso gut sie selber hätte treffen können, und sie war verstummt.

„Und? Was denkst du?“, hakte Burger jetzt nach. „Eine Zufallstat auf der simplen Grundlage, dass, wer hier wohnt, sein Geld in der Tasche mit sich rumschleppt?“

„Kann ich mir nicht vorstellen. Diese Leute leben ja nicht erst seit gestern dort. Jeder Stadtjunkie weiß, dass da nur reinkommt, wer den Test am Pförtnerhaus besteht. Nein, das tut sich nun wirklich keiner an.“

„Was dann? Ein politisches Motiv?“

„Deine Baustelle, Jo. Aber auch das macht keinen Sinn. Ich meine: Den Kerl kennt doch noch keiner. Ich jedenfalls nicht.“

Lutz war bekannt und wurde belächelt dafür, täglich um fünf im Büro zu sitzen. Vor sich nichts als etwas mit den Ausmaßen einer kleinen Badewanne randvoll mit Kaffee, einen Aschenbecher und die zwei größten Tageszeitungen des Landes, die er von vorne bis hinten las. Wenn Lutz also sagte, er habe sich noch kein Bild von Ludwig machen können, dann hatte das keiner. Schon gar nicht Leute, die sich mangels Zeit und Interesse auf die den Gratiszeitungen zu entnehmenden Schwarzweiß-Darstellungen verließen. Sie unterschieden sich nur wenig von frühzeitlichem Hörensagen. Wenn überhaupt.

„Oskar Ludwig." Burger sprach den Namen laut und langsam aus. Als würde sich der Ansatz zu einer Antwort irgendwo zwischen den Silben finden lassen. Dann schien er sich einen Ruck zu geben, zu einer Entscheidung zu kommen:

„Er hat mich kontaktiert. Und du weißt, was es heißt, wenn Leute wie Ludwig mich persönlich und direkt kontaktieren, Max. Er hatte sich die Sache gut überlegt. Der Anruf war keine spontane Aktion. Was wiederum heißt, dass es einen Grund gibt, warum er nicht den Dienstweg genommen hat. Normalerweise wendet sich ein Bundesrat mit einem Anliegen an den Vorsitzenden unseres Gremiums. An Jacques Panetta also. Dieser entscheidet dann nach Absprache mit uns, wo die Sache am besten zu plazieren sei, um effizient bearbeitet werden zu können. Nicht so Ludwig. Er ist gezielt auf mich zugekommen. Und er hat unmissverständlich klargemacht, dass die Sache vorläufig unter dem Deckel zu halten sei. Außerdem wollte er, dass Brun sich um die Sache kümmert."

Lutz schwieg. Die Frage nach dem Warum stach durch den Rauch über dem Tisch, ragte hausgroß im Raum. Sie zu stellen war nicht nötig. Er ließ Burger Zeit, zu einem Entschluss zu kommen, zündete sich einen weiteren Zigarillo an.

„Es ging um einen Vorgang, auf den sich Ludwig keinen Reim machen konnte", kam es nach einer Weile von Burgers Seite des Tischs her. „Ein gewisser Michael Kron hatte ihn kontaktiert. Laut Ludwig scheint dieser als Externer für die Syngenta zu arbeiten. Irgendjemand auf höchster Ebene dort wiederum scheint seiner Information nach sehr beunruhigt über das Verschwinden eines Labormitarbeiters zu sein, der, was den Gegenstand seiner Forschung anbelangt, über – ich zitiere – ‚sensibles Wissen' zu verfügen scheint. Was angeblich der Grund für Krons Anruf bei Ludwig war. Besagter Labormitarbeiter, ein gewisser Thomas Bernoulli, soll nämlich vor seinem Verschwinden eine unserer Mitarbeiterinnen zu kontaktieren versucht haben. Ludwig konnte sich auf diese Kontaktaufnahme keinen Reim machen. Die Syngenta …"

„Wie war der Name?"

„Syngenta?"

„Nein, der andere. Benoulli?"

„Bernoulli. Thomas Bernoulli."

„Der ist tot."

„Tot? Woher weißt du …?"

„Standardisierter Versand sämtlicher Polizei-Pressemitteilungen aus den Kantonen. Ich lese sie."

Kurz hielt Lutz inne, als würde er sich selber über die letztgenannte Tatsache wundern. Das kaum wahrnehmbare Kopfschütteln klang nach, als er fortfuhr:

„Ja – ich bin mir sicher, dass das der Name war – Thomas Bernoulli. Ist beim Drachenfliegen irgendwo im Kanton Wallis abgestürzt. Klassischer Fall, wenn man das so sagen darf."

Burger schwieg. Schien sich von Lutz, dem Tisch, dem Ort zu entfernen. Und als hätte sein gedanklicher Rückzug ein Loch in die sie umschließende Hülle des Gesprächs gerissen, drangen jetzt die Geräusche vom Stammtisch drüben an Lutz' Ohr: das engmaschige Zzzzpp sich in rascher Folge deckender und wieder deckender Spielkarten, das von Kartondeckeln abgeschnittene Klopfen von Biergläserböden auf dem Holz des Tischs, murmelnde Laute, deren möglicher Sinn sich nur Mundstücken und Zigarettenfiltern erschloss. Manchmal wurde schabend ein Stuhl zurückgeschoben, einer stand auf, verließ die Gaststube, ein anderer kam herein, setzte sich auf den noch warmen Stuhl dessen, der gegangen war. Grußlos. Es schien nicht nötig zu sein.

Lutz erlaubte sich die Frage, wie es wäre, dazuzugehören. Hierher. Nicht in der Stadt und bloß metaphorisch im Dreck zu wühlen. Die Finger in echte Erde graben, Samen in den Händen. Das Bild hielt nicht vor, wurde jäh zerrissen vom Fiepen seines Handys. Was er erntete, war verärgertes Schnauben vom Stammtisch her. Ein Lächeln von weit her auf den Lippen, das sich weder Burger noch den anderen Anwesenden erschloss, meldete er sich:

„Was gibt's?" – „Okay." – „Was sagen die Ärzte?" – „Wann?" – „Gut." – „Danke."

Das Lächeln war fort. Burger war wieder präsent:

„Und?"

„Sieht nicht gut aus. Er hat das Bewusstsein noch nicht wiedererlangt. Sie werden sofort operieren. Es ist von einer anschließenden Langzeitnarkose die Rede – künstliches Koma."

„Verd…" Burger schluckte, fühlte, wie die Wucht des Kraftausdrucks ihm die Brust füllte. Die Hilflosigkeit. Schwieg. Vulgärsprache änderte nichts. An keiner Situation. War nicht mehr als Ausdruck des eigenen Gelähmtseins. Auch hier: Alte Schule – welche auch immer.

Schließlich nahm Lutz den Faden wieder auf: „Also hör mal, Jo. So wie es aussieht, wird das für mich und meine Leute eine lange Nacht werden. Man wird mir aus dem ganzen Farbenspektrum der Parlamentslandschaft hinaus die Hölle heiß machen und uns auf Trab halten. Keiner lässt sich so eine geschenkte Gelegenheit, seine Absonderung zu dem Vorkommnis in gedruckter Form in irgendeinem Blättchen zu lesen, gerne entgehen. Jeder wird Ludwig kennen, ihn schätzen und um jeden Preis gegen solche Zustände vorgehen wollen. Zustände, an denen selbstverständlich die lasche Politik der anderen, die Polizei und im Speziellen meine Person schuld sind. Ich werde jetzt zusehen, dass die mir hier ein paar Brote schmieren und meine Thermoskanne mit Kaffee füllen können. Und morgen früh für die Dauer einer Tagesauflage werden die wehrlosen, um jeden Preis von jedem zu schützenden Zeitungsleser und Bürgerinnen des Landes endlich erfahren, was man in Paragraphen, Gesetzesartikel, Verordnungen und Regulatorien gegossen zu ihrem Besten tun sollte. Herrgott – manchmal …“ Und dann: „Hast du gewusst, dass sie in Japan einen ‚Tag der Ehrung der Alten‘ haben? Ein nationaler Feiertag.“

Burger konnte sich ein Lächeln nicht verbieten.

„An mir soll‘s nicht liegen, Max.“ Dann mit ernster Miene: „Aber erst brauche ich dich in dieser Sache noch auf dem Posten. Mach deinen Job so, als hätten wir uns nicht getroffen. Was ich dir gesagt habe über diesen ungeklärten Vorgang, weißt du nicht. Du gehst der Sache nach, als wär‘s das, was es zu sein scheint. Im besten Fall ist es das ja auch. Aber um einen Gefallen möchte ich dich bitten …“

„Und das nennst du Ehrung der Alten?“

„Nimm‘s als Ehrung meiner Person. Ich werde mich bei Gelegenheit revanchieren.“

„Also …?“

„Sprich mit den Leuten der Kapo Wallis.“

„Kein Problem. Die Berichte stehen online jedem Internen zur Verfügung.“

„Nein, Max. Keine Berichte. Ich will, dass du mit der Person redest, die als erste am Unfallort war. Es wird ein Postenchef sein. Fiesch, nehme ich an. Allerdings ist nicht anzunehmen, dass er es ist, der den Abschlussbericht geschrieben hat. Bei Unfällen mit Todesfolge übernimmt in der Regel die kantonale Behörde. Also: Bitte sprich mit ihm. Ich will jedes Detail. Es ist wichtig.“

„Vermutest du …?“

„Ich vermute gar nichts, Max. Ich tue nur, worum Ludwig mich gebeten hat.“

„Okay.“ Noch während Lutz es sagte, hob er den Arm und winkte die Bedienung heran. „Die Runde geht auf mich.“

Burger erhob sich. Die Bedienung blieb auf der Höhe des Nachbartischs stehen, um ihn sich aus der Ecke zwängen zu lassen. Grußlos ging er in Richtung Tür. Das Lächeln in seinem Kopf erreichte seine Züge nicht: Lutz hatte es sich nicht verkneifen können, seine Geldbörse so auf dem

Tisch zu plazieren, dass die Polizeimarke deutlich zu sehen war.

Nein – man brauchte sie nicht zu ehren, solange sie solches für nötig hielten.

***

„Carl? Jo hier."

Burger hatte den Anruf nicht vom Handy aus im Auto erledigen wollen, war stattdessen nach Hause gefahren, hatte den Fernseher eingeschaltet, sich auf die Couch gesetzt und sich für eine Weile eingeredet, er müsse erst seine Gedanken sammeln. Vielleicht einen Drink. Er war aufgestanden, hatte umständlich eine Wahl getroffen, als stünden mehr als zwei Flaschen im Schrank. Eis geholt. Es gab keins im Gefrierfach des Kühlschranks. Er tat nie Eis in seinen Whisky. Mit einem Mal müde ob der eigenen Scharade, hatte er sich in seinen Sessel vor dem kalten Kamin gesetzt, das Telefon zur Hand genommen, die Nummer gewählt. Der Drink stand unberührt auf dem kleinen Tisch zu seiner Rechten.

„Jo", sagte Brun jetzt. „Wenn du wegen Ludwig anrufst – ich bin informiert."

„Woher …?"

„Polizeifunk."

„Hast denn nicht mal du etwas anderes als diesen Job, der dich aufrechthält?"

Lachen auf Bruns Seite der Leitung. Eine Spur zu rauh: „Das Altersdepressions-Ding passt nicht zu dir, Jo. Und außerdem: Von aufrechthalten war nie die Rede. Wie ist sein Zustand?"

„Kritisch, sagen sie. Es sieht nicht gut aus, Carl."

Die Worte flossen ab. Schweigen rückte nach, drängte nach, hatte nichts mit Stille gemein. Burger wäre gern dort gewesen jetzt, am anderen Ende, bei Brun. Und war doch froh, es nicht zu sein.

„Danke, Jo."

Burger erwiderte nichts. Auch hier: Es war nicht notwendig. Stattdessen lenkte er auf den Job:

„Die Sache, die wir gestern besprochen haben, Carl. Michael Kron, Syngenta, Bernoulli …“

„Was ist damit?“

„Scheint sich erledigt zu haben: Bernoulli ist tot. Flugunfall in Fiesch. Er war Drachenflieger.“ Und bevor Brun fragen konnte, woher er die Info habe und was die neue Situation für ihn und sein Team bedeute: „Es ist wie mit dieser Ungarn-Sache, an der ihr dran wart, Carl: Manchmal lösen sich die Dinge einfach in Wohlgefallen auf. Job erledigt. Nächster Job.“

Burger konnte Bruns Irritation über seine Worte auf sich zurasen fühlen. Ebenso, wie sie durch das Wort „Wohlgefallen“ jäh gestoppt und zurückgerissen wurden: Brun hatte verstanden – hier wurde gar nichts abgeblasen, nichts löste sich in Wohlgefallen auf. Im Gegenteil. Er stieg auf die Scharade ein: „Wenn das so weitergeht, wird schon bald wieder von Effizienzsteigerung die Rede sein. Hiller wird jubeln.“

Brun spielte auf die Reorganisation und Neustrukturierung des In- und Auslandsgeheimdienstes an, die vor nunmehr zwei Jahren auf politischen Druck hin – es war kurz vor den Wahlen gewesen – initiiert worden war. Die Wahlen waren gekommen und gegangen und mit ihnen die Aufdeckung eines Skandals durch Bruns Leute, die jeder populistisch motivierten Umorganisation Hohn sprach. Die Waagschale des öffentlich zu Opfernden war neu tariert worden, ihre Position in der dünnen Luft politischer Seilschaften hatte sich verändert. Die Auflösung von Bruns Team hatte nicht länger zur Debatte gestanden. Sein Wissen wog für viele allzu schwer. Eine große Reinemache- und Kehraktion hatte stattgefunden. Tara auf Bruns Seite war um sein Schweigen schwerer geworden, und er hatte sich in der Situation wiedergefunden, ohne große Worte mehr Gewicht von der Gegenseite fordern zu können. Das war sein Lohn gewesen, sein Sieg, auch wenn er wusste, dass die Kunde davon nie bis zum Bürger des Landes vordringen würde, für den er sich nach wie vor bedingungslos im Dienst sah. Es war nicht wichtig. Es zählte einzig, dass der Apparat, der sich nach außen in wohlklingenden Tönen für die Menschen einzusetzen vorgab, sich nicht zu weit ins Innere, ungesehen Wuchernde zurückziehen konnte. Dorthin, wo Bürgerinnen und Bürger in erster Linie die nicht gern erwähnte, aber notwendige Funktion der Alimentierenden wahrzunehmen und ansonsten wenn möglich nicht zu existieren hatten. Dorthin, wo fernab ökonomischer und gesellschaftlicher Realitäten, auf einer losgelösten Ebene, immer dieselben subjektiven Notstände und persönlichen Zielphantasien das Handeln bestimmten. Und Brun war klug genug, zu wissen, dass seine Person, die auf keinem Organigramm der öffentlichen Hand existierte, vielen „a pain in the ass“ war. Das Sandkorn im Schuh, das beim Vorwärtsschreiten, beim Aufstieg die Freude verdarb. Den Genuss. Man würde wieder versuchen, ihn loszuwerden. Er würde wieder tun, wofür Burger ihn einst eingestellt hatte: Ungesehen und ungehört im Dienst jener Öffentlichkeit agieren, die nicht wusste, dass es ihn gab. Das war es, was ihn aufrechthielt.

Jetzt sagte er in das kurze Schweigen hinein: „Okay, Jo. Danke für die Info. Ich für meinen Teil werde mich jetzt auf‘s Ohr hauen. Es schläft sich nie so gut wie dann, wenn man weiß, dass andere deine Probleme am Hals haben. Schätze mal, die Jungs von der Kantonspolizei sind heute nacht damit beschäftigt, die Puppen einzusammeln, die die Herren und Damen Parlamentarier ungefragt tanzen lassen. Und das wiederum bis in die sprichwörtlichen Puppen.“

Burger verstand – Brun hatte ihm eben eine Frage gestellt: „Wer bearbeitet den Fall?“ Er fing den Ball ab: „Ja, Max Lutz hat Freinacht, wie‘s aussieht. Andere müssen dafür erst schriftlich eine Bewilligung einholen. Ihm wird sie verordnet. Mit freundlicher Unterstützung der Bundespolizei. Ist nicht zu beneiden.“

„Sieht ganz so aus. Ja – ich denke, ich werde gut schlafen heut‘ nacht.“ Ein letztes Lachen auf beiden Seiten, zwei ungehört verhallende Klicks im Äther.

Burger sog den Atem ein, stieß ihn wieder aus. Fand, es klinge sehr nach einem Seufzen.

Grund dazu hast du, alter Mann. Gründe zuhauf.

Schweizer Bundeskanzlei – Medieninformation

Bundesrat Oskar Ludwig nach Überfall im künstlichen Koma

Der Bundesrat und Vorsteher des Finanzdepartements, Oskar Ludwig, ist am Sonntagabend, 20. September, unweit seines Hauses in Bremgarten bei Bern Opfer eines Überfalls geworden und hat einen Herz-Kreislauf-Stillstand erlitten. Oskar Ludwig musste notfallmäßig operiert werden. Seine Ärzte haben entschieden, ihn bis auf weiteres in ein künstliches Koma zu versetzen. Sein Zustand ist kritisch-stabil.

Ludwigs Vorgängerin im Finanzdepartement und Vorsteherin des Eidgenössischen Polizei- und Justizdepartements, Bundesrätin Carla Brunner-Del Vecchio, hat ihre Reise nach New York zur Versammlung des UN-Sicherheitsrats abgesagt und wird interimistisch die Amtsgeschäfte des Neo-Bundesrats übernehmen. Zudem wird sich der Gesamtbundesrat heute, Montag, 21. September, zu einer Sondersitzung treffen.

Mit der Ermittlung des Falls sind sowohl die Kantonspolizei Bern als auch die Bundespolizei befasst. Zur Zeit wird untersucht, ob es sich bei dem Überfall auf Bundesrat Oskar Ludwig um einen Raubüberfall, eine politisch motivierte Tat oder aber um einen Gewaltakt handelt, der sich mit privaten Motiven begründen lässt. Eine erste gemeinsame Pressekonferenz der ermittelnden Behörden ist für Montag, 21. September, 19.00 Uhr angesetzt.

7.

„K + K Wallenberg Bank (Schweiz) AG, Parkring 43, Basel

Am 26. Juni 1896 ließ die Aktiengesellschaft Farbenfabrik – heute Bayer AG Science for a better Life – den Stoff unter der Patentnummer 31650 F 2456 schützen. Wenig später gelang dem Chemiker Felix Hoffmann die Synthetisierung, worauf 1898 die Produktion des Medikaments Diacetylmorphin gestartet wurde. Es folgte eine beispiellos offensive Vermarktung des ‚nicht süchtig machenden Medikaments' durch Bayer in zwölf Sprachen. Die Anwendungsindikationen reichten von Husten über Bluthochdruck bis zu Herzerkrankungen – rund 40 an der Zahl. Das heldenhafte Mittel schien nur Vorteile, keine Nachteile zu haben …"

Jedesmal, wenn das Gift ihre Blut-Hirn-Schranke durchdrang, sah sie diesen Text vor sich. Als würde ein Rotulus entrollt, Zeile für Zeile, Wort für Wort. Sie konnte die Schrift nicht erkennen und hörte doch die eigene Stimme lesend rezitieren. Dann lachen. Die Schichten ihres Seins fielen ab wie die Häute einer Zwiebel. Und mit jeder Membran, die sich löste und die nächste Schicht freigab, die wie ein Schleier vom warmen Atem der Droge emporgehoben wurde, wurde sie selber leichter. Gehalten und gewiegt im schwerwarmen Vakuum pochenden Bluts. Geborgen.

Jetzt lag sie in der Badewanne, das Wasser siedend heiß, frierend, schwitzend. Sonntag noch, die Nacht auf Montag. Jede Woche dasselbe. Irgendwann würde sie schlafen können. Vielleicht.

Deine Hölle brennt in mir. Du bist mein Überlebenselixier.

Ihr Herz raste. Dann und wann schien es auszusetzen. Scharf und gierig schnappte die Lunge nach Luft. Todesangstsekunden wie Staubkörner in der Luft.

Dann wurde es besser. Etwas verließ sie, floss ab, aus ihr heraus. Sie selber der matte Abklatsch eines Menschen, Haut mit Herzschlag. Sie weinte ins erkaltende Wasser. Erleichterung. Platz für neuen Hunger nach dem Gift.

Die Toilette schien meilenweit entfernt, unerreichbar. Der Weg zu weit für die Beine. Auf Knien rutschend, die Haut eisig jetzt, in der Spur des eigenen Rinnsals, schleifte sie sich zu der Schüssel. Erbrach. Neuer Platz im Innern. Das Bewusstsein sterbend. Der Körper schien sich nur an eines noch zu erinnern, fern, das einzig Sichere, eine Ewigkeit her: Kugelt sich ein auf dem Badewannenvorleger. Fötale Abwendung von der Qual.

Jeanne Wallenberg erwachte zitternd. Es war ein gutes Zittern, eines, das der Raumtemperatur und der eigenen Bewegungslosigkeit zugeordnet werden konnte. Die Hölle lag hinter ihr. Für diesmal war es vorbei. Das Gröbste jedenfalls. Der Rest, die weiß lockende Stimme des Heroins, indes blieb. Würde immer bleiben. Der Soundtrack ihres Seins, für den sie sich nicht entschieden hatte. Oder doch. Sie wusste es nicht mehr.

Sie stand auf, nahm den grauen Kaschmirbademantel vom Haken an der Innenseite der Tür, ging rüber zur Badewanne, zog den Stöpsel. Fast konnte sie die Stimme abfließen hören, leiser werden. Fern.

Und ein ungezähltes weiteres Mal fragte sie sich in den Strudel schauend, wie etwas so Warmweiches so gellend brennend schreiend sich auf einen stürzen konnte, die Fingernägel in die Gesichtshaut gebohrt. Man selber nicht mehr als eine atmende Wunde. Wie es möglich war, dass der ganze Mensch sich derart nach etwas sehnte, nach einem Ort, an den es kein Erinnern gab.

Keine Antworten. Auch diesmal nicht. Bloß Hunger, sich durch Bewusstsein und Hirn fressende Gier. Abklingend jetzt. Trotz der selbstverordneten Tortur würde sie nicht schlafen können. Sie hatte sich Arbeit mit nach oben genommen. Sie hatte ein paar Dinge zu erledigen. Zu entscheiden.

Mit nackten Füßen ging sie über den warmen Marmor, verließ die Nasszone der im Dachgeschoss der Bank gelegenen Penthouse-Wohnung und nahm die zwei glattgeäderten Stufen hinunter in Wohn- und Küchenbereich mit einem Schritt.

Wohn- und Küchenbereich: Unspezifische Raumbegriffe, unschuldige Bauplanworte, die, was ihr Fühlen innerhalb dieser Mauern anbelangte, nicht präziser hätten sein können. Sie bewohnte die Penthouse-Wohnung seit einer gefühlten Ewigkeit, wusste, dass sie hier und nirgendwo anders hingehörte. Noch nicht jedenfalls. Wie sollte man auch irgendwo anders hingehören, wenn allem äußeren Anschein zum Trotz der Bereich der eigenen Freiheit und der Möglichkeiten, das einzige Glück Platz fanden auf den Minimalmaßen eines Teelöffels? Wenn alles, was über dieses Maß hinausging, zu groß war? Der mattsilberne Kühlschrank ebenso wie die ganze edle Absteige, der Job, die Familie, der Freundeskreis?

Jeanne Wallenberg machte sich nichts vor. Sie wusste, wer sie war, und auch, was. Sie hatte gelernt und für unabsehbare Zeit auch akzeptiert, dass das sichtbare Leben, das sie führte, nicht zwingend etwas mit der Person gemein haben musste, die sie war. Die Welt kauft, was man ihr anbietet. Und ihr Schaufenster war eines der bekanntesten und wohl auch am meisten bewunderten des Landes und darüber hinaus. Aussehen, Ansehen, Status, Karriere, Geld, Noblesse, Schönheit, Attitüde, Familie. Oh ja – in ihrem Laden war das ganze Jahr über Weihnachten, und die Leute, die ihren Radius schnitten, ungefragt hereinschneiten oder auch nur von fern bewunderten, angelockt vom warmen Schein der eigenen Wünsche und Sehnsüchte, waren immer in Kauflaune. Dass das Lager geplündert, die Restbestände veraltet, die oberen Etagen dunkel, wüst und verwaist, kurz: dass die Vorstellung vom Gipfelglück nur ein Wunsch der Untengebliebenen war, wie mal einer so treffend gesagt hatte, das sah keiner. Auch nicht das Mädchen, der Junkie, der hier hauste, verharrend im Kokon alt gewordener Zeit.

Für heute verließ sie sie, ließ sie zurück im Wissen, dass sie nicht weggehen, dass sie sie wiederfinden würde beim nächsten Mal. Beim nächsten Flug in die leuchtend wogende Nacht, mitten hinein in die Weite gestundeten Angebundenseins. Nur sie drei: sie selbst, die Droge und das Mädchen, das sie vielleicht mal gewesen war.

Jetzt nahm sie das Fax zur Hand. Die Medienmitteilung der Bundeskanzlei betreffend den Fall Ludwig. Der damit für sie erledigt war. Niederberger, dieser weicheiige Emporkömmling – ihr Schwager. War völlig durchgedreht, als Ludwig ihn am Samstag ins Bundeshaus zitiert hatte und auf Section 372 des Vertragswerks von Nukleus zu sprechen gekommen war. Buchstäblich so klein geschrieben, dass kaum einer es lesen konnte. Ludwig hatte es gelesen. Okay. Problem erkannt. Problem gelöst. Sie überflog den Text noch einmal.

„oder aber um einen Gewaltakt handelt, der sich mit privaten Motiven begründen lässt".

An diesem Satz, der nicht mal ein ganzer war und auf den sie kraft ihres Namens und des Geldes (es war immer das Geld) bestanden hatte, würde sie das weitere Vorgehen festmachen. Es war immer wieder nützlich, die unbemerkt vom Syndikat und mittels Schuldigkeiten kontrollierte Medienmaschine auf seiner Seite zu wissen. Treu obrigkeits- und institutionsgläubig wurden Absurditäten wie etwa der wirtschaftliche Dauerboom und das Jobwunder des rezessionsgebeutelten Kontinents als die Wahrheit übernommen, gefolgt von abstrusen Nachrichtenfetzen über friedens- und sinnstiftende Integrationsbeschlüsse im fernen Brüssel zum Wohl der Menschen. Berichterstatterische Wahrheit und Wirklichkeit hatten längst keinen Zusammenhang mehr. Und dass die Friedensutopie Europa längst zu einer mittelalterlichen Klerus-Diktatur verkommen war, wurde verdrängt, weggeschrieben, notfalls verleugnet.

Aber für diesmal wäre es bloß ein Schweizer Bundesrat, Ludwig, in dessen Privatleben die Dinge anscheinend nicht zum besten standen; eine Information, die die recherchefreien Meinungsschleudern, auch Medien genannt, zugespielt bekommen würden. Man würde lesen können, dass die Dinge derart schlecht standen in seinem Privatleben, dass sie den Nährboden für einen beinahe tödlichen Angriff auf Leib und Leben hatten bilden können. Das war der grobe Rahmen. Dessen Inhalt lag noch unentdeckt auf Ludwigs Rechner.

Schade nur um den Aufwand, die Zeit, das Geld, das sachte Auf-Linie-bringen der Medien für den Kandidaten, den Neuen, den Unbefleckten, den Echten. Es hätte länger halten sollen. Man hatte gewusst, dass Ludwig pedantisch, ehrlich und loyal war. Man hatte gewusst, dass er lästig werden würde. Man hatte es sogar gewollt. Innenpolitische Volksbefriedigung und ambitionslose Pflichterfüllung mit einer Klappe. Es hatte nicht funktioniert. Der Mann war zu echt, zu pedantisch, zu loyal, zu ehrlich – er war, schneller als gedacht, zur Gefahr geworden für das ganze Projekt, von dem sie wusste, dass auch das, was sie wusste, nur Stückwerk war.

Nicht zum ersten Mal an diesem Tag fragte sie sich, wieviel Kraft es Niederberger wohl kosten würde, den Pressestimmen Glauben zu schenken. Ob er die Kraft überhaupt aufbringen würde. Was, wenn nicht? Die Antwort lautete, wie sie immer lautete: Dann würde Kolko eine Lösung finden. So, wie er es immer tat. Und ebenfalls nicht zum ersten Mal an diesem Tag stellte sie fest, dass diese Antwort ihr nicht gefiel. Nicht mehr. Toms Tod hatte etwas verändert.

Jeanne Wallenberg trat hinaus auf die sandsteinerne Dachterrasse. Sie konnte den nahen Fluss riechen, die Schwere der sie umgebenden Mauern, das Alter der Kathedrale. Schnee in der Luft, die Bäume erstarrt, zu Gerippen abgemagert in ihrem hundertsten Winter. Sogar sie in dieser Jahreszeit zu Vergangenheit und Geschichte verdammt wie alles andere um sie her. Wie Jeanne selber bis jetzt – ein Produkt der Historie, die andere geschrieben und zum Heute vorwärtsgetrieben hatten. Sie war bloß da gewesen. Träumend. Eine Sternschnuppe, ein kurzes Aufflackern. Es hatte nicht gezählt. Sie hatte bloß einen Job gemacht. Bis jetzt.

Sie trat erneut über die Schwelle, schloss das Fenster, die nackten Füße eisig auf dem beheizten Stein. Sie ging hinüber zur Chaiselongue, löschte das Licht und legte sich hin.

Das Problem Ludwig war so gut wie vom Tisch. Die Leute von Aithon hatten getan, was getan werden musste, bevor Jacques Panetta seine Truppe offiziell an die Sache ran und sie das richtige finden lassen würde. Sie sah keine Probleme. Ludwig war erledigt.

Von Michael Kron alias Daniel Wittmann konnte man das nicht sagen. Sie hatte versucht, Gabriel ihre Bedenken mitzuteilen. Er hatte abgewiegelt. Sie mache sich zuviele Sorgen, Wittmann sei auf Linie.

„Er schon“, hatte sie geantwortet, „aber was ist mit den Daten? Wer hat sie sich geholt? Und wie reagiert Wittmann, wenn man ihn vor die Wahl stellt?“

Kolko hatte gelacht: „Es gibt keine Wahl, Jeanne. Wittmann hat vor langer Zeit einen Weg eingeschlagen, und den geht er aus dem einfachen Grund, weil es da keine Abzweigungen gibt. Punkt. Und die Daten der Konversus: Kein Außenstehender kann hier mehr reininterpretieren als ein x-beliebiger Zeitungsleser. PR-Arbeit, schöne Texte, politisch korrektes Polit-Vokabular. Entspann dich ein wenig, Jeanne – genieß das Diner.“

Sie hatte gelächelt, einen Schluck des 2005ers aus dem Roussillon genommen.

„Ja, das wird das beste sein.“

Lächeln. Noch ein Schluck. Gut. Sie musste essen. Kein Hunger, der Mund ausgedorrt, die unbelegten 21 Gramm ihrer selbst von der Droge gerissen in paradoxe Geborgenheit karger Wüstenei, der Geist sich wehrend, stemmend, argumentierend. Sie durfte sich nicht gehenlassen, durfte nicht gehen. Noch nicht.

„Und was ist mit Tom?“, hatte sie gefragt.

„Verzeih mein Schweigen hierzu, Jeanne. Ich wollte nicht unnötig …“

„Darum geht es nicht, Gabriel.“ (Meine Gefühlswelt geht dich einen Scheißdreck an. Und machen wir uns nichts vor: Sie interessiert dich auch einen solchen.) „Was ist mit dieser Anja Sanders? Du kanntest Tom genauso gut wie ich.“ (Kanntest ihn sehr wahrscheinlich viel besser als ich.) „Es ist nicht seine Art, etwas im Stil eines ‚Acte gratuit‘ zu tun, unüberlegt, aus dem Bauch heraus. Er hatte einen Grund, diese Frau, von der wir wissen, dass sie Jezreel Vidali heißt und dass der Name eine NDB-Legende ist, ausfindig machen zu wollen.“ (Was verdammt noch mal ist hier gelaufen?)

Noch einen Schluck Wein. Das Essen noch immer unberührt. Sie hatte gehört, wie die Flüssigkeit sich in sie ergoss, hatte ihren gurgelnden Weg durch den eigenen Schlund deutlich im Ohr, ihr Fallen in den Magen, das Auftreffen, die Brandung. Etwas Rauhes, Schleifendes war von außen dazu gedrungen: Kolko hatte gelacht.

„Sorgen, Jeanne. Wie gesagt: Du machst dir zu viele Sorgen. Fakt ist, dass er nicht bis zu dieser Anja Sanders oder Jezreel Vidali gelangt ist. Was auch immer er da zu finden oder zu deponieren gehofft hat – es hat nicht funktioniert.“

„Aber was? Was hatte er zu deponieren gehofft? Was wusste Tom, was machte ihm derart zu schaffen, das ihn zu diesem Marathon durch die Institutionen veranlasst hat?“

„Ich weiß es auch nicht, Jeanne.“

„Du weißt es auch nicht.“ Keine Rückfrage, nur die feststellende Wiederholung des Gesagten, die durchaus charmant lächelnde Bestätigung der als solche erkannten Lüge.

„Und Ludwig? Was, wenn die Kontaktaufnahme um ihrer selbst willen doch keine so gute Idee war? Was, wenn er doch mit jemandem darüber gesprochen hat? Wenn Wittmann bei dem Anruf zu weit gegangen ist, zuviel gesagt hat?“

Gabriel Kolko hatte ihre Hand getätschelt. „Ludwig hätte sich garantiert an Panetta und keinen anderen gewandt. Entweder hat ihn die Sache nicht interessiert, oder er hatte schlicht keine Zeit mehr, hier irgendwo irgendwas zu veranlassen oder sich Informationen zu beschaffen. Und außerdem: Du hast ja selber veranlasst, dass die Aithon-Leute Ludwigs Daten ausmisten, bevor irgendwer sonst auch nur daran denkt, zu ermitteln. Hör auf, Jeanne. Wenn sie was gefunden hätten, dann wüssten wir das jetzt. Und sollte entgegen meiner Vermutung doch noch etwas auftauchen, das nicht auftauchen sollte, dann wird es früh genug sein, dann zu reagieren. Und jetzt lass für einmal gut sein? Du kannst das doch sonst gar nicht so schlecht.“

Wieder dieses widerlich gurgelnde Lachen, wieder die greisenfleckige Hand auf der ihren. Sie erinnerte sich an den Moment, als er es zum ersten Mal getan hatte – dieses Tätscheln, als wär' sie ein minderbemitteltes Kind. Es war anlässlich des Totenschmauses zu Ehren ihrer Mutter gewesen. Sie war zwölf Jahre alt.

Die dem Gespräch folgende Nacht in einer der Suiten des Tiara-Hotels in Paris-Chantilly hatte sie mit Daniel Wittmann verbracht. Möglich – wahrscheinlich sogar –, dass Kolko auch das wusste. Es war egal. Was zählte, war, dass sich etwas verändert hatte in dieser Nacht.

Kolko läge nicht falsch, wenn er die Begegnung in Suite Nr. 103 als normativen Akt der Elendsbekämpfung zweier an der bloßen Tatsache der Existenz leidender Süchtiger einordnen würde. Als seichtes Drama, dessen Spannungsbogen wie eine schlaff gewordene Wäscheleine nur solche dazu bringen konnte, sie als dem freien Willen entspringende Komposition willkommen zu heißen, deren Bewusstsein durch die Einnahme psychotroper Substanzen aufs rüdeste umgepflügt war.

Ja – Kolko läge richtig mit dieser Beurteilung. Und gleichzeitig auch nicht. Weil sie aufgewacht war. Mitten in der fast zwingend erscheinenden Abfolge der weltweit und über die Jahrhunderte milliardenfach inszenierten Präambel zu dem, was Menschen tun, nachdem sie sich einen Wagen zum selben Hotel geteilt, sich ein paar Drinks in der Bar genehmigt, zusammen gelacht, sich redend berührt, sich scheinbar Intimes gestanden, sich lange in die Augen geschaut und doch nur das eigene Bild gesehen hatten.

Sie war aufgewacht, oder besser: zu sich gekommen dort in der Stradivarius-Bar des Château Tiara. Dies, nachdem sie die fade Szenerie des phantasiefreien Paarungsvorspiels für einen Moment verlassen, sich selber wie aus großer Distanz dort hatte sitzen sehen, lachen. Und als wäre er da gewesen, als hätte sie die beschämend berechenbare Abfolge von global gültigen Mienen und Gesten nicht alleine geschaut und betrachtet, hatte Tom neben ihr gestanden. Hatte dasselbe Bild gesehen. Wie vor langer Zeit, als sie oft so gestanden hatten. In der Realität. Schweigend sich ein Bild teilend wie andere eine Mahlzeit.

Sie hatte gewusst, dass beides – die Distanz und Tom, der neben ihr gewesen war – der Droge entsprang. Und hatte ebenso gewusst, dass es ihre und Toms gemeinsame Vergangenheit war, ihre Liebe, die es der Droge erst möglich machte, sie dies erleben zu lassen. Da war sie zu sich gekommen, zu sich zurück, nach wie vor verladen, aber mit dem einen klaren Gedanken, dass sie aus dieser Nacht einen Nutzen würde ziehen können. Nicht für sich. Endlich einmal nicht für sich. Für Tom. Zu spät. Aber besser als nie.

Später in Suite 103 – es war überraschend angenehm gewesen mit dem zugepuderten Wittmann, phantasie- und problemfrei und bodenständig – hatte sie über den Room Service eine weitere Flasche von der Witwe bestellt. Die Tatsache, dass der PR-Fritze für mehr als drei Minuten auf der Toilette verschwunden war, hatte ihr gesagt, dass er nicht gleich würde einschlafen können. Wenn überhaupt.

„Hast du Tom Bernoulli gekannt?", waren ihre Worte gewesen, als er, in den weißen Bademantel gehüllt, wieder aufgetaucht war.

„Klar."

Wittmann hatte sich suchend umgeschaut. Der Champagner war noch nicht da gewesen. Sie hatte ihm ihr Glas hingehalten.

„Wobei – so stimmt das nicht. Hab ihn bei der Konferenz in St. Moritz kurz gesehen, wenn ich mich richtig erinnere. Ist da rumgesurrt wie Biene Maja auf Speed. Ich habe bis dahin immer gedacht, Wissenschaftler hätten von Natur aus besonnen, methodisch, ruhig, was weiß ich, zu sein. Der Kerl war völlig hysterisch, wenn du mich fragst."

Dann schien ihm auf einmal klargeworden zu sein, dass er mit der Witwe sprach: „Sorry, das war jetzt völlig daneben."

Sie hatte sich zu einem Lachen gezwungen, hatte eines der herablassenden übermütigen Sorte zustandegebracht, die Arme nach Wittmann ausgestreckt, immer noch an die Kissen an der Bettstatt gelehnt:

„Mach‘ dir keinen Kopf deswegen. Tom war ein Spinner.“

Jedes Wort ein Gluttupfer im Hirn. Mehr noch als den Schmerz bildete sie sich ein, den Geruch von Verbranntem in der Nase zu haben. Ihr war übel geworden. Doch sie hatte durchgehalten:

„Wir hatten uns seit einer Ewigkeit nicht mehr gesehen. Von reden ganz zu schweigen. Da gab’s nichts mehr. Siehe meine vorherige Aussage: Er war ein Spinner. Ein genialer Spinner zwar, aber eben doch ein Spinner. Einer von der Sorte, die das Gras auch in einem Betonbunker 20 Etagen unter dem Boden wachsen hören.“

Wittmann hatte gelacht. Sie hatten zusammen gelacht. Endlich war der Champagner gekommen. Sie hatte sich eingeschenkt und das Glas in einem Zug gekippt. Und gleich nochmal.

„Da scheint aber jemand mächtig Durst zu haben.“

Auf allen Vieren war Wittmann quer über das King-Size-Ding zu ihr gekrochen gekommen. Seine mimische Muskulatur zu etwas deformiert, das er mit großer Wahrscheinlichkeit als verführerisch empfand, das in echt allerdings eine in ihrer Lächerlichkeit schwer zu toppende Mischung war von „erstarrter Kater nach gewaltsamem Ende am Straßenrand“ und „Pierrot verliert seine Hose und zieht die Show trotzdem durch“.

Wäre der Ekel, der sie bei seinem Anblick überfallen hatte, nicht so allumfassend gewesen, hätte ihr Lachen vielleicht sogar in ihren eigenen Ohren echt geklungen. Ihm hatte es vollauf gereicht. Er hatte an ihr herumgenestelt, als hätte es noch irgendwas auszuziehen, zu enthüllen gegeben, bevor er sich, leicht gelb im Gesicht, entschieden hatte, doch erst mal eine Pause einzulegen und bei Champagner und einem weiteren Toilettengang zu Kräften zu kommen. Eine Weile hatten sie einfach so dagelegen.

„Aber seltsam ist es schon“, hatte sie den Faden nach einer gefühlten Ewigkeit wiederaufgenommen.

„Was denn?“

Er hatte sich ihr zugewandt und erneut angefangen, an ihr rumzunesteln, während sie stumm gefleht hatte, er möge – bitte! – nicht zu jener im Rausch teilregredierenden Sorte von

Drogenkonsumenten gehören, die irgendwann in Babysprache zu reden beginnen und sich mit Händen und Mündern in allem verzahnen, was einer weiblichen Brust auch nur entfernt ähnlich sieht.

„Dass Tom so verbissen nach dieser Frau gesucht hat. Ich meine: Klar war er ein Freak auf seine Art. Aber nicht so. Seine Ideen waren oft verrückt und irrational – er wusste das und ließ es beim Ideen-Spinnen. Ich habe nie erlebt, dass er an irgendwas irr geworden ist, dass er die gang- und belegbare Realität aus den Augen verloren hätte. Das passt nicht mit dieser Anja Sanders. Oder aber es war etwas ganz anderes.“

„Spricht da jetzt eine potentiell Ausgestochene?“

„Ach, halt den Mund.“ Lachend – ein Knuff in Wittmanns straffe Seite. „Sag mir lieber, was du davon hältst.“

„Im Ernst jetzt?“

„Klar im Ernst. Was sollte das? Warum tut er so was? Soweit ich von Kolko weiß, wurden sämtliche seiner Verbindungen der letzten drei Monate überprüft. Und er hat nicht weniger als 158 Anrufe getätigt, die man offenbar mit der ominösen Suche nach dieser Frau in Verbindung bringen kann. Was um alles in der Welt war so wichtig?“

„Das fragst du mich? Du bist hier doch die Thronerbin, als Kolkos Patentochter und Vertraute. Wer, wenn nicht du, könnte das wissen? Ist doch so, oder?“

„Vergiss es. Was auch immer du dir vorstellst oder welcher Eindruck auch immer entstanden ist: Wir alle sind nicht mehr als nützliche Idioten für Gabriel Kolko. Möglich, dass er dies nicht ohne weiteres zugeben würde, oder, wie gesagt, einen komplett anderen Eindruck zu vermitteln wünscht. Aber glaub mir: Auch das hat irgendeinen Zweck. Und was meine Person anbelangt: Ich mache einen Job für ihn. Punkt. Genau wie du. Und jetzt sag mir, was du von Bernoullis Ausscheren hältst.“

Sie hatte sich überwunden, sich zu ihm hingewandt und ihren Zeigefingernagel sanft unter den ins Gelbliche tendierenden Falten seines Kinns durch Stoppeln streifen lassen, die sie komischerweise nicht an männliche Fazialbehaarung, sondern vage an Krankenhäuser hatten denken lassen. Halb bittend war ihr Finger gewandert, halb lockend, halb vertraute Beiläufigkeit einflößend.

Ruckartig und scheinbar ohne zu spüren, dass ihre Brust nicht nur an, sondern fast auf seiner geruht hatte, hatte er sich umgedreht, sie regelrecht abgeschüttelt und, den Kopf in die Handfläche des seitlich aufgestützten Ellenbogens gelegt, sie eine Weile nachdenklich angesehen:

„Also erst mal habe ich überhaupt nichts davon gehalten. Ich meine: Sieh‘ *uns* doch an. Was ist schon dabei. Ich weiß nicht, wie andere ticken – aber bekanntlich soll's schon solche geben, die ein Jahr lang Anlauf nehmen müssen, bevor sie springen. Das war es, was ich gedacht habe, als mich diese *Frau* ...“ – er hatte es scheinbar immer noch nicht fassen können, dass es eine Vertreterin des anderen Geschlechts war, die ihm, dem großen Daniel Wittmann, Weisungen zu geben befugt war – „... angerufen und über Bernoullis Verschwinden und seine erfolglosen Kontaktversuche informiert hat. Was gibt‘s da zu grinsen? Warte mal … Du?“

„Sehr erfreut, Bruder Kron.“

Sie hatte sich auf den Rücken gewälzt, die Beine angezogen, sich scheinbar königlich gefreut und buchstäblich gekugelt vor Lachen über die gelungene Camouflage.

Wittmanns Gesichtszügen war das Hin- und Hergerissensein zwischen Lachen über einen gelungenen Streich und dem beschämten Ärger des Hereingelegten anzusehen. Sie war froh gewesen, als er sich für ersteres entschieden hatte:

„Na bravo!“ Er hatte sich ebenfalls auf den Rücken zurücksinken lassen, nicht mehr in ihre Richtung, sondern zur Decke gesprochen: „Und was bitte soll dann deine ganze Fragerei? Ist das noch so eine Verarsche? Und bevor du antwortest: Hättest du die Güte, mir noch etwas von dem Gesöff zu reichen?“

Sie hatte die Flasche, die neben dem Bett am Boden gestanden hatte, am Hals gepackt und ihm einen herzhaften Schwall ins Gesicht gegossen.

„Hey – mach doch den Mund auf!“

Und noch während sie es gesagt hatte, war sie aus dem Bett gesprungen, geflüchtet in Erwartung, dass er ihre Verfolgung aufnehmen würde. Er hatte nur schief gegrinst. Sie hatte einen Schluck aus der Flasche genommen und war zögerlich zum Bett zurückgegangen. Ebenfalls grinsend. Ihn nicht aus den Augen lassend. Dann alle Sorgen fahren lassen, das Bein gehoben, bereit, sich erneut auf das Bett fallen zu lassen. Er hatte ihr bereits entspanntes Bein zu fassen bekommen, es hochgezogen. Sie, mit Armen und Gesichtszügen gleichermaßen rudernd, hatte gequietscht, wie nur höchst bewusstseinsveränderte Erwachsene quietschen, nun selbst so gut wie regrediert ins Kindesalter, war gefasst gewesen auf einen nicht schmerzfreien Sturz in die Tiefen des knöchelhohen Teppichs. Wittmann hatte erstaunlich schnell reagiert – das Koks hatte durchaus sein Gutes – und sie, ihr anderes Bein noch am Knöchel gefasst, mit der freien Hand aufgefangen und aufs Bett zurück gewuchtet. Eine arge Balgerei war gefolgt, während der Jeanne ihre ganze Konzentration – in echt jetzt – darauf verwendet hatte, die Champagnerflasche so zu halten, dass möglichst wenig daraus hervorschäumen oder gar ausschütten konnte. Sie brauchte das Zeug, wenn sie durchhalten wollte. Dann keuchendes Sich-Loslassen.

Es war ein erneuter Anruf in den Katakomben des Hotels erfolgt. Jeanne hatte Wittmann mit Zeichen zu verstehen gegeben, er solle zwei Flaschen bestellen. Sie hatte jede Hilfe gebrauchen können.

„Also?“, fragte sie. Sie waren erneut Seite an Seite, jeder bewehrt mit Glas und Kippe, nebeneinander auf dem Bett halb zu liegen, halb zu sitzen gekommen.

„Also was?“

„Du hast gesagt, *zuerst* hättest du gedacht, es habe mit Toms Verschwinden nichts auf sich, es sei bloß eine dieser Amour-Fou-Kisten, etwas verspätet zwar, aber nicht minder plausibel. Und dann? Hast du deine Meinung geändert?“

„Ich verstehe zwar nicht, warum dich das so interessiert … Aber ja. Ich habe meine Meinung geändert. Ist doch logisch, oder?“

„Ich weiß nicht … erklär's mir."

„Ich wiederhole mich: Was soll das, Jeanne? Warum fragst du *mich* das?"

Wittmann hatte sich, scheinbar ohne eine Antwort ihrerseits zu erwarten, auf seiner Seite des Betts zur Champagnerflasche heruntergebeugt, sein Glas aufgefüllt und mit keiner Geste angedeutet, dasselbe für sie zu tun die Absicht zu haben. Er hatte angesäuert gewirkt und gleichzeitig Ratlosigkeit ausgestrahlt, wie er sich schließlich, in der einen Hand die Flasche, in der anderen das Glas, auf die Kissen hatte fallen lassen.

„Im Ernst, Jeanne. Du bist es doch, die an der Quelle sitzt. Was interessieren dich mein subjektiver Eindruck und meine Meinung zu einer Angelegenheit, von der ich offensichtlich keine Ahnung habe. Von der ich keine Ahnung haben soll, wie es scheint. Und die mich – nota bene – auch nicht im geringsten interessiert."

Wieder hatte sie die Schmusenummer abziehen müssen. Schnurren, schmeicheln, die ganze klischierte Um-den-Bart-streichen-Kiste. Die Lippen nahe an seinem Ohr, die Stimme feinrauhes Seidengarn:

„Wo auch immer du gerade bist – komm runter von da, okay? Das *ist* doch gerade der Punkt: Ich soll genauso wenig eine Ahnung haben wie du. *Darum* interessiert mich das. Ich traue Kolko nicht."

„Das scheint ja etwas ganz neues zu sein."

„Ja – es ist in der Tat das erste Mal, dass mein Mann erst verschwindet und dann tot wieder auftaucht."

„Scheiße, Jeanne – ich … Es tut mir leid. Ich vergesse immer wieder …"

„Schon gut."

„Nein, ist es nicht. Hör' mal: Ich habe keine Ahnung, welcher Art eure Beziehung war. Deine und Bernoullis, meine ich. Wie's scheint, wart ihr ja nicht geschieden. Und wie's ebenfalls scheint, geht dir die Sache nahe. Näher jedenfalls, als du mich glauben machen wolltest."

Aus dem Augenwinkel hatte sie wahrgenommen, dass er bei den letzten Worten zu ihr hinübergeblickt hatte. Sie hatte geschwiegen, weiter auf die unter der Seidendecke angezogenen Knie gestarrt.

Als keine Bestätigung ihrerseits gekommen war, beziehungsweise ihr Schweigen bei Wittmann den Eindruck einer solchen hatte erwecken können:

„Hier also die Antwort auf deine Frage: Ja – ich habe meine Meinung geändert. Ich mag für Kolko und Konsorten zwar nur ein, Zitat, ‚nützlicher Idiot', Zitatende, sein, aber wenigstens verfüge ich über ein paar Kontakte, die sich sehr gut an Gefälligkeiten und Wohltaten erinnern, die ihnen durch mein Zutun beschert worden sind. Und ich habe in den letzten Tagen ein paar Gegenleistungen eingefordert. Ausschlaggebend war Ludwig. Genau, wie du es von mir telefonisch verlangt hast, habe ich mich bei ihm nach Tom Bernoulli und Anja Sanders erkundigt. Habe irgendwas von einem Projekt gefaselt, von Stiftungen, von Forschungsbeiträgen und von sensiblem Material, das Bernoulli im Rahmen seiner Arbeit für die Syngenta-Labore auf keinen Fall nach draußen tragen darf. Und glaub mir: Ich habe die Alarmglocken in Ludwigs Kopf trommelfellsprengend schellen hören. Er war ruhig, stellte scheinbar nur sehr bescheiden interessierte Fragen, sagte, er würde sich bei Gelegenheit von seinem Stab über die Sache informieren lassen, und so weiter, und so weiter. Als ginge ihn das ganze eigentlich nichts an. Aber das war es gerade, was mich hat stutzen lassen. Er hat nicht mal nachgehakt, um zu wissen, in wessen Namen ich nun genau anrufe, für welche Stiftung ich tätig sei und was bitteschön das für ein Projekt sei, das die Mitwirkung seines Departements erfordere. Nichts. Das passt nicht zu einem Typ mit Ludwigs Hintergrund und Erfahrung. Ich habe mit allem möglichen gerechnet, auch damit, in puncto Informationen in Verlegenheit zu geraten. Aber definitiv nicht damit, dass er das ganze einfach mal so aufnimmt, als wär's ein lästiger zu erledigender Rückruf beim Lebensberater seiner Frau. Jedenfalls habe ich dann versucht, selber ein paar Dinge über deinen Ex und diese Anja Sanders aufzustöbern. Es hat mich ein paar wirklich fette Schuldigkeiten gekostet, glaub mir. Und das Schlimmste: Ich weiß nicht mal, wozu es gut war. Es sei denn, dass Unruhe und das latente Gefühl, in irgendwas reingezogen worden zu sein, in das man nie im Leben hätte reingezogen werden wollen, etwas Begrüßenswertes sind. Das Resultat sämtlicher Recherchen meiner Kontakte war nämlich gleich Null. Nada. Nichts. Weder konnten sie deinen Ex in der Organisationsstruktur der Syngenta ausfindig machen, noch eine Frau mit Namen Anja Sanders. Und glaub mir: Diese Leute können auf fast alle Datenbanken zugreifen, wenn es nötig ist. Die haben nicht mal das Labor gefunden, für das dein Tom tätig war. Und jetzt ist er tot, und ehrlich gesagt frage ich mich schon die ganze Zeit über, was genau du damit gemeint hattest, als du sagtest, die Angelegenheit Ludwig habe sich ‚erledigt'. Jedenfalls", hatte er geschlossen, „die Sache stinkt für mich zum Himmel. Ich glaube, ein paar Leute haben ziemlich große Angst. Und meine Erfahrung sagt mir, dass es weder um Bernoulli noch um mögliche innenpolitische Implikationen oder Bürgerproteste geht, sondern einerseits um das, was ihr so schön als die ‚Finanzierung eines Projekts' bezeichnet, das es laut meinen Informationen gar nicht gibt, und andererseits um den wirklichen Zweck von Delta, der mit Frieden und Sicherheit nur verbal zu tun haben dürfte. Und wenn es dabei wirklich um Kosten im Milliardenbereich geht, wie Panetta angedeutet hat, dann kann die Schweizer Regierung das nicht allein stemmen. Zumindest nicht so, dass es nirgends auftaucht. Weder das Finanzdepartement noch die Nationalbank. Unmöglich. Die Gelder müssen teilweise aus dem Ausland geflossen sein. Über Nukleus. Und wenn das stimmt, dann ist allein dieser Teil ein Riesenskandal. Wenn ich dazu noch die Übersetzung von Panettas Projektbeschreibung addiere, dann wird mir schlecht. Ob irgendeine nationale Regierung, egal wie käuflich, diesen Leuten die Genehmigung für ein derartiges Projekt erteilt – ein Projekt, das eine Machtkumulierung nie dagewesenen Ausmaßes bedeutet –, das wage ich zu bezweifeln. Und noch übler wird mir, wenn ich daran denke, wie klein alles andere im Vergleich dazu wird. Ich, du – einzelne Menschen. Bei diesem ‚Projekt' geht es nicht um Nationen, Staaten, Menschen. Es geht um Massen. Um ihre Lenkung, ihren Erhalt und möglicherweise ihre Reduktion."

Das Lächeln, das jetzt ungesehen in der tintenschwarzen Dunkelheit des Penthouse um Jeanne Wallenbergs Mund spielte, war ein gequältes und erwartungsvolles zugleich. Wittmann hatte ihr bestätigt, was sie selbst längst vermutet hatte, ohne es sich einzugestehen. Dass Kolko und das Kernteam etwas auf die Schiene gebracht hatten, von dem sie keine Ahnung hatte und auch nicht haben wollte, dass Tom und Ludwig zum Risiko geworden waren und dass sie, Jeanne Wallenberg, in tumb marschierender, Befehle befolgender Soldatenmanier diese Risiken zu eliminieren geholfen hatte, auch wenn ihr nicht klar gewesen war, um welche genau es sich handelte und wie groß ihre Schuld möglicherweise war. Sie würde es herausfinden.

Ja – sie hatte gerade erst angefangen, sich Sorgen zu machen.

Sie hatte nichts zu verlieren.

***

Als Gabriel Kolko vom Fond der Limousine aus sah, dass das Licht oben in Jeanne Wallenbergs Penthouse-Wohnung erlosch, gab er Vasek das Zeichen, ihn zurück zum Les Trois Rois zu bringen, wo er für zwei Tage eingecheckt hatte.

Er wusste nicht genau, warum er hierhergekommen war. Warum er hatte anhalten lassen an ihrer Adresse.

Wie so oft des Nachts, wenn er keine Ruhe fand, weil der Schlaf nicht Erholung, sondern bloß beschleunigtes Verrinnen und Ablaufen von Lebenszeit zu sein schien, hatte er seinen Chauffeur die Limousine vorfahren lassen und ihm ansonsten den Rest überlassen.

Der Mann, Vaclav Ondrisek, der Butler, Leibwächter, Mann für's Grobe und Fahrer in einem war, kannte diese Gewohnheit des Alten und wurde für ihre Duldung und Möglichmachung bezahlt. Sehr gut bezahlt. Er hatte seinem Dienstherrn kommentarlos den Schlag geöffnet, hatte sich versichert, dass alles zu dessen Zufriedenheit eingerichtet und vorhanden war und hatte dann die Landstraße in Richtung Basler Jura eingeschlagen. Aus dem Fond war nichts als Stille, ab und zu ein Räuspern zu ihm nach vorne gedrungen. Er kannte sie nach sieben Jahren in Kolkos Diensten so gut, diese gedämpften Erinnerungen an ein anderes Leben in seinem Rücken, dass sie ihn schon lange nicht mehr davon abhielten, sich bei solch nächtlichen Ausflügen frei zu fühlen. Allein. Der Mann im Fond war es auch. Davon war er überzeugt. Frei und allein. Und obwohl in all der Zeit des Zusammenseins noch nie ein Wortwechsel stattgefunden hatte, der die Grenzen funktionalen sprachlichen Verkehrs zwischen den Parteien einer Interessengemeinschaft überschritten hätte, kannten sie einander gegenseitig wohl besser als irgendjemand sonst.

Diesem schweigenden Wissen und Kennen war es denn auch geschuldet, dass er in dieser Nacht den Weg zurück ins Hotel über den St.-Alban-Graben und die Rittergasse wählte. Als er das Geräusch der sich senkenden Scheibe zum Fond hörte, hielt er an und stellte den Motor ab. Kolko verzichtete darauf, die Scheibe wieder hochzufahren. Das Schweigen war dasselbe. Der neuerliche Knopfdruck wäre das Zeichen zur Abfahrt.

Gabriel Kolko drückte den Nachrichtenticker und die Kurstafeln weg, die flackernden Indizes von Asiens Börsen wurden mit einem elektronischen Zungenschlag vom Monitor verschluckt. Die Inhalte schienen nachzuhallen, das Gelesene physisch präsent zu sein: Der Start in die neue Handelswoche glich – jede politische und wirtschaftliche Realität ausblendend – dem Ende der letzten: Die Kurse waren leicht grün, getrieben von der begründeten Hoffnung auf mehr. Trotz des auf lange Sicht für die Wirtschaft verheerenden Ausgangs der Wahlen in Frankreich, der Absetzung der niederländischen Regierung, einem Wochenende neuerlicher blutiger Aufstände in Griechenland und schließlich trotz des medial nicht erwähnten Beschlusses Tschechiens, den Koalitionsvertrag mit der EU aufzulösen, kannten die Märkte wieder nur eine Richtung: den Himmel des von den Zentralbanken der Welt orchestrierten All-ins.

Inflate or die.

Fast konnte man die Steiggeschwindigkeit der Kurse hören. In Frankfurt kratzte das deutsche Leitbarometer am Allzeithoch, die Voreröffnungskurse lagen mit gut dreieinhalb Prozent im Plus. Spaniens Leitindex war vor dem Wochenende nahe bei seinem 08er-Hoch zu liegen gekommen und machte auch jetzt keine Anstalten, dieses in irgendeiner Form als Hindernis auf dem Weg nach oben zu betrachten. In Madrid waren die zaghaften Lichter der Hoffnung den blinden Scheinwerfern des Glaubens gewichen, während die Zinsen, die das Land für benötigtes Kapital zu berappen hatte, erneut fröhlich die Siebenprozentmarke anpeilten und die Arbeitslosigkeit nahe der verheerenden Zahl 30 verharrte. Die Zeichen standen auf Sturm, und die politischen Börsen ließen jeden fauligen Korken knallen. Die schleichende Enteignung der Bürger, die langsam ins Offene drehte, war zusätzlicher Sprit für die lodernden Freudenfeuer an den Handelsplätzen der Welt.

Die Realität auf der Straße indes sah anders aus. Da war längst nichts mehr grün und hoffnungsfroh. Und doch: Was seit fast einem Jahrzehnt mal als Finanzkrise, mal als Schulden- oder Kreditkrise, mal als Krise des Kapitalismus schlechthin von Politikern jeder Couleur als gelöst und überwunden oder als in der Überwindung befindlich genutzt und proklamiert wurde, würde den Leuten in naher Zukunft vorkommen wie der Honeymoon ihrer wirtschaftlichen Existenz. Laues Sommerwetter, milde Brise im finanziell wohltemperierten Klima sich abkühlender Wirtschaftsaktivität. Nicht optimal, was die Zukunftsaussichten der kommenden Generationen anbelangte, aber doch nach wie vor lebenswert mit dem Doppel- und Dreifachnetz staatlicher Für- und Vorsorge. Und vor allem: in der festen Überzeugung, das Ärgste sei hinter ihnen, das Schlimmste vorbei, von jetzt an könne es nur noch aufwärts gehen. Die Börsen und ihre Akteure, die Seher und Deuter des Kommenden bewiesen es ja gerade. Als würde man das Hologramm des biblischen Kanaan über einen Abgrund projizieren, wurde von der Konsumentenschaft beider Welten wieder vermehrt konsumiert, Kreditkartenlimits ausgeschöpft, Geld aufgenommen. Als gäb's kein Morgen.

Was ja auch stimmte, in gewissem Sinn. Nach uns nichts.

Kolko ließ seinen Blick durch das Fenster auf die erleuchteten Fenster von Jeanne Wallenbergs Penthouse-Wohnung wandern. Wobei: Es hätte nicht des Signals leuchtender Lampen bedurft, um ihn wissen zu lassen, dass sie wach war. Er wusste um ihre Sonntagabende, den allwöchentlichen Entzug, den Kampf gegen den Hunger.

Möglicherweise bewunderte er sie dafür.

Er hielt den Ekel vor sich selber, dass er sie gewähren ließ, fern. Nur so war sie ihm von Nutzen.

Er war zu alt, sich etwas vorzumachen. Dennoch geriet er im Fall von Jeanne, seiner Patentochter, öfter, als ihm lieb war, in die Situation, etwas zu empfinden, das sich anfühlte, als würde er zwar mit beiden Füßen auf dem Boden stehen, sich dieser unter ihm aber unerbittlich öffnen. Ein Bein hier, das andere dort. Eines Tages würde es ihn zerreißen oder aber er sich verdoppeln müssen. Noch reichte die Grätsche, um anderen Realitäten zum Trotz am Boden jenes Glaubens Halt zu finden, der ihm sagte, es sei nicht nur zu seinem, sondern auch zu ihrem Besten. Denn – und das war in seinen Augen ein Fakt – sie wäre nicht zu dem in der Lage, was sie tat und tun musste, ohne die Droge. Das Heroin ermöglichte ihr das, was ihm seine mehr als 80 Jahre Lebenszeit bescherten: Über den Dingen stehen, schweben vielleicht, das Gesamtbild verstehen und dadurch in der Lage sein, es zu gestalten. Böse Zungen hätten die Worte „Manipulation", „Allmachts-" oder gar „Gottspiel" in den Pott geworfen. Möglich, dass sie von unten betrachtet recht hatten. Es war eine Frage der Perspektive. Das Oben – Schritt für Schritt, Stufe um Stufe erklommen während eines Lebens oder geliehen für die Zeit eines drogeninduzierten Flugs – veränderte die Sicht auf die Dinge. Man wurde nicht länger bestürmt und bedrängt von individuellen und somit immer kleinen Wünschen und Sehnsüchten, die, rückten sie in den Bereich des Möglichen, oft in nichts als Angst mündeten. Man war nicht verdammt zur Zaghaftigkeit, die sich an Einzelteilen aufrichtet und zu Tode scheuert. Stattdessen sah man das große Ganze, sah gleichzeitig jedes Detail, sah sich selber als Teil davon und akzeptierte jene Wahrheit, die sagte, die eigene Wirkung und Nachwirkung sei mit jener des kleinsten Teils der Intestinalflora eines Lebewesens vergleichbar. Es sei denn, man überwand die Grenzen der Begrifflichkeiten der eigenen Bedeutung, löste sich los vom eigenen Sein und erhob sich in das Vakuum der Wunsch- und Ziellosigkeit. Für Gabriel Kolko war dies die einzig verbleibende Möglichkeit. Die letzte Bastion auf dem Weg in die physisch-organische Freiheit, die letzte Chance, dem Spiel, wenn schon nicht Sinn, so doch ein letztes Verstehen abzuringen.

Aufgewachsen als Spross einer französischen Diplomatenfamilie im damaligen Protektorat Marokko – obwohl von kulturellen und wirtschaftlichen Tatsachen und von den Menschen weitestgehend abgeschirmt –, hatte er doch die seiner Ansicht nach wichtigste Lehre dieses Landes verstanden und an sein Leben und Wirken adaptiert: Suche den Schatten.

Während die meisten Menschen meinten, in der Sonne und im Licht stehen zu wollen, darin das wärmende Glück des Erkannt- und Gesehenwerdens zu finden, hatte die vor hohen Mauern, gepanzerten Limousinen und Privatschulen nicht haltmachende Natur ihn früh gelehrt, dass seine Freiheit und damit Momente des Glücks in den den Blitzlichtern, Sonnenstrahlen und Scheinwerfern abgewandten Seiten der Dinge zu finden waren.

Das menschliche Hirn und das von ihm gesteuerte Auge, der Blick, das Sehen, das Sein schlechthin: Es sind Muskeln – und Muskeln sind faul. Muskeln suchen sich den Weg des geringsten Widerstands. Immer. Sie suchen das Licht, weil dort alles ohne großen Aufwand klar zu sehen ist. Sie werden sich nie freiwillig und schon gar nicht unbewusst die Mühe machen, in Schatten und Halbschatten zu tauchen, wenn sich die Dinge daneben im Hellen klar und scharf umrissen präsentieren.

Er hatte verstanden, dass ein Leben, wollte es eines aller Möglichkeiten sein, die Klaviatur von Halbschatten, Kernschatten, Schlagschatten, Schattengrenzen, Licht und Lichtquellen zur Verfügung haben musste. Zwingend. Und niemand anders als er selber würde entscheiden, wo die Grenzen verliefen.

Rückblickend schien es so einfach gewesen zu sein. Der vom Licht angestrahlte Teil seines Lebens war nicht nur hell, sondern für jeden offen sicht- und erkennbar: Abgeordneter der Nationalversammlung, Mitglied des Gemeinderats, Minister für Industrie und Außenhandel, Bürgermeisteramt, Minister für Wirtschaft, Finanzen und Industrie, Professur an der Universität von Nanterre und an der Verwaltungshochschule ENA in Paris sowie zuletzt Geschäftsführender Direktor der Weltbank.

Die dem Licht abgewandte Seite seiner Person und der im Schattenwurf seines Namens liegende Bereich ließen sich in wenigen Silben zusammenfassen: US Trust Corp.

Das mit Starthilfe seines Vaters 1952 gegründete Unternehmen hatte sich in 50 Jahren und parallel zu Kolkos politischer Karriere vom kleinen Fisch im trüben Wasser der Finanzströme zu einer der wichtigsten Deponien des Reichtums der weltweiten Oligarchie entwickelt. Wären die Wasser klar gewesen, hätte man festgestellt, dass die US Trust Corp. im Zentrum einer Matrix positioniert war, die in ihrer Einfachheit das Potential zum Schock hatte:

Aus den Firmenberichten nach 10-K, einer Bestimmung der amerikanischen Börsenaufsicht SEC, geht hervor, dass die Bankhäuser Bank of America, JPMorgan Chase, Citigroup und Wells Fargo zu den führenden zehn Aktionären praktisch aller Unternehmen zählen, die in der jährlichen Auflistung der 500 führenden amerikanischen Unternehmen des Magazins „Fortune" aufgeführt sind. Unter anderem besitzen diese Banken die Erdölgiganten ExxonMobil, Royal Dutch/Shell, BP und Chevron Texaco zusammen mit der Deutschen Bank, BNP, Barclays und anderen europäischen Bankgiganten. Allein diese Besitzverhältnisse, die äußersten Vernetzungspunkte einer gigantischen Organisation, waren den wenigsten bekannt und wurden medial nur am Rand erwähnt. Trat man den Versuch an, sich an den scheinbar ins trübe Nichts laufenden Strängen vorwärts zu hangeln, die Namen der Aktionäre dieser Bankholdings in

Erfahrung zu bringen, dann wurde es schwierig, das Unterfangen schien zum Scheitern verurteilt. Ließ man sich jedoch von den Ausflüchten der amerikanischen Bankenaufsichtsbehörden, wonach die Informationen über das Aktionariat aus Gründen der nationalen Sicherheit nicht herausgegeben werden dürfen – was einer gehörigen Portion Ironie nicht entbehrt, da ein Teil dieser Banken in Europa beheimatet ist –, nicht abhalten, dann stieß man zu seinem Erstaunen auf einen Personenkreis, der, obwohl schützend und tarnend sämtliche Bereiche des gesellschaftlichen und politischen Lebens besetzend, bei genauer Betrachtung nicht zu verbergen vermochte, dass in seinem Zentrum nicht mehr als ein paar wenige standen. Acht Familien, um genau zu sein. Außerdem die US Trust Corp. – Kolkos Firma, die nirgends gelistet war, über die nirgends berichtet wurde, die im Bild der Öffentlichkeit weder hüben noch drüben überhaupt zu existieren schien. Hier fanden die Stränge zusammen, verwoben sich und hoben sich auf. Begrifflichkeiten und Bereiche wie Politik, Wirtschaft, Wissenschaft oder an Nationen gebundene Interessen existierten nicht länger. Was blieb, waren Menschen, deren Vorväter bereits verstanden hatten, dass Phasen wirtschaftlichen und kulturellen Auf- und Abschwungs, von Industrialisierung und Deindustrialisierung, von Krieg und Frieden – mochten sie im Empfinden und Erleben der Menschen auch über Leben oder Nicht-Überleben entscheiden – nie in die Sphären der Ursächlichkeit vordrangen, immer bloß Wirkung blieben. Ausdruck eines Willens und nie initialer zugrundeliegender Impuls. Entscheidend, im Kern Ausschlag gebend, war Geld. Nicht das eigene, das erwirtschaftete oder ererbte Vermögen Einzelner. Auch das waren nicht mehr als Relaisstationen auf dem Weg der Abnutzung hin zu Entwertung und Vernichtung. Es ging um Geld als Wert an seiner Quelle, um die Kontrolle des Aggregats an seinem Entstehungsort. Um die Möglichkeit, mittels Kontrolle dieser Quelle direkt einzuwirken auf Verhalten und Denken anderer, ohne sich höheren Ansprüchen unterwerfen zu müssen. Ein Höheres als das Eigene gab es nicht.

Man mag einwerfen, dies sein nun mal nicht zu ändern, Staatswirtschaft sei immer auch Interessenswirtschaft, Geldwirtschaft demzufolge nie nur eines von vielen Mitteln zur Aufrechterhaltung innerer Ordnung einer Gesellschaft, sondern immer auch Mittel zur Einflussnahme und Gestaltung im Sinn einiger weniger. Richtig. Nur – und das Nur ist groß –, die Kontrolle des Geldes, der Währungen der industrialisierten Welt oblag immer nur vordergründig den Nationalstaaten dieser industrialisierten Welt:

80 Prozent der New Yorker Federal Reserve Bank beispielsweise, der bei weitem einflussreichsten der zwölf regionalen Federal-Reserve-Banken der USA, gehören den Finanzunternehmen der Familien Goldman Sachs, Rockefeller, Lehman und Kuhn-Loeb aus New York. Weitere Eigner sind die Rothschilds aus Paris und London, die Wallenbergs aus Hamburg und Basel, die Lazards aus Paris und Israel, Moses Seif aus Rom. Dieselben Banken halten zusammen die Kontrollmehrheit *aller* regionalen Federal-Reserve-Banken der USA.

Nein – hüben wie drüben war Geld von Anfang an nie Staatsangelegenheit gewesen, Nationalbanken immer nur mittelbar im Dienst einer öffentlichen Hand, letztere bloß Schuldnerin und somit Werkzeug.

Die Gebrauchsanleitungen für diese Werkzeuge, die Manuals, die Auskunft gaben über optimale Zeitpunkte und Orte ihres Einsatzes, die Strategievarianten zur Zielerreichung, lagen indes sicher verwahrt in den Safes von ein paar wenigen Firmen, zu denen die US Trust Corp. von Gabriel Kolko gehörte.

Die Namen innerhalb ihres Board of Directors und des Aufsichtsrats ließen denn auch, wenn schon nicht direkte Rückschlüsse, so doch die Ahnung über die Zusammensetzung der übergeordneten und richtungsweisenden Hintermannschaft zu: Daniel Davidson von JPMorgan Chase, Richard Tucker von ExxonMobil, Daniel Roberts, Citigroup, Marshall Schwatz, Morgan Stanley, Bernie Sattler, Banque Privée SA in Genf, Anatol Saigner, Imperial Chemical Industries, Andrew Greffe, Loyds of London, Edmond Taubmann, Unilever, François Schiappino, Barclays, Nicolas Spielmann, BHP Billiton, Nancy Reich, Royal Dutch / Shell, George Cretschner, De Beers, und so weiter und so fort. Kurz: das Who is who der globalen Geld- und Versorgungsindustrie. Der sich im Kern immer gleichbleibende Verbund durch Interessen aneinander gebundener Individuen.

All jene indes, die sich in ahnender Überzeugung, in vom Vagen geprägter Besessenheit und mit detektivischer Akribie bis hierher durch die Strukturen gruben und vermeintlich Obskures ans Licht zerrten, die nie lange zögerten, Worte wie „Verschwörung“, „Geheime Weltregierung“ oder „Eine-Welt-Strategie“ in Mund und Schrift zu führen, sie lagen falsch. Ihr unbedingtes Fürwahrhalten der eigenen Theorie war nicht mehr als das Aufbäumen gegen jene Realität, die ihnen schon Foucault um die Ohren gepfeffert hatte und die oft auch ihre eigene war: Weder Obskures, noch Geheimes oder Verborgenes waren in Wirklichkeit als solche zu identifizieren. Alles lag erkennbar zutage für den, der Vermutung und selektives Wahrnehmen im Sinn einer vorgefassten Meinung fahren ließ.

Ja, es gab sehr wohl eine Art Gremium von Gewinnern – man denke nur an die ISDA (die International Swaps and Derivates Association), die die 834 einflussreichsten Bank- und Spekulationshäuser von 57 Ländern vereinigte und der Kolko ebenfalls vorsaß –, das direkt Einfluss nahm auf die Geldpolitik von Nationalstaaten oder diese sogar bestimmte. Auch die Tatsache, dass die Wirtschaft, das sogenannt „unternehmerische Modell“, in jedem Gesellschaftsbereich dominant geworden war und auch vor dem Individuum nicht haltmachte, war richtig. Die Finanzmärkte waren zum pumpenden Herzen dieses globalen Organismus avanciert – alles korrekt, das musste nicht abgestritten werden. Das putschistische Potential der vorherrschenden Strukturen, beziehungsweise der in vollem Gang befindliche ökonomische Putsch, lag dabei ebenso klar auf der Hand wie die Tatsache, dass er einen grundlegenden gesellschaftlichen Wandel herbeigeführt hatte. Er hatte seinen Anfang nach den Entbehrungen und Zerstörungen des Zweiten Weltkriegs genommen, und keiner konnte abstreiten, dass die zum dominanten Faktor gewordene Ökonomie eine von allen gewollte und willkommengeheißene Umkehrung der demokratischen Machtstruktur zugunsten des individuellen Nicht-Entbehrens herbeigeführt hatte.

Da lag der Schraubenschlüssel in der Schmiere – da und nirgendwo anders: Nicht bloß die Unternehmen, vielmehr ganze Staaten, Menschen und Familien, Klassen und Verbände, Gewerkschaften und Parteien hatten sich zu einem neuen Gott, einer neuen, vermeintlich allumfassenden Wahrheit, einer in schönster Management-Manier herbeigeführten Realität bekehrt: zur Freiheit des Konsums, in der die Politik zum Organisator der entsprechenden Rahmenbedingungen umfunktioniert wurde, dessen Aufgabe in erster Linie darin bestand, aufzuheben und beiseitezuschieben, was dem goldenen Kalb gelenkter Märkte im Weg stand. Es galt, den Menschen klarzumachen, dass die produzierten Ungleichheiten, die Undurchsichtigkeit im sozialen und finanziellen Dickicht und der Abbau des Gemeinschaftlichen zugunsten des Individuellen gut und zu ihrem Vorteil seien. Alternativlos.

Dass die Rolle des Staates unter der Dominanz dieses Management-Modells an allen Ecken und Enden beschnitten worden sei, war ein Irrglaube linker Sozialnostalgiker und Verschwörungstheoretiker. Der Staat war wichtiger denn je. Er war es, der auf die Gesellschaften einzuwirken vermochte, der dafür sorgen konnte, dass nebst der Freiheit des Konsums nicht weitere Freiheiten wucherten und die Entwicklung bremsten und dass diese Freiheit des Konsums angekoppelt blieb an eine direkte und permanente Produktion von Angst vor Verlust.

Und weil das Prinzip des Besitzes, die Illusion des Habens, ausnahmslos Angst vor Verlust produziert, konnte sich dieser Staat immer weiter und höher aufschwingen zum Allbeschützer einer Gesellschaft, die sich hirnlos kaufend und verkaufend in die Knechtschaft gestürzt hatte. Es gab immer mehr staatlichen Schutz, in dessen Schatten man ignorieren, leben und sich sicher fühlen konnte, ohne zu merken, dass die neu geschaffenen Regeln, Gesetze und Vorschriften nur eines bedeuteten: die möglichst lückenlose Kontrolle über die nationale Tanzfläche des

Scheinmarktes und seiner Akteure. Denn die Parole, das einzige und universelle oberste Gebot der Party, lautete: As long as the music is playing, you have to dance.

Okay – die Parole war erst ausgegeben worden, als das Fest schon in vollem Gang, die Tanzfläche längst gerammelt voll gewesen war. Aber was soll's: Die Leute hatten tanzen wollen, und man hatte ihnen Musik gegeben, den Beat, die Peitsche. Jetzt sollten sie gefälligst tanzen. Und wenn die Füße schmerzten, die Beine geschwollen und die Kehlen und Seelen trocken waren, dann gab's bis auf weiteres Sozialgeld – zu wenig, um sich eine Knarre zu kaufen, zuviel, um auf die tägliche Dosis sogenannt menschenwürdigen Lebens zu verzichten. Die Menschen murrten sehr wohl, gingen schon mal auf die Straßen der Metropolen der industrialisierten Welt, fanden die Beschneidung ihrer Freiheit, die sie zu haben geglaubt hatten, not amusing at all. Man wechselte dann die Band aus, es folgte der Auftritt einer neuen Regierung, mit neuen Parolen und anderer politischer Couleur. Die Leute tanzten erneut und merkten zu spät, dass der Beat derselbe geblieben war.

Und die Opfer?, mochte man fragen. Wer waren die Opfer, die am Wegrand liegenblieben beim weltweiten Siegeszug des virtuell oder real Konsumierbaren? Mal abgesehen von von Medien, Militär und Massenproduktion ausgeschlachteten Drittwelt- und Schwellenländern (die außerdem gerade dabei waren und sich anstrengten, jenen Wandel zu inszenieren und jenes rauschende Fest zu organisieren, das die westliche Welt so famos hingekriegt hatte)?

Die Antwort auf diese Frage war in ihrer Einfachheit betörend, fand Kolko: Entweder war keiner ein Opfer, oder aber jeder war Opfer.

Opfer der eigenen Wünsche und Sehnsüchte, Begehrlichkeiten und Egoismen. Auf jeder Stufe und innerhalb jeder sozialen Klasse. Von ganz unten bis ganz oben. Und weil das Plautus-Wort des Menschen, der des anderen Wolf sei, nichts von seiner Gültigkeit verloren hatte, tat sich die Schere der Ungleichheiten immer mehr auf. Oben eine kleine Truppe von Starken und Vernetzten, unten die große Masse des immer hungrigen Rudels. Einen tat sie hinter den Parolen von Gerechtigkeit und Gleichheit einzig die Religion des individuellen Mehr, die weder Halt bot noch satt machte und die im Zwist mit dem Bürger, der jeder schizophrenerweise auch noch zu sein glaubte, immer am längeren Hebel saß.

Es war natürlich, dass die Schere den vielen, die weniger hatten, nicht gefiel. Es wurde kräftig geflucht und protestiert, manch einer, der sich noch als Bürger verstand, scheute sich nicht, die Worte „Kriminalität", „mafiöse Struktur", „Ponzischema" oder gar „Korporatismus" im Mund zu führen. Indes: Kolko glaubte nicht an die Kriminalität der führenden Eliten, jener Leute, die er bei den mehr oder minder offiziellen Konferenzen zu Themen globaler Strategien antraf. Vielmehr glaubte er, die Wahrheit hinter den weltmännischen Fratzen zu erkennen, die sich von jener der „Unteren" nicht groß unterschied: Die entwickelte Welt, wie sie war, wurde von einem Haufen Irrer im moralischen Sinn, von einer in oben und unten geteilten Masse von Individuen, die längst jeden Sinn für die Realität verloren hatten, sowohl geführt als auch bevölkert.

Denn egal ob oben oder unten: Die deklarierte Bedeutung des Einzelnen definierte sich immer in bezug auf das Umfeld innerhalb der eigenen Wirklichkeit. Dass jene, die im wirtschaftlichen Sinn ganz oben waren, für die Politik nur Verachtung übrig hatten, war ebenso logisch wie die Tatsache, dass die Politik wiederum das Volk, den einstigen Souverän, als bloßes Abfallprodukt eben dieser eigenen Bedeutung klassierte. So ging es die Leiter runter, Sprosse um Sprosse, bis irgendwann die ganze Babbelei in sich zusammensacken würde.

Kolko hoffte, dann noch hier zu sein. Auf diesen einen Schritt wartete er.

Mit dem Verkauf der US Trust Corp. an die Citigroup im Jahr 2006 schien Kolkos Kurve sich zu neigen, der alte Mann vom Thron gestiegen zu sein. Freiwillig. Es blieb beim bloßen Schein: Erhebliche Anteile der Citigroup sind im Besitz der Familie Stillman, die um die Wende zum 20. Jahrhundert durch

Heirat mit den Rockefellers fusioniert hatte. Die US Trust Corp. verblieb also in der Familie.

Gabriel Kolko, als Haupteigner der Firma und längst nicht mehr dem Operativen verpflichtet, befand sich auf dem Höhepunkt seiner Möglichkeit zur Einflussnahme.

Gabriel Kolko war personifizierte Macht.

Was jedoch keiner wusste: Die meisten Facetten dieser Macht interessierten ihn nicht mehr. Weder sein persönlicher Vermögensstand, noch die in der Sphäre des Sozialprestiges anzusiedelnden Begleiterscheinungen wie jene, dass er als Großmeister seit Jahren der europäischen Freimaurerloge vorstand, der wiederum sämtliche US-Logen unterstanden. Oder dass er dem engsten Kreis des Royal Institute for International Affairs, kurz RIIA, angehörte, einer privaten Wohltätigkeitsorganisation der britischen Krone, die von JPMorgan Chase, der Bank of America, Wells Fargo und die Citigroup finanziert wurde und die als Mutterorganisation sämtlichen verwandten und befreundeten Institutionen wie dem Council on Foreign Relations in den USA, dem Institute of Pacific Relations in Asien, dem kanadischen Institute of International Affairs oder dem Brüsseler Institut des Relations Internationales sowohl Mittel als auch Marschrichtung und Ziele vorgab.

Ob nun Freimaurer, Bilderberger, RIIA, CFR oder gar die BIZ – sie interessierten ihn nur noch als Mittler und Helfer. Auch hier galt: Abgesehen von ihren Lenkungsausschüssen, dem innersten Kern, dem nebst ihm nur eine Handvoll angehörten, waren sie bloß Staffage. Notwendige Dekoration in den Vorzimmern des Machbaren, die als Anreiz angebotenen oder verschenkten Logen in direkter Nachbarschaft zur Bühne, die auf kulissenhaftes Machwerk und Audienz angewiesen war, um als solche gelten zu können. Diese Vereine und Verbünde hatten eine Berechtigung auf jenen Stufen, auf denen sie ihre programmatischen Inszenierungen planten und beklatschten.

Aber darüber war er selber hinaus.

Was ihn antrieb, was geblieben war nach alldem, war ein proportional zum Älterwerden wachsender Hunger nach Erkenntnis. Nur das. Die Zeiten der Interaktion mit anderen, jene des Austauschens, Umwerbens, Abgrenzens, Verstehens und Missverstehens – sie lagen hinter ihm. Die Neugier auf und das Interesse an Beziehungen und ihrem Wirken – alles passé. Er wusste um das Zusammenhängen der Dinge, um das Gefüge von Relationen, um das Geflecht menschlicher Elemente innerhalb der Systeme – er kannte es bis in den innersten Kern der vermeintlich logischen Ordnungen weltlichen Entstehens und Erhaltens hinein. Er bediente die Klaviatur scheinbar objektiver Ziele und Vorteile, von Wertschätzung und Anteilnahme mit der Sicherheit dessen, der den Algorithmus der Welt verstanden und verinnerlicht hat.

Wonach ihn hungerte und worein er alles, was ihm verblieb, investierte, war Auflösung.

Das war das Projekt von Gabriel Kolko. Sein persönliches Delta. Das Hinwegfegen bekannter Strukturen, das Sprengen des vordergründig Feststehenden. Er wollte sehen, wie es war, wenn die Gefühle einzelner und ganzer Massen – Treibgut auf dem proportional zum Wohlstand anschwellenden Fluss persönlicher Befindlichkeiten – der Leere wichen. Dem Urzustand. Er wollte Brachland, Kahlschlag, verbrannten Boden. Er wollte wissen, was nach dem Chaos käme, wollte den Moment der Leere erleben. Und das Sprießen dessen, was eine neue Ordnung sein könnte.

Er stand mit seiner Meinung, dass, was die industrialisierte Welt anbelangte, eine neuerliche Genesis zwingend war zu ihrem Besten, auch wenn dies kurzfristig Leid und Entbehrung bedeuten würde, nicht allein. Dass jemand anderer allerdings bereit wäre, diese Entwicklung nicht nur voranzutreiben, sondern auch auszulösen, das bezweifelte er. Auch hier, auf der Stufe von seinesgleichen, war die Angst vor dem Verlust omnipräsent.

Und auch das hatte einen Nutzen: Man war bereit, weit zu gehen zum Erhalt dessen, was vorhanden war. Sehr weit. Darum, und nur darum, zum Besten ihrer eigenen Existenz, hatte er sie von Delta überzeugen können. Verpackt in moralisch schmuckes Papier sozialer Verantwortung und politischer Weitsicht war man sich einig geworden, dem Projekt buchstäblich alles unterzuordnen.

Situationen wie jene mit Andras Szabo, der Datenverlust bei der Konversus, oder aber Leute wie Ludwig, die zu viele Fragen stellten und damit wichtige Bausteine wie Nukleus zum Wakkeln brachten, wurden so zu bloßen Problemstellungen, die es zu lösen galt. Hindernisse und sich verändernde Rahmenbedingungen, wie jedes menschliche Vorhaben ihnen begegnet. Nie jedoch ein Grund, das Projekt als ganzes und als Weg zum Ziel in Frage zu stellen.

Größenwahn, hätte man sagen können. Macht- oder Gottspiel. Nero, das brennende Rom. Kolko wäre nicht darauf eingegangen. Es waren Begriffe *dieser* Ordnung, Definitionen, die ihren Grund im Bestehenden hatten. Die hilflose Terminologie des letzten Endes nur von Emotionen Getriebenen. Nietzsche, der schrieb, wer Schöpfer sein wolle, der müsse Vernichter sein. Werte zerbrechen. Im Guten wie im Bösen.

Gabriel Kolko wollte nicht Schöpfer sein, auch nicht Vernichter und Zerstörer. Er wollte bloß sehen und verstehen.

Das System Zivilisation hatte längst unter staatlicher Regie begonnen, krankhafte Reaktionen zu zeitigen und sich gegen sich selbst zu richten. Sich vom eigenen Gewebe nicht nur zu nähren, sondern es zu zerfressen. Das einzige, was Kolko fehlte, war Zeit. Man könnte den Dingen ihren Lauf lassen. Sitzen, warten, sehen, verstehen. Die Zeit des Vakuums würde kommen. Die Lücke zwischen dem Kollaps des sogenannt Entwickelten und dem Aufstieg von etwas Neuem, Hungrigem würde nicht groß sein. Diese Zeit wäre das Brachland. Freiheit, wie sie nur dort und dann gesehen werden könnte. Bloß: Seine Zeit lief ab, und die Chancen auf Wissen bröselten in den unteren Teil des Glasbehälters. Tag für Tag. Stunde um Stunde. Er hatte keine Wahl. Und die Möglichkeit, die verblieb, war jene, die zwar erlahmenden aber nach wie vor vorhandenen Abwehrreaktionen des sterbenden Systems zu umgehen. Besser noch: sie gar nicht erst in Alarm zu versetzen und zu aktivieren. Man brauchte lediglich vorzutäuschen, dass das, was man einspeiste, der Stärkung und

Wiedererstarkung diene. Den Abstieg verhindern könne. Versorgungssicherheit, Währungsstabilität, politische Kontinuität, Rechtssicherheit, Vermögenssicherung, Werteerhalt: Das war die solide Medikation, die dem durch die Gier und Machtgelüste aller geschwächten System zur Gesundung und Wiedergeburt verhelfen könnte und nach der mittlerweile sowohl die Politik als auch die verängstigten Bürgerschaften verlangten.

Sie – Kolko und die paar anderen, die er brauchte und die – nota bene – dasselbe für sich forderten – hatten den Ruf gehört und ernst genommen. Eine der Antworten, die sie in erster Linie sich selbst und, quasi als Abfallprodukt, den Leuten gaben, war Nukleus. Der Fonds.

Von ganz unten bis ganz oben war er willkommengeheißen worden. Synonym für Hoffnung, für Neuanfang, für Bewahrung und Erhalt – das vor allem. Bejubelt und medial in messianische Höhen erhoben, versprach er Abhilfe vom wirtschaftlichen und gesellschaftlichen Zerfall und die Wiederbelebung zugrundeliegender Werte zwecks Bewahrung der ins Wanken geratenen Strukturen.

Sie täuschten sich alle. Der Fonds war nicht Bewahrer, sondern Zeitenbeschleuniger, der Auslöser eines Bebens, gegen das keine Armierung helfen und das die Ordnungen fällen würde. In seinem Gefolge der Chaos und Verwüstung bescherende Tsunami, der die Menschen als einzig verbleibende Werte auf ihre Beziehungen zurückwerfen und diese wiederum im Schlepptau ökonomischen Mangels und durch die vage Möglichkeit seiner Behebung untergraben würde. Um und um, bis nichts mehr bliebe als die Erinnerung des Einzelnen an eine vermeintlich goldene Zeit und ein Heer isolierter, wertloser und besitzloser Individuen, die nicht nur ihrer Dinge, sondern auch ihrer Daseinsgründe verlustig gegangen wären.

Ein leerer Acker bloß, sich selbst überlassen.

Die Lücke, Kolkos Traum vom Urzustand. Freiheit.

Ob er selber Teil davon wäre oder im Sog der ökopolitischen Supernova verglühen würde – es spielte keine Rolle. Solange er konnte, würde er da sein, sehen, verstehen. Dann nicht mehr. So einfach wäre das. Auch das Danach interessierte ihn nicht mehr. Auch das kannte er bereits: Versklavung in drei Akten. Totalitarismus im Gewand von Freiheit, Sicherheit, Gerechtigkeit. Das, was das Personal, das den Nukleus der US Trust Corp. bildete, zum eigenen Machterhalt für zwingend notwendig erachtete.

Dass er indes und vordergründig die Interessen einzelner Regierungsvertreter, jener Leute, die glaubten, Partner zu sein, während auch sie nur Instrumente waren, zu teilen, zu fördern und zu bedienen gezwungen war, entlockte ihm nicht mehr als ein Lächeln. Ein Seufzen manchmal. Dann, wenn lächerlich durchscheinende Wortmaskeraden hineingetragen wurden in jene Räume, in denen weder Spiegel noch moralische Zeigefinger etwas zu offenbaren vermocht hätten, was nicht längst zutagelag. Dann, wenn vom eigenen naturgegebenen überhöhten Wert und Rang überzeugte Menschen sich auf absurde Weise gedrängt fühlten, dem, was sich in dem einen Wort der „Kontrolle“ zusammenfassen ließ, das Nuttengewand der ethischen Orientierung überzustreifen. Wenn vom Sabber der Gier verschmierte Lippenstiftmünder Worte von sich gaben, die aus der stinkenden Kloake von Eigeninteresse, Egoismen und Machtgelüsten etwas herauszerrten und erstehen ließen, das das Bekenntnis zu einem Gewissen darstellen sollte, das jedoch in seiner abartigen ethisch-moralischen Verstümmelung, mit seinen schwärend eiternden Grinden stinkender Moral einfach nur ekelerregend war. Wie gestern in Chantilly.

Carla Brunner-Del Vecchio, die sich nicht zu schade war, ihr Anliegen der sogenannten Steuergerechtigkeit zum Traktandum innerhalb ihres Meetings zu erheben. Gleich lange Spieße für alle im Sinn einer fairen Ausgangslage für die sogenannt europäischen Partnerländer der OECD. Und die anderen: Sie waren darauf eingegangen – gestern, aber auch bei den Gipfeltreffen der Monate zuvor. Und dies trotz oder gerade wegen der Tatsache, dass jeder wusste, dass die Schweizer Bundespräsidentin damit nichts anderes bezweckte, als dem gleich langen Spieß für‘s Ausland jenen für‘s Inland folgen zu lassen: Zugriff auf sämtliche Bankdaten der eigenen Bürger zu jeder Zeit. Und das am besten rückwirkend per 1980. Das Ganze im Bewusstsein, dass die Mehreinnahmen für den Staat nie die horrenden Beträge erreichen würden, die sie ohne mit der Wimper zu zucken in Nukleus und Delta hatte umleiten lassen.

Oder Eric Niederberger, der mit quasi-professoralen Sorgenfalten auf der Stirn die Inflationsrisiken für die Gesamtheit des Euro-Raums und die absolut marginal bedeutsame Schweizer Wirtschaftszone thematisierte, während er gleichzeitig einem institutionellen Monster vorsitzt, dessen einziges Ziel es ist, dieselben Währungen nicht bloß abzuwerten, sondern sie nach allen Regeln der Druck- und Inflationierungskunst zu vernichten, die Menschen zu enteignen und dabei die eigene verlogene Regio glutaea ins Trockene zu bringen.

Jaques Panetta, der den Großteil seines Einkommens mit aktiv hergestellten Gelegenheiten zwecks Denunziation eines ganzen Kontinents, mit völlig ideal- und loyalitätsfreien Zuträgerdiensten für den Meistbietenden verdient und der beim Dinner allen Ernstes von Bevölkerungsschutz und Versorgungssicherheit zu schwadronieren wagte.

Und dann noch Andras Szabo, dieser feige Wurm, der im Versuch, Seele und Gewissen zu retten, privat und im Keller seines Hauses keine Anstrengung und Qual scheute, nach dem Kniefall vor Kolko wieder auf die moralischen Füße zu kommen, indem er dort weitermachte, wo er als kleiner Finanzbeamter aufgehört hatte. Wie der Staatsanwalt, der in bester Dürrenmattscher Manier gegen sich selbst ermittelt, während er nicht müde wird, die Verschleuderung dessen zu organisieren, was er vor sich selber zu erhalten und – mehr noch – zu lieben vorgibt: sein Vaterland.

Von Kolkos Warte aus betrachtet waren es genau zwei Personen, die in ihren Motiven und Beweggründen innerhalb des Kreises schonungslos echt waren: er selber und Jeanne Wallenberg.

Bis jetzt jedenfalls. Er hatte Jeannes verzerrter Gefühlslandschaft in bezug auf Tom Bernoulli, ihren Ex-Mann, nicht genügend Aufmerksamkeit geschenkt. War mit Vollgas reingebrettert in der Meinung, die Droge habe auch hier nivelliert, eingeebnet, gleichgültige Fläche hinterlassen. Er war sich auch jetzt nicht sicher, musste aber die Möglichkeit in Betracht ziehen, sich geirrt zu haben. Und wenn dem so wäre, würde er eine Lösung finden müssen. Er wusste, wer der Kerl war, der ihr normalerweise das Heroin in einem Reinheitsgrad besorgte, wie es auf der Gasse nie zu kriegen wäre. Möglich, dass er dann selber dafür würde sorgen müssen, dass der Stoff noch reiner wäre. Bis dahin mochte er nicht darüber nachdenken und würde sich auf das Reporting der Aithon-Leute beschränken.

8.

Bern, ehemalige Leinenweberei

Immerhin: Zwei hatten den kurzfristig kommunizierten Treffpunkt trotz GPS- und Handynutzverbot gefunden, stellte Brun fest, als er die Tür zur alten Fabrikhalle öffnete. Valentin und Jez waren da. Führten eine ihrer frühmorgendlichen Diskussionen. Weder Streit noch Gespräch – meist mehr träger Sturm auf ein Thema oder ein Problem bei Kaffee und – im Fall von Jez – Kippen, ein Aufwärmen und Schmieren vom Schlaf erstarrter Neuronenmechanik. Anlauf holen, Luft holen, Schwung, Tempo.

Allerdings: Von „träge“ konnte heute nur halb die Rede sein:

„… und dann stehen sie auf den fünf Quadratmetern der fremdfinanzierten Verrichtungsbox, die sie ihr Leben nennen, und wundern sich, dass sich der Mythos von der anhaltenden Glückseligkeit trotz Home-Cinema-System, Betreuungsgeld und Wohnlandschaft nicht einstellen will“, hörte er Valentin sagen. Alles andere als verschlafen.

Jezreel, scheinbar distanziert, die Stichelei fast zur Gänze verborgen hinter einem lauten Gähnen: „Naja – am Betreuungsgeld kann‘s nicht liegen. Das Abstimmungsresultat vom Wochenende hätte deutlicher nicht sein können.“

Das Klicken eines Feuerzeugs, Löffelklirren an tönernem Tassenrand. Valentin biss an. Fast vermeinte Brun das Grinsen zu fühlen, das Jez im Hals kitzeln musste.

„Doch, Jezreel, daran liegt es auch. Mit dem Ja zur Fremdbetreuung der Kinder quasi ab Frühchenstation haben sich die Leute einen Wunsch erfüllt. Oder anders gesagt: Sie haben sich einer Pflicht entledigt. Einer mehr. In der irrigen Annahme, persönliches Glück habe etwas mit erfüllten Wünschen zu tun, Pflichten mit Knebelung.“

„Und? Hat es das nicht?“

„Gegenfrage: Wann schmeckt ein Feierabendbier besser? Nach einem mit Ach und Krach im Bett und vor der Glotze durchgebrachten und ansonsten pflichtleeren Tag oder nach Stunden harter Arbeit, in denen du dein Bestes gegeben und vielleicht etwas Gutes zustandegebracht hast?“

„Im Ernst jetzt? Bier schmeckt doch immer …“

„Komm schon, sag es …“

„Worauf willst du hinaus? Dass Arbeit frei macht? Dass erfüllte Pflichten die Quelle allen Glücks sind? Bei allem Respekt, Vali …“

„Darum geht‘s doch gar nicht.“

„Und worum dann?“

„Um Würde, Jez. Es geht um Würde. Mit jeder Verpflichtung, die die Leute abgeben in der irrigen Annahme, es sei die Entledigung eines Zwangs, es habe was mit Freiheit zu tun, geben sie auch ein Stück ihrer Würde ab. Sie gewinnen nicht Freiheit hinzu. Im Gegenteil: Sie verkaufen sie. Stück für Stück. Und dann, eines Tages, haben sie alles, was sie sich gewünscht haben, und merken, dass sie nicht nur ihre Pflichten, ihre Kinder, ihre Freiheit verscherbelt haben, sondern sich selbst, ihr innerstes Sein, ihr Recht auf Selbstbestimmung. Was bleibt, ist zählen. Schau‘ dich um – wir sind längst dort angekommen.“

„Zählen?“

„Ja, zählen. Dinge aneinanderreihen. Zusammenzählen. Rechnen.“

„Ich weiß, was zählen ist, Valentin.“

„Na, dann.“

„Komm‘ schon – worauf willst du hinaus?“

Man hörte Stuhlbeine über den Betonboden schrappen. Schritte. Valentin schien die Absicht zu haben, sich bitten zu lassen. Brun konnte sich eines Lächelns nicht erwehren. Der alte Mann, der Besonnene, Erfahrene. Der einzige des Teams, der Jezreel sonst immer „Jezreel“ nannte, hatte sich zum Namenskürzel hinreißen lassen.

Und als wären Valentin Bruns Gedanken zugeflogen: „Worauf ich hinauswill, Jezreel Vidali? Was kann man denn bitteschön zählen, zusammenzählen, voneinander in Abzug bringen? Was?"

„Äpfel? Birnen?"

„Bingo. Dinge. Das, was man *hat*. Das, was bleibt, nachdem man alles, was einen Menschen ausmacht, wegdelegiert hat an eine wie auch immer geartete Obrigkeit. Die Würde verkümmert zum Kadaver, die Freiheit erschöpft sich im Zählen dessen, was man zu besitzen glaubt. Man zählt, rechnet, erhält ein Resultat. Einen Wert. Und weil nichts anderes mehr da ist, über das man sich definieren könnte, *ist* man dieser Wert. Der Mensch degradiert zur Summe seiner erfüllten Wünsche. Das Leben ein Rechenschieber. Der einzige Kick der Vergleich. Schöne Freiheit."

„Wenn sie's zufrieden sind ..."

„Sind sie's?"

„Keine Ahnung, ich ..."

„Schon klar. Du kannst das nicht wissen. Du wurdest ja nie der Sozialisierung zugeführt. Wie auch solltest du da eine Ahnung haben, was deine Mitspezies umtreibt."

„Kein Grund, zynisch zu werden, alter Mann."

Wieder hörte man ein Lächeln in den Worten, das gerne ein Lachen gewesen wäre.

„Außerdem weichst du vom Thema ab", ergänzte sie.

„Tu' ich das?"

„Und ob: Wir sind bei der Verstaatlichung der Kinderbetreuung gestartet. Die Leute haben für mehr Zeit und für mehr individuelle Freiheit zu Lasten der Allgemeinheit gestimmt. Okay – totaler Egotrip. Aber widerlegt es nicht auch deine Theorie des Zählbaren?"

„Herrgott! Jez! Was genau ist es, das du nicht kapierst? Oder nicht kapieren willst? Freiheit? Freiheit my ass. Vergleich und Neid. Das ist, was bleibt. Und womit sich wunderbar lenken lässt."

Brun war dem Gespräch nicht mehr gefolgt, war vielmehr der Trasse der eigenen Gedanken ins Koordinatenlose entlanggestolpert und fand sich jetzt – durch Valentins Beinahe-Ausruf geweckt – am Ausgangspunkt wieder, ohne zu wissen, wohin und wodurch ihn sein Weg geführt hatte. Kurz streifte ihn der Gedanke an Ludwig, die Frage, wie es um dessen Gedanken stand, die irgendwo am Urgrund alles Bewussten irrlichtern mochten. In Provinzen des Seins, von wo aus keinerlei Signale auf Monitore und medizinische Gerätschaften gesendet wurden. Dunkel.

Er stieß sich von der Wand ab, trat vom Schatten ins reale Dunkel der Halle, die nur an ihrem hintersten Ende, dort, wo er am Vortag Tische, Stühle und ein Gestell, das als Flipchart zu dienen hatte, hingestellt hatte, vom schmutzigfahlen Licht zweier alter Industrieleuchten erhellt wurde. Es musste reichen. Es passte.

Jezreel hörte seine Schritte, er sah ihre Augen den Dämmer absuchen, ihn ertasten, erkennen. Wortlos. Worte waren nicht nötig. Es war immer dasselbe, wenn sich das Team irgendwo traf. Als wär's ein vorgegebener, festgeschriebener Handlungsablauf, dessen Nichteinhaltung nicht zwingend Konsequenzen, aber doch das Potential der Entleerung einer Stunde, eines Tages vielleicht, von einem Sinn hätte, der nie definiert worden, aber deshalb nicht minder real war.

Erst jetzt bemerkte ihn auch Valentin.

„Carl!“

„Morgen allerseits. Darf ich zu hoffen wagen, es sei die lautere Freude, die dich meinen Namen rufen lässt, Vali?“

„Erleichterung trifft's eher.“

Das Schmunzeln, das die grobstrichige Schraffur von Valentins Miene durchbrach, strafte jede Ernsthaftigkeit Lüge.

„Sie stellt sich wieder mal dumm. Erklär' du es ihr. Du hast als ihr Chef hier die Erziehungspflicht. Ich bin zu alt für so was.“

„Worum geht's denn?“

„Das Abstimmungsresultat vom Wochenende“, schaltete sich Jezreel ein. „Aber hören Sie nicht auf ihn, Brun – er spielt bloß die Alterskarte aus, um nicht bis zum Ende denken zu müssen.“

Valentin konnte ein schallendes Lachen nicht länger zurückhalten: „Siehst du?“, rief er. „So geht das jetzt schon seit einer halben Stunde. Legen allen Respekt vor dem Alter ab, diese jungen Leute, und meinen, es habe was mit Freiheit zu tun."

„There we go again!" Jez lehnte sich seufzend auf ihrem Stuhl zurück und gab die resigniert Abgeklärte, während sie ihren erloschenen Zigarillo neu anzündete.

„Geht's um die Befürwortung der Kinderdepots?", fragte Brun.

„Na bravo", kam es von Jez. „Jetzt habe ich keine Chance mehr, wenn Sie mit Worten wie ‚Kinderdepot' daherkommen. Sie machen mir alles kaputt, Brun."

„Und was genau mache ich kaputt?"

„Meine filigranst aufgezogene Argumentationskette. Ich sage nämlich, was auf den ersten Blick wie purer Egoismus zu Lasten der Allgemeinheit wirke, sei in Wahrheit ein Ja zu mehr Freiheit. Und Freiheit erfordert Mut. Die Menschen sind nicht so schlecht, wie Valentin sie sehen will."

„Geh ihr nicht auf den Leim, Carl. Sie meint das nicht ernst. Sie will mich bloß einem frühzeitigen Herztod ausliefern. Das will sie. Denn was, bitte schön, ist das für eine Freiheit, wenn man sich vom Staat dafür bezahlen lässt, Zeit mit den eigenen Kindern zu verbringen und sie im nahegelegenen Wald der Frischluft zuzuführen? Worin besteht die Freiheit, besagte Nachkommenschaft morgens um sechs in die Krippe zu karren, wenn man danach zur Arbeit rennt? Vergiss es – das einzige, was das vermeintliche Mehr an Freiheit diesen Leuten bringen wird, ist ein neues Feld, das es rechnend und zählend zu beakkern gilt. Anstatt mit den Kids zu spielen, wird dann das Mehr an Geld gezählt, das Mehr an Zeit, das Mehr an Überstunden, das Mehr dessen, was man sich kaufen kann. Aber das ist gar nicht das Problem. Sollen sie ihr Leben doch rechnend und zählend verbringen. Das Problem liegt im Resultat, darin, was rauskommt, wenn man fertig gezählt hat. Darauf, meine Liebe, will ich hinaus. Und das weißt du genau. Das Resultat ist die Basis zum Vergleich mit anderen vermeintlich ‚Gleichgestellten' oder ‚Gleichberechtigten'. Immer. Irgendwo, nicht allzu weit weg, findet sich einer, der mehr Geld bei weniger Leistung hat. Mehr

Zeit trotz Karriere. Mehr Glück trotz Lotterleben. Und was dabei herauskommt, hat weder mit Freiheit noch mit Mut etwas zu tun. Was dabei herauskommt, ist bloß Neid. Darum geht es. Und es ist gewollt. Niemandem lässt sich so leicht alles wegnehmen wie dem Neidischen, wenn du ihm versprichst, dem vermeintlich Mehr-Habenden noch mehr wegzunehmen. Darum geht's."

Valentin verstummte, der rhetorische Ball ihres Schlagabtauschs war im Netz der einfachen Wahrheit hängengeblieben, und keiner schien die Worte zu haben, die ihn rausgeholt hätten. Auch Brun nicht.

Valentin und Jezreel waren immer die ersten am Morgen. Dann kam Brun. Kurz darauf in variierender Reihenfolge traf das Duo Nouriel und Sava ein. Zuletzt, immer zuletzt, langsam, müde meist, verschlafen, brachte Lorenz, der IT-Spezialist des Teams, den Steilhang in die Realität eines Arbeitstages hinter sich.

Brun durchmaß die finstere Halle, die zu dieser Stunde leer und riesenhaft anmutete, mit seinem Blick. Die kecke Vorhut des jungen Tages, die bald schon wirbelnden Staub beleuchtend durch die schmalen Luken hoch oben unter dem Hallendach hineindrängeln, lautlos polternd dem stillen Dunkel zu Leibe rücken würde, würde erbarmungslos das dämpfende Tuch der verhüllenden Schatten von allem zerren. Nichts mehr wäre leer, der Eindruck des Riesenhaften als reine Sinnestäuschung entlarvt, die erschreckt vom Sichtbaren und Echten zurückwiche: Die Halle war gerammelt voll. Jeder Quadratmeter belegt – was sich dem Auge zu dieser Stunde wie ein zufällig gewählter Pfad ausnahm, einer von Dutzenden, die alle eine vermeintliche Leere querend dem Licht am einen oder anderen Ende zustrebten, wäre eine Gasse. Eine Gasse von vielen, die die Halle als scheinbar wirres System wie das Innere eines Termitenhügels in allen Dimensionen querten. Zu beiden Seiten eines jeden Schlunds türmten sich Regale, meterhoch bis unter das ferne im diffusen Zwielicht verborgene Dach. Man stieße auf Abzweigungen, weitere Regale, Leitern, eine Treppe in den Untergrund. Die Fracht, die eisernes Gestänge und Regalbretter bargen, das über Jahre angetriebene Schwemmgut industriellen Fortschritts. Beschädigte oder einfach überholte Gerätschaften unterschiedlichen Mechanisierungs- und Automatisierungsgrades türmten sich hier zu einem bedrückend musealen Konzentrat dessen, was die Welt draußen an Hinterlassenschaften der vorwärtsschreitenden Zivilisation in millionenfacher Menge zu verdauen und zu tragen hatte. Wuchtige Motorblöcke lehnten gutnachbarschaftlich an halbautomatischen Saftpressen, metallene Treppenelemente beherbergten zwischen rostenden Stufen Brühgruppen von Kaffeemaschinen, Transistoren, Toaster und Gerätschaften, die aufgrund des Grades ihrer jeweiligen Ausweidung zum Zweck der Ersatzteilgewinnung nicht zu identifizieren waren. Ganze Batterien halb aufrechtstehender Kotflügel lehnten an etwas, das ein vorsintflutlicher Großrechner oder eine Landmaschine sein konnte, im Zustand der Auflösung oder des Zusammenbruchs befindliche Truppen buckliger Baggerschaufeln bildeten einen sich spiralförmig verjüngenden Reigen, dem der Eindruck von etwas Organischem anhaftete. Jäh wurde das beinahe idyllisch Schneckenhaushafte von einem in die Höhe stechenden Teil eines Kranarms, der, seines Daseinszwecks beraubt, sich hinter Hunderten an seinen Querverbindungen aufgehängten und fixierten Werkzeugen zu ducken schien, unterbrochen.

Brun dachte es und dachte es auch wieder nicht. Sein Denken und Betrachten glichen eher dem gedankenlosen Auftragen der Grundierung auf einer leeren Leinwand. Zu oft schon war er durch das Labyrinth geschritten, halb ehrfürchtig, halb schaudernd ob dieses Zeugnisses menschlicher Weltbemächtigung. Er würde es wieder tun. Irgendwann, wenn das hier vorbei wäre und er bloß vorbeikäme, um Piet, dem Mann, dem dies alles gehörte, einen Besuch abzustatten.

Sein Blick fand zurück in den erleuchteten Kreis, an dessen Rand er stand und in dem Jezreel und Valentin einander an den zusammengeschobenen Tischen gegenübersaßen. Beide stirnseitig, als hätten sie ihre maximal erträgliche Nähe im größten Abstand, den der Tisch bot, gefunden.

Andere Geräusche drangen vom Eingang her zu den dreien vor: metallenes Poltern der ins Schloss fallenden Tür, Stiefelstampfen, ein Lachen. Dann, noch körperlos aus den Tiefen des Industriewalds, Nouriels Stimme:

„Carl – bist du da irgendwo? Hör mal: Die Sache mit der Gefahrenzulage … besteht die Möglichkeit, die nochmals zu diskutieren?"

Erneutes Lachen. Die Gesichter von Sava und Nouriel schälten sich aus den Schichten der Grautönungen, waren schließlich da: rotgefroren, frisch, grinsend. Nouriel, wie immer angezogen, als wäre er auf dem Weg zur Ausübung irgendeiner Extremsportart, in Funktionalklamotten, Sava von den Füßen bis zum krausen roten Haar in babuschkaartige Schichten sich bekämpfender Farben und Stoffe gewickelt. Größer hätte der äußerliche Unterschied zwischen zwei Menschen kaum sein können. Allerdings schienen sie sich heute etwas zu teilen, das sich nicht von der Naturbelassenheit irgendwelcher Fasern oder von deren maximalem Synthetisierungsgrad aufhalten ließ.

„Na – zufällig dasselbe Auto erwischt?", kam es von Valentin, der ein maliziöses Lächeln in seine Tasse versenkte.

Brun, drauf und dran, mitzugehen und ebenfalls einen verbalen Einsatz ins Spiel zu werfen, stutzte. Täuschte er sich, oder kroch den beiden Dazukommenden eine andere neue Röte aus den Halstüchern in die Gesichter? Der Moment verstrich so schnell, wie der Gedanke gekommen war, versickerte.

Jez tat ein übriges, indem sie zusätzliche Tassen auf den Tisch knallte, mit Löffeln und Kaffeekanne hantierte und einen Lärm veranstaltete, als ginge es darum, das Gerölldonnern eines Murgangs zu übertönen. Bruns Gedanken wurden fortgerissen, er ließ sie fahren.

Jez' Geräuschlawine hatte indes nicht nur seine Gedanken übertönt, sondern auch das Geräusch der Tür am anderen Ende der Halle, die ein weiteres Mal geöffnet und geschlossen worden war: Lorenz trat ungehört in den Lichtkreis, behängt mit Laptoptaschen, dass man sich fragen musste, wie es möglich war, dass der magere Mensch sich auf den Beinen zu halten vermochte.

Grußlos und scheinbar in Gedanken noch nicht angekommen schlurfte er um Brun und den Tisch herum, ließ sich auf einen Stuhl fallen und ging daran, sein Zeug auszupacken. Erst als er den Kopf hob und sein Blick, nach einer Steckdose suchend, sich hob, schien er die anderen wahrzunehmen. Was allerdings in seinem Fall und in bezug auf die Gesichter nicht automatisch ein Erkennen nach sich zog. Mit der Steckdose schien er da keine Probleme zu haben: Er erhob sich, schloss Monitore, externe Festplatten und Rechner an die Schnittstelle eines Verlängerungskabels an und dieses an die an der rechten Wand stehende Kabeltrommel.

Währenddessen hatten sich sowohl Sava und Nouriel als auch Brun mit Kaffee versorgt und Platz genommen. Das Team war komplett. Brun wusste, dass er anfangen sollte. Reden. Es war immer dasselbe zu Beginn. Vielleicht, weil ihr Job es mit sich brachte, dass sie sich selten sahen. Vielleicht auch einfach, weil eine Bande von Einzelgängern nicht geeignet war, Freude zu empfinden, wenn es darum ging, sich gemeinsam an einen losen Strang zu hängen. Und als wäre ihm zusammen mit dem Bild sich zierender und retardierter Egomanen die eigene beängstigend vollkommen ins Bild passende Rolle bewusst geworden, ließ er alles Sollen und Müssen fahren, reckte sich, dehnte die Halssehnen, ließ die Hände auf den Tisch klatschen.

„Fangen wir an. Erst mal zu dem hier" – sein Kinn vollführte eine Geste, die besagte, dass er sich mit der ungewohnten Umgebung zu befassen gedachte.

„Die Halle gehört einem Freund. Piet. Ihr werdet ihm früher oder später begegnen."

„Eher später, schätze ich mal, wenn ich mir das so ansehe", kam es von Valentin, dessen Kinn in perfekter Kopie von Bruns Geste eine ins Vage deutende Rundumbewegung beschrieb.

Und als hätte der Kommentar oder die Geste etwas unsichtbar Gespanntes, einen Stolperdraht, um den alle sich gedrückt hatten, zum Reißen gebracht, platzte aus Sava ein Lachen heraus.

„Bist du sicher, dass der Kerl Piet heißt? Uns kannst du‘s ruhig sagen, Carl. Wir kennen dich zu lange, um uns deswegen“ – auch ihr Kinn beschrieb die Runde – „Gedanken oder Sorgen zu machen“.

Ihr Lachen steckte an. Tröpfcheninfektion.

Und als Brun endlich kapierte, worum es ging, konnte auch er sich nicht dagegen wehren. Eine Spannung löste sich. Das Gelächter war dabei, zu verebben, und brandete erneut auf, als sie alle zeitgleich feststellten, dass Lorenz rein gar nichts mitkriegte und voll konzentriert oder aber völlig weggetreten über seinen Monitoren hing. Dann war es vorbei.

„Okay, Leute – glaubt, was ihr wollt“, nahm Brun den Faden wieder auf. „Wenn ihr allerdings einem Kerl in Blaumann begegnet, dann könnt ihr, sofern euch bei seinem Anblick nicht sowieso der Mut verlässt, von Festnahme oder Folter absehen. Er wird auf den Namen Piet reagieren und hat bei Bedarf irgendwo hier drin einen Kühlschrank mit Bier. Was allerdings feste Nahrung anbelangt, seid ihr bei ihm an der falschen Adresse. Er verpflegt sich von dem, was die Kneipe vorne an der Straße ‚Plat du jour‘ nennt.“

„Bei all dem Zeug, das hier lagert, und bei den heutigen Metallpreisen muss der Kerl stinkreich sein“, meldete sich Nouriel, während er sich mit der Kaffeemaschine abmühte. Jezreel stand auf und nahm ihm Filter und Wasserbehälter aus den ratlos immobilen Händen.

„Fehlanzeige.“ Brun kippelte auf den Hinterbeinen seines Stuhls und zündete sich eine Zigarette an. „Piet leistet sich zweierlei: Erstens eine selbständige Tätigkeit als Schweißer, Monteur und Mechaniker. Zweitens die Freiheit, sich nie oder nur im äußersten Notfall um Kram wie Rechnungen zu kümmern. Anders ausgedrückt: Er liebt, was er tut, und ist ständig pleite.“

„Ein reicher Mann, wie Nouriel schon sagte“, kam es von Valentin.

„Da hast du wohl recht“, antwortete Brun, während er die Kippe im Aschenbecher zu etwas verarbeitete, das aussah wie ein Projektil, dessen Flugbahn an einer Stahlwand geendet hatte.

Und lauter: „Dann mal los, Leute: Erster Punkt – Jezreel hatte Besuch in ihrer Wohnung in Zürich."

Schlagartig wurde es still. Alles Ausgelassene, Unkonzentrierte, Frühmorgendliche wurde von Bruns Worten abgesaugt und verschluckt, Bewegungen und Atemzüge unterbrochen, die Szenerie ein im Blitzlicht erstarrter Schnappschuss.

Bruns Stimme hatte jetzt allen Leerraum der Halle für sich, oszillierte zwischen Schall und Echoschwelle: „Es scheint, als habe sie mit ihrem Auftauchen in Budapest jemandem Bauchweh bereitet. Und zwar so sehr, dass dieser Jemand sich gezwungen sah, aktiv zu werden und auf Nummer sicher zu gehen. Wir müssen davon ausgehen, dass sie enttarnt ist."

Gedanken- und Atemschleusen wurden rund um den Tisch und zeitgleich hochgefahren, fast kam es Brun vor, als würden nicht nur die fünf Menschen um ihn her, vielmehr der Raum selber Atem holen.

„Aber das ist nicht möglich", platzte Sava heraus. Sie blickte in die Runde, als erwarte sie Bestätigung. „Ich war die ganze Zeit von hier aus an ihr dran. Die Legende von Anja Sanders ist wasserdicht. Außerdem hatten wir 13 Nummern für ihre Freunde und Sippschaft aufgeschaltet, die sie ja dort nonstop am Draht hatte. Sie sind immer noch aktiv – bei Anruf informieren einen die Stimmen des Sanders-Clans über die Abwesenheit der entsprechenden Person, wie es sich gehört. Den Nummern können außerdem über die bekannten Datenbanken entsprechende Adressen zugeordnet werden. Was die dort drüben in Ungarn veranstaltet haben, war nicht mehr als eine Routineüberprüfung. Und diese Aktivitäten waren eindeutig der Zoll- und Finanzaufsicht zuzuordnen."

„Das ist alles korrekt, Sava." Jez war aufgestanden und an die improvisierte Wandtafel getreten, wo sie mit dem einzig verfügbaren Filzstift einen Kreis malte. Grün. „Vordergründig ist Anja Sanders nicht enttarnt worden. Einreise, hartnäckige und erfolglose Suche nach Andras Szabo, Routineüberprüfung, Ausreise." Sie deutete mit dem Stift auf den Kreis. „Zwei Möglichkeiten: Entweder ist es das Anliegen, dessentwegen Anja

Sanders verdächtig war, also der tief unter Wasser befindliche Kredit in Schweizer Franken, oder aber Andras Szabo."

„Den Kredit können wir streichen", warf Nouriel ein. „Ersaufende Kredite, die den Wert der erworbenen Liegenschaften nach heutiger Marktbewertung um das Zehnfache übersteigen, sind dort an der Tagesordnung. Ich tippe auf Szabo."

Noch während er es sagte, hatte Jez den Namen in den Kreis geschrieben. Vom Kreis weg, einen links, einen rechts, malte sie zwei Pfeile, an deren Ende erneut jeweils einen Kreis.

„Das Kotelett in der Höhle des Löwen", tönte es hinter Lorenz' Monitoren hervor.

Jez wandte sich um. „Wie bitte?"

„Lass nur", kam es von Valentin. „Unser Jüngster hat schlecht geträumt. Schlaf weiter, Lorenz."

„Nein, im Ernst." Lorenz zwang sein Rückgrat in eine aufrechte Lage. „Eine etwas farbigere Version von dem, was du da malst, ist am Wochenende bei Sotheby's für umgerechnet 25 Millionen über den Tisch gegangen. Jeff irgendwas heißt der Künstler. Und ‚Das Kotelett in der Höhle des Löwen' ist der Name des Werks. Na ja …" Lorenz verstummte. Weder ertasteten seine Sinne instinktiv die Grundstimmung sich niederlassender Konzentration innerhalb der Gruppe, die durch seine Worte erneut aufgescheucht wurde, noch war der Einwurf in seiner Wahrnehmung etwas, das den gemeinsamen Aufbruch in die Materie des Falls verzögerte oder störte. Er hatte kein Gefühl für so was. Er funktionierte anders – für ihn hing immer alles zusammen, alles war verknüpft, eines führte immer zum nächsten oder sonstwohin, die vier Monitore, zwischen denen sowohl seine Finger als auch seine Augen hin und her flogen, Hardware gewordenes Sinnbild seines Denkens. Dennoch: Auf der mit und dank Sava antrainierten Koordinatenmatrix zwischenmenschlichen Miteinanders blinkte ein Punkt. Rot und grell. Und der sagte ihm in diesem Moment, dass er schleunigst die Klappe halten oder aber – was seine Äußerungen anbelangte – gefälligst in der Spur bleiben sollte, die die anderen eingeschlagen hatten.

Er schlug einen weiteren Haken – zurück diesmal:

„Szabo hat seit kurzem einen neuen Posten", sagte er nun. „Er ist befördert worden und bekleidet jetzt den Rang eines Ministers im Ressort ‚Internationales' innerhalb der Europäischen Zentralbank. Ich denke also, Jez wurde sehr wohl wegen des Kredits überprüft und es *war* eine Routinesache. Denn Szabo hat jetzt mit allem möglichen zu tun – aber mit nichts, das die Zoll- und Finanzaufsicht interessieren dürfte. Was innerhalb der ungarischen Grenzen passiert in puncto Überwachung, kann also abgehakt werden. Wenn es allerdings stimmt, dass Jez in Zürich Besuch hatte, dann …"

„Woher kommt die Info von Szabos Beförderung? Warum wissen wir davon nichts?", fuhr Brun dazwischen.

Aber auch da: Die Ungeduld, das Vibrieren provozierter Nervenenden, kam nicht als solche bei Lorenz an. Für ihn waren Bruns gebellte Worte einfach Worte, die zwei Fragen ergaben. Seine Reaktion war denn auch kristallisierter Inhalt bar jeder Emotion:

„Wir konnten es nicht wissen. Die Beförderung ist erst vor zwei Wochen ausgesprochen worden. Nichts Offizielles, nicht mal eine Medieninformation für die ungarische Presse. Bloß eine Erwähnung unter ‚Neuzugänge' in einer internen Brüsseler Beamten-Broschüre. Sieht für mich nach einer Versetzung oder Wegdelegierung aus. Das typische Zuckerbrot-Ding. Der Kerl verdient in dem neuen Job locker das Zehn-, wenn nicht Zwanzigfache dessen, was er als Finanzbeamter bekommen hat. Steuerfrei."

„Aber dann geht es eben doch um Szabo." Nouriel hantierte erneut im improvisierten Küchenbereich, hielt inne und wandte sich den anderen zu, die Hand mit dem Löffel in der Luft erstarrt, als wäre mit dem an die Wand fahrenden und unterbrochenen Gedankengang auch der Bewegungsapparat blockiert worden. Er schien nicht weiter zu wissen, suchte Hilfe in der Runde. Sava kam ihm entgegen.

„Du meinst, der neue Job in Kombination mit der Tatsache, dass er von Anja Sanders gesucht wurde, habe nebst Finanz- und Zollbehörde eine weitere Behörde auf den Plan gerufen?"

„Genau. Immerhin möglich. Höhere Weihen, höheres Risiko."

„Jetzt mal der Reihe nach – so bringt das nichts", kam es von Brun. „Das ist alles zu vage, reine Spekulation. Fangen wir mit dem an, was wir an Fakten haben. Szabo …"

„Ich glaube nicht, dass wir falsch liegen", fiel Jezreel ihm ins Wort. „Entschuldigen Sie, Brun. Aber Nouriel hat schon recht: Es ist die einzige logische Erklärung. Szabo federt irgendwann ungefragt hier ein mit Angaben über ihm angeblich vorliegendes Material – Beweise für Interbanken-Mauscheleien im Zusammenhang mit Rettungsmilliarden von IWF und EZB. Zu diesem Zeitpunkt ist er im Geviert der unteren Führungsriege des ungarischen Finanzministeriums zu finden, was die Akribie bei der Verfolgung von Betrügereien im sogenannten Privatsektor erklärt. Es liegt in der Natur eines jeden subalternen Staatsdieners, allem, was privat zu sein scheint, zu misstrauen. Soweit alles klar. Dann verschwindet Szabo von der Bildfläche. Als hätte es ihn und vor allem sein Anliegen nie gegeben. Hier wie drüben wird die Sache offiziell abgeblasen, hat sich scheinbar von selber erledigt. Und jetzt das: Szabo wird belohnt für etwas, das nie stattgefunden hat. Oder anders ausgedrückt: Er wird gekauft und nach Brüssel befördert. Da ist es nur konsequent, dass man ihn auf dem Radar behält. Sicherheitshalber. Die Vorsichtsmaßnahme lohnt sich: Denn wie aus dem Nichts kommt auf einmal eine Anja Sanders in optimaler Flughöhe daher und will ausgerechnet Szabo vor der Linse haben. Jeder noch so unterentwickelte Radar würde da Amok laufen, geschweige denn ein neuzeitliches Gerät."

Brun machte Anstalten, etwas zu sagen.

„Lassen Sie mich das zu Ende denken, Brun", kam ihm Jezreel zuvor. „Also – der ungarische Standardradar der Finanz- und Zollbehörde blinkt. Das Land ist so gut wie pleite. Man ist auf jeden Cent angewiesen. Egal, ob legal oder nicht. Die kümmert es längst nicht mehr, ob die Sanders' ihr Haus in Ungarn mit versteuertem Geld oder mit Schwarzgeld gekauft haben. Nicht ihr Problem. Ihr Problem sind die Kreditraten und die Eigentums- und Niederlassungssteuern, die, ob deklariert oder nicht, zu versickern drohen. Die Sanders‘ sind, wie Nouriel richtig sagte, nur eine von Hunderten ähnlicher Baustellen. Aber die Behörden sind misstrauisch – zu Recht. Wo soviel Geld ist, um ein Haus in dieser Größe zur Hälfte cash zu zahlen, muss auch das Geld sein, um den Kredit zu bedienen und die anfallende Schuldigkeit zu berappen. Man überprüft solche Fälle routinemäßig. Das erklärt das Willkommenskomitee für Frau Sanders. Mehr nicht. Dann fällt der Name Szabo. Nicht einmal, nicht zweimal. Tagelang, immer wieder. Ein anderer Radar sendet nun ein Signal. Jener, der den Luftraum der Politik zu überwachen hat. Es kann leider wirklich nur spekuliert werden, wer den Impuls gegeben hat – ich tippe allerdings darauf, dass Szabos ehemalige Mitarbeiter im Finanzministerium ebenfalls überwacht werden. Eine simple Telefonüberwachung hätte da gereicht. Die Sanders war ja nicht zu überhören. Und von da an läuft das ganze auf zwei Schienen.“

„Und du denkst, unser ungarisches Pendant – ganz zu schweigen von jenen, die den Befehl erteilt haben – ist sich nicht zu schade, für einen abgehalfterten und wegdelegierten Finanzbeamten eine Aktion zu starten, die nebenbei noch eine Barfuß-Operation in einem anderen Land miteinschließt?“ Nouriel klang skeptisch. Seine kräftigen Hände kämmten die graublond melierten Locken, fassten sie zusammen und banden sie zu einem Pferdeschwanz, als würden dadurch nicht bloß die Haare gestrafft.

„Es geht nicht um Szabo“, hob Jez erneut an. Weiter kam sie nicht. Valentin fiel ihr in die Antwort.

„Bingo“, sagte er. „Es geht nicht mehr um Szabo.“

Er hatte schweigsam brütend so tief in seinem Stuhl geklebt, dass es beinahe schien, als hätte er sich entfernt und würde von weit her zurückkehren oder erst jetzt dazustoßen. Jetzt sprach er leise, langsam, als täte er es in erster Linie, um selber zu verstehen, was er gerade in Worte zu fassen suchte:

„Das Stichwort hat Jezreel geliefert. Politik. Die Ausgangslage sah so aus, dass sich ein Vertreter des ungarischen Staates an uns gewandt hat, weil er der Hinterziehung oder Veruntreuung – ich weiß nicht, wie man das genau nennt – öffentlicher Gelder durch private Institutionen auf der Spur zu sein glaubte. Auf uns kam er, weil er außerdem zu wissen glaubte, eine Schweizer Bank sei den ungarischen Akteuren behilflich gewesen beim Transfer der Gelder. Der Mann war Andras Szabo. Und da gebe ich Carl recht: Szabo ist der einzige Fakt – und für uns auch das nur, weil wir von Panetta beziehungsweise von Hiller wissen, dass es ihn gibt. Wir waren nie direkt in Kontakt mit ihm. Alles weitere *ist* vage und *bleibt* im Spekulativen. Aber mal ehrlich, Carl – wann hat unsereiner einmal mehr gehabt als ein paar Faktenkrümel? Wie auch immer … Szabo wendet sich also in seiner Funktion als Finanzbeamter an uns, verschwindet und taucht irgendwann als ranghoher Vertreter eines EZB-Ressorts wieder auf. Auch das folgende mag spekulativ sein, aber meiner Ansicht nach macht es Sinn."

Die Aufmerksamkeit aller war ihm trotz seines Gemurmels, trotz der Pausen und Einschübe sicher:

„Szabo wechselt die Sphäre, rückt auf oder vor, näher an den Kern des Politischen heran, auch wenn er von außen betrachtet ein Beamter bleibt. Da müssen wir meiner Meinung nach graben. Denn klar ist doch: Aus dem Finanzbeamten, dem Fachmann und Handwerker wenn man so will, wird ein Staatsmann. Sein Anliegen, mit dem er sich an uns gewendet hat, wird dadurch indirekt zum Politikum. Oder war es die ganze Zeit. Es geht im Hintergrund nicht um die Sache, um Gelder und deren Versickern, wie es scheint, sondern um Größeres. Die Folge: Die Sache wird kurzerhand und freundschaftlichst abgeblasen. Im gegenseitigen Einverständnis und Interesse, wie wir vermuten müssen. Um allerdings einen verbissen grabenden Finanzbeamten, den Steuervogt Andras Szabo, der über Monate an der Sache dran war, Material zusammengetragen hat und sich nicht zu schade war, sich zu exponieren, von dieser Spur abzubringen, braucht es einiges. Gibt es doch für Finanzbeamte auf der ganzen Welt nichts schöneres, als eine stinkende Kloake dunkelschwarzen Geldes innerhalb des vermeintlich privaten Sektors zu entdecken und auszuheben. Nun – offenbar hat man sich auch da gefunden. Szabo ist Minister in Brüssel. Wir sind aus dem Rennen. Alle sind glücklich. Dann taucht Anja Sanders in Budapest auf. Jetzt sind nicht mehr alle glücklich. Die Routine fördert nichts zutage. Standard. Hinter dem Standard, dort, wo Szabo nach wie vor aus Sicherheitsgründen – für den Fall, dass sein Gewissen sich melden sollte – auf dem Radar ist, blinkt es. Man hatte doch eine Vereinbarung. Man war sich doch einig, die Sache auf sich beruhen zu lassen. Und jetzt das. Die Drähte laufen heiß. Kurz darauf kriegt Jezreel in ihrer Privatwohnung Besuch. Wir können davon ausgehen, dass ihre Identität in dieser kurzen Zeit unmöglich vom ungarischen Dienst festgestellt werden konnte. Wie Sava schon sagte: Die Legende von Anja Sanders ist seit langem in Gebrauch und wasserdicht. Außerdem haben wir sämtliche Überwachungsaktivitäten der Ungarn unsererseits überwacht. Wir müssen ab sofort davon ausgehen, dass einer der heißen Drähte irgendwohin geführt hat, wo bekannt ist, wer Anja Sanders ist. Also in die Schweiz."

Trotz der mörderischen Tageszeit, des entmutigten Graus des Wintermorgens, hatte sowohl das Verstummen als auch die Stille, die Valentins Worten folgten, etwas Unflätiges an sich. Brun gebot der Flut plötzlicher Nacktheit Einhalt. Sprach aus, was ausgesprochen werden musste, um Land zu gewinnen, Sicherheit:

„Nehmen wir an, es ist so, wie Valentin sagt. Es besteht hier bei uns ein politisches Interesse, die Sache auf sich beruhen zu lassen. Das Interesse ist so groß, beziehungsweise die Sache ist derart brisant, dass man nicht davor zurückschreckt, den einzigen zu misstrauen, die dafür bezahlt werden, dass man ihnen trauen kann. Uns."

Und an Jezreel gewandt: „Was sagen Sie, Jez – war das professionelle Arbeit in Ihrer Bude?"

„Ja."

„Okay."

Das kleine Wort wuchs über die Minimalmaße seiner alltagssprachlichen Kürzelexistenz hinaus, wurde für die Dauer dieses Moments ungeheuerlichen Vermutens hinauskatapultiert über die Grenzen seiner Marginalität, weitete sich, wurde Netz, hielt zusammen, was zu bersten drohte.

„Aber das wäre doch Irrsinn", brach es aus Nouriel heraus. „Gegen uns vorzugehen würde doch heißen …" Er verstummte, Ratlosigkeit verströmend.

„Du sagst es", kam es von Jezreel. „Genau das würde es heißen. Es bedeutet, dass jemand gegen uns arbeitet. Und wir müssen davon ausgehen, dass es unsere eigenen Leute sind. Kollegen."

„Nun mal langsam, Leute. Lassen wir das mal so stehen und sehen, was wir sonst noch haben. Daniel Wittmann und die Konversus. Wie ist es gelaufen? Lorenz? Sava?"

Sava gab Lorenz, der dem Ton seines Namens folgend den Blick von den Monitoren erhoben, ihn zu Brun und dann fragend zu Sava hatte schweifen lassen, mit einem Nicken zu verstehen, dass er den Anfang machen solle.

„Also dann. Knöringen. Ein 467-Seelen-Dorf – Stand Ende 2010, neuere Daten gibt es nicht – im Bundesland Rheinland-Pfalz. Südliche Weinstraße oder so. Erstmalige urkundliche Erwähnung 775 nach Christus. Das Wappen …"

„Wir haben's kapiert, Lorenz", kam es von Nouriel. Er klang genervt.

„Lass ihn." Savas Ton leise, scharf. Nouriel verstummte.

Sava wusste, dass es keinen Unterschied machte. Es war wie beim Autofahren: Auf einer Strecke, die bei ruhiger Fahrweise drei Stunden dauerte, konnte gehupt, gedrängelt, geflucht, überholt und ausgebremst werden; rote Ampeln ignoriert, ein Gutteil des Reifenmaterials auf dem Straßenbelag verteilt, Radarfallen mit eindeutigen Fingerzeichen für das Foto passiert, andere Verkehrsteilnehmer lautstark zu anatomisch nicht zu bewerkstelligenden oder sittlich fragwürdigen Handlungen aufgefordert werden – der Unterschied wären gerade mal zehn Minuten. Lorenz brauchte die paar Sekunden Extrazeit. Den anderen mochte es wie ein unnötiges Heranführen an das Wesentliche erscheinen. Für Lorenz war es das Zusammenfügen der Dinge, die zwingend zusammengehörten. Das Aufführen aller Variablen, ohne die eine Gleichung oder ein Gleichungssystem nie als erfüllt oder falsch definiert werden konnte.

„… das Kaff hat nicht mal einen Laden oder einen Kiosk."

Sava konnte sich ein Grinsen nicht verkneifen: Lorenz hatte von dem Zwischenakt nichts mitgekriegt. Es lag zu vermuten, dass er lediglich den Ton seiner Stimme ausgeschaltet und im Lautlos-Modus weitergeredet hatte. Auch das machte für ihn keinen Unterschied.

„Allerdings hat es die Konversus, die doppelt so viele Leute beschäftigt wie alle Weinbaubetriebe der Ortsgemeinde zusammengenommen. Offenbar geht es der Firma gut: An Samstagen wird dort nicht gearbeitet. Bis auf den Chef war kein Mensch da."

„Warte mal", kam es von Brun. „Wittmann war da?"

„Ja. Ist in seinem Büro herumgerannt und hat Selbstgespräche geführt. Wenn ihr mich fragt, dann läuft dieser Kerl auf irgendwelchen Schnellmachern. Sieht alles, hört alles, kann sich an nichts erinnern. Irgendwann hat bei ihm das Telefon geklingelt. Dachte schon, ich sei aufgeflogen, machte, dass ich dort rauskam. Aber anstatt den Anruf entgegenzunehmen, hatte der Kerl einen Lachkrampf. Nicht gesund, wenn ihr mich fragt. Ich glaube, der hat nicht mal gemerkt, dass ich nicht mehr da war. Der hatte mich schon vergessen."

„Hoffen wir's", meinte Valentin. „Was ist mit den Leuten von Aithon? Haben die dich auch nicht bemerkt oder schon wieder vergessen?"

„Nope. Leider nein, Sir."

„Was jetzt?"

„Beides. Erstens wurde ich ziemlich schnell bemerkt, und zweitens haben die mich nicht vergessen."

„Gut." Wieder Brun. „Ersteres war kalkuliertes Risiko. Damit mussten wir rechnen. Aber woher weißt du …"

„Er war nochmals drin.“ Nouriel seufzte, als wollte er sagen: „Seht ihn euch doch an, ihr kennt ihn doch, Leute.“

„Du bist da nochmal reingegangen? Von hier aus?“ Brun schien kurz davor, zu explodieren. Sogar Lorenz schien es zu registrieren. Irgendwas blinkte ziemlich schnell.

„Hey – keine Panik. Die haben nicht mal bemerkt, dass sie Besuch haben. Schließlich war ich einer der ihren. Außerdem hatte ich Glück. Der Kerl, der mich zwei Tage zuvor abfangen wollte, war so freundlich, seine Zugangsdaten rumliegen zu lassen. Okay – nicht ganz. Es ist eher so wie bei einem Taschendiebstahl. Man rempelt jemanden an, ‚Entschuldigung‘ hier, ‚Pardon‘ dort, und im nächsten Laden stellt man fest, dass die Brieftasche fehlt. Mit dem kleinen Unterschied, dass Jack Gogic – so heißt der Typ – das sicher nicht bemerkt haben dürfte, weil ich seine Kreditkarten nur benutzt habe, als er während seiner Schicht Essenspause hatte. Oder eine rauchen ging. Jedenfalls sperrte er seinen Zugang, und ich ging davon aus, dass ich fünf Minuten Zeit haben würde. Mindestens. Ich also nochmals rüber zum Server, nachsehen, ob ich alles erwischt hatte. War ja auf einmal ziemlich hektisch gewesen. Aber alles klar. Ich brauchte keine 30 Sekunden. Hatte also noch viereinhalb Minuten Zeit, mich ein wenig bei denen umzusehen. Und jetzt kommt das Interessante. Scheinbar ist ja alles ziemlich einfach: Die Konversus lagert ihre Daten irgendwohin aus, wo die Auslegung der Infrastruktur eine hohe Ausfallsicherheit einerseits, die Prozesse von Zugriff auf und Host der Daten andererseits eine optimierte Arbeitsweise gewährleisten. Außerdem garantiert die Zentralität der Verwaltung kurze Reaktionswege im Fall von Problemen. Die Konversus ist die Kundin, die Aithon die Auftragnehmerin. Dachte ich jedenfalls. Die Sache ist die, dass schon das kurze Reinschauen klarmacht, dass überhaupt nichts klar ist. Mir jedenfalls nicht. Vielleicht könnt ihr euch einen Reim drauf machen.“

„Na dann mal los, Kleiner. Lass uns arme Unwissende mitspielen.“

Lorenz überging Valentins Einwurf. Weder amüsierte es ihn, noch empfand er es als störend, dass der Alte solches von sich gab. Das war eben der Alte. Eine knorrige Wurzel, die den Teer des Straßenbelags durchbrochen hatte und der man jeden Tag aufs Neue auswich. 700 Mal pro Jahr. So um den Dreh.

„Also: Der erste Teil ist klar. Auslagerung, Verwaltung, Schutz. Aber das ist nur der kleinere Strang zwischen den beiden Firmen. Ein weitaus dickerer Draht läuft nämlich in die andere Richtung. Von der Aithon zur Konversus. In der Projektliste fand ich verschiedene Hinweise auf etwas, das sich ‚Delta' nennt. Und das ist wirklich die Endhärte. Macht der Bezeichnung alle Ehre – von wegen Sedimentablagerung von sich ins Meer ergießenden Flüssen. Was in Delta gelagert wird, ist nicht weniger als sämtliche Kommunikationsdaten der Konversus und ihrer Mitarbeiter. Das ist ein Terra-Delta, soweit ich es auf die Schnelle feststellen konnte, das Datenflusspendant zum Nil mal Faktor hundert. Alles ist da. Einfach alles."

„Jetzt mal langsam, Lorenz", schaltete sich Jezreel ein. „Ich blick' die ‚Endhärte' gerade nicht. Kommunikationsdaten der Konversus? So what? Wo ist da der Aufreger? Aus diesem Grund mietet man sich ja bei einer solchen Firma ein. Stichwort: Verteilung der Auslastung und so weiter … deine Rede."

„Wird es klarer, wenn ich sage, dass der Server einerseits voll das biedere Programm sämtlicher von der Konversus produzierten Schriftstücke beinhaltet – also Briefschaften, Konzepte, Medienmitteilungen, you name it –, während Delta Datensätze enthält, von denen ich mir nicht vorstellen kann, dass ihre Gewinnung und Lagerung in der Kundenvereinbarung zwischen Konversus und Aithon auftauchen? Jede von der Firma und den Geräten der Mitarbeiter hergestellte Verbindung, also Inhalt, Zielnummer, Dauer. Alles da. Die totale Überwachung. Irgendjemand hat großes Interesse daran, über jede Bewegung von Wittmann, seiner Firma und seiner Leute auf dem Laufenden zu sein. Witzig in diesem Zusammenhang ist außerdem, dass seit meinem Besuch vom Samstag Zugriffe auf diverse Kameras innerhalb der Konversus möglich sind. Das Protokoll sagt, sie seien neu installiert worden."

Lorenz grinste vor sich hin. Blickte in die Runde, stellte fest, dass keiner sonst eine Miene verzog, und ließ seine Freude dem Monitor angedeihen.

„Also doch …“ Brun schien befriedigt und ratlos zugleich.

Dem Rest des Teams erging es nicht anders. Es machte Sinn und machte gleichzeitig keinen Sinn. Sofern das möglich war. Sie – allen voran Brun – waren davon ausgegangen, dass Wittmann und seine Konversus zumindest was die Kommunikation anbelangte etwas mit den von Szabo angedeuteten Machenschaften zu tun hatten. Dass die Firma, über die von einem Tag auf den anderen, zeitgleich mit Szabos Verschwinden, die gesamte Kommunikation zwischen den ungarischen Behörden, den Medien, dem Apparat in Brüssel und dem IWF lief, eine Überprüfung wert sei, auch wenn allenthalben – auch in der Schweiz – behauptet wurde, alles sei in bester Ordnung. Die Überwachung der Konversus durch die Aithon zeigte, dass sie richtig gelegen hatten mit ihren Vermutungen. Aber zeigte eben auch, dass sie keinen Schritt vorwärts gekommen waren. Einiges, wenn nicht alles, hatte auf Wittmann als zentrale Figur hingewiesen, was, wie sich jetzt herausstellte, nur bedingt zutraf. Daniel Wittmann mochte innerhalb einer im Schatten liegenden Struktur, die sich ihnen noch nicht erschloss, mehr sein als ein bloßer Wasserträger, ein Edelhelfer und Entlaster vielleicht. Aber überwacht und ausspioniert, wie sie ihn jetzt vorgefunden hatten, waren seinem Einfluss- und Wirkungsbereich enge und gut gesicherte Grenzen gesetzt. Ob er sich dessen bewusst war, stand auf einem anderen Blatt.

„Und was hat die Auswertung der übermittelten Konversus-Daten ergeben?“, wandte sich Brun an Sava.

Sava gab etwas von sich, das klang wie ausströmender Pferdeatem durch geblähte Nüstern.

„Nichts. Rein gar nichts. Ich bin alles vor- und rückwärts durchgegangen. Offizielle Verlautbarungen von Behörden aus ganz Europa, Vereinigungen, Stiftungen, Interessengruppen. Durchaus interessant, aber mitnichten brisant. Schlicht und ergreifend bloß eines von vielen großen schwarzen Löchern, in denen die Steuergelder der zwangssolidarisierten Bürgerinnen und Bürger der großen Union versickern. Anstatt diese Daten zu röntgen und wieder zu röntgen, hätte ich mir auch das Zeitungsarchiv der ‚NZZ' vornehmen können. So sieht's aus."

„Warum dann diese technische Paranoia-Kiste?" Nouriel schien die Frage an seine Tasse zu richten, in der er rührte, wobei das Geräusch des Löffels kundtat, dass sie längst leer war.

„Wir sehen nicht alles, was es zu sehen gibt, denke ich mal. Lorenz …?"

Der Angesprochene hob den Kopf in Valentins Richtung, wusste, was der andere zu wissen verlangte:

„Nichts, Leute. Keine weiteren Konversus-Daten, die auch nur den Hauch eines Grunds liefern würden. Man müsste den gesamten bei Aithon gehosteten Datenbestand überprüfen. Alle Kunden der Aithon und nicht nur jene der Konversus." Etwas blitzte in Lorenz' Augen, als er es sagte.

„Vergiss es", kam es von Brun. „Lassen wir die dort erst einmal in Ruhe. Wie groß ist überhaupt die Chance, dass die im Nachhinein doch noch feststellen, dass du – wann? Gestern? – nochmals in ihrem Netzwerk warst."

„Nicht vorhanden. Ich habe das Protokoll umgeschrieben. Jack Gogic war ausgeloggt und ist es auch geblieben. Von daher …"

„Trotzdem. Es reicht, wenn wir uns diese Möglichkeit für den Notfall aufsparen." Und als Lorenz schwieg: „Verstanden, Lorenz?"

„Jaja – alles klar."

„Und jetzt?", fasste Sava das in Worte, was jedem von ihnen so oder ähnlich ins Gesicht geschrieben stand.

„Das frage ich mich auch. Carl …?" Valentin schaffte es, Bruns Vornamen gleichzeitig wie die Aufforderung zum Tanz und ein Verdikt klingen zu lassen.

Brun erhob sich, stand einen Moment lang vor seinem Stuhl, als müsse er das Funktionieren des Gleichgewichtssinns testen, fuhr sich dann mit beiden Handflächen über das Gesicht, ließ die Arme fallen. Schien zu einem Entschluss zu kommen:

„Also – folgendermaßen sieht es aus. Wir haben keinen Auftrag. Die ganze Sache ist von oberster Stelle – sprich Panetta – abgeblasen worden. Wir haben gegen die Weisung weitergemacht, und dabei ist nichts herausgekommen, außer, dass Jez möglicherweise überwacht wird. Dasselbe gilt für Czaba."

„Warte mal", hakte Valentin nach: „Czaba ist auch aufgeflogen?"

„Ja. So sieht's aus."

„Dann sind wir definitiv nicht auf dem Holzweg. Was schlägst du vor?"

„Es wird euch nicht gefallen, Leute. Aber wir haben gerade zwei Identitäten und damit die Arbeit von x Jahren verloren und null Resultat. Und darum sage ich: Endstation. Vorerst jedenfalls. Wir haben, ohne zu wissen, um wen es sich handelt, ein paar Leute aufgescheucht. Gut möglich, dass sich da was bewegt. Aber was uns anbelangt – wir halten uns für den Moment still. Lassen die Sache ruhen. Machen unseren Job. Klar?"

Kein Feedback aus der Runde, nur Valentin, der ihm durch ein Nicken, das nicht über die Augenlider hinauskam, zu verstehen gab, dass er die Entscheidung für richtig halte.

„Klar, Leute?", hakte Brun nach. „Jez, Lorenz?"

„Dann dürfen wir ab jetzt wieder telefonieren?", fragte Jezreel anstelle einer Antwort.

„Wie gesagt: Alles ganz normal. Nur, dass die Worte ‚Ungarn', ‚Szabo', ‚Czaba', ‚Budapest', ‚Wittmann', ‚Konversus' et cetera ab sofort aus dem Wortschatz zu streichen sind. Sonst noch Fragen?"

Schweigen, das nicht preisgab, ob es eine Antwort auf Bruns Frage war oder Sprachlosigkeit ob der damit verordneten Tatenlosigkeit, die sich wie Kapitulation anfühlte.

Brun wusste es zu deuten, das Schweigen. Auch ihm fiel es nicht leicht, eine Fährte – egal, ob vage oder klar zu deuten – aufzugeben. Sie alle, auch er, waren nicht in erster Linie Sucher, sondern Finder. Und jetzt: Man hatte ihnen eine Spur gezeigt, hatte sie sie deuten lassen, ihr folgen lassen, um ihnen kurz darauf zu erklären, es, die Spur, sei keine, verlaufe im Leeren. Und er, Brun, hatte sich der Weisung widersetzt, hatte vielmehr zur Hatz gepfiffen und sah sich jetzt in der Situation, seine Leute, die Meute, um die Belohnung des Findens bringen zu müssen. Er fühlte in sich das Drängen, sich selbst und die Situation zu erklären im Stil von: „Kopf hoch, Leute. Ihr wisst, wie das ist. Da stinkt ein gewaltiger Haufen Scheiße zum Himmel. Frisch, dampfend, von fliegendem Leben übersät. Wir haben rumgestochert, die Viecher sind weg, haben sich in die Büsche und unter die Blätter der Bäume verkrochen. Kein Summen mehr, nichts zu hören. Warten wir ab. Wenn's wirklich stinkt und frisch ist, dann dauert's keine Minute, und die ganze summende Bagage ist wieder da. Wir brauchen bloß zu warten, Leute." Er sagte es nicht. Er war hier nicht der Trostspender, durfte es nicht sein. Stattdessen:

„Okay, dann war's das für den Moment. Wir haben einen neuen Job."

***

Zürich, Breitingerstrasse 5

Jezreel Vidali fühlte sich, als hätte jemand oder etwas ihr Hirn mit einem Waffeleisen neu zu dekorieren versucht und hätte – weil das mit Klein- und Großhirn inklusive Cortex so flutschig vonstattengegangen war – mit ihrem Gesicht und dem, was allgemein als das Prinzip der Seele bezeichnet wird, weitergemacht mit dem Resultat, dass jede ihrer zu einem Bewusstsein fähigen Fasern sich anfühlte, als zerre eine verstärkte Schwerkraft sie in jene Richtung, in die diese naturgemäß zieht. Sie selbst nur noch ein farblich undefinierbarer Haufen Versehrtes. Sie würde schlafen müssen. Es war das einzige, das hülfe, das einzige, das wieder festigen würde, was aufgelöst und in Atome zerlegt ordnungsfrei herumwaberte.

Sie fror. Es war kalt in der Wohnung, die sie am Sonntagmorgen verlassen hatte. Die Nacht auf Montag hatte sie im Auto sitzend verbracht. Nicht aus Angst vor möglicherweise übersehenen Wanzen oder Kameras. Nicht, weil die Wohnung durch das Eindringen Fremder nicht mehr die ihre war. Von solchem war sie weit entfernt gewesen. Das gehörte zum Job. Sie hatte im Auto übernachtet aus dem einzigen Grund, weil sie es mochte, im Auto zu übernachten, und weil die Vergeudung von Zeit und Sprit des Hin- und Herfahrens von Bern nach Zürich und vice versa ihr die Begründung für das möglicherweise infantile Tun geliefert hatte. Infantil insofern, als es zu dieser Jahreszeit nun mal nicht vernünftig war, nachts in kalten Autos rumzuhängen, die Tür geöffnet, die Sterne betrachtend, rauchend, von Freiheiten träumend, die es in dieser Form mit hundertprozentiger Sicherheit nicht gab.

Obwohl sowohl der handliche Grund für die Kälte als auch jener für die Müdigkeit in Griffnähe herumlagen, wusste Jez, ohne überhaupt erst hinzusehen, dass beide bloß Vordergrund waren. Rationale Fassade eines anderen Mechanismus, dessen verzahnte Räder hinter der überblickbaren Anschaulichkeit der Gartenlaubenkausalität ineinandergriffen.

„Wagen Sie nicht mal, daran zu denken“, hatte Brun gesagt.

Das war ganz am Schluss gewesen, sie und der Rest des Teams bereits auf dem Sprung, die Jobs im Fall Ludwig verteilt.

Sie hätte sehr gern nicht daran gedacht.

Widerwillig folgend, halb sich sperrend gegen die Tatsache, dass Brun recht hatte, dass es das Beste war, sich für den Moment bedeckt zu halten in Sachen Szabo – wenn nicht der Sache, dann zumindest dem eigenen Job zuliebe –, hatte die Truppe in der alten Fabrikhalle Bruns stichwortartiger Schilderung der anderen Geschehnisse des Wochenendes zugehört. Ludwig. Sein Telefonat mit Burger, das sowohl Bitte als auch Auftrag sein konnte. Der Überfall auf den Magistraten in der Nähe seines Wohnorts, Burgers Anruf bei Brun, nachdem er (Burger) mit dem offiziell verantwortlichen Ermittlungsleiter, Max Lutz, gesprochen hatte. Zum Schluss ein neuerliches Telefonat mit seinem (Bruns) ehemaligen Vorgesetzten und Mentor heute morgen gegen vier Uhr, nachdem er die Frühausgabe der Zeitung von einem Wagen der Vertriebsgesellschaft gefischt hatte und in die Luft gegangen war aufgrund des vollkommen spekulativen

Hinweises auf möglicherweise private Gründe für den Angriff, was einer Vorverurteilung gleichkam. Letzteres hatte er im Team nicht erwähnt, war bei den Fakten geblieben und hatte den Auftrag an das Team formuliert, wie er sich bis zu diesem Zeitpunkt dargestellt hatte. Dies unter Miteinbezug der Tatsache, dass Tom Bernoulli mittlerweile tot war. Bei einem Drachenflugunfall ums Leben gekommen.

Valentin war der erste gewesen, der reagiert hatte:

„Liege ich falsch, wenn ich sage, dass es mir vorkommt, als hätten wir wieder einen Fall, der offiziell keiner ist?"

„So sieht's aus", hatte Brun geantwortet. „Allerdings haben wir hier einen Auftrag von Burger. Offiziell wissen wir also gar nicht, ob etwas und, wenn ja, was hier offiziell ist und was nicht. Wir machen unseren Job. Punkt."

„Und Hiller?", hatte Nouriel nachgehakt.

„Nun – Jo Burger ist Hillers Vorgesetzter. Und da wir uns an die Dienstwege nicht nur halten, sondern vielmehr davon ausgehen, dass sie immer und von allen befolgt werden, müssen wir annehmen, dass Christian Hiller ebenfalls informiert ist. Ich treffe ihn heute vormittag für den wöchentlichen Rapport. Mal sehen, was er für uns hat."

„Nebst dem Fall Ludwig, meinst du?"

„Genau."

Etwas Komplizenhaftes war in die Runde geplatzt, hatte sie mit dem abrupten Zurückgepfiffenwerden versöhnt und an das nirgends Geschriebene und doch Bindende erinnert, auf das sie eingeschworen waren. Innerhalb des Apparats hatten sie nicht als integriert zu gelten, würden immer außerhalb stehen und verstanden ihre Aufgabe nicht im Schutz des sie nährenden homogenen Innern und dessen oft auf Wahrung von Pfründen ausgerichteten Normen, sondern vielmehr darin, a constant pain in the ass zu sein. Das Beste für jene zu wollen, die mit ihren Abgaben das Land und mit ihm das, was sich Politik nannte, erst möglich machten. Nicht vergessend, dass es dieses Wollen war, das sie antreiben musste, weil es sie wach hielt, während ein Haben die Versuchung der Integration und des Stillhaltens mit sich brachte.

„Irgendeine Ahnung, warum sich Ludwig mit dieser Geschichte an Jo Burger und nicht an Jacques Panetta gewandt hat?“

Savas Stimme hatte signalisiert, dass sie drin waren im Fall. Dass nach der Vollbremsung und dem Schreck, der der abrupten Schließung des Ungarn-Dossiers gefolgt war, weitergearbeitet werden konnte. Jez hatte sich eingebildet, Brun die Erleichterung über den neuerlichen Stimmungswechsel seiner Leute anzusehen.

„Nein. Burger kann sich auch keinen Reim darauf machen. Ludwig hat nur vage signalisiert, dass er die Sache absolut vertraulich behandelt haben wolle und dass er die Sicherstellung dieser Bitte scheinbar am ehesten Burger zutraue.“

„Das alleine ist schon eigenartig genug. Dafür hat der doch ein ganzes Assistentenheer. Vom Generalsekretariat ganz zu schweigen. Ich meine, es kann doch nicht so schwer sein, ein paar Infos über einen verschwundenen Kerl und den PR-Fritzen einer internationalen Firma wie Syngenta einzuholen, wenn man an der Spitze eines Departements steht.“

Nouriel hatte den Kopf geschüttelt, während er mehr laut zu denken als zu den anderen zu sprechen schien:

„Und was soll diese Verlautbarung des Generalsekretariats, auf die sich die Presse heute morgen landauf, landab beruft? Von wegen, das private Umfeld von Ludwig könnte der Grund für den Überfall sein? Sind die Ermittlungen innerhalb einer Nacht bereits derart fortgeschritten, um die Publikation eines solchen Verdachtsmoments zu rechtfertigen?“

„Du gehst automatisch davon aus, dass ein Zusammenhang zwischen Ludwigs Anfrage bei Burger und dem Überfall besteht“, hatte Sava eingeworfen, während ihre Augenbrauen sich fragend dem glänzendbraunen Haaransatz genähert hatten.

„Du etwa nicht?“

Für die Dauer dieses kurzen Wortwechsels schienen Nouriel und Sava im Kreis der anderen allein gewesen zu sein. Einen Augenblick lang und kaum wahrnehmbar hatte sie etwas umschlossen, das sie von allem um sie herum trennte. Das, oder aber der Frühstückstischton vertrauter Formlosigkeit der beiden, hatte sie zusammengerückt und von den anderen weg.

Dann war es vorbei gewesen. Sava war irgendwas auf den Block vor sich kritzelnd auf Distanz.

„Im Augenblick macht es keinen Unterschied“, hatte Brun Nouriels Frage beantwortet. „Wir müssen Infos beschaffen. Über Ludwig genauso wie über den toten Tom Bernoulli und Michael Kron. Außerdem über Bernoullis Funktion innerhalb der Syngenta und sein Arbeitsgebiet. Dasselbe über Kron. Die ganze Curriculum-Kiste – Geburt, Werdegang, Verehelichung … Das ist übrigens etwas, das wir von Bernoulli schon wissen: Er war verheiratet mit Jeanne Wallenberg. Lebten zwar seit Jahren getrennt, allerdings hat keiner von beiden die Scheidung eingereicht.“

„Wallenberg?“, hatte Sava geechot. „Von der Bank Wallenberg?“

„Ebendiese.“

„Warte mal …“ Sie hatte in dem Berg von Ausdrucken vor sich auf dem Tisch rumgewühlt. „Da“ – wie um sich zu vergewissern, hatte sie das herausgefischte Papier mit gefurchter Stirn gescannt – „die Bank Wallenberg ist einer der wenigen privaten Kunden der Konversus. Wenn das kein schöner Zufall ist …“

Ein Aufblitzen übermütigen Staunens ob des Zusammenfallens weit voneinander entfernter Information in ihrer Stimme. Eine einzelne Welle feinschaumigen Vibrierens war über den Tisch geschwappt.

„Nun mal langsam.“ Brun – als müsse er eine Auslegeordnung sichten, die sich weit über seinen Platz am Tisch hinauszog – war aufgestanden und hatte den Raum abgeschritten, der ihnen in der Ecke der Halle zur Verfügung stand: „Bleiben wir erst mal auf dem Boden. Es geht um Ludwig. Und wir gehen genauso vor, wie wir das immer tun.“

Dann hatte er es zum ersten Mal gesagt. In Richtung Lorenz:

„Denk nicht mal dran – verstanden? Die Konversus ist für den Moment tabu. Möglich, dass das, was wir in der Zwischenzeit herausfinden, es nötig und sinnvoll macht, uns erneut mit der Firma und mit Aithon zu befassen. Aber nicht jetzt, okay?"

„Hast du nicht eben gesagt, die Ludwig-Geschichte sei quasi offiziell? Rückendeckung von Burger und so weiter?" Lorenz klang nölend.

„Nicht jetzt", wiederholte Brun. „Ich will nicht in irgendjemandes Schusslinie geraten. Jedenfalls nicht noch mehr, als ich es eh schon bin. Und ich will auch nicht, dass einer von euch das riskiert. Alles klar?"

Und als keine Antwort gekommen war: „Dann lasst uns anfangen."

Er war zum improvisierten Flipchart rübergegangen, hatte ein neues Papier festgeklemmt und – wie vor Stundenfrist Jez – einen Namen in die Mitte geschrieben: „Oskar Ludwig".

„Wir wissen nicht, ob der Überfall auf Ludwig in irgendeinem Zusammenhang mit seiner Anfrage an Jo Burger steht. Weil wir aber so oder so eine Art Zeitachse seiner Aktivitäten in den letzten Wochen konstruieren müssen, schlage ich vor, die beiden Ereignisse nicht per se voneinander zu trennen."

„Wir gehen also von einem Zusammenhang aus."

Nouriel hatte zufrieden geklungen.

„Nicht zwingend – wie gesagt. Wir erledigen bloß zwei Dinge in einem Aufwasch. Also – Ludwig …"

„Finanzdepartement", hatte Jez als erstes in die Runde geworfen.

„Finanzpolitik und Finanzmarktaufsicht", hatte Sava ergänzt.

„Gut. Welches sind die aktuellsten und die wichtigsten Dossiers, die Ludwig seit seinem Amtsantritt bearbeitet hat? Womit hat er sich zuletzt befasst?" Brun hatte die beiden Fragen im Gleichklang mit den gesprochenen Worten an das Board geschrieben. Es war unleserlich gewesen.

„Wie kommen wir an diese Informationen heran? Wer hat Ludwig im Department nahegestanden? Gibt es überhaupt so jemanden? Lor…" Brun war nicht dazu gekommen, den Namen des Jüngsten vollständig auszusprechen. Lorenz war bereits dabei gewesen, seine Quellen im Netz abzugrasen:

„Steffen Sauter. Ludwigs Pressesprecher im Finanzdepartement und die einzige Neueinstellung seit seinem Amtsantritt. Soweit ich das verstehe, arbeiten die beiden seit Jahren zusammen."

„Gut." Brun hatte auch diesen Namen aufgeschrieben. „Mach weiter, Lorenz. Wir brauchen soviel wie möglich über diesen Mann. Ich muss wissen, ob wir es uns erlauben können, ihn persönlich zu kontaktieren, oder ob wir indirekt vorgehen müssen. Jez – das machst du. Ich werde noch mit Jo Burger reden – aber geh' mal davon aus, dass du in naher Zukunft sehr viel mit Finanzdossiers zu tun haben wirst. Und mit Steffen Sauter."

„Stichwort Nukleus", ergänzte Lorenz. „So wie es aussieht, ist das das weitaus größte und wichtigste Projekt des gesamten Departements im letzten Jahr. 63 Seiten juristisch verklausuliertes Vertragswerk. Nein, warte – es sind mehr. Die 63 Seiten sind nur der Entwurf. Sieht ganz schön nach Nachtschichten aus, wenn du mich fragst."

„Dich fragt keiner, Kleiner", war es von Sava gekommen. Und an Brun gewandt: „Sollten wir uns die Sache nicht zu zweit vornehmen? Ich meine: Jez wird doch nie fertig, wenn sie die ganze Chose allein durchackern muss."

„Für den Moment nicht. Später vielleicht. Ich möchte, dass du dir das Umfeld von Tom Bernoulli ansiehst. Wo genau war er beschäftigt innerhalb der Syngenta, was war sein Forschungsgebiet, mit wem hat er gearbeitet, wer war sein Vorgesetzter? Dann seine Ex-Frau – Jeanne Wallenberg. Wie war ihre Beziehung? Warum sind sie nicht geschieden? Vor allem: Warum hat dieser Bernoulli angefangen, nach Anja Sanders zu suchen? Was wollte er von ihr? Was ist vor einem Jahr bei dieser Konferenz passiert? Oder davor, danach. Setz dich auch mit Max Lutz in Verbindung – Burger hat ihn gebeten, sich bei den Kollegen im Wallis über den Unfallhergang zu erkundigen. Und sei nett zu ihm – du weißt, wie er ist ..."

„Alles klar“, hatte Sava genickt. „Du kennst mein Faible für alte streunende Rüpel, Carl. Er wird Wachs sein in meinen Händen.“

„Gut.“ Brun hatte sich bereits von Sava ab- und Nouriel zugewandt, als er das „Händewaschen nicht vergessen“ nachgereicht und Sava wieder ihr Schnauben hatte hören lassen:

„Jaja – die stumpfe Bissigkeit der Schlechtergestellten …“

Brun hatte nicht durchblicken lassen, ob er sie noch gehört hatte oder nicht, war bereits beim nächsten Schritt gewesen.

„Nouriel und Valentin – ihr müsst Ludwigs Wohnung unter die Lupe nehmen.“

„Wie bitte?“

Das Wort war aus Nouriels Mund geplatzt wie die verspätet zündende Explosion einer Knallfroschkette in den Händen eines Jungen.

„Das ist jetzt nicht dein Ernst, Carl, oder? Ich meine – da sind jetzt die Bundesfritzen drin. Du hast es ja selbst gelesen. Die Kantonspolizei ist doch nur Alibi. Hinter den Kulissen ziehen die Jungs von der Bundesbehörde die Fäden. Möglicherweise sind sogar einige von uns mit von der Partie. Das ist doch Wahnsinn. Von wegen in die Schusslinie geraten und so …“

Valentin war einer Antwort Bruns zuvorgekommen:

„Du hast recht, Nour: Es ist riskant …“

„Riskant nennst du das?“, hatte der Angesprochene geblafft. „Grob fahrlässig trifft es meiner Meinung nach eher. Was, wenn wir dort einem Kollegen über den Weg laufen? ‚Hallo, n‘Abend Jungs, wie läuft‘s?‘“

„Genau.“

Nouriel schien es die Sprache verschlagen zu haben.

„Eine bessere Ausgangslage können wir uns unter den gegebenen Umständen gar nicht wünschen. Ich meine: Klar wäre es optimal, wenn wir uns dort in Ruhe umsehen könnten. Aber sollte entgegen dieser Hoffnung doch die BuPo vor Ort sein oder meinetwegen ein NDB-Team, dann können wir unser Dortsein jederzeit begründen. Du weißt doch, wie das in politischen Angelegenheiten läuft: Da grassiert wilder Aktionismus, die Linke weiß nicht, was die Rechte tut, und umgekehrt. Jeder will mitmischen, etwas machen. Der, der uns schickt, eben auch."

„Aber was sollen wir überhaupt dort?"

„Ich weiß es nicht, Nour. Oder besser: Ich werde es erst wissen, wenn wir dort gewesen sind." Brun hatte mit einem Mal müde geklungen. „Soweit ich von Burger weiß, hat sich Ludwig allabendlich mit Arbeit für die Nacht eingedeckt und sie mit nach Hause genommen. So, wie es aussieht, braucht der alte Mann nicht allzuviel Schlaf. Ich möchte wissen, ob es Hinweise darauf gibt, womit er seine Nächte verbracht hat. Gut möglich, dass uns das Aufschluss über seine letzten Kontakte gibt. Lorenz – kannst du Ludwigs Telefondaten und die Gesprächsnachweise besorgen? Handy und Festnetzanschlüsse. Büro und privat. Und kein Gepolter im Netz."

„Klar."

„Okay, dann los. Ich werde jetzt erst mal unser aller Vorgesetzten treffen. Ich halte euch auf dem Laufenden. Auch über allfällige weitere relevante Infos von Burger. Lorenz – bitte schalte uns eine E-Mail-Adresse auf, über die wir kommunizieren können. Besser, wir telefonieren nur im Notfall und ausschließlich betreffend offizielle von Hiller erteilte Jobs. Wir treffen uns morgen früh wieder. Gleiche Zeit, selber Ort."

„Und was ist mit diesem Michael Kron? Wer kümmert sich um den?", hatte Sava nachgehakt.

„Mach' ich erst mal. Haltet ihr alle trotzdem die Augen offen. Möglich, dass ihr über den Kerl stolpert, wenn ihr nicht damit rechnet."

Sie hatten angefangen, ihre Notizen zusammenzupacken. Raschelnde Geschäftigkeit. Jeder hatte weggewollt. Anfangen. Arbeiten. Irgendein Resultat produzieren, etwas, das man sehen könnte im Gegensatz zu dem, was sie bisher hatten: Vermutungen, Ansätze, vage gehaltene Wegweiser.

Jez war froh gewesen, dass Brun das Treffen und die erste Jobzuweisung so kurz gehalten hatte. Ihr kamen diese Momente am Anfang eines Falls immer vor, als stünde sie vor einem Acker in der Größe eines Fußballfelds mit dem Auftrag, Wasser zu finden. Man konnte vermuten, das Gelände einzuschätzen versuchen, die Hangneigung, die potentielle Fließrichtung des Wassers. Aber all das brachte nichts. Irgendwann musste man anfangen, zu graben.

Im allgemeinen Aufbruch war nur Lorenz geblieben, schien die Veränderung von Geräuschen und Luftbewegungen um sich her nicht gepeilt zu haben. Dann doch: „Hör mal, Carl – stört es diesen Metall-Sammler, wenn ich noch 'ne Weile hierbleibe?"

„Der wird dich nicht mal bemerken. Aber wenn du ihn auf dich aufmerksam machst und ihn darum bittest, wird er garantiert irgendwo eine Pritsche für dich ausgraben. Willkommen zu Hause …"

Lorenz hatte mit keinem Zeichen zu verstehen gegeben, dass er Bruns Antwort gehört und/oder verstanden hatte. Seine Finger waren nach dem Wortwechsel wieder über die Tastatur geflogen. In seiner Welt war das Antwort genug. Zusätzlich noch ein oder mehrere Worte der Bestätigung zu produzieren, war unnötiges Beiwerk, das keinen Nutzen mit sich brachte.

Brun war dabei gewesen, in seine gefütterte Lederjacke zu schlüpfen, deren Aussehen einen zum Schluss kommen ließ, er betrachte sie als langlebiges Investitionsgut ähnlich einem Auto oder einem Gebäude. In diesem Moment hatte Jez sich den Ruck gegeben, den sie mit dem ersten Wort bereute:

„Hören Sie, Brun …"

„Ja?"

„Nein. Tschuldigung. Nichts."

„Schießen Sie schon los, Jez. Diesen Gesichtsausdruck kenn' ich. Er sagt mir, dass Sie dabei sind, was auszubrüten. Und glauben Sie mir: Es ist mir unendlich viel wohler dabei, wenn ich weiß, was es ist. Also?"

„Ich dachte bloß, dass es möglicherweise Sinn machen könnte, jemanden mit an Bord zu holen, der diese ganze Finanz-Kiste besser kennt als wir. Überhaupt kennt. Ich meine: Nukleus – allein schon das Konstrukt des Fonds, die Organisationsstruktur und das Vertragswerk werden uns wochenlang blockieren. Ganz zu schweigen von seiner Geschäftstätigkeit im Devisen-

und Aktienmarkt, ausländische Bonds und Bills als Zahlungsmittel für Fondsanteile, kurzlaufend, langlaufend, Liquidität, Eigenkapitalhinterlegung, Goldkäufe und -lagerung, Bergbauunternehmen. Und das ist erst *eines* von Ludwigs Dossiers. Jemand aus der Branche könnte uns …"

Da hatte Brun verstanden, worauf sie hinauswollte: „Denken Sie nicht mal dran, Jez."

Er hatte es leise gesagt. Eine von Bruns beiden Arten, in die Luft zu gehen. Jez ihrerseits hatte nur eine:

„Verdammt, Brun! Warum nicht? Warum sollten wir Nik Horn nicht an Bord holen? Etwas Besseres als der Kerl kann uns doch gar nicht passieren. Er schuldet uns dermaßen …"

„Hören Sie auf, Jez. Vergessen Sie's. Und zwar subito. Okay? Ich krieg' schon das zuständige Kotzen, wenn ich nur an diese Koksvisage denke."

„Und wo – abgesehen von Ihrer persönlichen Befindlichkeit in bezug auf Nik Horn – liegt das Problem?", fuhr Jez auf. „Gibt es irgendeinen rationalen Grund, ihn nicht bedenkenlos zu schröpfen? Was ist los, Brun? Sie sind doch sonst auch nicht so übertrieben empfindlich oder feinfühlig, wenn es darum geht, von fragwürdigen Subjekten Gebrauch zu machen. Warum nicht hier? Ich glaube nicht, dass wir es uns in diesem Fall leisten können, wählerisch zu sein, wenn wir in nützlicher Frist irgendwas haben wollen, das einem Resultat nahekommt."

„Darum geht's nicht."

„Und worum dann?"

Sie waren jetzt beide laut geworden. Die anderen hatten in ihren Vorkehrungen des Aufbruchs innegehalten. Sogar Lorenz hatte kurz die Augen vom Bildschirm gelöst, sie jedoch gleich wieder darauf geheftet, als er festgestellt hatte, dass keine unmittelbare Gefahr durch Feuer oder ähnliches drohte. Sofern er sie denn überhaupt wahrnahm, interessierten ihn Konflikte nicht.

„Warum, Jez? Das fragen *Sie* mich?" Brun hatte es gesagt, als würde er ihr bei Bejahung der rhetorischen Frage nicht weniger als das Existenzrecht in der Truppe absprechen. Sie hatte es darauf ankommen lassen:

„Nein – das frage ich *Sie*.“

Wenn möglich, dann hatte sich die greifbare Stille im Raum, die den letzten Worten gefolgt war, noch verdichtet, hatte ihre Masse vervielfacht, war erdrückend geworden. Und wenn Jez vorhin den Eindruck gehabt hatte, Brun habe müde gewirkt, dann war das, zu dem der Rest seiner Miene jetzt zerfiel, das rissige Porzellan eines Harlekingesichts. Waldrandartige Schatten, wo der unrasierte Bart verlief, furchige Rinnen wie Striche durch die Rechnung von Lach- und Mundfalten, Augen, deren Dunkel die Iris hinter sich ließ und erst am Rand knochiger Höhlen ein Ufer fand.

Schon hatte Jez gedacht, er würde sich setzen, wie er es schon so oft getan hatte. Eine Geste oder ein Wort, das sagen würde: „Kommen Sie, setzen Sie sich. Lassen Sie uns die Sache klären. Vernünftig.“ Aber es war nichts gekommen. Stattdessen hatte er auf dem Absatz kehrtgemacht und war durch das Spalier der anderen in Richtung des dunklen Regalschlunds gegangen, an dessen anderem Ende sich die Hallentür befand. Bevor das Dunkel ihn verschluckt hatte, war er stehengeblieben:

„Wenn Sie ein Hirn Ihr Eigen nennen, Jez, dann – bitte! – gebrauchen Sie es. Dasselbe, wenn irgendwo in Ihnen ein Quantum Würde steckt.“

Jez hatte seine Schritte nicht verklingen gehört, nicht die flüsternde Eile der anderen, die sich angeschickt hatten, ihm wortlos zu folgen. Auch nicht Savas Hand, die für einen Augenblick auf ihrer Schulter zu liegen gekommen war, oder Nouriels Worte: „Hat er wirklich ‚Würde‘ gesagt?“

„Ich glaub‘ schon“, hatte Sava geantwortet.

Das einzige Gefühl, das Jez jetzt in diesem Moment zu fühlen in der Lage war, war Müdigkeit. Exklusiv. Sie könnte schlafen hier in diesem temporären Habitat. Nachgeben jetzt. Es wäre so einfach, das Verlangen danach so stark, dass alles andere – buchstäblich alles, sogar das Sichtfeld der Augen und der Seele – sich reduzierte auf dieses eine Wünschen. Indes: Sie wehrte sich. Es wäre ein Schlaf, der keine Ruhe brächte, einer, der sie nach stundenlang ohnmächtigem Krampf ausspucken würde, zermalmt, versehrt, durch die Mangel des Unbewussten gedreht und mit dem einzigen Wunsch, sich erneut verschlingen zu lassen. Zu schlafen.

In der Dunkelheit des nicht heller werdenden Tages wuchtete sie sich aus dem ledernen Sessel vor dem Kamin hoch („Sieht aus wie ein Unfallsarg für Tiere, dieses Ding, oder wie eine aztekische Kultstätte in Miniaturform", hatte Brun mal gesagt) und zwang die Bleibeine, sich in Richtung Küchenecke zu bewegen. Irgendwo in Reichweite von Espressomaschine, originalverpackter Mikrowelle und Kühlschrank blieb sie zwischen totalem Verlust der Haltungskontrolle, gliederperforierender Kälte und sich weinerlich gegen mögliche Härte zur Wehr setzender Wut hängen.

Vielleicht schlafe ich längst, dachte sie. Während des Schlafs wird praktisch keine Tränenflüssigkeit produziert. Wäre ich wach, dann würde ich doch längst weinen. Vielleicht tue ich auch das. Weinen muss nicht zwingend mit Tränenfluss einhergehen. Ja – sehr wahrscheinlich weine ich. Im Schlaf. Damit kann ich leben.

Sie gab sich selbst und dem kurzzeitig windelweichen Teil ihrer selbst einen Ruck, machte auf dem Absatz kehrt, schichtete Holz in den Kamin, gab einen in Alkohol eingelegten Korken dazu, zündete das Feuer an, wusch sich das Gesicht in der Küche, setzte Kaffee auf und gewann Meter um Meter an bewusstem Grund zurück. Grund, auf dem sie für die nächsten Stunden würde stehen können.

Es war immer so: Es war das Kurzfristige, das ihr Hölle und Qual bereitete. Das Langfristige, das Ewige, das sich jenseits ihrer Vorstellungsfähigkeit von Fristigkeiten befand, war ihr nie Last. Das hatte sie geregelt. Damit lebte sie gut und damit würde sie eines Tages sterben. Auch gut. Das Heute und das Morgen allerdings …

Sie ging zur Stereoanlage, legte Sinatra auf, schnitt dem Gerät nach den ersten Klängen jedoch wieder den Saft ab. Passte nicht. Sie machte 500 Sit-ups, 50 Liegestütze, ging rüber zu Dusche und Toilette, die nur durch eine matte Scheibe vom Rest der

Einzimmerwohnung abgetrennt waren, und putzte sich die Zähne. Den durchgelaufenen Kaffee ließ sie in der Küche stehen. Sie musste eine Entscheidung fällen. Darum ging's. Nicht um Müdigkeit und dünnhäutiges Harmoniestreben, nicht um Kaffee oder Musik, nicht um „für Brun“ oder „gegen Brun“, nicht um ein an Fristigkeiten gebundenes Raum-Mensch-Gefüge und auch nicht um persönliche Befindlichkeiten in bezug darauf. Es ging darum, sich dafür oder dagegen zu entscheiden, den Menschen ausfindig zu machen, von dem sie sicher war, dass er ihr beziehungsweise ihnen helfen und von Nutzen sein könnte, und dem sie Gefühle entgegenbrachte, die sie entweder nirgends, oder aber an Widerhaken von Ekel, Angst, Mitleid und widerwilliger Verwandtschaft festmachen konnte: Nik Horn, Investmentbanker der Schweizer Bank UBS (letzter bekannter Arbeitgeber) in New York.

***

Brun hatte nicht groß nachdenken müssen, um zu dem Schluss zu gelangen, es sei zu seinem eigenen Besten, das Auto stehenzulassen und zu Fuß zu gehen. Er würde später mit dem Bus zurückfahren, um es zu holen. Oder aber erneut die Straße traktieren mit Schritten, die mehr dem Stampfen einer Pferdekopfpumpe in texanischem Sand als einer ordinären Art der Fortbewegung glichen. Je nachdem, wie das Gespräch mit Hiller laufen würde. Der Besuch. Alles eigentlich. Möglich, dass er dann Piet antreffen würde und ein gemeinsam schweigend getrunkenes Bier ebenso vonnöten wäre wie das Pumpen des eigenen Bluts von eben, das salzige Strömen auf dem kalten Gesicht unter der schwarzen Mütze.

Jetzt stand er vor der spitalbettbreiten weißen Tür.

Zimmer Nr. 14 einer Station des Inselspitals in Bern, von der er bis heute nicht gewusst hatte, dass so etwas existierte: Privatabteilung. Der Zustand des Patienten war nicht maßgebend, was dessen Plazierung hier anbelangte. Egal, was anstand – ob Standardlifting, Lebertransplantation oder medikamentös bewerkstelligtes Warmhalten eines sich aus dem Leben Verabschiedenden –, was zählte, war die Größe seiner Bedeutung außerhalb dieser Wände (ob er sie nun wieder verlassen würde oder nicht) und damit seine Fähigkeit, den Aufenthalt hier mitsamt dem kompletten Pfleger- und Spezialisten-Team zu finanzieren oder finanzieren zu lassen.

Ein Magistrat repräsentierte den Staat. Und war dieser nicht gerade klamm, wie es auf dem alten Kontinent mehr und mehr in Mode zu kommen schien, fiel die Entscheidung zu seiner Aufnahme in die Räume dieses Privatspitals innerhalb der Universitätsklinik leicht. Glaubte man den offiziellen Verlautbarungen von Regierung und Nationalbank, dann war die Schweiz inmitten des von Banken auf Staaten und umgekehrt überspringenden globalen Finanz-Buschfeuers nicht nur Oase, sondern ein regelrechtes Wasserschloss.

Unabhängig von dieser Tatsache fühlte sich Brun, als würde er schwimmen, sich ebenso auflösen im nicht versiegen wollenden Matsch aus den eigenen Poren wie in jenem, der sich auf dem Weg hierher eisig und salzig durch das Leder von Jacke und Stiefeln gefressen hatte und jetzt sowohl seine Zehen als auch irgendwie sein Inneres umspülte.

Erst jetzt registrierte er die Wärme hier drinnen. Es war zum Ersticken. Geräuschlos im gedämpften Licht vorbeischwebendes Personal in Weiß wies nackte Knöchel oder Beine auf. Er trat einen Schritt von der Tür zurück, hinter der Ludwig lag. Sein Vater. Am liebsten hätte er kehrtgemacht, sich eingeredet, es sei der Hitze wegen, er brauche frische Luft, Kälte, eine Kippe seinetwegen.

Rechterhand eine Sitzgruppe. Nicht von der Art, wie man sie normalerweise in Spitalfluren vorzufinden erwartet, kalt an die Wand gereiht, zum Weinen funktional, einzig dazu bestimmt, temporär Menschen in sich aufzunehmen, die es aus psychischen oder physischen Gründen nicht schaffen, Fersengeld zu geben und zu fliehen aus dem stöhnendgrauen Schlund des Vergänglichkeit ausscheidenden Flurs. Diese hier hätte anderswo als Lounge durchgehen können, als Stilvorlage für das

Franchising-Handbuch einer internationalen Hotel- oder Bistro-Kette. Brun grauste schon beim Gedanken daran, in die tief gepolsterten Sessel zu sinken, er fürchtete, beim Versuch definitiv zu ersaufen. Probehalber setzte er sich auf eine der breiten Sessellehnen. Sie hielt stand.

Er verzichtete darauf, sich aus seiner Jacke zu schälen, zog es vor, weiter im seichten Eigenwasser rumzudümpeln: Das Risiko, eine Pfütze lauwarmer Brühe und Gerüche zu hinterlassen, schien ihm zu hoch, er im Moment nicht in der Lage, es einzugehen. Stattdessen die Gedanken den Weg zurück in die eisengefüllte dunkle Halle finden lassen. Sich abkühlend jetzt.

Jezreel. Sie hatte recht: Sie brauchten jemanden wie Horn. Oder besser: Horn wäre perfekt. Alles, was Jez gesagte hatte, war korrekt. Aber ebenso stimmte Bruns Ausdruck vom „zuständigen Kotzen". Er brauchte wirklich nur an den Kerl zu denken, damit ihm schlecht wurde. Die Gedanken öffneten etwas in ihm, Luft kam herein. Durchzug. Er begann sich wohler zu fühlen, weiter.

Wozu sich etwas vormachen? Warum abstreiten, dass es zwischen Nik Horn und Jezreel Vidali ebenso Verwandtschaften gab, wie es sie zwischen Carl Brun und Jezreel Vidali gab? Er hatte kein Exklusivrecht auf Familiäres gepachtet. Auch dann nicht, wenn er sich im Gegensatz zu Horn auf der „richtigen Seite" wähnte und sah. Er kannte es doch selber besser, als ihm lieb war, dieses soziologisch nirgends definierte Sich-Nahe-Fühlen im Fall von Personen, von denen man sich wünschte, man wäre ihnen nie begegnet, oder besser noch: Es gäbe sie gar nicht. Dann würde man nicht feststellen müssen, dass es Schnittmengen gab, innerhalb derer das eigene Naturell und das andere, das in jeder Beziehung fremde, sich trafen. Deckungsgleich. Zum Erbrechen deckungsgleich.

Aber auch das war es nicht, was ihn sich derart sträuben ließ gegen eine mögliche Zusammenarbeit mit Horn. Er wusste es. All das war normal, gehörte ebenso zum Job wie zum Menschen. Verwandtschaften, Überschneidungen, diffuse, scheinbar grundlose Zuneigung – alles part of the game. Was zählte – zuerst und zuletzt – war das ganze Haus, in dessen schützenden Mauern man lebte, zu dem man sich zählte, für das man sich wenn möglich Tag für Tag neu entschied. Und für das man alles tun und riskieren würde.

Für viele, wenn nicht sogar für die meisten, war dieses Haus die natürliche Familie. Vater, Mutter, Brüder, Schwestern – das Bau- und Bollwerk des Bluts.

Auch seine Leute, auch er selber waren einst in ein Haus hineingeboren worden, waren groß geworden in einem schützenden Schoß, erzogen, an das Leben herangeführt, in das Leben hinein. Bis etwas zutagegetreten war, das plötzlich oder als Resultat eines schleichenden Prozesses den natürlichen Austausch zwischen den Nächsten und einem selbst, das gegenseitige Speisen und Drainieren, gestoppt hatte. Als hätte man festgestellt, dass es nicht notwendig war, vergebene Müh, man selber innerhalb des Organismus eine kapillarfreie Zone. Eine Art Hornhaut. Wohl Teil des lebenden Ganzen, dazugehörend und doch ohne Weh und Klage bereits abgetrennt. Allein. Schmerzfrei. Jeder für sich.

Aus den Einzelteilen war etwas Neues entstanden. Damals im „Außendienst", aber auch jetzt wieder. Sein Team. Seine Familie. Er erlaubte sich heute, zu glauben, den anderen gehe es ebenso. Und er war stolz. Stolz auf den zähen Klumpen Widerstand, den sie zusammen bildeten und der aller natürlichen Unmöglichkeit zum Trotz am Leben war. Ein neues Haus. Wohl mit einem unübersehbar blinkenden Schild über der Tür, das es ohne Unterlass und unvergessbar als „Motel" auswies – aber doch ein Haus. Er selber Hauswart, Portier und Wirt in Personalunion. Keiner kam rein ohne seinen Segen. Keiner ging raus, ohne an ihm vorbeizukommen. Zurückhalten konnte er indes niemanden. Wenn einer auschecken wollte, dann konnte er nicht mehr tun, als die Rechnung auszustellen und ihn ziehen zu lassen. Das war die Angst, die ihm den Magen drehte, wenn er an Horn dachte. An Jez und Horn. Er hatte schon viele Rechnungen ausgestellt. Zu viele. Jez' Rechnung auszustellen, würde er möglicherweise nicht überstehen. Einige Zimmer standen seit Jahren leer. Eines davon hatte mal Piet gehört. Er schaffte es auch heute noch kaum, daran zu denken.

Brun war damals – jung noch, vor Vertrauen, das der Hoffnung nicht unähnlich war, strotzend – davon ausgegangen, dass alles so bleiben würde für den Rest von Was-auch-immer, hatte die Vermutung zum Glauben erhoben, dass, während die meisten anderen stets auf dem Sprung waren, getrieben, Piet und er selber bleiben würden. Die Stellung halten inmitten des Kommens und Gehens anderer. Nicht weil sie mussten oder dazu gezwungen waren, sondern weil sie wollten, weil sie dorthin gehörten. Der Doppelkern eines sich stets wandelnden Ganzen an wechselnden Zwischenorten. So was wie Brüder.

Dann hatte er gelernt, dass es nicht grundsätzlich jede Schnittmenge zweier Menschen war, die es zu fürchten galt. Was zählte, waren die einzelnen Elemente innerhalb der Schnittmengen. Nicht die augenfälligsten, die dominanten und starken, über deren zeit- und ortgleiches Vorhandensein man sich wundern oder ärgern, derer man sich seinetwegen schämen konnte. Nein – die waren es nicht, denen einer erlag. Jene, nach denen es Ausschau zu halten galt und die man, wurde man fündig, nicht verdrängen durfte, waren die unauffälligen, die unscheinbaren an den Rändern. Solche, die nicht hell und breit und laut Platz und Aufmerksamkeit reklamierten, sondern scheinbar immobil und nebensächlich jeden über die Tatsache hinwegsehen ließen, dass ihr Ding die Tiefe war. Dass ihre Wurzeln das Innerste eines Menschen berührten. Die Leere, das Sehnen, das Siechtum. Dagegen galt es zu halten, nicht der Täuschung aufzusitzen, die einem vorgaukelte, gleiches Sehnen oder Leiden ergebe in der Summe Erlösung, Heimkehr oder Heilung. Fiel einer darauf herein, dann halfen Worte und vom Freund angezettelte Gefechte nicht mehr. Es hatte bei Piet nicht geholfen, und bei allen anderen, die gegangen waren, hatte Brun es gar nicht mehr versucht.

Sein Zwölferteam innerhalb des offiziell nicht existenten Auslandsgeheimdienstes der Schweiz war damals kurzfristig in den Tschad verfrachtet worden. Es war das letzte Jahr des libysch-tschadischen Grenzkriegs gewesen. Der Toyota-Krieg.

Das sechsköpfige inoffiziell für die NATO vor Ort operierende Schweizer Informationsbeschaffungs- und Analyseteam war im benachbarten Libyen in Schwierigkeiten geraten und musste herausgeholt werden. Die Situation war heikel. Brun hatte gewusst, dass es kein einfacher „Rein-Raus-Job“ würde. Erstens hatte über die Nationalität der in Gefangenschaft geratenen Einheit nichts durchsickern dürfen, zweitens war davon auszugehen gewesen, dass wenig Zeit verblieb: Die libyschen Garnisonen hatten zu diesem Zeitpunkt jegliche Unterstützung der verbündeten tschadischen Rebellen verloren. Sechs Geiseln eines westlichen Landes waren den sich in der Feindeswüste wie isolierte und verwundbare Inseln ausnehmenden Gaddafi-Truppen gelegen gekommen. Es war nicht nötig gewesen, mit Folter zu drohen – man kannte sich schließlich seit langem. Unter der Prämisse, sowohl die Schweizer Beteiligung als auch den Vorgang vor Ort um jeden Preis unter dem Deckel zu halten, waren Brun und seine Leute losgeschickt worden. Die Weigerung der Franzosen, den Tschadern bei der Rückeroberung des Aouzou-Streifens im Norden des Landes Luftunterstützung zu gewähren, verschaffte ihnen etwas Zeit – die Libyer feierten noch ihre gelungene Gegenoffensive und den neuerlichen Fall von Aouzou, die Tschader bereiteten den im September erfolgenden Überfall auf die libysche Luftwaffenbasis in Maaten al-Sarra vor. Unter den gegebenen Umständen die bestmögliche Ausgangslage für eine verdeckte Befreiungsaktion. Die Vorbereitungen vor Ort waren so gut wie abgeschlossen gewesen. Ein letztes Treffen mit einem Kontaktmann der libyschen Armee hätte die letzten Detailfragen zum Ort und den Umständen der Gefangenhaltung der Schweizer beantworten beziehungsweise die bekannten Gegebenheiten bestätigen sollen. Als Treffpunkt war Wath, eine Ortschaft nördlich der tschadisch-libyschen Grenze, vereinbart worden. Für den Mann aus Libyen war es zu heiß, innerhalb kurzer Frist mehrmals die Basis in Richtung Süden zu verlassen. Brun hatte entschieden, dass das Risiko so klein wie möglich gehalten werden und Piet allein zu dem Treffen gehen solle.

Piet hatte den Job erledigt, war nach vier Tagen mit den Infos zurückgekehrt. Alles soweit gut; wäre da nicht Piets Blick gewesen, der Brun in Sekundenfrist zweierlei hatte wissen lassen. Erstens: Der Einsatz konnte in den kommenden Tagen über die Bühne gehen. Zweitens: Piet hatte seine Neutralität verloren und war Partei geworden. Im Klartext: auf dem Absprung, so gut wie weg.

Now there's a look in your eyes, like black holes in the sky …

Dies auszuhalten war fürchterlich gewesen. Reden nicht notwendig. Brun hatte keine Ahnung gehabt, was oder wem Piet begegnet war, was ihn auf eine Seite gezogen hatte, aus der neutralen Mitte heraus. Es war auch nicht wichtig gewesen. Was zählte, war einzig, dass Piet eine Entscheidung fällte. Allein. Diese Runden musste er allein durchstehen.

Indes, die Qual dieser Tortur machte nicht beim direkt Betroffenen halt. Sie ließ keinen aus, scherte sich einen Dreck um viel zu dünne Wände, hinter denen einer rastlos schleifend auf wunden Knien im Kreis kroch, fragte nicht, ob man dem Abgrund hinter den matt gewordenen Augen des Freundes widerstehen konnte, lachte einem ins Gesicht, wenn man die Zeichen der Marter am anderen nicht länger zu ertragen glaubte, wenn man floh und sich Asyl suchend in irgendeiner heruntergekommenen Bar, die nicht viel mehr war als ein Loch im Boden inklusive Holzbrett und unetikettierten Flaschen irgendwo in der Nähe von N'Djamena, mit dem Inhalt eben dieser Flaschen die Hucke zupackte.

Drei Wochen hatte es gedauert. Hatte Brun gewartet, hatte Piet mit sich gerungen. Viel zu lange. Brun hatte den Kontakt in Libyen, sein Team, den ganzen Job riskiert um eines ärmlichen Bodensatzes an Hoffnung willen, der sich hartnäckig am verkrusteten Grund leeren Vertrauens gehalten hatte. Dann war Piet verschwunden. War in der Nacht nicht zurückgekommen in das sichere Haus. Es war vorbei gewesen. Brun erleichtert und entseelt zugleich. Seine Leute hatten ihn längst nicht mehr verstanden gehabt, Unruhe und Gereiztheit über die riskante Verzögerung hatten sich breitgemacht, die Maskeraden der Angst.

In Bruns abschließendem Bericht hatte gestanden, er habe einen Mann verloren. Man hatte zu Hause verstanden, was es zu verstehen gegeben hatte. Piet war aus den Listen gestrichen worden. Auf eine Entlassung hatte man verzichten können, da die Person Peter Schweizer – so Piets richtiger Name – in keinem offiziellen Vertragsverhältnis mit der Schweiz gestanden hatte. Keiner von ihnen. Eigentlich gab es sie gar nicht.

Der Bericht hatte außerdem deutlich gemacht, dass von Piet zu keinem Zeitpunkt ein Risiko für die Operation ausgegangen war, dass sein „Austritt" weder Menschen noch Identitäten oder Informationen gefährdet hatte oder noch gefährden würde. So hatte Brun erreichen können, dass auf eine Suche nach dem Abtrünnigen und dessen anschließende „Befragung" durch Verhörspezialisten eines befreundeten Dienstes verzichtet worden war. Man hatte sich auf sein Wort verlassen.

Er selbst war sich damals alles andere als sicher gewesen, der Rest des Einsatzes der reine Horror. Ungewissheit, Sorge um den Freund und unbändige Wut auf denselben hatten in ihm gewütet. Er bloß ohnmächtiger Zuschauer am Spielfeldrand seiner sich prügelnden Emotionen. Erst die erfolgreich abgeschlossene Operation und die anschließende Rückkehr in die Schweiz hatten die Distanz geliefert, aus der er die Sache gelassener betrachten konnte. Um eine Einsicht reicher, eine Illusion ärmer. Echter. Auch er war nicht gefeit. Keiner war's.

Trotzdem hatte er die Augen offen gehalten. Und als sieben Jahre später ein Flame mit Namen Piet van Laer, der sich als Schweißer in der Nähe von Bern niederzulassen gedachte, zwecks Standardchecks auf den Listen der Wirtschaftsheinis des Dienstes aufgetaucht war, hatte er gewusst, dass es sich um Peter handeln musste. Eine private Überprüfungsaktion hatte es bestätigt.

Ein Jahr darauf war er hingefahren und hatte, als er dem Freund entgegengetreten war, verstanden, dass alles beim Alten geblieben war. Es hatte nichts zu bereinigen gegeben, nichts zu erklären. Bloß ein Bier zu trinken.

Er hatte sich nicht mehr so reinziehen lassen seither, war vielmehr nach und nach zum Schluss gelangt, dass er dazu gar nicht mehr in der Lage sei. Schließlich war auch Penelope gegangen. Er hatte sie geliebt. Trotzdem war sie gegangen. Und er hatte sich in der Entfernung der eigenen Leere eingerichtet.

Dann war er auf Jez aufmerksam geworden und hatte sie reingeholt. Und jetzt erkannte er, dass ihrer beider Schnittmenge eben diese Leere war, die den größten Teil ihrer selbst für sich beanspruchte. Und dass er diesmal möglicherweise verbluten würde, wenn sich das große Stück Anderes mit einem Ruck losrisse.

Name of the game, mein Lieber. Irgendwann mal ist jeder dran.

Sprach's tonlos und machte sich auf die Suche nach einer Internetstation, von der aus er eine Mail an Jez senden konnte mit dem Inhalt, sie solle Kontakt mit Horn aufnehmen.

Neben dem Aufenthaltsraum des Pflegepersonals wurde er fündig.

„Leute – wir sind im Netz für heute über die Schweizer Synode der Reformierten Kirche erreichbar", hatte er Lorenz noch rufen hören, als er vor einer gefühlten Ewigkeit aus der dunklen Halle in den noch dunkleren Morgen hinausgestürmt war. Im Klartext hieß das, dass das Team für den Tag getarnt als Administrator über diese Adresse kommunizieren würde. Brun suchte die Website und loggte sich über den von Lorenz eingerichteten Pfad (das Kennwort blieb immer dasselbe) ins E-Mail-Programm der Synode ein. Als Administrator schickte er von da aus eine Mitteilung an sich selber. Jez würde die Mitteilung im Lauf der nächsten Stunde öffnen und anschließend löschen. Er wollte sich gerade ausloggen, als neben seiner eigenen eine weitere Mail eintraf:

„Admin in drei Tagen wieder erreichbar", stand da.

Brun glaubte schon, es sei eine automatisch generierte Mail des „echten" Administrators, und fluchte lautlos. Wofür bezahlte er Lorenz eigentlich, wenn nicht dafür, im Dschungel modernster Kommunikationsmittel und deren Lecks eine Möglichkeit zu finden, die es erlaubte, einigermaßen sicher miteinander sprechen zu können? Er regte sich gleich wieder ab, wusste, dass er Lorenz unrecht tat. Sicherheitshalber sandte er eine weitere E-Mail. Ein einzelnes Zeichen:

„?“

Die Antwort kam postwendend: „Absenz aufgrund Familienangelegenheit.“

Im genau richtigen Moment kriegte Brun die eigenen Zügel zu fassen, um sich am Hochgehen zu hindern und ein Grinsen auf die Züge zu zerren. Was hatte er denn gedacht? Man fuhr Jezreel Vidali nicht ohne Sachbezug und rationale Gegenargumente über den Mund. Sie würde sich zwar nie groß wehren, würde, wie heute morgen, nur kurz und ohne sich hineinzugeben versuchen, die Diskussion auf eine andere Ebene zu wuchten. Fruchtete dieser Versuch nicht, dann würde sie gehen. Punkt. Und offenbar war sie jetzt gegangen.

„Familienangelegenheit“ – erneut malträtierte Brun seine Fazialmuskulatur. Sie hatte ihre Eltern zuletzt gesehen, als diese, beide Hochschuldozenten und beide in den 50ern, erneut von hippiesker Sehnsucht nach unverfälschter Gegenkultur gepackt, losgezogen waren, um Kubas Jugend mittels kostenlos vermittelter Bildung in die richtige Richtung zu entwickeln. Soviel Brun den wenigen Hinweisen entnommen hatte, waren sie ohne Gepäck gereist, hatten nur Zelt und Schlafsäcke dabeigehabt. Er war nicht sicher gewesen, ob er laut lachen oder die beiden bewundern sollte. Jez schien es gleich ergangen zu sein – ihr Kopfschütteln mochte diesem Umstand ebenso gegolten haben wie der ihr unverständlichen Tatsache der Blutsverwandtschaft. Die Distanz hätte größer nicht sein können. Und jetzt das – „Familienangelegenheit“.

Brun schickte eine weitere Mail, obwohl er die Antwort bereits kannte:

„Erreichbarkeit?“

„Nicht gegeben“, kam die Antwort.

Wenn jemand abzutauchen verstand, dann einer von ihnen. Denn was in der Regel nach außen und gegen andere eingesetzt wurde, funktionierte auch in die andere Richtung – nach innen. Brun war sicher und hoffte, dass jeder im Team eine Exit-Strategie hatte. Man wusste nie, wann die Dinge sich änderten, ein Job misslang, man vom eigenen Menschsein eingeholt wurde.

Oder einfach mal durchatmen musste.

Sollte sie sich die drei Tage nehmen. Es war Monate her, seit sie das letzte Mal weg von allem gewesen war. Von Ferien im herkömmlichen Sinn ganz zu schweigen. So was gab's in ihrem Metier eigentlich nicht. Entweder man war dabei oder eben nicht.

Brun loggte sich aus und ging erneut den Flur entlang zum Zimmer, hinter dessen Tür sein Vater lag.

9.

Jacques Panetta war es beinahe gelungen, einen Zustand der Zufriedenheit zu erlangen. Wohl eine Zufriedenheit, die ihre Wurzeln zu einem Gutteil in der Erleichterung hatte – aber immerhin eine Art innerlicher Ausgeglichenheit, was nicht selbstverständlich war für einen Mann, der sich permanent im Krieg befand. Die Art und Weise, wie Gabriel Kolko ihm gestern vor versammelter Mannschaft die Leviten gelesen und ihm das eigene Schlechte vor Augen gehalten hatte, nagte zwar nach wie vor an einer Ecke seines kampferprobten Selbstwerts. Allerdings fühlte er, dass auch dieser erkauft moralisierende Appell an Kraft verlor und heiser wurde.

Was wusste Kolko schon? Der alte Mann mochte zwar den Knoten, in dem sämtliche Fäden sich verbanden, in den knochigen Händen halten, mochte das große Bild kennen, die Sicht hinter das Tableau dessen, was das Heute zu sein vorgab. Aber wer war er denn ohne Leute wie ihn, ohne die Jacques Panettas dieser Welt? Wer sorgte dafür, dass die Fäden nicht rissen, sich nicht verhedderten, nicht irgendwo hängenblieben? Er war es, der ihn mit den Leuten von Aithon zusammengebracht hatte. Er war es, der mit ebendiesen Leuten all die Informationen beschaffte, die potentielle Lecks identifizierten, bevor sie zu solchen werden konnten. Er war es, der bereit war, das Kleine zu opfern um des Großen willen, der Amt und Ehre riskierte, um den Weg zu bahnen und zu planieren, der den Menschen aufgrund seiner breiten Trasse und des soliden Belags das Vertrauen einflößte, dass man ihn ruhig beschreiten könne, dass er sicher sei, das Beste, was es an Wegen gab. Stein um Stein hatte er selber und mit Hilfe der Herren, denen er zu dienen vorgab, in den Boden gerammt. Er hatte die totale Abschirmung des Labors organisiert. Er war es, dem die reibungslose logistische Abwicklung des EHEC-Einsatzes als Blaupause für Was-auch-immer zu verdanken war. Seiner Paranoia, dem sich Permanent-im-Krieg-Befinden war es anzurechnen, dass dieser PR-Schmierer, Wittmann, von Anfang an auf dem Radar geblieben war und im rechten Moment hatte herzitiert werden können. Er war es, der Kolko und den anderen die Identität von Anja Sanders alias Jezreel Vidali geliefert hatte und der jetzt dafür sorgte, dass Carl Brun und sein Team sich nicht unter dem Zaun hindurchfraßen. Und zu guter Letzt: Er hatte die ganze Ludwig-Sache aufgegleist und umgesetzt, und jetzt waren es *seine* Leute, die dafür sorgten, dass der Tatort und das Haus sich dem offiziellen Ermittlerteam so präsentierten, wie sie es brauchten.

Nichts wäre der Alte ohne Leute wie ihn. Geld hin oder her: Der Kerl wäre auch beim besten Willen nicht in der Lage, die Drecksarbeit selber zu machen. Ohne Hilfe.

Dass er selber in dem ganzen nicht mehr war als eine x-beliebige Hure, brauchte man ihm nicht unter die Nase zu reiben. Er half zwar tatkräftig und gegen eine Bezahlung, die seine kühnsten Träume in Sachen Geldvermehrung dauernd überstieg, bei Planung und Bau besagter Straße mit. Allerdings: Auch er wusste nicht, wohin sie führte. Er hatte verdammt nochmal Jahre gebraucht, dieses Nicht-Wissen zu akzeptieren, es sich geradezu zu eigen zu machen im Wissen, dass der Zielort ihm nicht behagen, ihm regelrecht das Leben versauen würde. Warum ihn also jetzt daran erinnern, wo alles so rund lief? Wo er durch den ihn umgebenden Nebel, mit dem er sich arrangiert hatte, die Konturen eines mehr als verdienten Ruhestands auszumachen begann?

Ja – beinahe wäre er zufrieden gewesen. Diese NDB-Tussi, Jezreel Vidali, war offenbar auf einen Shoppingtrip nach New York verduftet. Hatte einen Last-Minute-Flug ab Zürich unter ihrem richtigen Namen gebucht und war entschwebt. Carl Brun, ihr Führungsoffizier, wurde, wenn er sich nicht irrte, in diesem Augenblick von seinem direkten Vorgesetzten, Christoph Hiller, derart mit kleinen Scheißjobs eingedeckt, dass er mit dem Rest seiner Bande alle Hände voll zu tun und keine Zeit haben würde, seine tastenden Fühler nach irgendwelchen ungarischen Apparatschiks oder nach Geldströmen auszustrecken, deren Natur und Fließrichtung ihn nichts angingen. Außerdem hatte der Aithon-Mann, der zu Ludwigs Sicherheit beziehungsweise zu dessen Überwachung im Spital abgestellt war, gemeldet, Brun habe die vereinbarte Auskunft, der Mann gehöre dem Sicherheitsdienst des Bundeshauses an, geschluckt und habe nicht mal eine Minute an des Ministers Bett gestanden. Weiß der Teufel, was er da überhaupt gewollt hatte.

Dann hatte diese hasenfüßige Koksfratze angerufen, und mit der sich breitmachenden Zufriedenheit war es dahin gewesen.

Nun ja – la cucaracha organisierte über ihre Agentur, die Konversus, nicht weniger als einen Großteil der Brüsseler Kommunikation, lenkte bei Bedarf jedwede mediale Berichterstattung in die gewünschte Richtung und sicherte damit seinerseits das Terrain, das sie brauchten, um in Ruhe ihren Job machen zu können. Der Kokser – ganz egal ob nun in Größe und Wendigkeit zum Eindrücklichsten gehörend, was innerhalb der Gattung der Blatta auf dem Planeten zu finden ist – war für ihn wichtig und könnte je nach Situation noch wichtiger werden; also war er freundlich gewesen zu der Mensch gewordenen Austrittsöffnung mit Namen Daniel Wittmann.

Trosshuren in temporärer Beutegemeinschaft.

„Es muss wichtig sein, wenn Sie mich über diese Nummer anrufen. Was kann ich für Sie tun?“, hatte er Wittmann begrüßt.

Das Lachen am anderen Ende der Leitung klang nur unwesentlich nach Erheiterung: „In meiner Branche bin ich es normalerweise, der diese Frage stellt.“

Ich sag‘s ja …, hatte Panetta sich gedanklich zur Richtigkeit seiner Einschätzung gratuliert. In echt hatte er geschwiegen – er würde dem Kerl nicht den Gefallen eines beiläufigen verbalen Vorspiels tun. Sollte der ruhig für einmal direkt und ohne Hilfestellung zur Überbrückung potentiell peinlichen Schweigens auf den Punkt kommen. Er würde derweil einfach warten.

Wittmann schien verstanden zu haben. „Wohlan denn … Es geht um Jeanne Wallenberg. Ich fürchte, sie könnte zum Risiko werden.“

„Denken Sie das oder wünschen Sie es?“

„Wie bitte?“ Wittmann schien irritiert, während Panettas Häme fast greifbar durch die Leitung triefte.

„Nun ja und bei allem Respekt – Ihre Ansage überrascht mich. Gelinde gesagt. Ich meine – nach ihrer gemeinsamen Nacht in Paris … Hat es etwas damit zu tun, dass Jeanne Wallenberg ihr Engagement nicht gebührend zu schätzen gewusst hat?“

„Jetzt hören Sie mal zu, Sie fischbegattendes Stasi-Relikt. Es geht nicht darum …“

Panetta glaubte, sich verhört zu haben. Irgendwo in seinem Ohr rasselte nach Auftreffen von Wittmanns Worten ein Laden herunter, als wäre sein Hörzentrum ein Panik-Raum. Sein Schlucken hallte in ihm wider wie ein Verriegelungsmechanismus. Es war nicht die Beleidigung, die solches auslöste. Wer sein Leben auf den verschiedenen Stufen der militärischen Nahrungskette verbracht hatte, nahm sie bloß noch am Rand war. Aber nicht das andere. Nicht das S-Wort. Das konnte nicht sein. Unmöglich, dass Wittmann etwas wusste. Heute wurde schon ein vernünftig handelnder Kleinkinderbetreuer als Fascho bezeichnet, ein Autofahrer, der die Geschwindigkeitsbegrenzungen respektierte, als Stasi-Schwein. Sein inneres System gab bei diesen Gedanken Entwarnung, der Aussetzer war vorbei – Denken und Sinneswahrnehmungen setzten wieder ein.

„… Ihr vergoldeter Spitzel-Arsch interessiert mich einen Dreck.“

Beruhigt stellte Panetta fest, dass er den Faden nicht allzu lange verloren haben konnte – Wittmann war mit seinem Worterguss noch nicht zu Ende. Er richtete sich auf längeres Zuhören ein. Sollte der sich ruhig leerlaufen. Die brauchten das, die Jungen. In der PR-Branche offenbar auch die nicht mehr ganz Jungen. Er genoss das Grinsen, das ihm die harten Züge im zu groß geratenen Gesicht kitzelte.

„Oder haben Sie etwa Lust, statt Ihren durch 60 Jahre Duldungsstarre verdienten Lebensabend am Ort Ihrer Wahl zu genießen – ich gehe übrigens davon aus, dass an besagtem Ort nicht allzu oft die Sonne scheint –, als Hauswart einer Schule für Minderbemittelte anzuheuern, um sich wenigstens die staatliche Rente aufzubessern? Bloß weil Jeanne Wallenberg plötzlich ihre moralische Seite entdeckt und im fortgeschrittenen Alter den pubertären Aufstand gegen den Ersatzvater zu proben gedenkt?"

Panetta ließ sich sein Unverständnis nicht anmerken – zumindest hoffte er, dass ihm das gelang.

„Worum geht's, Wittmann?", bellte er ins Telefon. „Geht's auch konkreter?"

„Konkreter?", kam es vom anderen Ende. „Ich liefere Ihnen gerade die Möglichkeit, sich einerseits bei Gabriel Kolko bis zur dekorierten Halskrause einzuschleimen, und andererseits die Chance, eine Gefährdung des Projekts zu verhindern, das ich, ihre Ausführungen in Chantilly in allen Ehren, mitnichten verstehe. Fakt ist, dass Jeanne Wallenberg, die die Projektsicherung auf Investorenseite zu garantieren hat, aus der Reihe tanzt. Dass sie Gabriel Kolko nicht traut. Mehr noch: dass sie ihm offenbar zutraut, mit dem Tod ihres Ex-Mannes etwas zu tun zu haben. Und bevor das Sprachzentrum Ihres Primatenhirns jetzt mühsam dazu ansetzt, die Frage zu formulieren, warum in Gottes Namen ich zu Ihnen komme und mich nicht direkt an Gabriel Kolko wende: Auch ich traue ihm nicht. Ich traue der ganzen Sache nicht mehr. Oder anders ausgedrückt: Ich habe das unangenehme Gefühl, in etwas hineingezogen zu werden, das nicht mal mehr entfernt Ähnlichkeit mit dem Deal hat, den ich mit diesen Leuten eingegangen bin."

„Inwiefern?"

„Das fragen *Sie*? Machen Sie sich nicht lächerlich, Panetta. Wer ist denn hier für Aithon tätig? Oder sollte ich fragen: Wer ist Aithon? Sie erinnern sich: Die Firma, die neuerdings nicht nur die Daten meiner Agentur verwaltet, sondern mich und meine Leute Tag und Nacht überwacht? Ach ja – zu Ihrer Information: Ich rufe Sie vom Telefon in der Lobby des RAMADA in Mannheim an. Sofern Ihre Leute also darauf verzichtet haben, meine Kleider beziehungsweise meine Physis zu verwanzen, ist dieses Gespräch so was wie sicher."

Und ohne Panetta die Zeit für die Entscheidung zu geben, ob der letzte Satz zynisch war oder echter Panik entsprang, fuhr Wittmann fort:

„Glauben Sie, ich wäre auf den Deal eingestiegen, wenn ich gewusst hätte, dass das dabei rauskommt? Medieninformationen volksgerecht formulieren, bürgerverträgliche Fakten schaffen, konspirative Neue-Welt-Konferenzen organisieren, die Sicherheit gewährleisten, was die Kommunikation anbelangt – das war der Deal. Damit kann ich leben. Die Bezahlung war mehr als okay. Sollten diese Leute – egal wie reich oder einflussreich – meinetwegen konspirieren bis zum buchstäblichen Schwarzwerden. Damit hatte ich nie Probleme. Die Leute auf der Straße wollen verarscht werden, so sieht's aus. Das wissen wir beide. Und wenn nicht verarscht, dann zumindest geführt. Immer schön und nur gerade soviel Verantwortung übernehmen, dass im Notfall die da oben schuld sind. Immer auf der sicheren Opferseite. Und seien wir ehrlich: Ob nun ich oder ein anderer …"

Wittmann ließ den Satz unbeendet. Panetta schob seine Worte in die Pause, die folgte. Jede grinsende Häme war mit dem Rotstift des Gehörten aus seiner Stimme gestrichen worden:

„Und was hat sich verändert? Die Entwicklungskurve Ihres Kontostands ist es meines Wissens nicht. Sie tun immer noch das, was Sie immer getan haben. Und obwohl ich Ihnen persönlich auch nicht das kleinstmögliche Quantum an Sympathie entgegenbringe: Sie machen Ihren Job gut. Also was ist auf einmal mit Ihnen los, Mann?"

Eine Weile war es still, Wittmann schien nach Worten zu suchen, was Panetta, wenn er ehrlich war, im Fall des PR-Fritzen mehr beunruhigte, als jede versteckte Drohung es vermocht hätte. Als dieser schließlich sprach, schien er mehr mit sich selber als mit seinem akustischen Gegenüber zu reden:

„Stellen Sie sich nicht manchmal die Frage, wo die Reise hingeht?"

„Sie sagten es doch gerade selbst", warf Panetta ein. „Dafür werden weder Sie noch ich bezahlt."

Wittmann ignorierte den Einwurf, schien ihn gar nicht gehört zu haben:

„Ich weiß nicht, wieviele Jahre Sie schon für Kolko tätig sind. Spielt auch keine Rolle. Allerdings gehe ich davon aus, dass Sie Ihrerseits sehr genau wissen, wie lange ich schon dabei bin. Sicher waren Sie und Ihre Leute es, die mich und meinen Hintergrund damals solange geröntgt haben, bis Sie sicher sein konnten, dass ich der Richtige war. Jung, verschuldet, ehrgeizig, selbstverliebt, komplexbeladen und arrogant bis an die Grenzen des Erträglichen. Das ganze gekrönt mit einer vollständig ausgebildeten Statusneurose – der perfekte Kandidat. Und bevor Sie jetzt denken, das sei eine Art Beichte: Vergessen Sie's. Es sind die Fakten, die Sie genauso gut kennen wie ich. Meine Aufgabe damals und während vieler Jahre: Worte. Nichts als Worte – die abstrahierende symbolische Form von etwas, das jemand auf jemanden oder etwas anderes übertragen wissen will. Tut nicht weh, bringt keinen um, habe ich mir immer gesagt. Es hat mich nie interessiert, ob ich für Kolko, eine Regierung oder die Cosa Nostra arbeite. Wenn die Bezahlung gestimmt und es in meiner Macht gestanden hätte, dann hätte ich in Deutschland das Kalifat ausgerufen und jeden x-beliebigen Mafia-Don seliggesprochen. Oder eben einen ganzen Staat für bankrott erklärt, um ein etwas aktuelleres Beispiel zu bemühen. Was interessiert mich das BIP-Wachstum eines Landes, wenn mein eigener Haushalt Überschüsse am Laufmeter produziert?"

„Was wollen Sie, Wittmann?", schaltete Panetta sich ein. „Es läuft doch alles bestens für Sie. Ihre Rede. Oder sind etwa Sie es – mehr noch als Jeanne Wallenberg –, der auf einmal seinen Hang hin zur moralischen Komponente der Dinge entdeckt hat? Nun – damit hätten Sie ankommen müssen, lange bevor ein nicht deklariertes Konto auf den Kaiman-Inseln mit einem ausgewiesenen Saldo von 247 Millionen Dollar auf Ihren Namen existiert. Nicht versteuert, versteht sich. Und bei genauer Überprüfung der zufließenden Geldströme würde die Steuerbehörde Ihres Landes feststellen, dass da Firmen- und Personennamen auftauchen, die in den internationalen Fahndungslisten mit Drogen-, Menschen- und Waffenhandel in Verbindung gebracht werden. Bisschen spät für die große Reue-Nummer, oder?"

„Darum geht's nicht, Panetta. Denken Sie wirklich, ich würde meine Gewissensbisse ausgerechnet bei Ihnen anschleppen? Für wie blöd halten Sie mich? Nein – sparen Sie sich die Antwort – ich kenne sie."

„Und worum geht's dann? Ohne unhöflich erscheinen zu wollen, aber meine Zeit ..."

„Es geht darum, dass plötzlich Leute abhandenkommen. Ein Forscher des Labors, das nirgends zu existieren scheint, verschwindet und taucht tot wieder auf. Ein frischinthronisierter Finanzminister, der mehr Fragen stellt als geplant, verlässt gezwungenermaßen den Bereich des bewusst Wahrnehmbaren, was er, folgt man der offiziellen Verlautbarung Ihrer Regierung, der gegnerischen fanatisierten Wählerschaft oder aber seinen eigenen unsauberen Machenschaften zu verdanken hat. Ein Zusammentreffen von Ereignissen, das gelegener gar nicht hätte kommen können. Aber was erzähle ich das Ihnen? Erstens wissen Sie das alles ebenso wie ich, und zweitens fallen diese Vorfälle – wenn ich es mal so sagen darf – genau in Ihren Tätigkeitsbereich."

„Was wollen Sie damit ..."

„Ich will gar nichts, Panetta. Wie gesagt: Bis hierher habe ich bloß zur gegenseitigen Erinnerung die Fakten aufgezählt. Der spekulative Teil folgt jetzt – und damit auch der Grund, warum ich Sie anrufe: Wenn man in Kolkos Kreisen nicht davor zurückschreckt, Kollateralschäden wie Bernoulli und Ludwig nicht nur in Kauf zu nehmen, sondern vielmehr sie als notwendig von Anfang an in die Rechnung miteinbezieht, was heißt das dann für Leute, die aus der Reihe tanzen? Was bedeutet es für Jeanne Wallenberg, wenn ihr Patenonkel Wind davon bekommt, dass sie nicht nur ein überintelligenter Junkie, sondern eine potentielle Gefahr ist? Was hieße das für Sie und mich, wenn wir bewusst oder unbewusst einen Schritt neben die Spur machten? Was heißt es für einen Kerl wie Niederberger, wenn ihm das schiere Ausmaß von Nukleus plötzlich erst den Schlaf und dann die Sinne raubt? Ich meine – sehr solide wirkt er auf mich ja nicht gerade. Aber dies nur nebenbei bemerkt."

„Ich wiederhole mich, Wittmann: Worauf wollen Sie hinaus?"

„Sie sind wirklich hart im Nehmen, Panetta. Wollen Sie mir im Ernst weismachen, es sei Ihnen egal, einfach piepegal, ob Sie die Früchte Ihrer, sagen wir: Arbeit, werden genießen können oder nicht? Oder ist es bloß Arroganz und Sie sind so blöd und verblendet, anzunehmen, Sie hätten jemanden wie Kolko in der Hand, oder besser noch: Kolko bekenne sich auch nur im Entferntesten zu einer gepanschten Farce von Loyalität? Vergessen Sie's. Aber ich will auf etwas anderes hinaus: Wenn schon heute, wo doch alles, Finanzmarktpanik und politisches Unvermögen hin oder her, eigentlich noch ganz gut läuft, solches in Kauf genommen wird, dann muss die Reise auf direktem Weg ins verheißene Land gehen. In Kolkos verheißenes Land, versteht sich. Mir geht jedes Kolkosche Kanaan am Arsch vorbei, glauben Sie mir: Mich interessiert ausschließlich das meine. Aber ich will verdammt noch mal wissen, wo seines liegt und wie es beschaffen ist. Nur dann wird es mir möglich sein, zu beurteilen, ob ich da hinwill oder doch besser die Reisegemeinschaft frühzeitig verlasse. Dazu brauche ich Ihre Hilfe – oder anders gesagt: Ich entscheide mich für die Cholera und lasse die Pest erst mal aus. Ach ja – und noch was: Bevor Sie jetzt möglicherweise in Betracht ziehen, uns beide zu beleidigen, indem Sie verbal erröten wie eine Puffmutter beim Amtsarzt: Die Information betreffend Ihre diversen Tätigkeiten vor November 1989 ist bei mir bestens aufgehoben. Und ersparen Sie sich und Ihren Leuten Leerläufe in puncto unbefugtes Eindringen in physische und virtuelle Domänen meiner Existenz. Die Belege Ihres Wirkens damals und heute sind sicher verwahrt. Und sollte mir etwas passieren, dann wird ein Algorithmus in Gang gesetzt, der mir zwar nicht mehr würde helfen können, dessen Handlungsvorschriften aber erst enden würden, wenn auch Sie sozusagen beendet wären. Ich denke, wir verstehen uns."

„Was wollen Sie?"

„Jetzt verstehen wir uns, Panetta."

***

„Darf ich Sie daran erinnern, Carl, dass Sie und Ihre Leute Ihr Geld genau für solche ‚Nichtigkeiten' vom Steuerzahler erhalten?"

Christian Hiller zischte die rhetorische Frage über das auswurffarbene Plastiktablett mitsamt leerer Kaffeetasse und angegessenem Sandwich hinweg in Bruns Richtung. Das Sandwich ließ in Bruns Hirn satellitenartig das Wort „Pop Art" auftauchen und verschwinden, um gleich darauf wieder aufzutauchen, was ihn irritierte.

Hillers Muskelspiel unter der Gesichtsoberfläche schien ernsthaft an der Darstellung eine Miene von Empörung, Ärger und Ungeduld zu arbeiten. Heraus dabei kam irgendwas zwischen spontan und unkontrolliert einschießendem Tick und einer Parodie seiner selbst. Brun schien es, als würde sich sein direkter Vorgesetzter den Ausbruch nicht mal selbst richtig abkaufen.

Es passte so gar nicht zu dessen wenn auch nicht gerade laut verkündeten, so doch durch sein Tun stets zuverlässig dokumentierten Überzeugungen, wonach man, solange innerhalb einer Nahrungskette und nicht an deren Spitze befindlich, besser daran tat, weder oben, noch unten, noch seitlich anzuecken. Es sei denn, man sei scharf darauf, erstens zu arbeiten oder zweitens sämtliche Aufstiegsphantasien fahren zu lassen und die persönlichen Karrierevorstellungen in ein 20-jähriges Am-Ort-Treten umzudefinieren.

Ansonsten war Hiller in Ordnung. Er glitt, was Haltung und Handlungen betraf, sozusagen fließend in die zur Zeit unter staatlichen Angestellten populärste und am meisten verbreitete Schablonenvariante: defensiv bis zur Duldungsstarre, vorauseilend und auf Kredit unterwürfig, wenn es um Eingeständnisse gegenüber nicht-schweizerischen Behörden ging, sich bis zum psychischen Kollaps der eigenen Zugehörigkeit zum „Unding“ Schweiz schämend und entschuldigend und vor allem: nach wie vor wohlhabend, um nicht zu sagen: reich, betrachtete man Saläre, Sonderzulagen, Spesen sowie Renten- und Pensionsansprüche.

Brun hatte es in den Jahren der Zusammenarbeit mit Hiller noch nicht erlebt, dass dieser aus der behördlichen Harmonie ausgeschert wäre. Umso weniger glaubhaft war die Show, die abzuziehen er im Begriff war, und Brun entschied, es sei Zeit für einen kurzen Break vor dem nächsten Akt, der unweigerlich folgen würde:

„Noch Kaffee?“, fragte er, bereits im unangekündigten Aufstehen begriffen.

Hiller war nicht gefasst auf die Unterbrechung, schien zerrissen zwischen dem quasikomödiantischen Hier seiner Tirade und dem unerwünschten Dort einer Antwort auf die geschlossene Frage Bruns. In der stillen Lücke der kurzen Orientierungslosigkeit schnappte sich Brun seine Tasse und entfernte sich vom Tisch, als habe er Hillers Schweigen als Nein interpretiert.

Sie befanden sich in dem Brun stets an ein tumoröses Riff erinnernden Glasbau der nationalen Militärpolizei an der Mingerstrasse. Die Zentrale des Inlandsnachrichtendienstes, ehemals Dienst für Analyse und Prävention, heute Teil des Nachrichtendienstes des Bundes, lag im vierten Stock. Die Tatsache, dass weder ein Namenszug an der Gegensprechanlage noch ein Briefkasten vom Hiersein des Dienstes kündete, mochte in der Natur der Sache liegen. Brun war da nie richtig dahintergestiegen.

Er durchquerte den Raum. Auch diesmal konnte er das vertraute Staunen darüber fühlen, wie ein einfaches Wort jeder gestalterischen Ambition den Garaus zu machen in der Lage war. Das gläsern geradlinige Design, das sich nicht nur wie ein schneidendroter Faden durch den aus dem Etat des Verteidigungsministeriums bezahlten Millionenbau zog, sondern auch den hier arbeitenden Individuen das Allzumenschliche absprach, scheiterte bereits an der schieren Biederkeit des Hinweisschilds, das diese leicht versetzte Ecke des Gebäudes als „Cafeteria“ auswies. Die Bezeichnung schrie nach warmgehaltenem Komponentenfraß, nach speckigglänzenden Gesichtern, abgestandenem Schweiß und aus der Spur geratenen Bügelfalten. Design my ass. Die Tatsachen, dass auf jedem der minimalistischen Tische ein Glas mit drei Buschrosen stand, wie es sie im Hunderterbund zu kaufen gibt, und dass die Frau an der Kasse im Besten wie im Schlechten eindeutig als Mensch zu erkennen war, taten ein übriges. Brun dachte es nicht bewusst. Es war vielmehr eine Ansammlung loser Gedankentropfen, kondensierte Ahnung, die in großer Höhe vorüberzog, ihren Schatten kühlend über ihn ziehen ließ, weiterzog.

Er stellte zwei Tassen in die vorgeformten Kunststoffrundungen der Kaffeemaschine und drückte auf die Taste, auf der zwei kleine Kaffeetassen abgebildet waren. Er verzichtete auf die Zugabe von Untertellern, Löffeln oder sonstigen Beilagen, was ihm an der Kasse einen eindeutig als menschlich zu identifizierenden Blick der Frau einbrachte. Brun strahlte sie an, strahlte wie einer, der es nicht besser wusste, strahlte immer noch, als er seinem Vorgesetzten den Espresso vor die Nase setzte.

Und bevor dieser seine neuerliche Irritation über Bruns Endlosgrinsen und darüber, dass seine in dessen Abwesenheit aufgebaute und in Schwung geratene Empörung über den nicht auf Linie zu bringenden Mitarbeiter durch das Nicht-Eintreffen des Erwarteten – nämlich, dass Brun nur für sich selbst einen Kaffee holen gegangen war – abrupt und mit Schub ins Leere lief, zum Ausdruck bringen konnte, nahm Brun den Faden auf. Mild fast, als täte es ihm leid, Hiller dem Folgenden aussetzen zu müssen:

„Okay Chef, dann lassen Sie mich kurz zusammenfassen: Der politische Zug, in dem Sie in Ihrer Eigenschaft als Staatsbediensteter und Bürger genauso sitzen wie ich, kennt, wie die aktuellen Ereignisse bestätigen, zur Zeit nur eine Richtung: Betrug, Bereicherung, Gewalt. Hier in der Schweiz genauso wie im nahen und fernen Ausland. Nein, nein – sagen Sie nichts.

Das ist Schwarzmalerei, ich weiß. Aber genau dafür sind ich und meine Leute einst angestellt und mit Ferngläsern ausgestattet worden: Damit wir die schwarzen Schwäne sehen, wenn sie am Horizont auftauchen. Nun ja, seien wir ehrlich: Die längst nicht mehr durchschaubar wuchernden Großmachtphantasien und Integrationsgelüste des supranationalen Brüsseler Apparats ebenso wie dessen Finanzmacht geben dem Ding nicht zu knapp Schub – Gelegenheit macht Diebe, undsoweiter, undsofort … Uns scheint's mehr denn je zu brauchen. Nicht mich persönlich oder jemanden Bestimmtes aus meinem Team – aber uns als Dienst. Als Späher, wenn Sie so wollen, Warner. Dienst am Bürger, versteht sich. Ja, ich denke, dafür zahlen die Leute da draußen unsere Löhne: Damit wir sie vor bürokratischem Größenwahn ebenso schützen wie vor der Enteignung von ihren politischen Rechten oder ihrem Vermögen durch korrupte Kräfte, die sich nicht zu schade sind, sich als ‚Wirtschaft' oder ‚Politik' zu bezeichnen, wo einzig das Wort ‚Clique' der Wahrheit entspräche. Sehen Sie: Die Angelegenheit, mit der Andras Szabo an uns herangetreten ist, ist mehr als plausibel. Mein Instinkt sagt mir, dass sie eher im Bereich des Wahrscheinlichen ist. Typische NDB-Aufgabe. Dann Schnitt. Neue Szenerie: Wieder scheint es im Gebälk des heimischen Finanzbereichs zu krachen. Unser neu gewählter Finanzminister, oberster Hüter unserer Staatsfinanzen, wird brutal zusammengeschlagen und an der Ausübung seiner Amtsgeschäfte gehindert. Ob er mit dem Leben davonkommt, ist noch offen. Und wieder: ein klarer Fall für den NDB. In Kooperation mit den Polizeibehörden, versteht sich. Aber zurück zu Ludwig: Seine Geschäfte werden ad interim – man höre und staune – von seiner Vorgängerin im Amt übernommen. Der Justizministerin, bestens vernetzt sowohl mit Brüssel als auch mit ihresgleichen anderer Nationen. Ihr Markenzeichen und das Maß all ihres Wirkens: Konzession auf Kommando für jeden, der die richtigen Knöpfe zu drücken weiß. Es passt alles bestens. Von Ludwig aufgenommene Verhandlungen wird sie zu Ende führen und voraussichtlich jede vom Vertragspartner vorgeschlagene Änderung eines bereits festgelegten Standards abnikken. Alles genuin Schweizerische ist ihr bekanntlich zuwider, es drängt sie mit Macht in die EU, die UNO – jedes internationale Gremium scheint bei ihr Euphorie auszulösen. Ganz im Gegensatz zu Ludwig, von dem man weiß, dass er die Eigenständigkeit der Schweiz, vor allem die finanzielle Eigenständigkeit, mit allen Mitteln zu verteidigen gedenkt. Und mit einem Mal sind alle zufrieden. Die Ungarnsache wird abgeblasen, Ludwig ist vom Fenster, und sein Fall wird federführend von der Kantonspolizei Bern bearbeitet, wie jeder x-beliebige Einbruchdiebstahl."

Und nach einer kurzen Pause: „Das ist also die aktuelle Lage da draußen. Drinnen sieht's, wie Sie mir eben bestätigt haben, nicht besser aus. Ich weiß ehrlich gesagt nicht, welches der beiden Szenarien mir mehr Übelkeit verursacht: die Tatsache, dass da draußen in der schizophrenen Realität der politischen Elite Schwäche, Trägheit und Feigheit vor dem Hintergrund schlecht kaschierter Eigeninteressen regieren, oder aber jene, dass Sie mir allen Ernstes und kalten Arsches – excusez l'expression – mitteilen, Sie, als operativer Leiter des Inlandsnachrichtendienstes, seien nicht befugt, einem langjährigen Mitarbeiter mitzuteilen, wer den Fall Ludwig intern bearbeitet oder etwa, wer und aus welchem Grund die Ungarn-Angelegenheit abgeblasen hat. Stattdessen und anstatt mich und meine Leute an jenen Dingen arbeiten zu lassen, für die wir eingestellt worden sind, schieben Sie mir bei Kaffee ohne Kippe eine Aufgabenliste rüber, der jeder Polizeischüler gewachsen wäre."

Hiller machte Anstalten, sich einzuschalten. Brun fiel ihm ins Wort, das erst Atem war:

„Warten Sie – nur kurz noch zur Sicherheit und meinem persönlichen Amüsement. Also – was haben wir da alles? Erstens: Im Rahmen irgendeines Schengen-Bücklings sollen ein paar Banden dauerbekiffter und ungewaschener rumänischer Jugendlicher am Zigarettenschmuggel über die grüne Grenze gehindert werden. Dass hier höchstens ein paar Zehntausend Franken volkswirtschaftlicher Schaden entstehen und die Milliarden derweil ungestört innerhalb der EU anderswohin fließen, ist Ihnen genauso bekannt wie mir. Es ist schon fast peinlich. Außerdem:

Wie haben Sie sich das vorgestellt, Hiller? Dass ich mit meinen Leuten ein paar Wochen zelten gehe? Aber lassen wir das. Was kommt dann? Hier: Beschaffung von Informationen über einen seit Jahren bekannten Schweizer Islam-Konvertiten aus der kleinen Industriestadt Biel, aufgrund Verdachts der Aufwiegelung und Anstiftung zu – warten Sie, wie war das gleich? Ich muss das nochmals lesen – da. Ich zitiere: ‚Anstiftung zu interkulturellem und interreligiösem Konflikt, zwecks Destabilisierung örtlicher und in der Folge nationaler behördlicher Einheiten.' Dann, drittens: Überwachung und Beschaffung von Informationen über gemäß Selbstdeklaration im Internet gewaltbereite Kinder und/oder Jugendliche zur Verhinderung potentieller Straf- oder Gewalttaten an Schulen oder im privaten Umfeld. Ich scheine mich ein Lebtag geirrt zu haben: Bisher dachte ich immer, dafür sei das Jugendamt mit seinen in den privatesten Kern der familiären Einheit eindringenden Tentakeln ausgestattet worden. Mit Steuergeldern, versteht sich. Aber weiter – viertens: die Überwachung eines Journalisten – sämtliche überwachbaren Bereiche – der Wochenzeitschrift ‚Weltblatt', der der Amtsgeheimnisverletzung verdächtigt wird. Ein Schelm, wer da denkt, es gehe der Staatsmacht dabei um schnöden Selbstschutz und nicht um Nachforschung zum Schutz der Leute vor behördlicher Willkür. Fünftens: ..."

„Herrgott – Brun. Hören Sie schon auf. Ich kenne die Liste."

Brun stieß etwas aus, das ein einsilbiges Lachen oder ein Schmerzenslaut sein konnte:

„Dann erlauben Sie mir die folgende Frage, Chef: Sehen Sie auf diesem Scheiß-Blatt auch nur einen einzigen abzuarbeitenden Auftrag, der es wert ist, dafür einen Steuerfranken auszugeben? Geschweige denn, ein ganzes Team darauf anzusetzen? Wissen Sie, wonach das Ganze für mich aussieht, Hiller? Für mich schreit sowohl Ihre Visage als auch dieser Wisch hier nach einer von oben ausgesprochenen Order, die da besagt, Sie täten gut daran, dafür zu sorgen, dass Carl Brun und seine Leute für eine Weile beschäftigt sind. Und dass man, bei befriedigender Erfüllung des Auftrags und damit bewiesener blinder Loyalität Ihrerseits, Sie garantiert im Auge behalten und bei der nächsten Runde, wenn es heißt, neuer Leiter der Strategieeinheit gesucht, als Besetzung in Betracht ziehen werde."

Bruns Stimme hatte sich bei den letzten Sätzen in ein arrhythmisch beschleunigendes Crescendo gewandelt. Anfängliche Milde und dezibelmäßige Diskretion waren daraus gekippt – ein paar Köpfe in der näheren Umgebung hatten sich in ihre Richtung und wieder weggedreht. Brun war sich sicher, dass es letzteres war, das Hiller den Schweiß aus den Poren plötzlich graugelb getönter Gesichtshaut presste und mitnichten der Inhalt des Gesagten. Scheinen war hier alles. Die Bestätigung folgte auf dem Fuß:

„Könnten Sie lautstärkemäßig mal eine Stufe runterschalten, Brun?", zischte er. „Das wäre wunderbar – danke."

Und als Brun den Mund hielt: „Sie haben vollkommen recht ..."

„Wie bitte?", platzte Brun heraus.

„Sie haben schon richtig verstanden."

„Wird das jetzt eine Art Deeskalations-Intervention unter Anwendung neuester mediationstheoretischer Erkenntnisse?"

Hiller ignorierte ihn – seine Stimme erneut ein Zischen. Nicht gespielt diesmal, wie es Brun schien:

„Meinen Sie ernsthaft, ich hätte mich nicht genau dasselbe gefragt? Oder denken Sie, mein Sessel sei so viel stärker als mein metaphorischer Arsch, dass ich darauf verzichtet hätte, ebendiese Fragen auch zu stellen? Und was denken Sie, warum ich heute hier sitze und mich vor Ihnen zum Affen mache? Etwa, weil es mir Spaß macht, meine Assistentin blind obrigkeitsgläubig Aufträge abfassen zu lassen, die zu erledigen auch letztere in rüdest berauschtem Zustand mit links imstande wäre und die niemandem etwas bringen?"

„Wer hat ein Interesse dran, uns auf diese Weise kaltzustellen?", stellte Brun die Gegenfrage. „Oder anders gesagt: Von wem kommt die Weisung?"

„Ich kann Ihnen keine Namen ..."

„Fahren Sie nicht fort, Hiller. Ich mag nicht Zeuge sein, wie Sie sich *richtig* zum Affen machen.“ Brun machte Anstalten, aufzustehen.

„Jetzt warten Sie schon, Brun. Setzen Sie sich. Ich war noch nicht fertig.“

Brun rutschte wieder in den Zangengriff der kantigen am Boden verschraubten Holzbank.

„Wie gesagt“, nahm Hiller den Faden wieder auf, „ich kann Ihnen deshalb keine Namen nennen, weil ich die Weisung schriftlich von der Bundeskanzlei erhalten habe. In meiner Antwort habe ich darum ersucht, mit der anweisenden Person in Kontakt treten zu können, was jedoch ignoriert worden ist.“

„Was ist mit der Strategieebene? Haben Sie da nachgehakt? Weiß Burger Bescheid? Was ist mit Panetta?“

„Offenbar ja. Die E-Mail war mit Cc an das Gremium Sicherheit und an den Gesamtbundesrat verfasst. Da ich von diesen Seiten her nichts gehört habe, gehe ich davon aus, dass man dort mit dem Inhalt einverstanden ist. Mehr noch: dass das, was an mich eine Weisung ist, für andere zur Bestätigung dient. Man hat sich abgesprochen und geeinigt. So sieht‘s aus.“

Brun fühlte etwas zwischen Luftröhre und Rückenwirbeln hinuntersacken. Die Tatsache, dass sich jegliches Gefühl aus seinen von den verschränkten Armen versteckten Händen zurückzog, dass er zum zweiten Mal heute kalten Schweiß seine Seiten traktieren fühlte, dass der Raum mit einem Mal voller schwarzer Löcher zu sein schien, ließ ihn vermuten, das Schwere müsse sein Blut sein, das sich spontan zu einem Notstopp des Systems Brun entschieden habe. Er gab der Versuchung, den Kopf in die Hände zu legen und die Augen zu schließen, nicht nach, dehnte stattdessen die Halssehnen, spannte und entspannte die Hände, holte tief Luft.

„Okay. Und was machen wir jetzt? Wegsehen und Steuergelder verschleudern?“

„Haben Sie einen besseren Vorschlag?“

„Na ja …“

Und dann hörte er seinen Vorgesetzten jenen Satz sagen, den er heute bereits zweimal ausgesprochen hatte:

„Denken Sie nicht mal dran, Brun. Verstanden? Es geht mir hier nicht um Sie. Von mir aus können Sie Ihren Job, die Jobs Ihrer Leute, meinetwegen Ihr Leben aus dem Fenster halten. Einhändig, wenn es Sie glücklich macht. Aber ich warne Sie: Sollten Sie etwas tun ohne mein Wissen, Ihre Leute hinter meinem Rücken auf Verdacht hin auf irgendetwas ansetzen oder gar in einem karrieretechnisch suizidären Anflug die Presse informieren, dann werde ich meinerseits alle Hebel in Bewegung setzen und dafür sorgen, dass Sie auch als Uniformwäscher der Leibgarde des jungen Kim Jong-un kein geeigneter Kandidat mehr sein werden. Haben wir uns verstanden?"

„Alles klar." Erneut quetschte sich Brun aus der Bank. Diesmal nicht ohne das von Hiller mitgebrachte Dossier zusammenzurollen und in die Jackentasche zu stopfen.

„Kommen Sie schon, Brun, jetzt machen Sie nicht so einen Aufstand. Beruhigen Sie sich. Ich hole uns noch eine Runde Kaffee."

„Danke, Chef, klingt verlockend. Aber ich mach' mich jetzt besser auf die Socken. Habe heute noch ein paar kiffende Kinder zu verhaften."

Sprach's und entrann halb rennend, halb kriechend der geschändeten Designerhölle.

Die eisige Luft draußen empfing ihn wie die Wärme eines Freundes. Er verfluchte sich dafür, das Auto stehengelassen zu haben. Zu gern wäre er jetzt eingestiegen und losgefahren. Nur das. Einsteigen und losfahren. Die Fenster offen.

Sein Handy klingelte. Es war Sava.

„Was genau an dem Satz ‚Bis auf weiteres keine Handys' ist nicht zu verstehen?", schnauzte er sie an. Und als keine Antwort kam: „Hallo? Sava?"

Die Leitung war tot. Sava hatte aufgelegt, was Brun die Gelegenheit gab, erst zu fluchen und dann zu grinsen. Er hielt inne in der unbewusst vollführten Bewegung, deren erstarrte Form darauf schließen ließ, dass er im Begriff gewesen war, sein Handy in hohem Bogen über den Vorplatz des behördlichen Palastes in Richtung Schneewall am Straßenrand zu katapultieren.

Jetzt wählte er stattdessen die Rückruffunktion. Irgendwo klingelte es gedämpft.

„Besser?“, meldete sich Savas Stimme.

„Viel besser. Bitte entschuldige. Aber trotzdem …“

„Keine Sorge. Lorenz hat mir eine abhörsichere Verbindung übers Netz verschafft. War‘s so schlimm bei Hiller?“

„Normal. Warm und kuschlig wie immer. Du kennst das ja. Sag mir lieber, wo‘s brennt. Wozu der Aufwand von wegen abhörsichere Leitung und so weiter?“

„Warte, ich les‘ es dir vor:

‚Medienmitteilung der Bundeskanzlei

Überfall auf Bundesfinanzminister Oskar Ludwig: Erste Erkenntnisse

Gemäß Information der aus Bundespolizei und Kantonspolizei gebildeten Ermittlungseinheit zur Untersuchung des auf Bundesfinanzminister Oskar Ludwig verübten Anschlags liegen erste Erkenntnisse vor, die Hinweise auf ein mögliches Tatmotiv liefern. Öffentlichkeit und Medien werden in diesem Moment anlässlich einer im Medienzentrum des Bundes einberufenen Pressekonferenz informiert. Der Zustand von Bundesrat Ludwig wird von den Ärzten des Inselspitals weiterhin als sehr kritisch bezeichnet.

Der Bundesfinanzminister, Oskar Ludwig, wurde am frühen Sonntagabend in der Nähe seines Wohnhauses brutal zusammengeschlagen und liegt seither im Koma. Sein Zustand wird von den Ärzten nach wie vor als kritisch bezeichnet. Die multiplen Verletzungen lassen auf eine Täterschaft von zwei oder mehr Personen schließen.

Gemäß Information der Ermittlungsbehörden konnten bis zur Stunde erste Erkenntnisse gewonnen werden, die Aufschluss sowohl über den Tathergang als auch über mögliche Tatmotive im Fall Oskar Ludwig geben. Aufgrund eines anonymen Hinweises wurde das Haus des Bundesrats für eine kriminaltechnische Untersuchung freigegeben. Es wurde sowohl auf dem privaten Rechner von Oskar Ludwig als auch auf verschiedenen Datenträgern Material sichergestellt, das die Privatsphäre noch nicht identifizierter Personen möglicherweise verletzen könnte.

Die Ermittlungen konzentrieren sich zur Zeit vorwiegend auf die Identifikation der möglichen Opfer sowie auf die Suche nach dem anonymen Hinweisgeber, der den schwerwiegenden Verdacht per Fax mit deutscher Kennung an die Behörden gesandt hat.

Ende“, ließ Sava Brun wissen. „Selten in den Genuss einer so kurzen offiziellen Stellungnahme gekommen.“

Am anderen Ende der Leitung war es still.

„Carl? Bist du noch dran? Lorenz, steht die Verbindung noch?“

Brun konnte Lorenz‘ Antwort nicht hören. Er fühlte sich wie etwas, das aus großer Höhe zu fallen im Begriff war. Unter freiem Himmel, im freien Fall. Nichts, das mal nützlich gewesen war, gelebt hatte, Siegel oder Signatur. Bloss *etwas*, ein Stück Weltraummüll, zufällig aus der eigenen Bahn in die Atmosphäre des Hiesigen katapultiert. Er hörte die Fallgeschwindigkeit. Gleich würde er aufschlagen im Matsch an der Mingerstrasse. Man würde von ihm sagen, das einzig Gute an seinem Fall sei die Tatsache gewesen, dass er keine anderen mitgerissen habe beim großen Platsch. Carl Brun war zu klein, um Kollateralschäden zu zeitigen beim persönlichen Absturz.

Als hätte das Wort, vor dem ihm grauste wie andere vor Spinnen, den kraftlos erlöschenden und nur noch auf das Selbst gebündelten Strahl seines Denkens vom flackernden Taschenlampen- in den Scheinwerfermodus zurückversetzt, nahm er seine direkte Umgebung wieder wahr. Die gefrorenen Scharten des Untergrunds, das fleckig geratene Grau des Tages, das Handy in der Hand auf Höhe Oberschenkel.

Er hob die Hand mitsamt Gerät ans Ohr: „Ich bin noch dran. Wann ist die Mitteilung versandt worden?“

„Noch nicht“, kam es von Sava, der Brun dankbar war, sein Schweigen unkommentiert zu lassen, sofern sie es bemerkt hatte.

„Lorenz hat das Dokument von einem der BK-Server geholt, wo es zwischengespeichert ist. Die Pressekonferenz findet in zwei Stunden statt. Für die Gratiszeitungen am Abend wird's nicht reichen. Aber Internet- und Fernsehredaktionen werden dankbar die verbale Schweinekramkiste auftun und alles bringen, was der Wortschatz hergibt. Aber das ist noch nicht alles, Brun."

„Schieß los."

„Einfach so? Kein ‚Lass mich raten' heute?"

Brun biss die Zähne zusammen. Sein Kiefer sah für einen Moment aus wie von Subkutan-Schmuck verunstaltet, als müsse es schmerzen. Anstatt auszurasten und akustisch um sich zu schlagen, schaffte er es, seine Stimme in neutrales Interesse zu packen: „Ich muss gleich los, Sava. Worum geht's?"

„Bernoulli. Erstens: Es existieren keine offiziell zugänglichen Akten. Gemäß einem Kontakt bei der Bundespolizei sagt das unter Verschluss gehaltene Dossier jedoch lediglich aus, dass es sich um einen Unfall handelt. Der Kollege vom Polizeiposten in Fiesch sagt gemäß Max Lutz allerdings was anderes. Er spricht von Selbstmord. Allerdings nur sehr leise und nur, weil er den Kollegen Lutz seit der Polizeischule kennt. Wir, beziehungsweise Lutz, sind übrigens in dieser Angelegenheit nicht die ersten, die ihn kontaktiert haben. Offenbar hat dort alles, was sich Sicherheitsbehörde nennen darf, telefonisch defiliert in den letzten Tagen. Jez hat einen Flug nach New York gebucht."

Letzteres hatte Sava so nahtlos an der Info betreffend Bernoulli/Lutz befestigt, dass die Fäden sich erst mit Verzögerung in Bruns Wahrnehmung voneinander lösten. Alles Kiefer-Zusammenbeißen und Gesicht-Deformieren half nichts mehr:

„Was sagst du? Der ganze Laden ist gerade dabei, uns um die Ohren zu fliegen, und sie …"

Dann verstummte er abrupt. Auch Sava schien abzuwarten.

„Warst du das?"

„Was?"

„Hast du die Flugdaten checken lassen?"

„Ja – hatte irgendwie das Gefühl, es könnte sinnvoll sein, unsere Jezreel im Auge zu behalten, nach eurem Tanz heute morgen."

„Und? Denkst du dasselbe wie ich?"

Und anstatt einer direkten Antwort: „Du kennst sie, Carl."

Brun stieß die Luft aus, merkte, dass er seit Betreten von Hillers aquaristischem Paradies keine einzige Zigarette angezündet hatte, und holte es nach. Oh ja – er war definitiv zu lange unter Wasser gewesen. Zeit, aufzutauchen.

„Gute Arbeit, Sava. Danke. Wir sehen uns dann morgen. Im Moment können wir nichts anderes tun, als weitermachen. Wenn möglich, noch leiser. Das Eis ist gerade verdammt dünn geworden. Lass das die anderen wissen."

„Okay, bis dann." Sie legte auf. Brun stand im einsetzenden Schneegestöber, im Zischen endlos sich aneinanderreihender Autoreifen, und fühlte sich wie einer, der sein fortschreitendes inneres Erblinden wie ein Licht vor sich hertrug im vergeblichen Hoffen, irgendwo anzustoßen, irgendwann.

Dann gab er sich einen Ruck, machte den ersten Schritt.

Er hatte ein paar Gespräche zu führen. Persönlich.

***

Wieder ein Hotel. Das Crowne Plaza Times Square Manhattan in New York diesmal. Angemieteter Stauraum für Frachtgut und Ballast einer Person. King-Size-Bett, Minibar, Pay-TV als Wegzehrung für eine Nacht.

Jezreel hatte auf dem Bett sitzend irgendein McMenu in sich hinein geschichtet, als ging's darum, irgendetwas in ihr drin zu stützen, das nur am Rand mit ihrem Körper zu tun hatte.

Eine weitere Nacht. Eine verlorene Nacht. Oder auch nicht.

Gresch – mit richtigem Namen Christoph Raible, einst ihr Praktikant bei der Tageszeitung „Berner Zeit", wo Brun sie für eine kurze Zeit im Rahmen eines Jobs untergebracht hatte – hatte eine SMS auf ihr neues Handy geschickt, die sie darüber informiert hatte, dass Nik Horn nicht mehr bei der UBS tätig sei und auch nicht bei Goldman Sachs, die ihn abgeworben hatten. Letzter gemeldeter Aufenthaltsort sei Vancouver. Die Meldung sei zwar auch schon wieder ein Jahr alt, allerdings sprächen seine Kreditkartenabrechnungen dafür, dass er nach wie vor dort sei. Jez hatte darauf verzichtet, sich die Frage zu stellen, wie Gresch – ursprünglich Elektroingenieur, heute Journalist und einer ihrer Kontakte – an solche Infos rankam. Sie hatte sie gebraucht, jetzt hatte sie sie. Punkt. Das musste reichen. Das und die Tatsache, dass sie Gresch dafür bezahlte. Aus der eigenen Tasche und nicht zu knapp.

Sie hätte sich die Reise hierher sparen können, hätte Stunden einsparen können, um sie 45 Kilometer nördlich der US-Grenze zu verprassen auf der Suche nach einem Menschen in einer Stadt, die an die 700.000 Einwohner zählte. Auch darüber hatte sie nicht nachdenken mögen. Sie würde eher früher als später zu dem Schluss kommen, dass die ganze Aktion ein Schuss in den Ofen war.

Als ob ihr erst in diesem Moment die Mahlbewegungen ihres Kiefers bewusst geworden wären, der geschmacklose Matsch in der Mundhöhle, hatte sie innegehalten, auf ihre Hände geschaut, die etwas hielten, was der Rest eines Fleischerzeugnisses oder aber dessen gleichfarbige Verpackung hätte sein können, und das *Ding* in die Papierverpackung zurückgeworfen.

Ihr Flieger nach Vancouver ging morgen gegen acht Uhr und würde irgendwann nach elf dort sein. Genügend Zeit also, die Unterlagen, die Lorenz ihr besorgt und die sie mitgeschleppt hatte, nochmals zu studieren. Es war das Vertragswerk von Nukleus, und sie hatte bereits im Flugzeug versucht, irgendwas von dem zu verstehen, was nach den für jedermann verständlichen Vertrags-Präambeln gekommen war. Nach ein paar Minuten hatte sie den Papierwust zur Seite gelegt. Keine Chance, hier auch nur im Entferntesten durchzusteigen. Vielleicht war sie auch bloß müde gewesen.

Nach der geschmacksfreien Nahrungszufuhr hatte sie sich wach gefühlt. Kräftig genug, um sich erneut in die verbalen Schluchten rhetorischen Marmors abzuseilen.

Sie hatte sich quer über das King-Size-Bett gestreckt und Unterlagen inklusive Zigarillos und Feuerzeug aus der Umhängetasche auf das Bett befördert.

Kurz innegehalten, freiwillig steckengeblieben in einer Schlaufe des Endlos-Gleichen. An wievielen Orten hatte sie sich genauso über Betten, Pritschen oder einfach bloße Erde gereckt, um an die Fluppen zu gelangen? Wie oft schon hatte sie sich am Eingang einer Nacht herumgedrückt im Wissen, dass es an der Bar des Clubs für sie nur Wachmacher gab?

An vielen Orten. Oft. Zufrieden?

Sie hatte gedacht, dass sie an dieser Stelle seufzen müsste. Den Blick durch die koloskopische Hässlichkeit des in beängstigend variierenden Brauntönen gehaltenen Zimmers im 32. Stock schweifen lassen, irgendwas empfinden, das mit zarter Traurigkeit, Sehnsucht oder Wehmut zu tun hatte – irgendeine filmisch verwertbare Darstellung ästhetisch ansprechender Depression. So was in der Art.

Come in, dear boy, have a cigar …

Das Ronson-Feuerzeug hatte geklickt. Sie hatte den restlichen Fast-Food-Müll von der Tagesdecke, deren Farbe sie sich zu beachten oder gar einzuordnen weigerte, gekickt und sich nach hinten verlagert, so dass sie an die Wand über der Bettstatt zu lehnen gekommen war, hatte den Laptop gestartet und sich die Papiere auf die Oberschenkel gepackt.

Dann hatte sie sich anders entschieden, hatte die Aussicht auf sie an Ort und Stelle haltende Neuronentätigkeit nicht ausgehalten. Sie hatte ein Telefonat geführt. Dann war sie vom Bett aufgestanden, hatte sich Mantel, Schal, Mütze und Handschuhe übergezogen und war gegangen.

Jetzt stand sie oben an der Treppe der U-Bahn-Station 47th Street-7th Avenue und tat, was den Job aus ihrer Sicht oft in beängstigendem Maß ausmachte und – was noch beängstigender war – worauf sie sich beängstigend gut verstand: Sie wartete.

You are young and life is long and there is time to kill today …

Sie wusste weder, wie er aussah, noch wie er mit vollem Namen hieß. Unter dem Namen „Sam“ hatte Gresch ihn während der Ermittlungen im Fall Nik Horn/UBS irgendwo im Netz aufgetan. Er war für eine US-Behörde tätig und hatte deutlich gemacht, dass er ihnen zwar sehr wohl die Infos über Nik Horns Strafregister während dessen Zeit in New York liefern könne und würde, dass er aber nicht bereit wäre, offiziell auszusagen. Fast hatte sie gelacht, als sie seine Handynummer eingegeben und am anderen Ende das Freizeichen gehört hatte. Manchmal vergaß sie, dass normale Leute nicht für jeden Anruf ein neues Handy benötigten. Dass sie Kontaktlisten hatten, Anrufprotokolle, SMS-Speicher, Fotodateien, Schnellwahltasten und Internetchroniken. Ein Lebenskonzentrat in Kreditkartenformat. Das als Schlüsselloch getarnte Einfallstor für jeden, der sich in fremdem Gebiet umzusehen oder niederzulassen gedachte.

Aus ebendiesem Grund war sie vorsichtig gewesen. Hätte es sogar verstanden, wenn am anderen Ende kommentarlos aufgelegt worden wäre. Der Kerl war ja auch nicht blöd. Und wenn er Polizist beim NYPD war, wie sie vermutete, dann hatte er sich schon damals viel zu weit aus dem Fenster gelehnt und würde es möglicherweise nicht mehr tun. Die eigene Sache ist den meisten wichtiger als jene der Gerechtigkeit. Auch wenn sie sich das möglichweise anders wünschen.

„Sam?“

„Ja.“

Sie hatte gelacht wie jemand, der sich freut: „Hey – Sam. Schön, dich zu hören. Wo bist du?“

Er hatte darauf verzichtet, ihr zu verstehen zu geben, ob er wusste, wer dran war oder nicht, war einsilbig geblieben:

„Bei der Arbeit.“

„Zeit für eine Kaffeepause?“

„Klar. Immer.“

Im Hintergrund hatte sie ein regelmäßiges Rauschen wahrgenommen. Sam war unterwegs gewesen.

„Schön. Ich komme an die Ecke 47. zum Subway-Eingang. Halbe Stunde?“

„Okay. Bis dann."

Sie legte auf. Unruhiges Erstaunen im Innern hatte keine Zeit, sich zu entpuppen, und wich widerstandslos einer formsuchenden Begründung des Gehörten: Er hatte mit keiner Silbe zu verstehen gegeben, dass er wusste, wer sie war oder worum es ging.

Etwas spät, jetzt darüber nachzudenken. Es ist ein Job. Bloß ein Job, hatte sie sich gesagt und SIM-Karte und Akku aus dem Handy entfernt. Die tausendfach repetierten Bewegungen der Finger, der vertraute Ablauf des Sich-unsichtbar-Machens hatten sie am Boden gehalten.

Sie hatte sich unter der kahlkalten Flurbeleuchtung des Crowne Plaza in Richtung Aufzüge durchgezwängt, hatte das Nervenzentrum der Lobby, in dem Spuren plüschgedämpften Lebens auszumachen waren, fast laufend durchquert und war nach Atem ringend durch die gläserne Doppeltür ins Freie eingetaucht. Leben hier. Nichts als Leben. Tag und Nacht. Bewegung, Gesichter, Menschen. Jeder sich selber vorwärtswerfend, einem Ziel entgegen. Ausweichend, abwägend, abstimmend. Ein von den Gedanken, Wünschen und Sehnsüchten des Tages noch warmes Fluidum. Es riß sie mit. Sie ließ sich treiben. Im Wissen, dass es außer dem einen ganz am Ende keine Ziele gab. Es gab nur Hindernisse. Überwindung. Der Lohn eine Art Frieden. Manchmal. Dankbarkeit die größtmögliche Freiheit.

U-Bahn-Station Ecke 49. Sie wusste nicht, was sie erwartet hatte. Sie war darauf trainiert, nichts zu erwarten. Und alles. Dennoch wollten die Augenbrauen sich heben, als der Mann sie ansprach:

„Lassen Sie uns ein paar Schritte gehen."

Anstelle einer Antwort bezog sie kommentarlos neben ihm Stellung und fiel in seinen Schritt ein. Er war groß, schlank, wenn nicht gar mager, trug einen dunkelblauen Anzug, das Haar scheinbar frisch geschnitten – kurz: Er sah aus, als hätte sie ihn von der eigenen Hochzeit weggeholt.

Eine Weile gingen sie schweigend. Nicht schnell. Nicht mal zügig. Vielmehr bildeten sie in der brodelnden Masse der anderen um sie her einen Widerstand. Es wurde enger neben ihnen, Schultern streiften Jezreel, sie hörte Wortwirbel, deren Inhalt sie im Rauschen der Vielen nur dem Ton nach erraten konnte. Ein paar Mal wurde sie von der Wucht der Strömung an Sams harte Seite gepresst, dann wieder nach hinten gezogen, von der Menschenbrandung von ihm getrennt. Sie kämpfte sich zurück. Er schien es gar nicht zu bemerken, gab den Flaneur, der bloß sah, ging, genoss.

Jezreel schluckte Missmut und Ärger, die sich unreflektiert an die Oberfläche ihres Denkens zu drängen versuchten, hinunter. Sie hatte den Kerl kontaktiert. Es war sein Boden hier, sein Spiel. Der Times Square lag hinter ihnen. Jedenfalls vermutete sie das, obwohl sie keine Ahnung hatte, wo er anfing und wo er zu Ende war. Sie konzentrierte sich auf die Nummern der Querstraßen, um sich zu orientieren. Sie waren bereits ein gutes Stück gegangen. 42. Straße, wenn sie richtig las. Sam bog links ab.

Auf einmal wurde es weit, eine mit schmiedeeisernem Zaun umfriedete Fläche öffnete sich zu ihrer Rechten. Zuerst dachte sie, es sei ein Friedhof, kam aber bald zum Schluss, dass das Sterben auch in New York nicht derart farbenfroh wuselnd sein konnte. Es war ein Park. Sie überquerten die Straße und bogen rechts ab, immer noch dem winterfesten Grün entlang, dessen es umrandendes Gitter jetzt in Sandstein überging. Erst als sie am Fuß einer Treppe standen, bemerkte Jezreel, dass die Mauer Teil eines riesigen Bauwerks war, dessen korinthische Säulenpaare vor ihr aufragten.

Sam ging ihr voraus die Stufen hoch. Das Holz der meterhohen Türen, die sich automatisch öffneten, schien in der künstlichen Beleuchtung der um diese Zeit bereits im diffusen Dunkeln schwimmenden Stadt zu glitzern. Sie querten eine Halle. Sam ging jetzt schneller. Alles flanierend Genießerische war aus seiner Haltung und seinen Bewegungen gewichen. Er nickte der Person in dem als „Information Desk“ ausgewiesenen Glaskasten am Ende der Halle zu und öffnete eine rechterhand gelegene Schwingtür. Größe und Hoheit des sich vor ihnen öffnenden Lesesaals verschlugen Jezreel den Atem. Die an den zu beiden Seiten des Mittelgangs aufgereihten Tischen sitzenden Menschen nahmen sich aus wie unter dem Mikroskop liegende Mikroorganismenkulturen. Die mahagoniglänzende Petrischale indes waren Regale, der Nährboden Bücher. Tausende von ihnen, Hunderttausende, Rücken an Rücken, aufgereiht in der Wärme ihrer hölzernen Nester, die die Wände bis zum scheinbaren Horizont und hoch bis zum Schwarz des gewölbten Himmels säumten. Dass sich über den mehrstöckigen Regalen kathedralenartige Bogenfenster krümmten, nahm Jezreel erst wahr, als ihre Augen sich an das gedämpfte Licht gewöhnt hatten. Für einen Moment verlor sie Sam aus den Augen, stand ratlos geborgen am Rand dieser Welt, in dem ein Teil von ihr würde bleiben wollen. Es hätte genug für ein Leben. Genug Leben, um das eigene vergessen zu lassen.

Sie gab sich einen Ruck, scannte den Raum, machte Sams hoch aufschießende Gestalt bereits ein gutes Stück vor sich aus, folgte mit schnellen lautlosen Schritten. Er war gerade dabei, seinen Mantel auszuziehen und sich an einen in der Mitte des Saals gelegenen Tisch zu setzen, an dessen anderem Ende, meilenweit entfernt, nur eine weitere Person saß. Jezreel nahm Sam gegenüber Platz. Mantel und Mütze behielt sie auf, als müsse sie sich vor dem eigenen Bleiben-Wollen schützen.

Jetzt sah sie Sam zum ersten Mal ins Gesicht. Sie hatte richtig gelegen: Er war mager. Die Gesichtshaut spannte sich über Stirn, Wangenknochen und die in tiefem Schatten liegende Wölbung der Knochenpartie unter den Augen. Nichts deutete auf Bartwuchs hin – als gäbe es unter der dünnen Hülle keinen Platz oder keine Nahrung für derlei Geschlechtsmerkmale. Der dünne Hals unterstrich den Eindruck. Hemdkragen in dieser Größe schien es nicht zu geben – er schlotterte mitsamt Schlips über dem Revers des Anzugs wie bei einem Kind, das die Kleider des Vaters probiert.

Eben dieser Schlips, der mitnichten irgendetwas einzuengen vermochte, wurde jetzt gelockert. Trotz der Vergeblichkeit der Geste schien Sam freier zu atmen, die ausladenden Schultern senkten sich um ein kaum wahrnehmbares Maß. Er holte etwas aus der Innentasche der Anzugsjacke und legte es vor sich auf den Tisch. Eine Visitenkarte. Er schob sie rüber zu Jezreel.

„Damit das schon mal geklärt ist."

„Samuel Weidmann" stand da. Eingebettet in das Corporate Design der HSBC Trinkaus. Der Name des Mannes wie auf einem Podest über der Bezeichnung seiner Funktion thronend: „Co-CEO Investmentbanking HSBC USA – Member of the Group Executive Board".

Sam war ein Banker. Von wegen Polizist. Und nicht nur das: Der Mann, der ihr gegenübersaß, war einer aus der ersten Liga. Mitglied der Konzernleitung einer Bank mit einer Bilanzsumme von um die 20 Milliarden Euro.

„Sie sind Informant? Bezahlt man sie nicht gut genug bei HSBC?"

„Man hat mir gesagt, dass Sie so seien."

„Wie *so*?"

„So direkt. Kaltschnäuzig. Die Nichts-zu-verlieren-Sorte."

„Jetzt liegen Sie falsch. Ich habe eine Menge zu verlieren. Ich habe bloß irgendwann aufgehört, Angst davor zu haben. Wer hat Ihnen das überhaupt erzählt?"

„Nik Horn."

„Oh – ist er jetzt ein Freund von Ihnen?" Sie konnte das zuschnappend Spöttische nicht ganz aus ihrer Stimme tilgen.

„Ich bin ein Spitzel, schon vergessen? Da hat man keine Freunde, wenn man sich selber gegenüber einen Rest an Ehrlichkeit bewahrt hat."

„Was dann, wenn kein Freund?"

„Man hat mich auf ihn angesetzt vor zwei Jahren."

„Und ich dachte immer, das mit den Krähen, die sich gegenseitig keine Körperteile ab- oder aushacken, stimme."

„Sie wissen, wer er ist und was er getan hat." Und als ob das Erklärung genug sei, wechselte er abrupt das Thema: „Von wo aus haben Sie mich angerufen?"

„Handy. Funkelnagelneu. Hier gekauft inklusive SIM-Card. Außerdem wurde es vor einer knappen Stunde in Einzelteilen der städtischen Müllabfuhr überantwortet. Reicht das für Sie?"

„Gut. Oder eigentlich: Nein – nicht gut. Ich nehme an, dass Sie unter ihrem richtigen Namen gereist sind.“ Und ohne Jez‘ Bestätigung abzuwarten: „Ansonsten wäre das eine offizielle Aktion ihres Dienstes auf fremdem Territorium. Unterbrechen Sie mich, wenn ich falsch liege. Ich nehme weiterhin an, dass Sie aufgrund unseres letzten Kontakts davon ausgegangen waren, dass ich Angestellter einer polizeilichen Behörde bin. Nun – jetzt wissen Sie, dass das nicht so ist, und ebenfalls wissen Sie, dass man, solange Sie mit mir zusammen sind, jeden Ihrer Schritte mit großem Interesse verfolgen wird. Verstehen Sie mich nicht falsch – ich bin für die nicht sonderlich wichtig. In Ihrem Fall sieht das ein bisschen anders aus. Da werden einige rote Lampen wie verrückt blinken und rotieren, seit Sie Ihren Fuß auf amerikanischen Boden gesetzt haben. Ein paar weitere Lampen dürften dazugekommen sein, seit diese Leute wissen, dass ich von jemandem kontaktiert worden bin, der nicht auf der offiziellen Liste für mein Diensthandy steht. Es ist nur eine Frage der Zeit, bis die beiden Infos zusammengeführt werden. Und dann wird zum Blinken noch die Sirene hinzukommen.“

„Sie sind ja noch paranoider als unsereiner.“

„Nun ja – wir sind nicht in der Schweiz.“

„Wie meinen Sie das?“

„Hierzulande sind offiziell 16 Geheimdienste aktiv. Und mit ‚offiziell‘ meine ich nur die Mitglieder der Intelligence Community. Von den restlichen Schattenorganisationen, den Privaten und Halbprivaten, rede ich gar nicht. Ich weiß nicht, auf wessen Radar mein Name genau aufleuchtet. Ich weiß nur, dass es mehrere Radare sind, und das sollten Sie auch wissen. Es ist Grund genug, ziemlich paranoid zu sein.“

„Gut, jetzt bin ich ja im Bild. Haben Sie nebst der Warnung an meine Adresse auch etwas für mich, das mir nutzen könnte? Stichwort: Nik Horn. Wo ist er, was macht er, für wen arbeitet er? Das ist nämlich das, was ich mir von diesem Treffen erhofft habe.“

„Er ist hier.“

„Wie soll ich das verstehen?“

„Er ist zur Zeit in New York. Ich werde ihn später auf einen Drink treffen. Unter Freunden, sozusagen."

Jezreel war positiv überrascht und verärgert zugleich. Sie hätte ihr Geld gleich doppelt sparen können, hätte sie früher über diese Info verfügt. Zum einen hätte sie Gresch nicht ins Netz zum Wühlen und teuer Rumfragen geschickt, zum anderen hätte sie sich den Flug nach Vancouver schenken können. Ihn jetzt zu canceln, kam nicht in Frage. Wenn sich einem schon eine falsche Spur bot, war es geraten, sie schön unberührt und gut sichtbar liegen zu lassen. Sollten die – wer auch immer es war – für ein paar Stunden ruhig denken, Jezreel Vidali reise morgen früh nach Norden und sie seien sie und damit jegliches potentielle Problem los. Bis zur Sichtung der Passagierlisten jedenfalls. Aber so wichtig konnte nicht mal sie sein.

„Okay, hören Sie, Sam – ich werde mich jetzt daran schikken, jedes Klischee des ordentlichen bis zur Pedanterie gründlichen Schweizers zu bestätigen, indem ich Sie frage: Können wir noch mal vorne anfangen? Schön der Reihe nach?"

Zum ersten Mal tauchte ihr gegenüber der Mensch Samuel Weidmann auf, wie er möglicherweise sein könnte, löste man das auf Maß gefertigte Korsett, das weniger zu stützen schien, als schmerzhaft zu verformen. Er lachte, lehnte sich auf dem Stuhl soweit nach hinten, dass er auf zwei Beinen zu kippeln kam, faltete die Hände im Nacken. Alles lautlos mit Rücksicht auf den Ort, an dem sie sich befanden, was Jez den Einstieg gab. Sie musste nochmal von vorne anfangen. Es ging nicht um Verständnis, um Fragen – es ging darum, eine andere Beziehung zu Sam zu schaffen. Wenn dazu der Umweg über vermeintliche Begriffsstutzigkeit notwendig war, dann sollte ihr das recht sein. Es war immer gut, unterschätzt zu werden.

„Schießen Sie los – ich habe alle Zeit der Welt." Sam ließ den Stuhl nach vorne fallen, stützte die Ellenbogen auf der Tischplatte und das Gesicht auf den Händen ab. Auch das wieder, ohne auch nur ein Knacken des Stuhls oder ein anderes Geräusch zu produzieren. Er war nicht zum ersten Mal hier.

„Wo sind wir hier überhaupt?"

„Public Library. Eine von dreien hier in New York. Wollen Sie noch mehr wissen?"

„Gehen Sie in alle drei? Mit Leuten wie mir, meine ich?"

„Da muss ich Sie enttäuschen. Meistens bin ich allein hier. Es ist mein Refugium, wenn Sie so wollen. Sehen Sie: Jede normale Person – ob beschattet und überwacht oder nicht – hat Gewohnheiten. Feste Gewohnheiten. Eine Anzahl von Tätigkeiten, die sie bewusst oder unbewusst immer gleich tut. Oft sogar zur selben Zeit. Das Gerüst, an dem sich jeder Mensch mehr oder minder geschickt durch seine Tage hangelt. Sicherheit. In dieser Beziehung sind wir wie die Kinder."

„Oder wie Tiere."

„Mag sein – jedenfalls: Ob sie wollen oder nicht: Sobald das beschattete Individuum seinen Beschattern durch eindeutiges Verhalten signalisiert, dass nun eine dieser tagtäglichen Gewohnheits-Aktionen folgen wird, lässt deren Aufmerksamkeit ein wenig nach. Man gibt lausige Kommentare durch die Miks, das Protokoll wird mit Abkürzungen gespickt. Warum auch jeden Tag dasselbe aufschreiben, was bereits Hunderte Male notiert worden ist? Für den Überwachten sind das die Zonen der Freiheit – auch wenn sie auf den ersten Blick durch ihre fast zwanghafte Multiplikation als das Gegenteil erscheinen mögen. Als ich das verstanden habe, als ich verstanden habe, was ich durch diesen Pakt mit der Behörde eingegangen war, habe ich mich daran gemacht, mir solche Zonen zu erschließen. Die konnten ja nicht wissen, ob ich erst seit gestern oder bereits seit Jahren fast täglich hierherkomme. Und jetzt bin ich da."

„Sie sind ja besser als einer von uns, Sam. Wenn Sie mal einen Job brauchen sollten …"

Sein Grinsen hatte etwas Verlassenes: „Vergessen Sie's. Das hier reicht mir vollkommen."

„Aber wie kommt es? ‚Der Pakt', wie Sie es nennen? Warum jemand wie Sie?"

„Weil ich ein stinknormaler, einfältiger, nach Aufmerksamkeit lechzender und für Schmeicheleien empfänglicher Mensch bin."

„Sie sind nicht gerade zimperlich in ihrer Selbsteinschätzung. Ich bin versucht, es als Koketterie zu nehmen.“

„Vergessen Sie‘s – ich meine das ernst. Fängt Freiheit nicht dort an, wo man aufhört, sich Illusionen über die eigene Person zu machen? Nun, ich hatte eine Menge Illusionen, was mich selber anbelangt, das können Sie mir glauben. Ich war schon sehr jung ziemlich weit oben angelangt, hatte einen wunderbaren Blick auf all die Loser unter mir in der Nahrungskette, fühlte mich an der Pforte zur Unmöglichkeit stehen. Ich war der verdammte Erbprinz der Wall Street und glaubte den Leuten, als sie mir sagten, ich, ganz allein ich sei dazu in der Lage, ihnen zu helfen im Namen der nationalen Sicherheit. Sehen Sie den Kerl vor sich? Ich weiß auch zwei Jahre später noch nicht, ob ich darüber lachen oder weinen soll. Es ist einfach nur … es ist beschämend. Da gibt‘s nichts zu beschönigen.“

„Und wie genau sollten Sie das Land retten?“

„Ich höre Sie lachen hinter Ihren Worten. Sie haben recht. Es ist besser, zu lachen. Nun ja – ich sollte deren Ohren sein. Finanzkrise, Bankerbashing, Korruption …. Alles, was ich hörte und was wirtschaftsrechtlich, politisch, rechtlich oder gar menschlich fragwürdig war, melden. Können Sie glauben, dass es eine ganze Weile gedauert hat, bis die Tatsache, dass ich zum Spitzel geworden war, in mein lackglänzendes Ego eingedrungen ist? Ich dachte allen Ernstes, ich sei *aktiv*. Verstehen Sie? Ich dachte, ich *tue* etwas – dabei habe ich bloß gepetzt. Ich fand das ganz schön aufregend. Das Handy, auf dem nur die eine Nummer gespeichert war und von dem aus ich nur diese eine Nummer anrufen durfte. Die Treffen an verschiedenen Orten, das Einsteigen in den Fond von immer wechselnden Luxuskarossen. All das und die Substanzen, denen ich zu jener Zeit noch zusprach, ließen mich glauben, ich sei James Bonds besserer Bruder. Der, der‘s eigentlich draufhat, aber von dem niemand wissen darf.“

„Und wann sind Sie aufgewacht aus dem schönen Traum?“

„Das kann ich Ihnen genau sagen. Es war etwa zwei Monate nachdem ich für die zu arbeiten begonnen hatte. Die Extra-Kohle hatte ihren Reiz zu verlieren begonnen – ich hatte ja selber längst mehr, als ich brauchte. Die wiederkehrenden Treffen, die Rumbefehlerei, die ganze Haltung dieser Typen fing an, mir auf den Nerv zu fallen. Das Spielzeug war langweilig geworden, ich nölte nach was neuem. Dann kam dieser Abend. Ich traf meinen Kontaktmann zum ersten Mal nicht irgendwo im Auto oder in einem Hotelzimmer. Wir gingen essen. Es versöhnte mich ein wenig. Herrgott – die hatten soviel früher begriffen, was für ein wohlstandsverwahrloster Arsch ich war, als ich. Wir trafen uns also irgendwo hier in der Gegend in einem dieser schicken Restaurants. Und gleichzeitig mit dem Aperitif servierte er mir ein paar Infos und Fotos. Es kam mir vor, als würde ich mit jedem Wort, das er sagte, eine Ohrfeige kassieren. Oder mehr noch: Es kam mir vor, als sei ich dieses widerwärtige Schwein, von dem er sprach. Es ist reiner Zufall oder Bewahrung – wie Sie wollen –, dass nicht ich es war, sondern Nik Horn, wie er mir danach erklärte. Ich sah Fotos. Fotos der Frauen, nachdem sie ihn, den gut bezahlenden Kunden, getroffen hatten. Ich hörte von der Geschichte in der Schweiz von dem Mädchen, das noch keine 20 gewesen sein kann und das unter seinen Fingern gestorben ist. Viel zu jung, um einen Beruf zu haben, geschweige denn als Hure bezeichnet zu werden. Und ich vernahm, dass all das für den Kerl keine Konsequenzen hatte. Noch nicht jedenfalls. Da bin ich aufgewacht. Wobei: Das ist noch zu milde ausgedrückt. Die Wahrheit über sich selber und seinesgleichen kann schlimmer sein als der Alptraum, in dem man sich vor dem Aufwachen wähnte. Ich bin an diesem Abend nach Hause in meine Bude gegangen. Auf direktem Weg. Ohne Umwege durch die Bars und Clubs, wo ich mich nach einem solchen Treffen in der Regel zugedröhnt und aufgegeilt hatte an der Tatsache, dass ich Dinge wüsste und täte, von denen diese biederen Nobodys rund um mich keine Ahnung hätten. Ich hätte es nicht geschafft an diesem Abend. Vor jedem verdammten Bettler hätte ich mich geschämt in Anbetracht dessen, was ich auf den Bildern gesehen hatte. In Anbetracht dessen, was ich jetzt über Nik wusste. Meinen besten Kumpel bei der UBS damals."

„Und dann? Wie ging es weiter?“

„Nun – zweierlei: Erstens stellte ich die Bedingung an meinen Kontakt, dass künftig keine Zahlungen mehr an mich erfolgen dürften, wenn sie mich als Spitzel behalten wollten. Ich wollte diesen Kerl und andere wie ihn – möglicherweise auch ein Stück mich selber – hängen sehen. Eines Tages. Dafür würde ich Informationen liefern. Bezahlt werden wollte ich dafür nicht länger. Zweitens fing ich an, mir ein neues Gerüst zu schaffen. Neue Gewohnheiten, grüne Zonen, wenn Sie so wollen. Ein Stück Niemandsland. Das hier ist eines. Das war‘s eigentlich schon. Ich glaube ehrlich gesagt nicht, dass ich diesen Leuten groß habe weiterhelfen können bis jetzt. Das eine oder andere konnten meine Infos möglicherweise bewirken – aber Leute wie Nik Horn schlüpfen meistens durch die Maschen. Es gibt genug Leute, die ein Interesse daran haben, dass es ihnen gelingt.“

„Warum sind Sie so offen zu mir? Warum erzählen Sie mir das alles?“

„Sie haben gefragt.“

Anstatt einer Antwort verdrehte Jezreel die Augen. Komm schon …

Wieder blitzte das Lachen in Sams Augen auf, wich indes schlagartig und für den Bruchteil einer Sekunde etwas, das Verzweiflung sein konnte. Verzweiflung, die nicht in der normalen Furche verlief, sich vielmehr von allem gelöst hatte und Züge von etwas Zerstörerischem hatte. Ein selbstmörderisches Aufleuchten, von dem nicht zu deuten war, ob es dem Selbsthass oder der Absicht, eigener und fremder Gerichtsbarkeit zu entgehen, entsprang. Jez kannte dieses Blitzen. Hatte es hundertfach gesehen in den Augen von Kameraden, Vorgesetzten und Informanten. Es war etwas von dem wenigen, das ihr auch heute noch Angst zu machen vermochte – aller Wiederholung und Routine zum Trotz. Nicht kontrollierbar.

„Es tut gut. So einfach ist das“, nahm Weidmann den Faden wieder auf. „Ich wusste ja in groben Zügen, wer Sie sind. Oder besser: wie. Ich weiß nicht, was Sie mit Nik für eine Sache am

Laufen hatten damals, jedenfalls haben Sie ihn schwer zu beeindrucken vermocht."

„Dafür, dass Sie ihn eben noch als Schwein bezeichnet haben, scheinen Sie eine Menge auf sein Urteil zu geben."

„Darum geht's nicht. Sie wissen genau, was ich meine: Es gibt Dinge, die können auch die manipulativsten und blenderischsten Menschen nicht beschönigen. Oder andersrum: ihnen das Gute nehmen. Egal, ob sie's in den Dreck, in Lächerlichkeit oder gar Perversion zu tunken zu versuchen. Sobald die Rede jeweils auf Sie kam, wusste ich, dass das so was ist. Oh ja – er hat sie mit Namen behängt, die ich hier nicht wiederholen möchte. Aber er hat es nie geschafft, seine Bewunderung zu verbergen. Vielleicht wäre ‚Verwunderung' das passendere Wort. Jedenfalls hat es mir gesagt, dass Sie echt sind. Und es tut gut, endlich mal mit jemandem darüber zu reden, der nicht zu denen gehört. Muss sich für sie himmelschreiend unprofessionell anhören …"

„Nun ja – es klingt nach einem Menschen. Wie sagten Sie vorhin doch so schön …?"

„Stinknormal, einfältig, nach Aufmerksamkeit lechzend … Alles klar." Das Lächeln, das den Worten folgte, hätte charmant werden können. Indes – es hatte zu wenig Zeit; Samuel Weidmann schickte sich an, in die Rolle zu schlüpfen, die er selber und andere für ihn angefertigt hatten:

„Ich finde, jetzt ist es an Ihnen, mir ein paar Infos zu geben."

„Nennen Sie das Infos, was Sie mir erzählt haben?"

Er ging nicht darauf ein: „Warum sind Sie überhaupt hinter Horn her? Haben Sie Beweise? Können Sie den Kerl endlich festnageln?"

„Die Antwort ist nein. Und das wissen Sie. Sie haben es vorhin selbst gesagt: Dann wäre es eine offiziell zwischen den Diensten unserer Länder abgesprochene Aktion. Ein Job. Nein – die Sache sieht anders aus diesmal: Ich brauche Horns Fachwissen. Schauen Sie mich nicht an, als hätte ich vorgeschlagen, Hitler heiligzusprechen. Wir brauchen Infos. Er kann sie uns geben. Und: Er schuldet uns was. Wir holen uns nur, was uns zusteht."

„Also doch ein offizieller Job, ohne den Freunden hier Bescheid zu geben.“

„Nein.“

„Was dann? Sind Sie etwa …?“

„Ja. Ich bin außer Dienst. Barfuß, wenn Sie so wollen.“

„Und Sie denken, Horn wird mit Ihnen reden?“

„Denke schon.“

„Worum geht‘s überhaupt?“

„Ist das jetzt wirklich nötig? Dass ich Ihnen erkläre, warum ich mit Ihnen nicht über diese Angelegenheit sprechen kann? Es reicht mir schon, zu wissen, dass Sie möglicherweise gleich nachdem wir uns verabschiedet haben ihre Kontaktperson anrufen, um ihr von unserem Gespräch zu erzählen. Oder dass sie Sie gleich selber kontaktiert. Ich weiß jetzt, dass Nik Horn hier ist. Möglicherweise gehen Sie sogar noch einen Schritt weiter und verraten mir, wo ich ihn zufällig treffen kann. Dann verschwinde ich, und dieses Treffen hat nie stattgefunden. Sie sind mich ein für alle Mal los und können mit den gewonnenen Erkenntnissen meinetwegen machen, was Sie wollen. Und für den Fall, dass Ihre Leute mich festhalten wollen: Ich bin außer Dienst und nur zum Vergnügen hier. *Meine* Leute werden bestätigen, dass ich Sie nach Absprache mit meinem Vorgesetzten nur kontaktiert habe, um einige Tipps über die Stadt zu erhalten. Wenn ich also sage: Machen Sie, was Sie wollen, dann meine ich das genau so.“

„Und Sie können mir wirklich nicht sagen, was Sie von Horn wollen?“

„Nur soviel: Ich brauche sein Fachwissen in einer Angelegenheit betreffend die internationalen Geldwäschereistandards. Es ist eine heikle Angelegenheit, und ich brauche Horn dabei, weil es um Exponenten beziehungsweise Unternehmen geht, die ausschließlich in der Schweiz beheimatet sind und von Schweizer Banken betreut werden. Mehr kann ich Ihnen wirklich nicht sagen. Aber lassen Sie‘s drauf ankommen: Vielleicht verrät Ihnen Ihr Kumpel ja mehr, wenn er sich nach meinem Abgang wieder in Sicherheit wähnt.“

„Das glaube ich nicht."

„Was macht Sie da so sicher? Wenn auf einen Ihre vorherige Beschreibung passt, dann doch auf ihn. Von wegen nach Anerkennung lechzend und so weiter …"

„Nicht mehr. Er hat sich verändert."

„Inwiefern? Oder andersrum – ich wage das zu bezweifeln: Hätte er sich wirklich verändert, dann würde er zu dem stehen, was er getan hat, und sich stellen."

„Möglich, dass das noch kommt."

„Das glauben Sie doch selber nicht."

„Ich bin mir nicht sicher."

„Wie auch immer – was ist jetzt? Machen Sie mir die Sache einfach oder schwer? Ich werde Horn so oder so finden. Je eher ich es allerdings schaffe, desto größer sind auch Ihre Chancen, doch noch etwas aus ihm rauszubekommen."

„Er ist im The Plaza abgestiegen. Wie immer. Wir sind in" – Sam warf einen Blick auf seine Uhr – „knapp einer Stunde in der Oak Bar verabredet. Ist gleich im Haus."

„Gut. Danke. Ich hoffe, Sie nehmen es mir nicht übel, wenn ich dazustoße. Und wie gesagt: Dieses Treffen hat nie stattgefunden. Und Sie kenne ich auch nicht."

„Was, wenn ich mich nicht daran halte?"

„Machen Sie sich deswegen keinen Kopf. Solche Situationen sind mein Job. Wir würden eine Lösung finden. Später."

Jezreel stand auf, schob den Stuhl an den Tisch zurück und durchquerte erneut den Lesesaal. Diesmal nahm sie ihn jedoch kaum wahr. Ihre ganze Aufmerksamkeit galt der Studentin mit dem nachlässig geflochtenen Zopf, die eben dabei war, ihre Bücher zusammenzupacken und in einen Rucksack zu stopfen. Sie hatte dieselbe Person heute in der Lobby des Hotels registriert. Hochgestecktes Haar, schwarze Hose, kurzer Ledertrenchcoat. Sie hatte in einer „Vogue" geblättert. Eine elegante Wartende.

10.

„When it becomes serious, you have to lie."

Eric Niederberger erinnerte sich an den hingeworfenen und kurz darauf mittels moderner Medien in den Kult-Status erhobenen Ausspruch des Euro-Gruppen-Chefs vom Mai 2011. Es war gelächelt worden in seinen Kreisen, gelacht. Man zählte sich schließlich zu denen, die wussten, wann es serious war und wann nicht. Wann die Masse da draußen die Wahrheit vertrug und wann sie angelogen werden wollte. Man selber war vertraut mit den Gepflogenheiten sowohl der Finanzoligarchie als auch der anderen Führungstruppen – es waren ja oft genug dieselben und die eigenen.

Er war sich seines Wissens immer sicher gewesen. Ihm machte keiner etwas vor. Jedenfalls hatte er das geglaubt. Hatte geglaubt, mit Wesen, Struktur, Aufbau, Aktivitäten und Erfolgen des echt Elitären gleichauf zu sein. Im Nachhinein war dieser Umstand nur schwer überprüfbar. Was die Gegenwart anbelangte, so sah die Sache anders aus. Er war nicht mehr sicher, zu wissen. Mehr noch: Er näherte sich – innerlich im Zustand hochfrequenten Zitterns – einer Einsicht, von der er wusste, dass sie im besten Fall eine Panikattacke auslösen würde.

Er griff in die oberste Schreibtischschublade und holte die Tabletten heraus. Benzodiazepin. Allein die Einnahme würde schon helfen, hatte der Arzt gesagt. Sozusagen ein Placebo-Effekt, der der effektiven Wirkung, die erst nach 10 bis 20 Minuten einsetzte, entgegenkam. Es war das erste Mal, dass er jetzt danach griff. Es war nicht mehr auszuhalten. Er brauchte Hilfe. Sie alle würden irgendwann Hilfe brauchen. Und Anwälte. Die besten. Ein paar Stricke konnten nicht schaden. Davon war er seit heute früh überzeugt.

Er hatte kaltschweißiges Gewieher in den Ohren. Sein Atem ging stoßweise, als keuche er. Die Hysterie wurde lauter um ihn her, er stand auf, wollte fliehen. Merkte, dass er selber es war, dessen Inneres sich in der Manie des Ausbruchs Luft zu schaffen versuchte.

Eric Niederberger riss sich am Riemen. Buchstäblich: Er stand auf und trat zu dem Schrank, in dem er immer Reservekleidung und Toilettenzeug aufbewahrte. An der Innenwand der Schranktür war ein Spiegel angebracht, der nicht viel mehr als die untere Hälfte seines Gesichts und den Schlipsknoten einzufangen vermochte. Es reichte. Er band die Krawatte, die er vorhin gelöst hatte, neu, richtete sie mittig aus, ging kurz in die Knie, um einen Blick auf sein Gesicht zu werfen, bereute es sofort: Es machte den Eindruck, als würde es seit geraumer Zeit nicht mehr durchblutet. Die Tabletten wirkten jetzt. Die Panik blieb, wo sie war, behielt ihre schwarzen Löcher, das verunstaltete Lachen und den Schweiß in Gefilden, die sich nunmehr irgendwo hinter dem Horizont seiner Wahrnehmung erstreckten.

Erleichterung. Ein Stück Freiheit vielleicht, oder bloß Linderung. Er wusste nicht, wie lange es anhalten, wie lange das Medikament wirken würde. Er sollte das Fenster nutzen, um in seinem Licht in einen weiteren Spiegel zu sehen, dessen reflektiertes Abbild um einiges deprimierender sein dürfte als jenes des Miniexemplars im Schrank, das sich gnädigerweise auf ein Stück fahle Haut beschränkte.

Allerdings: Bloß deprimierend wäre es nur im besten Fall. Er tippte eher auf verheerend und staunte im selben Moment, dass nicht einmal diese Aussicht seinen Herzschlag beschleunigte. Er lächelte bei dem Gedanken, dass er möglicherweise dabei war, den Verstand zu verlieren. Das Lächeln verschwand wieder – es wäre zu einfach. So einfach käme er aus dieser Sache nicht raus.

Gabriel Kolko und Jeanne Wallenberg, seine Schwägerin, hatten ihm von Beginn an gesagt, wie es laufen würde. Er hatte verstanden, was jedoch von marginaler Bedeutung gewesen war. Er war nicht dafür angeheuert worden, zu verstehen. Sein Job war es, Nukleus ein Gesicht zu geben. Punkt. Sein Gesicht, das Bürger und Banker in der Schweiz und im Ausland gleichermaßen kannten von seiner Zeit als Direktor der Schweizer

Nationalbank. Ein gutes Gesicht also, das mit emotionsfreiem Sachwissen, Zuverlässigkeit mit Zügen der Biederkeit, Hartnäkkigkeit bis hin zur Verbissenheit und Stabilität im Sinn unbedingten Werterhalts in Verbindung gebracht wurde. Mehr nicht. Das war der Deal. Das und sein Einverständnis, in der Aufbauphase, in der sich der Fonds auch heute noch befand, keine Fragen zu stellen, was die Allokation der Gelder anbelangte. Jeanne Wallenberg und ihr Analysten- und Händlerteam in Ruhe arbeiten zu lassen.

Er hatte ja gesagt. Warum auch nicht – es war logisch. Kurz nach Auflage des Fonds war es noch logischer geworden: Das Investment-Vehikel Nukleus glich einer Hochgeschwindigkeits-Geldbeschaffungsmaschine. Unglaubliche Summen flossen dem Fonds zu. Er hatte es nicht ausschließlich, aber immerhin zum Teil seinem Gesicht zugeschrieben. Man kannte ihn und vertraute ihm.

Unmöglich und vor allem unklug wäre es gewesen, die Gelder in kürzester Zeit in den Edelmetallsektor zu pumpen. Das war ihm klar. Die Preise für die Rohstoffe ebenso wie jene der Konzernanteile innerhalb des Zielsektors wären explodiert. Bereits die Ankündigung der Regierung, dass mindestens 30 Prozent des Fondsvermögens in diese Branche fließen würden, hatte dafür gesorgt, dass die Kurse in die Höhe geschossen waren. Erst nach und nach hatten sie sich – auch durch die fundamentalen Gegebenheiten – wieder auf einem zwar hohen, aber doch realistischen Niveau eingependelt. Jetzt galt es, Tranche um Tranche von der Seitenlinie in den Markt zu bringen, ohne großes Aufsehen zu erregen. Man war froh über jede enttäuschende Bilanzpressekonferenz aus dem Bergbausektor, freute sich über jede Nachricht, Theorie oder jedes Gerücht – egal, wie abstrus es auch war –, das dazu führte, dass die Kurse zurückkamen.

Auf welche Summe sich das Gesamtvolumen des Fonds bis zum heutigen Tag belief, war bisher noch nicht publiziert worden. Dazu war Nukleus laut Vertrag auch nicht verpflichtet. Würde bekannt, dass der Fonds mittlerweile ein Volumen hatte, das einer satten Hälfte des nominalen Schweizer Bruttoinlandsprodukts entsprach, würden die Kurse bei ihrem Marsch nach Norden sämtliche charttechnischen Widerstände und Deckenbalken wie Zündhölzer in die Luft jagen. Schöne Einstandskurse auf Wiedersehen. Man musste Schritt für Schritt vorgehen. Es würde seine Zeit brauchen, um das Vermögen dort zu plazieren, wo es laut Vertrag hingehörte und wo bis zum heutigen Tag erst ein Bruchteil angekommen war.

Allerdings passierte seit geraumer Zeit etwas, das man Eric Niederberger nicht gesagt hatte und das der Grund war für seinen Beinahe-Kollaps vor Minutenfrist. Wahnsinn. Was hier abging, war Wahnsinn. Völlig abstruses, jeder Logik widersprechendes und jedem minimalen Bewusstsein von Verantwortung zuwiderlaufendes Handeln.

Fakt war, dass Nukleus seit seiner Auflage auf dem Markt agierte, wie keiner der verschrienen und verteufelten Hedgefonds es jemals wagen würde: enorme Risiken eingehen ohne Hedge, ohne an die zugrundeliegenden Transaktionen gekoppelte Absicherungsgeschäfte also, die die Verlustrisiken wenn auch nicht ganz eliminierten, so doch zumindest verringerten.

Oder anders gesagt: Nukleus hatte auf Teufel komm raus in die sprichwörtlichen fallenden Messer reingekauft, während die Märkte weltweit seit Wochen einen Tiefststand nach dem anderen geknackt hatten. Und als wäre das noch nicht genug gewesen, hatte man zusätzlich Geld in Optionen und OTC-Geschäfte reingesteckt, als stünde der goldenste Börsenwinter aller Zeiten bevor. Allesamt long, Lichtjahre aus dem Geld und mit Hebeln, die einem Hypersomniepatienten helle und wache Nächte bescheren würden. Und das, während ganz EU-Land wackelte, während politische Unruhen, Demonstrationen und die reale Verarmung einer einst soliden Mittelschicht zur Normalität wurden.

Niederberger hatte sich vorgebetet, das gehe ihn nichts an, hatte sich durch den Vertrag sicher gefühlt, hatte sich eingeredet, das sei bloß die Anfangsphase, die es auszusitzen gelte. Die Sturm- und Drangzeit des Fonds, wenn man so wollte. Man hole halt aus dem Selbstbedienungsladen Börse raus, was es zu holen gäbe, bevor man in das Langweilige, Sichere, Biedere einsteige, zu dem man sich gegenüber den Investoren verpflichtet habe. Die Frage danach, wie das allerdings bei weltweit fallenden Kursen und immer noch in dunkelrotere Bereiche vordringenden Indizes gehen sollte, konnte auch er nicht beantworten und verzichtete darauf, sie sich zu stellen.

Dann hatte sich das Blatt über Nacht gewendet. Die Europäische Zentralbank EZB hatte ein Anleihekaufprogramm ohne definierte Grenzen lanciert, die Federal Reserve in den USA auf dem Fuß folgend QE neu lanciert. Und als könnte es noch jemanden erstaunen: China injiziert dem Markt 298 Milliarden Yuan zur Stützung der Wirtschaft. Kurz: Man hatte in den Kellern der höchsten Ebene die Druckmaschinen angeworfen und ließ sie rund um die Uhr laufen. Und jetzt krachte es. Die Korken knallten, die Party gewann aus dem Nichts an Fahrt. Der DJ war derselbe geblieben, das Publikum und die Lokalität ebenso – allerdings gab es Gratis-Drinks à discretion, und die Stimmung kochte.

Nukleus hatte Kasse gemacht und zwölf Milliarden Gewinn eingefahren, als wär's das Einfachste der Welt. Und als wär's nun das einzig Logische der Welt, ließ das Team um Jeanne Wallenberg es nicht dabei bewenden, vorhandene Titel mitten in die Sause hinein zu verkaufen, als würden morgen an sämtlichen Börsenplätzen der Welt die Lichter ausgeschaltet. Man verkaufte auch, was man nicht hatte. Dasselbe Spiel wie zuvor, nur in die andere Richtung. Die Truppe ging mit jedem Cent short. Oder mit anderen Worten: Wenn der Markt nicht binnen nützlicher Frist fallen sollte, wenn sich der Fonds zu den aktuellen oder gar höheren Preisen eindecken müsste, also liefern, was er jetzt verkaufte, dann wäre Nukleus pleite. Das Geld fort. Aus der Traum vom Gold.

Warum Niederberger es diesmal nicht mehr schaffte, das Ganze zu verdrängen, wegzusehen und Halt zu finden in den Paragraphen des Nukleus-Vertragswerks, warum die eigene schwarz auf weiß garantierte Sicherheit nicht mehr reichte, war ihm nicht klar.

When it becomes serious, you have to lie.

Kein Lachen mehr seinerseits jetzt. Und auch wenn er sich mittels verschiedenster Pharmazeutika ins Nirwana sediert hätte, hätte der kleinste sich ans Bewusstsein klammernde Teil seiner selbst dennoch gewusst, dass er nicht länger zu denen gehörte, die wussten. Dass auch er angelogen worden war, dass sein scheinbares Wissen einem guten Witz gleichkam.

Bloß: Das Unheimliche an der Sache, und gleichzeitig das, was Niederberger am meisten zu schaffen machte, war die Einsicht, dass das Glücksspiel mit großer Wahrscheinlichkeit keines war, sondern abgekartet und dass es aus genau diesem Grund auch diesmal funktionieren würde. Anders war es nicht zu erklären, dass Nukleus sich den geltenden Marktgesetzen vollkommen entziehen konnte, sich aus dem Fenster lehnen in einer Art, die jeder physikalischen Regel Hohn sprach und doch oben bleiben. Mehr noch: fliegen.

Als *mache* Nukleus den Markt. Nicht mehr und nicht weniger. Was wiederum nur möglich war, wenn irgendwer mehr Informationen hatte als alle anderen. Wenn irgendjemand alles wusste und auch zuvor schon gewusst hatte. Lange zuvor.

Dieser Gedanke, allein die Tatsache, dass jemand wie er, jemand mit seinem Wissen und seiner Erfahrung, ihn erwog, barg in sich das Potential einer derart monströsen Lächerlichkeit, die auch unausgesprochen nur schwer zu ertragen war. Was anderes als laienhaft verschrecktes Panikdenken mit Anklängen des Verschwörerischen war es denn?

Allerdings kam Niederberger nicht umhin, sich erneut der Tatsache zu beugen, dass die Situation sich nun mal so und nicht anders darstellte: Es gab schwarz oder weiß, zwei Möglichkeiten und damit den perfekten Nährboden für Spekulationen, die nur vordergründig das Graue suchen.

Die erste Möglichkeit war jene des Lucky Punch. Die Möglichkeit des zwar grundsätzlich auf fundamentalen Kenntnissen und Analysen beruhenden, aber dennoch völlig überraschenden Treffers, einer Reihe von Trades, die im Endeffekt und zusammen den einen perfekten Trade und somit mehrere Milliarden

Gewinn ergaben. Oder anders ausgedrückt: Die Leute der Wallenberg-Privatbank, die den Fonds in Niederbergers Augen völlig selbstmörderisch managten, hatten Glück gehabt. Sie waren voll und ohne Rücksicht auf Verluste ins Risiko gegangen und hatten gewonnen.

Die andere Möglichkeit, jene, die ihn aufgrund ihrer scheinbaren Realitätsferne und des ihr anhaftenden Wahnhaften schaudern ließ, ging von einer Macht- und Einflussfülle aus, die politisch und wirtschaftlich an das Absolute und somit zwingend totalitär Ideologische grenzte. Die Möglichkeit also, dass die Leute der Privatbank Wallenberg genau wussten, was kommen würde. Oder – was wahrscheinlicher war – die Order von Leuten bekamen, die über dieses Wissen verfügten. Es erschufen vielleicht.

Wenn diese Variante die wahre war, dann hieß das, dass es in den kommenden Wochen oder gar Tagen krachen würde. Laut krachen. Irgendwas würde passieren. Möglichkeiten gab es trotz oder gerade wegen der weltweiten Gratis-Geld-Sause zuhauf. Skandalgebiete, wo Brandherde motteten, die jederzeit aufflammen und ein Buschfeuer zur Folge haben konnten.

Bisher hatten die Systemmedien ihren Teil des Deals eingehalten, hatten als Außenposten der Wall Street das weltweite nur scheinbar politische Zentralbanken-Franchising-System mitgetragen und im Gegenzug schön profitiert. Aber auch das könnte sich im Zuge kälter werdender oder gar teil-erfrierender Füße einzelner Exponenten rasch ändern. Eine Bankenpleite, eine Sammelklage, ein Skandal …

Eigentlich konnte Nukleus die Wette nur gewinnen. Das Problem war die Terminierung. Die Short-Positionen des Fonds gruppierten sich alle um zwei Daten herum. Innerhalb dieser Tage würde der Fonds demnach absurde Gewinne einfahren oder aber seine Wetten tief im roten Bereich verfallen. War es wirklich möglich, dass irgendjemand innerhalb des Systems die Macht hatte, den Zeitpunkt eines derartigen Ereignisses zu bestimmen, als ginge es um die Planung für ein Familienfest?

Niederberger schüttelte den Kopf. Plötzlich kam ihm seine ganze Aufregung weibisch vor. Herrgott – er wusste doch am besten, wie es lief. Wie es zu laufen hatte. Während dann und wann zur Erhaltung des politischen Gleichgewichts der Interessen ein am Rand des Geschehens unbequem gewordenes Individuum oder eine Institution auf der Schlachtbank sozialistisch verbrämter Volksnähe und unter bürgerlichem Applaus zerlegt wurde, machten jene, die den Akt in weisem Verständnis der sogenannten Volksseele organisiert hatten, Kasse.

Er hatte es doch selber genauso gehandhabt, wenn auch der Form halber immer über Mittelsmänner oder die Konten seiner Frau, für die er nach offizieller Lesart keine Vollmachten innehatte. Er wäre ja blöd gewesen, es nicht zu tun, wo doch niemand anders als er es war, der den Preis der Ware Geld für sein Land über lange Zeit bestimmen konnte. Warum also eine Anbindung an den Euro planen und dieses Wissen nicht nutzen, indem er Schweizer Franken verkaufte und Euro einkaufte? Oder der ganze LIBOR-Deal? Was anderes war denn das als maximale Wertschöpfung, Optimierung des Nutzens für ein paar wenige, ohne jemandem damit zu schaden? Jedenfalls nicht spürbar.

Ja – seine Panik war in der Tat dumm. Warum durchdrehen, bloß weil die eingesetzten Summen höher, die Risiken größer waren? Der Gewinn wäre es auch. Es brachte nichts, mit einem Mal den Koller zu kriegen, wo er doch wusste, dass oft ein gezielt gestreutes Gerücht reichte, um die Märkte in die eine oder andere Richtung drehen zu lassen. Vor allem in Zeiten wie heute, wo ebendiese Märkte ihren Namen längst nicht mehr verdienten, sondern zu einem erweiterten Einflussbereich internationaler Politik und entsprechender Eitelkeiten verkommen waren.

Ob die Argentinier Regen hatten oder unter Dürre litten konnte zwar nach wie vor den Maispreis bestimmen, Streiks an der Elfenbeinküste gingen auch nicht spurlos am Spotpreis für Kakao vorbei. Aber hier war längst nicht mehr das große Geld zu holen, außer man war mit Milliarden in diesem Sektor investiert und ausschließlich darauf ausgerichtet – was auch hieß, dass so ein Streik mal organisiert wurde oder der natürlich verknappte Mais zur unnatürlichen Ethanolproduktion verwendet wurde und nicht auf die Lebensmittelmärkte gelangte, was ihn noch teurer machte. Aber sogar Firmen wie Glencore und Konsorten machten heute einen stattlichen Teil ihrer Gewinne mit Wetten auf das politische Geschehen. Wobei auch hier: „Wetten“ traf den Nagel mitnichten auf den Kopf. Wie konnte etwas eine Wette sein, wenn man am Abend vor der Pressekonferenz der Fed mit deren Chefin dinierte? Oder das Wochenende mit einem ehemaligen Schulkameraden des Italieners an der Spitze der EZB verbrachte?

Eric Niederberger fühlte etwas Leichtes, Lausbübisches in sich. Die Idee von Unschuld streifte ihn. Es war alles bekannt, vertraut, so, wie es sein sollte. Ihn traf keine Schuld. Er spielte bloß mit. Die Regeln waren vor Jahrzehnten von anderen gemacht worden.

Er richtete sich auf, straffte die Schultern – es tat not, jenen, die die Einhaltung ebendieser Regeln heute kontrollierten, zu signalisieren, dass er sich daran hielt und dass er noch im Spiel war und es auch bleiben wollte. Dass er stark war. Alles aushielt. Das vor allem.

Er griff zum Telefonhörer. Kurz zögerte er. War nicht schlüssig, ob es klüger sei, seine Schwägerin, Jeanne Wallenberg, zu kontaktieren, oder Gabriel Kolko.

Dann wählte er.

„Eric – was kann ich für dich tun?“

Er wusste nicht, wie sie das schaffte in puncto Selbstbetrug. Wenn sogar er, der sich doch größtenteils wenn auch nicht in den Gefilden der Legalität, so doch in jenen weltmännischen Konsenses bewegte, eben noch rüde und mit hoher Geschwindigkeit an etwas entlanggeschrammt war, das sich hart und steinern nach Selbstzweifeln und Arsch-auf-Grundeis-Gehen angefühlt hatte. Sie war ein verdammter Junkie. Das wusste er seit dem Moment, als er bemerkt hatte, dass er aus physischer Sicht betrachtet die falsche der beiden Schwestern geehelicht hatte. Auf Jeannes Wink hin war er eines Samstagabends kurz nach seiner Hochzeit und bis zur vollkommenen Erblindung erregt in ihr Penthouse gestürmt, um sich in jeder nur erdenklichen Form von ihr unterwerfen, nehmen und besitzen zu lassen. Nein – sie hatte ihn nicht enttäuscht, hatte nicht gekniffen. Aber anders, als er sich das vorgestellt hatte, war nicht sie es gewesen, die unterworfen und in Besitz genommen hatte, sondern er. Mehr noch – sie hatte sich für buchstäblich alles hingegeben. Und obwohl er seine Chance genutzt hatte, war er den Eindruck nicht losgeworden, es sei umgekehrt, sie nehme all ihrer delirierenden Passivität zum Trotz ihn. Als verabreiche sie ihn sich wie etwas, das man sich aus Gründen der Stimulanz oder Langeweile zuführte. Der totale Egotrip ihrerseits, wo es doch seiner hätte sein sollen. Er nicht mehr als ein Nebenprodukt dessen, was sie sich danach in aller Seelenruhe und noch im Bett liegend gespritzt hatte. Und ebenso seelenruhig kurz vor dem Wegtreten ihr Kommentar: „Schau nicht wie einer, der die Absicht hat, sein Frühstück rückwärts zu essen. So schlecht war ich nun auch wieder nicht.“ Dann hatte sie gelacht. Träge schon und in Richtung einer Welt, die nur sie hatte sehen können. Die Lider schwer, tief Luft holend vor dem Untertauchen: „Du verschaffst dir deinen Kick, indem du deine Schwägerin vögelst, ich auf diese Weise hier. Ich schlag vor, ich lasse dich in Ruhe und du mich, lieber Schwager …“ Wieder hatte sie gelächelt, und er war gegangen.

Und jetzt: „Eric – was kann ich für dich tun?“ Behandelte ihn wie irgendein subalternes Etwas, wo sie ihn doch genauso brauchte wie er sie. Wobei …

Niederberger rief sich zur Räson, dachte an Ludwig, an sein absolut optimal terminiertes Knock-out und an Jeannes Kommentar im Zusammenhang mit ihrem Ex-Mann, Tom Bernoulli, in Chantilly: „Es hat sich erledigt.“

Ihn schauderte.

„Jeanne – wie geht es dir?“, sagte er jetzt. „Wir hatten in Chantilly gar nicht die Gelegenheit, zu reden. Alles in Ordnung bei dir?“

Ein Lachen am anderen Ende der Leitung: „Du weißt, dass Ordnung nicht gerade zu meinen Stärken gehört, Eric. In dem Sinn also: Nein – nichts ist in Ordnung, und das ist gut so. Aber sag‘ mir jetzt bitte nicht, dass du mich anrufst, um mich das zu fragen. Du bist ein miserabler Lügner.“

Niederberger rang sich ebenfalls ein Lachen ab. Vielleicht war er wenigstens in dieser Hinsicht Lügner genug. Jedenfalls hoffte er es, denn er hatte keine Lust, eine der Piesackereien Jeannes, die regelmäßig darauf hinausliefen, dass sie sich amüsierte und laut die Frage stellte, wie er es bloß schaffe, noch mit ihrer Schwester verheiratet zu sein, über sich ergehen zu lassen.

„Touché, liebe Schwägerin. Dein Gesundheits- oder Bewusstseinszustand – obwohl mir durchaus am Herzen liegend – ist nicht der Grund für diesen Anruf. Es geht um Nukleus.“

Ein Seufzer von Jeannes Seite, als sie fragte, was es denn diesmal sei. „Geht das jetzt wieder los? Hast du die aktuellsten Zahlen nicht gesehen? Herrgott – Eric, wie oft …“

„Wait, wait, wait a minute … Nein. Darum geht‘s nicht.“

„Ach? Nein? Hast du etwa entschieden, mir zu glauben? Oder machst du dir immer noch Sorgen wegen Ludwig und Section 372?“

„Nein, nicht Ludwig. Und auch nicht die Zahlen. Die waren noch nie das Thema. Ich habe dir immer geglaubt, Jeanne.“

„Da sagt das Protokoll des Wachdienstes unserer Tresoranlage im Berner Oberland aber etwas anderes.“

Niederberger registrierte, wie jede einzelne Speicheldrüse, über die seine Mundhöhle verfügte, ihre Tätigkeit hochfuhr. Trotzdem fühlte sich das notwendige Schlucken sprichwörtlich leer an. Als würde jedes einzelne Organ nach Luft schnappen.

„Lässt du mich etwa auch überwachen?“

„Jetzt mach mal halblang, Eric. Kein Grund, gleich die Dramakiste aufzumachen. Als eine von denen, die im Aufsichtsrat des Fonds sitzen, kriege ich täglich die Reportings vom Security-Dienst dort. Der Unterschied zu meinen Kollegen ist bloß der, dass ich sie lese. Und ich habe deinen Namen gelesen und mir erlaubt, mich kurz zu amüsieren. Reicht das? Und außerdem: Was heisst da *auch*?“

„Ach, vergiss es. Ich dachte nur …“

„Ich weiß, was du dachtest, Eric. Aber ich sage dir: Du denkst falsch. Dass wir Wittmann und die Konversus auf dem Radar behalten, hat seine Gründe. In deinem Fall ist das was anderes – dir vertrauen wir. *Ich* vertraue dir. Und wenn ich das tue, dann auch die anderen."

„Du meinst Kolko."

„Er und die anderen – wie gesagt. Also: Warst du zufrieden mit dem, was du gesehen hast?"

Niederberger klang ruhig, als er bemerkte, er sei mehr als zufrieden mit dem, was er gesehen habe. Er sei in höchstem Maße beeindruckt. „Ganz abgesehen von meinem Misstrauen, Jeanne – und bitte entschuldige, es ist eine Art déformation professionnelle – war es impressionnant, mal einen solchen Bunker zu sehen. Zu meiner aktiven Zeit beim Militär hatte ich nie mit diesen ausgehöhlten Bergen zu tun. Dass dort jetzt statt Panzern Tresore voller Goldbarren geparkt sind, macht die Sache nicht weniger eindrücklich."

„Alles klar also? Hast du nachgezählt?"

Er spielte mit: Wenn sie necken wollte, dann sollte sie ihre Neckerei haben: „Nur grob über den Daumen. Ich denke mal, es kommt hin. Und weißt du, was mich am meisten erstaunt?"

„Wie verdammt wenig es hermacht", kam es prompt von Jeanne Wallenberg.

„Genau. Ich habe da gestanden wie ein verdammtes Kind vor einem zu klein geratenen Weihnachtsbaum. Ich meine: Da hat man Gold vor sich im Wert von zweieinhalb Milliarden Dollar, rund 50 Tonnen also, und das spezifische Gewicht der Ware versaut einem jedes Staunen. Aber wie gesagt: Ich war trotzdem beeindruckt. Du nimmst es mir also nicht übel?"

„Wenn es dazu beiträgt, dass du dadurch jenen Zahlen glaubst, die leider nur auf dem Papier existieren, dann nehm' ich rein gar nichts übel. Hast du gesehen, was wir Schönes gekauft haben?"

„Ihr habt irgendwas *ge*kauft?" Jetzt war es Niederberger, der frotzelte.

„Netter Versuch, Eric. Ich hör‘ im Infraschallbereich etwas auf Grundeis gehen. Wirst du wieder vom zähen Rest deiner abgenutzten Moral umgetrieben?“ Und bevor er verneinen oder etwas erwidern konnte: „Mehr war nicht möglich. Wir haben uns bereits ziemlich weit aus dem Fenster gelehnt mit dieser Tranche hier. Barrick, Anglo American, you name it. Wir sind mit Summen absolut am Limit in die Branchenschwergewichte eingestiegen. Außerdem haben wir in diesem ersten Rutsch auch alles an Explorern und Junior-Minen gekauft, was unsere Analysten und Beschaffer als solide ansehen. Wir sind bereits mit zehn Milliarden im Markt. Willst du etwa, dass ich die restlichen Guthaben cash in unseren Tresoren deponiere? Oder denkst du, es stört unsere Investoren, dass wir eine 16-prozentige Rendite ausweisen?“

Niederberger zwängte seine Worte in die Lücke, die dem tonalen Fragezeichen folgte, bevor sie weiterreden konnte: „Du liegst vollkommen falsch, Jeanne. Bei mir ist gar nichts auf Grundeis. Im Gegenteil: Dieser Anruf dient einzig und allein dem Zweck, meine Freude und meinen Dank auszudrücken. Dir, deinen Leuten, Kolko – wem auch immer. Du brauchst mir nicht wie einem Schuljungen zu erklären, wie die Märkte funktionieren – auch wenn es immer wieder ein Vergnügen ist, deine Stimme zu hören.“

„Also bist du zufrieden? Keine Panik mehr von wegen ‚Wir tragen eine große Verantwortung‘ und ‚Wir müssen endlich das umsetzen, was wir den Leuten verkauft haben‘?“

Niederberger bestätigte und fügte an, die Tatsache, dass jetzt erstmals größere Summen in den Zielsektor geflossen seien, trage erheblich zu seinem Wohlbefinden bei.

„Ich war dumm, Jeanne. Und ja – okay – ich hatte die Panik. Ich meine: Es ist schon etwas anderes, wenn man weiß, um welche Summen es geht und dass hinter diesen Summen nicht ein wohlwollend mittragender, da käuflicher Staat, sondern auch Private, Bürger stehen. Menschen, die uns vertrauen.“

„Du bist auch jetzt abgesichert, Eric. Vergiss das nicht. Nukleus ist quasi völkerrechtlich organisiert. Und das meine ich nicht ironisch. Dir kann nichts passieren. Keinem von uns."

„Es sei denn, man stolpert auf dem sonntäglichen Spaziergang ins Koma."

„Also doch … Ist das jetzt dein neues Panik-Gebiet?"

„Ich meine nur so. Er hatte den Finger auf Section 372 gelegt, und ein paar Tage später ist nicht mehr in der Lage, ihn wo auch immer hinzulegen. Ich hoffe lediglich, dass du mich vorwarnst, wenn ich mich anschicken sollte, meine Finger nicht mehr unter Kontrolle zu haben."

„Weißt du eigentlich, was du da von dir gibst? Du unterstellst, dass diese unselige Gegebenheit kein Zufall war. Mehr noch: Du sagst indirekt, dass ich etwas damit zu tun habe. Bist du jetzt von allen guten Geistern verlassen?"

Jeanne Wallenbergs Stimme war Wort für Wort leiser geworden. Trotzdem schien sie Niederberger immer lauter zu werden. Ein trommelfellzerschneidendes Zischen. Er sagte nichts, wartete, ob noch etwas kommen würde. Es kam:

„Ich soll dich vorwarnen, Eric? Dann tue ich das jetzt. Hör auf, solche abstrusen Theorien zu produzieren. Und danke Gott dafür, dass ich es bin, die du am Draht hast."

Spätestens jetzt war Niederberger klar, dass sie ihn angelogen hatte vorhin. Dass auch er überwacht wurde. Er hatte gezögert, hatte erst Kolkos Nummer gewählt, den Verbindungsvorgang aber unterbrochen. Trotzdem schien er registriert worden zu sein. Oh ja, er war gewarnt. Und er hatte jedes verdammte Recht der Welt, Panik zu schieben. Bloß nicht gerade jetzt.

„Ich weiß, ich weiß, Jeanne. Die Pferde gehen mit mir durch. Das bleibt doch unter uns, oder?"

„Was willst du, Eric – wir sind Familie. Klar bleibt das unter uns."

Sie klang versöhnlich. Er hätte am liebsten aufgelegt. Wäre aufgestanden und davongegangen. Einfach so. Alles hinter sich lassen. Sogar das Geld. Das, was er besaß. Nicht mehr die Energie für dieses nie endende Theater aufbringen müssen. Noch ein Akt und noch einer und noch einer. Es würde nie vorbei sein.

Das wusste er jetzt. Wie ein Kind, das denkt, der Tag, an dem es *groß* wäre, würde sich durch dieses eine Ereignis auszeichnen, es würde es merken, etwas würde anders. Und sich dabei ertappt, dass es denselben Gedanken auch mit 30 noch in sich trägt. Mit 40. Lautlos zwar, unbewusst, aber nach wie vor mit allem, was an Hoffnung und Erwartung blieb.

Genauso hatte er seine Karriere, sein Leben gesehen: Er hatte gedacht, er mache jetzt mit, solange die Sache laufe. Hole für sich raus, was es zu holen gäbe, und dann, eines Tages, wäre alles vorbei. Er selber reich, frei und bloß er selber. Diesen Tag gäbe es nicht. Außerdem wusste er längst nicht mehr, wer er denn sein würde, wenn er er selber wäre.

„Danke, Jeanne", sagte er jetzt nur. „Ich weiß, dass ich manchmal überreagiere." Und mit einem Lachen: „Ich arbeite daran."

Er hatte den Eindruck, sie werfe ihm ein Stück Zucker hin, als sie sagte, das täten sie ja alle. Sie seien schließlich alle bloß Menschen. Und nach einer kurzen Pause, in der sie nachzudenken schien, ob sie das folgende vorbringen solle:

„Sag mal, Eric – was ganz anderes noch …"

„Ja?"

„Hattest du in letzter Zeit noch Kontakt mit Tom?"

„Tom?"

Sein Erstaunen war echt. Wie kam sie jetzt auf Tom? Sie wusste wie jeder andere in der Familie, dass er und dieser hippieeske Wissenschaftsfuzzi ihr Heu in Scheunen hatten, die weiter nicht voneinander hätten gelegen sein können. Die Antwort war denn auch ehrlich: „Nein – warum sollte ich?"

„Ja – warum solltest du. Blöde Frage. Ich habe mir in der letzten Zeit bloß meine Gedanken gemacht. Zuviele, wie es scheint."

„Warum? Schlechtes Gewissen?"

„Nein. Warum sollte ich ein schlechtes Gewissen haben? Etwa wegen der Trennung?"

Niederbergers Instinkt sagte ihm, dass er unverhofft am längeren Hebel saß und dass er einen Teufel tun sollte, sie diese

Einsicht merken zu lassen. Worauf er sich darauf beschränkte, zu sagen, er habe eigentlich die Phase *vor* der Trennung gemeint.

Und auf ihre Frage hin, was beziehungsweise wie er das denn nun wieder meine: „Naja – alles eigentlich. Bis auf euer Kennenlernen vielleicht. Ich denke mal, das war echt. Der ganze Rest … Ich weiß nicht …"

Er ließ den Satz hängen wie etwas, von dem man noch nicht entschieden hat, wo man es hinstellen will.

„Und ich dachte immer, Tom sei der Spinner in der Familie gewesen. Wie man sich täuschen kann …", sagte Jeanne nur leichthin.

Eric Niederberger war nicht gewillt, sie so leicht davonkommen zu lassen. Wie es schien, gab es etwas, das sie beschäftigte im Zusammenhang mit ihrem Ex-Mann, der jetzt tot war, und er wollte wissen, was.

„Du erinnerst dich genauso gut wie ich daran, dass es eine mittlere Familienkrise ausgelöst hat, als du ihn damals angeschleppt hast. Und genau das hattest du ja auch beabsichtigt, oder etwa nicht? Es war deine Art, auszubrechen – nebst der anderen, auf die ich nicht näher eingehen muss. Du hast der Familie einen Spinner präsentiert. Einen intelligenten Spinner, der eigentlich nichts anderes im Kopf hatte als die Fliegerei. Er hat einen Scheiß gegeben auf deinen Namen und darauf, wofür dieser steht. Ich glaube, er wusste nicht mal, dass er für etwas steht. Glaub' mir: Ich bin informiert. Deine Schwester hat es mir mindestens fünfundsiebzigtausend Mal erzählt. Ich kenn' die Geschichte. Und ich kenne auch den Teil, als Kolko sich hinter dir als zweiter in die Reihe gestellt hat, um Bernoulli den Hof zu machen. Und als er plötzlich vor dir stand und um Toms Hand anhielt. Mit einem Mal war alles wunderbar. Die Familie konnte es kaum erwarten, ihn aufzunehmen und zu einem der ihren zu machen. Onkel Gabriel hatte gesprochen, und so sollte es geschehen. Ich weiß bloß nicht, Jeanne, ob du zu diesem Zeitpunkt auch noch wolltest oder ob du bereits auf dem Absprung warst. Ich erinnere mich aber genau, dass ich anlässlich eurer Trauung gerätselt habe, ob es Erleichterung oder schiere Sprachlosigkeit ob der Farce war, die dir am Traualtar die Sprache verschlagen wollte. Dein Ja war ja nicht gerade ein Ausruf. Und der Blick, mit dem du deinen Verlobten zum Ehemann genommen hast, hatte alles Verliebte und aufmüpfig Stolze eingebüßt. Ist dir damals bewusst geworden, dass du dort stehst, weil Gabriel es so wollte? Dass er dich bloß benutzt hat? Und Tom ebenso? Weil er – das muss man ihm lassen – als einziger begriffen hatte, dass Tom einer von der Sorte Forscher war, die außerhalb aller Grenzen zu denken in der Lage sind? Du musst geschockt gewesen sein, als du das begriffen hast. Wann war es, Jeanne? Glaub' mir: Ich bin der erste, der versteht, wenn du dir ein Gewissen machst. Und das nicht erst seit gestern."

„Ich werde mich bei meiner Schwester entschuldigen müssen", fiel ihm Jeanne ins Wort. „Ich dachte immer, sie sei es, die diese ganzen Schundromane, die bei euch rumliegen, liest. Ich scheine ihr unrecht getan zu haben."

„Zieh es ruhig ins Lächerliche, Jeanne. Das ist okay für mich."

„Oh, wie großzügig."

„So bin ich nun mal. Ich kann es nicht ändern. Und außerdem: Ich mag in deinen Augen immer noch der geldgeile unreife und nach Prestige geifernde Jungspund sein. Möglich, dass du damit sogar recht hast. Aber blöd war ich nie. Und deine Frage von vorhin, ob ich noch Kontakt mit Tom hatte vor seinem Tod, sagt mir deutlich, dass dir in diesem Zusammenhang etwas zu schaffen macht. Ob es persönlicher oder eher beruflicher Natur ist, weiß ich nicht. Aber verkauf mich nicht für blöd."

„Es war nett, wieder mal mit dir zu plaudern, Eric."

„Ganz meinerseits. Und danke nochmals."

„Nichts zu danken, Eric. Du wirst dich gelegentlich revanchieren können. Ich liebe ausgeglichene Konten, wie du weißt."

Niederbergers Lachen war echt.

Er kannte außer ihr keinen Menschen, der in der Lage war, derart elegant den Kopf aus der Schlinge zu ziehen, um die Bewegungsfreiheit zu haben, sich die Knarre an die Schläfe zu setzen. Er lachte vor Staunen und Bewunderung. Und er lachte, weil er wusste, dass sie vor etwas ebenso Angst hatte wie er. Er war nicht mehr allein.

11.

Nähe Bern, Hostalenweg

„Das sieht nicht gut aus.“

„Können wir irgendwas tun?“

„Negativ. Lorenz könnte höchstens …“

„Wir werden sehen. Aber jetzt müssen wir erst mal raus hier.“

Der letzte Blick, den Valentin und Nouriel auf die im Dunkeln des Hauses auf Ludwigs persönlichem Computerbildschirm leuchtenden Bilder warfen, kam einem in den Abgrund gleich. Ludwigs Abgrund. Einer von der Sorte, die keiner überlebte. Soviel war klar.

„Komm‘ schon“, drängte Valentin, während Nouriel das Gerät herunterfuhr. „Sava kann die Security-Leute nicht ewig hinhalten.“ Soviel war Nouriel auch klar. Trotzdem schien es ihm, als täte er jede Bewegung gegen ein anderes Wollen. Eine Marionette, die den Aufstand gegen die Fäden probt. Sie hatten ihren Job gemacht. Sie hatten recherchiert, hatten das Haus observiert, hatten die Ablösungen der Wachen studiert. Und dann waren sie eingestiegen. Und jetzt waren sie da und sollten zusehen, dass sie rauskamen. Alles klar – und trotzdem war es falsch. Es stimmte nicht. Nichts stimmte hier. Rein gar nichts.

Er riss sich los, kappte alle Leinen des Zweifelns, warf einen letzten Blick auf den Schreibtisch. Alles am Ort, keine Spuren. Er folgte Valentin, den das Dunkel des Wohnzimmers bereits ohne Geräusch verschluckt hatte.

Auch jetzt staunte er wieder über die Fähigkeit seines Kollegen, zu verschwinden. Der „alte Mann“, wie Jez ihn manchmal nannte, war ungeachtet der großen Anzahl seiner Lebensjahre nach wie vor der Beste. Trotz seiner Größe und mit zunehmendem Alter nicht minder werdender Breite, wie er sich das selber attestierte, besaß er die Fähigkeit, wo immer er sich befand, unsichtbar zu werden. Eine belebte Straße, ein Salon voller Leute, eine öffentliche Toilette, ein Wartesaal, eine VIP-Lounge. Wenn er es wollte, dann sah ihn keiner, dann marginalisierte er sich auf das innere und äußere Format einer Zimmerpflanze oder eines Straßenpollers.

Nouriel waren mehr als einmal Gerüchte zu Ohren gekommen, die besagten, dass man sowohl auf der anderen Seite des großen Teichs als auch im Mittleren Osten anlässlich seiner Ausbildung versucht hatte, ihn zu halten. Für die eigenen Dienste zu halten. Aber ob nun London, Langley, Tel Aviv oder neuerdings Brüssel: Wenn die Gerüchte stimmten, die ihn in diesen Kreisen und noch zu Lebzeiten in den Legendenstatus erhoben, dann hatten weder Geld noch Beschwörungen ihn je zu locken vermocht. Noch nicht 30-jährig und zur Blütezeit des Kalten Krieges habe er sämtliche entsprechenden Angebote mit der Begründung abgelehnt, einen alten Baum solle man nicht verpflanzen. Und alt, das sei man in diesem Job spätestens nach dem ersten Einsatz.

Jetzt fühlte Nouriel den kalten Luftzug im Gesicht, der sich durch den mannsbreiten Spalt der gläsernen Schiebetür von Ludwigs Wohnzimmer hereindrängte. Valentin war schon draußen. Sehen war nicht nötig. Er beeilte sich, hatte, als sei es ein Foto, das Bild der obersten Stufe zur Terrasse vor Augen, kam darauf zu stehen, zog die Schiebetür hinter sich zu. Zum zweiten Mal in dieser Nacht hoffte er, das Haus sei gut isoliert, der Luftzug würde von den Verbindungstüren gestoppt und ins Leere laufen. Denn wenn die Leute, die draußen Wache hielten, Profis waren – wovon er in diesem Fall ausgehen musste –, dann konnte ein Luftzug dieselbe Reaktion auslösen wie der zischende Flug einer Handgranate.

Er nahm das lautlose Klicken des Türschlosses wahr. Er war draußen. Valentin nirgends zu sehen. Möglich, dass er längst hinter dem angrenzenden Wald war. Oder gleich neben ihm stand, unsichtbar horchend wie er selber.

Alles still. Während ein Teil seines Gehirns noch den Blitz des Gedankens zündete, dass es *zu* still sei, flammte hinter ihm Licht auf. Im selben Moment ließ er sich fallen, landete hart auf der unteren der beiden Stufen und rollte sich an die Hauswand heran. Keine Gedanken mehr jetzt, das Hirn wie leergefegt, jedes Bewusstsein in das rein Physische fließend.

Gleichzeitig mit dem Entriegelungsgeräusch der Tür zog er sich in den Gitterschatten der Treppe zurück, holte Luft, hielt den Atem an und verschloss das Leben an einem Ort in sich, irgendwo zwischen Lunge und Zwerchfell. Nurmehr bloß Gegenstand jetzt.

Mehr, als er es hörte, sah er das Sohlenprofil des Stiefels, das auf dem Gitter auftraf, vor sich wie auf einem hochauflösenden Screen. Das Gewicht, das die Gummifasern der Stiefelsohle sich dehnen ließ. Der zweite Stiefel. Innehalten. Das Knipsen der Taschenlampe ein Knall in seinen Ohren, die Berührung des Lichtkegels auf dem Untergrund, dessen Teil er war, ein Peitschenhieb. Grell. Keine Stimmen, kein Reden, nur das Gleiten des tanzenden Lichts – trotzdem spürte Nouriel die Präsenz des zweiten Mannes.

Dann Worte wie Gesten auf dem Rollfeld: sauber, knapp, klar. Ihr Inhalt blieb ihm verschlossen. Trotzdem hätte er sie überall auf der Welt und in jedem Dialekt oder Slang verstanden. Die Weltsprache des Kriegs. Das Esperanto von Gewalt und Gegengewalt.

Bevor er die losen Enden neuen Wissens zusammenbringen konnte, bewegte sich der Mann über ihm, und er nutzte den sich für ihn genauso wie für den anderen verändernden Schatten dazu, die Augen zu öffnen. Man denkt, ein Lidschlag mache keine Geräusche. Möglich, dass das stimmt – aber etwas verändert sich für den, der darauf trainiert ist, Veränderungen wahrzunehmen. Durch das Gitter der beiden eisernen Stufen und aus der Perspektive der Altholzlatte, auf der er lag, sah er zwei Stiefelsohlen, schwarze Abdrücke nur. Der Mann, zu dem sie gehörten, existierte als Silhouette nur bis zu den Hüften, von wo an ein Winteranorak bloß noch Rückschlüsse auf eine beträchtliche Breite von Torso und Schultern zuließ. Vom Kopf war nichts zu sehen. Noch einmal drehte sich der Mann um die eigene Achse. Ruhig, bedächtig fast. Dann machte er kehrt, die eine Sohle löste sich vom Gitter, verschwand, die zweite folgte. Ebenso das satte Klicken der Türverriegelung.

Nouriel hielt weiter den Atem an, verdrängte die Qual seines Körpers mit dem letzten Bild, das er gesehen hatte. Dass hier Leute der Bundespolizei oder sogar ein Team des NDB vor Ort sein würden, war ihnen klar gewesen. Ebenso klar war allerdings, dass weder BuPo- noch NDB-Leute nebst ihren Pistolen mit UZIs oder RPGs ausgestattet waren. Und auch das Wort, das er als einziges verstanden hatte, wurde nicht verwendet. Hierzulande sagte man „sauber" oder „sicher" – aber bestimmt nicht „clean".

Langsam ließ er die eisige Nachtluft in die Lunge strömen, die sich anfühlte wie eine Schrumpfblase. Der Schmerz nahm zu. Stetig. Es war wie mit den erfrierenden Händen. Draußen in der Kälte denkt man, es könne nicht mehr schlimmer werden, der Schmerz sich nicht noch steigern. Bis man die Hände in warmes Wasser taucht, an die milde Wärme eines Kachelofens schmiegt.

Er robbte rückwärts unter den Treppenstufen hervor, blieb dicht an der Hauswand kauern. Ein geduckter Sprint über jenes Stück des Rasens, dessen Existenz vom Vorrücken des Waldes am gefährdetsten erschien – schmal bloß, das Grün längst nur noch Moos.

Schwarze Zweige nahmen ihn auf.

12.

New York, The Plaza

Ein Beschatter wurde in den wenigsten Fällen allein auf eine Zielperson angesetzt. In der Regel kam ein Zweier-Team zum Einsatz, und als Jezreel Vidali die Public Library im Wissen verlassen hatte, dass sie unter Beobachtung stand, hatte es nicht lange gedauert, bis sie die zweite Hälfte des Duos identifiziert hatte. Es war ein Mann gewesen – Alter irgendwo zwischen 40 und 80 –, der vor der Telefonkabine in der Nähe des Eingangs der Bibliothek stehend in seiner Brieftasche nach Kleingeld zu suchen schien. Ein Mann, den man leicht übersah, der in jedem Augenblick verloren schien, im Verschwinden begriffen, zerrieben im Getriebe des Molochs Großstadt, wie er da in seiner Börse gewühlt hatte, als suchte er die alte Zeit, die ihn überholt und abgehängt hatte. Über dem Bauch hatte sich ein burgunderroter Wollpullover mit V-Ausschnitt gespannt. Der Hemdkragen, zerknittert, hatte grau gewirkt in der hereinbrechenden Nacht, die Lederjacke im scharfen präzisen Schnitt einer Uniform bieder an der kleinen Gestalt. Sie hatte ihm fast bis an die Knie gereicht. Buntfaltenhose, darunter braune Lederschuhe mit Gesundheitssohle, deren Schnürsenkel wie bei Wanderschuhen an metallenen Haken über Kreuz gebunden wurden. Jez war stehengeblieben, um zu sehen, ob die „Studentin" ihr folgen würde. Sie war gefolgt und hatte Jez damit die Info geliefert, dass sie es war, an der man interessiert zu sein schien, und nicht Sam. Dass Sam demnach unbeschattet in die Oak Bar zum Treffen mit Horn würde gehen können. Dass man ihn mittels GPS-Sender in seinem Handy standardmäßig sowieso auf dem Radar hatte, war ihr vom Moment ihres Gesprächs an klar gewesen.

Zurück ins Hotel zu gehen, war nicht in Frage gekommen. Sie wollte nicht riskieren, auf dem Weg ins Plaza wertvolle Zeit zu verlieren im Fall, dass sie es nicht in nützlicher Frist schaffen sollte, die beiden loszuwerden. Und sie *musste* sie loswerden, wenn sie Sam so gut wie möglich aus der Schusslinie halten wollte. Das war sie ihm schuldig. Die Leute, für die er arbeitete, würden ihn so oder so in die Mangel nehmen. Aber sie konnte dafür sorgen, dass es nur dieses eine Treffen gab, zu dem sie ihn befragen würden. Schon das allein würde kein Zuckerschlecken für ihn – aber es war besser, als erklären zu müssen, warum er sie ein zweites Mal getroffen hatte. Den Zufall ließen diese Leute nicht gelten. Sie selbst würde es auch nicht tun.

Was diesen Überlegungen dann auf den Straßen New Yorks, die stoisch fließend Millionen von Menschen aufnahmen, trugen und wieder ausspuckten wie neuzeitliche Wasserräder, gefolgt war, müsste einem normal lebenden und denkenden Menschen – hätte er etwas davon mitbekommen – als logistisches Meisterwerk erscheinen. Oder mehr noch: Als phantastisches Absurdum filmreifen Irrwitzes eines von jeder Realität losgelösten Geistes, der sich inmitten großstädtischer Alltäglichkeit an seinen sich nur ihm erschließenden fiktionalen Koordinaten entlanghangelt. Lächerlich. Beängstigend vielleicht.

Es hatte über zwei Stunden gedauert, bis Jezreel sicher gewesen war, die beiden abgehängt zu haben. Sie war abwechselnd zu Fuß, im Taxi und im Subway unterwegs gewesen, hatte die Stadt gefühlsmäßig ein Dutzend Mal umrundet und durchquert und ihre Bargeldreserven derart strapaziert, dass ihre Brieftasche sich angefühlt hatte wie ein kleines totes Tier. Irgendwo zwischen Greenwich Village und Soho hatte sie Geld aus einem Automaten gezogen, der rege frequentiert zu sein schien, was ihr die Gelegenheit gegeben hatte, sich in Ruhe umzusehen. Die Umgebung war sauber gewesen, keine Spur mehr von ihren Begleitern. Trotzdem war sie vorsichtig geblieben und hatte, um zum Plaza zu gelangen, einen großen Umweg gemacht. Unterwegs hatte sie sich in das Notwendige geschickt und in einem Laden, der weder an der Auslage im Schaufenster noch an den einzelnen Kleidungsstücken im Innern Preisschilder hängen hatte, eine neue Garderobe erstanden. Ihrem Portemonnaie war erneut Leben entwichen. Den Ärger darüber hatte sie hinuntergeschluckt. Keiner außer ihr selber hatte Schuld daran. Es war ihre Idee gewesen, hierher zu kommen.

Schön zahlen und Klappe halten, hatte sie sich gesagt. Aufräumen kannst du dann, wenn du wieder zu Hause bist. Später. Wie immer.

Umgezogen hatte sie sich im Laden. Die Verkäuferin hatte keine Miene verzogen. Auch als sie sich darangemacht hatte, ihr Make-up zu erneuern und die Haare hochzustecken. Für die offenbar im Preis inbegriffene Diskretion hatte Jez nochmal 100 Dollar draufgelegt. Sie war der Frau dankbar gewesen. Nicht so sehr für die Zurückhaltung als vielmehr dafür, ihr damit eine Atempause verschafft zu haben.

Als Jezreel Vidali 30 Minuten später unten an der Treppe zur Lobby des Plaza aus dem Taxi stieg, war alles Müde und Gehetzte aus ihren Zügen und Gesten wegradiert. Sie strahlte wie jemand, der Grund dazu hat, der weiß, dass er es tut, und der es liebt.

Sie hatte sich unter den wenigen Stücken, die die Boutique im Angebot hatte, für das entschieden, was am nächsten an das heranreichte, was sie ihre „Uniform" zu nennen pflegte: eine schwarze, gerade geschnittene Hose mit feinem Nadelstreifenmuster und eine weiße Bluse. Dazu einen schwarzen Strickmantel, der weich und warm bis auf die Knöchel fiel. Ihre Füße in den spitz zulaufenden hochhackigen Schuhen fühlten sich an, als wären sie nicht mehr am Leben. Aber das war nebensächlich, solange sie darin gehen konnte. Und sie konnte. Wenn nötig, hätte sie darin die Stadt durchquert. Schmerz war etwas anderes.

Die Wolljacke wogte wie eine Schleppe in ihrem Rücken, als sie die Treppe hoch und auf die in Messing gefasste Tür, die mehr ein Portal war, zuging. Ein Portier wuchtete das Ding auf und schaffte es gleichzeitig, einen Bückling zu machen. Jezreel rauschte an ihm vorbei an die Rezeption und erkundigte sich nach Mr. Bernoulli, der voraussichtlich hier absteigen sollte. Man erteilte ihr die Auskunft, dass diese Auskunft aus Gründen des Datenschutzes nicht erteilt werden könne, dass man Mr.

Bernoulli jedoch, sollte er sich an der Rezeption melden, mitteilen würde, dass eine Dame nach ihm gefragt habe. Wenn sie so gut wäre, ihren Namen …

Jezreel winkte ab und teilte der Empfangsdame mit, sie würde eine Weile hier in der Lobby warten. Vielleicht habe sie ja Glück und erwische den Freund beim Einchecken. Die Frau hinter dem Tresen deutete mit einer Geste in Richtung der in Gruppen in der Lobby verteilten Sitzgelegenheiten und fragte, ob sie jemanden schicken dürfe, um der Dame etwas zu trinken zu bringen. Oder eine Kleinigkeit zu essen.

„Ein Gin Tonic wäre wunderbar, Liebes."

Sprach's und rauschte in Richtung eines tiefergelegten Chesterfield-Verschnitts im Lounge-Format, in das sie sich fallenließ und die Beine übereinanderschlug wie jemand, der vorhat, sich nicht so schnell wieder von dannen zu bewegen.

Es ging gegen 23 Uhr. Sam hatte gesagt, er sei um zehn mit Horn verabredet. Jezreel wusste nicht, ob die beiden noch hier waren. Gleich nebenan in der Oak Bar. Oder ob Sam darauf gedrängt hatte, an einen anderen Ort zu gehen, im Versuch, den „Freund", der eine Quelle war, oder sich selber zu schützen. Oder ob Nik Horn vorgeschlagen hatte, irgendwo einen Happen essen zu gehen.

Sie wusste es nicht, weil sie sich entschieden hatte, hier in der Lobby auf ihn zu warten, wie sie es anlässlich ihres ersten Treffens in Zürich auch getan hatte. Weil sie das Überraschungsmoment auf ihrer Seite haben, weil sie jeden möglichen Versuch seinerseits, sich zu drücken, unterbinden wollte.

Wäre er allerdings noch *der* Nik Horn von früher, dann konnte sie diese Möglichkeit schon jetzt ausschließen. Wäre er nach wie vor *der* Nik Horn, den er damals in der Schweiz dargestellt hatte, dann würde ihm weniger sein Stolz als vielmehr die Rolle des Menschen, die er sich auf Leben und Leib geschneidert hatte, die er *war*, verbieten, unkontrolliert zu flüchten. Und wäre er nach wie vor der Nik Horn von damals, dann hätte er sich zu dieser Stunde längst und mit Sorgfalt die Innenwände seines Riechorgans und mit ihm die Konturen seines Bewusstseins derart gründlich bestäubt, dass ihm jede noch so scharfe Kante berechen- und beherrschbar erscheinen würde, jeder Abgrund bloß ein zu vernachlässigendes Schlagloch.

Der Gin Tonic wurde serviert, der 20-Dollar-Schein, den sie auf den Tisch gelegt hatte, verschwand und mit ihm in Jez' Wahrnehmung ebenso das Rauchen-Verboten-Schild: Für 20 Dollar musste eine Fluppe drin sein.

Sie zündete sich einen Zigarillo an. Der Genuss, mit dem sie inhalierte, was nicht zum Inhalieren gedacht war, war echt. Sie erlaubte ihrem unter dem Einfluss des Nikotins nachgebenden Rückgrat, sich in das Leder des Sessels zu schmiegen. Ein Moment, der eine schlaflose Nacht und zwei Tage aufzuwiegen vermochte mit der weiten Ruhe, die er bot.

Dann war er vorbei. Vor ihr ragten zwei schlanke nylonbestrumpfte Beine empor, eine leichte manikürte Hand berührte ihre Schultern, eine Stimme irgendwo über ihrem Kopf teilte ihr flüsternd mit, man bitte sie, aus Rücksicht auf die anderen Gäste, das Rauchen zu unterlassen.

„Oh, dear – I'm so sorry. Sehen Sie nur, was Sie davon haben, wenn Sie Ihre Lobby so einrichten, dass man sich ganz und gar zu Hause fühlt."

Die lederbehandschuhte Hand der Dame aus der Schweiz legte sich nun ihrerseits auf den Arm der Rezeptionistin, dem eben Gesagten folgte eine weitere in mittlerer Lautstärke und rauh lachend vorgebrachte Entschuldigung und Versicherung der Untröstlichkeit, und die Aufmerksamkeit aller in der Lobby Anwesenden war dem ungleichen Paar sicher.

In dem Moment traten Sam und Nik Horn aus dem Verbindungsgang, der die Lobby mit der Oak Bar verband. Jezreel stand auf. Sie brauchte nicht zu rufen oder anderweitig auf sich aufmerksam zu machen. Ein weiterer Taubeneffekt: Wenn eine auffliegt, dann tun es alle. Wenn alle Blicke in einem Raum sich auf eine Person richten, deren Bewegung oder einer Aktion folgen, dann wird jedes weitere dazustoßende Augenpaar seinen Blick ebenfalls auf die Szenerie richten – für einen Moment zumindest. Es kann nichts dagegen tun. Ein rein instinktiver Impuls. Sie hatte mal gelesen, Gähnen sei einzig aus diesem Grund „ansteckend“. Gleicher aktiver Hirnbereich.

Horn erging es nicht anders.

Sehen und Erkennen kollidierten in seinem Gesicht, der ganze Mensch erstarrte für die Dauer eines Lidschlags. Um die Aufmerksamkeit der anderen Leute nicht zu verlieren, winkte Jez überflüssigerweise mit großer Geste. Ungesehen und unerkannt einen Abgang zu machen, wäre im Notfall eine Option für Horn. Nicht aber, wenn ein Dutzend Augenpaare sich jetzt von Jez lösten und der Richtung ihres Winkens folgend an ihm hängenblieben. Über die Schulter hinweg und ohne die Augen von Jezreel zu wenden sagte er etwas zu Sam und kam in ihre Richtung geschlendert.

Ja – der Kerl schlenderte tatsächlich, lächelte sie an, dann den Handschuh, den er bereits übergestreift hatte und jetzt wieder von der Hand zog. Dann stand er vor ihr, Sam zwei Schritt hinter ihm.

„Anja Sanders – was für ein Zufall.“

Jez lächelte und merkte, dass sie sich ein Grinsen nicht verkneifen konnte.

„Kein Zufall, Horn“, sagte sie leise und beobachtete, wie der Vorhang seiner Miene sich kurz lüftete, den Blick in ein paar Jungenaugen freigab und sich wieder schloss.

Im Bemühen, das Gehörte zu übergehen, irgendwie vielleicht doch noch aus der Sache rauszukommen, wandte sich Nik Horn jetzt erneut nach seinem stummen Begleiter um, dann wieder in Richtung Jez:

„Wir wollten eigentlich gerade …“

„Ich denke, Sie wollten uns vorstellen“, fiel sie ihm ins Wort.

„Natürlich, wie unhöflich von mir.“

Es klang resigniert jetzt, das Lächeln schien zu ermüden.

„Anja Sanders, das ist Samuel Weidmann. Sam, das ist Anja.“

Die beiden reichten sich die Hand und versicherten sich ihrer Freude, einander zu treffen.

„Hören Sie, Nik …"

Diesmal war es Horn, der ihr ins Wort fiel mit der Frage, ob man jetzt wieder per Sie sei. Er sei der Meinung gewesen, das habe man schon hinter sich.

„Schon, ja … Aber vor Ihnen steht heute nicht Anja Sanders, sondern Jezreel Vidali, Mitarbeiterin einer Ihnen vage bekannten Schweizer Behörde – und mit ihr sind Sie, soweit mir bekannt ist, nicht per Du", antwortete sie.

Während sie das sagte, blickte sie abwechselnd in seine und in Sams Richtung in der Hoffnung, er würde den Wink kapieren und Leine ziehen. Erstens war die Sache, über die sie mit Horn sprechen wollte, nicht für Dritte gedacht, zweitens wollte sie ihn nach wie vor nicht mit Informationen füttern, die innerhalb weniger Stunden wieder aus ihm herausgeholt würden.

Sam kapierte.

„Hör mal, Nik, ich muss morgen früh raus. Du weißt schon – das Vorstandsmeeting." Und an Jez gewandt: „Unsereiner, die noch unter dem Joch einer Anstellung schmachten, können im Gegensatz zu den selbständigen Brokern nicht bis in die Puppen schlafen. Geht ihr beiden doch was essen. Ich sollte versuchen, noch eine Mütze Schlaf zu kriegen, bevor ich mich teeren und federn lasse."

Horn wehrte sich nicht. Mit Handschlag verabschiedeten sich die beiden, und ohne weiteren Kommentar ließ sich Horn in die Tiefe der Ledercouch fallen, während Jez noch stand. Sie tat es ihm gleich.

„Was gibt's zu grinsen?", fragte sie ihn, als sie feststellte, dass die sich vertiefenden Lachfalten seines Profils nicht in einem Weinkrampf erstarrt waren.

Mit dem Kinn deutete er auf die im eiligst bereitgestellten Aschenbecher ausgedrückte Zigarillokippe.

„Du scheinst es nicht lassen zu können."

Jez liess ihm das Du durchgehen. Es spielte keine Rolle mehr. Es war bloß nützliches Geplänkel gewesen. Eine Art Wegweiser für den Fall, dass Horn gezögert hätte.

Und als sie die Bemerkung unkommentiert ließ:

„Wie soll ich dich denn nennen? Anja? Frau Vidali? Jezreel? – Was ist das überhaupt für ein Name?"

Jez' Augen klammerten sich immer noch an den Aschenbecher. Ihr ganzes Sein schien sich in dem kleinen runden Glas zusammenrollen zu wollen. Ihr Körper war taub, der Kopf leer, der einzig wache Gedanke jener, der sich durch das Bild des malträtierten Zigarillos aufdrängte. Und auch der würde der Erstarrung erliegen, wenn sie es zuließe. Sie riss sich von dem Punkt, auf den alles sich reduzieren wollte und der immer kleiner wurde, los, kniff kurz die Augen zusammen, schüttelte den Kopf, ließ Horns Frage einsickern, lächelte.

„Es ist der Name eines Tals in Israel. Hör' mal – würde es dir was ausmachen, kurz nach draußen zu gehen?"

„Du kannst es wirklich nicht lassen, oder?"

„Nein – du?"

„Wenn's sein muss … Anderer Vorschlag: Da es nun mal so ist, dass ich den Rest des Abends nicht wie beabsichtigt mit meinem Freund Samuel, sondern mit dir verbringen werde, schlage ich vor, dieses Gespräch in meine Suite zu verlegen. Dort kannst du rauchen, soviel du willst. Außerdem kann ich uns was zu essen bestellen. Denn auch wenn's dich erstaunen sollte: Ich habe Hunger."

„Und ich dachte, das Geschenk meiner Präsenz überstrahle jedes derartige primitive Bedürfnis. Wieder eine Illusion dahin …"

Sie stand auf, sah auf Horn hinab: „Was ist? Kommst du?"

Er wuchtete sich aus dem Leder und ging ihr voraus auf die Aufzugtür zu. Er wirkte nachdenklich, und Jez konnte sich einer Regung, die vage Ähnlichkeit mit Häme hatte, nicht erwehren: Da geht er dahin und hat keinen blassen Schimmer, was ihn erwartet. Du hast allen Grund zur Nachdenklichkeit. Denk du nur ein wenig nach. Frag' dich, was das hier werden wird. Auf was es hinauslaufen wird. Für einmal liegt es nicht in deiner Macht, nicht im Bereich des für dich Machbaren, ob du morgen noch derselbe sein wirst, der du jetzt bist. Ob du noch hier sein wirst, oder zu Hause bei den Freunden des NDB, die mit Leuten wie dir nicht so gnädig umgehen, wie wir es getan haben. Angeklagt der fahrlässigen Tötung, der Unterschlagung von Beweismitteln, der Beihilfe zur Verschleierung einer Straftat, des Besitzes und Konsums von Betäubungsmitteln.

Als hätte er ihre Gedanken mitgehört, blieb er aus dem Aufzug tretend abrupt stehen und wandte sich zu ihr um.

„Hör' mal …" Er hielt inne, als wisse er nicht, welchen Namen er benutzen sollte, und schien zu der Entscheidung zu gelangen, dass keiner nötig war: „Das damals in der Schweiz … Ich habe mich verändert seither … Ich bin nicht mehr der Kerl, der ich da war."

„Das ist nicht relevant", blockte Jezreel ab. „Darum geht's nicht."

Sie machte Anstalten, sich an ihm vorbeizudrängen, er trat einen Schritt zur Seite, um sie daran zu hindern. Sie waren keine 30 Zentimeter mehr voneinander entfernt, als sie erneut zu stehen kamen. Eine Weile starrten sie sich an, bis Horn den Blick senkte und den Weg freigab.

Den Kopf gesenkt, die Handschuhe in der einen Hand, die andere im Hosensack nach dem Zimmerbadge suchend, ging er ihr voraus durch die teppich- und seidentapetengedämpfte Flucht des Hotelflurs, der, so schien es Jez zumindest, von der doppelten Breite ihres Zürcher Appartements war.

Horn öffnete die eine Hälfte einer Doppeltür, trat zur Seite und ließ ihr den Vortritt.

„Ich finde ja, bei dieser Preisklasse sollte man sich nicht selber die Tür öffnen und mit unappetitlichen Badges rumschlagen müssen."

„Die kennen mich hier seit Jahren. Ich mag es nicht, wenn man mir auf Schritt und Tritt folgt. Das ist auch im Preis inbegriffen."

„Verkehrte Welt", sagte sie, während sie an ihm vorbei in die Suite trat. „Da zahlt man ein Vermögen für einen Servicestandard, den Joe und Jane sich im Leben nie werden leisten können, und legt dann nochmals Kohle nach, um sich das Recht zu erkaufen, auf ebendiesen Standard verzichten zu dürfen."

„Nicht verkehrt, Jezreel", antwortete Horn, der sich für diesen Namen entschieden zu haben schien. „Bloß logischer Teil des natürlichen Werde- und Untergangsprozesses der Menschen, die der Auflösung auf den Leim gehen und dabei meinen, es handle sich um Freiheit."

„Du musst es ja wissen."

Während dieses Wortwechsels hatte Horn die Tür der Suite geschlossen. Jezreel war an eines der hohen Fenster getreten und hatte die letzte Bemerkung an ihr Spiegelbild gerichtet, das, fragmentiert von Leuchtreklamen, Autoscheinwerfern und Rücklichtern, über dem verhinderten Dunkel der Fifth Avenue zu schweben schien. Sie sah nicht, was Horn trieb in ihrem Rükken, fühlte jedoch Geschäftigkeit und fand sie bestätigt in seiner ab und zu ins Fensternegativ eintauchenden und es wieder verlassenden Gestalt.

Als sie keine Bewegung mehr ausmachen konnte, drehte sie sich um.

Horn hatte sich von Mantel, Anzugsjackett und Schlips befreit und saß, die Beine übereinandergeschlagen, in einem der Sessel, die zur Ausstattung des Salons gehörten. Vielleicht wurde der Raum im Plaza-Jargon auch „Living Room" genannt.

Vor ihm, auf dem niedrigen, sich auf den ersten Blick jeder Symmetrie entziehenden und von filigranem vergoldetem Rankenwerk entstellten Etwas, das als Salontisch verstanden werden wollte, standen zwei Gläser, ein Aschenbecher und eine Flasche Wein. Er selber war in das auf Büttenpapier gedruckte Angebot des Room-Service vertieft.

Jezreel zog es trotz der Wärme im Raum vor, ihren Wollmantel vorderhand nicht abzulegen. Sie plazierte ihre Handtasche auf der Dreiercouch, legte ihre Handschuhe darauf und setzte sich so, dass sie die Sofaecke im Rücken hatte.

Die Szenerie war traumgleich: Einerseits nahm sie ihr Dasein deutlich wahr, schenkte jetzt Wein in die bereitstehenden Gläser, studierte das Etikett der Flasche, roch am Wein, setzte das Glas aus Gründen gebotener Höflichkeit ohne zu trinken wieder ab und zündete sich einen Zigarillo an. Gleichzeitig kam es ihr vor, als betrachte sie das Geschehen von außen wie ein Bild, nahm Raum und Bewegung wahr als etwas, das sich in der Unverbindlichkeit der Zweidimensionalität abspielte und mit ihr nur soviel zu tun hatte, wie sie hineinzugeben bereit wäre.

Horn bestellte Clubsandwiches. Jez riss sich von der flachen Kurve peripheren Unbeteiligtseins los und trat wieder hinein in den Kreis realen Passierens.

„Meine Eltern – so unterschiedlich sie als Menschen und ihrer Herkunft nach sind – gehören zu jener Sorte von Leuten, deren Wertvorstellungen sich mit den realen Gegebenheiten nur sehr selten decken", sagte sie in die nach Worten verlangende Stille hinein. „Das war schon immer so und ist es auch heute noch. Obwohl weit von der Idee der Unfreiwilligkeit à la Nordkorea entfernt, sind sie nach wie vor der Überzeugung, eine ideale Gesellschaft, eine gütige Gesellschaft, könne nur nach Marx' Grundsatz, wonach jeder nach seinen Möglichkeiten gebe und jeder nach seinen Bedürfnissen erhalte, entstehen und bestehen. Dass sie dabei den heutigen Menschen der entwickelten Welt, der weder Mangel kennt noch die Idee, die eigene Potenz anderweitig als für sich selber einzusetzen, gänzlich ausschließen, die Tatsache also, dass jedem sein Hemd näher ist als der Schrank, dass persönliche Interessen immer im Vordergrund allen Handelns stehen, das nehmen sie zwar zur Kenntnis, akzeptieren es aber nicht. Sie waren beide noch keine 20, als sie glaubten, in den Kibbuzim in Israel das gefunden zu haben, was einerseits ihren Vorstellungen einer gerechten Welt und andererseits jenem Ideal zu entsprechen schien, das es hinauszutragen galt. Nun ja – um irgendwo etwas hinaustragen zu können, muss man erst mal rein. Sie lebten fünf Jahre in einer solchen Gemeinschaft. Dort trafen sie sich, und es lief darauf hinaus, dass mein Vater meine Mutter aus einem dieser Kollektive des Jezreel-Tals hinaustrug und über die Schwelle eines Hauses im französischen Teil der Schweiz. Warum sie nicht blieben, warum sie gegangen sind, darüber sprechen sie nicht. Ich war damals bereits in Entstehung begriffen, und ungeachtet meines Geschlechts war klar, dass ich

‚Jezreel‘ heißen würde wie das Tal zwischen den Bergen Galiläas und Samarias, das sie zusammengeführt hatte. Beantwortet das deine Frage nach meinem Namen?“

„Rock.“

„Wie bitte?“

„Man sagt Rock, nicht Schrank. Jemandem ist das Hemd näher als der Rock. Und ja: Es beantwortet meine Frage.“

„Schön.“ Jez griff in ihre Handtasche, holte den Packen Papier des Nukleus-Vertragswerks heraus und wuchtete ihn auf den Tisch.

„Was ist das?“

„Das ist der Grund, warum du dir nicht mit deinem Freund Samuel die Nacht um die Ohren schlagen kannst. Ich brauche deine Hilfe.“

„Das ist ja was ganz neues.“

Horn hob sein Glas. „Auf das Neue.“

„Und das Alte“, antwortete Jez. Sie nahm einen Schluck Wein.

„Das musste ja kommen.“

„Falsch – es muss nicht erst kommen. Es ist da. Immer.“

„Es verändert sich. Ich habe mich verändert.“

„Wenn es so wäre, dann hättest du dich längst gestellt. Wärst nach Hause gekommen.“

„Wem wäre gedient damit?“

„Dem Mädchen vielleicht. Seiner Familie. Dir sicher.“

„Der Familie? Dir ist schon klar, dass du von jenen Menschen sprichst, die sie verkauft haben, oder? Und mir – ich wage es zu bezweifeln. Wie denn? Indem ich mich selber anzeige und damit in Kauf nehme, während Monaten durch die Presse geschleift zu werden, nie wieder einen Job zu kriegen? Eine Kreditkarte? Eine Wohnung?“

„Es wäre nicht so.“

„Natürlich wäre es so. Das weißt du genauso gut wie ich. Es ist immer so.“

Jez sog scharf die Luft ein. Es sagte mehr als eine Antwort. Dann:

„Wie gesagt: Darum geht's nicht. Es spielt hier keine Rolle. Es geht *darum.*" Mit dem Kinn zeigte sie auf den Stapel vor sich auf dem Tisch. Und bevor Horn fragen konnte: „Es ist das Vertragswerk des Staatsfonds Nukleus."

Horn ruckte nach vorn, die Ellbogen auf den Knien. Er starrte das Paket an, dann Jezreel. Ungläubig.

„Will ich wissen, wie du da rangekommen bist?"

„Ich denke schon. Aber es muss nicht sein. Ich brauche bloß einen Übersetzer."

„Das sagst du so einfach."

„Es ist einfach, wenn man die Materie kennt. Du kennst sie. Du tust seit 20 Jahren nichts anderes, als mit solchen Dingen zu arbeiten."

„Okay – aber du – oder sollte ich lieber sagen, ihr? – wisst schon, dass das hier, nebst vielleicht der Rezeptur von Coca-Cola und den Ursachen des aerotoxischen Syndroms zu den bestgehüteten Geheimnissen der Welt gehört? Ich meine: Das hier ist eine Bombe. Und da soll ich einfach so ruhig bleiben? Dazu noch mit der Aussicht, den Zünder in die Hand gedrückt zu kriegen?"

„Den Zünder behalte ich. Mach dir da mal keinen Kopf."

„Du willst, dass ich das lese."

„Und für dich behältst."

„Und wenn nicht?"

„Internationaler Haftbefehl. Auslieferungsgesuch. Der ganze Zirkus. Unfreiwillig. Du gäbst ein wunderbares Feindbild ab. Was Besseres könnte unserer Regierung gar nicht passieren. Den Medien auch nicht."

„Alles klar. Julian Assange lässt grüßen."

„Assange stößt nur ein paar Leuten sauer auf. Für den großen Rest ist er ein Held. Das wärst du nicht. Auch im Gefängnis nicht, denke ich. Aber lass uns …"

Es klopfte an der Tür. Horn sprang auf, als hätte er darauf gewartet. Fast rechnete Jezreel damit, dass er abhauen würde. Dann hörte sie ihn sprechen, die Türe der Suite sich schließen, das gedämpfte Geräusch von Schritten in hochflorigem Teppich.

Er stellte ein zugedecktes Tablett auf den Tisch, blieb stehen, schien zu einem Entschluss zu kommen.

„Ich brauch was Stärkeres als das hier."

Auf die Frage hin, ob sie auch wolle, schüttelte Jez nur den Kopf.

Horn kam zurück, einen Schwenker in der Hand. Ließ sich in seinen Sessel fallen, nahm einen Schluck. Atmete aus, als hätte er eine Stunde lang die Luft angehalten.

„Würdest du mir einen von deinen Zigarillos geben?"

Jez versetzte der Metallschachtel einen Schubs. Sie schlitterte über die glänzende Tischplatte zu Horn hinüber. „Du rauchst nicht mehr?"

„Wie gesagt: Ich habe mich verändert. Außer dem" – er deutete auf sein Glas, während er sorgfältig eine Clubmaster aus der dunkelroten Schachtel klaubte – „und gutem Essen habe ich fast allen Genussmitteln abgeschworen. Das ist vorbei."

„Gut – das lässt hoffen."

„Hoffen worauf?"

„Darauf, dass wir das hier in nützlicher Frist hinter uns bringen."

„Du verstehst es wirklich, einen in Vorfreude zu stürzen, Jezreel Vidali."

13.

Bern, ehemalige Leinenweberei

„Ja und?“, blaffte Brun. „Seit wann ist das ein Verbrechen? Herrgott – Leute! Hat nicht jeder von uns schon mal eine solche Site geöffnet – und sei es nur aus Neugier? Das ist doch nicht …“

„Kinder“, sagte Valentin.

Nur dieses eine Wort. Die Stille, die sich auf das Team stürzte, schien von weit über dem Dach der alten Fabrikhalle zu kommen, war größer und schwerer, als es die reine Absenz von Geräuschen zu sein vermochte.

„Was?“, kam es schließlich von Brun. „Was sagst du da?“

Der Ton riet jedem Überbringer der Nachricht, zu laufen. Schnell zu laufen. In diesem Fall war Valentin der Bote – er blieb sitzen, hielt stand. Er wusste nicht und wusste dennoch, dass es hier um mehr ging als um einen möglicherweise fehlgeleiteten Minister. Brun hätte nicht so reagiert, wenn nicht noch etwas anderes, etwas Wichtigeres hinter dem Sichtbaren gewirkt hätte. Er hätte es nie so nahe an sich rankommen lassen, dass es ihm die Farbe aus dem Gesicht zu wischen imstande gewesen wäre. Jetzt war er weiß wie eine Wand, der unrasierte Bart eine schwarze Maske.

Es war nicht nötig, dass Valentin wiederholte, was er gesagt hatte. Brun hatte es sehr wohl verstanden. Jeder hatte es verstanden. Als hätte er es herausgeschrien, Bilder auf den Tisch geknallt.

Brun löste sich von dem, was aus dem Schatten heraus an ihm zu zerren schien, rieb sich mit den Handflächen über das Gesicht, als müsse er eine Schicht loswerden, um klar sehen zu können.

„Okay. Was noch?“

Valentin und Nouriel tauschten einen Blick. Valentin nickte kaum sichtbar, und Nouriel übernahm:

„Im Haus sonst nichts. Keine Akten – was seltsam ist für einen Mann, der den Angaben seines engsten Mitarbeiters zufolge täglich jede Menge Arbeit mit nach Hause geschleppt hat. Sava hat dazu dann noch mehr Infos."

Keiner fragte nach, warum Nouriel schon jetzt wusste, was Sava an Informationen liefern würde. Normalerweise hätte es ein großes Hallo gegeben, errötende Gesichter, Flachsereien. Nicht jetzt. Es war nicht wichtig. Jedenfalls im Moment nicht, und Nouriel nahm den Faden wieder auf:

„Es war seltsam: Wir sind dort rein, und das einzige, was wir finden, ist dieser Schweinekram. Den allerdings quasi auf dem Silbertablett serviert. Er hätte die Bilder genauso gut als Fotos an die Wände im Entree pinnen können. Lorenz hat sich die Sache genauer angesehen. Das Zeug – wer auch immer es dort deponiert hat – ist nicht von Ludwig. Es sei denn, er habe sich die Dateien aus dem Koma heraus und mittels Telepathie auf die Festplatte geladen."

„Wie das?"

Nouriel nickte Lorenz zu.

Valentins Lippen bogen sich nach unten – die Mimik eines Lächelns, das der Situation gemäß keines sein durfte. Und doch war es da. Weil sogar Lorenz, der immerzu Schwebende, der Abgehängte, Getrennte auf Nouriels Nikken hin reagierte, als hätte man ihm seinen Namen in den Gehörgang gebrüllt. Er schnellte beinahe von seinem Stuhl hoch.

„Es ist ein Datum, das nicht gelöscht worden ist", erklärte er jetzt. „Wenn jemand von außen in einen fremden Computer oder ein Netzwerk eindringt, dann muss er auch wieder raus. Und das wenn möglich, ohne Spuren zu hinterlassen. Das heißt, er muss die von ihm erzeugten Dateien löschen und die Logdateien des Rechners reinigen. Oder anders gesagt: Er muss alle Zeilen aus dem Protokoll des Systems löschen, die seine Aktivitäten betreffen. Derjenige, der die Fotos auf Ludwigs Rechner geladen hat, hat all das sauber erledigt. Sehr sauber sogar. Das Problem sind die Fotos an sich. Da hat jemand anderes geschlampt, nehme ich an. Es ist ein Idiotenfehler. Jede Datei verfügt außer über einen Namen über eine Reihe weiterer Attribute. Unter anderem weist jedes File einen Zeitstempel auf. Also Datum und genaue Uhrzeit ihrer Erzeugung, des letzten Zugriffs und der letzten Änderung. Erzeugungs- und Änderungsdatum sind korrekt – also plausibel. Sprich: Die Datei wurde vor Ludwigs Unfall erstellt beziehungswese verändert. Der letzte Zugriff allerdings fällt vom Datum her in die Zeit, als Ludwig bereits im Spital war."

Lorenz hielt abrupt inne und brachte sich hinter seinen Monitoren in Deckung.

In Bruns Augen war während Lorenz' Ausführung Gesundheit zurückgekehrt. Leben.

„Okay, gut. Was heißt das für uns?"

„Das heißt, dass jemand von außen diese … *Sachen* auf Ludwigs Festplatte deponiert hat. Und zwar unmittelbar nachdem Ludwig zusammengeschlagen worden war", beantwortete Nouriel Bruns Frage.

„Was heißt ‚unmittelbar'?", schaltete sich Sava ein.

„Zwei Stunden."

„Zwei Stunden?" Brun hielt es nicht länger auf seinem Stuhl. Er stand auf, zündete sich eine Zigarette an.

„Verstehe ich das richtig? Zwei Stunden nachdem Ludwig physisch außer Gefecht gesetzt worden ist, hackt sich jemand in seinen Computer und deponiert dort Dateien, die jedem – und ich meine wirklich *jedem* – das Genick brechen würden?"

„So sieht's aus", bestätigte Nouriel.

„Aber das ist doch viel zu plump."

„Auf den ersten Blick vielleicht", bestätigte Valentin. „Aber vergiss nicht, dass wir nichts wissen. Wir sind nicht an dem Fall dran. Keiner rechnet mit uns. Und wir können das, was wir offiziell nicht wissen, auch nicht verwenden." Und Bruns Einwand vorwegnehmend: „Auch Burger kann in dieser Sache nichts tun. So wie's aussieht, würde er sich durch hartnäckiges Nachfragen nur verdächtig machen. Er hat mit der Sache nichts zu tun.

Und wenn er sich jetzt einschaltet und anfängt, den ermittelnden Behörden auf die Finger zu klopfen, dann riskiert er bei entsprechenden Resultaten seinen Kopf – und das meine ich nicht nur sinnbildlich. Denn wenn Ludwig – und so sieht's aus – demontiert werden soll, dann kostet es diese Leute einen Klacks, irgendeinen subalternen Sicherheitsberater im gleichen Aufwasch auszuschalten."

Brun hielt in seinem Marsch inne, blickte in die Runde.

„Bin ich hier der einzige, der sich noch nicht ausschließlich auf dieses Szenario eingeschossen hat? Ihr scheint ja alle ziemlich zufrieden zu sein auf dieser Einbahnstraße. Was ist mit anderen Möglichkeiten? Was ist, wenn die Vorfälle nichts miteinander zu tun haben? Denkt daran auch jemand?"

„Hör' mal, Carl. Es ist ja nicht so …" hob Nouriel an und wurde von Sava unterbrochen.

„Lass gut sein, Nour." Und an Brun gewandt: „Es gibt noch etwas, das – leider, muss ich sagen – für dieses Szenario spricht. Nouriel hat es vorhin schon erwähnt: Ich habe mit Steffen Sauter gesprochen. Ludwigs engstem Mitarbeiter. Seit Jahren schon – 23, um genau zu sein. Und er hat das, was wir bereits wussten, bestätigt: Ludwig hat pro Nacht nicht mehr als drei, höchstens vier Stunden geschlafen. Auch das bereits seit Jahren. Er hat es sich zu Gewohnheit gemacht, die Zeit für das Studieren von Dossiers und das Ausarbeiten von Vorlagen und Gegenvorschlägen zu nutzen, wofür er aufgrund seines engen Terminplans als Bundesrat seines Erachtens nicht genügend Zeit erübrigen kann. Gemäß Sauter müsste bei Ludwig also jede Menge Papierkram rumliegen. Er habe sich die Unterlagen so gut wie nie als E-Mail-Anhang nach Hause geschickt, obwohl das Netzwerk des Bundeshauses das am besten gesicherte des Landes sei. Außerdem meinte Sauter, Ludwig habe sich vor allem mit Nukleus beschäftigt."

„Dem Fonds?"

„Ja. Er habe zwar immer betont, Nukleus sei etwas vom Besten, was die Schweizer Politik und namentlich seine Vorgängerin geschafft hätten, und stehe für alles, wofür auch das

Land stehe: Währungsstabilität, solides Wirtschaftswachstum, Vollbeschäftigung, Werterhalt, Unabhängigkeit. Allerdings habe er an sich auch den Anspruch gestellt, Vertragswerk und Funktionsweise des Instruments genau zu verstehen."

Hätte Sava Nina Perroulaz gewusst, dass sie gleich dieselben Worte benutzen würde wie fast gleichzeitig ein gewisser Nik Horn auf der anderen Seite des Globus, hätte sie mit Sicherheit eine andere Formulierung gesucht:

„Und dieser Fakt wiederum", fuhr sie fort, „führt genau in die Einbahnstraße, von der du eben gesprochen hast, Carl: Das Vertragswerk und sämtliche von Ludwig verfassten Notizen und Fragen dazu sind im Haus ebenso wenig vorhanden wie im Büro. Dass es sich bei den Papieren um eines der bestgehüteten Geheimnisse des Landes handelt, macht die Sache nicht weniger brisant. Was also anderes soll man aus diesen Gegebenheiten schließen, als dass jemandem Ludwigs Art, zu arbeiten und Fragen zu stellen, nicht gefallen hat? Ich habe Steffen Sauter außerdem über Angaben zu Ludwigs letzten Terminen befragt. Sein Terminkalender weist als letzten offiziellen Termin eine Veranstaltung des Verbands der Transportwirtschaft im Bellevue Palace in Bern aus. Dank Lorenz, der uns seine Telefondaten geliefert hat, wissen wir aber, dass Ludwig am Samstagvormittag mit unserem Ex-Nationalbank-Präsidenten und heute CEO von Nukleus telefoniert hat."

„Eric Niederberger?"

„Ebendieser. Auf meine Vermutung hin, dass dem Telefonat möglicherweise ein Treffen gefolgt ist – das Gespräch hat keine zwei Minuten gedauert –, hat Max Lutz von der Kantonspolizei mir den Gefallen getan, jemanden aus seiner Truppe zu beauftragen, sich den Termin zwischen Ludwig und Niederberger von letzterem bestätigen zu lassen. Reine Routineangelegenheit."

„Niederberger hat den Termin bestätigt und ist somit sehr wahrscheinlich der letzte, der Ludwig gesehen hat", folgerte Brun und signalisierte damit, dass auch er bereit war, ein Einbiegen auf die Einbahnstraße in Erwägung zu ziehen. Seine Art, sich für den Ausbruch von eben zu entschuldigen.

„Und ebenso wahrscheinlich ist demnach, dass sich das Gespräch um Nukleus gedreht hat. Und jetzt ist das ganze geheime Zeug verschwunden."

„Bingo", kam es von Nouriel.

„Außerdem hat Lutz durchblicken lassen, Niederberger habe sich erst um die Angaben zu drücken versucht und habe dann, als dies nicht möglich war, das Treffen heruntergespielt. Glaubt man seiner Schilderung, dann hat Ludwig ihn lediglich zu sich bestellt, um die Freude einer gemeinsam getrunkenen Tasse Kaffees mit ihm zu teilen. Die Feier sei allerdings getrübt worden durch die Tatsache, dass seine Frau ihn angerufen und über den Tod seines Schwagers, Tom Bernoulli, informiert habe, was zu seinem überstürzten Aufbruch geführt habe."

„Wie bitte? Bernoulli ist sein Schwager? *Der* Bernoulli? Tom Bernoulli?" Brun schien es nicht fassen zu können.

„Genau der. Seine Frau, Angélique Wallenberg, ist die Schwester von Jeanne Wallenberg. Und diese wiederum ist, wie wir ja wissen, die zwar von Tom Bernoulli seit langem getrennt lebende, aber nach wie vor angetraute Ehefrau."

„Wäre es sinnvoll …?"

„Schon passiert", kam es von Valentin. „Wir haben seine Telefondaten überprüft."

„Und?"

„Um 10:30 Uhr kam Ludwigs Anruf rein. Fast genau eine Stunde später bekam er einen Anruf seiner Frau. Diese beiden Angaben sind korrekt. Seltsam erscheint mir jedoch folgendes: Keine zehn Minuten nachdem Niederberger Ludwig verlassen hatte, ruft er seine Schwägerin, Jeanne Wallenberg, an."

„Na und? Er wird kondoliert haben."

„Kondoliert? Wie Sava eben gesagt hat, waren Bernoulli und Wallenberg seit Jahren getrennt. Könnte es nicht vielmehr sein, dass er etwas ganz anderes mit ihr zu besprechen hatte? Zum Beispiel den Inhalt des eben mit Ludwig geführten Gesprächs? Die Bank Wallenberg managt Nukleus. Und Jeanne Wallenberg zeichnet von seiten der Bank verantwortlich für die Investitionstätigkeiten des Fonds."

„Und die Bank Wallenberg ist nebst den ganzen Behörden und regierungsnahen Stellen einer der wenigen privaten Kunden der Konversus."

Letzteres sagte Brun mehr zu sich selbst als zu den anderen, leise. Allerdings hätte sich auch der Flug einer Feder und ihre Landung wie ein Flugzeugabsturz angehört in der Stille, die allen Raum für sich in Anspruch zu nehmen schien.

Jetzt war das Team vollzählig am selben Ort angelangt. Valentin bestätigte es: „Wie gehen wir vor?"

***

Bern, Naturhistorisches Museum

Noch bevor sich die breite Glasschiebetür automatisch hinter ihm geschlossen hatte, glitt sie wieder auf, und Brun sah sich von einer Welle kleiner Menschen umspült, von der Gischt übermütiger Kinderstimmen und dem schlurfend aufgeregten Getrampel zu schwerer nasser Stiefel an zu kleinen Füßen. Die Woge ergoss sich in die vormittägliche Stille des Eingangsbereichs und verebbte schließlich auf dem immer weiter ins Innere des Museums vordringenden Wüstengrund farbiger Verkaufsstände.

Brun steuerte die Kasse an, die Kinderstimmen hinter ihm jetzt nur noch flüsternde Grüppchen, die mit klammen Kleberfingern und triefenden Nasen – so stellte er sich das jedenfalls vor – Plastikdinosaurier und blinkende Säbelzahntiger bestaunten; ab und zu ein Quiekser wie ein aus dem Wasser schießender Fisch.

Er zahlte den Eintrittspreis von acht Franken, querte ein letztes Mal die farbige Gruppe, bildete sich ein, in typischen Kindergeruch nach Fruchtresten, Zwieback, Waschmittel und vollen Windeln einzutauchen, und hielt kurz die Luft an. Er passierte den seit seinem letzten Besuch ebenfalls erweiterten Restaurantbereich und folgte der Treppe ins erste Untergeschoss.

Neuerliches Eintauchen – in Zeitlosigkeit diesmal. Abteilung Mineralogie. Steine der Erde. Der scheinbar horizontlose

Raum war glänzendes Dunkel. Erhellt von unzählbaren in strahlenförmiger Anordnung sich aneinanderreihenden Vitrinen, von denen jede ihren eigenen Schatz barg.

Hätte Brun Zeit gehabt, eine Stunde oder zwei, hätte er sich sehr wahrscheinlich erlaubt, sich auch diesmal die Frage zu stellen, welche Musik in diesen Raum passen würde, welcher Song. Ebenso wahrscheinlich war es, dass er wie schon oft zum Schluss kommen würde, dass keiner es war, dass trotz der Weite des Raums kein Platz war für Töne und Melodien.

Jetzt dachte er nicht einmal daran, sondern schritt auf die dunkle Gestalt zu, die im Ausstellungsbereich „Mineralien der Schweiz" bewegungslos vor einem beleuchteten Schaukasten stand. Im Näherkommen schälte sich aus der schwarzen Silhouette vor dem hellen Viereck ein dreidimensionaler Mensch heraus, und Brun stellte fest, dass er einem Trugbild aufgesessen war, dass Jo Burger die ganze Zeit über in seine Richtung und nicht in die Vitrine geschaut hatte. Noch bevor er seinen ehemaligen Vorgesetzten, Mentor und Freund erreichte, gab dieser Richtung und Tempo an, indem er begann, den Raum, der ebenso gut ein anderer Planet hätte sein können, an dessen äußerstem Rand abzuschreiten. Brun brauchte nur noch in den Schritt einzufallen, eine Begrüßung wurde überflüssig. Stattdessen:

„Das ist fast wie bei Auslandseinsätzen in den alten Zeiten. Bloß: Die alten Zeiten sind vorbei, und wir sind hier in der Schweiz. Zu Hause. Also – was ist los, Carl? Warum diese Heimlichtuerei?"

„Ich werde gar nicht erst versuchen, es jetzt zu erklären. Hör mir bitte einfach zu und mach dir aus den Fakten selber ein Bild. Denn genau das brauche ich, Jo: Dein Bild, das vielleicht ganz anders aussieht als das, das ich momentan sehe und das mir ganz und gar nicht gefällt."

„Schieß los", war das einzige, was Burger darauf sagte.

„Okay – wie du weißt, habe ich meine Leute in der Ungarn-Sache noch eine Runde drehen lassen."

Ein Grunzen von seiten Burgers signalisierte Bestätigung, was Brun als Aufforderung, fortzufahren, verstand.

„Wir haben uns einerseits die Konversus, die PR-Agentur von diesem Daniel Wittmann, über die nach Andras Szabos Auftauchen und Verschwinden plötzlich die gesamte ungarische Außenkommunikation zu laufen scheint, angesehen. Andererseits habe ich Jezreel Vidali mit einer wasserdichten Legende nach Ungarn geschickt. Ich wollte mit diesem Andras Szabo reden. Bloß reden. Eine Erklärung, vielleicht."

„Wie genau?", hakte Burger nach.

„Was meinst du?" Brun verstand nicht auf Anhieb.

„Wie genau habt ihr euch die Konversus angesehen?"

„Ziemlich genau."

„Gut. Weiter."

„Folgendes ist dabei rausgekommen: Wir wissen jetzt, dass die Konversus im Bereich Datenspeicherung, -sicherung und -verwaltung mit der Firma Aithon Host Services Ltd. zusammenarbeitet. Aithon Host Services ist eine Tochtergesellschaft der Aithon Defense Services Ltd. mit Holdingsitz in Basel."

„Der Name sagt mir was. Ist das nicht eine dieser Quasi-Privatarmeen, die die Regierung aus Gründen der Unverträglichkeit mit der verfassungsmäßigen Schweizer Neutralität aus dem Land haben will und sich doch nicht dazu durchringen kann wegen der Einnahmeverluste?"

„Genau. Die Konversus nimmt die Hosting-Dienste der Aithon Host Services in Anspruch. Allerdings – und das ist mit großer Wahrscheinlichkeit weder dem Inhaber noch den Mitarbeitern der Konversus bekannt – wird die Agentur von der Aithon Defense Services überwacht. Wie weit diese Überwachung geht, wissen wir nicht mit Sicherheit. Klar ist jedenfalls, dass in den Agenturräumlichkeiten Kameras und Mikrofone installiert sind, dass Handy- und Telefongespräche sowie E-Mail-Verkehr gescannt werden. Auch privat. Die von Konversus gelagerten Daten geben ansonsten nichts her. Sämtliche Mandate sind bis auf einige wenige im Bereich der öffentlichen Hand und anderen regierungsnahen Institutionen angesiedelt. Einer der privaten Kunden ist die Privatbank Wallenberg in Basel. Soweit zur Konversus. Jetzt zu Jezreel Vidali und zu dem, was in Ungarn passiert ist: Wir hatten sie die ganze Zeit über auf dem Radar. Wir wissen, dass sie in Ungarn beschattet wurde, dass ihr Handy abgehört und ihr Hotelzimmer gefilzt worden ist. Nicht weiter ungewöhnlich oder beunruhigend. Allerdings: Sowohl sie als auch Dàniel Bartók sind innerhalb von zwei Tagen aufgeflogen."

„Czaba? Alles in Ordnung mit ihm?"

„Ich weiß es nicht, Jo. Kein Kontakt mehr seither. Und der Verbindungsmann, der normalerweise den Kontakt herstellt, ist auch nicht zu erreichen. Außerdem ist Jezreels Wohnung noch während sie in Ungarn war durchsucht worden. Zwei Tage, Jo – das waren Profis, keine Chaoten. Das sind also die Fakten. Ich blase die Sache ab. Erstens, weil ich nicht riskieren will, meine Leute weiter unter dem Radar der eigenen Behörde ermitteln zu lassen, andererseits, weil mir diese Entwicklung ganz und gar nicht gefällt. Ich beschließe also, die Finger davon zu lassen, ziehe meine Leute von dem Fall ab. Punkt. Entgegen kommt mir die Tatsache, dass sich in der Zwischenzeit Oskar Ludwig mit dem dir bekannten Auftrag an dich wendet. Stichworte: Michael Kron, Tom Bernoulli, Syngenta."

Brun legte eine Pause ein. Dachte nach. Schließlich:

„Es fällt mir immer schwerer, in diese ganze Sache eine Reihenfolge zu bringen. Ich weiß nicht mehr, was zusammenhängt, was zufällige Koinzidenz ist, was meine Phantasie sehen will. Als nächstes das folgende: Wir erfahren, dass Andras Szabo befördert worden ist. Er hat jetzt den Job eines EZB-Direktoriums-Mitglieds in Brüssel. Die Sache bleibt aber nach wie vor auf Eis. Wir beginnen, Ludwigs Auftrag gemäß Infos zu Tom Bernoulli und Michael Kron zu sammeln. Bevor wir allerdings richtig zu graben beginnen, wird Ludwig aus dem Verkehr gezogen und Hiller sorgt auf Weisung von oben dafür, dass wir mit Kleinkram zugemüllt werden, der uns die nächsten zehn Jahre beschäftigen wird."

„Und du entscheidest, dass du deine Leute noch eine weitere Runde drehen lässt", warf Burger ein. Weder Spott noch

Ironie in der Stimme. Bloß eine Feststellung. Möglicherweise eine Spur Müdigkeit.

Es war nicht nötig, das Gesagte zu bestätigen. Brun fuhr fort. Stichwortartig jetzt, als befürchte er, durch unnötige Worte die Schnur reißen zu lassen, auf der sich die dünnen Fakten aneinanderreihten: „Wir erfahren, dass Tom Bernoulli tot ist. Flugunfall. Trotzdem keine Routinesache, wie es scheint. Die Jungs vom Bund reißen den Fall an sich. Einer meiner Leute trifft sich heute mit dem Kommandanten des Fiescher Postens. Am Telefon will der nicht reden. Michael Kron haben wir noch nicht gefunden. Er gibt uns Rätsel auf. Wir wissen nur von dir, beziehungsweise von Ludwig, dass er irgendwie mit der Syngenta verbandelt ist. Auch bei der Syngenta sind wir noch nicht weiter, und ich denke, dass wir auf die höfliche Tour dort auch nicht weiterkommen. Dort scheint es einen Tom Bernoulli nicht gegeben zu haben. Bleibt die Witwe – Jeanne Wallenberg von der Privatbank Wallenberg in Basel. Obwohl die Sache nicht so einfach ist, wie anfänglich gedacht, sie bleibt Routine. Bis Ludwig zusammengeschlagen wird und keine zwölf Stunden nach dem Vorfall von der Bundeskanzlei die Meldung rausgeht, der Grund für den Überfall könnte im privaten Bereich des Magistraten zu finden sein. Weitere zwölf Stunden später wird verlautet, ebendieser Anfangsverdacht habe sich bestätigt. Wir haben währenddessen weitergemacht – mit dem Unterschied, dass wir uns jetzt noch ein wenig intensiver mit der Sache beschäftigen. Der Kontakt mit Ludwigs Pressesprecher, Steffen Sauter, hat ergeben, dass Ludwig oft und viel Arbeit nach Hause genommen hat und dass das Dossier, mit dem er sich am intensivsten beschäftigt hat, der Staatsfonds Nukleus gewesen zu sein scheint. Ich habe mich entschieden, zwei Mann in Ludwigs Wohnung zu schicken, die gemäß Max Lutz von der Kantonspolizei als erweiterter Tatort betrachtet und entsprechend gesichert ist. Es sollte also noch nichts verändert worden sein. Allerdings: Da ist außer einer alten Ausgabe des Telefonbuchs kein Schnipsel Papier zu finden. Vom Nukleus-Vertragswerk, das dort gespickt mit Notizen, Anmerkungen und Fragen gewesen sein sollte, ganz zu schweigen. Auch die Festplatte von Ludwigs Computer gibt in dieser Beziehung nichts her. Als hätte der Mann zu Hause alles mögliche gemacht – bloß nicht gearbeitet. Allerdings bietet die Festplatte anderes. Etwas, das jedem auf Lebenszeit angestellten Mitarbeiter der Stadtreinigung das Genick brechen würde. Kinderpornographie."

„Warte mal ...", fuhr Burger dazwischen. Brun schien ihn nicht zu hören, redete weiter, als ginge es darum, verbal so schnell wie möglich aus dem Dreckloch zu kommen, durch das zu kriechen ihn die Tatsachen zwangen: „Jetzt ist auch klar, worauf die Bundeskanzlei angespielt hat. Siehst du die Schlagzeilen, Jo? Was meinst du, wie lange es dauern wird, bis einer aus der Truppe dem Angebot unserer Freunde aus der Medienbranche nicht widerstehen kann? Dann ist Ludwig weg. Und er wird froh sein können, wenn man ihm nach U-Haft, Prozess und Gefängnis erlaubt, irgendwo in Südamerika Wohneigentum zu erwerben und Steuern zu zahlen. Und keiner im ganzen Land wird danach fragen, womit der Bundesrat in seiner kurzen Amtszeit sonst noch beschäftigt war. Keiner wird nach Nukleus fragen bis zu dem Moment, wo es irgendjemandem nützlich erscheinen wird. Denn soviel ist klar: Das letzte, womit sich Ludwig beschäftigt hat, war genau das. Seine Telefondaten und unser ehemaliger Nationalbankdirektor Eric Niederberger bestätigen das. Letzterer war übrigens die Person, die Ludwig wohl zuletzt in gesundem Zustand gesehen hat. Und ganz nebenbei: Eric Niederberger ist auch der Schwager von Tom Bernoulli und Jeanne Wallenberg. Und jetzt rate mal, welches die verwaltende Bank von Nukleus ist? Aber das scheint niemanden zu interessieren. Oder anders ausgedrückt: Es wird sehr gründlich dafür gesorgt, dass niemand danach fragt. Bestes Beispiel dafür: Sowohl Ludwig als auch sein Haus werden bewacht. Soweit, so gut – Standard in einem solchen Fall, könnte man meinen. Aber es sind nicht die Jungs vom Bund oder von der Kantonspolizei, die da stehen. Das, oder aber ich habe verpasst, dass diese neuerdings mit Mini-Uzis oder MP7 ausgerüstet sind. Das sind verdammte Söldnertypen, Jo, die man in Ramallah erwartet oder meinetwegen im Irak – aber nicht in einem Schweizer Wohnviertel und nicht vor der Tür eines Spitalzimmers. Auf meine Frage hin hat der Kerl im Spital mir bloß gesagt, es sei das Sicherheitsteam des Bundesrats, das für diese Aufgabe abkommandiert worden sei. Mir ist ganz und gar neu, dass ein solches Team überhaupt existiert und dass man zur Besetzung der Jobs auf ausländische Ex-Militärs zurückgreift. Der Kerl hatte einen Akzent, dass er mir schon fast leidgetan hat."

Brun verstummte. Stellte fest, dass ihr Rundgang sie an den Fuß der Treppe geführt hatte. Von hier unten, als wäre dort oben, am Rand der letzten Stufe, ein Himmel, führte ein sich verjüngender Steg aus tanzendem Staub und Licht.

„Kann man sich hier irgendwo setzen?", fragte Burger, Bruns Betrachtung unterbrechend. „Es ist eine Weile her, seit ich so weit gegangen bin. Und – nimm' es bitte nicht persönlich – in solch unerfreulicher Gesellschaft."

„Persönlich? Wie könnte ich, Jo. Da drüben."

Brun ging dem Älteren voraus zur Mitte des Raums, wo sich um den Fuß eines runden silbernen Deckenträgers ein halbes Dutzend Stühle gruppierte.

Die beiden Männer setzten sich. Die Stühle schienen nicht auf längeres Verweilen ausgerichtet zu sein.

Wie bei McDonald's, dachte Brun. Dort ist die Form sämtlicher Sitzgelegenheiten so konzipiert, dass das Bleibebedürfnis des durchschnittlichen Fast-Food-Essers sich nach spätestens sieben Minuten in Luft auflöst. Das hatte er jedenfalls mal gelesen. Er wunderte sich, dass er in diesem Moment daran dachte. Das ist gut, dachte er. Scheinbarer Nonsens ist wie ein Reduzierventil, wenn der Druck dessen, was reinkommt, zu groß wird. Ich selber merke es nicht. Etwas anderes merkt es. Ein anderer Teil von mir.

„Was hast du gesagt, Jo?"

„Ich habe gefragt, wie es dir geht, Carl."

„Wie meinst du das?"

„Was genau an der Frage ‚Wie geht es dir, Carl?' verstehst du nicht?"

Bruns Ausbruch kam für Jo Burger genauso unerwartet wie für diesen selber. Die Qualität des Druckminderers entsprach offenbar jener des Gegenstands seiner Betrachtungen von eben:

„Was soll diese Frage, Jo? Oder sollte ich fragen: Was für eine Antwort erhoffst du dir davon? Dass mich die Sache mittlerweile derart ankotzt, dass ich nicht mehr richtig zu denken vermag? Dass die Tatsache, dass es sich bei Ludwig außerdem um meinen Vater handelt, mich die Dinge überzeichnet sehen lässt? Dass ich vor lauter Angst vor einer möglichen Selbsttäuschung weder den Wald noch die Bäume sehe? Was ist das amtlich korrekte Wort dafür? ‚Voreingenommenheit'? Oder nein, warte – ‚Befangenheit' sagt man, richtig? Damit du mich – auf wessen Einflüsterung hin auch immer – von dem Fall abziehen kannst? So wie du auch die Beschäftigungstherapie, die Hiller mir und meinen Leuten verschrieben hat, stillschweigend zur Kenntnis genommen hast? Gebt ihm Arbeit, egal was, Hauptsache viel. Ihr habt nichts, dessen Erledigung die Saläre seiner Leute rechtfertigen würde? Ihr habt nur Zeugs, das die Kombinationsgabe einer Fruchtfliege erfordert? Kein Problem. Gebt es ihm trotzdem. Hauptsache, er und seine Bande sind beschäftigt. Oder noch besser: Schmeißt ihn und seine Leute gleich alle raus, dann sparen wir die Kohle und haben erst noch etwas, was wir den Leuten auf der Straße verkaufen können in Zeiten, in denen wirtschaftlich außer dem Staatsetat nichts wächst und das Volk nach etwas helvetischer Reduit-Romantik hungert. Ja, so machen wir es. So lässt es sich auch viel pfleglicher den stillen Anschluss an den großen Nachbarn und die monetären Pipelines aus Brüssel vorbereiten. Ist es das, worauf es hinauslaufen soll?"

Wieder war Brun abrupt verstummt. Ob aus Erschrecken über die eigenen Worte, den ausgesprochenen Verdacht an die Adresse des Freundes oder bloß, weil er fertig war, hätte ein Außenstehender nicht sagen können.

Indes: Burger war kein Außenstehender. Er wusste, dass jedes von Bruns Worten diesen selber mehr traf als ihn. Dass er nicht aufgehört hatte, zu reden, weil er fertig war, sondern weil er die Qual, die das Gesagte ihm bereitete, nicht länger ertrug. Kein Wort mehr.

Eine Weile saßen sie schweigend im weiten Dunkel des Raums, in das sich nach wie vor noch kein anderer Museumsbesucher verirrt hatte, nebeneinander. Und als wären Bruns Worte nicht Wörter aus Lauten und Silben, sondern Vokabeln in einer Sprache der Farben gewesen, zusammengefügt aus Licht in Wellen, hatte das glänzende Schwarz von Wänden, Boden und Decke sie aufgesogen, sie sich einverleibt und Leere zurückgelassen. Nichts war gesagt worden. Freundschaft war schwarz.

„Was brauchst du, Carl?"

Brun antwortete nicht. Der Sinn von Burgers Worten erschloss sich ihm nicht auf Anhieb. Die Leere, Löcher, randvoll mit Abwesenheit, hatte sich bis in sein Inneres ausgebreitet. Sie fühlten sich wie Müdigkeit an. Er war zu müde, um im Lauf dieses Treffens ein drittes Mal zu fragen, was der Freund meine.

„Oder lass es mich anders sagen", kam ihm Burger zu Hilfe: „Was braucht ihr, um weitermachen zu können?"

Jedes einzelne Wort wirkte wie ein Startschuss auf Brun. Jede Faser seines Körpers wechselte den Tonus, war wieder zu Gegendruck fähig. Der Effekt war Burger Antwort genug. Bruns hochschnellender Kopf, der Blick, der sich in seine Wange zu bohren schien, die Spannung, deren Tsunamiwelle sich bis an seinen eigenen Rand übertrug, ließen ihn fortfahren:

„Ja – du bist voreingenommen, Carl. Befangen. Aber ob du's glaubst oder nicht: Das bist du weiß Gott nicht zum ersten Mal. Trotzdem hat es dich nie davon abgehalten, einen guten Job zu machen. Im Gegenteil."

Er ließ die Worte wirken. Kurz nur, um sicher zu sein, dass sie beim Jüngeren angekommen waren. Sie waren – etwas schien zu verebben. Er fuhr fort.

„Du hast mich nach dem Bild gefragt. Nun – El Bosco hätte sicher seine Freude daran. Ich bin weniger der musische Typ. Eigentlich gar nicht – das weißt du. Und mir gefällt das Bild nicht. Es erschreckt mich zutiefst, und ich mag es nicht, wenn sich etwas so schattiert und wirr darstellt, dass mir nicht mal der Ansatz einer Deutung möglich erscheint. Ich will, dass ihr da weitermacht. Die Sache stinkt zum Himmel. Darum frage ich dich: Was brauchst du von mir, um weiterzumachen? Außer einer carte blanche?“

„Rückendeckung“, kam es von Brun. „Ich brauche vor allem Rückendeckung. Und Zeit. Möglicherweise Geld. Ich weiß es noch nicht.“

„Kannst du haben.“

„Außerdem brauche ich jemanden, dem ich diese Joblist von Hiller aufs Auge drücken kann. Jemanden, der glaubhafte Berichte zu den einzelnen Jobs verfasst, mit denen wir ihn füttern können. Ich will, dass Hiller und vor allem der, der hinter dieser Sache steht, sieht, dass wir uns in gewohnter Manier den Arsch aufreißen. Dass wir dicht sind. Beschäftigt und somit keine Gefahr.“

„Ich werde sehen, dass ich dir jemanden besorgen kann. Allerdings kann es sein, dass derjenige, was die Inhalte anbelangt, trotzdem Hilfe braucht von eurer Seite. Was meintest du überhaupt vorhin, als du sagtest, ich hätte diesen Bandwurm von Nicht-Aufgaben abgesegnet?“

„Der Verteiler“, sagte Brun. „Der Auftrag ist vom Generalsekretariat des Departements verfasst und anschließend versandt worden. Mit Kopie an euer Gremium.“

„Das stimmt nicht. Ist dort wirklich mein Name drauf?“

„Nein – nur der Name der Gruppe.“

„Okay – dann kannst du davon ausgehen, dass der Verteiler geändert worden ist. Ich bin nämlich sicher, ich wäre nicht der einzige gewesen, der gegen solche Verschwendung von Ressourcen sein Veto eingelegt hätte. Wir mögen Beamte sein, ein rein beratendes Gremium. Aber wir sind auch, was wir sind, weil wir über jahrelange Erfahrung verfügen. Kurz: Wir sind alt. Und wir sind alte Schule. Wir lesen die Mails, die wir bekommen. Und keiner von uns mag es, wenn Gelder und Leute für Dinge eingesetzt werden, die auch anders, besser oder günstiger zu haben sind. Also – sonst noch was?“

„Im Moment nicht. Aber das kann sich in Kürze ändern." Und nach einer kurzen Pause: „Danke, Jo."

„Das ist mein Job, das weißt du."

„Es ist mehr als das."

„Ja – sehr wahrscheinlich hast du recht. Es ist mehr. Ich will Ludwig nicht verlieren. Er muss weitermachen."

„Falls er das überlebt."

„Ja – falls er das überlebt."

***

„Okay, Leute. Wir schlagen hier unser Lager auf."

Brun hatte das Team angewiesen, sich um zwölf wieder in der Halle der alten Leinenweberei einzufinden. Es wäre nicht nötig gewesen. Keiner hatte einen Grund gehabt, irgendwohin zu gehen. Grund hatten sie nur zu einem: Warten. Warten auf Brun. Auf die Beantwortung der Frage nach dem „Wie weiter? Wohin?".

Fast war es Brun vorgekommen, als schlage ihm das kollektive Aufatmen seiner Leute entgegen, als er die Tür der Halle ins Schloss hatte fallen lassen, den Raum durch die Gänge neuzeitlichen Strandguts gequert und – bewehrt mit dünnen Plastiksäcken aus dem Thai-Take-away – in den erleuchteten Kreis des provisorischen Arbeitsplatzes des Teams getreten war. Er hatte die vom Dampf des Essens beschlagenen und teilweise tropfenden Tüten auf den Tisch gestellt und die Worte gesagt, die, wenn nicht Jubel, so doch eine Art Übermut, Vorfreude, vor allem Erleichterung ausgelöst hatten:

„Okay, Leute. Wir schlagen hier unser Lager auf."

Sie wussten, was das bedeutete. Sie würden weitermachen. Und nicht nur das: Jetzt würde es richtig losgehen. Die Halle wäre für die nächsten Tage oder sogar Wochen ihre Operationsbasis. Inoffiziell, neben der Spur, wie schon so oft. Sie würden hier arbeiten, gemeinsam essen, wenn nötig auch schlafen. Von diesen paar Quadratmetern aus würden von nun an Verbindungen nach außen geknüpft, eine um die andere, jede eine Art Nervenstrang, zusammen ein immer feiner werdendes Netz, das Information, Schwingung und kleinste Veränderungen aufzunehmen und zu transformieren in der Lage wäre.

Plötzlich hatte jeder Hunger. Die Styroporschalen mit dem Essen wurden verteilt. Es gab Curry. Mit Huhn, mit Rind, mit Tofu. Brun nahm sich die Schale, die übrigblieb. Es war das Curry mit Soja-Fleischersatz, das er für den Veganer Lorenz mitgebracht hatte. Dieser verzehrte gerade etwas, das mal Teil einer Kuh gewesen war. Brun sagte nichts. Das ganze erinnerte ihn an ein Familienfest. Wenn die anfängliche Fremdheit, die langes Sich-nicht-Sehen mit sich brachte, überwunden war, die sich ins gefühlt Endlose dehnenden Lücken im Gespräch, die sich viel zu schnell leerenden Gläser. Als würde sich ein Kreislauf wieder schließen um das Zentrum, das man sich von Geburt an teilte.

Es wurde gelacht, geredet vor allem. Als müssten sie die stummen Stunden rastlosen Wartens kompensieren. Vom Job sprach keiner. Weder über das, was sie bis hierher hatten, noch über das, was sie erwartete. Es war nicht einfach so – vielmehr schien es Brun, als habe jeder am Tisch bewusst erkannt und entschieden, dass die Pause notwendig war. Und als würde jeder sie ebenso bewusst genießen, solange sie währte.

Brun würde die Besprechung, die er für nach dem Essen angesetzt hatte, kurz halten. Er wollte nach dem Gespräch mit Burger bloß Gleichstand des Wissens schaffen, Jobs verteilen und dann anfangen. Endlich anfangen. Er glaubte zu wissen, dass es seinem Team ähnlich erging.

Immer noch schwatzend und flachsend wurden, als alle fertig gegessen hatten, die Schalen und Stäbchen entsorgt, der Tisch abgewischt, die Ermittlungsunterlagen darauf gepackt. Die Kaffeemaschine wurde in Betrieb genommen, Tasse um Tasse verteilt. Nouriel rauchte. Brun war aufgestanden und hatte sich kurz entschuldigt.

Als er zurückkam, war er nicht allein. Halb hinter ihm stand ein Mann. Brun wirkte daneben wie dessen Schatten, der sich vom ihn erzeugenden Gegenstand gelöst hatte: Schmal bis zur Drahtigkeit, klein fast, obschon die Ziffern eines Zollstocks belegt hätten, dass beide von gleichem Maß waren. Auf den Millimeter genau. Der schmutziggraue Blaumann, in dem der andere steckte, hob den täuschenden Eindruck zusätzlich hervor: Er wirkte wie Widerstand in Menschengestalt, das personifizierte Trägheitsprinzip. Es war schwer, sich vorzustellen, dass der Mann sich bewegen könnte, gehen, gestikulieren oder etwa mehr an Lauten von sich geben als eine Art Rumpeln, ein Grollen, wenn's hochkäme.

Der obere Teil des Menschenbergs steckte in einer wattierten Karojacke, deren Reißverschluss offen stand, die Hände in etwas, das mal Handschuhe gewesen sein mussten, jetzt aber als löchrige Lederlappen um seine Finger hing. Eine schwarze Wollmütze und im diesigen Licht ebenfalls schwarz wuchernde Bartschatten machten sich die Fläche des Gesichts und des Kopfs streitig. Es war schwierig, genau zu sagen, wo das eine anfing und das andere aufhörte.

Brun kam nicht umhin, die Gesichter seiner Mannschaft in stiller Belustigung zu betrachten. Als hätte man einer Kita-Gruppe zum ersten Mal das Bild eines Riesen gezeigt. Sein Blick begegnete dem von Valentin, in dessen Augen eine Mischung aus Amüsement und Freude aufblitzte.

„Leute, das ist Piet", sagte er jetzt. „Ihm gehört das Paradies hier, in dem wir temporär Asyl haben."

Es klang, als sagte er: „Seid lieb und sagt dem großen Onkel hallo."

Valentin erhob sich und löste die Starre der anderen, die allesamt mit immer lauter werdender Stummheit geschlagen zu sein schienen. Er machte einen Schritt auf Piet zu. Es folgte ein Handschlag, Worte, die in der einarmigen Umarmung nur dumpfe Laute waren.

Brun war gewachsen, hatte wieder zu seiner normalen Größe zurückgefunden und lieferte die Bestätigung des Phänomens in dem Moment, als Sava es erstaunt bemerkte:

„Setz dich, Piet. Lasst uns anfangen."

Valentin nahm Platz, Piet zog einen Stuhl heran und setzte sich ebenfalls.

„Also nochmal: Das hier ist Piets Reich. Aber vor allem: Piet war mal einer von uns. Und ich sage nur: Nehmt euch vor ihm in acht: Der Mann ist einer der besten Überwachungsspezialisten, den ich je kennengelernt habe. Er kann verschwinden, noch während er euch die Hand schüttelt." Und in Valentins Richtung: „Hab' ich nicht recht?"

„Kein Einspruch", kam es vom ältesten in der Runde.

„Was ich kann, habe ich vom Besten in der Branche gelernt", kam es von dem Neuen. Er sagte es in Valis Richtung.

Brun absolvierte eine kurze Vorstellungsrunde. Dann: „Piet ist über den aktuellen Stand der Ermittlungen informiert. Er kennt die Fakten. Alle Fakten. Der Grund, warum ich ihn im Team haben will und meine Seele verkauft habe, um ihn dazu zu überreden, ist einfach: Wir brauchen jemanden, den sie – wer auch immer das ist – nicht auf dem Radar haben. Wir haben Czaba in Ungarn verloren, Jez ist aufgeflogen, und es ist nicht Schwarzmalerei, wenn ich vermute, dass dieselben Leute uns allen auf die Finger schauen."

„Apropos Jez", kam es von Nouriel, „wo ist sie eigentlich abgeblieben?"

„Ein paar Tage weg. Irgendwelche Familienangelegenheiten." Brun richtete die Antwort an die vor ihm liegenden Unterlagen.

„Ist es pietätlos, wenn ich lache?" Nouriel machte ein erstaunt fragendes Gesicht wie ein Kleinkind, das sich auf die Vorgänge an der Grenze zwischen Körper und Windel konzentriert. Dann platzte sein Lachen in die Runde.

Lorenz zuckte hinter seinen Monitoren zusammen, entspannte sich aber gleich wieder, als er feststellte, dass der Lärm bloß Emotion war. Keine Gefahr in Verzug. Auch nicht, als es noch lauter wurde. Sava war in Nouriels Lachen eingefallen:

„Völlig falscher Gebrauch des Wortes ‚pietätlos', Nour. Das kannst du nicht bringen, wenn einer noch lebt."

„Kommt schon, Leute", verteidigte sich der Angesprochene. „Ihr wisst genau, was ich meine. Ich will bloß sagen: Jez – Familienangelegenheiten? Das ist in etwa so, als würde ich mich verdrücken mit der Begründung, ich engagierte mich ehrenamtlich als Leiter einer Männerselbsthilfegruppe mit dem Ziel, über Gefühle reden zu lernen. Ich meine: So richtig mit all den schlüpfrigen Wörtern, einfühlen, umarmen und weinen."

Nouriel schüttelte sich in konvulsivem Grauen, noch während er es sagte, und feuerte erneut eine Lachsalve ab. Auch Brun, Valentin und Piet grinsten. Man konnte sich dem heraufbeschworenen Bild nur schwer entziehen.

Dann verebbte, was hereingebrochen war, Ruhe kehrte ein. Richtige Ruhe diesmal, die sich nicht nur durch die Abwesenheit von Worten und anderen Geräuschen an der Oberfläche hielt.

„Lassen wir es im Moment dabei: Jez hat sich ein paar Tage freigenommen. Offiziell. Darüber, was sie in dieser Zeit treibt, kann ich nur spekulieren. Als gesicherte Erkenntnis gilt jedoch, dass sie einen Flug nach New York gebucht und auch angetreten hat. Meine Spekulation: Sie wird versuchen, Nik Horn aufzustöbern und ihn zu überreden, uns in bezug auf Ludwigs hängende Dossiers, namentlich das Nukleus-Vertragswerk, mit seinem Know-how zu helfen."

„Überreden?" Savas Nachfragen war hingeworfene Skepsis.

„Naja – ich denke, sie hat ein paar gute Argumente. Er wird sich schnell überzeugen lassen."

„Gut. Dann verstehen wir uns. Was hältst du davon?", hakte sie nach.

„Was ich davon halte?", echote Brun. „Der Kerl ist Abschaum. Aber Jez hatte recht – es ist das einzig Richtige in dieser Situation. Wir haben keine Zeit, zimperlich zu sein, wenn wir in nützlicher Frist vorankommen wollen. Und etwas sagt mir, dass wir das unbedingt sollten. Vor allem, um Ludwig da heil rauszuholen. Darum – lasst uns loslegen."

Wie um seine Worte zu unterstreichen, schob Brun seine Pulloverärmel hoch, steckte sich eine Zigarette in den Mund, ohne sie anzuzünden, und stand auf.

Zwei Stunden später hing das, was von der Fluppe übrig war, in verdrehtem Winkel zwischen Bruns Fingern. Die Jobs waren verteilt, die Stimmung in der beleuchteten Ecke der Halle kam jener im Inneren eines Bienenkastens nahe.

Gemeinsam hatten sie entschieden, dass das Kernteam ab sofort so wenig wie möglich rausgehen, sondern sich „zu Hause" stillhalten würde. Trotzdem ginge es nicht ganz ohne. Für diese Fälle galt minimaler Kontakt, was Handy und E-Mail betraf. Das galt auch innerhalb und rund um ihre provisorische Operationsbasis.

Die Aufträge waren klar: Sava würde den Termin mit Borel in Fiesch wahrnehmen. Der Mann hatte offenbar Angst, am Telefon zu sprechen, und es war wichtig, dass sie in bezug auf Tom Bernoulli und dessen Ableben jede Info zur Verfügung hatten, die es zu kriegen gab. Bis jetzt hatten sie so gut wie nichts. Weder über sein Leben, noch über sein Sterben. Auch Valentin musste raus: Zurück in das Quartier, in dem Ludwigs Haus stand. Erneut mit der Zeugin Eva Burgermeister reden. Sich wenn möglich für eine Weile bei ihr einquartieren. Ein alter Verwandter zu Besuch. Ein geschwätziger Rentner, der die Wachposten vor Ludwigs Haus als Teil seines persönlichen Unterhaltungsprogramms betrachtet. Er würde ihnen solange auf die Nerven fallen, bis sie ihn bloß noch als lästig empfinden würden. Lästig und vor allem ungefährlich. Sie brauchten bloß eine Lücke, eine winzige Lücke, um reinzukommen und sich umzusehen. Eine Telefonnummer, eine Ortsangabe, der Name eines Vorgesetzten. Ganz nebenbei erwähnt. Dann hätten sie einen Fuß in der Tür, könnten sich Stück für Stück weiterhangeln. Und in Erfahrung bringen, für wen die Leute arbeiteten.

Irgendwann, keiner vermochte im Nachhinein richtig zu sagen, wann genau, hatte sich Piet erhoben und war zwischen den Gerüstschatten der Regale verschwunden.

Man war eben konzentriert gewesen, sagte sich danach jeder im Stillen, hundertprozentig in die Materie des Falls vertieft. Da konnte man nicht jedes Austreten zur Kenntnis nehmen. Indes: Das Argument hielt nicht. Wäre Lorenz aufgestanden, oder Sava, man hätte die Bewegung, die Veränderung – und sei es am äußersten Rand der Aufmerksamkeitsspanne – zumindest registriert. Nicht bei Piet. Er war da gewesen, und dann war er nicht mehr da gewesen. Weder seine Präsenz noch seine Abwesenheit hatte die Sensoren ihrer Wahrnehmung berührt.

Als wenig später ein nicht minder großer Mann aus dem Dunkel in den Lichtkreis getreten war, hatten sich Verblüffen und ein vages Gefühl der Bloßstellung vermengt.

Oh ja – der Kerl war gut.

Valentin hatte sich eines Gefühls väterlichen Stolzes nicht entziehen können, hatte es zugelassen.

Piet war nicht mehr Piet gewesen: Blaumann und Karojacke waren einem anthrazitfarbenen BOSS-Anzug gewichen. Weißes Hemd, kein Schlips. Darüber eine gefütterte schwarze Lederjacke, ein Wollschal, glänzende schwarze Schuhe, ein paar Lederhandschuhe in der einen, ein schwarzer Aktenkoffer in der anderen Hand. Und vor allem: Der von Bart und Mütze eines Gesichts beraubte Piet hatte auf einmal ein Gesicht gehabt, hatte über Mimik und Ausdruck verfügt. Und Haare. Aschblond, in einer Länge, von der Valentin später gesagt hatte, sie passe nicht zum Anzug.

„Du bist eben ein alter Mann, alter Mann", hatte Piet gelacht. „Das hier ist die neue Biederkeit. Gewöhn dich besser gleich daran. Du wirst mich ab jetzt öfter so sehen."

Brun hatte Piets Auftritt wirken lassen. Die Verlegenheit, das Staunen, das Eingeständnis von Bewunderung für das Können eines Profis. Dann hatte er die Zügel wieder in die Hand genommen, und Piet hatte sich gesetzt. Nicht ohne vorher Lederjacke, Aktentasche, Handschuhe und Schal nachlässig auf einen etwas abseitsstehenden Stuhl gepackt zu haben. Nur kurz hatte er durchblicken lassen, dass die ganze Ausstaffierung ihm lästig gefallen war. Hatte es in die Runde grinsend bestätigt:

„Nicht ganz einfach, wenn man seit Jahr und Tag gewöhnt ist, über nicht mehr als zwei Kleidungsstücke zu verfügen."

Beinahe hatte er schüchtern gewirkt. Sava hatte sich gefragt, ob auch das zum Können gehörte.

Brun hatte die Zügel wieder aufgenommen: „Der Grund, warum ich Piet gebeten habe, sich das anzutun: Wir müssen an Jeanne Wallenberg ran. Nur über sie erfahren wir mehr zu Tom Bernoulli, seine Tätigkeit bei Syngenta, über Nukleus und vielleicht auch das Phantom Michael Kron und Daniel Wittmanns Konversus, was möglicherweise zu weiteren Erkenntnissen in bezug auf unsere Freunde der Aithon führt. Denn Fakt ist – und das dürfte keinem von uns entgangen sein –, wir stoßen immer wieder auf Jeanne Wallenberg und die Wallenberg-Privatbank. Als wäre sie eine Art Zentrum. Als würden bei ihr alle Fäden zusammenlaufen."

„Und wie bitte willst du an eine von Europas bekanntesten und bestgeschützten VIPs *rankommen*?", hatte Nouriel eingeworfen. „Hätte Gott ein Handy, ich glaube, er wäre einfacher zu erreichen als Jeanne Wallenberg. Dank Lorenz wissen wir, dass die Frau um sich ein derart gut funktionierendes Bollwerk aus Personal-, Elektro- und PR-Maßnahmen errichtet hat, dass es ein Ding der Unmöglichkeit ist, sich dem überhaupt zu nähern."

„Kann ein Bollwerk funktionieren?" Lorenz hatte Nouriel ungerührt angesehen.

„Was?" Nouriels Stimme und Stimmung hatten zu kippen gedroht.

Lorenz hatte es nicht registriert: „Ich meine: Ein Bollwerk ist doch eine Befestigungsanlage. Ein Bauwerk. Kann man sagen, dass ein Bauwerk *funktioniert*? Ein Auto, okay, aber eine …"

Nouriel hatte sich selbst aufgefangen, war nicht gekippt, hatte Ruhe bewahrt: „Keine Ahnung, Kleiner. Find's raus. Die Erkenntnis wird dich bereichern." Er hatte sich abgewandt und erneut Brun fixiert:

„Familienangelegenheiten", hatte dieser nur gesagt.

Kurz war der Eindruck entstanden, Nouriel erlebe innerhalb von Minuten den Horror eines persönlichen Groundhog Days.

Wie vorhin schon, war seine Stimme eine Oktave höher geworden:

„Was? Sagt mal – bin ich hier der einzige, der sich gerade verarscht …“

„Lass gut sein, Nour“, hatte Brun ihn abgefangen. „Ich versuche bloß, deine Frage zu beantworten. Und die Antwort lautet: Familienangelegenheiten. Das ist die einzige Art, wie wir an Jeanne Wallenberg rankommen.“

Wieder stand Brun auf, wieder steckte er sich eine Zigarette zwischen die Lippen. Diesmal zündete er sie an, durchmaß den Raum mit wenigen Schritten, kam zurück, schien in seinem Entschluss bestärkt zu sein:

„Tom Bernoulli hat nicht allzu lange vor seinem Unfall eine Lebensversicherung abgeschlossen. Eine Lebensversicherung, die ein Todesfallkapital von sechs Millionen Schweizer Franken vorsieht. Begünstigte ist seine Ehefrau. Da die beiden nie geschieden worden sind, ist dies Jeanne Wallenberg. Es ist das normale Prozedere bei der Abwicklung eines solchen Schadensfalls – ja, Leute, so nennt man das im internen Versicherungsjargon. Schwangerschaft gilt übrigens als Krankheit – es ist also das normale Prozedere im Schadensfall und vor allem bei einer derart hohen Versicherungssumme, dass die Todesursache genauestens unter die Lupe genommen wird. Dies, um einen Selbstmord garantiert ausschließen zu können. Oder besser gesagt: um zu verhindern, dass eine Selbsttötung nicht als solche erkannt wird. Denn das ist der einzige Fall, in dem die Versicherung nicht verpflichtet ist, die Schadenssumme auszuzahlen. Die Gesellschaft hat also großes Interesse, jeder kleinsten Spur nachzugehen. Dazu gehört die Familie, das berufliche Umfeld, Finanzen, Freunde, Bekannte – kurz: Jeder Bereich eines Lebens muss offengelegt werden. Jeder. Die Versicherung hat nicht nur das Recht, sondern vielmehr die Pflicht, sich Zugang zu diesen Bereichen zu verschaffen.“

„Und wenn das nicht erwünscht ist?“, hatte Sava gefragt. „Wenn die Wallenberg sich sagt, auf sechs Millionen mehr oder weniger komme es nicht an, das sei es nicht wert?“

„Name of the game", hatte Brun geantwortet. „Aber Jeanne Wallenberg weiß auch, wie die Menschen funktionieren – allen voran die Medienmenschen. Es wäre doch verdammt blöd, wenn irgendein unterbezahlter Sachbearbeiter des Versicherungskonzerns der Versuchung nicht widerstehen und den Scoop verkaufen würde. Und schließlich: Es sind ja nicht Polizei und Staatsanwaltschaft, die in ihren Interna rumschnüffeln. Es ist nur ein Schadensexperte der Versicherung. Nett, gründlich und ungefährlich. Nur daran interessiert, seinen Job zu machen."

„Und wo willst du den auftreiben? Und dazu bringen, seine Erkenntnisse mit uns zu teilen?" Nouriel hatte nicht versucht, seine Zweifel zu verbergen.

Bruns Augen hatten Funken gesprüht. Wäre es möglich gewesen, hätten sie gebrutzelt.

Da hatte auch Nouriel verstanden.

14.

Kopenhagen, Dänemark

Mit knapp 94.000 von der Dansk Oplagskontrol, Dänemarks Auflagekontrollstelle, beglaubigten Exemplaren war „UpTown" die auflageschwächste Gratiszeitung des Landes. Oder im Impressums-Jargon der Verlagsleitung: Man setzte auf Qualität, war nicht in erster Linie klein, sondern fein. Fein im Sinn von nah dran. Vom Feinsten daher, dass man von sich behaupten konnte, mitten drin zu sein in der Peergroup der an „UpTown" Interessierten. Teil davon.

Jean-Pierre Lund, seit acht Jahren Chefredakteur von „UpTown", hatte die Realität erkannt und akzeptiert und war bemüht, sie wann immer möglich auszublenden.

Im Blätterreigen der im Haus TaurusMedia publizierten Titel hatte „UpTown" die Funktion einer Biogasanlage. Oder, um es wiederum im Jargon der Verlagsleitung – diesmal allerdings fern gesetzlich vorgeschriebener zu publizierender Angaben – zu formulieren: Warum nicht Scheiße in Gold verwandeln, wenn es sich machen ließ?

Das Rezept war denkbar einfach: Werbung, Wetter und Wettbewerbe. Die Textbeiträge beschränkten sich auf das Impressum, die Wettbewerbsbedingungen beim Schwedenrätsel, den Wetterbericht und ein paar Bildunterschriften, damit das ganze nicht als reine Fotostrecke daherkam.

Ja – Jean-Pierre Lund wusste, was er und seine Leute allwöchentlich in Tabloidformat ausschieden. Was ihn anbelangte, so würde er es voraussichtlich auch bis zu seinem Rentenantritt in 20 Jahren tun. Wenn er Glück hatte.

Aber wie gesagt: Er war mittlerweile genauso gut im Nicht-Spiegeln seines beruflichen Ichs wie darin, 50 Mal jährlich einen Kommentar für die erste Seite zu verfassen, über dessen Inhalt und Stil er eine tiefe, sich selbst genügende und echounabhängige Freude und Befriedigung empfand. Der Spiegel, der ihn bloß deprimierende Blick auf die Kuchengraphiken der neuesten Marktstudien hätten diese Momente des Wieder-hungrig-Seins, des Nur-berichten-Wollens zunichtegemacht: Seine Kommentare wurden von gerade mal zwei Prozent der Leserschaft überflogen. Lesen und reflektieren tat sie keiner.

Es hätte anders kommen können. Wie, das erlebte er tagtäglich innerhalb seines kleinen Teams, das sich einer Rekordfluktuation rühmen konnte. Was hier reinkam, jung, hungrig, vom Schreiben und Berichten besessen, betrachtete „UpTown" als Sprungbrett, als Durchlauferhitzer, als Sackgeldbeschaffung – denn mehr zahlte „UpTown" seinen Redakteuren nicht – vor den letzten Prüfungen. Er war genauso gewesen. Jung, getrieben, wach, eitel. Den Blick immer nur halb im Hier, vielmehr gerichtet auf die Türen, die nur darauf warteten, von ihm geöffnet zu werden, sobald er die optimale Absprunghöhe erreicht hätte.

Dann war er satt geworden, älter, träger. Geblieben war Eitelkeit. Es war so schnell passiert. Er hatte es nicht bemerkt. Sein damaliger Vorgesetzter, Rasmus van Ghejssens, gebürtiger Belgier, zu der Zeit selber nicht viel mehr als ein Jüngelchen, hatte es bemerkt, ihn erkannt und sich zunutze gemacht, bevor er dem in seinem Fall nicht verstummten Ruf in die Redaktionsstube einer nationalen Tageszeitung gefolgt war.

Jean-Pierre Lund war damals gerade mal 25 gewesen. Und van Ghejssens hatte ihn von der Leine gelassen. „Bring mir alles", hatte er gesagt. „Ich will jede verdammte Party, jeden neuen Club, jede Miss oder Ex-Miss-Irgendwas, jedes Autogaragenjubiläum, jede Buchvernissage, jede Schafsjoghurtdiät des Stadtpräsidenten dokumentiert haben. Bring mir Bilder, Kommentare und Schlüpfrigkeiten. Ich will alles haben, was in dieser Stadt außer uns keinen interessiert."

Und er? Er hatte an seinen Auftrag geglaubt. Daran, dass es auch ihm erlaubt war, sich am niedrigen Geäst des Nicht-Berichtenswerten die Hörner abzustoßen. Zur Übung, zur Vorbereitung, zum Spaß und nur für kurze Zeit.

Das war 20 Jahre her.

Und jetzt das. Allein die Tatsache, dass dieses Telefonat im Sinn einer Verbindung zwischen ihm und dieser Person zustandegekommen war und stattgefunden hatte, war absurd. Vom Inhalt ganz zu schweigen. Er hatte es gesagt. War eines der seltenen Male ehrlich gewesen. Hatte gelacht. „Sie wissen schon, dass es so was wie einen Wirtschaftsteil bei uns nicht gibt?"

„Wer sagt denn, dass Sie es bringen müssen?", hatte die Frau geantwortet. „Sie haben genug Kontakte. Wir bieten Ihnen einen Scoop, der die Finanzmärkte erzittern lassen wird. Punkt. Sie sind es, der bestimmt, wie laut der erste Knall ist. Es liegt ganz bei Ihnen, was Sie damit anfangen."

Ihre Stimme hatte ihn an tropisches Holz denken lassen. Nass glänzend in der kaum zu atmenden Hitze.

Herrgott, hatte er gedacht, du denkst schon so, wie du schreibst.

Dann hatte er einem Treffen mit einer nicht näher bestimmten Drittperson zugestimmt. Was soll's – er hatte nichts zu verlieren.

Nun träumte er. Und vor allem rechnete er und wartete darauf, dass man ihm Zeit und Ort des Treffens mitteilte.

15.

New York

Jezreel Vidali war seit 36 Stunden wach, als sie um acht Uhr früh zum dritten Mal durch die Lobby des Plaza schritt. Als sie das Hotel gegen drei Uhr früh verlassen hatte, war es ein anderer Ort gewesen. Dieselben Mauern, gleiche Adresse, derselbe Glanz – und doch vollkommen anders.

Am Abend zuvor gedämpftes Treiben, Gemurmel, aufflakkerndes Lachen, alles voller raschelnden klirrenden Lebens, Musik von nirgendwo und überall wie indirektes Licht. In der Nacht dann, als sie sich von Horn auf den Weg zu ihrem neuen Hotel gemacht hatte, aller Üppigkeit zum Trotz nur Leere, der Mensch am Tresen, sein Lächeln fehl am Platz. Sinnlos. Und jetzt wieder ein neuer Ort: Mehr, als sie ihn roch, fühlte sie Kaffeegeruch, Frischgebackenes, verschlafenen Atem.

Obwohl die Halle weit davon entfernt war, voll zu sein, vermittelte sie den Eindruck eines Gedränges. Es mochte an der Wärme liegen, die sich dem aus der Kälte Eintretenden eng und schwer um den Hals zu legen schien. Oder daran, dass die Frühstückenden und Aufbrechenden nicht allein waren – die Gesichter, Stimmen und Gestalten ihrer Träume noch mit sich trugen. Jeder für sich ein ganzes Heer, er selber erst Bruchstück dessen, was sich noch zusammenfügen musste für den Tag.

Diese Lobby hier, zu dieser Stunde, trotz gleicher Gestalt wie am Abend zuvor und in der Nacht, mochte Jez. Weg war der Charakter eines Treffpunkts, einer Verweilstätte, eines Unterhaltungstempels. Das hier war bloß noch Freistatt. Jeder für sich darum wissend, dass die anderen auch bloß auf der Flucht waren. Auf dem Sprung. Geteilte Einsamkeit.

Sie durchquerte die Halle. Der Läufer schluckte ihre Absätze. Kein Blick oder Lächeln von der Rezeption her diesmal – die Leute waren mit Check-ins und -outs beschäftigt. Asylanträge, Rückführungsgesuche.

Sie betrat den Aufzug und drückte auf die Screenfläche für die oberste Etage. Sie war allein. Der Lift hatte die Größe einer durchschnittlichen Schweizer Gefängniszelle. Sie hätte tanzen können hier drin, ein Verhör führen. Ihr Körper wurde schwerer für Sekunden. Dann wieder leichter. Die Türen öffneten sich, sie betrat den Flur.

Horn hatte ihr in der Nacht die zweite Schlüsselkarte zu seiner Suite gegeben.

„Dann brauchst du den ganzen Papierkram hier nicht mitzuschleppen", hatte er gesagt und auf die Blätter mit dem Nukleus-Vertragswerk, ihre Notizen und Zeichnungen gedeutet, die nach drei Stunden den Boden des Salons bedeckt hatten. Ausgelegt in einem Kreis, den sie wieder und wieder abgeschritten hatte, als wären die Striche und Pfeile auf dem Papier, die Notizen und Vermerke eine Karte, die es sich einzuprägen galt. Es war ihr nicht ganz gelungen. Sie hatten ein weiteres Treffen vereinbart. Es gab zu viele Details, die sie noch nicht verstanden hatte, die Horn selbst noch nicht verstanden hatte.

Allerdings: Das Gröbste war klar. Und es war grob.

„Also?", hatte Jez spät in der Nacht irgendwann gefragt, während sie sich an der Kaffeemaschine zu schaffen gemacht hatte. Sie hatte sich, die heiße Tasse in der Hand, zu Horn gewandt, war an die Bartheke der Suite gelehnt stehengeblieben. Es war ihr vorgekommen, als wäre sie nicht zum ersten Mal hier. Als kenne sie den Raum, die Weichheit des Lichts, der Stoffe und Farben, die Gesellschaft Horns seit jeher. Und ob sie das nun mochte oder nicht: Es war ein gutes Zeichen. Ein Zeichen dafür, dass sie ganz bei der Sache, ganz im Job war. Dass das Drumherum sich fügte und bloßer Rahmen wurde. Austauschbar.

„Also?", hatte sie gefragt. „Kannst du eine erste Einschätzung abgeben?"

Horn hatte den Kopf gehoben, sie mit Augen gesucht, deren Blick aus großer Ferne zurückzukommen schien. Er war aufgestanden, hatte sich gestreckt, noch einmal auf die um ihn her verteilten Papiere geschaut, dann auf die Uhr. Letzteres schien ihm zu bestätigen, dass ein Kaffee keine Übertreibung wäre. Er war zu Jez rübergekommen, war stehengeblieben, hatte das, was er als Kaffeemaschine identifiziert hatte, betrachtet. Dann Jez, erneut das Gerät.

„Hier“, hatte sie gesagt und ihm ihre eigene Tasse in die Hand gedrückt. „Ich mach mir einen neuen.“ Horn hatte ihren Platz an der Theke eingenommen und jetzt seinerseits den Raum betrachtet. Nur scheinbar, denn noch während die Maschine surrend den Betrieb aufnahm:

„Eine erste Einschätzung? Okay, wie wär‘s damit: Nukleus ist ein Monster. Oder andersrum: Eine Geldvermehrungs-Maschine für jene, die auf der richtigen Seite stehen. Für die anderen … na ja, für die wird‘s wohl irgendwann ein Alptraum.“

„Geht‘s auch weniger kryptisch?“, hatte sie gefragt.

„Du willst Klartext?“ Horn hatte sich von der Theke abgestoßen, war mit wenigen Schritten zurück bei der Sitzecke, hatte die Tasse weniger auf den Couchtisch gestellt, als sie darauf fallen lassen, und hatte nach einem der rund um seinen Sitzplatz verteilten Papierhaufen gegriffen.

„Das da zum Beispiel … Ich zitiere, mach dir ein Bild:

Erstens: ‚Nukleus, sein Eigentum, seine Finanzmittel und Vermögenswerte genießen umfassende gerichtliche Immunität.‘

Zweitens: ‚Das Eigentum von Nukleus, seine Finanzmittel et cetera sind von Zugriff durch Durchsuchungen, Beschlagnahme, Einziehung, Enteignung und jede andere Form der Inbesitznahme durch Regierungshandeln oder auf dem Gerichts-, Verwaltungs- oder Gesetzesweg befreit.‘

Drittens: ‚Die Aufsichtsratsmitglieder, Direktoren und Stellvertreter und das Personal genießen Immunität von der Gerichtsbarkeit hinsichtlich ihrer Handlungen und Unverletzlichkeit ihrer amtlichen Schriftstücke.‘“

Horn hatte innegehalten und Jez angesehen, als hätte er eben mit 40 Bällen jongliert, ohne einen fallen gelassen zu haben. Was sagst du nun?, hatte seine ganze Haltung gefragt.

„Das klingt, als wäre hier ein Staat und nicht bloß ein Fonds gegründet worden. Es klingt nicht sehr gut in meinen Ohren.“

„Nicht sehr gut?" Horn hatte gelacht. „Das, was die sich hier unter dem Deckmantel von Stabilität, Sicherheit, Werterhalt und Wohlstand zurechtgebastelt haben, ist rechtsfreier Raum, Jezreel. Off shore. Gegen die, die drin sind, ist jeder machtlos. Jede Behörde, jede Regierung, jedes Gericht. Von den sogenannten Investoren ganz zu schweigen. Der Fonds kann nach Gutdünken jeden vor Gericht zerren, während er selber nicht verklagt werden kann. Nie und aus keinem Grund. Schön, nicht?"

„Wie gesagt: Es klingt nicht gut. Jetzt noch weniger. Was soll …"

„Warte", hatte Horn sie unterbrochen. „Das ist noch nicht alles. Das war bloß das Gröbste zur Organisationsstruktur. Lass dir das hier auf der Zunge zergehen. Section 372 – es betrifft das Eingemachte, also die Gelder, die vorhanden sind oder eingefordert werden können."

„Wie meinst du das? Warum eingefordert?"

„Hör zu: Paragraph 372, Absatz a sagt klar und unmissverständlich, dass die institutionellen Kunden des Fonds, also andere staatliche oder private Fonds, sich mit dem Vertrag verpflichten, sollte es nach Einschätzung des Aufsichtsrats und der Geschäftsleitung des Fonds notwendig sein, innerhalb einer Frist von sieben Tagen jede geforderte Summe bedingungslos und unwiderruflich zur Verfügung zu stellen. Und jetzt zu Absatz b desselben Kapitels. Er beschäftigt sich mit dem Kleinvieh – also Herrn und Frau Bürger, die ihre Ersparnisse, ihre Kriegskassen sicher in wertbeständigen teilweise physisch vorhandenen Edelmetallen angelegt sehen wollen. Hier macht der Fonds seine einzige Tür zur schweizerischen Gesetzgebung auf – nicht zu seinen Ungunsten, wie du dir vorstellen kannst. Im Vorfeld der Auflage des Fonds und weitab jeder medialen Berichterstattung hat die Schweizer Regierung im Juli 2011, am 16., um genau zu sein, ein Gesetz verabschiedet, zu dessen teilweiser Umsetzung sich auch Nukleus verpflichtet hat. Die Betonung liegt hier auf ‚teilweiser'. Das Gesetz befasst und regelt Besitz und Handel von Edelmetallen privater Marktteilnehmer. Es sieht – im Fall, dass die Schweizer Regierung in Absprache mit dem Aufsichtsrat und der Geschäftsleitung von Banken und Fondsgesellschaften dies vor dem Hintergrund politischer und wirtschaftlicher Zwangslagen für notwendig erachtet – ein nahezu vollständiges Besitz- und Handelsverbot von Edelmetallen vor. Dabei ist das Wort ‚nahezu' dahingehend zu interpretieren, dass ein paar Sonderfälle, sprich: der Regierung nahestehende Organisationen, davon ausgenommen sind. Namentlich solche, die quasi völkerrechtlich organisiert sind, also selbst eine Art Regierung darstellen – siehe Nukleus. Herr und Frau Bürger allerdings werden leer ausgehen. Sämtliche in Form von physischen Edelmetallen oder Edelmetall-Anteilscheinen oder Aktien vorhandenen Vermögenswerte können aufgrund des Gesetzes über Nacht als ‚amtlich einzuziehen' erklärt werden. Wer sich dagegen wehrt, ist dann ein Krimineller. Ein Verbrecher vor dem Gesetze."

Horn war verstummt. Eine Weile hatte keiner was gesagt. Kein Laut war vom Stadtleben draußen durch die Isolation der Dreifachverglasung gedrungen. Das Rauschen in Jezreel war nicht das von Autoreifen auf Winterstraßen, das Pochen kein Lebenszeichen aus der Nachbarsuite. Das Atmen war ihr schwer geworden. Sie hatte sich Abhilfe durch einen Zigarillo verschafft. Es war besser geworden, das Unfassbare ließ sich abtasten.

„Okay", hatte sie gesagt. „Ich fasse das jetzt so zusammen, wie ich es verstanden habe. Unterbrich mich, wenn ich – was ich hoffe – falsch liege."

„Schieß los", hatte Horn nur gesagt, war aufgestanden und erneut hinüber zur Kaffeemaschine gegangen, ohne dort jedoch etwas zu tun. Er war bloß vor dem Gerät stehengeblieben, den Rücken dem Raum zugewandt.

„Also – der Fonds hat zwei Sorten von Kunden. Kleine Privatanleger und institutionelle Anleger. Kleine Sparer und große Staatsfonds, Banken, Vermögensverwaltungen."

„Richtig", bestätigte Horn.

„Der Fonds kann von den Großen, die oft genug einen Haufen Kleinsparer vertreten, innerhalb von sieben Tagen Nachschusszahlungen in beliebiger Höhe einfordern. Und da Nukleus quasi völkerrechtlich organisiert ist, kann er die geforderten Summen wenn nötig auf gesetzlichem Weg erstreiten, wogegen sich die Kunden nicht wehren können, wegen der ganzen Immunitätsgeschichte. Korrekt?"

„Korrekt."

„Was die nichtorganisierten Kleinen, die Privatpersonen, anbelangt: Diese können ebenfalls per Gesetz über Nacht enteignet werden. Ihre Ersparnisse verbleiben beim Fonds, dessen Vermögenswerte und Finanzmittel et cetera vor behördlichem Zugriff geschützt sind. Was nichts anderes heißt, als dass die Ersparnisse den Leuten weggenommen und dem Fonds übereignet werden. Nukleus ist – egal, von welcher Seite man es betrachtet – in Wahrheit eine Enteignungs-Maschine."

Jezreel war fassungslos gewesen ob der Einfachheit der Monstrosität. Es konnte nicht sein, es durfte nicht sein. Ihr ganzes Denken hatte sich dagegen gesträubt.

„Mein Gott! Horn! Das kann doch nicht sein", hatte sie gesagt, gerufen fast durch die ihr plötzlich erdrückend erscheinende Weite der Suite.

„Was kann nicht sein?", hatte Horn ruhig gefragt.

Er hatte sich ihr wieder zugewandt.

„Na, das da!" Ihre Geste in Richtung der Papiere hatte den Eindruck vermittelt, als würde sie das Gesagte dorthin schleudern.

„Das sind Taschenspielertricks. Das ist gesetzlich organisierter und politisch orchestrierter Betrug. Es kann doch nicht sein, dass die Leute das freiwillig unterzeichnen. Und die ganzen Fonds? Da geht es um Milliarden. Rentenansprüche, Altersvorsorge et cetera. Was ist mit denen?"

„Und ob sie es unterzeichnen", hatte Horn geantwortet. „Die sind ja Schlange gestanden, als Nukleus endlich startklar war. Warum? Ich sage nur: Lehman Brothers, Emittentenrisiko, Totalverlust. Erinnerst du dich? Meinst du, irgendeiner der Millionen von Kunden weltweit hätte die Allgemeinen Vertragsbedingungen des Aktienfonds, in den er auf Anraten seines Bankers eingestiegen ist, bis zu dem Punkt gelesen, wo es eben um dieses eine kleine Wort ging? Und wenn ja, meinst du, er hätte es verstanden? Die Leute haben sich nicht verändert – sie hören jetzt einfach auf jemand anderen. Und dieser Jemand sind heute Regierungsvertreter. Wie sollen sie denn bitte sehen, dass sich hinter staatsmännisch prophetischer Geste der Superverkäufer der Habitus einer Küchenschabe verbirgt? Wem bitte sollen sie vertrauen, wenn nicht jenen Leuten, die sie selbst gewählt haben? Auch wenn man ihnen Naivität und Informationsfaulheit vorwerfen kann, all diesen Kleinsparern – sie haben gelernt aus der Krise, die vor einem Jahrzehnt ihren Einstand gegeben hat. Teils instinktiv, teils bewusst. Es ist nicht falsch, im heutigen Marktumfeld in Sachwerte zu investieren. Und wenn sie das jetzt mit oder ohne Kopf tun, dann tun sie im Grunde etwas Richtiges."

„Und warum steigen sie in *diesen* Fonds ein? Warum nicht in einen der tausend anderen? Und wenn es schon Nukleus sein muss, warum lesen sie nicht, was da steht? Warum liest man das in keiner Zeitung? Warum hat das nicht längst einen Riesenskandal gegeben? Und was ist mit all den Großen? Dem Staatsfonds beispielsweise, oder all den anderen? Wirfst du denen etwa auch Naivität vor?"

„Jetzt mal der Reihe nach: Erstens wird in den Allgemeinen Vertragsbedingungen für den Investor nur auf das entsprechende Regelwerk des Fonds hingewiesen. Will also der Sparer mehr wissen, dann muss er das, was wir hier seit Stunden röntgen, ebenso tun. Zweitens, wenn er es denn tut, meinst du, da steigt irgendeiner durch? Ich hab's ja selbst erst nach Stunden begriffen. Aber wie gesagt: Die meisten gehen erst gar nicht soweit. Und die Journalisten: Tja – die lesen das durch, notieren sich ein paar Fragen und verlassen sich auf das, was der offizielle Werbeträger der Regierung im Interview verlauten lässt. Und der hat dann wirklich alle Möglichkeiten, Unschönes herunterzuspielen. Er wird zwinkernd erwähnen, besagter möglicherweise etwas irritierender Paragraph komme höchstens im Kriegsfall zur Anwendung oder im Fall einer Naturkatastrophe à la Einsturz des Matterhorns mit anschließend von der Nordsee hereinbrechendem Tsunami. Beides Szenarien von größter Unwahrscheinlichkeit. Damit wird Paragraph 372 a) und b) lediglich zur juristisch notwendigen Haarspalterei degradiert, die nie in die Praxis, sprich: in den Alltag der Sparer einbrechen wird. Nie. Und so wird's dann gedruckt. Wenn überhaupt. Und nun zu den Großen, wie du sie nennst: den staatlichen Fonds, et cetera. Da gebe ich dir recht: ‚Naivität' ist in diesem Zusammenhang das falsche Wort. ‚Grobe Fahrlässigkeit' und ‚Gier' tun es auch. Oder wahlweise: ‚Kickbacks' und ‚keine Ahnung'. Glaub' mir, Jezreel – das läuft so. Da wird meistens nicht erst nach der Rendite für die Anleger gefragt, sondern danach, was für das Management rausspringt, wenn man die Gelder plaziert. So sieht's aus. Oder aber so, dass das Fondsmanagement wirklich keine Ahnung hat. In echt jetzt: Ich gebrauche Worte wie ‚grobe Fahrlässigkeit' in diesem Zusammenhang nicht leichtfertig. Aber ich sage dir: Ich habe es genau so erlebt."

„Jetzt mach' mal halblang, Nik. Es sind nicht alle so. Irgendeiner muss doch da tiefer gegraben haben, nachgefragt."

„Dann hat man ihn vielleicht darauf hingewiesen, dass es für ihn und seine Lieben gesünder wäre, an der Oberfläche zu bleiben, weil es sich da viel besser atmet."

„Das glaubst du doch selber nicht."

„Ich?" Horn lachte ein Lachen, das sich in einem einzigen kurzen Ton erschöpfte. „Ich glaube alles. Oder besser gesagt: Ich glaube, dass alles möglich ist. Sieh dich doch um, Jezreel Vidali. Stell für einen Moment die Fakten und das, was die Medien berichten, gegenüber und urteile selbst."

„Erklär' es mir."

Horn hatte gegähnt, war hinüber zur Sitzgruppe gegangen, hatte sich in den Sessel fallen lassen, in dem zuvor Jezreel gebrütet hatte. Er hatte sich nach vorn gelehnt – es hatte nach einem Kraftakt ausgesehen –, die Ellbogen auf die Knie gestützt und für einen Moment das Gesicht in seine Handflächen gelegt. Als er wieder aufgeblickt hatte, war seine Miene eine andere gewesen. Alles Konzentrierte weg, die Maske des Funktionierens gefallen. Geblieben war ein Ausdruck der Müdigkeit, die ihre

Wurzeln nicht im Körperlichen zu haben schien. Nackt, mehr noch: Als wäre etwas von innen nach außen gestülpt worden.

Jezreel hatte das nicht sehen wollen. Sie wollte Menschen nicht so sehen. Es reichte, wenn sie sich selber ab und zu so fühlte.

„Du siehst beschissen aus, Horn."

„Ist das deine Art, zu sagen: Danke für die Mühe?"

„Nein – ich meine nur … lass uns morgen weitermachen. Ich brauche auch ein paar Stunden Schlaf. Naja – zumindest Ruhe. Das mit dem Schlaf wird sich zeigen."

„Morgen?", hatte er geechot.

„Ja. Freu' dich, Herz, wir sehen uns morgen wieder. Schreib's in deinen elektrischen Kalender. Alle anderen Termine sind abgesagt."

„Ich werde nicht fragen, ob ich eine Wahl habe."

„Kluger Mann."

Sie hatte sich nach ihrem Wollmantel umgesehen, den sie im Lauf der Nacht irgendwo deponiert hatte.

Horn hatte ihr Tun unterbrochen: „Ich sitze drauf."

„Was?"

„Ich sitze auf deinem Wollding. Trink noch ein Glas Wein mit mir, bevor du gehst."

„Jetzt ist es wohl an mir zu fragen, ob ich eine Wahl habe."

„Kluges …"

Sie war ihm ins Wort gefallen: „Sag es nicht."

„Was?"

„Das, was du sagen wolltest."

„Wie du willst." Er hatte ihr ein Glas gereicht, selber nach seinem gegriffen.

„Cheers."

Sie hatte nichts darauf gesagt. Der Wein war warm und weich gewesen. Ein warmes Band aus Samt im Innern.

„Was dagegen, wenn ich die Augen schließe, während du mir erklärst, wie du das vorhin gemeint hast, mit den Realitäten und der Berichterstattung? Ich meine – im Zusammenhang mit Nukleus."

„Du kannst es nicht sein lassen, oder?“, hatte Horn geantwortet.

„Du wolltest ein Glas Wein mit mir trinken. Und siehe: Ich sitze da und trinke ein Glas Wein. Mit dir.“

„Okay – der Punkt geht an dich. Aber unterbrich mich nicht. Für ein Gespräch reicht‘s nicht mehr. Von einer Diskussion ganz zu schweigen.“

„Speak to me.“ Jez hatte die Augen wirklich geschlossen, hatte nichts als hören wollen. Verstehen.

Horn hatte sie gezwungen, nochmals Blickkontakt aufzunehmen:

„Ich kenne das von irgendwoher.“

„Wovon sprechen wir jetzt?“, hatte sie gefragt.

„Dieses ‚Speak to me‘. Was ist das?“

„Ein Instrumental von Pink Floyd.“ Sie hatte an ihrem Wein genippt. Immer noch Samt. Zu Velours tendierend jetzt, längerer Flor und trotzdem noch spiegelnd. Aus den Augenwinkeln hatte sie wahrgenommen, dass Horn sich an seinem Laptop zu schaffen machte.

„Du willst aber jetzt nicht etwa Floyd hören, oder?“, hatte sie gemeint, während sie auf die Beine gekommen war. Horn hatte nicht sofort geantwortet. „Okay – ich hau‘ dann mal ab.“

Horns Kopf und Blick waren synchron nach oben geschnellt:

„Jetzt warte doch. Ich suche nur eben ein paar Daten zusammen.“

„Nein – lass ... Der Wein hat mir den Rest gegeben. Ich hau mich jetzt für ein paar Stunden auf‘s Ohr. Ich komm dann morgen früh wieder hierher.“

„Wie früh?“

„Gegen acht?“

Da hatte er ihr die Schlüsselkarte in die Hand gedrückt.

„Hier – nimm den. Komm meinetwegen schon um sechs, wenn‘s dich glücklich macht. Aber lass mich ...“ – er hatte auf die Uhr geschaut – „lass mich bis um neun schlafen. Geht das? Und außerdem brauchst du so nicht den ganzen Kram da mitzuschleppen.“

„Danke." Sie war mitten im Raum stehengeblieben. Unbeweglich.

„Was ist?", hatte Horn gegrinst. „Doch noch ein Glas auf den Weg?"

„Mein Mantel. Du sitzt drauf."

Er war aufgesprungen. Lachend. Hatte Mühe gehabt, in der schwarzen Wolle die Ärmel zu finden, endlich den Mantel aufgehalten für sie.

Sie war hineingeschlüpft, hatte sich so schnell es ging wieder Horn zugewandt, hatte ihn im Blick haben wollen. Es war nicht gut, Leute im Rücken zu haben. Kurz hatte sie Horns Duft gestreift. Oder er sie. Etwas hatte wehgetan. Sie war irritiert gewesen.

Das ist die Müdigkeit, hatte sie sich gesagt. Geh' schlafen.

„Bis morgen dann."

Sie hatte kehrtgemacht und war gegangen. Hinter ihr im Raum war es still geblieben.

Jetzt, kaum fünf Stunden später, dasselbe gummierte Schmatzen der Tür, als sie sie, auf der anderen Seite stehend diesmal, hinter sich schloss. Kein Laut hier drinnen. Weder aus dem Schlafzimmer, das rechterhand an den Salon grenzte, noch von draußen her.

Die Temperatur schien kaum wahrnehmbar gesunken zu sein seit heute nacht. Vielleicht war's auch nur ihre eigene, die ihr damit zu signalisieren versuchte, dass sie seit geraumer Zeit schon im Reserve-Modus lief. Mal runterschalten sollte. Sie ignorierte es, schlüpfte aus dem Mantel und beugte sich gleichzeitig über den Couchtisch, wo ein zusätzlicher Stapel von Notizzetteln dazugekommen war. Horn hatte weitergemacht.

Sie konnte sich ein Lächeln nicht verkneifen. Nie im Leben würde sie zugeben, Nik Horn aus freier Entscheidung sympathisch zu finden, ihn zu mögen. Aber in diesem Moment war sie ihm dankbar. Sie warf Mantel und Handschuhe auf den anderen Sessel und setzte sich. Kurz bildete sie sich ein, eine Restwärme im Polster wahrzunehmen. Vielleicht war es auch nicht das Polster.

Sie griff nach den Notizen. Er hatte jeden Zettel jeweils in zwei Spalten geteilt. In der rechten hatte er Fakten aufgelistet. Zahlen vor allem; versehen mit Abkürzungen, die er für sie würde übersetzen müssen. Die linke Spalte war noch fast leer. Bloß ein Titel auf dem vordersten Papier: „Berichterstattung Medien/Politik/Analysten“. Dazu ein paar Zitate, deren Inhalt und Quelle ihr nichts sagten.

Abrupt und mitten in der Bewegung, die eine Seite hinter die andere schieben wollte, hielt sie inne. Was tat sie hier eigentlich? Es war genug. Mehr als genug. Sie brauchte diese Infos hier nicht. Sie hatte alles, weswegen sie hergekommen war. Es gab keinen Grund, auch nur eine Minute länger zu bleiben. Im Gegenteil: Je schneller sie aus diesem Hotel, dieser Stadt und von diesem Kontinent runterkäme, desto besser.

Ruhig jetzt, systematisch und schnell sammelte sie die verstreuten Unterlagen ein und packte sie in die Tasche. Kurz überlegte sie, ob sie das Glas, die Tischplatte, die Kaffeetasse reinigen sollte. Spuren beseitigen. Dann ließ sie es sein – das hier war schließlich kein Tatort. Und wenn es so wäre, dann hätte sie eh keine Chance: Ihre DNS flog hier herum wie der Staub, der in der breiten Sonnenspur tanzte, die vom Fenster her aus dem scheinbaren Nichts mitten in den Salon führte. Sie schaute sich um, griff nach ihrem Mantel, hielt inne. Sie hatte keine Ahnung, wann sie das nächste Mal Gelegenheit hätte, eine Toilette aufzusuchen. Sie wandte sich gegen links, wo das zweite Schlafzimmer der Suite lag. Ihm vorgelagert befand sich – spiegelgleich zum Gegenüber – auch die zweite Toilette, die sie bereits in der Nacht verschiedentlich frequentiert hatte.

„Die Gästetoilette“, hatte Horn gesagt und gegrinst. „Sie ist ganz die deine.“

Auch diese Tür öffnete sich lautlos.

Jezreel Vidali war darin ausgebildet und darauf trainiert, jederzeit alles zu erwarten. Sie zuckte nicht zusammen, als sie jetzt feststellte, dass das Licht in dem Raum bereits brannte. Auch nicht, als sie Horn am Boden zwischen dem randlosen Duschbereich und der Badewanne hinter der Glastür liegen sah.

Sie brauchte sich nicht hinzuknien und seinen Puls zu suchen, um zu wissen, dass da im besten Fall nur noch ein Echo davon war. Auch das kannte sie.

Sie tat es dennoch.

16.

Peter Keller war 49 Jahre alt. 49 Jahre, drei Monate und 17 Tage – so die Angaben in Pass und Identitätskarte. Er war gesund. An Medikamenten verzehrte er eine jährlich unterdurchschnittliche Dosis Aspirin, trank weniger als die obrigkeitlich als vernünftig definierte Tagesmenge an Alkoholika, war mit drei Runden Jogging und zwei wöchentlichen Fitnessstudio-Besuchen als sportlich zu bezeichnen und war Raucher. Letzteres hatte er sich vor fünf Jahren abzugewöhnen versucht. Der Arzt hatte ihm zwecks Erleichterung möglicher psychischer Beschwerden ein Zweimonatsrezept für Efexor, einen gängigen Serotonin-Noradrenalin-Wiederaufnahmehemmer verschrieben. Der Rauchstopp war lediglich von kurzer Dauer gewesen – das Rezept für Efexor hatte er allerdings mit dem Segen seines Arztes erneuert und wollte auf das Mittel fortan keinesfalls mehr verzichten. Letzteres wusste in seinem Umfeld niemand. Peter Keller war nicht verheiratet und hatte keine Kinder. Der guten Ordnung halber hatte er es allerdings dem Vertrauensarzt seines Arbeitgebers, HelveticLife, dem nach eigenem Bekunden weltweit führenden Konzern für Risiko- und Vorsorgelösungen, gemeldet, was einen entsprechenden Vermerk in seiner Personalakte und dem Dossier seiner eigenen Berufsvorsorge zur Folge hatte. Peter Keller war seit bald 15 Jahren für die HelveticLife tätig. Mit einem Jahressalär von 150.000 Schweizer Franken war er im mittleren Kader zu orten. Er selbst sah sich – gemäß dem im Human-Resources-Departement hinterlegten Fragebogen des jährlichen Mitarbeitergesprächs – jedoch nach wie vor dort, wo er eingestiegen war, und empfand den für ihn rein theoretischen Aufstieg lediglich als Erweiterung seines Wissens, das eine logische Konsequenz der jahrelangen intensiven Beschäftigung mit einer Materie war. Er war einer der erfahrensten und kompetentesten Versicherungsermittler, wenn es um Abklärungen und Abwicklungen von Schadensereignissen ging. Krankheit, Unfall,

Tod – das waren die oft nicht eindeutig voneinander abzugrenzenden Felder seiner Betätigung. Auf den ersten Blick klar definierte Flächen, sobald man sie betrat, jedoch dreidimensional, komplex, oft schwer begehbar, weil lottrige Gerüste von Leben, Sümpfe und Wüsteneien des Menschlichen jeden Schritt überlegt sein lassen wollten. Umso mehr, da die Welten, die er betrat, gerade erst um die Dimension des Verlustes erweitert worden waren. Als hätte man jene, die es betraf, in eine Kammer ihres Lebens hineingeworfen, von der zwar jeder immer gewusst hatte, dass es sie gab, deren Existenz und Möglichkeit im eigenen Dasein man aber solange verdrängt oder negiert hatte, dass sie jetzt, wo man sie zu betreten gezwungen wurde, bodenlos war, ohne Wände und Halt, gefüllt mit nichts als Leere und dem aus dem Dunkel wiederkehrenden und lauter werdenden Echo der eigenen Versäumnisse.

Peter Keller bewohnte sein Elternhaus in der Gemeinde Frick im Kanton Aargau rund 40 Kilometer östlich von Basel. Laut Grundbuchamt handelte es sich bei der Liegenschaft um eine Holz-Stein-Konstruktion aus dem Jahr 1929. Das Grundstück, auf dem sie, verborgen hinter altem Baumbestand, fußte, maß für heutige Schweizer Verhältnisse großzügige 1.244 Quadratmeter. Nebst verschiedenen Sitzgruppen in ebenso unterschiedlichen Zuständen der Zersetzung, einem natürlich gespeisten Teich und einem im Schatten der Bäume rostenden Pavillon beherbergte der parkähnliche Garten 32 leistungsstarke FullHD-Realtime-IP-Kameras der Marke LUPUSNET HD – LE934 mit 40 Metern Nachtausleuchtung.

Peter Keller beschäftigte eine Haushälterin, die sich zweimal wöchentlich um Hausputz, Wäsche und Einkäufe für einen Menschen kümmerte, den sie noch nie gesehen hatte, sowie einen Rentner für leichte Gartenarbeiten. Auch sonst pflegte er keine Kontakte in Nachbarschaft und Gemeinde. Er trat lediglich als monetäre und fiskalische Größe im behördlichen Ämterdschungel in Erscheinung, was in Zeiten, in denen globale Vernetzung und lokale Anonymität zur Normalität geworden waren, keine Fragen aufwarf.

Peter Keller war ein Mann, neben dem jede andere Person wirkte, als hätte sich sein Schatten vom ihn erzeugenden Gegenstand gelöst. Er wirkte wie Widerstand in Menschengestalt, personifiziertes Trägheitsprinzip, und es fiel dem ihm erstmals Begegnenden oft schwer, sich vorzustellen, dass der Mann sich bewegen könnte, gehen, gestikulieren oder mehr an Lauten von sich geben als eine Art Rumpeln oder ein Grollen. Anzug, Schlips, glattrasiertes Kinn milderten diesen Eindruck jedoch erheblich, bereiteten den Betroffenen allerdings mitnichten auf eine Eigenschaft des Mannes vor, die er von dem Menschenberg nimmer erwartet hätte: Er verstand es, zu verschwinden, noch während er jemandem die Hand schüttelte.

Peter Keller hieß mit offiziell registriertem Namen Piet van Laer. Das Team um Carl Brun hatte die letzten zwölf Stunden damit verbracht, ihn zu erschaffen, mitsamt allen amtlichen, privaten und beruflichen Dokumenten, Verbindungen und Nachweisen. Das Haus in Basel gehörte dem NDB und diente mehrmals jährlich zur Unterbringung von in- oder ausländischen Partnern oder Informanten.

Brun hatte sich bei Jo Burger vergewissert, dass das sichere Haus im Moment leerstand und nicht gebraucht wurde, und fuhr Piet jetzt nach Erhalt der entsprechenden Bestätigung persönlich dorthin.

Peter Kellers eigener Wagen mit dem Kennzeichen AG 577651, eine silberne Mercedes-Limousine der E-Klasse, würde im Lauf des Tages von einer Basler Garage, die sich auch um Immatrikulation und Versicherungsschutz kümmerte, dort abgestellt.

Je nachdem, wie der Fall sich entwickelte, würde Brun entscheiden, ob ein Umzug der ganzen „Familie" nach Frick notwendig und sinnvoll wäre. Für den Moment allerdings und nach Absprache mit dem Team einschließlich Piet hatten sie entschieden, dass in dieser ersten Phase eine Deckungsgleichheit von Realität und Papierwahrheit sicherer sei. Dies vor allem, weil davon auszugehen war, dass Peter Keller, sobald er seinen Fuß in die Bank und das Leben von Jeanne Wallenberg setzte, einer gründlichen Prüfung unterzogen würde. Und das sowohl in der elektronischen als auch in der realen Welt.

Carl Brun kam es vor, als würde er seit hundert Jahren durch denselben Schneeregen fahren. Als hätte es nie etwas anderes gegeben. Als würde die Fahrt ein Leben dauern. Mehr noch: Als wäre die Stunde Autobahn zwischen Bern und Basel, das umgebende Dunkel, der sich durch die Zeit fräsende Lichttunnel der Scheinwerfer, der spiralige Strudel der Flocken Nicht-Ort, Nicht-Zeit – außerhalb des Messbaren. Alle Stränge losgelöst. Wissen, Erfahrung, Bindungen verblassend hinter ihnen, Erwartungen, Pläne und Hoffen nicht in der Lage, vor ihnen Gestalt anzunehmen ohne die Krücke des Vergangenen.

Er und Piet, der neben ihm auf dem Beifahrersitz döste, vogelfrei. Verloren vielleicht. Es war nicht unangenehm. Er stellte es bloß fest. Und er wusste, dass dieser Mischung aus Sinneseindruck und Denken ein harter, echter Kern innewohnte. Etwas veränderte sich. Oder hatte sich bereits verändert, war anders geworden. Die verlassene Schnellstraße, sein Gefühl der Losgelöstheit bloß das sich zeitlich verschoben entwickelnde Sinnbild eines Bauwerks, das die Leere zwischen den beiden Zuständen überspannte.

Hätte man ihn aufgefordert, die Veränderung in Worte zu fassen, dann hätte er 95 Prozent davon mit Taten und Tatsachen umschreiben können. Aus drei vagen Aufträgen, die diesen Namen nicht verdienten, war ein Job geworden. Ungarn und Andras Szabo erhielten durch die Konversus und Daniel Wittmann eine Verbindung zur Bank Wallenberg. Die Bank Wallenberg wiederum führte über Nukleus zu Oskar Ludwig. Oskar Ludwig wurde durch Michael Kron, der auch weiterhin eine im Obskuren verbleibende Größe war, zu Tom Bernoulli geführt. Und dieser wiederum führte zurück zu Jeanne Wallenberg. Sie hatten einen Kreis – einen, wenn auch losen, Zusammenhang oder Zusammenschluss von Personen, die sich um ein gemeinsames Zentrum gruppierten.

Darum ging es: um das Zentrum. Das waren die fünf Prozent, für die es keine Fakten gab, und der einzige Weg, dorthin zu gelangen, war jener, der seinen Ausgangspunkt im äußersten Ring von Akteuren hatte, die ihnen bis dahin bekannt waren. Irgendwo auf der sich verjüngenden Spirale würden sie auf die Aithon stoßen, auf Leute oder eine einzelne Person aus den eigenen Reihen vielleicht, auf Eric Niederberger und Steffen Sauter. Sie waren ihnen schon begegnet – aber Carl Brun war sicher, dass sie erst wieder zurück mussten. Zurück zu jenen, die nebst ihrer offiziellen und öffentlichen Funktion noch eine weitere innehatten: die nämlich, das Zentrum, das ein Punkt oder eine Achse sein konnte, eine Einzelperson oder eine Gruppe, abzuschirmen und zu schützen. Und zurück zu jenen, die für dasselbe Zentrum möglicherweise zur Bedrohung geworden waren.

Und vor allem: Sie mussten es ungesehen tun. Dies aus dem naheliegenden Grund, dass er und seine Leute sich ab sofort fernab von Dienstwegen und Befehlsketten bewegten. Wieder einmal. So hatten sie es im Team besprochen – alle waren einverstanden. Aber genauso wie ihm selber war auch jedem anderen der Anwesenden klar gewesen, dass der eigentliche Grund für die quasi doppelt verdeckte Operation ein anderer war: Sie machten sich daran, an etwas zu rühren, das weit über ihnen lag. An etwas Großes, dessen Begrenzung nicht in persönlicher Gier, nationalen Interessen oder supranationalen Schuldigkeiten zu suchen war. Etwas, das vor ein paar NDB-Leuten nicht halt machen würde. Er und sein Team könnten einfach verschwinden. Sie würden keinem fehlen, da es sie offiziell ja gar nicht gab. Und sollte doch einer Fragen stellen, nachhaken, dann würde man ihn voller Bedauern über den Verlust auf der glatten Oberfläche medienwirksamer und zu diesem Zweck geschaffener Fakten auf die Schnauze fallen lassen. Man würde die Geschichte erzählen, wie sie war – bloß anders herum: Ein NDB-Führungsoffizier war ungesehen und mitsamt seinen Leuten vom Weg der Tugend abgekommen. War unter dem Deckmantel von Heimatschutz, Patriotismus, Frieden und Wohlstand zur käuflichen Serviceorganisation mutiert, die ihre Aufgabe darin sah, ein korruptes von ihr geschaffenes System zu stützen, das allem, wofür die Regierung und ihre Dienste standen,

Hohn sprach. Sehr bedauerlich, in der Tat. Eine Katastrophe. Aber weil alles Ungemach auch sein Gutes hatte, würde man die unschönen Vorkommnisse dazu nutzen, längst fällige Anpassungen in der Struktur der Dienste in Angriff zu nehmen. Gut verdauliche Schlagworte für die Öffentlichkeit wären bürgernahe Transparenz und der verantwortungsvolle Umgang mit und die Verwendung von Steuergeldern. Und schließlich würde man, im Guten reduziert, zum wohltuenden Schatten der Tagesordnung zurückkehren, deren Zweck möglicherweise darin bestand, die Verfolgung völlig anderer Zustände und Ziele zu verdecken.

Möglicherweise.

Sie wussten es nicht. Sie wussten gar nichts. Noch nicht. Wie sie selbst innerhalb des amtlichen Apparats, war ihr Wissen nicht mehr als ein Verdacht. Ein starker zwar, aber dennoch im Theoretischen und somit im Heimlichen und Vagen verbleibend.

Noch jagten sie etwas Unwirkliches, von dem Brun einzig wusste, dass er sich wünschte, es bleibe unwirklich. Nicht wahr.

„Zweifelst du?“, platzte es so plötzlich vom Beifahrersitz in sein Sinnieren hinein, dass der Teil von ihm, der sich nicht trainieren ließ, zusammenzuckte. Die Hände indes blieben ruhig am Steuer.

„Ich dachte, du schläfst“, antwortete er.

„Du weichst aus.“ Piets Worte wurden von einem Husten eingeholt und an den Rand gedrängt. Er zündete sich eine Zigarette an.

„Sieh zu, dass du den Husten loswirst, wenn du auf dem Posten bist“, kam es von Brun. „Macht sich nicht gut für einen distinguierten wohlsituierten Herrn, der am Schalter einer Privatbank die Besitzerin zu sprechen verlangt.“

„Der distinguierte Herr war heute noch beim Tierarzt seines Vertrauens und hat Codein-Sirup besorgt für den Notfall.“

„Beim Tierarzt?“

„Ja. Es hat sich viel verändert.“

Brun war sich nicht sicher, ob Piet auf die Restriktionen im Bereich der zugelassenen Wirkstoffe in der Humanmedizin, auf ihre Arbeit oder das Leben im Allgemeinen anspielte.

„Zweifelst *du*?“, drehte er jetzt den Spieß um. „Wir können die Sache immer noch abblasen.“ Und wie um seine Worte zu verdeutlichen, ging er etwas vom Gas. Die Veränderung in der Vorwärtsbewegung war deutlich zu spüren – die Anzeige auf dem Tachometer indes blieb fast gleich. Etwas anderes als Bewegungsenergie wurde umgewandelt. Diese Reibung hier produzierte Kälte. Brun stellte die Heizung höher.

„Es geht immer noch ums selbe, nicht wahr?“, kam es jetzt von Piet.

Brun wusste, was er meinte, dass er von *damals* sprach. Der Azouzou-Streifen. Trotzdem fragte er jetzt: „Was meinst du?“

Ohne zu antworten drehte Piet die Sitzlehne hinunter und streckte sich so gut es ging aus. Hätte nicht eine Kippe zwischen seinen Fingern geglommen, hätte man denken können, er sei eingeschlafen.

Dann: „Weißt du, was es war?“

Und ohne eine Antwort von Brun abzuwarten: „Der Kerl hat seine Kinder angeschleppt. Er sagte, es sei eine Frage der Zeit, bis er auffliege. Irgendjemand habe Verdacht geschöpft. Du weißt, was man in diesen Ländern mit Verrätern und ihren Familien macht. In den Augen ihrer Leute sind sie Hunde und haben wie Hunde zu sterben. Bloß mit etwas mehr Schmerzen. Ich hatte einen Tag und zwei Nächte schlafloser Reise hinter mir. Es kam mir vor, als hätte ich die ganze verdammte Strecke zu diesem letzten Treffen auf den Knien zurückgelegt. Was ja teilweise auch stimmte. Ich komme also dahin. Todmüde, hungrig, schmutzig und mit dem einzigen Wunsch, da so rasch wie möglich wieder rauszukommen. Und dann steht der Kerl da mit seinen beiden Kindern. Kannst du dir das vorstellen? Der Mann steht da und weint Sturzbäche. Die Kinder weinen nicht. Ich weiß noch, dass ich dachte, sie seien es, die weinen müssten. Aber sie starrten mich einfach an. Zwei und vier Jahre alt. Der Junge konnte noch nicht mal richtig auf den Beinen stehen. Erst viel später habe ich begriffen, dass sie nicht weinten, weil sie noch viel erschöpfter waren als ich. Der Vater war seit drei Tagen mit ihnen unterwegs gewesen. Von Versteck zu Versteck. Sie hatten weder geschlafen noch gegessen. Er hat gesagt, die ersten zwei Tage hätten sie geweint. Dann nicht mehr. Sie hatten nicht mehr die Kraft gehabt. Ich habe ihn nach der Mutter gefragt, nach seiner Frau. Er sagte, sie sei dort geblieben in dem, was von ihrem Stützpunkt noch übrig war. Er sagte, wären sie alle zusammen weg, dann hätte man sie gesucht. Seine Frau hielte die Fassade aufrecht, solange es ging. Würde erzählen, er sei krank, die Kinder auch. Irgendwann würde man Fragen stellen. Wenn sie Glück hätten erst, wenn er wieder zurück sei. Dann könnten sie zusammenbleiben. Es war egal, sagte er. Alles. Hauptsache, die Kinder wären in Sicherheit."

Piet verstummte. Brun schluckte etwas hinunter. Es war schwer.

„Du fragst mich, ob ich zweifle, Carl", fuhr Piet schließlich fort. „Ich habe seither nie mehr an irgendwas gezweifelt. Nichts war es mehr wert, darüber ins Wanken zu geraten, seit jener Nacht. Alles erschien mir leicht von da an. Provisorisch und unwichtig – egal, wie ich mich entschied."

„Aber damals war es anders." Brun stellte keine Frage, stellte bloß fest.

„Du weißt es, Carl. Du hast es erlebt. Du hast *mich* erlebt, als ich zurückgekommen bin."

„Du warst nicht sicher."

„Kannst du dir das vorstellen?" Piet sprach leise, flüsterte fast, und doch klang es, als würde er brüllen. „Ein Vater vertraut mir seine Kinder an. Opfert sich und die Mutter, damit die beiden eine Chance haben. Nicht mehr, verstehst du? Nur eine Chance. Und ich? Ich habe sie genommen und mich mit ihnen an die libysch-tschadische Grenze durchgeschlagen. Etwas, das mal ein großes Dorf gewesen war. Ich habe dort Leute gekannt. Es waren nur noch ein paar übrig. Dort habe ich die Kinder hingebracht. Und bin reingekommen. Zurück. Wollte weitermachen. Verstehst du? Ich wollte einfach weitermachen. Ich hatte den Leuten Geld gegeben. Mich freigekauft. Wollte glauben, das reiche. Ich hätte getan, was nötig und möglich gewesen war. Eine Chance."

„Dann bist du gegangen."

„Ich musste gehen. Ich hätte sonst nie mehr was ausgehalten. Am wenigsten mich selber. Ich wollte leben."

„Und dann?"

„Ich war mit den Kindern ein Jahr lang unterwegs. An der Grenze zum Sudan entlang nach Ägypten. Von dort rüber nach Saudi-Arabien. Das Geld reichte bis Abu Dhabi. Dort habe ich bei einer militärischen Einheit angeheuert, die damals Zayid direkt unterstellt war. Sechs Monate für ein Gehalt, mit dem man hier locker fünf Jahre gut leben kann."

„Und die Kinder?"

„Damals erschien mir Abu Dhabi wie eine große permanent stationierte Einheit der Legion. Mit dem Unterschied, dass da auch Frauen und Kinder waren. Über 90 Prozent der Leute waren Ausländer. Wieviele davon nicht ihren echten Namen trugen, lässt sich nur vermuten. Abu Dhabi patria nostra. Naja – vielleicht übertreibe ich auch und es kam mir nur so vor. Jedenfalls konnte man da alles kriegen, und ich fand kurz nach unserer Ankunft Leute, die sich um die beiden kümmerten in dieser Zeit. Ein Paar, das selber bereits zwei Kinder hatte. Engländer."

„Wie hießen sie?"

„Die Leute?"

„Die Kinder."

„Samia und Hilmi Mezoued bin Chalid. Damals. Heute Samia und Hilmi Persson."

„Schwedisch? Du hast sie nach Schweden gebracht?"

„Ja."

„Warum?"

„Ich weiß nicht genau. Ich wollte das richtig machen mit den beiden. Wollte auf Nummer Sicher gehen. In die Schweiz konnte ich nicht kommen. Schweden erschien mir richtig. Ein Kinderland. Bullerbü. Frag' mich nich. Außerdem musste ich zusehen, selber auch wieder einen Fuß auf den Boden zu kriegen in Europa. Ich hatte keine Lust, den Rest meiner Tage in Abu Dhabi zu verbringen."

Piet verstummte.

Brun hätte gern weiter gefragt, den Rest der Geschichte, die ihr vorläufiges Ende hier in diesem Auto hatte, erfahren. Er tat es nicht. Wie er selber, war Piet nicht einer, der viel sprach. Das eben war für einen Menschen, der dem Grundsatz huldigte, wonach Schweigen das am schwierigsten zu widerlegende Argument sei, viel. Und wenn er ehrlich war, den Blick über den flachen Rand der Neugier erhob, dann wusste er, dass es auch für ihn selber viel war. Genug jedenfalls. Der Abstand war kurz geworden. Noch war ein Ausweichen möglich. Ein Aushalten. Begegnung und nicht Kollision.

Fast erschrak er, als Piet erneut sprach:

„Wenn du mich also fragst, ob ich zweifle – und ich gehe davon aus, dass du den Job meinst –, dann sage ich: Nein. Klar, ich habe nachgedacht, hin und her überlegt, bevor ich mich entschieden habe. Aber Zweifel, Carl, hatte ich – wie gesagt – seit damals nie mehr. Versteh' mich nicht falsch. Ich halte mich nicht für unfehlbar oder so. Aber es ist nicht so wichtig, verstehst du? Möglich, dass eine Entscheidung wie diese hier falsch ist. So what? Es geht nicht um Leben oder Tod. Das tut es doch eigentlich nie, oder? Was ist also das Schlimmste, das passieren kann? Dass ich auffliege? Dass du deinen Job verlierst? Dass wir einem Phantom aufsitzen? Falsch liegen? Ich sage nur: So what? Dann heißt's halt Geld zusammenkratzen und irgendwo wieder an den Start gehen. Das macht mir keine Angst. Dir?"

„Nein."

„Gut."

Brun setzte den Blinker und verließ die A3 Richtung Basel-Frick. Kein Niederschlag mehr jetzt. Das im Spiegel des nassen Asphalts verdoppelte Blinken der Ampeln im Nachtmodus die einzige Art Leben um sie her. Die Welt war schwarz und orange. Das Blau der Ortstafel von Frick vor dem Kreisel war grau.

Sie bogen links in die Geissgasse ein, die nach ein paar hundert Metern in die Maria-Teresia-Gasse überging. Das Haus, ungefähr in der Hälfte der Straße, lag linkerhand umgeben und versteckt von altem Baumbestand. Brun hatte darauf verzichtet, den Code für das Tor über das Handy zu aktivieren, und stieg jetzt aus, um es von Hand zu öffnen. Auch Heizung, Strom und Wasser würde er auf diese Art in Betrieb nehmen. Es war nicht nötig, irgendjemanden in Bern eher als nötig darauf aufmerksam zu machen, dass das Haus nicht länger leerstand.

Die schmiedeeisernen Stangen schienen sich eisig in seine Haut zu brennen. Piet war auf den Fahrersitz rübergerutscht und fuhr jetzt an ihm vorbei durch das Tor und vor das Haus. Die Lichter hatte er ausgeschaltet. Ebenso die Innenbeleuchtung des Autos, die automatisch angegangen war, als Brun die Tür geöffnet hatte.

Brun konnte sich ein Grinsen nicht verkneifen.

Er ging die kiesbestreute kaum merklich ansteigende Einfahrt hinauf zum Wagen.

Piet war bereits ausgestiegen.

„Peter Keller sollte sich sehr schnell angewöhnen, wie ein ganz normaler Mensch nach Hause zu kommen und nicht wie ein militärisches Sonderkommando beim verdeckten Nachteinsatz anzurücken."

„Schon gut", antwortete Piet. „Sobald Peter Keller allein, in Anzug und Schlips und in seinem eigenen Wagen zu einer zivilisierten Zeit – und nicht morgens um halb drei – hier ankommt, wird es ihm ein Vergnügen sein, dies in perfekter Ausleuchtung zu tun. Aber jetzt, mit dir …? Was würden die Nachbarn denken?"

„Du hast keine Nachbarn."

„Und was ist mit den Häusern, an denen wir vorbeigefahren sind?"

„Alles Geschäftsliegenschaften. Du brauchst dir also keine Sorgen über irgendwelchen Tratsch zu machen. Egal ob schlüpfrig oder nicht."

Brun ging Piet voraus zum Eingang, der im Schatten unter einem auf zwei Sandsteinstützen ruhenden Vordach lag. Eine Art Windfang mit Bleiglasfenstern auf zwei Seiten. In der Dunkelheit war nicht auszumachen, ob sie bemalt waren.

Als Brun die Tür aufschloss und das Haus betrat, war die Kälte drinnen, die sich ganz und gar von jener draußen unterschied, nicht etwas, das ihm entgegenschlug. Vielmehr war sie hart, etwas, das der Veränderung, die ihr Eintreten bewirkte, Widerstand entgegensetzte.

„Kann man dieses Mausoleum heizen?", kam es von Piet, der hinter ihm eingetreten war.

„Mir reicht's schon, wenn ich die Alarmanlage aus- und das Licht einschalten kann, ohne dass irgendwo in Bern ein Lämpchen aufleuchtet. Komm, hilf mir mal mit dem Licht."

Brun drückte Piet seine Maglite in die Hand. Unmittelbar an die Tür und den engen Eingangsbereich schlossen sich vier mit beigem Teppich bespannte Stufen an. Der Strahl der Stablampe erklomm sie vor Brun her hüpfend und schien sich dann zu verlieren. Als träten sie ins buchstäbliche Nichts ein.

Brun bewegte sich sicher. Er kannte das Haus von zahlreichen Einsatzvorbereitungen, Meetings und Ermittlungen. Zielstrebig ging er am Rand des Lichtstrahls voran. Piet folgte ihm und sah, dass das, was hier das Entree darstellte, eine Halle war. Sie erschien ihm riesenhaft. Er zählte sechs Türen, die von ihr abgingen. Derselbe Teppich wie auf den Stufen zuvor. Linkerhand zwischen zwei Türen ein Kamin vom Format eines Gartenhauses, der noch mehr Kälte zu verbreiten schien.

Brun war auf der gegenüberliegenden Seite des Raums verschwunden. Etwas quietschte, und Piet ging auf das Geräusch zu. Brun hatte eine Mini-LED-Lampe zwischen den Zähnen und fuhr mit der behandschuhten Hand an den Rändern eines Kastens entlang. Er war verschlossen. Das Quietschen war von dem Versuch hergekommen, ihn zu öffnen. Offenbar ohne Erfolg.

„Gib mir mal dein Diensthandy", forderte er Piet auf.

Er reichte es ihm, und Brun drückte es sich ans Ohr, ohne mehr als zwei Tasten gedrückt zu haben.

„Schnellwahl", sagte er. „Im Notfall immer die eins: Das ist Lorenz."

„Lorenz?" Piet klang ungläubig. „Der Asperger-Junge ist euer Trouble-Shooter?"

Brun lachte auf: „Unterschätz‘ ihn nicht, Piet. Wenn alle Stricke reißen und gar nichts mehr geht, dann holt Lorenz dich raus. Egal, wo. Und das ganz ohne soziale Interaktion.“

Bevor er weiterreden konnte, wurde am anderen Ende abgehoben: „Lorenz – hey. Ja, wir sind jetzt da. Kannst du den Sicherungskasten orten? Ich weiß nicht, ob das Teil seit meinem letzten Besuch hier elektronisch verriegelt worden ist. Kannst du das mal überprüfen? Ich habe keine Lust, bereits nach zwei Minuten einen stillen Alarm auszulösen. Gut. Dann können wir es also getrost sprengen, ist das so? Bleib dran.“

Brun ließ das Handy in seine Jackentasche gleiten, ohne die Verbindung zu unterbrechen. Aus einem Multifunktional-Tool schnappte etwas Klingenähnliches heraus, und er ließ es durch den Spalt zwischen Rahmen und Tür des Kastens gleiten, bis er auf Widerstand stieß. Nach wenigen Sekunden öffnete sich das, was jetzt definitiv als Stromtableau zu identifizieren war. Wieder holte er das Handy hervor. „Ich mach jetzt ein Foto und schick‘ es dir auf den Bildschirm. Vielleicht sind es auch zwei.“

Piet leuchtete den Sicherungskasten, der groß und in seiner klaren, geradezu einfachen Strukturiertheit gefährlich komplex wirkte, aus. Keine farbigen Drähte, keine blinkenden Dioden, bloß sauber beschriftete Kippschalter.

Bruns und Piets Blick trafen sich im Blenden der Lampe: „Und jetzt?“, fragte Piet.

„Warten. Lorenz wird das System jetzt aus dem Sicherheitssystem des NDB herauslösen, damit wir uns hier aufhalten und arbeiten können.“

„Und die merken das nicht, wenn das Objekt einfach so verschwindet?“

„Es verschwindet ja nicht. Es ist immer noch da – als Fassade. Alles ganz normal. Eine Art elektronisches Standbild. Es wird erst dann heiß, wenn sie auf einzelne Funktionen des Hauses zugreifen wollen. Auf die Kameras, die Alarmanlage, die Heizung et cetera. Erst dann würde man merken, dass die Chose aus Pappe ist. Aber hoffen wir mal das Beste.“

„Und was ist mit unserem Eintreffen von vorhin? Ich habe sechs Kameras gezählt vom Tor bis zum Eingang.“

„Same procedure – Lorenz fügt für die paar Minuten ein Standbild ein.“

Piets Handy in Bruns Jackentasche klingelte.

„Ja – Lorenz, was gibt‘s. Bist du schon soweit?“

Piet beobachtete, wie Bruns Stirn sich furchte.

„Was?“, blaffte dieser in die Leitung. „Jez hat sich gemeldet – ja und? Meinetwegen kann sie auch eine Postkarte schicken. – Dringend? – Ich sag‘ dir jetzt mal, was dringend ist, Lorenz. Es ist drei Uhr in der Früh, wir frieren uns hier im Dunkeln unsere besten Teile ab und …“

Offenbar hatte Lorenz ihn unterbrochen, denn Brun verstummte abrupt.

Dann: „Von wo aus ruft sie an? – Geklautes Handy. Bravo! – Okay, stell sie durch.“

Piet hatte die Taschenlampe gesenkt, ihr Strahl von der Stärke eines Autoscheinwerfers schlug jetzt auf dem Boden auf. Fast tat es ihm leid um die sinnlos vergeudete Kraft. Die Regung jedoch, Bruns Gesicht und Mimik aus dem Bereich des für ihn Sichtbaren zu entfernen, war stärker. Etwas in der Qualität seines Ausdrucks, seiner Stimme, sogar seiner Wortwahl hatte sich verändert. Das nüchtern Professionelle war für Sekunden zur Seite getreten und hatte den Blick freigegeben auf etwas, das fernab von Kameradschaft, Pflicht, Disziplin und Loyalität seine Quelle hatte und das sich nicht an Ziele, Zwecke oder einen Nutzen binden ließ.

Piet drehte sich um die eigene Achse, kehrte Brun den Rükken zu und ließ den Lampenstrahl wieder frei. Ließ ihn durch die Halle wandern, die bis auf zwei puppenhaft klein anmutende Stühle in sich gegenüberliegenden Ecken leer war. Leer waren jetzt auch seine Gedanken. Das Gesehene floss ab. Neues entstand. Das war gut. Das war seine Art, zu überleben. Weiterzumachen.

Als er hörte, dass Brun das Gespräch beendete, wandte er sich ihm wieder zu:

„Wenn wir mit unseren Vermutungen richtigliegen, dann werden mich diese Leute durchchecken, Carl. Und dann werden sie früher oder später rauskriegen, was das hier für ein Haus ist und wem es gehört."

„Nicht, wenn sie keine internen Quellen anzapfen können. Die Legende dieses Hauses ist seit Jahren sicher. Wenn also irgendjemand von außerhalb sie knackt, dann können wir davon ausgehen, dass der Tipp aus unseren eigenen Reihen kommt."

„Dann bin ich ja beruhigt." Und nach einer kurzen Pause: „Alles klar bei dir, Carl?"

„Könnte nicht besser sein."

17.

New York, Auferstehungskirche, Amsterdam Ave. – W 107th Street

Jezreel hatte gehört, wie Lorenz die Verbindung auf Halten gelegt hatte, um Brun zu kontaktieren.

Sie wartete. Sie wartete seit einer Ewigkeit. So kam es ihr vor. Normalerweise dauerte es nicht so lange. Kurz streifte sie der Gedanke, dass Brun sie hängenlassen könnte. So wie sie ihn. Sie ließ dem Gedanken keine Zeit, sich niederzulassen. Scheuchte ihn aus der Wärme ihrer Wahrnehmung heraus. Nie und nimmer! Sie war aus Bagdad, Kabul und Mogadischu rausgekommen. Allein, kaum noch am Leben zwar. Aber raus. Das hier war New York!

Land of the free.

Sie wusste, dass sie in Vergangenem verharrte, wenn sie so dachte. Die Achse des Guten hatte sich verschoben. Sie war nicht mehr x oder y in einem einfachen zweidimensionalen Weltbild. Die Achse war z geworden, hatte sich aus dem bekannten Koordinatensystem und in die Tiefe verschoben.

„Us and them“ bezog sich längst nicht mehr auf Landes- und Staatsgrenzen, sondern hatte die Welt als ganze zerteilt in ein Oben und ein Unten. Die logische Konsequenz aus der Verschiebung: Das sogenannt Böse war alles, was diese Ordnung gefährdete, und musste im bloß noch scheinbar vorhandenen Inneren ebenso ausgemerzt werden wie in der nur noch auf Papier aufrechterhaltenen Scheindimension des Draußen. Feind war, was sich querstellte. In Frankreich, Griechenland, Deutschland und Ungarn genauso wie in den Vereinigten Staaten von Amerika.

Der Feind war sie. Jezreel Vidali. Der Feind war Nik Horn. Und es war davon auszugehen, dass es keine Rolle spielte, ob sie hier in New York war oder zu Hause in der Schweiz. Sie war der z-Achse zu nahe gekommen. Darauf lief es hinaus. Begrifflichkeiten wie jene der Fremde oder des Vaterlands waren bloß noch ein Haufen in die scheinbare Klarheit von Worten gepackter Abstrakta. Pappkrücken für den Pöbel.

Us and them.

Sie versuchte, ihre Sitzposition zu ändern. Das Holz der Kirchenbank schien in ihr Rückgrat zu wachsen. Noch immer war sie allein in der Kirche, in der die Nacht sich über Wasser hielt. Die Flamme der einzigen dünnen Kerze vorne neben dem Altar mehr Irrwisch denn Lichtquell.

Sie hing noch immer in der Schlaufe, prüfte die Zeitanzeige des Handys. Zwei Minuten erst. Trotzdem.

Davor eine Stunde, die auf gefühlte 30 Sekunden geschrumpft war, noch während sie gedauert hatte. Horn auf dem Boden des Bads. Das jähe Gefühl, als würden Atem und Blut in ihrem Brustraum verklumpen, hatte den Rest ihres Körpers taub werden lassen. Sie hatte die Möglichkeit einer Ohnmacht angenommen. Das konnte passieren. Dann hatte es sich aufgelöst, war geflossen. Sie war in Bewegung gekommen, noch bevor ihre Gedanken gleichauf gewesen waren. Rüber in den Wohnraum der Suite, Handschuhe anziehen, zurück ins Bad. Horns Stimme im Kopf: „Ich habe mich verändert.

Außer dem hier habe ich fast allem abgeschworen."

Das ist vorbei.

Die Gästetoilette.

„Jez – wo sind Sie?"

Bruns Stimme riss sie aus den Gedanken. Sie wollte antworten, es kam kein Ton. Als wär' sie unter Wasser. Sie schnappte nach Luft.

„Immer noch in New York." Sie sprach leise. „Zur Zeit in einer Kirche." Sie gab Namen und Koordinaten durch.

„Was ist passiert?"

„Ich habe Horn getroffen. Gestern abend. Jetzt ist er bestenfalls auf dem Weg in ein Krankenhaus und am Leben. Sieht nach einer Überdosis aus."

„Und?"

„Es kann nicht sein, Brun. Er hat mir vor nicht mal zwölf Stunden erklärt, er habe damit aufgehört. Es klang überzeugend. Wir haben mehrere Stunden zusammen über den Unterlagen gesessen – keine Aussetzer während dieser Zeit. Auch kein übermäßiger Alkoholkonsum. Und vor allem: Was er mir von Nukleus erzählt hat, ist tödlicher als aller Stoff der Welt. Außerdem sieht es so aus, als habe er vor seinem Tod Prügel bezogen. Und zwar so, dass man es fast nicht sieht. Die waren gut.“

„Hatten Sie noch andere Kontakte?“

„Sam.“ Und Bruns nächste Frage vorwegnehmend: „Ja – dieser Sam. Der Kerl heißt Samuel Weidmann, ist Banker und steht außerdem auf der Payroll eines nationalen Dienstes. Er war unter anderem auf Horn angesetzt. Ich gehe davon aus, dass man ihn nach unserem Treffen einer Befragung unterzogen hat. Anders kann ich mir die ganze Sache nicht erklären. Zu Horns Hotel ist mir niemand gefolgt.“

Sie verstummte. Hinter sich hörte sie Schritte. Sie drehte sich um und stellte fest, dass sie nicht länger allein war in der Kirche. Lose verteilt in den dunklen Bankreihen saßen schwarze Gestalten. Weitere kamen den Gang entlang. Alle – die sitzenden ebenso wie die gehenden – auf eine Art kauernd, die von altem Leben sprach. Der große Raum der Kirche schien jetzt noch leerer als zuvor. Verlassener. Sie hätte sie hören müssen.

„Hören Sie, Brun: So wie‘s aussieht, beginnt hier gleich ein Gottesdienst.“ Sie sprach noch leiser.

„Geben Sie mir eine Stunde Zeit. Wir holen Sie da raus, Jez.“

„Eine Stunde?“, echote sie. „Wie wollen Sie in *einer* Stunde …?“

„Ein paar Leute sind mir noch einen Gefallen schuldig.“

„Okay“, sagte sie nur. Dann: „Gleich hier ums Eck ist eine Jugendherberge. Ich werde mal sehen, ob die noch was frei haben. Ich warte dort auf Ihren Anruf.“

„Gut. Und besorgen Sie sich ein neues Handy. Dieses wird – soll ich Lorenz‘ Andeutung über die Art der Beschaffung Glauben schenken – eher früher als später gesperrt.“

„Danke für den Tipp. Die neue Nummer kommt per SMS."

Brun ging nicht auf den Spott ein. „Gut", sagte er nur. Dann wurde die Verbindung unterbrochen.

Jez öffnete das Handy, nahm Akku und Netzkarte raus und legte die Einzelteile neben sich auf die Bank. Das Gehäuse ließ sie in ihre Handtasche gleiten. Dann stand sie auf und ging zum Ausgang. Als sie vom Dunkel des Kirchenschiffs in den winzigen Vorraum trat, setzte Orgelmusik ein. Es klang, als hätte man sie zurechtgestutzt. Zugeschnitten auf die dimensionale Nicht-Größe des anbrechenden Tages in einer fast leeren Kirche. Sie kam vom Band.

Es ging gegen zehn, als sie aus der Kirche trat.

18.

Kopenhagen, Library Bar des Plaza-Hotels

Der Raum dünstete kaum hörbaren Jazz aus. Roch danach, spielte auf der Klaviatur seiner Farben – auch wenn Jean-Pierre Lund nicht hätte sagen können, woran er diesen Eindruck festmachte. Es war eben nur ein Eindruck. Ebenso wie die deutliche Empfindung, die ihm sagte, hier drin sei seit der erstmaligen Türöffnung im Jahr 1914 nichts, aber wirklich nichts, verändert worden.

Er mochte solche Orte nicht. Mied sie und jene, die sie frequentierten. Zu schwer, zu träge die ganze Chose, sagte er sich. Wäre er der Spur seiner eigenen gedanklichen Aussage gefolgt, hätte er sich hinter der nächsten Biegung an einer Stelle wiedergefunden, an der sich die Wahrheit enthüllt und sich ihm bloß präsentiert hätte. Jene Wahrheit, die sagte, nicht die anderen seien zu schwer, sondern er zu leicht. Was er als träge bezeichne, sei die überlegte und überlegene Gangart jener, die durchhielten, etwas erschafften, im Gegensatz zu ihm, der sich inhalts- und ziellos von einer kurzlebigen Schaumkrone Brackwassers zur nächsten treiben ließ.

Nein – dieser Spur folgte er nicht. Er zog es vor, früher abzubiegen auf jenen Pfad, der ihn bergan führte bis zu dem Punkt, aus dessen Höhendistanz alles da unten flach erschien und sich glich.

Auch jetzt, als er die Library Bar betrat, diese Welt aus Holz und Leder und Teppich, hangelte er sich nach oben, versuchte, die vertraute, Sicherheit bietende Warte des Über-allem-Stehens zu erreichen.

Bis auf die nervtötend herumtobenden Töne des Saxophons war die Bar leer um diese Zeit. Die Wut traf ihn unvorbereitet. Noch auf der Schwelle der schmiedeeisernen schmalen Doppeltür stehend hätte er am liebsten kehrtgemacht. Oder getobt: Weil man ihn zwang, hierher zu kommen. Weil die Leere der

Bar – mehr noch, als wenn Menschen sie bevölkert und ihm Schutz geboten hätten – ihn lachend zurückwarf auf die eigene wahre Dimension. Weil sogar die Musik ihn zu verhöhnen schien. Er ignorierte das Willkommenslächeln der Barfrau und ging auf eine der Sitznischen an der hinteren Wand zu. Die Bestellung nicht gleich beim Eintreten an der Bar aufzugeben und der Frau so einen Gang zum Tisch zu ersparen, verschaffte ihm etwas Linderung.

Die Bedienung trat, ein Silbertablett mit Oliven und Brötchen auf der Hand, an den Tisch heran, kaum dass er sich gesetzt hatte. Er bestellte einen Malt Whisky, den er noch nie getrunken, von dem er aber gehört hatte, er sei nicht nur das Teuerste, sondern auch das Beste, das es für Kenner und Liebhaber gebe. Kein „Bitte", kein „Danke" seinerseits. Stattdessen reichte er ihr Mantel und Schal und hieß sie, die Sachen an der Garderobe zu deponieren. Auch das half ein wenig. Ihr Lächeln, hätte er es denn gesehen, hätte die Blase platzen lassen. Indes: Er hatte anderes zu tun. Seine Uhr sagte ihm, dass noch fünf Minuten Zeit bis zum vereinbarten Termin übrig seien. Zeit genug, um zumindest gefühlsmäßig aus dieser Scheiße hier rauszukommen. Er wühlte mit sich steigernder Hast in seinen Anzugtaschen auf der Suche nach dem Briefchen, das er, als hätte er die Situation kommen sehen, auf dem Weg hierher erstanden hatte. Aus Langeweile, aus Übermut, aus weiser Voraussicht. Kluger Junge. Schon die Aussicht auf die Erleichterung ließ ihn ein paar hundert Höhenmeter hinter sich bringen. Er ertastete den glatten kühlen Schnipsel. Nochmals hundert Meter. Schon überlegte er, ob er es sein lassen sollte. Warum eine Line reinziehen, wenn allein die Möglichkeit, es zu können, ihn runterholte? Er stand auf – für das Geplänkel mit sich selbst über das Für und Wider, des Könnens und Müssens, reichte die Zeit nicht.

Als er von der Toilette in der Lobby zurückkam, hatte sich jemand auf den zweiten Stuhl an seinem Tisch gesetzt.

Diesmal keine Wut – stattdessen Heiterkeit. Am liebsten hätte er laut aufgelacht. Was sich dort scheinbar nur mit Hilfe eines Zweireihers aufrecht hielt und in einer Tasse Tee rührte, war garantiert schon bei der Eröffnung der Bar alt gewesen. Die Tatsache, dass er mit großer Wahrscheinlichkeit den demenzverzerrten Phantasien eines Scheintoten auf den Leim gegangen war, mochte nicht mal die Regung von Ärger in ihm auszulösen. Größe angesichts eigener Fehlbarkeit, hätte er gesagt. Die Wahrheit war banaler: Erleichterung.

Er ging hinüber zum Tisch. Kaum fühlte er den Teppich unter den Sohlen. Er wurde getragen. Hoch. Hoch über alles hinaus.

Der Alte machte keine Anstalten, aufzustehen oder ihn zu begrüßen, als er an den Tisch trat. Er rührte bloß weiter in seinem Tee. Jean-Pierre Lund erwartete halb, die Hand, die einmal vor langer Zeit eine Pranke gewesen sein musste, zittern zu sehen. Sie tat es nicht. Auch nicht die Stimme oder der Blick, die ihn trafen wie etwas, das mit Druck, kalt und schneidend aus unerwarteter Richtung hervorschoss. Geräuschlos fast, aber blendend.

„Sie sind spät, Lund. Setzen Sie sich."

Noch bevor Jean-Pierre Lund etwas sagen konnte, trat die Bedienung an den Tisch und setzte ihm ein kleines Silbertablett mit Kännchen, Tasse und Konfekt vor.

„Ich habe mir erlaubt, Ihnen einen Kaffee zu bestellen", kam es von seinem Gegenüber. „Für das folgende sollten sie einen klaren Kopf haben, wenn Sie daran verdienen wollen. Gut verdienen, meine ich."

Lund wusste nicht, wie ihm geschah. Der rüde und frisch aufgeputschte Teil seiner selbst lachte noch immer. Irgendwo in sich hörte er das kreischendkranke Wiehern des in dünne Luft vordringenden Bewusstseins. Hoch, höher. Das da unten ging ihn einen Scheißdreck an. Der andere Teil indes, der, den er normalerweise erfolgreich unten ließ, den er versenkte, ertränkte, bis er außer Sicht- und Hörweite war, beherrschte diesmal die Szenerie, hielt ihn unten, ließ ihn unter der schieren Wucht des Blicks und der Stimme des Alten klein und kleiner werden. Er bäumte sich auf mit dem wenigen, das ihm zur Verfügung stand:

„Bringen sie mir noch einen Whisky“, schnauzte er die Frau an, die bereits im Gehen begriffen war. Mit einem kaum wahrnehmbaren Knicks gab sie ihm zu verstehen, dass sie ihn gehört hatte.

Wenigstens das.

Der Alte zeigte keinerlei Reaktion. Er hatte sich in das dunkelrot gewaffelte Leder des Stuhls zurückgelehnt, die Ellbogen auf den Armstützen, die Hände vor dem Gesicht verschränkt. Er schien zu warten. Reglos. Erst als die Bedienung mit Lunds Whisky gekommen und wieder gegangen war, hob er den hellen grauen Blick und fixierte sein Gegenüber.

Währenddessen hatte der auf Minimal- und Echtmaß reduzierte Lund, der jetzt die Oberhand hatte, Papier, Stift und Aufnahmegerät aus der am Boden stehenden Schultertasche genommen. Als er aufsah, glaubte er, ein Lächeln hinter den schützenden Greisenhänden hervorblitzen zu sehen, und hasste sich für das Bedürfnis, diesem gerontologischen Rest von Mensch gefallen zu wollen. Er stürzte den Whisky hinunter. Die Bedienung war nirgends zu sehen. Er brauchte Nachschub. Wenigstens das.

Seine ausfransende Wahrnehmung wurde von der leisen deutlichen Stimme des Alten unterbrochen.

„Bringen wir‘s hinter uns. Ich glaube, weder Sie noch ich legen gesteigerten Wert auf ein Zusammensein, das sich zeitlich über das Notwendige hinaus ausdehnt. Hören Sie einfach zu. Ich erzähle Ihnen eine Geschichte. Anschließende Fragerunde gibt‘s nicht. Weder zum Inhalt des Gesagten, noch zu meiner Person. Was Sie daraus machen, ist allein Ihre Sache. Für den Fall, dass Sie es vorziehen, nichts zu tun, führe ich ein weiteres Gespräch mit jemandem aus Ihrer Zunft am kommenden Montag. Sie haben also vier Tage Zeit.“

Ein Schatten fiel auf den Tisch. Jean-Pierre Lund hatte niemanden sich nähern gesehen oder gehört und zuckte zurück, als er der Gestalt neben sich gewahr wurde. Dann beruhigte er sich wieder. Grinste über die eigene Schreckhaftigkeit. Das musste die Ablösung der Frau sein von vorhin. Persönlich fand er allerdings, der Kerl gehöre eher in ein Museum für prähistorische Rassenkunde als in die Bar hier. Immer noch grinsend hob er dem Mann seinen Tumbler entgegen. Zeichensprache würde der Halbaffe sicher verstehen.

„Herr Lund – wenn Sie kurz aufstehen würden."

Ebenso erstaunt darüber, dass das Ding – wenn auch mit starkem Akzent – sprechen konnte, wie über die Tatsache, dass es ihn mit Namen ansprach, schnellte Lund auf die Beine. Sie waren allein in der Bar. Von der Bedienung war weit und breit nichts mehr zu sehen.

Sein Blick schnellte zu dem Alten hinüber und zurück zu dem Kerl. Hin und her, immer wieder, die Pupillen geweitet, die Atemfrequenz zu einer Art Hecheln gesteigert.

„Was soll das, verdammt?", brachte er endlich heraus. Seine Gedanken liefen Amok. Es musste am Stoff liegen. Er hatte auf die Schnelle bei irgendeinem Kerl gekauft, den er nur vom Sehen kannte. Das Zeug musste aufs grausigste gestreckt sein, anders konnte er sich das hier nicht erklären. Ein Scheiß-Paranoia-Flash, er musste raus hier, raus an die Luft. Atmen.

Anstatt frischer Luft spürte er als nächstes Hände vom gefühlten Format zweier Tennisschläger sich auf seine Schultern legen und ihn in den Stuhl zurückdrücken. Von weither die Stimme des Alten, die etwas von Wasser sagte. „Der kippt sonst gleich weg." Die Hände wurden leichter, blieben noch eine Weile auf seinen Schultern liegen, wie um sicher zu gehen, dass er sitzen bleibe, sich aus eigener Kraft aufrecht halte. Dann waren sie weg. Er saß da, vor sich seinen Block, den Stift, das Aufnahmegerät. Vis-à-vis der Alte. Als wäre nichts geschehen.

„Und ich hatte gedacht und mir einreden lassen, ein verfügbares Minimalmaß an Intelligenz würde es Ihnen ermöglichen, zu erkennen, dass das hier kein Witz ist, Lund. Nicht zu Ihrer oder meiner Unterhaltung arrangiert. Herrgott – reißen Sie sich zusammen! Oder noch besser: Hauen Sie ab", sagte der Alte gerade, als der andere erneut neben ihm auftauchte. Diesmal ein Glas Wasser in der Hand haltend, das er vor den nassgeschwitzten Schreiber hinstellte.

„Trinken Sie“, befahl der Alte.

Lund trank.

„Und jetzt stehen Sie auf.“

Lund stand auf.

Kaum war er auf den Beinen, tastete ihn das Ostblock-Exponat ab. Er merkte kaum etwas davon, dass dieser die beiden Handys aus seiner Jackentasche holte, und war erstaunt, als er die Dinge plötzlich auf dem Tisch vor sich liegen sah.

„Ist das alles?“, fragte der Alte.

„Scheint so“, kam die Antwort aus der Höhe hinter Lund, wo der Kerl seinen Mund haben musste.

„Schaffen Sie‘s weg. Die Tasche auch.“ Und an Lund gewandt: „Sie erhalten Ihre Sachen selbstverständlich nach unserem Gespräch zurück.“

„Vielen Dank auch“, presste Lund hervor. Seine Stimme hätte den Kenner an einen im Stimmkopf eines Vogels erzeugten Laut erinnert: Lund war zu nicht mehr als einem Krächzen in der Lage.

Der Alte ging nicht auf Lunds verwitterten Restsarkasmus ein. Stattdessen: „Letzte Chance, Lund. Wenn Sie gehen wollen, dann hauen Sie ab. Jetzt.“

„Was?“ Wieder so ein poröser Laut.

„Sie verstehen schon richtig. Ich glaube nicht, dass Sie der Richtige sind für das hier. Mein Mitarbeiter wird Ihnen in der Lobby Ihr Zeug aushändigen. Nun machen Sie schon und verschwinden Sie.“

Lund setzte sich in seinem Stuhl auf. Noch fühlte er das kalte Nass auf der Stirn und in den Achselhöhlen. Sein Kopf indes war klar. Das Brennen im Magen schrieb er dem Whisky zu.

„Und jetzt hören Sie mir mal zu: Sie haben gerufen. Ich bin gekommen. Und mit Verlaub: Ich habe vor, diesen Ort erst nach Ihnen zu verlassen. Ich verstehe zwar immer noch nicht, was das hier soll, und ich weiß nicht, ob ich es verstehen werde, wenn Sie Ihre Geschichte erzählt haben. Aber jetzt bin ich neugierig und werde mir die Chance, diese Neugier zu befriedigen, nicht dadurch versauen, dass ich auf Ihr Geheiß hin abhaue. Ich denke mal, damit können Sie leben. Und Ihr Vorzeitmensch hoffentlich auch."

„Wie Sie wollen. Vier Tage, Lund. Nicht mehr."

Es klang wie eine Drohung, und Jean-Pierre Lund zog es vor, nicht darauf zu antworten. Noch hatte er genug damit zu tun, die fadenscheinige Fassade minimaler Selbstkontrolle aufrechtzuerhalten vor dem Chaos seiner Gedanken, die sich um die Erkenntnis drehten, dass man ihn möglicherweise schon seit Tagen beschattete. Seit Wochen. Er versuchte, nicht daran zu denken, nicht erneut in Empörung auszubrechen, die im Grunde nichts als fadenscheinig verhüllte Panik war.

Die Stimme seines Gegenübers holte ihn aus der sich gegen seinen Willen immer schneller drehenden Spirale heraus. Und er hörte zu, als ginge es um sein Leben.

„Ich werde ein bisschen ausholen müssen. Sehen Sie es mir bitte nach", begann der Alte. Jetzt wieder vollendete Höflichkeit.

Und als von Lund keine Reaktion kam: „Haben Sie schon mal in Erwägung gezogen, eine Autoversicherung auf Ihren Nachbarn abzuschließen? Oder eine Wette auf ein Ereignis, bei dem Sie persönlich Schaden nehmen und das in den kommenden sechs Monaten eintreten könnte? Einen Unfall zum Beispiel?"

„Nun", fuhr der Alte fort, ohne ihm die Gelegenheit zu antworten zu geben, „im Kontext Ihrer Realität mag das absurd klingen. In der Welt der Finanz- und Bankgeschäfte ist es gang und gäbe. Im Grunde eine gute Sache. Der Investor schließt eine Versicherungspolice auf einen Dritten ab, um sich gegen Ausfälle zu schützen. Oder anders gesagt: Eine relativ sichere Sache wird gegen eine möglicherweise riskantere Sache *getauscht*. ‚Geswapt', im Fachjargon. Solche Swap-Geschäfte finden tagtäglich millionenfach statt. Als sogenannte Zins-Swaps, um sich gegen tiefere beziehungsweise steigende Zinsen abzusichern, als Currency Swaps – dasselbe zur Minimierung für Währungsrisiken. Oder aber als Credit Default Swaps, kurz CDS, bei denen ein Austausch des *Glaubens* an die Fähigkeit eines Schuldners, seine Schulden zu bedienen, erfolgt. Der Käufer eines CDS tut also nichts anderes, als eine Prämie für eine Versicherung zu zahlen, die ihm die Sicherheit gibt, dass seine Investition auch dann zurückgezahlt wird, wenn der Schuldner zahlungsunfähig werden sollte. Im Fall, dass der Schuldner seine Schuld fristgerecht zurückzahlt, verfällt der CDS allerdings. Genauso wie bei Ihrer Krankenversicherung – die zahlt Ihnen die Prämie ja auch nicht zurück, wenn Sie nicht krank werden. Es handelt sich also um ein Versicherungsgeschäft, in dem eine Seite Risiken abgeben möchte und eine andere Seite bereit ist, diese Risiken für einen guten Preis zu tragen. Alles kein Problem, solange es sich auf der einen Seite um einen Anleger handelt, der bereit ist, das Risiko in *echt* zu kaufen und zu tragen. Dass also einer wirklich beispielsweise griechische Staatsanleihen kauft im Glauben, der Staat würde nie pleite gehen. Oder anders gesagt: dass ein Gleichgewicht zwischen realem Geschäft und Absicherungsgeschäft besteht. Zwischen Kassamarktgeschäften und solchen Termingeschäftstransaktionen. Alles klar, bis hierher?“

Lund machte Notizen und gab nur eine Art Knurren von sich, was der Alte als Bejahung auslegte.

„Gut – ich denke, es ist sogar für Sie ein leichtes, die Schwachstelle dieses Systems auszumachen, die gleichzeitig auch seine Stärke ist: Diese Art von Transaktionen lässt sich unglaublich schnell und einfach abwickeln und ist außerdem jederzeit um ein Vielfaches liquider als die Kassamärkte, wo Waren wirklich verkauft, also ein Käufer dafür gefunden werden und wo echtes Geld fließen muss. Der Kauf eines CDS dagegen verlangt kein Anlagekapital, das in echt eingesetzt werden muss. Das übernommene Risiko kommt lediglich in die Bücher, das Geld wird nicht direkt gebunden, und trotzdem gibt es eine Prämie.“

Lund hatte aufgehört, zu schreiben. Erstens hatte er das Prinzip verstanden, zweitens redete der Alte zu schnell, und drittens konnte er den ganzen CDS-Scheiß später bei Wikipedia nachschlagen.

„Noch eine Minute, Lund“, sagte der Alte, der die neuerliche Ungeduld seines Gegenübers zu bemerken schien, „dann komm‘ ich zum Kern der Sache. Also – ein CDS ist ein Termingeschäft. Ein Derivat. Ein Finanzinstrument, dessen Preis oder Wert von künftigen Kursen oder Preisen anderer Handelsgüter, Vermögensgegenständen oder von marktbezogenen Referenzgrößen abhängt. Eine Wette also. Eine von Milliarden ähnlicher Wetten, die weltweit abgeschlossen werden und die sich von der ursprünglich zugrundeliegenden Idee der Absicherung gegen Ausfälle Lichtjahre entfernt haben. Es ist das reinste Kasino. Um die Entfernung von Realität und Spekulation für Sie etwas deutlicher zu machen: Das Weltbruttowirtschaftsprodukt beläuft sich ungefähr auf 75 Billionen Dollar im Jahr. Im Jahr 2000 lag das Volumen des weltweiten Derivatemarkts bei 95 Billionen Dollar. 2005 waren es 298 Billionen Dollar. 2007 596 Billionen. Aktuell gehen Schätzungen von einem Gesamtvolumen zwischen 700 und 1.500 Billionen aus. Und das sind – wohlgemerkt – nur die offiziell ausgewiesenen Zahlen der Banken. Daneben werden noch größere Mengen an Derivaten in außerbilanziellen Zweckgesellschaften, sogenannten Schattenbanken, gehalten.“

Der Alte hielt inne, als wolle er das Gesagte wirken lassen.

Jean-Pierre Lund unterdrückte die Regung, in die Hände zu klatschen. Er schaute sich nach der Bedienung um. Kein Mensch zu sehen. Er brauchte etwas zu trinken. Jetzt. Er musste die neuerlich aufsteigende Wut, die Hysterie irgendwie unten halten. Ohne sich Zeit und Möglichkeit zu gewähren, die Reaktion seines Gegenübers zu bedenken, folgte er dem inneren Drang und stand auf.

„Entschuldigen Sie.“ Er ließ die Worte vor sich zu Boden fallen, sah nicht, ob der Schub seiner Stimme reichte, um sie bis zu dem Alten gelangen zu lassen. Mit wenigen Schritten gelangte er zur Bar. Immer noch war niemand zu sehen. Scheinbar war das hier eine geschlossene Gesellschaft. Lund unterdrückte ein Kichern. Er trat hinter den Tresen, griff nach der Flasche Chivas, zog den Korken heraus und nahm einen Schluck. Noch einen. Erst als er die Flasche absetzte, sah er durch das Glas zwischen dem schmiedeeisern geschwungenen Rankenwerk der Tür den

Rücken dieses Ostblocktypen, der das gesamte Sichtfeld hin zur Lobby verdeckte. Das Bild der geschlossenen Gesellschaft verlor alles Spaßige. Die Flasche in der Hand haltend, ging er zum Tisch zurück. Setzte sich wieder hin. Schenkte Whisky in sein Glas, als wär's Wasser.

Der Alte nahm derweil einen Schluck aus seiner Tasse. Lunds Magen rebellierte, wenn er nur schon an die milchversetzte Brühe darin dachte. Lauwarm.

„Wohl bekomm's", hörte Lund ihn sagen. „Das hier geht auf mich. Genießen Sie's ruhig. Andernorts werden Sie ja, wie mir berichtet wurde, nicht mehr bedient, ohne vorher eine Kaution zu hinterlegen."

Derart an seine Schulden und an die Tatsache erinnert, dass sein Gegenüber offenbar alles über ihn wusste, während er selber keine Ahnung hatte, hielt sich Jean-Pierre Lund am einzigen fest, was in dem Moment Halt bot: an der Gegenwart, dem Glas und den Worten des Alten. Dieser fuhr mit seinem Vortrag, dessen Sinn und Ziel sich ihm nach wie vor nicht erschlossen, fort:

„Nehmen wir also an, wir haben einen weltweiten Markt von solchen Derivaten mit einem Volumen, das das Welt-BIP um ein Zehnfaches übersteigt. Mindestens. Dass sich dagegen die Eigenkapitalreserven eines einzelnen Bankhauses geradezu lächerlich klein ausnehmen, liegt auf der Hand. Daran können auch regulative Monster wie Basel III oder die sogenannte globale Finanzkrise nichts ändern. Im Gegenteil: Das Karussell hat in den letzten vier Jahren nochmal Fahrt aufgenommen, wie die Zahlen deutlich machen. Diese Geschäfte durchdringen heute das gesamte System, das Sie sich der Einfachheit halber als eine Art dreidimensionaler Karte vorstellen können. Ein Koordinatensystem, in dem jeder Punkt direkt oder indirekt mit allen anderen verbunden ist. Ein Teil dieser Geschäfte mit einem Volumen von ungefähr 350 Billionen Dollar orientiert sich direkt oder indirekt an ein- und demselben Ausgangspunkt. Eine Art Nullinie des Kapitalmarkts, vereinfacht gesagt. Eine Referenzgröße, deren kleinste Veränderung also einen Markt von 350 Billionen Dollar zu bewegen in der Lage ist."

Wieder eine Pause. Dann:

„Stellen Sie sich jetzt vor, Sie seien eine Bank, Lund. Und stellen Sie sich weiter vor, was es hieße, wenn es in Ihrer Macht läge, an dieser Stellschraube zu drehen. Nicht nur, dass Sie nach Gutdünken die Kurse von Krediten und anderen Produkten manipulieren und so Handelsgewinne am Laufmeter einstreichen könnten. Sie wären auch in der Lage, ihre Finanzierungskosten nach Gutdünken zu verschleiern und so jederzeit billig an Geld zu kommen. Ebenfalls läge in Ihrer Hand, gehebelte Optionsscheine verfallen oder horrende Gewinne einfahren zu lassen. Kurz: Sie wären in der Lage, das System als ganzes zu bewegen. Nicht mehr, aber auch nicht weniger. Nun – dass Sie eines Tages eine Bank sein werden, bezweifle ich. Die Nullinie, von der ich eben gesprochen habe, existiert aber tatsächlich: Es ist der LIBOR-Zins. Und was ebenso den Tatsachen entspricht ist der Fakt, dass dieser täglich am Finanzplatz London mittels Umfrage ermittelte Referenzzinssatz seit Jahren von den Banken manipuliert wird. Und dass die nationalen Notenbanken seit ebenso langer Zeit informiert sind und es dulden. Ein wunderbarer Skandal, sollte diese Story, solide mit Fakten und Beweisen untermauert, ihren Weg in die Presse finden. Mehr noch – ich wage zu behaupten, es wäre der perfekte Sturm. Stellen Sie sich das nur vor: Das globale Zentralbanken-Franchising-System würde in korruptestem Licht erstrahlen. Für jeden sichtbar würde dieses Licht auf den Spieltisch fallen, auf dessen einer Seite die Außenposten der Wall Street, auf dessen anderer die Zentralbanken mitsamt ihren Regierungen Platz genommen haben, um sich tagtäglich an jenem Parameter zu vergreifen, dessen Verschiebung um einen einzigen Basispunkt einen finanziellen Folgeeffekt von rund 50 Milliarden Dollar zeitigt. Und das lange bevor irgendjemand das Wort ‚Finanzkrise' in den Mund genommen oder gar in eine Zeitung gesetzt hat. Wollen Sie die Story, Lund? Vom ersten Gerücht bis zum sprichwörtlichen fat tail? Vom Funken hier bis zum Buschfeuer, das er auslösen wird? Sie gehört Ihnen. Jedenfalls für die nächsten vier Tage."

Jean-Pierre Lund war nicht gleich in der Lage, zu antworten. Wenn das, was der Alte sagte, tatsächlich stimmte und publik würde …

Seine derzeitige Verfassung erlaubte es ihm nicht, sich die Folgen en détail vorzustellen. Allerdings reichte es, um ihn wahrhaben zu lassen, dass sich die Finanzkrise der letzten Jahre dagegen wie ein Kindergeburtstag ausnehmen würde. Und es reichte auch, um ihn noch misstrauischer werden zu lassen. Jetzt war er froh, dass der Greis ihm einen Kaffee bestellt hatte. Während er Zucker in die längst erkaltete Brühe rührte, stellte er die Frage, die seines Erachtens jeder an diesem Punkt gestellt hätte:

„Warum wird diese Sache nicht – wie üblich in Fällen sogenannt übergeordneter Interessen – unter den Teppich gekehrt? Was Sie zu wissen und an Beweisen zu haben behaupten, sagt mir, dass Sie selber Teil dieses nutzbringenden Arrangements sind. Warum also, wenn nicht eine bessere Welt Ihr Ziel ist, was ich, um ehrlich zu sein, bezweifle?"

„Ich erlaube mir, Sie an meine Worte zu erinnern, Lund: Keine Fragerunde. Weder zu meiner Person, noch zu den Quellen. Nur so viel – und das sollten sogar Sie wissen: Wenn ein Skandal auf dieser Ebene losgetreten wird, dann ist er in 90 Prozent der Fälle gewollt. Egal ob in der Politik oder in der Wirtschaft. Einfach gesagt: Ein Skandal ist ein Feind. Ein bewusst lancierter Skandal ist ein künstlich erschaffenes Feindbild. Ich brauche Ihnen nicht zu erklären, dass es in beiden Domänen nichts Besseres gibt, um von anderen Brandherden abzulenken, als ein schönes vom medialen Wind angefachtes Buschfeuer. Brandherde, von denen dringend und zum Schutz des Systems abgelenkt werden muss, gibt es genügend. Und wer sagt Ihnen, dass ich das hier nicht genau aus diesem Grund inszeniere? Wer sagt Ihnen, dass ich hier nichts anderes tue, als etwas unter dem Teppich hervorzuzerren, das aufgrund übergeordneter Interessen seit Jahren dort vor sich hingeschlummert hat, weil ein Feindbild vonnöten ist?"

„Die Scheune abfackeln, um das Feuer vom Haus fernzuhalten?"

„Wenn Sie es so ausdrücken wollen – ja. Ein Bericht der UN aus dem Jahr 2010, der im Zusammenhang mit der Lehman-Pleite verfasst worden ist, deckt auf, dass das weltweite Bankensystem maßgeblich von Geldzuflüssen aus dem Drogenhandel abhängig ist. Der Bericht soll in Bälde überarbeitet erneut veröffentlicht werden. Das ist nicht schön, und es gibt genügend Interessen, die darum bemüht sind, diese unschönen Töne ungehört verklingen zu lassen. Wie schon 2010: Da hat den Bericht keiner beachtet, weil die Publikation just in die Zeit des Fußballweltmeisterschaftsfinales in Südafrika fiel. Es wäre wünschenswert, wenn er diesmal im Gedröhn eines LIBOR-Skandals untergehen würde. Oder denken Sie an die Stimmen, die in letzter Zeit immer lauter verkünden, der sogenannte Safe Haven, als der US-Treasuries nach wie vor angepriesen und verkauft würden, sei bloß noch Regierungspropaganda der längst bankrotten USA und die Federal Reserve mittlerweile für 95 Prozent der Käufe verantwortlich, während die Asiaten zwar noch nicht alles abstoßen, aber zumindest nicht mehr hinzukaufen. Sollten diese Stimmen noch lauter werden, dann kommt der US-Dollar derart unter Druck, dass ein weltweiter Systemkollaps nicht ausgeschlossen werden kann. Da kommt so ein Skandal, bei dem man medial wirksam gegen die Bösen – die in Wahrheit ja Partner sind – vorgehen kann, sehr gelegen, nicht? Im gleichen Aufwasch könnte man dann auch gleich die Blogs vom Netz nehmen, die sich die Aufdeckung des größten Bilanzierungsbetrugs im westlichen Großbankensystem auf die Flagge geschrieben haben. Zu Recht – da liegt das Problem. Dabei geht es um ein – wiederum nicht beachtetes – im April 2009 vom amerikanischen Kongress verabschiedetes Gesetz zur Neuregelung des Financial Accounting Standard Board. Es besagt, dass die Banken frei sind, jegliche toxischen, faulenden und ranzigen Papiere nach eigenem Gutdünken zu bewerten. Was das heißt, können Sie sich selber ausmalen. Was heute auf Bilanzpressekonferenzen und in Quartalsberichten der Finanzindustrie präsentiert wird, ist meist zu hundert Prozent falsch. Oder gelogen, wenn Sie dieses Wort vorziehen. Der gefährlichste Schwelbrand, mit dem das

System – und ich spreche immer vom US-Dollar-System – nebst den genannten sowie den kriegerischen und geheimdienstlichen Aktivitäten in Afghanistan, dem Irak, Syrien und so weiter sich auseinandersetzen muss, ist die nur sehr schwer aufzuhaltende Abwendung der östlichen Nationen vom US-Dollar. Es darf unter keinen Umständen bekannt und akzeptiert werden, dass hier, ohne dass es bemerkt wird, ein Paradigmenwechsel stattfindet, der bewirkt, dass immer mehr Handelsaktivitäten dieser Staaten unter Umgehung der Weltreservewährung abgewickelt werden. Denn die Regel lautet: Der Handel diktiert das Bankengeschäft, und nicht umgekehrt. Der Kippunkt, an dem mehr als 50 Prozent des Welthandels – vor allem Rohöl – außerhalb des Dollars abgewickelt werden, darf unter keinen Umständen erreicht werden. Nicht bevor ein Ereignis eintritt, das diese Entwicklung für eine weitere Dekade oder gar mehrere zurückwirft und die USA als Hegemonialmacht im militärischen, finanziellen und politischen Sinn bestätigt. Denn würde dieser Kippunkt bereits heute erreicht, dann würden auch die mit den dicksten Scheuklappen ausgestatteten und arrogantesten US-Banken die monetisierten US-Staatsanleihen abzustoßen beginnen, was wiederum den Zerfall des Weltwährungssystems zur Folge hätte. Sie sehen, Lund – daneben nehmen sich ein kleiner LIBOR-Skandal und der Taucher an den Börsen, den er zur Folge haben wird, geradezu liebenswert aus, nicht? Auf wessen Seite ich dabei stehe, spielt keine Rolle. Oder anders ausgedrückt: Es gibt sie längst nicht mehr, diese ‚Seiten'."

Jean-Pierre Lund hatte sich bis hierher zurückgehalten. Jetzt platzte es aus ihm heraus:

„Das ist doch alles nichts neues. Sie tun ja gerade so, als würden Sie mir enthüllen, auf dem Mars gebe es Leben. Aber so ist das nicht. Dieser Paradigmenwechsel, weg vom Petro-Dollar-Monopol, die Bilanzierungstrickserei en der Banken, die angezettelten und inszenierten Revolutionen und Kriege, die Tatsache, dass die USA alle sechs Monate eine Fiskalklippe zu umschiffen oder eine Schuldenobergrenze zu erhöhen haben, dass sie also faktisch pleite sind und dass

Europa die Grippe riskiert, wenn die dort drüben zu husten beginnen … Das weiß man doch! Das weiß jeder. Und zwar deshalb, weil es nicht nur in den Blogs, sondern auch in anderen Medien thematisiert wird. Warum also etwas lostreten, um etwas anderes zu kaschieren, das längst für jeden sichtbar zutageliegt?"

„Nun, Lund, dazu zwei Dinge: Erstens – um bei Ihrer Mars-Metapher zu bleiben –, es ist ein Unterschied, zu wissen, dass es dort Leben gibt, oder aber, es zu erleben. Es am eigenen Leben als Realität zu erfahren. Angenommen, es gibt dort tatsächlich Leben und jede Zeitung, jede Fernsehstation, jedes Radio berichtet darüber. Was denken Sie, was wird passieren? Es wird ein Riesending. Wochenlang wird es *der* Aufmacher sein. Weltweit. Solange, bis irgendwo ein unbekanntes Influenza-Virus entdeckt wird, das eine reale Gefahr für Leib und Leben eines jeden einzelnen bedeuten kann. Der Mars ist weit weg, Lund. Die haben Leben entdeckt? Okay – spannend. Aber es betrifft die Leute nicht direkt, es hat keinen direkten Einfluss auf ihr Leben im Heute. Es macht sie nicht besser oder schlechter. Egal, was die Leitkommentare der Medien unken. Dasselbe mit der schleichenden Abwendung der Pazifik-Staaten vom US-Dollar. Die kochen da drüben ihre eigene Suppe? Sollen sie doch. Wir mögen das zwar nicht besonders, aber es läuft ja alles wie gehabt. Ich kämpfe mit meinen Kreditkartenschulden, rackere mich für die Hypothek ab, ärgere mich über die Entscheidungen in Brüssel, und die Kinder haben die Grippe – aber letztlich läuft doch alles mehr oder weniger gut. Und letztlich wissen die da oben dann schon, was zu tun ist zu meinem und damit ihrem Besten. Oder umgekehrt – spielt keine Rolle. So sehen das die Leute, so funktionieren sie, Lund. Der Typus des in Richtung Obrigkeit abdelegierenden und fordernden Mitläufers hat sich in Jahrtausenden und durch jede Kriegserfahrung hindurch nicht abgenutzt. Brot und Spiele – es ist heute gültiger denn je. Und von oben wie von unten gewollt. Das ist die Wahrheit. Bloß, dass es im Moment so aussieht, dass die Leute die Auswirkungen des längst Bekannten am eigenen Leib zu spüren anfangen. Konsequenz: Ein Schuldiger muss her. Ob dieser mit der Misere etwas zu tun hat oder nicht, ist dabei völlig unwichtig. Was zählt, ist, dass er als Hassobjekt funktioniert."

„Und zweitens?", fragte Lund und unterdrückte ein gekünsteltes Gähnen. „Ist das jetzt nicht die Stelle, an der Sie den Schleier lüften und mich einen Blick auf den ganzen großen Plan werfen lassen?"

„Das Zweitens, Lund, würde Sie nicht nur gähnen lassen, sondern in den gerechten Schlaf derer geleiten, die zu wissen glauben, wo genau die Grenzen zwischen Realität und Betrug verlaufen. Die eigenen Grenzen und die feine Linie des Selbstbetrugs ebenso wie jene des sogenannt Politischen. Ersparen wir uns das. Kümmern Sie sich um die LIBOR-Sache. Wenn Sie für sich das Maximum rausholen wollen, werden Sie Tag und Nacht arbeiten müssen wie ein Verrückter. Und sagen Sie Ihrem Bankberater noch bevor das erste Gerücht die Runde macht, er soll astronomisch gehebelte Put-Optionen mit kurzen Laufzeiten auf die europäischen Großbanken kaufen mit allem, was Sie haben. Am besten nehmen Sie gleich noch einen Kredit auf und gehen auch damit voll ins Risiko. Dann sind Sie in weniger als vier Wochen ein gemachter Mann."

Der Alte hatte offenbar nicht vor, dem noch etwas hinzuzufügen, lehnte sich erneut in seinen Stuhl zurück, hatte plötzlich ein silbernes Etui in den Händen und zündete sich eine Zigarette an. Wie überall in Europa, herrschte auch in der Library Bar ein Rauchverbot. Es schien ihn nicht zu kümmern. Andere auch nicht. Und was Jean-Pierre Lund anbelangte: Er merkte es nicht mal. In seinen für mentale Produktivität zuständigen Hirnarealen herrschte Hochbetrieb. Oder mehr noch: Hochsaison. Mit jeder Silbe, jedem Satz seines Gegenübers war ein weiteres Tor zur Seite geschoben worden, Staub wirbelte, Licht flutete die Räume nach jahrelangem nebensaisonalem Elend. Nach endlosen Ödzeiten des Immergleichen in den leerstehenden Hüllen dessen, was einmal mit Musik und Leben, mit Hoffnung und der realen Möglichkeit einer beginnenden Zukunft bevölkert gewesen war. Die Betriebsamkeit war fast zu hören. Es war nicht nur das Geld. Die unverhoffte Denkbarkeit eines persönlichen Werdens oder Wieder-Werdens, der sich Bahn brechende Hunger danach und an seinen Fersen die Angst, es zu verpassen, die Chance erneut zu vertun, liefen wie kaltglühende Ströme subkutanen Feuers durch sein System.

„Das hier werden Sie brauchen."

Lund zuckte zusammen. Er wusste nicht, wie der Alte es schaffte, sich zu bewegen, ohne dass er etwas davon mitbekam. Jetzt hatte er ihm einen dünnen Stapel Papierausdrucke über den Tisch zugeschoben.

„Was ist das?"

„Sehen Sie selbst."

Lund blätterte die Unterlagen durch. Es waren allesamt ausgedruckte E-Mails. Jedenfalls auf den ersten Blick.

„E-Mails?"

„Besser, Lund. Viel besser. Bankinterne E-Mails der 19 größten in London ansässigen Banken. Jener Geldhäuser also, die täglich zwecks Ermittlung des LIBOR zu ihrem Refinanzierungszins befragt werden."

Es dauerte ein paar Sekunden, bis Lund merkte, dass das krächzende Schnaufen des Alten Lachen war. Eine Form geäußerter Belustigung jedenfalls.

„Und wissen Sie, was das Beste daran ist, Lund? Der Betrug, den Sie aufdecken werden, ist gar kein solcher. Oder aber: Es ist ein doppelter Betrug. Die Banken sind nämlich nicht verpflichtet, reale Refinanzierungszinssätze anzugeben, sondern können es beim Fiktiven belassen. Die Basis der Umfrage ist nicht echtes aufgenommenes Kapital, sondern lediglich eine Annahme. Es müssen nur hypothetische Zahlen geliefert werden. Auch hier: Kein Cent muss in der Realität fließen. Jeder kann hier nach Gutdünken liefern. Und es ist fragwürdig, ob da nicht bereits viel früher ein wenig an der Schraube gedreht wurde. Der einzige Unterschied heute ist bloß der, dass die Banken jetzt nach Absprache untereinander in derselben Richtung an der Schraube drehen. Eine Optimierung der Kräfte, wenn Sie so wollen."

Jean-Pierre Lund machte keine Anstrengung, des Alten Erheiterung zu teilen. Nicht einmal mimisch. Er fühlte sich erhoben und gleichzeitig zu Boden gedrückt wie einer, dem man eine Truhe in die Arme gedrückt und mitgeteilt hat, sie enthalte einen Schatz unschätzbaren Werts. Er selber hatte indes nur die Truhe und die Worte. Das Wissen war Glaube und Zweifel. Seiner Persönlichkeit am nächsten lag die Regung, irgendwo ein Loch zu schaufeln, die Truhe zu vergraben und weiterzumachen wie bisher. Mit dem Unterschied, dass er fortan um die Möglichkeit eines Schatzes wüsste. Um die Freiheit und den Reichtum, die er möglicherweise bedeutete, ohne sich indes involvieren zu müssen. Nicht gezwungen sein, mitten hineinzutreten in den Kreis aktiven Handelns und Auslösens, von dem er nicht wusste, nicht wissen konnte, ob er sich nicht doch als Loch entpuppen würde.

Auch Lund lehnte sich jetzt in seinem Stuhl zurück. Als er sich selbst Feuer gab, wusste er, dass diese Zeit unentschiedenen ängstlichen Hoffens, egal wie schleierhaft dünn und kurzlebig, ihn zu einem besseren Menschen zu machen in der Lage war. Es war gut, ein besserer Mensch zu sein. Er würde es gern bleiben. Es versuchen. Ein letztes Mal. Er würde arbeiten wie ein Pferd. Recherchieren. Und die Story verkaufen. Sehr, sehr teuer verkaufen.

19.

Basel, Privatbank Wallenberg

Jeanne Wallenberg hatte die Ellbogen auf der Schreibtischunterlage abgestützt. Auf Augenhöhe, mit Zeigefingern und Daumen ihrer feingliedrigen Hände, hielt sie zum wiederholten Mal die Visitenkarte, die seit gestern vormittag weniger ihr Denken, die Arbeit und die Prozesse hier hemmte, als vielmehr die Atmosphäre selbst. Als würde etwas blockiert im Unsichtbaren, schaben und reiben. Bremsen, ohne indes irgendwas real Wahrnehmbares zu berühren. Nachdenklich blicklos ruhten ihre Augen auf dem papiernen Rechteck. 85 mal 54 Millimeter, Feinpapier, 300 Gramm, hochweiß. Alles im Corporate Design der HelveticLife. Peter Keller. Versicherungsexperte. Die Adresse des Firmensitzes in Zürich. Zwei Telefonnummern. Mehr stand da nicht.

Sie hatte in Zürich angerufen. War erst mit der Human-Resources-Abteilung der HelveticLife verbunden worden, wo man ihr versichert hatte, Peter Keller sei wirklich der, für den er sich ausgab, und zwar schon seit 15 Jahren, dann mit der Nebenstelle seines Büros, wo eine Sekretärin oder Assistentin ihr mitgeteilt hatte, Herr Keller sei am besten über Handy zu erreichen, da er die meiste Zeit unterwegs und nur unregelmäßig im Büro sei.

Soweit, so gut.

Sechs Millionen Schweizer Franken. Für sie.

Tom. Du Spinner.

Die sie als Gedanken streifende Möglichkeit unversehrt erhaltengebliebener Liebe versuchte ihr die Tränen in die Augen zu treiben. Sie ließ es nicht zu. Es wäre zu einfach. Bei Tom war aus der Warte des Außenstehenden, des anders als er Funktionierenden nie etwas einfach, auch wenn es das für ihn selber war. Das einzig Logische oft. Es musste einen Grund geben für die Versicherung. Einen Grund, der über den isoliert stehenden Zweck des Geldes, von dem er offenbar angenommen hatte, dass sie es möglicherweise nötig haben würde, hinausging. Es war bloß A. Und A führte für Tom immer zu B. Und dann zu C.

Hatte geführt.

B waren in diesem Fall Peter Keller und die „Abklärungen", die die HelveticLife seinen Angaben zufolge bei einer solchen Summe – sie hatte gemerkt, dass er kurz gezögert, ein anderes Wort, jenes der „Schadenssumme" vielleicht, rechtzeitig abgefangen hatte – routinemäßig und von Gesetzes wegen zu tätigen verpflichtet sei. B waren die Optionen Eigen- oder Fremdverschulden im Fall von Tom Bernoullis Tod, die ausgeschlossen werden mussten.

Alles Routine.

Dazu gehörte die Einsicht in die Unterlagen seiner Vertrauensärzte. Überprüfung der Einkünfte und Ausgaben. Interviews mit Familienangehörigen, Freunden, Kollegen. Sein Arbeitgeber, sein Arbeitsgebiet, sein Vorgesetzter, seine Mitarbeiter. Seine Personalakte.

„Das alles ist schmerzhaft. Ich weiß. Es besteht die Möglichkeit, auf das Kapital zu verzichten", hatte Keller gesagt. „In Ihrem Fall …"

Er hatte nicht weiterzureden brauchen. In ihrem Fall würde es nicht erstaunen. Sechs Millionen waren für sie das, was sie im Jahr für ein permanentes Pied-à-terre im Claridge's in London bezahlte. Oder eben die Summe, die sie möglicherweise hinzulegen bereit war, um sich Was-auch-immer zu ersparen.

Sie war Jeanne Wallenberg.

Sie war geschätzte 4,3 Milliarden Dollar schwer.

„Wo liegt das Problem? Schlag' die Summe aus", hatte Gabriel Kolko am Telefon gesagt, als sie ihn angerufen hatte, um sich Rat zu holen. Wobei: Nichts konnte weniger stimmen als der Ausdruck des Ratholens und -gebens, wenn es um ihrer beider Beziehung ging. Etwas Helles glitt kurz über ihre Züge. Als hätte ein Sonnenstrahl sich der geballt-grauen Autorität des ihn beaufsichtigenden Himmels entzogen. Sie konnte sich nicht vorstellen, dass ihr Patenonkel jemals außerhalb der Empfindlichkeitsgrenze von Pressemikrofonen oder Fernsehkameras irgendwas von sich gegeben haben könnte, das auch nur entfernt den Charakter einer Empfehlung hatte. So funktionierte das nicht. Kolko akzeptierte für sich nur den Imperativ. Familiär ebenso wie geschäftlich. Aber auch da … Wieder dieses kurze Durchscheinen auf ihren Zügen. Sie glaubte nicht, dass es solche Unterschiede gab für ihn. Und nicht zum ersten Mal fragte sie sich, ob das vielleicht die richtige Art war. Die richtige Art von was oder wofür, das wusste sie allerdings nicht zu sagen. Mochte es nicht. Fakt war: Sie hatte rapportiert, wie immer. Und er hatte Weisung erlassen. Ebenfalls wie immer.

Same procedure, seit sie denken konnte.

Diesmal hatte sie es allerdings nicht dabei belassen, einfach aufzulegen.

„Was ist, wenn das durchsickert?“, hatte sie gefragt. „Du weißt, wie das läuft. Nichts ist dicht. Und die Medienpräsenz unserer Familie aus gegebenem Anlass reicht mir völlig.“

„Und wenn schon. Bessere Publicity, als ein solcher Verzicht es ist, kann sich die Bank doch gar nicht wünschen.“

„Als wäre es jemals um Publicity gegangen.“ Sie hatte es hingeworfen. „Als wäre Publicity etwas, das für dich außerhalb des Steuerbaren läge.“

„Was willst du damit sagen, Jeanne?“ Kolkos Stimme war leiser geworden.

Sie kannte es gut, dieses stimmlose Schärferwerden von Kolkos Worten. Es ließ nicht nur Menschen, sondern die Räume an sich verstummen, sog Sauerstoff ab, ließ Böden unter Leben und Karrieren sich erst als gläsern, dann als haltlos entpuppen. Mit nichts als dem Nicht-Klang von Worten.

Neu war, dass sich solches gegen sie richtete. Fast war sie versucht, sich amüsiert zu fühlen, widerstand jedoch. Wenn sie eine Chance haben wollte, dann durfte sie nicht aufhören, sich zu fürchten.

„Ich will damit sagen, dass es hier nicht um die Publicity geht. Du bist nicht der, der mit diesem Peter Keller gesprochen hat. Der Kerl mag ein Versicherungsmann sein. Einer, der für seinen Arbeitgeber immer das Beste rausholt. Aber da ist noch was anderes. Etwas, das mir sagt, dass er in der Lage ist, es drauf ankommen zu lassen."

„Was meinst du?"

„Einer, Gabriel" – es war seit Monaten, wenn nicht Jahren, das erste Mal, dass sie ihn beim Namen genannt hatte – „den du mögen würdest. Ein Befehlsempfänger und Lohnbezüger, okay. Aber einer, der, so scheint es mir, nach dem Empfangen und vor dem Beziehen selbst entscheidet. Risiko abwägen, Richtung einschlagen und rein mit allem, was man hat. So ein Typ ist das. Und ich möchte nicht, dass ich diejenige bin, die ihm den Grund liefert, seinen Auftrag in Eigenregie umzudefinieren."

Kolkos Stimme stellte wieder auf Klang um. „Ich werde ihn überprüfen lassen."

„Schon geschehen", antwortete sie. „Aithon hat das erledigt. Das ganze Programm. Er ist ein unbescholtener Mann. Keine Vorkommnisse, die Anlass zur Sorge geben könnten. Weder privat noch beruflich."

„Was ist mit seinen Kontakten?"

„Läuft noch. Bis jetzt nichts Besonderes."

„Und was tut er im Fall deines Ehemannes?"

„Auch da: Standardprogramm. Er wird dieser Tage wohl mit dem Rest der Sippschaft und der Human-Resources-Abteilung der Syngenta Kontakt aufnehmen. Die Frage ist: Wollen wir das? Oder anders ausgedrückt: Willst du das?"

„Ob wir das wollen?" Kolkos Wiederholung ihrer Worte hatte nach etwas anderem geklungen: Die Art, wie du die Frage stellst, gefällt mir nicht.

Jeanne hatte verstanden, eingelenkt: „Ich weiß zu wenig, Gabriel. Ich weiß nicht, ob es ein Risiko darstellt, wenn dieser Keller dort auftaucht. Ich weiß ja nicht mal, womit Tom dort genau beschäftigt war. Ich habe immer nur die Finanzierung sichergestellt. Kreditverträge und so weiter. So tief, dass er darunter auf Nukleus stoßen könnte, darf er von Gesetzes wegen nicht graben."

„Und was ist mit dieser Lebensversicherung? Hast du die überprüft? Wann ist sie abgeschlossen worden? Bei wem?"

„Auch hier, Gabriel: Alles ganz normal. Tom hat die Versicherung vor gut sechs Monaten abgeschlossen. Er ist scheinbar in die HelveticLife-Agentur in Bern reinmarschiert und hat dem Generalagenten dort das Geschäft des Jahres beschert."

„Wie heißt der Mann?"

„Gerolf Müller. Ich hatte ihn eben in der Leitung. Es sei alles ganz normal gelaufen, sagt er. Bis auf die Höhe der Versicherungssumme. Die ist nach seinen Worten außerordentlich. Aber Tom habe sich allen notwendigen ärztlichen Untersuchungen des internen Vertrauensarztes unterzogen und vom Moment der Policenausfertigung an die monatlichen Prämienraten bezahlt. Es habe keinerlei Beanstandungen oder gar eine Klausel betreffend mögliche Einschränkungen der Leistungspflicht des Versicherers aufgrund gesundheitlicher Risiken gegeben."

„Gut", war es von Kolko gekommen.

Jeanne hatte gewartet. Hatte ein Feuerzeug klicken gehört. Das silberne Ronson in der altersfleckigen Pranke gesehen.

„Trotzdem", hatte er den Faden wieder aufgenommen. Fast hatte sie den Rauch gerochen, den er zusammen mit den Silben ausgeatmet hatte. „Ich will nicht, dass der Kerl dort rumschnüffelt. Nicht jetzt. Schlag die Summe aus, Jeanne. Es ist sicherer."

„Okay", hatte sie gesagt. „Und sollte etwas an die Presse gelangen, leite ich sämtliche Anfragen an dich weiter."

Sie hatte es geschafft, zu lachen oder zumindest belustigt zu klingen.

„Keine Sorge, Jeanne. Die haben in den kommenden Tagen mit ganz anderen Schlagzeilen zu kämpfen."

„Das freut mich zu hören." Wieder der amüsiert schnurrende Unterton. „Nukleus ist bereit – wir sind bereit. Die Buffettschen Wischlappen sind verteilt – meine Leute lechzen regelrecht danach, das aufzuwischen, was andere in den kommenden Wochen auskotzen werden. Und was Keller anbelangt: Der kann seinem Arbeitgeber am Montagmorgen als erstes die gute Nachricht überbringen, dass er eben sechs Millionen Franken für ihn ins Trockene gebracht hat. Nicht schlecht für einen Wochenstart, finde ich."

„Genau“, hatte Kolko nur gesagt. „Ruf mich an, wenn‘s irgendwo Probleme gibt.“ Dann war die Verbindung unterbrochen worden.

Und jetzt, einen Tag später, saß sie da und fühlte sich nicht anders als sonst auch: allein. Ohne Beistand, Zeugen, Hilfe. Es war kein Unterschied. Sie hatte gedacht, es wäre anders, wenn sie sich erst mal gegen Kolko wenden würde, sie noch isolierter. Sie hatte sich getäuscht: Da war kein Mehr möglich.

Eigen- oder Fremdverschulden. War das Toms C? Das, worauf er sie mit der Nase zu stoßen versuchte?

Kellers Worte waren Widerhaken. Nicht in erster Linie die Bedeutungen dessen, was „Eigen-“ oder „Fremd-“ implizierte. Das „Verschulden“ ließ sie nicht los. Die Schuld, die Tom zum „Eigen-“ getrieben haben könnte. Denn das war die einzige Möglichkeit. Ein „Fremd-“ in Sachen Fliegerei war in Toms Fall nicht möglich – es sei denn, er wäre abgeschossen worden. Alles andere undenkbar. Sie kannte seine Rituale der Checks und Checks-of-Checks vor jedem Start. Sie kannte ihn.

Hatte ihn gekannt. Schuld war für Tom etwas gewesen, für das man sich entschied. Entweder man war stark genug, sie zu tragen, oder man entschied sich gegen das Tun, das sie einem aufbürdete. Etwas anderes ließ er nicht gelten. Wenn es also eine Schuld gab, die ihn in die Knie gezwungen hatte, dann war es eine, die nicht er selbst sich aufgebürdet hatte. Oder aber etwas, das erst zur Schuld geworden war, weil andere es dazu gemacht hatten. Wie Einstein mit der Bombe.

Forschung, Aufklärung, Verteidigung.

„War es möglich …?“

Sie blickte auf die Uhr. Die Zeit rettete sie: Kurz nach zwei Uhr. Samstagnachmittag. Spätestens um drei Uhr würde wie immer der Bote klingeln. Sie würde den Aufzug heraufholen in das Penthouse. Scheine würden von Hand zu Hand gehen, ein kleiner Plastikbeutel. Verschweißt. Für den Rest des Tages und für eine Nacht wäre sie gerettet. Immer noch allein. Aber geborgen.

Sie stand von ihrem Schreibtisch auf, strich den eng anliegenden Rock ihres anthrazitfarbenen Deux-Pièces glatt, schloss die Aktenschränke, durchquerte das große in Grau gehaltene Büro und ging durch den Flur zwischen den verwaisten Büros der Angestellten hindurch zum Aufzug. Wie jedes Mal in solchen Momenten konnte sie sich eines Staunens nicht erwehren: Der Großteil von all dem hier gehört mir. Und ich hab's immer noch nicht kapiert.

***

Er hatte Jeanne verloren. Jetzt wusste er es. Das Telefonat, das er vor nicht einmal 24 Stunden geführt hatte, hatte bloß bestätigt, was er seit geraumer Zeit schon ahnte.

Jacques Panetta hatte nicht lange gebraucht, um die Fakten zusammenzutragen – es waren nur wenige. Nein, es hatte keinen Auftrag von Jeanne Wallenberg an die Aithon zur Überprüfung eines gewissen Peter Keller gegeben. Ebenso wenig wurden dessen Kontakte abgehört oder protokolliert. Die Eckdaten betreffend seine Anstellung bei der HelveticLife entsprachen indes den Tatsachen. Man hatte das außerhalb der Bürozeiten auf „bilateralem Weg" geklärt – was nichts anderes bedeutete, als dass Aithon die Personalakte von Keller gehackt hatte. Auch die Umstände des Vertragsabschlusses entsprachen den Tatsachen. Hier war Gabriel Kolko korrekt informiert worden. Wie sollte weiter vorgegangen werden in dieser Angelegenheit?

„Überprüfen Sie diesen Keller. Ich will alles über ihn. Und ich will die Abhörprotokolle selber sichten. Haben Sie das verstanden?"

Jacques Panetta hatte es verstanden. Und ebenso hatte er verstanden, dass es klug war, dem nicht zu widersprechen. Kolko hatte die Gedanken, die Panettas Bestätigung vorangegangen waren, beinahe hören können: „Weiß der Alte überhaupt, was das heißt? Der hat doch keine Ahnung. Um die Protokolle einer Überwachung auszuwerten, setzen sie bei Aithon nicht weniger als vier Personen ein, die die aberhundert Seiten auf Papier gebannter Alltäglichkeit eines einzelnen Tages in einem Menschenleben prüfen. Aber bitte sehr: Wenn der

Alte es besser weiß … Ich sage nur: Bitte sehr. Und sehr zum Wohle."

Und jetzt also Jeanne. Sie entfernte sich. Entfernte sich von ihm. Denn was anderes war es denn, wenn einer log? Was anderes, als sich von der Wahrheit und von jenen, mit denen man diese Wahrheit bis hierher geteilt hatte, zu entfernen?

Kolko hatte Zorn erwartet, Wut. Das buntscheckig flammende Gefühlsrad sinnlosen Unwillens und heftigen Sich-Wehrens. Indes: Nichts dergleichen rollte heran oder gar über ihn hinweg. Stattdessen eine Art Müdigkeit, die ihm fremd war und die nichts Schlafforderndes an sich hatte. Bloß Schwere. Er würde Distanz überwinden müssen, ausradieren. Einmal mehr.

Du bist alt, alter Mann. Wenn du das Spiel gewinnen willst, dann musst du diesen Zug jetzt tun. Für Umwege reicht die Zeit nicht mehr.

„Haben Sie es?" Die Frage richtete sich an den Hinterkopf seines Chauffeurs Vasek, der ihm – wie ihm absurderweise in dem Moment durch den Kopf ging – um ein Vielfaches vertrauter war als dessen Gesicht. Er wartete die Antwort nicht ab, hörte nicht hin, als der andere sprach. Er wusste, dass der Mann den Stoff besorgt hatte. Sonst wäre er nicht da.

Der Auftrag war klar gewesen: Hundert Prozent reines Heroin. Jeanne begnügte sich in der Regel mit einem Reinheitsgrad von 75 Prozent. Besseres war auch für den Kerl, der sie und die gehobene Klientel der Stadt Basel mit dem weißen Zeug aus Südostasien belieferte, nur schwer zu kriegen. Und auch dafür ließ er sich gut bezahlen. Viel zu gut, wie Kolko fand.

Der Schlag der Limousine öffnete sich, und Kolko stützte sich auf Vaseks lederbehandschuhte Hand, die er bis zu diesem Tag stets ignoriert hatte.

„Rufen Sie mich an, wenn Sie dort sind."

Die schneekalte Luft, die ihm wie Eiswasser in Mund und Augen drang, in jede Ritze zwischen Pelz, Stoff und Haut schnitt, belebte ihn. Er ignorierte die vom Portier des „Hessischen Hofs" aufgehaltene Tür zur Lobby und blieb unten an der

Treppe stehen. Kurz erwog er, der Aussicht auf Wärme am Kamin den Vorzug zu geben. Der Schwere. Dann gab er sich einen Ruck, machte einen Schritt, noch einen, ging. Er musste wach bleiben, das Problem lösen. Klirrend wach wie die Kälte hier draußen. Er ging Richtung Museumsufer, zwang sich zu forschem Schritt. Die Gedanken folgten. Gut so. Das war er Jeanne schuldig. Ein letztes Abwägen auf dem Weg zu ihr. Dorthin, wo Distanzen keine Rolle mehr spielten.

In gut drei Stunden wäre sein Chauffeur in Basel. Bis dahin musste er sicher sein.

Dabei lief alles genau so, wie es laufen sollte. Der Algorithmus, der vor Jahren in Gang gesetzt worden war, tat einen Schritt nach dem anderen hin zu dem, was Kolko und der kleine Kreis seiner Vertrauten als die bewusst herbeigeführte Überführung von einem Zustand des Suboptimalen in einen anderen, optimalen definiert hatten.

Nicht einmal hier, in der seinen Geist beflügelnden Kälte, die indes jeden Schritt und jeden Atemzug zur Qual werden ließ, konnte er sich eines papiernen Lächelns auf gefrorenen Zügen erwehren: Das, was er und diese Leute als „Lösung" definiert hatten, als wünschenswerten Soll-Zustand einer neuen Realität, war das einzige, das sie teilten. Und auch das nur in Form verbaler Bekenntnisse.

Die Wahrheit sah anders aus: Echt neues, anderes, Aufbruch oder gar Neuanfang wollte keiner außer ihm. Was fernab der hehren Parolen erwünscht und angestrebt wurde, war beschämend einfach: mehr desselben für uns.

Mehr Macht, mehr Geld und ein tieferer Burggraben mit mehr Wasser und mehr Krokodilen zwischen uns und denen da draußen. Gegen Minen war auch nichts einzuwenden. Hauptsache, es versprach Schutz.

Alles lief nach Plan, der eine oder andere begann schon, sich auszuruhen.

Wieder dieses zerknittert rissige Lächeln.

Bald anderthalb Jahrzehnte war es bereits her, dass die Staaten der alten Welt sich auf die neue Währung gestürzt hatten.

Auf Subventionen, Fördergelder und Beihilfen, die reichlich sprudelten aus den Quellen des neuen Olymps im Herzen Europas.

Es kam Kolko vor, als sei es erst gestern gewesen.

Überredungskünste waren nicht nötig gewesen, Lügen schon gar nicht. Auch Warnungen hatte man sich sparen können – die hatte keiner hören wollen. Und wer doch versucht hatte, sich Gehör zu verschaffen, der war niedergetrampelt worden von den gen Norden eilenden Füßen Frischbekehrter, die sich der Gunst der neuen Götter versichern und ihr Dankopfer darbringen wollten: eigene und anderer Leute Freiheit. Nicht numeriert und in kleinstmöglicher Stückelung.

„Alle profitieren vom Euro", hatte es von Zinnen und Dächern der Regierungs- und Amtsstuben getönt. „Alle werden reicher."

Und es stimmte: Die Länderratings korrupter und strukturschwacher Volkswirtschaften, die diese Bezeichnung nur sehr bedingt verdienten, da die Grenzen zwischen Staat, Haushalten und Unternehmen bis zur Unsichtbarkeit verwischt oder gar nicht vorhanden waren, waren ohne Atem zu holen und zahllose Stufen überspringend direkt ins Kreditnirwana galoppiert, wo dank der gemeinsamen Währung und des gesplitteten Risikos Geld zu Zinsen verliehen worden war, die jedes Politikerherz hatten höher schlagen lassen. Und Staaten, die es verstanden, die Pappwände sogenannter Gewaltenteilung echt aussehen zu lassen, wurden für's Schuldenmachen bezahlt.

Wer es unter diesen Bedingungen, im Umfeld schleichend politisierter Märkte, zu Beginn der sorgfältig inszenierten ökonomischen Verzerrung, deren außer Kontrolle geratene Entartung erst heute langsam zutage trat, nicht geschafft hatte, die heimische Wirtschaft kurzfristig auf Trab zu bringen, im Amt zu bleiben und wiedergewählt zu werden, dem war nicht zu helfen gewesen.

Dass der Weg geradewegs in die Abhängigkeit führte, war nicht gehört worden durch das Dröhnen mächtiger und unablässiger Propaganda hindurch.

Und wem trotz der immunisierenden Dauerbeschallung durch die Wucht des medialen Chors hindurch doch einmal ein einzelner falscher Ton aufgefallen war, dem war nicht die Zeit eingeräumt worden, dem Unklang nachzugehen, darüber nachzudenken oder gar zu reden: Zu viele größere Gefahren und Krisen, als ein paar kommunikative Abweichungen und fehlgeleitete Hypothesen es waren, hatten bei Fuß gestanden und oft an der Schwelle zur eigenen Existenz, um einzelnen kurzen Misstönen zu folgen.

Zuviel war jederzeit dabei zu passieren gewesen, zuviel hatte die Menschen ohne Unterlass bewegt und besorgt, als dass Ruhe hätte einkehren können in die flackernden Schallräume screenerhellter Wohnzimmer. Irgendwo war immer eine Seuche mit dem Potential zur Pandemie ausgebrochen. Der Nahe Osten hatte gekocht, und der endlose Krieg im Mittleren Osten war je nach Bedarf näher gerückt oder in die Ferne. Irgendwo und politisch optimal nutzbar war draußen einer Amok gelaufen, und der Rechtsextremismus war auf einmal zum ernst zu nehmenden Bedrohungsszenario gepimpt worden. Dann war eines der größten Medienhäuser im polternden Skandal krassester Menschenrechtsverletzungen den Bach runtergegangen, während andere dasselbe Spiel in verschärfter Gangart und mit Duldung von oben weitergespielt hatten. Der Jet mit gut der Hälfte der Regierungsmannschaft einer sogenannt befreundeten Nation an Bord war abgestürzt. Tausende in der europäischen Automobilbranche Tätige hatten ihre Jobs nach erfolgter freundlicher Übernahme durch die amerikanische Konkurrenz, die, selber schwächelnd und absichtlich hinter der modernen Technik herhinkend, hatte sicherstellen müssen, dass nicht irgendeiner auf die abstruse Idee käme, zu fortschrittliche Motoren zu früh auf den Markt zu bringen. Oder dass Europa gar zu stark würde.

Ja – die Chance, dass die Menschen bei dieser Nachrichtenlage und -kadenz zur Ruhe kämen, war gering gewesen und war es immer noch. Und das war gut so.

Das Glaubensbekenntnis, von allen Seiten gebetsmühlenartig drehend wiederholt, war derweil über all die Jahre und

Events hinweg dasselbe: „Die neue Währung macht uns reicher. Europa macht uns besser.“

Und jeder hatte geglaubt, es zu spüren am eigenen Leib.

Warum also sich querstellen, in Frage stellen, was für einen selbst einigermaßen gut funktionierte?

Als dann 2008 die durch die US-Regierung aufgeblasene Immobilien- beziehungsweise Subprime-Bubble geplatzt und man übereingekommen war, Lehman Brothers zu versenken, Fannie Mae und andere Monster mittels Steuergeldern zu adoptieren und schwarze Löcher der American International Group zum Schein offenzulegen, war unbemerkt nicht weniger als ein neues Zeitalter eingeläutet worden.

Das Reale war leise, aber vollständig dem Virtuellen gewichen. Die Finanzkrise hatte sich über Nacht und ungesehen zum Währungskrieg gemausert. Toxischer Dollar gegen fauligen Euro.

Aber auch das nur auf den ersten Blick und für jene, die glaubten, das Sichtbare sei das Reale.

Fiat money – es werde Geld.

Kolko und dem innersten Kreis von Personen, die genau hier oder weit draußen miteinander verbunden waren durch die US Trust Corp., war es gänzlich gleich, welcher Provenienz die bloß noch im Äther stattfindenden Summen von Milliarden und Billionen an Rettungsgeldern, Fördergeldern, Stützungsgeldern und Subventionen waren. Es spielte in diesem Spiel keine Rolle mehr. Was zählte, war allein die Menge. Denn, so absurd es auch klingen mochte, hier, im Bereich des Monetären, würde der Markt am ehesten wieder spielen. Aller politischen Intervention und Verzerrung zum Trotz. Irgendwann wäre es zuviel, irgendwann würde der Preis für die Ware Geld in den Keller sacken, irgendwann würde nach Realem verlangt werden.

Zum Teil passierte es schon.

Und siehe da: Plötzlich wird der einen oder anderen Vasallen-Regierung klar, dass ihre Goldreserven faktisch ihre einzige verbleibende liquide Vermögensanlage sind. Und gleichzeitig stellt sie fest, dass sich andere – im Rahmen weitreichender Verleihgeschäfte – an diesen Reserven zu schaffen gemacht oder sie gar gestohlen haben. Oder dass die Vorgängerregierung – von Volk und Parlament bejubelt – ein Gutteil davon verkauft hat zu einem Zeitpunkt, als das Wort „Gold" allein schon als guter Witz gegolten hatte.

Das Gelächter war verstummt. Aus dem Goldwitz war hinter manch einer lächelnden Stirn längst ein verzweifelt geführter Goldkrieg geworden. Verzweifelt deshalb, weil über kurz oder lang jeder zur Einsicht kommen musste, dass er nicht mehr zu gewinnen war.

Aber „über kurz oder lang" war zu spät. Zu spät für ihn, den Orchestermeister. Es musste schneller gehen. Er hatte nicht mehr ewig Zeit. Und reif war die Welt allemal.

Man sah es an den aussichtslosen Bemühungen der Nationen um Abzug und Rückführung ihrer Goldbestände aus den Tresoren in London und New York zum Zweck der Verschleierung oder Verzögerung der Offenlegung ihrer totalen Abhängigkeit vom Brüsseler Apparat. Sie hatten alles verkauft, was eine Nation zu bieten hatte – inklusive Souveränität und Wählerstimmen. Nun kroch man gen Norden, verstohlen und in der Hoffnung, nicht gesehen zu werden von den eigenen Leuten. Im Gepäck das Versprechen eines Versprechens, von dem indes jeder wusste, dass es längst gebrochen und nicht einzuhalten war.

Außerdem: Brüssel hatte mittlerweile selber existentielle Probleme, war pleite und suchte nach Abnehmern für das, was es nebst einem korrupten 50.000-köpfigen Beamtenapparat, Billionen von Schulden und mindestens 17 am Tropf hängenden gemanagten Parlamenten zu bieten hatte.

Das Problem war, dass das politische Geplänkel, das durch die Spalten der Printerzeugnisse und über die Screens geisterte und das längst zur bloßen Darstellung seiner selbst verkommen war, ewig dauern konnte. Zentralbanker und Finanzminister der westlichen Welt konnten noch jahrelang durch die Gegend und von Gipfel zu Gipfel stolpern, Lösungen suchen, Pflaster verteilen, Geld kostenlos machen, toxische Anleihen ankaufen und in ihren eigenen Bilanzen herumstochern, um die großangelegte

Entwertung sämtlicher Geldguthaben zu kaschieren. Die Börsen würden weiter politisch dominiert bleiben, mal rauf, mal runter mit der einzig verlässlichen Konstante, dass sie mit den ökonomischen Fundamentaldaten, mit den wirtschaftlichen Realitäten also, nichts, aber auch gar nichts mehr zu tun hatten.

Aber das reichte nicht. Er brauchte mehr. Er brauchte einen Crash, wenn er das Ende des Alten und den Anfang des Neuen erleben wollte. Und wenn er Nukleus im Machtzentrum dieses neu Entstehenden plazieren wollte.

Darum hatte er die Sache mit der London Inter Bank Offered Rate beziehungsweise dem LIBOR-Zins lanciert. Aber auch das war nicht genug. Es wäre bloß ein Auftakt.

Ja – es würde krachen. Bankenpleiten, Köpferollen, Rücktritte und Neuwahlen, Strafaktionen der BIZ. Aber es wäre nicht genug. Es brauchte mehr. Etwas, das kein Bündnis der industrialisierten Welt zu stemmen vermochte. Finanzieller und politischer Bankrott im Gleichschritt. Kriegsähnliche Zustände in Kabinetten und auf den Straßen zur gleichen Zeit. Nicht mehr zu bewältigen. Denn auch militärische Sondereinheiten und auf internationale Brandherde spezialisierte Eingreiftruppen wollten bezahlt werden und würden nicht für lau auf ihresgleichen schießen. Und wenn kein Geld da wäre, sie zu bezahlen, würde auch keiner marschieren.

Um das zu erreichen, brauchte es eine weitere Erschütterung. Eine, die jeden einzelnen auf jeder Hierarchiestufe menschlichen Existierens betraf.

Das Zauberwort war „Volksvermögen“. Oder besser: „gestohlenes Volksvermögen“. Jenes, das die meisten sicher verwahrt und gelagert in Bunkern und Tresoren im In- und Ausland wähnten. Der Notgroschen. Die Kriegskasse. Nicht mehr da.

Wobei: Da wäre er noch, der Goldschatz – bloß in anderen Händen und in anderen Bunkern und Tresoren. In jenen nämlich, die Nukleus vor Jahresfrist gekauft hatte und die zum größten Teil noch leerstanden.

Der Skandal indes, den die Offenlegung der zugewiesenen und leergeräumten Goldkonten zur Folge hätte, würde jenen um den LIBOR-Beschiss als kleines Malheur aus einer besseren Zeit erscheinen lassen.

Und während alle Welt noch schreien würde, den Aufstand proben, die nationalen Inspektoren händeringend und im Auftrag ihrer jeweiligen Regierung in New York und London um Inspektion ihrer Goldreserven oder wenigstens einen Blick darauf flehten, würde hinter den Kulissen der große Transfer stattfinden. Nukleus verfügte bereits heute über eine reale Kaufkraft, die das Jahres-BIP der Euro-Zone überstieg.

Der LIBOR-Crash und die astronomisch gehebelten Short-Positionen des Fonds würden dessen Vermögenswerte in den kommenden Wochen außerdem mindestens verzehnfachen.

Das Wichtigste hinter alledem war jedoch: Die Kaufkraft von Nukleus würde nicht länger in Währungen lagern, die den Abschied in den Ruhestand probten, sondern würde konserviert in realen Werten: Unternehmensanteile, Land, Immobilien, Edelmetalle. Der Anteil der letzteren war schon jetzt horrend – die Verträge zum physischen Transfer waren längst unterzeichnet. Das Gold gekauft. Und nicht mal Eric Niederberger hatte es mitgekriegt.

Sie hatten vorsichtig agieren müssen, leise. Es war ihnen gelungen, die Kontrakte ohne größere Nebengeräusche zum Abschluss zu bringen. Einzig in einigen Blogs war das Mysterium herumgereicht worden, dass ausgerechnet immer dann großvolumige Verkäufe beziehungsweise Käufe getätigt wurden, wenn der Tokioter Handel gerade in der Mittagspause schlummerte und in New York Mitternacht war. Dann also, wenn normalerweise kein Volumen da war. Man hatte darauf reagiert und die Orders besser verteilt. In die großen Mainstreamsendungen und Analyseseiten hatte es die Meldung nicht geschafft. Auch hatte nicht herausgefunden werden können, wer da verkaufte und wer kaufte.

Die Organisation und vor allem ihre Payroll hatten ihre Aufgabe erfüllt.

Wenn es dafür nötig war, diesen Leuten jedes Jahr irgendwo auf der Welt ein paar Tage Luxus und vermeintliche Weichenstellung in den Sphären der Weltpolitik zu zahlen und selber auch noch mitzumachen bei der Farce, dann sollte ihm das recht sein. Ein geringer Preis eigentlich. Außerdem hatten sie bei diesen Treffen die Gelegenheit, sich im kleinen Kreis zu treffen und abzusprechen. Es war also nicht umsonst, auch wenn er auf das ganze Brimborium gern verzichtet hätte. Und auch wenn ihm die letzte sogenannte Konferenz die Problematik mit Bernoulli eingebrockt hatte.

Tom Bernoulli. Kurz streifte ihn eine Regung, die der Trauer nicht unähnlich war: Bedauern. Der Mann war ein Genie gewesen. Anders konnte man es nicht sagen. Hätte er sich doch bloß nicht dazu verleiten lassen, über den Rand seiner Petrischalen hinaus zu denken. Hätte er, Kolko, ihn doch nie zu dieser Konferenz geholt. Er hätte es wissen müssen. Er hätte wissen müssen, dass die Fragen, die man Bernoulli zu seiner Forschung stellen würde, ihn nicht in erster Linie zum Antworten, sondern zum Weiterfragen brächten. Und dass er nicht locker ließe, bis er wüsste, was er wissen wollte. Und dass er mit diesem Wissen nicht würde leben können und wollen.

Er ließ die Regung los wie einen heliumgefüllten Ballon. Es war vorbei. Solcherlei Reflexionen müßig. Was zählte, war, dass Panetta über seine Kontakte bei der Bundespolizei dafür gesorgt hatte, dass Tom Bernoullis Tod ein Unfall war und es auch blieb. Keine Untersuchung des Fluggeräts, keine Analyse und Prüfung von Gurtzeug, Aufhängung und Rettungsschirm, keine Obduktion. Das musste reichen.

Seine Gedanken kehrten zurück zum Gold. Irgendein kluger Kopf hatte mal gesagt, am Ende jeder Zivilisation stünden Korruption, ausufernde Bürokratie, Krieg und Inflation. Am Anfang einer neuen Zivilisation stehe nur eines: Gold.

Kolko gab dem recht. Unter den Aspekten des Wertes, der Stabilität und der Widerstandsfähigkeit gegen Sturmgebiete würde nach all dem als einzig logische Konsequenz ein neuer Goldstandard eingeführt werden. Sämtliche Währungen, ob neu oder bloß reformiert, würden zumindest teilweise an diesen zeitüberdauernden Wert gebunden werden. Und damit an Nukleus. Denn was, wenn nicht Währungsreformen, Goldstandard und drohende Destabilisierung rechtfertigten die Anwendung von Section 372, beziehungsweise ein Verbot privaten Goldbesitzes gemäß Schweizer Gesetzgebung?

Kolko hatte das Museumsufer hinter sich gelassen und war ohne es zu merken in die Frankfurter Innenstadt eingetaucht. Der Himmel hatte sich verdüstert. Abendstimmung mitten am Tag. Er blieb stehen und stellte fest, dass seine Beine zitterten. Der Blick auf die Uhr sagte ihm, dass er seit über einer Stunde marschierte. Zu lange. Alles zu lange.

In der diesigen Düsternis herannahenden Schneefalls erlaubte er sich, den Blick auf die jämmerliche und doch seltsam erhellend warme Flamme eines Gedankens zu richten, der einen anderen Weg wies: Er könnte aufhören. Er könnte die Welt ihren Lauf gehen lassen. Krank war sie alleweil. Die Heilung würde auch ohne sein Zutun schmerzhaft. Schmerzhafter, als die Leute der lebenden Generationen es sich überhaupt vorstellen mochten. Was machte es für einen Unterschied, ob er dabei wäre oder nicht? Ob er verstünde, sähe, wüsste oder nicht?

Nukleus war positioniert. Seinen Teil des Deals hatte er eingehalten. Eine kleine Gruppe von Unsichtbaren hielt alle Macht in Händen. Er konnte gehen. Hier stehenbleiben. Im Nebel. Einfach verschwinden. Jeanne konnte weiterleben. Sich unberührt von seinen Gedanken und Plänen weiterhangeln zwischen den Welten. Unversehrt ihrem Ende entgegen.

Ein Windstoß löschte den Gedanken aus.

Er spuckte aus. Spuckte auf das zerfallende Standbild seines in Sentimentalität schwelgenden Selbst. Ein rein symbolischer Akt – altersbedingte Mundtrockenheit; nicht einmal ein winziger Fleck war auf dem gefrorenen Boden auszumachen.

Die Verachtung – auch wenn sein vertrocknendes Inneres ihn an der bloßen Gestik hängen ließ – richtete ihn auf. Buchstäblich. Der auf den ersten Blick verloren wirkende Alte, der auf halber Strecke zwischen Haupt- und Konstablerwache zwischen samstäglich dahereilenden Menschen zu verschwinden schien, gewann auf den zweiten Blick an Größe, richtete sich auf, strahlte Kraft geradezu aus, wie alte Bäume es zuweilen tun. Unumstößlich.

Nein. Er hatte schon zu lange gewartet, um jetzt einfach wegzugehen. Wenn irgend möglich, würde er bleiben. Bleiben und schauen. Die Frage, die hier und jetzt ihrer Beantwortung harrte, war, ob Delta wiederbelebt werden musste oder ob er darauf verzichten konnte. Minkowski, Toms ehemaliger Vorgesetzter, schwitzte Blut beim Versuch, zu retten, was zu retten war. Viel war es nicht. Tom hatte gründlich gearbeitet. Wie immer.

Aber alles lief eigentlich wie geplant. Die Dinge beschleunigten sich dank seines Zutuns. Delta hatte lediglich die Funktion einer Art Schubreserve für den Fall, dass andere Kräfte, die dazu in der Lage wären, versuchen würden, die Ereignisse zu bremsen oder gar abzuwenden.

Ein bis aufs Skelett abgemagertes Europa konnte mit etwas Weitsicht immer noch als schlanke und billig zu habende Braut gesehen werden. Ein dank Delta hungerndes und verseuchtes indes nicht.

Ein verwöhnter, wohlstandsverweichlichter und schlagartig verarmter Kontinent wäre ein dankbarer Sklave, ein kriecherischer Diener, der jedem neuen Herrn gern Leib und Leben darbringen würde gegen das vage Versprechen der Wiederbelebung der guten alten Zeit. Ein kranker Kontinent, dem der Tod bitter und einzig zu versüßen wäre durch die Aussicht, andere mitzureißen, wäre eine Gefahr für jede noch so mutig und hungrig expandierende Macht.

Das war die Schubreserve. Für den Fall, dass Armut und Bankrott nicht abschreckend genug wären.

Kolko glaubte nicht, soweit gehen zu müssen. Er glaubte auch nicht, dass, sollte das Labor, das Projekt, die im besten Fall als betrügerisch zu bezeichnende Milliardenfinanzierung durch die offiziell für Staaten und Banken bestimmte und durch Nukleus hindurchgeflossenen EU-Rettungsgelder, auffliegen, das etwas am Lauf der Dinge ändern würde.

Mehr als jede mögliche Veränderung fürchtete Kolko allerdings eine Verzögerung. Einen abrupten Stopp kurz vor dem, was er sich mehr als alles zu sehen wünschte: dem Nichts. Die Lücke zwischen dem Sterben des Alten und dem Neuen, das erst noch geboren werden musste.

Europa und mit ihm die entwickelte Welt standen so oder so vor einer Katastrophe, vor Hunger, Gewalt und Entbehrungen gigantischen Ausmaßes. Aber man würde tun, was man auch heute bereits tat. Man würde alles daransetzen, zu verzögern, hinauszuschieben, bis es nicht mehr möglich wäre. Krise um Krise, Finanzkrise, Schuldenkrise, Inflationskrise, Migrationskrise, Rentenkrise, Wirtschaftskrise … Bis es irgendwann krachte.

Das Problem: Er war bereits 86 Jahre alt. Das statistische Mittelmaß lag längst hinter ihm. In jeder Beziehung.

Und auf einmal war es ihm klar: Er wollte sich den Risikofaktor Peter Keller beziehungsweise jenen einer wankenden Jeanne nicht leisten. Er wollte es nicht.

Ja – er wartete schon viel zu lange, um jetzt klein beizugeben.

Kolko war bei der Hauptwache angelangt. Oder besser: bei der Station „Hauptwache" der Frankfurter Verkehrsbetriebe. Er wusste, dass dort während der Wintermonate auch nachts immer ein Zugang zur sogenannten B-Ebene offenblieb, um Obdachlosen einen einigermaßen geschützten Schlafplatz zu bieten. Um diese Tageszeit würden sich die ersten bereits einfinden, um die besten Plätze zu reservieren. Nachts war jeweils eine Dienstgruppe des Ordnungsdienstes zur Durchsetzung des Alkohol- und Drogenverbots vor Ort. Nicht jedoch an einem Samstagnachmittag. Da patrouillierte nur die reguläre Bahnhofswache und hatte höchst selten Lust, sich den nahen Feierabend von schwarzen Händen, Alkoholfahnen und faulenden Zähnen versauen zu lassen. Man sah weg. Sah fern, wie auch sonst meistens.

Kolko hatte sich die Frage, warum solche Orte und ihre Menschen ihn anzogen, nie beantwortet. Auch jene nach der Grenze nicht, oder danach, wo sie verlief zwischen ihm und denen dort. Wo der Unterschied zu finden war, wenn nicht im Augenfälligen. Was verblieb, wenn alles sich als dasselbe erwies und nur durch die Stufe, auf der es sich zufällig abspielte, getrennt war?

Kolko stand still, die Hände tief in die Taschen des dunkelblauen Wollmantels vergraben. Vor ihm die gellende Pinkfassade eines Brezelstands. Gellend auch der Duft. Daneben ein Bücherladen. Klein nur. Für Reiseliteratur. Dann die ladenartige Take-away-Theke eines Großverteilers. Die Duftwellen kollabierten, es wurde zuviel. Ein Geschäft, das Lederwaren verkaufte. Reisetaschen. Überall, in allem drin und drumherum, stehend, gehend, wankend, sich schleppend, Menschen. Menschen, die von irgendwoher kamen und irgendwohin gingen. Ohne zu reden. Keiner schien hier sprechen zu wollen. Und doch war es laut. Stickig, ohne warm zu sein.

Kolko fühlte etwas wie Hitze auf seiner Haut. Kälte rundum. Leere. Fragen. Könnte er bleiben? Wäre die Freiheit eine andere? Das Spiel? Die Regeln?

Sein Handy klingelte. Eine Frau um die 60, vollschlank, klein, kurzhaarig, erschrak über den grellen Ton. Sie hatte Kolko übersehen, wie die meisten hier. Ihr Blick unsicher suchend erst, dann ihn vorwurfsvoll streifend, vorbeieilend. Kolko blickte ihr nach. Auf der Jacke, die ihren Rücken umspannte, stand das Wort „X-cess".

Es war Vaclav Ondrisek, sein Chauffeur, der anrief. Kolko blickte auf die Zeitanzeige des Handys: Sieben Minuten vor drei Uhr. Er hob das Telefon ans Ohr:

„Ist sie da?" Ein letzter Notausstieg. Jeanne könnte außer Haus sein. Weiterleben.

„Ja", wurde ihm bestätigt. Fast hörte Kolko die Panikverriegelung der Tür einrasten und sich blockieren. Kein Ausweg mehr.

„Gut. Bringen Sie's."

Auf der anderen Seite der Leitung wurde kommentarlos aufgelegt, und Kolko ließ das Handy zurück in die Manteltasche gleiten. Er ging zum Seitenausgang der Station und stieg in den Fond eines Taxis. Jetzt war er müde.

***

Jeanne hörte den Türsummer. Es war erst halb drei. Der Junge war früh dran heute. Es war immer ein Junge. Jedenfalls kam es ihr so vor. Fast Kinder noch, die ihre Stimmen tiefer klingen zu lassen versuchten, die Gesten internationaler aussehen, die Worte gewichtiger scheinen. Sie waren wie junge Hunde. Immer nur Spielen im Kopf. Am liebsten das Spiel „Erwachsensein". Manchmal tat ihnen Jeanne den Gefallen, bat sie in die Wohnung, wo sie verzweifelt versuchten, pickelgeplagte und kaum beflaumte Kiefer unter Kontrolle zu halten beim Anblick der Maße, die hier galten. Und wenn sie soweit ging, ihnen Platz und einen Drink anzubieten, dann war ihnen das Wohlsein, das innerliche Auf-den-Rücken-Rollen anzusehen.

Zu spät war noch nie einer gekommen.

Sie betätigte den Türöffner und lauschte auf die Schritte, bis sie hörte, dass sie die Kabine des Aufzugs unten im Parterre betraten. Dann drückte sie auf dem Bedienfeld des Aufzugs auf den Autorisierungsknopf für ihr Penthouse.

Der Junge trat aus dem Aufzug. Sie wusste nicht, ob sie ihn schon mal gesehen hatte oder ob es ein neuer war. Diesmal bat sie ihn nicht herein. Nicht heute. Nur mit Mühe unterdrückte sie ihr Zittern. Die banale Angst des Junkies, der Stoff könnte sich in Luft auflösen, bevor sie zum Schuss käme. Oder gar sie selbst. Das Auflösen wäre nicht so schlimm, das würde sie sowieso. Aber bitte nicht vor dem Kick. Komischerweise war es egal, ob sie in diesem Moment eine Badewanne voll von dem Zeug vor sich stehen hatte oder bloß die drei Briefchen. Die Angst wäre dieselbe. Sie gab dem Jungen das Geld, legte einen Hunderter drauf für ihn und schloss die Tür hinter sich ab. Jetzt nur noch über die Linie mit all der Angst und dem Zittern. Sich selbst konnte sie getrost liegenlassen. Sie war in Sicherheit.

Wie immer an Samstagen hatte sie ihre Wohnung auch heute so verlassen, dass alles bereit wäre um drei Uhr. Die elektrischen Panels zugezogen und alle Stecker raus. Feuerzeuge,

Streichhölzer und Kerzen eingeschlossen. Sicherungen von Kochherd und Elektroofen rausgeschraubt. Nichts konnte ihr passieren.

Zehn Minuten später erschrak sie in Zeitlupe, als erneut der Türsummer erklang und sie sich dabei zuschaute, wie sie dem lichten Ton zur Tür folgte. Dann holte sie sich ein, berührte fingerspitzenleicht die Tasten des Türöffners und des Aufzugs, als wären es Sterne. Sie lächelte. Dann machte sie kehrt und balancierte auf dem Schweif des nachhallenden Klangs zum Kokon ihrer Couch im Wohnraum zurück.

***

Piet wunderte sich darüber, dass es ihn nicht wunderte. Vielmehr schien es ihm jetzt, als habe er damit gerechnet. Mit irgendwas auf jeden Fall.

Das erste Treffen mit Jeanne Wallenberg in der Bank war zu glatt gewesen. Glattglänzend und warm, wie ihre Stimme, die jedoch quer zur Richtung des Gesagten von anderen Zonen gesprochen hatte.

Er trat aus dem Aufzug. Für einen Moment war er nicht sicher, ob er sich noch in einer Art Flur oder bereits in den Privaträumen von Jeanne Wallenberg befand. Kein Zugang außer jenem, den der Aufzug bot. Der Treppenschacht wurde von einem Gitterrost versperrt, wie man ihn in den Tresorräumen der Nationalbank erwartete. Er trat über die Schwelle, deren Funktion sich aufgrund der örtlichen Gegebenheiten scheinbar auf die Symbolik beschränkte, und verzichtete darauf, die schwere Metalltür im Luftschutzkellerdesign hinter sich zu schließen. Er folgte dem Licht, das gedämpfter, als die vorgerückte Nachmittagsstunde es erklären würde, fahl den dem Eingang entferntesten Bereich der Wohnung erhellte. Automatisch registrierte er im sich verändernden, Stufe um Stufe heller werdenden Zwielicht die hangarartige Größe dessen, was man wohl als „Loft“ oder „Penthouse“ bezeichnete. Der Maßstab erinnerte ihn an seine eigene Halle. Mehr Gemeinsamkeiten gab es nicht. Es sei denn, Jeanne Wallenberg würde sich im Lauf der nächsten Stunde als ein ihm verwandtes Wesen entpuppen.

Das Spritzbesteck auf dem rechteckigen dunkelbraunen Salontisch, dessen glänzendvernarbtes Holz aus dem 17. Jahrhundert angeschwemmt worden zu sein schien, ließ den Grad einer solchen Gewissheit sich auf der niedrigsten Stufe ansiedeln. Die Gerätschaften, wenn man es denn so nennen konnte, waren aus Silber. Wobei: Das hier war Jeanne Wallenberg. Es konnte sich ebenso gut um Platin oder Palladium handeln. Die Frau, die sich, der Größe ihrer Pupillen nach, seiner vor Minutenfrist bedient hatte, saß in eine dicke graugesteppte Decke gehüllt in der Ecke der L-förmigen Sofakomposition und sah ihm halb kindlich staunend, halb alterslos belustigt bei seiner optischen Bestandsaufnahme zu. Kein Zeichen des Erstaunens oder des Sichgestörtfühlens – als wäre es das Normalste der Welt, dass Leute wie Peter Keller an Wochenenden und in Freizeitkleidung hier ihre Aufwartung machten. Und als hätte sie seine Wahrnehmung gehört:

„So gefallen Sie mir viel besser, Herr Keller."

Für einen Moment wurden ihre Lider schwer, das Lächeln lag verlassen auf dem leergefegten Belag ihrer Züge. Von irgendwoher hinter sich hörte Piet ein surrendes Summen. Er wandte dem Geräusch halb den Kopf zu, während sein Blick weiterhin auf Jeanne Wallenberg ruhte, deren Augen jetzt wieder offenstanden. Groß, dunkel, fragend. Herrgott! – Sie sah aus wie ein Kind. Er kannte das. Sie ist ein Kind, sagte er sich. Für den Moment ist sie ein Kind.

Er machte einen Schritt auf die Couch zu, ging vor ihr in die Hocke und zwang ihr Gesicht mit dem leichten Druck eines Fingers, sich zu ihm zu wenden.

„War das die Türklingel?", fragte er.

„Wer denn noch?" Jetzt eine Art Furcht im Kinderblick.

„Soll ich das übernehmen? Soll ich zur Tür gehen?"

Sie nickte, zog ihre Beine bis hoch zum Kinn, die Decke enger um sich. Eine Blume, wenn es dunkel wird.

Piet nahm ihr Gesicht in die großen Hände. Es ging hier nur um eines: Geborgenheit. Alles, was zählte.

„Bleiben Sie einfach hier, okay? Ich mach‘ das schon.“ Er hielt ihren flatternden Blick fest, mehr noch als die zarten Wangen. „Ich komme gleich wieder.“

Vogelgleich zitternd fühlte er ihr Nicken. Die Hände immer noch um ihren Kopf gelegt, fuhr er mit seinen Daumen vom Nasenbein ausgehend über die Haut unter ihren Augen. Langsam. Noch einmal, bis er das Nass spürte und sah, dass die Lider erneut kapitulierten.

„Ich bin gleich wieder da“, sagte er noch einmal. Behutsam zog er Hände und Arme zurück, stand auf und ging in Richtung Wohnungstür. Neben dem Eingang drückte er auf den Knopf für die automatische Türverriegelung im Erdgeschoss. Es wäre ihm lieber gewesen, die Person, die sich offensichtlich unerwartet wie er selbst hier einfand, dort unten in Empfang zu nehmen. Da sich der Aufzug ohne Schlüssel jedoch nur von hier oben bedienen ließ, wartete er darauf, dass er die Tür gehen hörte, und gab anschließend den entsprechenden Befehl ein.

Ohne dass er von der Fahrt der Kabine auch nur das leiseste Geräusch wahrgenommen hatte, glitten ein paar Sekunden später die mattglänzenden Stahltüren auseinander. Und als wär‘s der akustisch und körperlich schmerzhafte Überschallknall einer Treibschnur, traf ihn beim Anblick der vor ihm stehenden und jetzt aus dem Aufzug tretenden Person die Erkenntnis. Er hätte nicht sagen können, woran er sie festmachte. Ob an den Bewegungen des Mannes oder dem Blick, der alles um sich her wahrzunehmen und sich doch auf ihn zu konzentrieren schien. Klar war Piet in diesem Moment einzig, dass das, was sich hier in auf Röhre geschnittenen Baggy-Jeans, Hemd und tailliertem Blouson präsentierte, seinesgleichen war. Egal, ob noch aktiv oder längst in anderen Welten: Man wurde es nicht los. Nicht den Blick, nicht die Haltung des Alles-Erwartens, nicht die einen umhüllende, gleichsam schützende und entrückende Ausdünstung akzeptierter und einverleibter Unausweichlichkeit. Nicht den Krieg.

Piet hatte seine wuchtige Gestalt in der Tür an den Rahmen gelehnt und beschränkte sich darauf, sein Gegenüber fragend anzusehen.

„Ist Jeanne da?“, fragte der Mann jetzt. Er hatte einen Akzent. Slawisch.

„Ihr ist nicht wohl im Moment“, antwortete Piet und stieß sich vom Türrahmen ab.

Aufrecht in der Öffnung stehend überragte er den anderen, den die Antwort zufriedenzustellen schien, mindestens um einen halben Kopf. Als hätte er erwartet, oder vielmehr gewusst, dass Jeanne Wallenberg sich in einem derangierten Zustand befand. Befinden musste. Piet blickte auf seine Armbanduhr, als wolle er es zusätzlich unterstreichen. Es war Punkt drei Uhr. Der andere schien irgendetwas zu verstehen und griff in die linke Tasche seines Sakkos. Entgegen dem Aufschrei jeder einzelnen seiner sich verkrampfenden und durch die Bewegung in Alarmbereitschaft versetzten Fasern ließ sich Piet erneut gegen den Türrahmen fallen. Wartete halb genervt, halb gelöst darauf, dass der andere zum Punkt käme. Er tat ihm den Gefallen und förderte vier Briefchen mit weißem Inhalt zutage. Piet streckte die Hand aus.

„Was schulden wir Ihnen?“ Das „wir“ bewusst gewählt.

„Wie immer“, kam die Antwort.

„Ich bin nicht immer da.“

Ein Flackern entwischte des anderen Augen, bevor er den Blick senken konnte, um ihn gleich wieder zu heben. Jetzt war sich Piet sicher, dass dieser Mann hier genauso fehl am Platz war wie er selber. Das Grinsen, dem er erlaubte, über sein Gesicht zu kullern, war echt.

„Tausend?“, kam er dem anderen entgegen. „Ich mag gerade Summen“, fügte er an. „Und für das da“ – mit dem Kinn deutete er in Richtung der Hand, die nach wie vor die Briefchen umschloss – „denk‘ ich mal, ist der Preis allemal fair“.

Ohne auf die Antwort seines Gegenübers zu warten, holte Piet eine Geldklammer aus seiner Hose, löste die Scheine, zählte fünf Zweihunderter ab und hielt sie dem Besucher auf eine Art hin, die besagte, dass es keine Rolle spiele. Dass er es sich noch anders überlegen und 2.000 fordern könne. Oder 3.000. Ganz egal. Die Dicke des verbleibenden Geldbündels unterstrich das Nichtgesagte.

Der andere nahm die Scheine in Empfang. Wieder dieses kaum wahrnehmbare Zögern. Dann reichte er Piet die Briefchen und wandte sich zum Aufzug um. Die Tür verfügte über einen Bewegungsmelder und öffnete sich automatisch. Piet wartete nicht, bis der Mann die Kabine betreten und diese sich in Bewegung gesetzt hatte, sondern drehte sich wieder gegen jeden antrainierten und auf Lebenszeit eingebrannten Instinkt verstoßend auf der Stelle um und trat zurück in die Wohnung. Dann erst hielt er inne, wandte sich erneut dem Treppenhaus zu und lauschte. Wenig später hörte er die Eingangstür ins Schloss fallen. Ein Indiz bloß. Kein Beweis. Es musste genügen. Er atmete aus. Auch das: langsam, geräuschlos. Blieb einen Moment stehen, Leere verströmend. Dann wieder Gedanken, einer um den anderen.

Auch er hatte sich heute in bezug auf seine Kleidung für Casual entschieden. Und auch in seinem Fall war Casual ein Hemd, ein Blazer und eine Jeans. Er hatte das Zeug bereits gestern den ganzen Tag über getragen, damit es nicht so neu wirkte, wie es in Wirklichkeit war. Und damit er sich an die Enge des Schnitts gewöhnen konnte. Was anderes als Kleidungsstücke, die dem Träger geringfügig mehr als die Bewegungsfreiheit einer Zwangsjacke zugestanden, schien es nicht mehr zu geben. Dass ihm auch unter normalen modischen Bedingungen alles einen Tick zu eng war und zu satt saß, hatte die Sache nicht besser gemacht. Von wegen Diskriminierung von Minderheiten – im Bereich der Mode schienen der Terminus der political correctness und deren Umsetzung noch nicht angekommen zu sein. Jedenfalls nicht in der Männerabteilung.

Jetzt sah er an sich hinunter, versuchte sich vorzustellen, was der andere gesehen haben mochte. Fragte sich, ob bei ihm auch alle Alarmsysteme Amok gelaufen waren bei seinem Anblick. Es war zu vermuten. Man wurde auch das Erkennen nicht los. Er wusste, warum er all die vergangenen Jahre im Blaumann verbracht hatte, unter Handwerkern und Bastlern. Sie waren wohl seine Welt geworden, aber vor allem sein Schutz.

Er riss sich aus dem Sog der Gedanken heraus, stellte sich quer und zwang sich, dagegenzuhalten. Vier Tütchen weißes Heroin. Auch das passte nicht. So wie's ausgesehen hatte, war Jeanne Wallenberg für die nächsten Tage bereits bestens versorgt. Warum also kam hier einer angetrabt und lieferte noch mehr Stoff? Und warum sollte ein halbwegs klardenkender Hintermann einen Ex-Militär als Lieferjungen einsetzen? Da konnte er das Zeug ja geradeso gut verschenken. Oder selber konsumieren. Solche Leute konnten heute verlangen, wonach ihnen der Sinn stand, wenn sie gut waren. Und zwar weltweit. Auch er hätte es gekonnt, hätte er es denn gewollt. Außerdem: Der Kerl hatte keine Ahnung gehabt, was er für den Stoff verlangen sollte. Er war davon ausgegangen, dass Jeanne Wallenberg ihn in Empfang nehmen würde. „Wie immer", hatte er sich herausgewunden. Und dieses Zögern bei der Abwicklung des Deals. Als wäre er es nicht gewohnt. Oder als wäre ein Teil seiner selbst sich zu gut für so was. Piet hätte seine Hand darauf verwettet, dass sich der Kerl allerdings nicht zu schade gewesen wäre, ihm eine Kugel in die Stirn zu setzen. Und dass sein Abgang für ihn kein Abgang, sondern eine Rot-Null gewesen war – die Aufforderung an sich selber, sofort das Feld zu räumen.

Diesmal gab er der Tür einen Schubs. Sie setzte sich gebremst durch einen Druckluftmechanismus in Bewegung, fiel nicht, sondern glitt trocken saugend ins Schloss. Einen Moment lang blieb er stehen, nichts als diesen Schließlaut in sich. Dann traf er eine Entscheidung, holte sein Handy heraus und wählte die Nummer, die Brun ihm für Notfälle gegeben hatte. Risiko hin oder her. Die Situation war gerade dabei, sich massiv zu verändern.

„Hast du dich eingelebt im neuen Zuhause?", begrüßte ihn Brun nach dem ersten Läuten, ohne sich die geringste Überraschung anmerken zu lassen.

„Zuhause?", echote Piet.

„Komm schon – sei nicht so. Jetzt, wo sogar Heizung und Strom laufen und du die ganze Hütte für dich hast."

„Schätze mal, um das zu bemerken, müsste ich mich *im* Haus aufhalten."

„Und das tust du nicht? Kampierst du draußen?"

„So in etwa. Es will nämlich nicht so recht Gemütlichkeit aufkommen, wenn draußen dauernd irgendwelche Leute rumlungern."

„Das ging schnell. Viel zu schnell", kam es von Brun. „Und sie lungern rum?"

„Natürlich nicht. Sie sind bloß da. Und sie sind verdammt gut. Ich glaube nicht, dass ich sie auch nur mit einem Stäubchen meiner Aufmerksamkeit gestreift hätte, wäre ich nicht der, der ich bin."

„Also hast *du* draußen rumgelungert …"

„Genau. Und ich bin auch gut, wie du weißt."

„Und?"

„Das sind definitiv nicht Leute aus euren Reihen, Carl. Die Ausrüstung kommt nicht hin. Die Sprache schon gar nicht. Gestern hatte ich die Ehre mit zwei Deutschen. Heute waren es zwei Engländer. Immer Zweierteams, soweit ich sehen konnte."

„Du warst verdammt nah' dran, Piet."

„Wie gesagt: Ich bin gut. Und du schuldest mir neue Klamotten. Meine eine Hose ist hin von der ganzen Herumkriecherei."

Brun ging nicht darauf ein: „Und jetzt?", fragte er stattdessen. „Wo bist du jetzt?"

„Bei Jeanne Wallenberg. Darum ruf' ich an: Kannst du hier jemanden mit Pizza vorbeischicken?"

„Pizza?"

„Egal. Hauptsache, glaubhaft. Allerdings bräuchte ich dazu auch noch einen Drogen-Schnelltest."

„Bist du sicher, dass du bei Jeanne Wallenberg bist und nicht irrtümlich in der Basler Niederlassung der Streetworkers? Aber okay – ich frage nicht. Um was für Stoff geht es?"

„Heroin."

„Gut. Kann aber eine Weile dauern."

Die Verbindung wurde unterbrochen.

Langsam ging Piet zurück in den Wohnraum. Sein Job für die nächsten Stunden: den Kokon der Wolldecke vergrößern, Geborgenheit schaffen außerhalb der wärmenden Hülle. Normalität. Sicherheit.

Ausgerechnet ich.

Die Szenerie hatte sich nicht verändert. Jeanne Wallenberg schien zu dösen, öffnete aber halb die Augen, kaum dass er näher trat.

„Danke", sagte sie. „Danke, dass Sie so freundlich waren."

„Vergessen Sie's." Und nach einer kurzen Pause: „Ich hoffe allerdings, ich habe keine Dummheit gemacht."

Wieder dieses Kinderlächeln. „Sie? Eine Dummheit? Kann ich mir nicht vorstellen. Was denn?"

„Ich habe jemanden weggeschickt, der noch mehr von dem Zeug da verkaufen wollte", sagte er, indem er vage auf das Arrangement von Plastik, Metall und Pulver auf dem Tisch deutete. „Ich dachte, Sie hätten ja alles, was Sie brauchen, für den Moment."

Ihre Augen wurden größer. Groß.

„Der Junge war nochmal da?"

Die Frage schien an sie selbst und nicht an Piet gerichtet zu sein. Und als wäre besagter „Junge" da und sie in der Lage, ihn direkt anzureden: „Das ist nicht nötig. Ich habe alles, was ich brauche."

Ihr Gesicht verzog sich zu einem lautlosen Lachen, das die müde Stimme nicht mehr erreichte:

„Muss ein Fehler in der Disposition sein. Oder glauben Sie nicht, dass diese Jungs so was wie einen Einsatzplan haben? Wie die Taxis? Mit Funk zur Zentrale und reglementierten Fahrstunden und obligatorischen Ruhezeiten?"

„Eine Gewerkschaft?", ergänzte Piet. „Feriengeld, obligatorische Ruhezeiten und Rentenabzug?"

Jeanne Wallenberg kicherte, entspannte sich, schloss die Augen. Piet betrachtete sie.

Was war das doch für ein Scheißdreck, dieses Zeug. Oder anders: Was für ein Leben war das, wenn man, um es auszuhalten, zu diesem Dreck greifen musste.

Er hatte es probiert. Ein ganzer Monat Urlaub. Das Geld von zwei Jahren Nonstop-Einsatz in der Tasche. Nichts, was ihn irgendwohin gezogen oder irgendwo gehalten hätte. Und Jeff. Sein Kollege, Kamerad, Freund – er wusste es nicht. Sie waren beide um die 25 gewesen damals. Er erinnerte sich nicht mehr, wer sich damals wem angeschlossen hatte. Wer wen mitgezogen. Jedenfalls stand eines Tages fest, dass sie zusammen nach Thailand fliegen würden. Den Urlaub zusammen beginnen, sich trennen, was auch immer. Der Plan war bis auf die Reise nicht fix. Man würde sehen, wenn man dort wäre. Sie hatten sich schon oft über Heroin unterhalten – über Drogen im Allgemeinen. Sie gehörten zu ihrem Beruf. Manch einer war, was er war, konnte, was er tat, und ertrug das Erinnern daran nur mit ihnen. Es war verboten. Über das Nicht-Unterlassen wurde indes hinweggesehen. Never change a winning team. Oder so ähnlich.

An einem Abend am Strand auf Koh Phangan waren sie übereingekommen, es zu probieren. Ein einmaliges Experiment. Eine Untersuchung zur Horizonterweiterung sozusagen. Sie waren sich einig gewesen: Was auch passierte – es würde bei diesem einen Mal bleiben. Die Konsequenzen des Versuchs hätte jeder für sich allein zu tragen. Am nächsten Tag waren sie früh losgezogen, um sich umzuhören, die Info zu streuen. Sie waren schnell gefunden worden, und noch am selben Tag waren sie mit dem Stoff zu ihrem auf der nordwestlichen Seite der Insel gelegenen Bungalow zurückgekehrt. Elektrizität hatte es damals dort noch nicht gegeben. Von einer Straße ganz zu schweigen. Was man aus dem Schrank des Haupthauses an Getränken oder Essen nahm, wurde mit Bleistift in ein kleines Notizbuch geschrieben. Pro Tag kostete die Unterkunft umgerechnet 1,20 Euro. Eine Cola 15 Cent. Jeff war aufgedreht gewesen wie ein Mädchen vor der Hochzeitsnacht. Nervös, überdreht, ängstlich, während er selber es locker genommen hatte, vielleicht sogar eine Spur genervt darüber, dass er sich auf die Unnötigkeit eingelassen hatte. Er war sich sicher gewesen, dass er auf das Zeug nicht abfahren würde, dass es Zeitverschwendung wäre und dass er nichts davon haben würde außer vielleicht einen Kater oder wie man das bei Drogen nannte.

Jeff hatte auf einer quasirituellen gemeinsamen Einnahme bestanden, was Piet noch mehr genervt hatte. Er hatte auf dem normalen Rahmen eines ganz normalen Abends bestanden. Vor der Hütte sitzend, Thai-Bier und eine Flasche weißen Thai-Schnaps, Zigaretten, das Meer, reden, schweigen, schwimmen, sein.

Dann war es doch irgendwie anders gewesen. Vielleicht hatte er auch bereits zu viel getrunken gehabt. Jedenfalls standen sie am Strand, die Füße im erkaltenden Sand, als sie das Heroin schnupften.

Wenn sich Piet vorgängig geärgert hatte, dann war das, was danach gekommen war, die totale Endhärte an Ärger gewesen. Alles war Ärger gewesen, zu Ärger geworden – und doch hatte er im verebbenden und ruhiger werdenden Rausch verstanden, worum es ging. Worum es einzig gehen konnte. Geborgenheit. Und auch das hatte ihn geärgert, weil er es nicht brauchte. Ich kenne das, ich brauche nicht eine zusätzliche Dröhnung davon, ich habe alles, was dieser Scheiß mir bieten kann.

Außerdem hatte er es gehasst, die Kontrolle über seinen Körper zu verlieren. Er hatte die ganze Zeit aufzustehen versucht und war immer wieder neu auf die Knie und von dort zur Seite gekippt in eine Art Fötalstellung, in der er nicht hatte verharren wollen. Dann hatte er versucht, wenigstens den Himmel so zu sehen, als würde er aufrecht stehen. Aber auch das hatte nicht funktioniert. Und auch das hatte ihn genervt.

Jeff hatte er die ganze Zeit über nicht beachtet. Zu sehr war er mit seinem sich jeder Kontrolle widersetzenden Körper beschäftigt gewesen. Irgendwann hatte er es bis zur Hängematte geschafft und war dort bis zum Morgen liegengeblieben. Ob er geschlafen hatte oder einfach nur high gewesen war, vermochte er nicht zu sagen.

Auch Jeff war verschwunden gewesen. Er hatte sich nicht weiter Gedanken gemacht. Entweder wäre er in seinem Bungalow oder säße wie so oft schon vorne im Ort an irgendeiner Bar und ließe seinen Neuronen ein Bad angedeihen.

Ihn hatte gegraust vor dem Wiedersehen. Nicht, weil er sich geschämt hätte oder so. Er hatte bloß befürchtet, die Erfahrung mit Jeff haarklein bis ins Detail besprechen und diskutieren zu müssen. Endlos.

Er hatte sich geirrt. Als Jeff zurückgekommen war – er hatte recht gehabt mit der Hirnspülung und Jeff bereits arg Schlagseite –, hatte dieser kein Wort darüber verloren. So ganz und gar kein Wort, dass schließlich er, Piet, es gewesen war, der ihn darauf angesprochen hatte. Ob alles klar sei mit ihm, ob er keine Probleme habe, Nachwirkungen oder so. „Alles paletti", hatte Jeff bloß gemeint. Immer wenn Piet sich heute diese Sequenz in Erinnerung rief, hätte er schwören können, Jeff habe gesummt. Irgendeine Melodie, die er kannte, an die er sich aber partout nicht erinnern konnte. Jedenfalls war ihm sofort klar gewesen, dass rein gar nichts paletti war. Dass Jeff auf den Stoff abgefahren war und sich bereits Nachschub besorgt hatte. Es war ihm dermaßen klar gewesen, dass er gar nicht erst gefragt oder seinen Kumpel auch nur im Auge behalten hätte. Beobachtet. Es war nicht nötig gewesen. Einen Tag später war er abgereist.

„Du hast ja jetzt alles, was du brauchst."

Jeff hatte gelacht – auch ein Kinderlachen. Ein verlorenes. „Ja, Mate, das habe ich wohl." Er hatte ein Gesicht gemacht, als ob er weinen wollte. Das war das letzte, was Piet von ihm gesehen hatte. Er war nach dem Urlaub nicht zurückgekehrt zur Truppe.

Und jetzt also Jeanne Wallenberg. Und als hätte er die Geschichte von Jeff nicht erinnert, sondern erzählt und wäre jetzt verstummt, schaltete sie sich in seine bereits an einem neuen Start stehenden Gedanken ein.

„Was tun Sie eigentlich hier?"

„Gute Frage." Er lächelte sie an. „Ich wollte Ihnen eigentlich noch ein paar Fragen stellen zu Tom Bernoulli. Zu seinem

Leben. Aber ich denke, wir verschieben das besser. Ich will Sie nicht stören."

„Sie stören mich nicht. Das ist seltsam. Eigentlich …"

„Eigentlich ...?", hakte Piet nach.

„Nicht so wichtig. Gehen Sie nur."

„Würde es Ihnen denn nichts ausmachen, wenn ich bliebe? Und Sie mir erklären, wer Ihr Ex-Mann war? Wie?"

„Interessiert Sie das denn?"

„Es ist mein Job. Und ja: Es interessiert mich. Sie tun es."

Wieder eine Lücke, durch die Jeanne Wallenberg entwischte.

Ja – das hier konnte auch dauern. Bruns Leute konnten sich ruhig Zeit lassen. Piet stand auf.

„Wo gehen Sie hin?", kam es aus der gepolsterten Ecke.

„Ich dachte, ich mach' uns Tee. Mögen Sie?"

Offenbar beruhigt von dieser Antwort, verzichtete Jeanne ihrerseits auf eine Auskunft. Piet öffnete systematisch einen Küchenschrank nach dem anderen. Sie waren fast alle leer. Allerdings waren Besteck und ein komplettes Service vorhanden. Pfannen, Töpfe, Lappen, Kochbesteck. Alles da – nur nichts, das man hätte reintun, rühren, geschweige denn essen können.

Ein Boden-Luft-Verbindungsoffizier, mit dem er sich mal unterhalten hatte, hatte gesagt, man solle versuchen, die Menschen weniger nach dem zu beurteilen, was sie täten oder redeten, sondern danach, was sie erlitten.

Er hatte lange gebraucht, bis er es verstanden hatte. Ob er es jemals lernen würde, bezweifelte er. Aber hier, hier in dieser Küche, war ihm auf einmal eng. Als könnte er das fremde Leiden dieses Lebens, das hier nicht stattfand, fühlen. Der Schmerz war sein eigener und nahm ihm den Atem. Scharf sog er die Luft ein, beförderte ein zerknittertes Päckchen Zigaretten aus der Hosentasche und zündete sich eine der verbogenen weichgedrückten Kippen an. Wo gespritzt wurde, durfte sicher auch geraucht werden.

20.

Jezreel Vidali schaute von den Papieren auf und mitten hinein ins ätherische Hell hinter dem kleinen Fenster. Ihre Augen brannten. 12.000 Meter über dem Meeresspiegel – so um den Dreh. Dann wandte sie den Blick dem zu, wovon sie nicht wusste, ob man es immer noch „Kabine“ nannte oder ob sich das Wort ebenso verändert hatte wie das, was sie sah.

„Genießen Sie den Flug“, hatte ihr Gastgeber gesagt. „Dieses Schätzchen hier“ – womit er den zweistrahligen Flieger aus der Learjet-Familie meinte – „wird noch nicht serienmäßig hergestellt“.

„Ich wusste nicht, dass man bei der FAA jetzt auch mit Test-Passagieren arbeitet.“

Hess hatte gelacht: „Keine Sorge – die Zertifizierung ist durch. Sie sind so sicher da drin wie nirgends auf dem Boden. Statistisch gesehen jedenfalls.“

„Da haben Sie vermutlich recht“, hatte sie gesagt und es auch so gemeint: Sicherer als hier oben konnte sie zur Zeit nirgends sein.

Und anstatt erneut die salonartige Ausstattung ihrer Umgebung zu bestaunen, fing ihr Hirn wieder an, sich ohne ihr Zutun zu fragen, was da gestern beziehungsweise heute in New York passiert war und ob sie es hätte voraussehen oder verhindern können.

Die Abfolge der Ereignisse ließ vorderhand nur einen Schluss zu: Sie hatte Sam getroffen. Sie hatte nach Horn gefragt. Sie hatte Horn getroffen. Man – wobei sich ihr nicht erschloss, um wen es sich dabei handelte – hatte Sam reingeholt und befragt. Sam hatte Auskunft gegeben, worauf Horn im Hotel Besuch erhalten hatte. Und jetzt war er vielleicht tot. Die Variante Überdosis, von der die ermittelnde Behörde im Todesfall des Ausländers Nikolas Horn ausgehen würde, schloss sie aus. Sie glaubte Horn immer noch. Die kaum sichtbaren Hämatome im

Taillenbereich bestätigten die Theorie. Es sei denn, Horn wäre mindestens vier Mal über die Toilette gestürzt, bevor er sich die letale Dosis seiner ehemaligen Vorzugsdroge verabreicht hatte. Sie sah die Ergebnisse der toxikologischen Untersuchungen vor sich: Überdosis nach längerer Abstinenz, was die rund 20 Mal geringere Mortalitätsrate als im Fall von Heroin zumindest teilweise wettmacht. Außerdem würde man feststellen, dass der Stoff rüde gestreckt gewesen und dass der Mann an den Auswirkungen einer Mischintoxikation gestorben war. Lidocain oder Tetracain – die gängigsten Streckmittel bei Kokain, die zu einer Lähmung des Zentralnervensystems oder zu einer Blockade des Erregungsbildungssystems des Herzens führen können. Außerdem war sich Jez sicher, dass ihm das Zeug injiziert worden war. Sie hatte sich jedoch nicht die Zeit genommen, seine Leiche nach einer Einstichstelle abzusuchen. Wobei: Möglicherweise hätte sie die Zeit sehr wohl gehabt. Das Problem dieser Leute hatte sich mit Horns Tod vielleicht erledigt. Vielleicht war längst keiner mehr an Jezreel Vidali interessiert.

Zuviele Vielleichts. Sie verstand es nicht. Worum ging es? Je länger und je öfter sie alles durchkaute, desto schmerzhafter stieß sie auf die Spitze einer einzigen verbleibenden Möglichkeit: Es ging um Nukleus.

Man hatte von Horn wissen wollen, was sie besprochen hatten. Daher die Hämatome. Blieben zwei Varianten: Entweder Horn hatte unter Druck gesagt, was er wusste, oder er hatte dichtgehalten. Anschließend hatte man ihn mundtot gemacht. Die Fragen: Warum war die Eliminierung notwendig gewesen? Warum hatte man die ganzen Papiere in der Suite gelassen? Und sie selber? Hatte man sie bewusst entkommen lassen? Einzig mögliche Erklärung: Zeit. Fehlende Zeit. Wer auch immer da oben in der Suite gewesen war, war bei ihrer Ankunft im Hotel aufgefordert worden, das Feld zu räumen.

Eine andere Antwort hatte sie nicht. Auch vorhin am Telefon mit Brun nicht, als sie ihm in der Sicherheit von zwölf Kilometern Erdentfernung über Satellit berichtet hatte, was sie dank Horn über das Konstrukt Nukleus wusste.

„Braucht das nicht normalerweise einen Beschluss der UNO-Vollversammlung?“, hatte er gefragt.

„Wie jetzt?“

„Nukleus – für mich hört sich das mehr nach einer Staatsgründung als nach einem Fonds an. Das Ding ist ja quasi-völkerrechtlich organisiert.“

„Genau das habe ich auch gedacht. Aber jetzt denke ich, dass es noch ärger ist, Brun. Das ‚Ding‘, wie Sie es nennen, steht scheinbar außerhalb von allem. Oder über allem, wenn Sie so wollen.“

„Okay – wir müssen mehr wissen. Was genau ist Nukleus? Wer? Ich setze Lorenz dran. Wir brauchen alles: die Vorder- *und* die Hintermannschaft. Woher das Kapital kommt. Wohin die Gelder fließen. Auf welche Summe sich die aktuellen Vermögenswerte des Fonds belaufen.“

„Kann es sein, dass Ludwig auf dasselbe gestoßen ist wie Horn? Dass es auch in seinem Fall um Nukleus geht?“, hatte sie gefragt.

Brun war verstummt. Dann: „Das wäre blanker Irrsinn.“

„Aber möglich“, hatte sie geantwortet. „Es würde vieles erklären. Auch die Tatsache, dass uns offenbar unsere eigenen Leute auf dem Radar haben. Ich tue ja scheinbar zur Zeit nichts anderes, als dauernd aufzufliegen. Kaum ein Tag in Ungarn, und schon sind Czaba und ich enttarnt. Ein Flug nach New York, und mein Kontakt dort kriegt eine Überdosis verpasst. Und immer geht es um Kapitalströme, die in Richtung Nukleus fließen. Und wenn ich Horns Notizen richtig deute, dann geht es in diesem Zusammenhang – und ich spreche von großen Zusammenhängen, Brun – um ziemlich breite Ströme.“

„Wie groß?“

„Was meinen Sie?“

„Die Zusammenhänge – wie groß?“

„Nun ja – Politik, Wirtschaft und unsereiner im Rahmen gemeinsamer strategischer Zielsetzungen der USA und Europa.“

„Sind Sie sicher, dass wir uns da nicht in etwas verrennen?“

„Ich weiß es nicht, Brun. I‘m just reporting facts. Allerdings glaube ich, dass wir uns auf die Schweiz konzentrieren sollten, auf Nukleus.“

„Nukleus ist aber Luxemburg“, warf Brun ein.

„Schon klar – aber er wird von der Bank Wallenberg gemanagt. Luxemburg ist bloß der Briefkasten. Außerdem ist es die Schweizer Regierung, das Finanzministerium unter der damaligen Führung von Carla Brunner-Del Vecchio, die – zumindest offiziell – bei seiner Gründung federführend war. Allerdings habe ich den Eindruck, dass der Fonds eine Art Drehscheibe im Sinn eines Knotenpunkts ist.“

„Wenn‘s nur das ist … Was ist mit diesen Notizen, von denen Sie gesprochen haben?“

„Ich bin noch nicht durch damit. Geben Sie mir ein paar Stunden Zeit. Ich ruf‘ Sie wieder an.“

„Okay. Bis dann.“

„Und, Brun?“

„Ja?“

„Danke.“

„Nichts zu danken.“

Oh doch, hatte sie wortlos zum Freizeichen gesagt, das an ihr Ohr gedrungen war nach Bruns letzten Worten. Er hatte Wort gehalten, sie überrascht. Sie war davon ausgegangen, für eine Weile festzusitzen, sich zu ducken und zu warten.

Wie sie Brun angekündigt hatte, war sie nach der Kirche direkt zu der HI-Jugendherberge in der Nähe gegangen, die nur zwei Blocks vom Central Park war. Die imaginierte Ruhe verschneiten Grüns in der Nähe hatte eine Art Geborgenheit in ihr anklingen lassen. Sie hatte eingecheckt und war direkt in den zugewiesenen Schlafsaal gegangen. Sie hatte sich ein Handy besorgen müssen. Jemand hatte seine Jakke neben der Eingangstür an einen Haken aufgehängt gehabt. Sie selber Glück. Eine SMS an Brun – die Nummer übermitteln. Dann hinlegen. Nachdenken. Sie war fast augenblicklich eingeschlafen.

Das Vibrieren unter ihrem Kopfkissen hatte sie hochschnellen lassen.

„Zeit, erwachsen zu werden, Jez“, hatte Bruns Stimme gedröhnt. „Raus aus der Jugendherberge. Sie werden erwartet.“

Bevor sie ihre Stimme oder etwas zum Schreiben gefunden hatte, hatte Brun ihr eine Adresse diktiert:

„834 Fifth Avenue. Melden Sie sich dort an der Loge beim Portier. Sie sind Eva Hess und wollen zu Gerolf Hess. Wie gesagt: Sie werden erwartet.“

Dann hatte er aufgelegt, und sie hatte sich ins Kissen zurückfallen lassen. Nicht genug. Nie genug. Mehr als alles andere hatte sie schlafen wollen.

Keine halbe Stunde später hatte sie sich an besagter Adresse eingefunden. „Mindestens 40 Millionen Dollar“ war alles, was sie gedacht hatte, als ihr bewusst geworden war, wo und in welchem Stock die Wohnung, in der sie angeblich erwartet wurde, lag. Das hier war das geldmäßige Kerngehäuse des großen Apfels schlechthin. Das wahre Zentrum der Finanzmetropole, das sich zwischen Park Avenue und Fifth Avenue, zwischen 60. und 90. Straße ausdehnte und das nur weit draußen am Rand seine Verwandtschaft mit den Akteuren und Aktionen der Wall Street preisgab.

Sie hatte sich wie geheißen in der Lobby angemeldet, und der Portier hatte sie ohne Rückfragen bei Hess zum Aufzug geleitet. Er hatte sogar die gewünschte Etage eingegeben für sie.

Oben war sie von einem Mann in Empfang genommen worden, dessen Alter sie auf Mitte 70 schätzte und der sich im ersten Moment und trotz der leicht gebeugten Schulterpartie durch seine Größe ausgezeichnet hatte. Der Kerl maß mindestens eins neunzig.

Ihr Blick wanderte durch die Kabine des Privatjets und blieb an den lang ausgestreckten Beinen des Mannes hängen. Er saß von ihr abgewandt in einem der muschelförmigen Ledersitze und schien seinerseits mit Akten beschäftigt zu sein.

„Kommen Sie rein“, hatte er nur gesagt und war ihr voraus in die einzige auf dieser Etage befindliche Wohnung getreten. „80 Millionen", hatte Jez ihren Gedanken von vorher korrigiert.

Drinnen hatte er ihr einen Pass und Ausreisedokumente in die Hand gedrückt. „Eva Hess", hatte sie gelesen.

„Willkommen in der Familie", hatte er gesagt. Seine Augen hatten aufgeblitzt. Fast hatte es ausgesehen, als amüsiere ihn die Situation. Und als hätte er ihre Gedanken gehört:

„Es ist nicht so, dass ich die Situation komisch finde, Frau Vidali. Ganz im Gegenteil. Aber – und da kann ich nicht umhin, mich zu freuen – Sie nehmen mir eine jahrelange Last von den Schultern. Glauben Sie mir: Es ist nicht leicht, in der Gewissheit zu leben, Carl Brun etwas zu schulden. Und ich schulde ihm eine Menge. Oder besser: habe geschuldet – jetzt nicht mehr. Sie geben mir die Möglichkeit, alles auf einen Schlag zu tilgen. Inklusive Zinsen. Allerdings: In Ihrer Haut möchte ich dann nicht stecken."

„Ich leiste seit Jahren Akontozahlungen für diesen Fall", hatte sie gesagt. „Ich denke, es sollte reichen."

Hess hatte gelacht. Schallend.

„Es wird nimmer reichen, Frau Vidali. Das wissen Sie genauso gut wie ich."

„Und ich fing gerade an, mich wie eine Art Hoffnungsträger zu fühlen."

„Ein Leben für ein Leben – darunter tut's Brun nicht", hatte Hess geantwortet. „Vergessen Sie also das Messias-Sein gleich wieder. Wobei – interessant ist es schon …"

„Was meinen Sie?"

„Eben am Telefon, als ich Brun gefragt habe, wer die Person sei, die hier so kurzfristig einchecken würde, hat er bloß gesagt, Sie seien eine von der Sorte, die über Wasser geht. Das war damals unsere Bezeichnung für Leute, die Unmögliches oder Aussichtsloses allein durch die schiere Kraft ihres Glaubens an die Existenz einer Möglichkeit zuwege gebracht haben."

Etwas in Jez' Innerem hatte sich geöffnet. Ein winziger Spalt nur. Sie hatte der hartverstärkten kleinen Klappe einen Tritt verpasst, als wär's die quadratische Gusseisentür eines

Specksteinofens, deren Job es war, die Glut zu bergen, die Hitze im Innern zu halten und nicht entweichen zu lassen. Zu spät – zu langsam: Ein Schwall hatte es zu entwischen geschafft, sie die Wärme fremder Gedanken wahrgenommen. Brun hatte sich Gedanken über sie gemacht. Tat es vielleicht immer noch. Es war gut, wenn andere über einen nachdachten und man es erfuhr. Man war dann weniger allein. Auch wenn sie das Falsche dachten. Oder gerade deshalb. Sie hatte behutsam gesprochen, als sie das Wort wieder an Hess gerichtet hatte – als hätte sie so die Wärme etwas länger in sich behalten können.

„Und wie nannten Sie die Leute, die mit aller Kraft etwas zu glauben versuchten und dabei baden gingen? Hatten Sie für die auch einen Namen?"

Wieder lachte Hess: „Ist das Ihre Selbsteinschätzung?"

„Nein – bloß Neugier."

„Ich denke, die nannten wir einfach ‚Leute'. Kommen Sie, Jezreel – ich darf Sie doch Jezreel nennen? –, es reicht noch für einen Drink, bevor wir gehen müssen."

Sie war ihm durch den breiten Flur gefolgt. Ein beiger Tunnel. Ein isabellefarbener Schlauch. Eine nimmer endende Röhre in blanc cassé. Und wenn es so wäre? Wenn sie nie ankommen, endlos weitergehen würde? Immer noch Wärme im Innern. Ja, sie würde weit gehen können. „Endlos" schien kurz. Ihr Lächeln hatte nicht die Zeit gehabt, ganz zu verschwinden, als Hess abrupt innegehalten und sich ihr zugewandt hatte. Sie hatten auf der Schwelle zu einem Salon gestanden. Auch hier gebrochene Helle. Diesmal im Schein warmen Lichts, dessen Quellen sie nicht auszumachen vermocht hatte.

„Ist es die Aussicht auf einen Drink, der Sie derart zu freuen mag?" Und ohne eine Antwort abzuwarten: „Auch einen Whisky?"

Diesmal hatte er gewartet, bis sie genickt hatte. Er war von ihr weg auf ein Regal am anderen Ende des Raums zugegangen. Meilenweit. Sie hatte die Augen zusammengekniffen, und es hatte fast so ausgesehen, als würde er schweben in der luziden

Nicht-Farbe des Orts, der seltsam dimensionslos anmutete. Erst als er wieder vor ihr gestanden und ihr das Glas gereicht hatte, schien der Boden unter seinen Füßen wieder da gewesen zu sein.

„Cheers." Und dann, das Glas schwenkend betrachtend: „Das ist das, woran *ich* glaube."

„Hmm" – hatte Jezreel nur gemacht und gedacht, dass es eigenartig sei, den Whisky auf der Schwelle stehend zu trinken. Und auch, dass sie froh darüber war.

Dann hatte Hess sie – wieder mit diesem Blitzen in den kleinen hellen Augen – gefragt, woran *sie* glaube, und sie war nicht mehr so froh gewesen. Ebenso gut hätte er sie einladen können, mit ihm ins Jacuzzi zu steigen, das hier sicher irgendwo in einem hell naturfarbenen Badezimmer vom Format eines Fußballfelds stand.

„Oder um an das Vorige anzuschließen", hatte er die Frage ergänzt, „glauben Sie an einen Heilsbringer, einen Messias, an Gott, an Frieden mit diesem Gott?"

„Ich denke schon", hatte sie nur gesagt. Langsam, als wären es Worte in einer fremden Sprache.

„Sie denken, Sie glauben?" Wieder dieses ruhige Lachen. „Geht das überhaupt?"

„Es ist immer Denken zuerst."

„Und dann?"

„Dann denkt man es meistens zu Ende."

„Und wo ist dann der Glaube?"

„Das ist die Entscheidung am Ende des Denkens. Eine andere Art Denken."

„Sie haben also über Gott nachgedacht. Und als Sie ihn zu Ende gedacht hatten – was Ihnen nicht gelungen sein dürfte –, haben Sie entschieden, zu glauben."

„So ungefähr." Das Gespräch wurde sekündlich unangenehmer.

„Warum?"

„*Weil* man es nicht zu Ende denken kann. Alles andere lässt sich zu Ende denken. Das nicht."

„Was ist mit der Liebe?“

„Die ganz besonders.“

„Und irgendwann ist dann bloß noch Gott geblieben“, stellte er an ihrer Statt fest. „Warum überhaupt glauben, Jezreel? Warum es nicht beim Sein und beim Leben lassen?“

„Es reicht nicht. Man selbst ist dann das Ende. Danach nichts mehr.“

„Ist das nicht die Freiheit? Macht sie Ihnen Angst?“

„Es ist nicht Freiheit. Es ist Leere.“

„Beten Sie?“

„Dauernd.“

„Und wenn nicht?“

„Dann zähle ich Dinge.“

Hess hatte den Kopf geschüttelt. Lachend. „Ich sehe, dass Sie dieses Gespräch als unangenehm empfinden. Bitte entschuldigen Sie die Aufdringlichkeit eines alten Mannes. Es ist nur so, dass ich erst mit bald 80 Jahren merke, dass ich vom Leben nur sehr wenig verstanden habe. Es gäbe noch so viel ...“

Jez hatte darauf nichts gesagt. Bloß an ihrem Whisky genippt.

Dann hatte die Szenerie sich verändert. Professionelle Geschäftigkeit, Briefing, Abstimmen des Kommenden. Kurz darauf waren sie aufgebrochen. Eine Limousine mit Chauffeur hatte sie zum Flughafen gebracht. Die Zollkontrolle, die dem Bereich der Privatmaschinen vorgelagert war, schien reine Formalität zu sein. Kein Herumstehen ohne Schuhe und mit Hosen, die sich in Ermangelung des Gürtels zu verselbständigen drohten. Bloß die Handtasche hatte sie unter dem Scanner durchschicken müssen.

Sie wandte sich wieder den Papieren zu, die sie auf den Schoß hatte sinken lassen. Je öfter sie Nik Horns Notizen durchgegangen war, desto deutlicher und zwingender hatte sich ein Muster herauskristallisiert. Eine Art Gegenüberstellung von belegbaren Fakten und Fiktion. Das Bemerkenswerte daran: Die Fiktion schien echter zu sein. Das, was allgemein bekannt war und geglaubt wurde.

Wie Nik Horn vor nicht einmal 24 Stunden, nahm auch sie jetzt ein leeres Blatt zur Hand und teilte es in der Mitte durch eine senkrechte Linie in zwei Spalten.

Anderthalb Stunden später zog sie einen abschließenden Strich unter die zuletzt notierten Worte auf der fünften Seite.

Ja – es war eine Gegenüberstellung. Oder besser: eine Erklärung der Welt, von der sie nicht wusste, ob sie möglich sein *konnte* oder nicht. Eine Erklärung, die vor allem Fragen aufwarf: Waren Märkte überhaupt noch Märkte? War Politik noch Politik? War Geld noch Geld? Hatte das sogenannte Weltgeschehen, das, was man als einzelne Ereignisse sehen und einordnen konnte, noch etwas gemein oder überhaupt an sich, das für einen singulären, orts- und momentgebundenen Akt individuellen Willens sprach? Oder war längst alles Teil einer Kette, die von wenigen Händen gehalten wurde? Bloß noch ein Prozess, dessen Determinierung von Begriffen der Willkürlichkeit anderer und des Zufalls verschleiert wurde?

Horn hatte mit formgebenden Sätzen und strichartigen Worten eine Jez absurd anmutende Skizze der Welt hinterlassen, die nichts Schönes an sich hatte. Nichts Gutes. Orwell schien lebendiger denn je. Sie war versucht, zu lachen – die nachprüfbaren Fakten und Zahlen indes untersagten es ihr.

Vor ihr breitete sich in zwei Spalten das Bild einer Welt ab, die sich an einem unübersehbaren Wendepunkt befand. Der Zyklus der Great Moderation war mit dem alten Jahrtausend zu Ende gegangen, ein neuer stand an seinem Beginn. Und doch wurde allenthalben an der einzig wahren Botschaft des und dem Glauben an den Status quo festgehalten. Von Politikern ebenso wie von Bürgern, von Banken ebenso wie von Zentralbanken und deren Aufsicht. Was nicht passte, wurde in bester schildbürgerlicher Manier passend gemacht und in entsprechender Verpackung verkauft. Und gekauft.

Risse und sich auftuende Spalten zwischen Realität und dem, was man zum Weitermachen brauchte, Risse und Spalten, die auch vor den Fundamenten nationalen und globalen Funktionierens nicht haltmachten, wurden ignoriert oder ganz einfach verleugnet. Ebenso die Tatsache, dass die Kluft möglicherweise dienlich oder gewollt war, weil sie den idealen Nährboden für jenes *Ding* bot, das vorgab, Strebe und Brücke zu sein: Nukleus. Der Bankrott politischer und wirtschaftlicher Ordnung war offiziell keine Option – also musste ein Glaube her, der in der Lage war, alles zu durchdringen, aufrechtzuhalten, zu stützen und zu einen.

Denn die Fakten waren im Grunde einfach und klar. Und, was die Zukunft anbelangte, nicht dazu angetan, hoffnungsfrohes Sprießen auf die Wand des Morgen und Übermorgen zu projizieren.

Jahre nach dem Crash von 2007 fielen die Immobilienpreise mit neuem Schwung, während die Arbeitslosigkeit, wenn sie nicht gerade stieg, so doch hartnäckig auf hohem Niveau verharrte. Die Zahl der Menschen, die von sozialen Transferleistungen lebten, erklomm einen Rekordwert nach dem anderen, und nach und nach sickerte auch die Nachricht durch, dass die Pensionsrückstellungen weder im Fall der öffentlichen Hand noch in jenem der privaten Versicherungen auch nur ansatzweise den einst definierten Vorgaben genügen konnten, während immer mehr Kommunen innerhalb der europäischen Länder an der Schwelle zur Zahlungsunfähigkeit herumtaumelten.

Aber, so das Glaubensbekenntnis, das die Adern des Systems als Ganzem, aber auch jene des Individuums wie Alkohol durchfloss, es geht uns ja immer noch gut. Die Gleichung, wonach Europa sieben Prozent der Weltbevölkerung ausmacht, dabei 25 Prozent des globalen Bruttosozialprodukts erwirtschaftet, während es 50 Prozent der weltweiten Sozialkosten zu stemmen hat, geht immer noch auf. Wo liegt das Problem? Mein Bierchen, meine TV-Kanäle, mein Auto, meine Wohnung – alles drin. Und nächstes Jahr sind wieder Wahlen.

Dass in dieser äußersten Schicht der Gesellschaft, der Oberflächenschicht, nicht weiter gedacht oder gesucht wurde, dass es vielleicht gar unmöglich war, dies zu tun, wollte weitergemacht, weitergearbeitet, weitergelebt werden, konnte Jez nachvollziehen. Mehr noch: Sie reihte sich selber ganz gut ein in diesen

Chor: Meine Bücher, mein Kamin, mein Kaffee, meine Kippen, meine Ruhe. Ein Tag um den anderen. Es war auch so genug.

Aber wie war es möglich, dass die Menschen, deren Job die nächsttiefere Schicht war, um dasselbe Kalb herumtanzten? War es notwendige Irreführung oder bereits Schizophrenie, wenn demokratisch gewählte Volks- oder Landesvertreter ihr Herz für die Notwendigkeit von mehr Kontrolle, mehr Zentralität, mehr Macht für wenige entdeckten? Oder glaubten auch sie, dass Kontrolle in der heutigen Zeit nicht mehr zwingendermaßen Beherrschung, sondern vielmehr Management sei – zum Besten für sich selber und die Menschen, die sie zu vertreten glaubten? Die allseits gern verwendeten Termini sprachen dafür: Kapitalkontrolle wurde zum harmlosen „capital flow management", ein Ausreiseverbot zum „departure management". „Knowledge management, „education management", „cash management", „purchasing management" würden folgen. Zum Besten aller und mit Hilfe von Facebook, Google und der Postbank.

Glaubten diese Leute wirklich an das, was sie selber und die nächstoberen seit Ausbruch der Krise predigten, was aber von der Realität längst und täglich ad absurdum geführt wurde? Glaubten sie den eigenen Worten, wenn sie die Leute „draußen" mantraartig dazu aufforderten, ihren Lohn mittels Steuern an eine Horde Deppen abzuführen, die nichts von dem, was am vermeintlichen Höhepunkt der Krise an Anpassungen und Veränderungen versprochen worden war, auch nur im Ansatz umgesetzt hatte? Frei nach dem Motto: „Klar, Leute, die Karre hat immer noch keinen Motor, ist ausgebrannt und fährt nicht. Aber was wollt ihr – sie ist aus heimischer Produktion. Das allein ist wichtiger als alles andere. Und nicht vergessen: Wir bestellen, ihr zahlt."

Glaubten sie sich selber, wenn sie die Steuerzahler zu Solidarität zu ihrem eigenen Besten aufforderten, um eine Politik zu korrigieren, der es an einem Minimalmaß von Solidität mangelte? Glaubten sie an die Nachhaltigkeit des eigenen Handelns, das sich darauf zu beschränken schien, täglich irgendwo auf der Welt irgendwelche Rettungspakete auf- und umzuschnüren?

Wie lebte man damit, dass einst als verbindlich gekaufte Verträge wie jene von Maastricht sich im Nachhinein als reine Marketinggags für die Massen und potentielle Mitdenker entpuppten? Und wie mit lächerlich durchsichtigen Ablenkungsmanövern, mit künstlich zur Dringlichkeit hochstilisierten Themen wie Frauenquote und Rettung des Weltklimas, während so was wie der Mittelstand der Nationen nur noch in Wörterbüchern und Lexika stattfand?

Obwohl dies allein längst und für jeden einzelnen das Potential zu genügend Motivation bergen sollte, zu erwachen, das System so rasch wie möglich zu verlassen, unabhängig zu werden, sich zu verstecken und jede Spur zu tilgen – das wirklich Arge war es nicht. Noch nicht. Okay, man war dabei, die Demokratie über den Haufen zu werfen, nationale Parlamente zu entmachten, den Leuten tröpfchenweise die Vorteile erst einer gemeinsamen Bankenaufsicht, dann einer Wirtschaftsregierung und dann eines Staates zu verabreichen – schlimm genug. Aber glaubte man Horns Notizen, dann war das wirklich Rüde erst im Entstehen begriffen. Was zwingend zu der Frage führte: Wenn einer wie Horn es kommen sah – mussten es jene, die lenkten und leiteten, nicht in noch viel größerem Maß kommen sehen? Oder lag Horn vollkommen falsch? Wobei – wenn Horn falsch lag, dann lag auch Nukleus falsch. Denn das Agieren des Fonds auf dem Markt ließ nur einen Schluss zu – dass der allenthalben und rund um die Uhr heraufbeschworene Glaube an die wohlstandsmehrende Wirkung heißer Luft, sprich: billigen bis kostenlosen Geldes, nicht mehr als ein langlebiger Mythos war und sich in der Realität als falsch erweisen würde, egal, was Brüssel verlauten ließ an Gegenteiligem. Denn dass diesen Verlautbarungen aus dem Herzen des modernen Olymps entweder Wunschdenken, Panik oder schlicht Lüge zugrundelag, konnte nicht abgestritten werden: Die Jugendarbeitslosigkeit in den EU-26 lag im Schnitt um die 20 Prozent. Im Schnitt. Vergangene Woche hatte Brüssel daraufhin das unschöne Phänomen der Jugendarbeitslosigkeit kurzerhand verboten. Ein weiteres Beispiel: das überbordende Lob von seiten Brüssels und des

IMF an die Adresse der peripheren Krisenstaaten, wonach diese eisernen Reformwillen bewiesen und somit künftiges Wachstum und Strukturerneuerungen möglich machten. Die Realität der aktuellen BIP-Zahlen erzählte eine andere Geschichte: Portugal minus 3,6 Prozent, Spanien minus 1,6 Prozent, Italien minus 2,4 Prozent.

Und das wiederum deckte die größte Lüge von allen auf: jene vom kostenlosen Retten, die sich nur noch dank irrwitziger Haushalts- und Wachstumsprognosen aufrechterhalten ließ. Prognosen, die längst keiner mehr zu verstehen oder an irgendwas festzumachen versuchte, das Ansätze von Realität in sich barg. Nein – man war nicht dabei, aufgrund der Krise etwas zu verbessern oder zu verändern oder zu korrigieren, wie seit Jahren behauptet wurde. Im Gegenteil: Es wurde mittels Gratisgeld an einer neuen Krise herumlaboriert und gebastelt, die die große Depression von 1929 wie einen ökonomischen Lebensrahmen mit Kuschelfaktor aussehen lassen würde.

Dass die finalen Rettungsaktionen der Notenbanken in bezug auf die ökonomische Realität wirkungslos verpuffen und grandios scheitern würden wie alle vorhergegangenen, würde sich in absehbarer Zeit als großer Schreck entpuppen. Und das nicht in erster Linie für die an der Quelle sitzenden Schulden-gleich-Wohlstand-Gesundbeter, die ihre Schäfchen längst im Trockenen hatten, sondern vor allem, sprich: ausschließlich für die Mehrheit der politikmüden Bürger der Nationen, die den Wahnsinn über Jahre geglaubt, toleriert und ignoriert hatten. Das nebenwirkungsreiche Ende der sich zuspitzenden Nullzinspolitik war dabei, absehbar zu werden – und somit auch das Ende des einzig verbleibenden goldenen Kalbs, des Status quo. Das Resultat wären Elend und ein gigantischer, alles durchdringender, überragender und erdrückender Staat. Ende.

Je länger Jez über dem Geschriebenen brütete, desto absurder erschien es ihr. Oder perfider. Auch das wohl eine Glaubensfrage.

Klar war einzig, dass Brun recht hatte: Es roch nach Verschwörungstheorie. Es roch so stark danach, dass allein schon der Gedanke, das immense Gebilde, das da schemenhaft vor ihr im Nebel aufragte, abzuschreiten, Jez müde werden ließ. Als würde der Körper vor der schieren Aussichtslosigkeit des Unterfangens vorbeugend einknicken und sich entziehen.

Als sie erwachte, waren sie im Landeanflug auf den Flughafen von Basel-Mülhausen. Sie hatte Brun noch nicht angerufen. Sie würde es tun, nachdem sie den Zoll hinter sich hätte. Auf die paar Minuten kam es nicht an.

Wie jedes Mal bei einer Landung hatte sie nicht das Gefühl, auf dem Boden aufzusetzen, sondern in selbigen gebohrt zu werden. Mit knochendehnendem Druck in eine perfekte Form gepresst. Es fühlte sich gut an – Sekunden des Gehaltenseins in der Balance von Druck und Gegendruck.

Dann war es vorbei.

Hess war schon auf den Beinen und stopfte, bereits in Mantel und Schal, Papiere in seine Aktentasche.

„Würden Sie diese Papiere für mich über den Zoll bringen?" Ihre Frage an Hess überraschte sie selbst. Ebenso die Geste, mit der sie ihm den Stapel Ausdrucke reichte.

Ihm schien es ebenso zu ergehen:

„Warum das denn?", fragte er erstaunt. „Wir gehen da zusammen durch. En famille, wenn Sie so wollen." Und als wüsste er, dass sie keine Antwort hätte und er auch keine bräuchte: „Aber geben Sie her. Ist kein Problem." Er legte den Packen zu den anderen Papieren und verschloss die Aktentasche.

„Haben Sie den Flug genossen? Habe ich zuviel versprochen?", wollte er wissen, als sie darauf warteten, dass die Gangway heruntergelassen wurde.

Jez war froh, dass in dem Moment die Kabinentür geöffnet wurde und sie um eine Antwort herumkam. Mehr als ein erneutes „Ich denke schon", was Hess wiederum zu Fragen der Innensicht hätte ermuntern können, hätte ihr Hirn nicht produziert. Sie wollte nicht unhöflich sein. Auf Konversation in Warteräumen, an Bahnhöfen und bei Cocktail-Empfängen verstand sie sich einfach nicht. Und wenn es doch sein musste, wenn der Job es verlangte, dann bereitete sie sich tagelang darauf vor.

Sie fühlte Hess‘ Hand kurz ihren Rücken berühren, als er ihr den Vortritt ließ. Unten an der Gangway wartete ein Elektroauto, das sie über das nassglänzende Flugfeld zum Terminal brachte.

Nachdem sie die gläserne Schiebetür ins Innere des Abfertigungsgebäudes passiert hatten, blieb sie stehen und wandte sich ihrem Gastgeber zu.

„Vielen Dank, Herr Hess“, sagte sie. „Ich bin sehr froh über die Schulden, die Sie bei Brun hatten.“

„Die Freude ist ganz meinerseits, Jezreel. Aber danken Sie mir erst, wenn wir *drin* sind. Das hier“ – er deutete mit dem Kopf eine Rundum-Geste an – „ist noch rechtsfreier Raum“.

Trotzdem hatten sie sich die Hände gereicht. Kurz nur. Dann waren sie weitergegangen.

Schon von weitem hatte Jez gesehen, dass drei Männer in Zolluniform beim Kontrollschalter standen. Einer links bei den ganzen Scannern und Apparaten, wie es üblich war, zwei in einer Art Mini-Spalier rechterhand. Wieder ließ Hess ihr den Vortritt, als sie an die bloß mit Absperrband angedeutete Schleuse herantrat. Gleichzeitig traten die beiden Männer vor, deren Haltung, Bewegungen und Blick Jez im selben Moment wiedererkannte.

„Frau Jezreel Vidali?“ Und ohne ihre Antwort abzuwarten: „Würden Sie uns bitte begleiten.“ Es war keine Frage.

Sie hatte keine Chance hier. Sie würde mitgehen müssen. Sie wandte sich zu Hess um: „Wir sehen uns dann später bei den Taxis“, sagte sie leichthin. Hess‘ Blick sagte ihr, dass er das ebenso wenig glaubte wie sie selbst.

Dann ließ sie sich zu einer Tür eskortieren, die in einen schmalen in hellem Grau gehaltenen Korridor führte. Teppichboden. Industrieteppich. Dann sah sie nichts mehr. Kurz fühlte sie den Einstich, fühlte auch, dass ihr irgendwas über den Kopf gezogen und ihr schwarz vor Augen wurde. Dann Leere. Der letzte Rest Bewusstheit der Glaube. Sie meinte zu lächeln. Verstehen Sie jetzt, Hess?

22.

Hotel Hessischer Hof, Frankfurt

Wer nur flüchtig hinsah, den Blick bloß über die gestreifte Seide der Sitzgruppen vor dem winterlichen Dunkel draußen gleiten ließ, ohne innezuhalten, hätte denken können, er schlafe. Oder noch wahrscheinlicher: hätte ihn als zufälligen Platzhalter registriert. Gabriel Kolko wirkte klein, puppenhaft fast, wie er da im ihn überragenden Schatten der Sofaecke hockte. Den Rücken dem Fenster zugewandt. Bewegungslos. Als entspringe sein Dasein nicht dem eigenen Willen. Nicht mal seine Haltung. Als habe ihn jemand dort abgeliefert, hingesetzt. Er selber nur Wartender.

Er war müde gewesen bei seiner Rückkehr in den Hessischen Hof. Die elf teppichbelegten Stufen, die direkt vom Gehsteig zum Eingang führten, waren ihm als kaum zu überwinden erschienen. Mehr noch, als die alten Beine von dem ungewohnt langen Fußmarsch gezittert hatten, hatte eine Schwere an ihm gezerrt, die über jedes ihm bekannte Maß an Müdigkeit hinausging. Erst die sorgenvolle Miene des Portiers, der dargebotene Arm des Taxifahrers hatten ihm die Kraft gegeben, sich zu wehren und das zu tun, was er immer tat, wenn er in Ruhe gelassen werden wollte: Er hatte Geld verteilt und sich Worte und Menschen gleichermaßen vom Leib gehalten.

Die bereits am frühen Nachmittag in warmes Schimmern getunkte Lobby war ihm im Gegensatz zum zunehmend sturmschwangeren Schwarz draußen zu hell gewesen, und er war in den Wintergarten geflüchtet. Auch hier brannten Lichter. Auch hier teetrinkende schwatzende Samstagskundschaft. Trotzdem wirkte alles kleiner. Auch er selbst. Das dräuende Ungemach auf der anderen Seite der Scheiben behielt die Oberhand.

Es war gut, die Proportionen derart klar vor sich zu sehen. Hier drin sie, die wuselnden, auf Schutz angewiesenen, träumenden und glaubenden Menschen. Dort auf der anderen Seite des Glases das Unverrückbare, Wertfreie, Gleichgültige. Das, was sie gewähren ließ oder nicht. Das, was jeden irgendwann einholen und sich zu eigen machen würde.

Es spielte keine Rolle, was ein jeder tat oder nicht. Welche Einstellungen und Skalen er bewirtschaftete, an welchen ethisch-moralischen Werten er sich und sein Tun anzubinden versuchte. Was zählte, war einzig, wie lange man da war. Hier und nicht dort. Wie lange man aushielt, durchhielt, sich wehrte, stritt. Das allein zählte.

Die Konsequenz daraus: Keiner hier drin, keiner der lachenden, schwatzenden, wuselnden Menschen hatte es verdient, zu leben. Dass sie noch da waren, verdankten sie allein dem Schutz, den andere ihnen boten.

Auch Jeanne. Sie hatte längst aufgegeben. Mehr noch: Sie hatte sich nie gewünscht, dazusein, hatte nie gekämpft, sich nie gestritten. Sie wusste nicht, was es hieß, zu siegen. Sterben wäre ihr nicht Verlieren.

In seiner Brusttasche vibrierte das Handy.

Endlich. Seine Gedanken, die Gründe suchten, wo keine notwendig waren, fingen an, ihm zur Last zu fallen.

„Und?“, sagte er nur, als die Verbindung stand.

„Alles erledigt“, tönte die ihm vertraute Stimme Vaseks. Der gepolsterte Hall nicht vorhandener Fahrgeräusche sagte ihm, dass sein Mann noch nicht auf dem Rückweg war.

Gut. Er wartete, wusste mehr, als dass er es fühlte, dass noch etwas kommen würde.

„Sie war nicht allein.“

„Waren Sie zu spät?“, zischte Kolko.

„Nein – ich war *vor* drei Uhr dort. Allerdings muss der Kurier viel früher dort gewesen sein. Ich habe keinen rein- oder rausgehen sehen. Entweder hatte sie also ihren regulären Stoff schon, oder aber sie hat entschieden, heute nichts zu nehmen. Ich weiß also nicht, ob Ihr Plan aufgeht. Was ich allerdings mit Bestimmtheit weiß: Der Kerl, der bei ihr ist, ist mit Sicherheit kein Botenjunge.“

„Sondern?“

Anstatt einer Antwort kam eine Gegenfrage: „Sind noch Aithon-Leute in ihrer Nähe?"

„Was soll die Frage? Das wissen Sie doch genau. Aithon hatte den Auftrag, sie zu beschatten, und nicht, zu bewachen. Außerdem ist die Sache längst erledigt."

„Der Kerl, der mir dort die Tür aufgemacht hat, ist ein Militär. Vielleicht auch etwas Komplizierteres."

„Sind Sie sicher?"

„Ja."

„Wo sind Sie jetzt?"

„Immer noch da. Vielleicht taucht der reguläre Lieferant noch auf."

„Gut. Bleiben Sie, wo Sie sind. Ich melde mich."

***

Jacques Panetta hatte eine Stunde zuvor entschieden, dass es an der Zeit wäre, wieder mal „den Kleinen zu verwöhnen". Der im Stillen verwendete Ausdruck entsprach jedoch eher einem von Klischees des Männlichseins geprägten Wunschdenken als der Realität: Weder die Entscheidung an sich noch die seit Jahren anonym gehaltenen außerehelichen Aktivitäten hatten im Grunde etwas mit physischer Begierde oder Lust zu tun.

Auf den ersten Blick mochte es zwar so aussehen: Das Zimmer im Hotel Schweizerhof in Bern, wo er ein gern gesehener und mit diskreter Zuvorkommenheit behandelter Gast war, die junge Frau, fast ein Mädchen noch, die, rittlings auf ihm sitzend, Schwerstarbeit verrichtete, sein eigenes sich von ihm loslösendes Schnaufen – ja, es sah mit Sicherheit danach aus. Ein Bild einseitiger und bezahlter Geilheit. Indes: Die Szene bliebe bloß Ausschnitt des ganzen Bildes, egal wie kräftig der Stoff des Tuchs war, mit dem er es so sorgfältig abzudecken versuchte.

Fast war er froh, vom Punkt der Kapitulation ferngehalten zu werden durch das Handy, das auf dem Nachttisch zu klingeln einsetzte. Die Nummer auf dem Display sagte ihm nichts. Deutsche Vorwahl. Das Mädchen war einem rüden Abwurf zuvorgekommen und stand abwartend neben dem Bett. Die spitzenverzierte Wäsche wollte nicht zur ungelenken Kinderkantigkeit ihres Blicks passen.

On dirait qu'elle sort des jupes de sa maman …

„Moment", bellte Panetta in den Hörer.

Ob er handwedelnd mehr das Mädchen oder die Zeile des Lieds verscheuchte, die sich ihm bei ihrem Anblick aufgedrängt hatte, wusste er selber nicht. Er wartete. Sie brauchte nur Sekunden, um in ihre Kleider, den Mantel und durch die Tür zu schlüpfen, die sie bloß einen Spaltbreit öffnete.

Dann hob er das Handy wieder ans Ohr: „Was gibt's?"

„Wo sind Sie?", drang Kolkos Stimme zu ihm. Leise, wie immer.

„In Bern."

„Sind noch Aithon-Leute in Jeannes Nähe?"

„Nein. Sie selbst hatten angeordnet …"

„Schon gut", unterbrach ihn Kolko. „Was ist mit diesem Keller?"

Als hätte Panettas Blut irgendwo außerhalb seiner selbst Anlauf geholt und schwappte jetzt mit der potenzierten Kraft in großer Höhe zurückgehaltener fünf bis sechs Liter kochender Flüssigkeit über ihn hinweg, fühlte er die Hitze durch sich hindurchschießen. Blitzschnell entschied er, dass, sosehr es ihm auch widerstrebte, die Rolle gehirnamputierter Servilität gefragt war.

„Die Leute von Aithon haben ihn verloren." Er klang zerknirscht.

„Wie das?"

„Fragen Sie mich etwas leichteres. Sie haben versagt, so sieht's aus. Und glauben Sie mir, ich mache denen ganz schön die Hölle heiß. In ein bis zwei Stunden sollten wir mehr wissen. Spätestens."

„Was ist mit seinem Haus?"

„Da sind wir vor Ort."

Wieder dieselbe Hitzewelle. Diesmal schien etwas aus ihm abgesogen zu werden. Er fühlte Schwindel. Es war das erste

Mal, dass er Kolko belog: Seit etwa 30 Minuten wusste er, dass es sich bei der Adresse von Peter Keller um das sichere Haus des NDB in Frick handelte. Noch wusste er nicht, was er mit der Information anfangen sollte. Nur, dass er sie für den Moment für sich behalten würde. Wittmann alias Kron mochte eine Kakerlake sein, aber in einem hatte er recht: Er sollte anfangen, an das eigene Überleben zu denken. Darum sagte er jetzt:

„Ich rufe Sie an, sobald wir wieder an ihm dran sind. Aber da ist noch etwas anderes, das Sie wissen sollten. Ich habe mir erlaubt, diese Frau aus dem NDB-Team von Carl Brun, diese Jezreel Vidali, bei ihrer Ankunft in Basel von Aithon-Leuten abholen zu lassen. Nach dem, was wir von den Amerikanern wissen, schien mir das sicherer zu sein."

„Schön, wie Sie sich um Ihre eigenen Leute kümmern. Und? Was haben Sie vor?"

„Wir befragen sie. Ich will wissen, wie weit sie mit Horn gekommen ist. Weit kann's meiner Meinung nach nicht sein, in dieser kurzen Zeit."

„Gut. Seien Sie gründlich, Panetta. Das hier ist wichtig. Holen Sie alles aus ihr raus, was es zu holen gibt. Es kann nicht sein, dass ein Haufen fehlgeleiteter Möchtegern-Patrioten ihrer Behörde Amok läuft und alles gefährdet. Alles, Panetta, verstehen Sie? Das betrifft Sie genauso wie mich. Und treten Sie diesem Hiller mal kräftig auf die Füße. Es wird Zeit, dass der Kerl aufwacht und sich darum kümmert, was seine Leute dort draußen veranstalten. Wenn nötig, machen Sie es ihm irgendwie ein bisschen einfacher. Oder schmackhafter. Meinen Segen haben Sie."

„Gut."

„Und, Panetta?"

„Ja?"

„Lassen Sie Jeanne wieder überwachen. Ab sofort."

„Das ganze Programm? Gibt es ein Problem?"

„Das wird sich zeigen. Da ist ein Kerl bei ihr in der Wohnung, von dem einer meiner Leute meint, es sehe danach aus, als sei es ein Kollege von Ihnen."

„Wie das?"

„Militär oder Ex-Militär. Wir müssen verdammt noch mal wissen, was da läuft, Panetta. Ich will nicht, dass Jeanne von irgendwelchen Leuten für deren Zwecke eingespannt wird. Sie kennen sie, Jacques. Denkbar wäre es. Und denkbar wäre auch, dass sie es nicht merkt. Und Gnade Ihnen Gott, wenn sich herausstellen sollte, dass auch das auf dem Mist der Schweizer gewachsen ist. Das sind Ihre Leute, Panetta. Ihre Verantwortung."

„Ich melde mich."

Panetta ließ sich rücklings auf das Bett fallen, auf dessen äußerster Kante er während des Gesprächs gekauert hatte. Jeder seiner Muskeln schien zu schmerzen. Ruckartig setzte er sich wieder auf, kam auf die Beine. Verachtung für das eigene, nur Sekunden dauernde Loslassen auf den Zügen.

Und als gälte es, sich selber zu bestrafen, verließ er das Zimmer, ging zum Aufzug und ließ sich auf die sogenannte Sky Terrace hochtragen. Nichts als eine windgepeitschte Betonfläche zu dieser Jahreszeit und Witterung. Anzugjacke und Mantel hatte er unten gelassen. Fast schien es ihm, als höre er die scharfkantig stürmende Kälte hier oben kreischend die Worte der hauseigenen Werbebroschüre wieder und wieder über den gefrorenen Belag schleifen: „(…) an atmosphere reminiscent of the Mediterranean (…) light summer dishes mezze-style (…) gentle lounge music (…)."

Vielleicht hätte er gelächelt, hätte er gewusst, dass die vorbeiziehenden und nicht innehaltenden Gedanken jenen Kolkos vor Minutenfrist ähnlich waren. Dieselben fast. Wie gut es war, die echten Proportionen zu konfrontieren. Weg von leergefegten hohlgefrorenen Worten mitten hinein in die Gewalt des gleichgültig Ewigen. Man selber eine bedeutungslose Silbe nur. Und dass es erst von dieser Warte aus möglich war und Sinn machte, zu kämpfen. Sich zu wehren.

Er lehnte sich an das schmiedeeiserne Geländer der Terrasse. Körnig und böig verwischt war die Kuppel des Bundeshauses gerade noch auszumachen. World Cultural Heritage – wie klein war er doch, der Mensch. Wie erbärmlich klein seine Namen und Phrasen.

Jacques Panetta kam zitternd zur Ruhe. Das Akzeptieren der eigenen Dimensionen und Möglichkeiten hatte immer diese Wirkung auf ihn. Jetzt machte es wieder Sinn, weiterzumachen. Im Wissen, dass nichts bleiben würde. Weder von ihm, noch von seinem Tun. Alles jetzt. Alles für ihn. Mehr gäbe es nie.

Er fühlte sich leicht, als er den Aufzug erneut betrat und zurück in sein Zimmer ging. Frei.

Erneut setzte er sich auf die Kante des nur minimal zerwühlten Betts. Meist machte er sich nicht einmal die Mühe, die Tagesdecke zurückzuschlagen. Seine Gedanken griffen jetzt wieder ineinander.

Gerade, als er ins Zimmer gekommen war, hatte ihn sein Mann von Aithon über den aktuellen Stand, beziehungsweise Nicht-Stand, der Keller-Überwachung informiert. Dass sie ihn verloren hatten. Oder besser: dass der Kerl sie abgeschüttelt hatte.

„Ich weiß nicht, wer das ist, Chef", hatte der Mann gesagt. „Aber er ist gut, so sieht's aus."

Mehr um Zeit zu gewinnen denn aus Notwendigkeit, hatte Panetta sich die genaue Wohnadresse Kellers geben lassen: „Maria-Theresia-Gasse Nummer 7."

Seine vorausrasenden Gedanken waren am Prellbock des Gehörten zerschellt. Die Stimme seines Kontaktmanns war nur noch als konturloses Plätschern zu ihm gedrungen.

Maria-Theresia-Gasse Nummer 7. Ein NDB-Haus. Das erste Haus, das er in der Schweiz betreten hatte. Und für viele Jahre vor 1989 auch das einzige. Es war ebenso Teil seines Lebens wie sein eigenes Gesicht.

Jetzt, auf der Bettkante des Standard Room Nr. 412 des Hotels Schweizerhof sitzend, fühlte er fast etwas wie Wiedersehensfreude beim Gedanken an die Villa in Frick. Das und eine Art Stolz: Die Legende hielt immer noch. Seit Jahrzehnten hielten die bis auf die Unauffälligkeit abgeschabten Mauern des

Hauses ihr Geheimnis sicher verwahrt. Sogar die Aithon-Leute waren dem Anschein erlegen.

Er war demnach für den Moment der einzige, der wusste, dass irgendwer innerhalb des Schweizer Nachrichtendienstes Jeanne Wallenberg unter der Lupe hatte. Aus welchem Grund auch immer. Gut möglich, dass es einzig mit ihrer Funktion innerhalb der Privatbank Wallenberg zu tun hatte. Dass es irgendeine Finanzkiste in Kooperation mit ausländischen Behörden war. Seit Ausbruch der Finanzkrise hatte das Verhältnis von Politik und Sicherheitsdiensten, namentlich den Bereichen Aufklärung/Abwehr, eine neue Stufe der Intimität erreicht. Manch einer wäre sogar soweit gegangen, das biblische Wort vom Einswerden zu bemühen. Er läge nicht falsch.

Indes: Er wusste es nicht. Er kannte den Grund für das Aktivwerden einer Einheit im Umfeld der Wallenberg-Privatbank nicht, und er tat gut daran, es schleunigst und ohne Lärm zu machen herauszufinden. Vor allem musste er wissen, wer dieser Peter Keller war und unter wessen Kommando er operierte.

Danach gälte es zu entscheiden, an wen er die Information zu welchem Preis verkaufte. Wieder einmal. Sich selbst und den Erlös aus der Schusslinie nehmen. Das vor allem.

Sein Handy piepte und zeigte den Eingang einer E-Mail mit Anhang an.

23.

Bern – Basel

„Nouriel – du, Vali und ich, wir machen einen Ausflug", hatte Brun verkündet, als er kurz nach dem Gespräch mit Piet zurück in die alte Lagerhalle gekommen war. „Wo ist Valentin überhaupt?"

„Immer noch draußen bei Ludwigs Haus", hatte ihn Sava erinnert.

„Okay – holt ihn rein. Oder nein, wartet – er soll direkt aufs Parkingdeck des Hauptbahnhofs kommen. Nouriel – du wirst ihn dort abholen und mitnehmen."

„Kein Problem", hatte Nouriel, das Handy bereits am Ohr, geantwortet. „Und wohin geht die Reise? Oder soll es eine Überraschung werden?"

In dem Moment hatte Valentin geantwortet, und Nouriel hatte sich zum Sprechen abgewandt. Nur Savas Augen waren nach wie vor fragend auf Brun geheftet gewesen. Fragend und zweifelnd.

„Gib mir eine Sekunde", hatte Brun auf das Unausgesprochene reagiert. „Ich kläre euch gleich auf."

Zehn Minuten später waren die Jobs verteilt gewesen:

Brun würde noch in Bern ein Auto unter dem Namen „Michael Kron" anmieten. Sie würden getrennt nach Basel fahren. Nouriel und Valentin in Piets Privatwagen. Wenn sie mit ihrer Vermutung, dass jemand innerhalb des Apparats eigene oder anderer Leute Interessen verfolgte, richtig lagen, dann war es notwendig, dieses Versteckspiel zu spielen.

Mit der Tatsache allein, dass das Haus in der Maria-Theresia-Gasse ein NDB-Haus war, konnte noch keiner viel anfangen. Mit Piet ebenso wenig. An ihm würde sich wer auch immer die Zähne ausbeißen.

„Und bevor ihr mich jetzt fragt, was genau wir suchen oder was hier vor sich geht: Ich weiß es nicht, Leute. Noch nicht.

Bloß, dass Basel offenbar ein Treffer war", hatte Brun abschließend gesagt. „In ein paar Stunden wissen wir hoffentlich mehr. Und vielleicht hilft Piet die Info von Borel vom Polizeiposten in Fiesch, dass im Fall von Tom Bernoullis Tod von einem Selbstmord auszugehen ist, auch weiter. Das und dass dieser nach bester Manier unter den Teppich gekehrt wird auf Geheiß von jemandem, der den Jungs vom Bund offenbar Befehle erteilen kann. Übrigens: Gute Arbeit, Sava."

„Danke. Verstehe ich es richtig, dass Lorenz und ich hier die Stellung halten?"

„Ja. Alles klar?"

„Alles klar."

Er hatte in die Runde geblickt, den Stuhl zurückgeschoben und sich im Aufstehen eine Zigarette angezündet.

„Lorenz ... bist du wach?"

„Bin schon dabei", hatte dieser anstelle einer Antwort nur gesagt.

Er würde für das Team eine neue E-Mail-Adresse generieren und sie kommunizieren.

Jetzt ließ Brun den Motor des in Bern gemieteten Autos auf dem Langzeitparking des Flughafens Basel-Mülhausen absterben, stieg aus und machte sich auf die Suche nach Nouriel und Valentin, die ihn irgendwo hier erwarteten. Die Firma Sixt würde den Wagen nach nicht erfolgter Rückgabe am Abend desselben Tages routinemäßig als gestohlen melden und der örtlichen Polizei die Vertrags- und Identitätspapiere des letzten Mieters zukommen lassen. Bei diesem handelte es sich um einen gewissen Michael Kron, Deutscher, 49 Jahre alt.

Mit etwas Glück und Lorenz' Können konnte Bruns Team auf diese Weise zwei Fliegen mit einer Klappe schlagen: Einerseits hatten sie so und praktisch ohne Aufwand eine dem NDB und der Polizei unbekannte Legende zur Verfügung. Andererseits bestand die reale Möglichkeit, durch Verwendung und Streuung des Namens im verzweigten Netzwerk der Sicherheitsbehörden Aktivitäten auszulösen, die sie zu neuen Knotenpunkten führen würden. Zu Knotenpunkten, die vortäuschten, das Ende eines Strangs zu sein.

Nouriel machte Brun mit einem kurzen Aufblenden der Scheinwerfer auf sich aufmerksam.

Brun glitt auf den Rücksitz.

„Pass auf, dass du dich nicht auf die Pizza setzt“, begrüßte ihn Valentin. „Im Handschuhfach liegt deine Glock. Hier drin sind Kaffee und Sandwiches.“ Er deutete, bereits im Aussteigen begriffen, auf die Mittelkonsole.

Nouriel stand bereits neben dem Wagen. „Bon voyage, Chef.“

Brun stieg ebenfalls aus, wechselte auf den Führersitz und ließ die Fensterscheibe heruntergleiten.

„Will einer von euch beiden mich heiraten?“, rief er den sich wegbewegenden Rücken der Kollegen zu.

Keiner machte sich die Mühe, innezuhalten oder gar zu antworten. Nur Nouriel winkte mit der rechten zu einer international und multiethnisch verständlichen Geste geformten Hand. Dann verschwanden sie im blechernen Meer stehengelassener Autos.

Sie würden in den kommenden Minuten hier am Flugplatz ein weiteres Auto auf den Namen Michael Kron mieten, um ihrerseits in die Stadt und anschließend nach Frick zum sicheren Haus zu gelangen. Sich etwas umsehen, war der Job. Wenn möglich Fotos schießen.

Brun startete den Motor der Audi-Limousine und folgte der Beschilderung zur A35 Richtung Schweiz und Basel.

Er mochte Autobahnen. Mochte den ruhigen Grundpuls des Belags, der sich ihm unhörbar mitteilte, die sich teils abwechselnden teils vermischenden Rhythmen des Schalls. Ein Metronomorchester, zwischen dessen klar strukturierten Tempi er seine Gedanken gefahrlos und sicher geleitet umherwandern lassen konnte. Die klar geschichtete Monotonie bot eine Sicherheit, in deren ruhiger Eintönigkeit auch die ungewissesten Unternehmungen und Pläne Halt fanden. Richtung und Möglichkeiten.

Nicht so heute. Heute schien ihn der Puls der Straße abzustoßen. In ihm vibrierte etwas, das sich jedem Takt widersetzte. Er kannte diesen Zustand. Zu wenig Wissen. Keine Sicherheit. Kein ausgereifter Plan. Kein klar definiertes Ziel. Die Konsequenzen im Vagen verbleibend. Das Wissen um die eigene Professionalität und Erfahrung verkam zu einem Grundgefühl des Amateurhaften.

Er öffnete die Mittelkonsole, holte die mattsilberne kleine Thermoskanne heraus, schraubte einhändig den Deckel ab, der auch Tasse war. Am Straßenrand sah er das Schild, das in 500 Metern Entfernung einen Rastplatz ankündigte. Er setzte den Blinker und fuhr von der Autobahn ab. Außer ihm war nur noch ein Schwerlaster mit Anhänger auf dem Parkplatz. Ein Betonkubus, der Toiletten beherbergen mochte und der beinahe Heiterkeit ausstrahlte im früh dunkler werdenden Licht des Tages, ein paar Picknicktische, nass, junge Bäume. Immer junge Bäume auf solchen Rastplätzen. Als wären sie erst vor Jahresfrist gesetzt worden, während es die Autobahnen seit Jahrzehnten gab.

Er gab sich einen Ruck, öffnete die Fahrertür, stieg mitsamt Thermoskanne aus dem Wagen. Einen solchen Ort hatte er verdient. Einen leeren, wüsten Nicht-Ort, der erst heiter wurde, wenn die reale Aussicht auf Unsichtbarkeit mit der Nacht heranrückte.

Er schenkte sich Kaffee ein. Stark und schwarz. Er fragte sich, wie Nouriel in der Hektik eines Aufbruchs es schaffte, an Kaffee zu denken. Und ihn zu brauen. *Solchen* Kaffee. Sehr wahrscheinlich hatte Valentin ihn gekocht.

Brun zündete sich eine Zigarette an. Koffein und Nikotin, vielleicht auch die unverhohlene Schäbigkeit des Platzes, beruhigten ihn. Erst jetzt nahm er die ihn umgebenden Geräusche wahr und staunte über den Lärm in seinem Innern, der sie zu übertönen vermocht hatte. Aus dem dichter werdenden Dunkel fielen einzelne Tropfen, das Rauschen der hinter der Hecke unsichtbar vorbeirasenden Autos verwandelte sich in Zischen. Es hatte zu regnen begonnen.

Er zerrte das vage Gefühl, das ihn seit seiner Abfahrt in Bern zum Laien zu stempeln versuchte, zu sich her, stellte sich die Frage bewusst: Hatte er überstürzt entschieden? Hatte er zu schnell den Startschuss zu etwas gegeben, das mehr dem Bedürfnis, endlich etwas zu tun, entsprang, als der Situation angemessen zu sein? Was konnte dabei herauskommen?

Fakt war: Mit jeder beweisbaren Tatsache, die sie bis hierher ausgegraben hatten, war das Bild nicht etwa klarer, sondern bloß größer geworden. Die Ränder dessen, was sie zu sehen und zu verstehen versuchten, mittlerweile in solcher Distanz, dass sie nur verzerrt und verschwommen wahrgenommen werden konnten. Wenn überhaupt. Zum Teil waren da längst keine Ränder mehr.

An der Glut der Kippe zündete er sich eine neue Zigarette an. Es machte keinen Unterschied, ob er fünf Minuten früher oder später in Basel wäre.

Dann rannte er, die Kippe war weg. Er rannte an dem Schwerlaster vorbei, an dem Toilettenhäuschen, an den schmutzigen dünnen Bäumen, an weißen Flecken im Gras neben den Picknicktischen, von denen man nicht sagen konnte, ob es Schneereste oder Abfall war. Er rannte auf dem Asphalt des Parkplatzes, auf Erde, auf dem Schotterweg, der weiter ins Dunkel hinein- und an immer mehr weißen Flecken vorbeiführte. Er sah nichts von alldem, und erst der jäh sich vor seinen Augen aus dem Nichts materialisierende Maschendrahtzaun bremste seinen Lauf. Er brüllte.

Zischende Gleichgültigkeit als Antwort. Ein namenloser Rastplatz am Rand einer Schnellstraße und eines Tages, ein Mann, der nach Atem rang.

Die Dinge schoben sich an ihren Platz, die Dimensionen entsprachen wieder etwas, das er als Realität erkannte. So unwichtig, so flüchtig. Er selber, seine Leute. Ja – so war es gut. So konnte er leben. Hier konnte er einhaken. Weitermachen.

Die Gedanken griffen ineinander, während er zum Auto zurückschlenderte, sich eine neue Zigarette anzündete und wieder ganz wurde. Vorübergehend letzten Endes, aber ganz.

So wenig war es gar nicht – im Gegenteil: Sie hatten eine ganze Menge. Jedenfalls mehr, als sie in den Augen anderer haben sollten – das sagte ihm sein Instinkt. Und jene, die dieser Meinung waren, würden dafür zu sorgen versuchen, dass es Stückwerk bliebe, nicht noch mehr würde. Das Wichtigste war jetzt, dass, wer auch immer es war, zum Schluss käme, er habe Erfolg damit.

Er stieg ein, stellte fest, dass die Mittelkonsole noch offenstand und die Thermoskanne noch auf dem Autodach, stieg wieder aus. Er leerte die Deckeltasse, indem er den eisigen Schluck Bitterkeit in sich hineinschüttete, schraubte sie auf die Kanne und ließ sich erneut hinters Steuer gleiten.

Aus dem scheinbaren Nichts kommend fädelte er sich in die sprühende Lichterkette des Verkehrs ein. Jetzt wurde ihm Einlass gewährt, und für das kurze Stück bis Basel-Stadt wurde er getragen vom besenartigen Beat, mit dem die Straße ihn willkommen hieß. Der Zugang war ein doppelter: Er zurück in den Rhythmus, der Takt direkt zu jenem Gedanken, der alles blockiert hatte.

I took a heavenly ride through our silence.

Jezreel.

Wäre Brun ein Mensch gewesen, der sich erlaubt hätte, zu fluchen, dann hätte er das jetzt getan. Fast wünschte er, er wäre so ein Mensch.

Sie tat es schon wieder. Sie hätte sich längst melden sollen.

„Geben Sie mir ein paar Stunden, ich ruf Sie dann an.“

Bruns Handflächen knallten auf das weiche Material des sportlich kleinen Lenkrads und verursachten kaum ein Geräusch.

Da setzte er Himmel und Hölle in Bewegung, um sie aus einer Situation rauszuholen, in die sie sich höchstselbst reinmanövriert hatte, und als Dank tauchte sie gleich wieder ab.

Er wollte wütend werden. Indes: Die Wut blieb leer, Hülle bloß. Wie das impotente Nicht-Geräusch seiner Kraft auf dem Lenkrad. Der Strom wurde umgelenkt mitten in das hinein, was er zu umgehen versucht hatte: Angst.

Ein Teil von ihm wurde schier verrückt vor Angst. Sie sagte ihm, dass Jez es eben nicht schon wieder tat. Dass etwas ganz anderes sie davon abhielt, sich zu melden.

Er wählte die Nummer, die sie ihm durchgegeben hatte. Bevor es zu klingeln begann, kam in englischer Sprache die Ansage, dass das Gerät zur Zeit nicht in Betrieb sei. Entweder hatte sie das Handy ausgeschaltet, oder aber die Person, der es gehörte, hatte es sperren lassen. Es gab für alles eine Erklärung.

Es war kurz vor sechs, als er den Schweizer Zoll passierte. Sechs Minuten später bog er von der Wettsteinbrücke rechts in die Rittergasse ein. Er reduzierte die Geschwindigkeit auf Schrittempo. Das Bankhaus der Wallenbergs machte das Eck Rittergasse-Bäumleingasse. Weder ein Schriftzug noch ein Firmenlogo zierte die Fassade. Breitenwirkung und Imagepflege waren hier nicht nötig.

Brun sah sich nach einer Parkmöglichkeit um. Vergeblich – die historische Gasse bot kaum genügend Platz für zwei Autos, geschweige denn für Parkbuchten oder ähnliches. Gerade entschied er, den Wagen für die paar Minuten im absoluten Halteverbot am Eingang der Bäumleingasse abzustellen, als er das andere Fahrzeug sah und geradeaus weiterfuhr wie einer, der sich verfahren hatte.

Bei dem Auto handelte es sich um einen schwarzen SUV, der so unter den Bäumen auf dem kleinen Platz vor dem Münster stand, dass, wer auch immer darin saß, sowohl die Rittergasse Richtung Wettsteinbrücke als auch die Kreuzung Bäumleingasse im Blick hatte. Brun fuhr langsam an dem Wagen vorbei bis zum Münsterplatz, ohne nochmals hinzusehen. Der eine Blick hatte ihm gereicht. In dem Wagen saß ein Zweierteam. Erst als er vorne an der Freie Strasse anlangte, hielt er an und wählte Piets Nummer.

***

Endlich stieß Piet auf etwas, das wie Teebeutel aussah. Er war nicht gut in so was. Seine eigene Küche war ein Verschlag mit einem selbstgezimmerten Regal und zwei mobilen Herdplatten. Tee war nicht im Angebot. Teetassen ebenso wenig. Er füllte Wasser in das, was er als elektrischen Wasserkocher identifizierte, und versuchte sich zu erinnern, wo er vorhin die Tassen gesehen hatte.

Nach weiteren fünf Minuten trug er die beiden Tassen zu dem Couchtisch. Jeanne Wallenberg saß auf der Sofakante, die Ellbogen halb auf die Knie gelegt, halb gestützt, die Unterarme baumelten etwas nach vorn, die Handflächen nach oben, als würden sie nicht zu ihrem Körper gehören.

„Das, was ich letzthin gesagt habe, stimmt nicht." Jeanne hob nur geringfügig den Kopf – die Kraft schien nicht zu reichen, ihn so weit zu heben, um Piet, der immer noch stand, in die Augen zu sehen.

„Was denn?", hakte Piet nach. „Haben Sie etwa gelogen?"

„Jaja – und seit ich selber lüge, glaub' ich keinem mehr." Sie verstummte und lachte ein geräuschloses Lachen, das ihre äußeren Schichten nicht zu erreichen vermochte. Piet dachte, das sei's wohl gewesen für den Moment und in Anbetracht der locker über dem linken Oberarm baumelnden Gummischlinge. Er täuschte sich.

„Ich habe gesagt, Tom sei ein Spinner gewesen. Ein totaler Spinner. Das stimmt nicht. Tom war kein Spinner. Ich wünschte, ich hätte es nicht gesagt."

Piet setzte die Tassen vorsichtig auf dem Tisch ab. Wunderte sich über den eigenen Gedanken, dass er besser daran täte, etwas unterzustellen – der überschwappende Tee würde Monde hinterlassen auf dem alten Holz.

„Wir sagen oft Dinge, die wir nicht so meinen. Jene, die uns kennen, wissen das. Tom weiß, dass Sie es nicht so gemeint haben, da bin ich mir sicher. Und bei dem, zu dem Sie es gesagt haben, können Sie die Dinge auch im Nachhinein noch ins richtige Licht rücken."

Er entgegnete dies im Wissen um die Aussichtslosigkeit der Situation, um die Sinnlosigkeit eines Gesprächs. Mit einem Junkie zu reden, wenn dieser verladen war, kam dem Versuch gleich, eine emotionale Verbindung mit einer Schneeflocke einzugehen. Und doch musste er es versuchen. Nicht, um sie hier zu halten oder näherzuholen. Nicht, um etwas auszutauschen oder einzupflanzen, was Richtung oder Sinn ergäbe. Es ging einzig um das, was sie aus ihrem Delirium heraus zu geben bereit wäre. Und je besser es ihm gelänge, in ihr die Illusion von Nähe zu nähren, sie glauben zu lassen, er sei nicht außen, sondern drin, bei ihr, umso mehr würde sie zu teilen bereit sein. Ob das, was dabei herauskäme, Sinn machen würde oder nicht, ob er es verwerten könnte oder nicht, das stand auf einem anderen Blatt. Aber er hatte Zeit, bis Bruns Leute hier aufkreuzen würden. Zeit und keine andere Idee.

„Da gibt es nichts zurechtzurücken. Ich musste das sagen", sagte Jeanne Wallenberg.

Piet hatte keine Ahnung, wovon sie sprach. Wartete, ob noch mehr käme. Das tat es:

„Ich musste noch viel mehr tun, damit dieser Kerl den Mund aufkriegt. Aber was hätte ich denn sonst machen sollen? Ich hatte nur diese Idee, die eigentlich auch nur ein Zweifel war. Ich musste sie an irgendjemandem ausprobieren. Und er war da."

„Dann erst recht", warf Piet aufs Geratewohl ein. „Dann müssen Sie sich nicht schuldig fühlen. Und was diesen Kerl anbelangt …"

„Wittmann", kam ihm Jeanne entgegen. „Daniel Wittmann. Oder Michael Kron. Wählen Sie aus … Das bestbezahlte Sprachrohr der Welt."

Wieder dieses Lachen, das sich weder durch Bewegung noch Laute kundtat. Vielleicht lachte sie auch gar nicht. Piet achtete nicht genau darauf. Zu sehr war er damit beschäftigt, ruhig zu bleiben, nicht auf die Beine zu kommen, Brun anzurufen.

Bingo! – Wittmann, die Konversus, Kron. Bruns in den Nebel gemalter Kreis nahm Konturen an. Jeanne, gleich einem Tier, das früher und mehr erspürt, als alle Vernunft es kann, schien zu merken, dass sich etwas verändert hatte. Sie wurde unruhig. Piet riss sich zusammen, kam zurück.

„Hätte Tom es denn verstanden?“, fragte er jetzt und kam sich vor wie einer, der am Südpol Nebelkerzen abfeuert im Wissen, dass im Umkreis von 3.000 Kilometern weder Leben noch Bewusstsein zu finden war. „Hätte er verstanden, warum Sie von ihm sagten, er sei ein Spinner? Warum Sie mit diesem Kron oder Wittmann sprechen mussten?“

„Danke für den Tee“, kam es anstelle einer Antwort von Jeanne Wallenberg. Sie hob die Tasse an den Mund, verharrte mitten in der Bewegung. Piet hielt sich bereit, einzugreifen, sollte sie sie vergessen, die Hand abknicken lassen. Der Mechanismus automatischen Restfunktionierens schien zu greifen: Sie nahm einen Schluck und stellte die Tasse auf den Tisch zurück. Erneut knickte sie ein, der Kopf senkte sich zwischen den Schultern auf die Brust. Dann ein neuerliches Sich-Erinnern oder Sich-Wehren:

„Ich glaube schon, dass er es verstanden hätte. Ich musste es ja sagen. Er weiß, dass ich das für ihn tue.“

„Sehen Sie“, antwortete Piet, „dann war es gar keine Lüge. Oder nur eine ganz kleine.“

Das schien sie zu amüsieren. Sie hob den Kopf, die Lider gehorchten nicht, blieben geschlossen. In Zeitlupe sackte sie erneut zusammen. Piet konnte es kaum mit ansehen.

„Kommen Sie“, sagte er, „setzen Sie sich bequemer hin“.

Sie machte Anstalten, ihre Position zu verändern, hielt inne, schien bereits wieder vergessen zu haben. Piet fasste sie unter den Armen, zog sie hoch auf die Polster. Sie war leicht, kaum fühlte er ihr Gewicht. Er deckte sie zu bis unters Kinn.

„Ruhen Sie sich jetzt ein wenig aus.“

„Bleiben Sie da?“

„Ich bleibe da.“

Eine Weile stand er einfach vor ihr. Betrachtete sie, riss sich dann los, ließ sich ebenfalls in die Polster fallen. Am anderen Ende des Sofas. Ohne dass er es hätte bemerken oder verhindern können, nickte er kurz darauf ein.

„Sie sind ja noch müder als ich.“

Ihre Stimme weckte ihn. Er hatte keine Ahnung, ob er ein paar Sekunden oder eine Stunde geschlafen hatte.

Bei Jeanne schien das Gröbste vorbei zu sein, die Geborgenheit am Abklingen. Es würde Zeit für den nächsten Kick. Er musste die Lücke ausnutzen. Schon machte sie Anstalten, sich an den Rand der Couch und in Griffnähe des Stoffs zu bewegen.

„Sie sollten etwas trinken." Er reichte ihr die Tasse mit dem kühl gewordenen Tee. Sie nippte gehorsam daran. Es schien ihr gutzutun. Sie leerte die Tasse.

„Ich würde es gern verstehen, Jeanne. Das mit Ihnen und Tom. Würden Sie es mir erklären?"

„Jetzt? Ich weiß nicht …" Ihr Blick suchte das Spritzbesteck, die Plastiktütchen. Hektischer jetzt.

„Kommen Sie, Jeanne, versuchen Sie es. Es wird Ihnen guttun, darüber zu reden. Sie können währenddessen alles bereitmachen."

Das schien sie zu überzeugen. Noch während sie auf den Polstern nach vorn rutschte, überzog ein Lächeln ihre Züge.

„Eigentlich war er schon ein Spinner. Aber nicht so einer – verstehen Sie? Nicht einer, der neben der Spur spinnt. Er war ein Spinner, weil er Dinge sah, die keiner für möglich gehalten hätte. Für ihn war es das Normalste der Welt, weiter zu denken als jeder andere. Außerhalb der gängigen Definition von Möglichkeiten. Er wusste das, aber eigentlich interessierte ihn das eigene Potential nur insofern, als dass es ihm die Tür zu dem öffnete, was ihn wirklich reinzog: Forschung und Fliegerei. Vielleicht, so versuche ich mir manchmal einzureden, war ich ihm nicht ganz egal – aber was auch immer er für mich empfand, es drang nie bis in sein Zentrum vor. Dort drin, ganz drin, gab es nur das. Freisein. Ich dachte, ich liebe ihn. Vielleicht tat ich das auch. Ich war völlig verrückt nach ihm. Aber vor allem wollte ich ihn haben. Man sagt immer, es seien die Männer, die auf Frauen fliegen, die sie nicht haben können. Bei mir war es genauso. Ich konnte ihn nicht haben und wollte ihn deshalb umso mehr."

„Sie sind verheiratet", kam es von Piet. „Sie hatten ihn. Ich meine, so eine Heirat ist ja nicht bloß irgendeine Veranstaltung."

„Ach, das … Ich glaube, da war es schon vorbei."

„Sie sind hart in Ihrem Urteil. Hat Tom das auch so gesehen?"

„Wissen Sie was? Ich weiß nicht, wie er es gesehen hat. Ich habe keine Ahnung. Es ging ja auch gar nicht mehr um uns. Gabriel wollte es, und wir versteckten uns wie Kinder kichernd hinter Schwüren und Versprechen von Freiheit. Wir sagten uns, das alles spiele keine Rolle. Wir zögen es für die Familie durch, wir gäben einen Scheiß drauf. Wir merkten in unserem pubertären Wünschen nicht, dass wir uns in Wahrheit längst vor der Ernüchterung versteckten. Vor der Realität, die hinter aller Inszenierung irgendwo wartete und die eine erwachsene war."

Jetzt erst merkte Piet, dass Jeanne das, was er als metallene Duftlampe identifiziert hatte, für das Verdünnen und Aufkochen des Heroins verwendete. Sie zündete die Kerze darunter an und beobachtete die sich in der Hitze verändernden Zutaten mit dem sackgassenartigen Interesse eines Menschen, dessen Welt sich zusammengezogen hat und geschrumpft ist auf die Bedürfnisse und Möglichkeiten eines Kleinkindes. Oder eines Demenzpatienten. Es gab nur noch das Warten, den Stoff und das Wollen. Mehr Platz war da nicht mehr. Und auch er wäre bald weg. Das war ja schließlich der Sinn der Sache.

„Und wer ist dieser Gabriel? Familie?" Er musste versuchen, sie noch eine Weile hier zu halten. Den Faden fester weben, damit er ihr folgen konnte, wenn sie erneut verschwände und nicht mehr wüsste, dass es eine Verbindung gäbe zu einem Menschen, der vorgab, Peter Keller zu heißen. Und der zuhören würde. Weiterfragen.

Das Lachen erschreckte ihn. Es war ein Heulen, das sie da, den Kopf in den Nacken geworfen, ausstieß. Er sah ihr Gesicht nur im Profil. Aber auch das reichte, um zu sehen, dass ihre Mimik von anderen Kräften als jenen spontaner Erheiterung verzerrt wurde. Außerdem blitzte auf dem hellen Zwickel Haut unter dem Augenwinkel für Sekunden eine Träne auf, verschwand gleich wieder im Schatten des Wangenknochens, hinterließ nicht mehr als eine vage glitzernde Ahnung, die ebenso gut seiner Einbildung entspringen mochte.

Dann war es vorbei – so abrupt der Ausbruch erfolgt war, schien er in sich zusammenzufallen. Übrig blieb ein Schnauben, das sie ihren Worten vorausschickte, während sie sorgfältig die Flüssigkeit in die Nadel zog:

„Gabriel? Der große Gabriel Kolko? Schreibt man Familie neuerdings mit R?“ Jetzt war das Lachen ein anderes. Kindlich erheitert, ein Glucksen fast. „Ramilie“, sagte sie. Die Nadel wackelte in ihrer Hand. Piet beugte sich vor, um sie vor sich selber schützen zu können. Es war nicht nötig.

„Gabriel ist mein R“, sagte sie. Kein Lachen mehr jetzt. „Mein Recht zu leben, mein Richter, meine Richtung, Ruhe, wenn ich das Richtige tue. Sein Richtiges.“

Mit jedem weiteren R-Wort hatte sich alles Übermütige weiter zurückgezogen. Es blieb trauriges Staunen.

Sie griff nach der Plastikschlinge, schob sie sich über den rechten Arm und zusammen mit dem Ärmel hoch, zurrte sie fest.

Es war nicht so, wie Piet es kannte von anderen. Nicht grobe Nacktheit, scheinbar gefühlloses Reißen und Klopfen und Fletschen, trotzig zur Schau gestellte Brutalität, die bloß Drang war. Fast hatte es den Anschein eines Akts von Zärtlichkeit, den sie jemandem angedeihen ließ. Behutsam, als hätte sie es mit unschuldigem Leben zu tun.

Für einen Moment hatte Piet ein Bild lautloser Harmonie vor sich. Dann sank sie nach hinten. Er nahm ihr die Spritze ab, drückte einen Tupfer auf die Einstichstelle, legte ihre Hand darauf. Dann deckte er sie erneut zu.

Ein anderes Bild tauchte kurz auf: Er und Jeanne Wallenberg in einer Penthouse-Wohnung, irgendwo auf der Welt. Er würde immer wieder Tee kochen, bis die Erinnerung an anderes Können und Sein verblasst wäre. Er würde sie zudecken, Millionen von Male. Es wäre alles, was er je noch tun würde. Für immer dasselbe. Er schüttelte das Bild ab, etwas vibrierte weiter. Es war sein Handy, er brauchte eine Weile, um es zu bemerken. Brun.

„Carl. Wo bist du?“

„Gerade angekommen. Bist du noch bei Jeanne Wallenberg?“

Wo – verdammt noch mal – sollte ich denn sonst sein? Fast hätte er es gesagt. Stattdessen: „Ja.“

„Kannst du von da oben auf die Straße runtersehen?“

„Ich denke schon, warte kurz …“

Piet klemmte sich das Handy zwischen Schulter und Ohr, schob eine der heruntergelassenen Lamellen zur Seite und öffnete das Fenster gerade soweit, dass er hindurchpasste.

„Warte“, drang Bruns Stimme leise in sein Ohr, als er auf die Dachterrasse hinaustrat. „Ist es die Dachterrasse ganz oben?“

„Sieht so aus.“

„Okay – hör mir zu: Da unten, linkerhand von dir, etwa 200 Meter weiter in Richtung Münster, stehen am rechten Straßenrand ein paar Jungs, die definitiv nicht zu uns gehören. Versuch‘, dich nicht sehen zu lassen. Sie sitzen in einem schwarzen GMC-SUV. Eins dieser Dickschiffe, die sich locker 25 Liter in die Brennräume kippen. Im Schnitt. Ich weiß nicht, ob du sie von da oben sehen kannst. Sie haben sich unter den Bäumen verkrochen.“

Brun verstummte. Piet war in die Hocke gegangen und hatte sich der Hauswand entlang ans Geländer vorgearbeitet. Zwischen den einzelnen Sandsteinelementen der Brüstung hindurch hatte er einen guten Blick auf die Straße.

„Ich weiß nicht, was du dir vorstellst, Carl, aber ich sehe rein gar nichts. Es ist schon zu dunkel. Was ist mit Richt-Miks?“

„Was denkst du denn, warum ich flüstere, als wären wir zusammen in der Kiste. Keine Zeit, das zu checken. Ich komme jetzt zu Fuß vom Münsterplatz her, nehme die Quergasse neben dem Haus und gehe zurück zum Auto. Dann dasselbe gleich nochmal mit anderer Jacke. Diesmal werde ich unten reinkommen. Versuch‘ zu sehen, ob sich da unten was tut. Vielleicht täusche ich mich ja.“

Schrittgeräusche, die vielmehr den Eindruck von Nässe denn von Fortbewegung vermittelten, drangen an Piets Ohr.

Gleich darauf sah er Brun in sein Sichtfeld eintreten, unter einer Straßenlampe deutlich werden, wieder schemenhaft, als er ihren Scheinkreis verließ. Er war jetzt auf der Höhe, wo der Wagen unter den Bäumen stehen musste. Brun sah aus wie einer, der vor allem eins wollte: sein Ziel erreichen. Er schritt zügig, das Handy am Ohr, als beschriebe ihm jemand den Weg. Bevor er in die Quergasse einbog, verließ er Piets Sichtfeld. Dessen Konzentration galt allerdings dem, was weiter vorne geschah. Oder besser: nicht geschah.

„Da tut sich nichts, Carl. Moment, warte …“ Jetzt hatte es kurz geblitzt. Die Bewegung von nassem Metall im Schein der Straßenlampe: Eine Tür war geöffnet worden. Erneutes Blitzen. Die Tür wurde geschlossen. Jetzt materialisierte sich eine Gestalt unter den schwarzen Schatten der Bäume und trat an die brusthohe Mauer, die den Kirchenvorplatz vor einer weiteren Quergasse trennte. Schultern entspannt, Arme leicht angewinkelt, Kopf gesenkt.

„Was ist?“

„Vergiss es, der Kerl pisst bloß.“

Und wie um das Gesagte zu bestätigen, wippte die Gestalt jetzt zweimal, wandte sich um und verschwand breitbeinig und offenbar noch im Prozess des Wieder-Verpackens begriffen zurück und wurde von den Ästen verschluckt. Ein erneutes Blitzen sagte Piet, dass der Mann ins Auto eingestiegen war. Wenigstens das. Vielleicht würde es wieder blitzen, wenn Brun ein weiteres Mal vorbeiginge.

Kurz darauf sah er Brun erneut auftauchen.

Piet konnte sich ein Grinsen nicht verkneifen: Brun trug eine leuchtend rote Jacke. Diesmal sah er ihn bereits, als er beim Münsterplatz um die Ecke bog.

Er zwang seinen Blick entgegen dessen Wollen, sich auf das Dunkel am anderen Straßenrand zu konzentrieren. Es blitzte wieder. Brun konnte er nicht mehr sehen – er war unter dem Dachvorsprung verschwunden und stand möglicherweise schon unten vor der Tür. Als Bestätigung drang das Summen der Türglocke leise an Piets Ohr. Kurz verharrte er noch. Erneut trat der Kerl aus dem Schatten und an die Mauer.

Der wird doch nicht schon wieder …

Piet konnte den Gedanken nicht zu Ende denken. Als wär's bloß ein Schatten, überquerte der Mann die Straße und würde, wie Brun zuvor, in Sekunden aus seinem Blickfeld verschwinden.

„Man folgt dir jetzt", sagte er leise ins Handy.

Ebenso leise kam er auf die Beine, trat in die Wohnung, rannte geräuschlos zur Tür und drückte den Knopf für die automatische Türöffnung. Dann riss er die Wohnungstür auf und lauschte. Weit unten und direkt an seinem Ohr hörte er dumpf die Eingangstür zufallen.

„Bist du drin?"

„Alles klar."

Piet holte den Aufzug herauf. Zu früh: Die Tür glitt auseinander, die Kabine war leer.

„Carl?"

Die Kabinentür schloss sich und glitt wieder nach unten.

„Ich bin da. Schick mir den Lift."

„Schon unterwegs."

Diesmal hörte Piet das hohle Poltern von Schritten, die in die Kabine traten. Erneut holte er den Aufzug hoch. Diesmal war Brun drin.

„Und?", fragte Piet, während er das Handy vom Ohr nahm und die Verbindung unterbrach.

„Er ist bloß an der Tür vorbeigeschlendert."

Brun ließ sich schwer gegen die Wand neben der Wohnungstür sacken.

„Wenn ich wenigstens …"

Er ließ den Satz unbeendet. Es war klar, was ihm auf der Zunge lag. Sie waren irgendwo mitten hineingeraten, von dem sie bis vor kurzem nicht gewusst hatten, dass es überhaupt existierte. Wie damals, vor einer Ewigkeit, wie es ihm schien, als er sich mit seinen Leuten auf Einsätze von Geiselbefreiung vorbereitet hatte. Nachts, in unwegsamem Gelände, in stockdunklen

Gassen, keine Nachtsichtgeräte. Erst reinfinden, dann wieder raus mitsamt den Geiseln im besten Fall. Genauso fühlte er sich jetzt. Er riss sich zusammen, stieß sich von der Wand ab.

„Und was genau machst du hier? Bist du eingezogen, oder was?"

Piet ging nicht auf Bruns gereizten Ton ein. Er wusste, wie dieser sich fühlte. Es war nicht nötig, sich reinzuhängen. Im Gegenteil: Er sollte ihm etwas geben, was ihn da rausholte.

„Ich musste versuchen, in einem anderen Umfeld als der Bank an Jeanne Wallenberg ranzukommen. Ich hatte an eine Tasse Kaffee und ein Gespräch über Tom Bernoulli gedacht. Es kam dann anders. Jeanne Wallenberg ist ein Wochenend-Junkie. Als ich hier auftauchte, war sie schon völlig weggetreten. Das Gute daran: Mittlerweile sieht sie wohl so was wie einen Freund in mir." Und bevor Brun nachhaken konnte, nachfragen, ob er schon mehr in bezug auf Tom Bernoulli hatte in Erfahrung bringen können:

„Das allein wäre allerdings noch kein Grund gewesen, dich zu kontaktieren."

„Apropos – hier ist übrigens die Pizza." Brun drückte Piet eine erkaltete fettige Schachtel in die Hände.

Piet ließ sie klatschend neben der Eingangstür auf den Boden knallen. „Die ist kalt, Carl. Das ist widerlich. Außerdem brauche ich sie nur, wenn Jeanne Wallenberg zu sich kommen und mich mit einem Herrn reden sehen sollte, den sie nicht kennt."

„Sei nicht so heikel. Also – warum genau sind wir hier?"

„Wir?"

„Valentin und Nouriel machen es sich gerade bei dir zu Hause gemütlich. Du hast dich so angehört, als würde hier die Musik spielen."

„Möglich, dass das sogar stimmt."

„Möglich?"

„Ich weiß es nicht. Aber was hier läuft … es gefällt mir nicht. Ganz zu schweigen von der Tatsache, dass Jeanne Wallenberg jetzt auch noch überwacht wird. Die waren noch nicht da, als ich gekommen bin."

„Sicher?“

„Todsicher. Ich habe ein paar Runden gedreht, um mich zu vergewissern. Vom Haus in Frick aus sind sie mir gefolgt. Nach einer Viertelstunde war ich sie aber los. Und hier hat definitiv keiner auf mich gewartet.“

„Also, worum geht‘s?“, fragte Brun.

Piet erzählte es ihm. Von dem Mann, der scheinbar Heroin lieferte, der aber kein normaler Kurier gewesen sein konnte.

„Jeanne Wallenberg war zu diesem Zeitpunkt längst hinüber“, schloss er, während er die Briefchen aus der Jeans fischte. „Hast du den Test dabei? Ich will wissen, was das hier ist. Und warum man ihr einen Ex-Navy-Seal oder was auch immer vorbeischickt. Möglich, dass der Name ‚Gabriel Kolko‘ irgendwie damit zusammenhängt. Mehr weiß ich im Moment noch nicht.“

„Okay, gib mal her.“

Piet reichte Brun eines der Briefchen.

Brun ging in die Hocke und holte eine Plastiktasche aus der Jacke.

„Komm rein“, sagte Piet. „Das gefällt mir nicht, hier draußen.“

„Und Jeanne Wallenberg?“

„Wie gesagt: Im Moment ist sie quasi außer Haus.“

Zusammen traten sie über die Schwelle in die Wohnung.

„Und die hier?“ Brun, bereits drinnen, deutete mit dem Kinn auf die Pizzaschachtel am Boden vor der Tür.

„Wenn ich‘s mir recht überlege – besser als nichts. Ich bin am Verhungern.“ Piet hob sie auf und ging Brun voraus zum Küchenbereich. Von dort aus, wo er Brun hinlotste, war nur ein Teil der Couch zu sehen.

„Sie ist da drüben.“ Er flüsterte es und zeigte auf den freistehenden Küchentresen. „Fühl dich wie zu Hause. Was hast du eigentlich vor?“

Brun passte seine Tonlage jener Piets an:

„Auf die Schnelle konnte ich nur eine Art Rudimentärtest besorgen. Es ist ein Reagenz, das zusammen mit dem Stoff Aufschluss über den Reinheitsgrad gibt. Allerdings nur sehr grob.

Je dunkelroter beziehungsweise dunkelvioletter die Farbe, die entsteht, desto reiner der Stoff. Meinst du, das reicht?"

„Ich denke schon. Wie sieht das Resultat aus, wenn das Heroin absolut rein ist?"

„Keine Ahnung. Schwarz? Ein Loch im Papier?"

„Na, dann mal los."

Während Brun neben ihm Papier, Braunglas und Waage hervorholte, machte sich Piet schweigend über die kalte Pizza her.

„Und?", fragte er nach einer Weile.

„Sieh selbst."

Auf dem Papierstreifen, den Brun ihm zeigte, war ein fast schwarzer Fleck zu sehen.

„Ich hab's geahnt", sagte Piet nur. „Der Kerl, der das Zeug vorbeigebracht hat, war hier so falsch wie nur irgendwas. Weißt du, was das heißt, Carl?"

Anstatt eine Antwort zu geben, forderte Brun ihn auf, ihm eine Probe von Jeanne Wallenbergs Stoff zu bringen. „Der wird ja auch nicht von schlechten Eltern sein, denk' ich mal."

Piet tat wie geheißen. Stellte sich erneut neben Brun an die Theke. Ohne zu essen diesmal. Bloß wartend. Nach ein paar Minuten war es wieder soweit. Ein weiterer Papierstreifen. Ein dunkelroter Fleck diesmal. Ins Violette tendierend.

„Also", fasste Brun die Situation zusammen: „Jemand hat Jeanne Wallenberg heute Heroin von einer Reinheit vorbeigebracht, die bei – sagen wir – normaler Verwendung für sie aufgrund einer absehbaren Überdosierung tödlich wäre. Oder anders gesagt: Jemand will Jeanne Wallenberg aus dem Weg haben." Und ohne Piet die Möglichkeit, zu reagieren, zu geben: „Wir können übrigens mit großer Wahrscheinlichkeit davon ausgehen, dass Tom Bernoulli sich das Leben genommen hat."

„Und wir wissen seit ungefähr einer Stunde, dass Daniel Wittmann identisch ist mit Michael Kron."

„Was sagst du da?"

„Psssst. Du hast schon richtig gehört. Daniel Wittmann arbeitet teilweise unter dem Pseudonym ‚Michael Kron'. Es muss sich dabei um ein von der Konversus unabhängiges Mandat handeln, das allerdings in irgendeiner Form Jeanne Wallenberg und diesen Kolko mit einschließt."

„Unabhängigkeit gibt es nicht in unserer Branche", sagte Brun jetzt. „Irgendwo findet man immer eine Verbindung. Ich muss telefonieren und Sava und Lorenz da dransetzen."

„Steigst du bei alldem durch?", fragte Piet, als Brun seine Leute instruiert hatte.

„Das fragst du mich im Ernst? Je mehr wir wissen, desto unklarer wird alles. Aber wir kommen voran. Wenigstens das. In ein paar Stunden trifft sich das Team. Vielleicht ergibt sich bis dahin noch mehr."

„Treffpunkt?"

„Ich weiß es noch nicht, Piet."

„Warum frag' ich das überhaupt."

Piet nahm sich ein weiteres Stück Pizza.

Das Klingeln von Bruns Handy durchkreischte die vorrückende Stille des Appartements wie eine über Stein gezogene Klinge.

***

Christian Hiller, Bruns direkter Vorgesetzter, wurde von dem Anruf überrumpelt. Vom Anruf an sich, vor allem aber vom Anrufer. Und von der Tatsache, dass dieser ihn zu Hause auf seinem privaten Festnetzanschluss kontaktierte.

Hiller liebte seinen Job. Er liebte vor allem den Weg, den er innerhalb des administrativen Apparats aufgrund seiner Entscheidungen und Fähigkeiten – manch einer würde möglicherweise sagen, es seien in erster Linie die eines weitverbreiteten allesfressenden und zur Familie der Langschwanzmäuse gehörenden Nagetiers – zurückgelegt und der ihn auf den Stuhl des Leiters der Operationsabteilung des NDB geführt hatte. Außerdem gab sich Christian Hiller der in seinen Augen durchaus berechtigten Hoffnung hin, besagter Stuhl sei, wie die Stühle zuvor, nicht für die Ewigkeit gemacht. Nicht für seine berufliche

Ewigkeit zumindest. Es gab noch andere Stühle, bessere, weiter oben.

Der Anruf an diesem Samstag wollte ihm deshalb, als ihm klar wurde, wer ihn da privat anrief, instinktiv und zuallererst als ein Ruf erscheinen. Allerdings nur für Sekunden. Solange brauchte Jacques Panetta, um Hillers hoffnungsvolle Vision der eigenen Zukunft, die in ebendiesem Moment ihren Anfang nähme, sich in Luft auflösen zu lassen.

„Lassen wir das, Hiller", unterbrach ihn Panetta, als er mittels entsprechender Stimmodulation dazu ansetzte, sein positives Überraschtsein in Worte der Begrüßung zu verpacken. Er verstummte mitten im Satz und hörte Panetta sagen, sie hätten ein Problem. Vor allem er in seiner Funktion als Vorgesetzter sämtlicher operativer Teams draußen habe ein Problem.

„Ich verstehe nicht, worauf …"

„Das will ich Ihnen gleich sagen, Hiller. Ich hatte eben ein wenig erfreuliches Gespräch mit Jeanne Wallenberg."

„Wallenberg von …"

„Genau die. Jeanne Wallenberg von der Privatbank Wallenberg."

Hiller konnte sich gerade noch ein weiteres „Ich verstehe nicht …" verbeißen und entscheiden, es sei ratsam, vorderhand den Mund zu halten. Die Tatsache, dass Panetta verbal auf automatisches Feuer geschaltet zu haben schien, hätte sowieso jeden Einwand verunmöglicht. Hiller hängte sich wieder ein.

„… richtig verstehen", sagte Panetta gerade. „Die Frau interessiert mich nicht. Aber Sie wissen genauso gut wie ich, dass die Bank Wallenberg auf der Skala der systemrelevanten Institute der Schweiz gleich nach der Nationalbank kommt. Um nicht zu sagen: Die Bank Wallenberg ist die Bank unserer Regierung. Und wenn die Dame mich in meiner Funktion als Berater in Sicherheitsfragen ebendieser Regierung kontaktiert, um mir mitzuteilen, sie würde behelligt von Leuten, die ein Bekannter von ihr eindeutig als Spezialkräfte identifiziert habe, dann freut mich das nicht besonders. Ob sie damit richtig liegt oder nicht, ist dabei sekundär. Solche Telefonate darf es nicht geben. Und es ist Ihr Job, dafür zu sorgen, dass das so bleibt. Haben Sie Ihr Handy zur Hand?“

„Einen Moment ... Ja.“

„Schauen Sie sich das Foto an, das ich Ihnen weitergeleitet habe.“

In der Leitung war es still. Hiller wusste in dem Moment, als er die Datei öffnete und sich das Foto ansah, dass sein Erbleichen zu hören war. Die Zeit glitt ihm aus den Fingern, die Stille dauerte zu lange.

„Also doch …“, kam es von Panetta. „Wer ist es?“

„Brun.“ Mehr aus Ärger über sich selber, darüber, dass er herausplatzte mit der Wahrheit wie ein Schuljunge, den man beim Klauen erwischt, dass er sich nicht einmal soweit im Griff hatte, die Möglichkeit einer taktischen Lüge in Betracht zu ziehen, stemmte sich Hiller jetzt gegen das, was sich auf der anderen Seite der Leitung zusammenbraute und gleich über ihn hereinbrechen würde:

„Und jetzt sagen Sie mir, wer dieses Foto aufgenommen hat. Etwa jemand aus einem unserer Teams? Ist es jetzt so, dass Sie den Leuten direkt Befehle erteilen? So wie indirekt Brun über mich mittels Joblisten, die angeblich von Ihrem gesamten Gremium verabschiedet worden sind, von denen aber außer uns dreien keiner zu wissen scheint? Woher wollen Sie wissen, dass andere nicht genau dasselbe tun? Burger, Del Piero, Burkhalter, oder gar Brunner-Del Vecchio als Vorsitzende des Departements? Wie soll ich meinen Job machen, wenn Sie in meinem Laden rumtrampeln, als wär‘s ein verdammter Supermarkt? Ja – es ist Brun. Ich weiß nicht, was er dort tut. Aber wer sagt mir, dass er nicht Order hat von einem Ihrer Kollegen? Oder von Ihnen selbst? Ich finde, es ist an der Zeit, dass Sie mir jetzt mal sagen, was genau hier läuft. Sie und nicht ich.“

Hiller verstummte abrupt und merkte, dass er keuchte. Es war ein gutes Keuchen. Befreiend. Er blickte um und in sich, überschlug die Kosten dessen, was er mit diesem Schuss ins

Blaue möglicherweise gerade verloren hatte. Er hatte keine Ahnung, ob besagte Jobliste von Panetta gekommen war und ob dieser ohne das Wissen des Gremiums Sicherheit, einer Art Schattenregierung in Sicherheitsfragen, gehandelt hatte. Und trotzdem diese Ruhe: Er brauchte jetzt bloß noch zu warten. Es würde weitergehen. Sein Atmen wurde regelmäßig und groß, breitete sich aus auf einer Fläche, deren Weite er lange nicht gekostet hatte.

„Okay“, kam es nach einer Weile von Panetta. „Wie Sie wollen.“

Das war‘s – der Gedanke manifestierte sich nicht in konkreter Form in Hillers Kopf. Vielmehr schien er etwas zu sein, das an ihm heruntergleitt, ihn ungeschützt und fröstelnd zurückließ. Ein Gefühl wie damals als Kind: Zum ersten Mal eine kurze Hose im Frühling, T-Shirt statt Pullover. Als würde man näherrücken. Heran, mitten hinein, wo man hingehörte. Fröstelnd die Haut in Erwartung der Kälte. Sie blieb aus – stattdessen Wärme, die ganze Welt das fehlende Kleid, man selber frei, die Möglichkeit, fliegen zu können, nicht undenkbar.

Dann Panettas Weiterreden. Abrupt die Realität wie ein Eimer kalten Wassers. Wobei: Ganz kalt war es nicht, was Hiller zu hören glaubte:

„Hören Sie – das war nicht korrekt. Das mit Brun und seinen Leuten. Aber wann ist in unserem Job schon mal alles ganz korrekt?“

Eine Platzrakete. Hillers Gehirn brauchte eine Weile, um zu merken, dass es ein Lachen war.

„Aber wem sag‘ ich das. Mein Gott – Hiller! Sie sind ja auch nicht erst seit gestern dabei. Es ging nicht anders. Glauben Sie mir. Diese ganze Ungarn-Geschichte. Wer hätte denn wissen können, dass das inoffizielle Amtshilfeersuchen eines kleinen Finanzbeamten über Nacht zur Staatsaffäre wird? Und dann dieser Brun, der ums Verrecken nicht aufhören wollte. Das ist Politik, Hiller. Ich hatte vom Finanzministerium den klaren Auftrag, diese Sache zu beerdigen. Und zwar so, dass das Gras nicht erst darüber zu wachsen brauchte.“

„Ludwig?" Hiller, der sich an jedes von Panettas Worten klammerte, als wär's ein Seil, das ihn im Hier behielte, brachte nicht mehr als dieses eine Wort heraus.

„Nein – das war vor Ludwigs Zeit. Die Weisung kam damals von Brunner-Del Vecchio. Sie wissen schon – Ihre und meine heutige Vorgesetzte. Und – solange Ludwig ausgeknockt ist, wenn ich das mal so sagen darf – auch wieder die Vorsteherin des Finanzdepartements. Hören Sie, Hiller – ich weiß selber nicht im Detail, was hier das Problem war. Oder ist. Jedenfalls hat man mir sehr deutlich zu verstehen gegeben, dass nicht weniger als eine Regierungskrise drohe, sollte ich nicht in der Lage sein, jede Nachforschung diesbezüglich auf Eis zu legen. Am besten darunter. Und ja – dann habe ich Sie umgangen. Weil niemand anderes als die Kollegen vom ungarischen Geheimdienst mir zugetragen haben, ein paar Ihrer Leute hätten offenbar was an den Ohren und machten fröhlich weiter."

„Brun."

„Ebendieser."

„Und warum?"

„Wie, warum?"

„Warum sollte dieser Sache nicht nachgegangen werden? Ich meine: Soweit ich mich erinnere, hatte dieser Andras Szabo doch alles Nötige in der Hand, um die Sache sauber zu klären. Warum knicken wir sang- und klanglos ein?"

„Sie sollte nicht geklärt werden, Hiller. Und spielen Sie jetzt nicht den Entrüsteten. Sie haben selbst schon mehr als einmal Ähnliches erlebt. Und dafür gesorgt, dass es genauso läuft, wie die Granden unserer Regierung es sich wünschen. Ja – Sie sind diesmal umgangen worden. Aber das ist kein Grund, jetzt moralisch Schlagseite geltend zu machen. Die kauft Ihnen keiner ab."

„Darum geht's mir nicht. Dieser Mist scheint ja längst gekarrt zu sein."

„Und worum geht's Ihnen dann, wenn ich fragen darf?"

„Was ist jetzt? Was ist zu tun? Wonach stochert Brun mit seinen Leuten Ihrer Meinung nach? Und vor allem: mit wessen Segen? Denn: Bei allem Respekt, Panetta – ich kenne Brun seit langem. Und ja: Er ist ein Scheißkerl, wenn's um das Einhalten dienstlich korrekter Befehlswege geht. Aber ich habe noch nie erlebt, dass er etwas tut oder gar seine Leute auf etwas ansetzt, das nicht mit dem innersten Kern seines Jobs zu tun hätte. Der sieht sich doch immer noch als eine Art modernen Winkelrieds. Sterben für die gute Sache und so weiter. Was also tut er in Basel? Bei Jeanne Wallenberg? Und ersparen Sie uns beiden die Peinlichkeit von wegen Sie hätten keine Ahnung von den Details."

„Dieser Mist mag gekarrt sein, Hiller. Aber – um bei diesem passenden Bild zu bleiben – die Kühe scheißen weiter. Ungarn und sein umtriebiger Beamter, dieser Szabo, sind bloß Boten gewesen. Die Boten sind weg, die Gefahr, dass die unliebsame Nachricht jemandem zu Ohren kommt, der sie besser nicht hören sollte, schien damit gebannt."

„Und was beinhaltet …"

Panetta ließ Hiller nicht zu Ende sprechen.

„Kommen Sie schon, Hiller. Das Spiel hat sich nicht verändert. Machen Sie hier nicht einen auf begriffsstutzig. Es geht wie immer um Geld. Viel Geld. Die Ungarn haben Milliarden in Nukleus investiert. Unseren Fonds, der ganz Europa zu neuer finanzieller Blüte und Stabilität verhelfen soll."

„Aber Ungarn ist so gut wie insolvent. Jede einigermaßen verlässliche Ratingagentur hat die Bonität des Landes auf Ramschniveau gestuft."

„Das ist das Problem."

„Die Hilfskredite von EU und IMF?"

„Richtig. Und ob es Ihnen passt oder nicht: Die Details kenne ich wirklich nicht. Ich weiß nur, dass Geld investiert worden ist, das offiziell gar nicht vorhanden ist. Jedenfalls nicht in Ungarn. Das Regelwerk des Fonds sieht aber vor, dass Private nur dann in den Fonds investieren können, wenn auch der entsprechende Staat beteiligt ist."

„Und die verwaltende Bank von Nukleus …"

„Bingo. Die Privatbank Wallenberg. Im Auftrag der Schweizer Regierung. Und Ihr Mann, dieser Carl Brun, macht in diesem Moment bei Jeanne Wallenberg einen auf Privatsekretär. Sie werden sicher verstehen, dass mir das nicht gefällt."

Hiller versuchte, nachzudenken. Und je mehr er es versuchte, desto weniger blieb. Bloß dieses eine Wort: Nachdenken. Denk nach, verdammt noch mal!

Dann hakte es ein. Nicht bei Ungarn und dem Raubzug von Nukleus. Auch nicht beim eigenen Vaterland, nicht bei Milliarden von Franken oder Dollars, deren abstruse Masse für ihn nicht zu fassen waren. Nicht am Schrank, nicht am Mantel – alles zu weit weg. Das Hemd musste es sein. Und das Hemd war für Hiller das, was er um sich her sah und was er vorhin abzuschreiben bereit gewesen war. Wovon er sich für die Dauer von ein paar weiten Sekunden befreit hatte. Er fühlte die vertraute Enge. Die Beschleunigung nach vorn, die sich um ihn legte wie eine Korsage. Die Gedanken griffen jetzt wieder ineinander. Die Informationen formierten sich zu einem zwingenden Muster. Einem bekannten Muster.

Er traute Panetta nicht. Die Tatsache, dass dieser ihn genau jetzt informierte, hatte weder mit Sympathie noch mit seiner, Hillers, Kompetenz zu tun. Es sagte ihm allerdings, dass der andere in der Scheiße festsaß und dass er, Hiller, die Gelegenheit hatte, sich optimal zu positionieren, wenn es darum ging, die Karre da rauszuzerren. Und optimal hieß in diesem Fall: größtmöglicher Hebel bei minimaler Beschmutzung. Sich andienen, ohne indes Konkretes anzubieten.

„Was ist zu tun?", fragte er.

„Schalten Sie Brun aus. Man möchte nicht, dass dieser Mann mit seiner Bande noch mehr Schaden anrichtet. Holen Sie ihn rein und teilen Sie ihm mit, er sei ab sofort bei voller Leistung freigestellt. Drohen Sie mit allem, was nötig ist. Disziplinarverfahren bis hin zu einer Anklage auf Hochverrat mit den entsprechenden Folgen. Und für seine Leute gilt dasselbe. Man wünscht sich, dass dieser Mann so schnell ihn seine Füße tragen in der Versenkung verschwindet. Und zwar freiwillig. Und mit ihm seine Leute und Kontakte."

Panetta klang erleichtert. Aufgedreht fast. Als hätte er Hillers Gedankengänge von vorhin auf Großleinwand mitverfolgen können und mit Erleichterung deren ihm erhofften und aus eigener Erfahrung vertrauten Ausgang zur Kenntnis genommen. Als ginge es auch hier, wie immer, um Geld.

„Nicht ganz einfach", antwortete Hiller. Sein Einstieg in den Handel.

„Sagen Sie mir, was Sie brauchen."

„Erst einmal alle Ihre Infos. Sie scheinen davon viel mehr aus viel besseren – vielleicht auch einfach teureren – Quellen zu haben als ich."

„Sollen Sie kriegen. Innerhalb der nächsten Stunde. Was noch?"

„Ich muss Brun etwas anbieten können. Etwas anderes als Geld. Darauf springt er nicht an. Ebenso wenig auf Aufstiegsmöglichkeiten oder soziales Prestige."

„Jezreel Vidali."

„Was?" Hiller glaubte, sich verhört zu haben, obwohl er wusste, dass es nicht so war.

„Jezreel Vidali befindet sich, wenn ich das mal so sagen darf, in einer etwas problematischen Situation. Soweit ich weiß, geht Brun für seine Leute durch's Feuer. Das können Sie ihm im Fall von Jezreel Vidali ersparen. Ich denke, das wird ihn zum Einlenken motivieren."

„Das ist Wahnsinn, Panetta. Was soll das? Wir sind doch hier nicht in Guantanamo. Sie können doch nicht …"

„Machen Sie mit der Info, was Sie wollen, Hiller", unterbrach ihn Panetta. „Und übrigens: Wer sagt denn was von Gefangennahme und Folter? Sie haben recht: In Guantanamo sind wir hier zum Glück noch lange nicht."

Hiller stieß den Atem aus. Kurz hatte ihn Angst gestreift. Komischerweise nicht um sich selbst – um Brun und seine Leute. Er schüttelte das Nachklingen ab.

„Was ist dann mit ihr?", fragte er stattdessen.

„Sagen wir so: Eine mit uns befreundete Organisation hat ein Interesse an ihr, das wir in diesem Fall wenn auch nicht teilen, so doch nachvollziehen können. Auf Ihr Wort hin wird sich dieses Interesse allerdings in Wohlgefallen auflösen."

„Und wenn Brun nicht einlenkt?"

„Er wird. Und sei es nur dem lieben Schein zuliebe. Ihr Job wird es dann sein, Hiller, dafür zu sorgen, dass dieser Schein Wirklichkeit wird. Ich will diesen Mann rund um die Uhr bewacht haben. Jeden Furz, verstehen Sie?"

„Das geht nicht, Panetta. Ich kann nicht eines meiner Teams auf ein anderes meiner Teams ansetzen. Alles, was recht ist …"

„Brun wird nicht länger ‚eines Ihrer Teams' sein. Schon vergessen? Der Mann ist ein Risiko für die nationale Sicherheit. Und ich rate Ihnen, ihn genau so zu behandeln. Verstehen wir uns?"

„Alles klar."

„Gut. Dann schlage ich vor, wir machen uns an die Arbeit. Ich schicke Ihnen alles, was Sie brauchen."

„Schicken Sie mir alles, was Sie haben. Ich sehe dann selbst, was ich brauchen kann."

Panetta erwiderte nichts auf dieses letzte, kraftlose Aufbäumen Hillers und beendete die Verbindung ohne Gruß.

„So einfach ist das nicht, Panetta", sagte Hiller in die Stille des Wohnzimmers hinein. „So einfach ist das nicht."

Er hoffte, den nächsten Anruf tätigen und beenden zu können, bevor seine Frau und die Kinder von draußen hereinkämen. Es hatte angefangen, zu regnen.

***

Jezreel Vidali war weit draußen. Ihr Bewusstsein ein Meer von Schmerz. Die Küstenlinie möglichen Entscheidens und Handelns hinter Hunderten von Wellenkämmen kaum noch auszumachen. Das Geheimnis war, nicht danach Ausschau zu halten. Denn: Sähe man sie, dann würde jede Faser zurück wollen zu dem festen Grund. Würde sich müde strampeln im Sinnlosen und die Zwischenwelt der Angst betreten. Ein anderes Meer. Ein immer hungriges, alles verschlingendes. Stattdessen: sich treiben lassen. Glauben an das Getragensein. Nicht mehr. Bloß nicht mehr.

Jetzt war das Meer gut. Tröstend warm das Geschädigte umfließend. Man wollte mehr. Wollte eindringen in das warme Geborgensein. Sie würden sie nicht lassen. Sie kannten ihren Job und machten ihn gut.

Sie hatten versucht, ihre Gelassenheit zu durchdringen. Den Schmerz zu etwas Gellendem, Leuchtendem zu machen. Kaum zu ertragen. Jeder Schlag in Gesicht und Körper mit mehr Wissen ausgestattet, als sie selbst zur Zeit noch übrighatte. Trotzdem: Sie hatte standgehalten. Hatte den Schmerz zum Freund gemacht. Er würde sie tragen. Bis an die Küste. Oder ganz hinaus.

Der Puls hatte sich verzehnfacht. Jeder Schlag war ein Fingerstoß in geschädigtes Gewebe. Sie fühlte ihre Nieren pochen. Dumpf den ganzen Bauchraum wummern. Das Stechen einer blutenden Lippe, auf die sie biss, ein heller Triangelton, der wie ein Schlaglicht aus Klang auf Wangenknochen, Kieferknochen, Jochbein und Brust fiel. Kurz konnte sie die Rhythmen nicht mehr voneinander unterscheiden. Ihr Körper bloß noch ein Trommelfeuer subkutaner Wunden.

Dann wurde der Lichtkegel weggeschwenkt. Kurz sah sie die Küstenlinie. Sie hörte Stimmen. Keine Worte. Nur Stimmen. Männerstimmen. Dann wieder Stille. Trotz der Kürze des Augenblicks war es genug. Es reichte, um die Gedanken auftauchen und ineinander greifen zu lassen.

Sie öffnete die Augen. Fast hatte sie erwartet, woanders zu sein als beim letzten Mal. Aber sie war immer noch im selben Raum. Seit ein paar Stunden? Einem Tag? Einer Woche?

Sie schaute an sich herunter. Sie hatten ihr eine Infusion gesteckt. Sie hatte es geahnt. Dieses Geborgensein kam nicht aus ihr selbst heraus. Nicht nur. Kein Hunger, kein Durst. Sie hielten sie in der Schwebe. Man konnte einen Menschen an- und ausschalten, wie es einem beliebte, auf diese Weise.

Den ersten Stich am Flughafen hatte sie wahrgenommen. Die Zeit hatte gerade gereicht, um zu verstehen, was passierte.

Dann hatten sie sie zurückgeholt. Das erste, was sie wahrgenommen hatte, war der Geruch von Waschmittel. Einer der Männer hatte ein frisch gewaschenes T-Shirt getragen. Anders war der Geruch nicht zu erklären in diesem nackten Raum. Und ja – sie war sich sicher, dass es Männer gewesen waren. Die Figur, der Klang des Atems.

Dann hatten sie angefangen, sie vorzubereiten für das, was sicher noch kommen würde: Fragen. Es waren immer Fragen. Ohne es sehen zu können, wusste sie, dass außer ein paar Hämatomen keine Spuren zu sehen wären an ihrem Körper. Man hatte sie heil gelassen. Sie sollte aus irgendeinem Grund noch vorzeigbar sein.

Kahle Betonwände. Keine Zu- oder Ableitungen über Putz zu sehen. Kein Fenster. An der Decke eine Neonröhre. Der Stuhl, auf dem sie saß, hart. Sie vermochte nicht, den Kopf soweit zu neigen, um seine Beschaffenheit auszumachen – der Schmerz ließ es nicht zu. Das Genick würde brechen, der Kopf zerspringen.

Er tat es ohne ihr Zutun: Der Knall der sich öffnenden Tür ärger, als jeder Hieb es gewesen war. Die Stimme eine kreischende Säge mitten durch den letzten Gedanken hindurch:

„Ah, Frau Vidali. Schön, dass Sie bei uns sind."

Sie kniff die Augen zusammen. Die Stimme blendete sie.

Ein zweiter Stuhl wurde hereingetragen. Die Geräusche, als er auf den Boden gestellt wurde, peitschten sie an den Rand der Ohnmacht.

Sie lächelte.

Zwei Gestalten im Raum. Schatten nur. Die Umrisse verschwommen. Die eine setzte sich. Die andere kam näher, wurde scharf umrissen. Waschmittelgeruch. Sie folgte den Händen mit den Augen. Ein dünner Schlauch, durchsichtig. Ein winziger Hebel unten an einem der befestigten Beutel. Tropfen, die schneller zu fallen begannen. Sie selbst der untere Teil einer Sanduhr.

„Und erst noch guter Laune", kam die Stimme vom Stuhl her.

Jez merkte, wie sie klarer wurde. Die Schmerzen weniger, die Kakophonie des Pulses leiser.

Jetzt sah sie ihn deutlich. Fast hätte sie gelacht. Lachte sie? Sie war sich nicht sicher. Wenn der andere nach Waschmittel roch, dann verströmten die Poren dieses Kerls hier alles, was die Halde menschlichen passiven Kriechertums an Unrat zu bieten hatte. Opportunismus, Gier, Feigheit. Dazwischen die hervorquellenden faulenden Reste ranzig gewordener Individualität. Der Mann war das Klischee fremdgesteuerten Konformismus‘ schlechthin. Allerdings: ein ziemlich großes Klischee. Sie schätzte ihn auf eins neunzig. Mindestens. Außerdem roch er nach Sex. Wieder lachte sie. Er sah so anders aus als auf den Fotos, die sie von ihm kannte. Aber es waren nicht nur Fotos. Da war noch etwas anderes. Sie kriegte es nicht zu fassen.

„Was gibt‘s denn, das Sie so erheitert, Frau Vidali?“

„Ich glaube, Sie haben da ein Schamhaar zwischen den Zähnen.“ Die paar Worte, geflüstert nur, das Lachen, es kostete sie alles, was sie an Kraft hatte in diesem Moment.

Trotzdem schien sie verstanden worden zu sein. Sie hatte damit gerechnet. Der Schlag in die Seite traf wie ein nicht enden wollender Stromstoß in eine offene Wunde. Sie wusste, dass sie nicht hart zu schlagen brauchten. Sie hatten sie schließlich gut präpariert: Ihr ganzer Körper fühlte sich an wie ein einziges Hämatom. Ihr Magen drehte sich um.

Die Medikamente, oder was auch immer sie ihr da in die Adern tröpfeln ließen, schienen alles zu verlangsamen. Noch bevor sie sich des Krampfs bewusst wurde oder gar überlegen konnte, ob überhaupt und auf welche Seite sie den Kopf neigen sollte, wurde sie an den Haaren gepackt und über einen Plastikeimer gezerrt. Ein Stöhnen entrang sich ihrer Kehle zusammen mit dem, was ihr Magen an ätzenden Restliquiden hervorzuwürgen imstande war. Jetzt das Gesicht nass. Schweiß. Kälte.

„Also, Frau Vidali. Wie fühlen Sie sich? Geht‘s wieder?“

Panetta schaute sie an. Neugierig fast. Ein Zug unverhohlenen Ekels um den Mund. Und noch etwas. Eine Regung, die sich im Flackern des Blicks mit einer anderen stritt. Sie kam nicht darauf, was es war. Sie wartete.

„Okay, wie Sie wollen. Noch einmal ... Sie haben in New York Nik Horn getroffen ...“

Es war keine Frage. Wozu auch, wenn sie es längst wussten? New York, Nik Horn, Nukleus. Was gab es da noch zu fragen? Wie oft schon hatten sie sie befragt? Sie wusste es nicht. Das Stück Leben zwischen Flugplatz Basel und hier war weggewischt. Panik in ihr, wie sich ausdehnende Flüssigkeit in einer verschlossenen Flasche.

Du hast nichts gesagt. Nichts. Sie wissen nichts. Du hast dichtgehalten. Dazu brauchst du dein Bewusstsein nicht. Es ist Teil von dir. Es ist in dich reingeprügelt, in jede Faser reingeschwiegen worden in wochenlanger stummer Dunkelheit. Dazu bist du ausgebildet worden. Treiben lassen. Atme. Den Himmel sehen. Wolken zählen. Weiter, weiter, das Meer wäre gut zu ihr da draußen. Atme.

Die Stimme redete weiter:

„Sie haben ihn um Informationen betreffend das Vertragswerk von Nukleus gebeten. Sie haben sich getroffen. Jetzt ist er tot. Und die Vertragsunterlagen sind verschwunden. Bitte entschuldigen Sie den Ausdruck, aber es scheint mir, dass Sie ganz schön in der Scheiße sitzen, Frau Vidali. Und ich sage nur soviel: Je weiter sie sich da hineinmanövrieren, desto unangenehmer wird das Atmen. Daran sollten Sie denken. Sprechen Sie mit uns. Was ist dort drüben passiert?“

Das war‘s – sie konnte sich nicht länger einfach treiben lassen. Was brachte es, wenn sie die Küstenlinie ignorierte, um an deren Staumauer geklatscht zu werden? Träge, als hätten sie sich am Grund verfangen, folgten die Gedanken dem, was erst vages Erkennen war.

So welcome to the machine.

Das hier wurde mit Sicherheit aufgenommen. Und es würde diese Leute einen Dreck kosten, es gegen sie zu verwenden. Sie musste sich wehren. So gut es eben ging hierbleiben. Ertragen.

„*Sie* waren das. Wenn er tot ist, dann geht das auf *Ihr* Konto“, presste sie hervor. Es tönte in ihren Ohren wie das entmenschlichte Lallen eines sediert Halluzinierenden. Wieder streifte sie Panik. Was, wenn sie die Kontrolle verlor? Was, wenn sie redete? Was, wenn … Brun.

Der Gedanke an ihn war plötzlich da. Ein Quantum Trost – sie lachte in sich drinnen. Scheißkerl. Immer diese hässliche alte Lederjacke. Er ist alles, was ich habe. Daran würde sie sich festhalten. Brun hatte gesagt, sie gehöre zu denen, die über Wasser gingen. Das war gut.

„… es sich und uns doch nicht so schwer. Was ist dort passiert? Reden Sie, Frau Vidali. Sie gefährden nicht nur sich allein, wenn Sie nicht endlich mit uns reden. Wer hat Ihnen den Auftrag erteilt, Nik Horn auszuschalten? Was haben Sie mit den Papieren gemacht?“

Eine Frage tauchte auf im delirierenden Wachsein:

„Was ist mit Hess?“

„Machen Sie sich seinetwegen keine Gedanken. Er ist nicht unser Thema. Wo sind die Papiere, Frau Vidali? Wer hat Ihnen den Auftrag zum Treffen mit Horn erteilt? Wo hatten Sie das Kokain her? Was hat er Ihnen gesagt?“

„Was ist mit Hess?“ Sie biss sich mit aller Kraft an der Frage fest. Ihr Kiefer schmerzte.

„Vergessen Sie Hess. Antworten Sie auf meine Frage. Wo sind die …“

„Was ist mit Hess?“

Sie nahm das Nicken ihres Gegenübers wie durch Nebel hindurch wahr. Dann kamen die Schläge. Zwischendurch die Stroboskopblitze. Worte: „Wer …? Papiere ... Wo …?“

„Was ist mit Hess?“ Sie wusste nicht, ob sie die Frage aussprach, sie dachte oder bloß ihr gedachtes Echo hörte. Es war nicht wichtig. Sie sagte es nach jeder der hellen Explosionen. Ein neues Meer.

„Was ist mit Hess?“

„Was ist mit Hess?“

„Was ist mit Hess?“

Dann war sie wieder da. Der Schmerz in sicherer Distanz. Sie hatten ihr wieder etwas gegeben. Etwas, das ihre Gefäße verengte, den Blutdruck steigerte, sie aufpeitschte. Möglich, dass es Kokain war. Die Frage mehr ein letztes Überschwappen der Ohnmacht als bewusstes Reden:

„Was ist mit Hess?"

„Reden Sie dann mit uns, wenn ich es Ihnen sage?"

Sie nickte und versuchte erneut, dieses Flackern in den Augen Panettas einzuordnen. Sie kriegte es nicht zu fassen. Auch das nicht, was irgendwo weit hinten Einlass verlangte. Irgendwas mit den Fotos, die sie von ihm gesehen hatte. Sie kriegte die Türklinke nicht heruntergedrückt. Sie brauchte mehr von dem Zeug, das sie ihr da reindrückten. Sie brauchte mehr davon, um denken zu können.

Sie ließ den Kopf nach hinten sacken. Zur Seite baumeln. Konvulsionen. Die Schmerzen der Simulation unerträglich. Das Würgen war echt.

„Was ist mit ihr? Was ist jetzt?", hörte sie Panetta sagen.

Er klang wütend. Und da wusste sie es. Das mit den Fotos. Es war kein Foto gewesen. Sie hatte ihn sprechen hören. Genau so. Wütend.

Das Suvretta House in St. Moritz. Es schien ewig her zu sein. Ein Bild aus eines anderen Leben. Allerdings war es ihr schon damals so vorgekommen. Der Job eine Alibiübung. Die Organisatoren hatten der guten Ordnung halber jemanden aus dem Bereich Beschaffung/Auswertung, also vom NDB, angefordert. Brun hatte sie hingeschickt. Sie war damals noch nicht Teil des Teams, sondern als Kontakt draußen und nur für Brun tätig gewesen. Ihre einzige Aufgabe in besagtem Fall: dort sein. Sie war dort gewesen. Eine Hostess im dunkelblauen Zweiteiler, lächelnd, wegweisend, begrüßend. Der Name „Anja Sanders".

Jezreel Vidali wäre nicht Jezreel Vidali, wenn sie nicht versuchte, jedem Job einen Sinn abzuringen oder wenn nötig einzuverleiben. Und sei es nur den, zu wissen, dass man es versucht hatte. Egal, was dabei herauskam. Dass in St. Moritz mehr als ebendies herauskommen könnte, hatte sie nicht gedacht. Diese

Leute hatten es geschafft, den ganzen Zirkus unter dem Deckel zu halten. Keine Medien, keine Berichterstattung. Das Dorf war von Militär und Polizei abgeriegelt worden wie ein Krisengebiet. Trotzdem war sie vorgegangen wie immer. Recherchieren, rekognoszieren, alles erwarten und auf alles gefasst sein. Dieses Vorgehen erleichterte nicht nur die Sache mit dem Sinn. Vielmehr hielt es sie wach. Wach in einer Art, die über das normale Maß des Bewusstseins hinausging. Sie war am Abend vor dem offiziellen Beginn der Konferenz eingetroffen, hatte sich bei ihrem Kontakt gemeldet und war auf das ihr zugewiesene Zimmer gegangen. Der Mann, der sie in Empfang genommen hatte, ein Mitarbeiter der Bundespolizei, wie sie anhand ihrer Listen feststellte, hatte ihr einen schönen Aufenthalt gewünscht und ihr den Besuch des Spa-Bereichs inklusive Massageangebot und der Bar nahegelegt. Ein Hinweis auf Sinn und Wert ihres Daseins. Es war unwichtig gewesen, und sie hatte sich darangemacht, ihren Job zu erledigen. Auf ihrem Zimmer war sie erneut die Gäste- und Referentenlisten durchgegangen und hatte sich Gesichter und Namen eingeprägt. Was die Mitarbeiter des Hotels, der Behörden und ausländischer Sicherheitsdienste anbelangte, hatte sie auf Granit gebissen. Keine Chance, da ranzukommen. Gegen neun Uhr hatte sie ihr Zimmer verlassen und sich auf einen Rundgang durch das Haus gemacht. Der Name höchst irreführend: Das Suvretta House war ein Schloss, das rund 170 Zimmern, zehn Suiten, drei Restaurants und zwei Bars Platz bot. Dazu kamen Fest- und Konferenzsäle, eine hallenartige Lobby sowie ein Dutzend Verkaufsboutiquen. Von den unzähligen Produktions- und Personalräumen ganz zu schweigen.

Jezreel hatte sich auf die verschiedenen Konferenz- und Sitzungsräumlichkeiten, auf die Lobby, die Restaurants und jene Bereiche beschränkt, in denen die Tagungsgäste sich während Referaten, Meetings und Pausen vorwiegend aufhalten würden. Etwas anderes hätte man ihr auch gar nicht erlaubt. Ein Alibi hatte schließlich vor allem eins zu sein: vorhanden. Alles andere war störend. Sich der Situation bewusst, hatte sie sich auf eine Weise durch Gänge und Hallen bewegt, als wäre sie immer auf dem Weg irgendwohin. Es hatte funktioniert. Keiner hatte sie gefragt, was sie tue, wohin genau sie unterwegs sei, was sie suche. Sie hatte gewusst, dass es einzig darum ging, mit dem realen Ort vertraut zu werden. Vom Studium der Pläne her hatte sie ihn bereits gekannt und hätte sich blind zurechtgefunden. Aber sie hatte die Räume sehen wollen. Fühlen. Brun hätte gelacht. Und gewusst, was sie meinte. Sie arbeitete sich systematisch durch die Räumlichkeiten. Beginnend mit dem ersten Namen, der auf den Plänen stand: der Saal Festivo. Es war der größte. Hier würden die Hauptreferate stattfinden. Er bot bei Theaterbestuhlung – wie sie jetzt bereitstand – rund 350 Personen Platz. Der Samtvorhang hinter dem Stehpult des Referenten verbarg die mobile für Fahrzeuge zugängliche Bühne. Nach einem kurzen Rundgang hatte sie den Raum abgehakt und war zum nächsten gegangen. Atrio – ein dreiflügeliges Monstrum in königsblau und weiß mit dorischen Säulen. Eigentlich war Atrio das Foyer zu den anderen Sälen, wurde aber, wie die Bestuhlung vermuten ließ, im Fall der Konferenz ebenfalls für Referate genutzt. Jezreel war auch hier nicht lange verweilt und hatte die erste der abgehenden Türen zum nächsten Raum geöffnet: der Salon Venise. Kaum hatte sie einen Schritt über die Schwelle getan und die Tür hinter sich geschlossen, hatte sie die Stimmen gehört und gewusst, dass sie aus dem Salon Vert kamen, der durch eine Verbindungstür mit diesem hier verbunden war. Bei Bedarf konnte man die beiden Räume zusammenlegen. Sie war stehengeblieben. Weder hatte sie ein Gespräch stören wollen, noch war sie scharf darauf gewesen, irgendjemandem Auskunft über die Gründe ihres Hierseins zu liefern. Erst eine Frauenstimme. Der Ambitus der Tonlagen bemerkenswert für einen einzelnen kurzen Satz. Vom Beinahe-Schreien bis zum Zischen war alles da gewesen:

„Ich rate dir, uns ab sofort deine Leute vom Hals zu halten."

Dann die andere Stimme. Panettas Stimme, wie sie jetzt wusste:

„Und ich, Carla – ich rate dir, diesen Leuten dringend nahezulegen, dass sie schleunigst dafür sorgen sollten, ihr eigenes

Personal bei der Stange zu halten. Sollte sich ein solcher Vorfall wiederholen, dann kann ich nicht garantieren, dass ich die Sache regeln kann.“

„Und warum nicht? Ich dachte, dafür würdest du bezahlt. Unter anderem von uns, wenn ich dich daran erinnern darf.“

„Mach‘ dich nicht lächerlich. Wir beide wissen, woher unser Lohn kommt. Sieh du einfach zu, dass deine Freunde ihre Läden im Griff haben, dann kann ich meinen Job auch machen. Und jetzt lass uns an die Bar gehen.“

Eine Tür war geöffnet und wieder geschlossen worden. Ein paar Minuten war Jezreel noch stehengeblieben in der kalten Notbeleuchtung des venezianischen Salons. Die scharf geschnittenen Schatten des Deckenschmucks eine ungeordnete Kaskade schreiender Mäuler. Als es still geblieben war, hatte sie ihren Rundgang fortgesetzt. Dem Gehörten keine Bedeutung zugemessen. Es war einer der typischen Zwiste, wie sie überall und zu jeder Zeit vorkamen zwischen den Verantwortlichen verschiedener Bereiche. Küchen- und Servicepersonal, Innen- und Außendienst, Einkauf und Verkauf, PR und Marketing …

Und Carla – Carla war eben der Name einer Kongressassistentin, einer Event-Verantwortlichen gewesen.

Aber jetzt nicht mehr. In dem Augenblick, als Jez merkte, dass, was auch immer man ihr spritzte, seine Wirkung entfaltete, wurde die anonyme Carla zu Carla Brunner-Del Vecchio. Die ehemalige Finanzministerin der Schweiz. Und die heutige. Dank Ludwigs Ausfall. Und wenn sie gesagt hatte, Panetta solle dafür sorgen, dass seine Leute ihre Leute in Ruhe ließen, dann hatte sie vom NDB gesprochen. Von ihnen. Und das just zu der Zeit, als Bruns Team nebst seinen anderen Jobs angefangen hatte, sich durch die bruchstückhaften Informationen von Andras Szabo durchzuarbeiten. Schritt für Schritt. Woche für Woche. Ein Labyrinth von Zahlen, Konten und Kontakten. Noch ganz offiziell damals. Später war die Sache dann abgeblasen und beerdigt worden. Die Arbeit von anderthalb Jahren im Eimer.

Und jetzt war sie da.

Um sie her ein kurzes Intermezzo von Hektik. Eher zu fühlen denn real hörbar. Als würde sich der Sauerstoff im Raum für einen Moment zusammenziehen, enger werden. Als würde dem Ort selbst der Atem stocken. Dann löste es sich. Der Wellengang der Geräusche setzte wieder ein. Abgehackt. Sie fühlte ein Stechen unter dem Schlüsselbein, wo sie ihr den zentralen Venenkatheter angebracht hatten: Offenbar wurde irgendwas umgehängt. Wieder zupfte es. Sie zeigte keine Reaktion.

Dann fühlte sie den Druck des Medikaments ihren Organismus weiten. Es war mit einem Mal, als gäbe es zu wenig Blut in ihr. Als wäre eine reale Ohnmacht die einzig verbleibende Option. Freier Fall durch den eigenen Kreislauf. Metamphetamin wäre eine Möglichkeit. Sie hoffte, die Sache hier zu überstehen. Sie hätte nicht zu sagen vermocht, wozu – trotzdem hoffte sie es.

„Was ist mit Hess?“

Wieder diese Schwärze. Sie wusste nicht, ob sie die Frage gebrüllt oder nur gedacht hatte. Panetta war ein Schatten mit einem Loch dort, wo der Kopf sein sollte. Sie versuchte, durch den Mund zu atmen, um an mehr Sauerstoff ranzukommen. Das Loch wurde kleiner, reduzierte sich zu einem schwarzen Fleck, die Umrisse schärfer.

Der schwarze Punkt sprach:

„Hören Sie mich, Frau Vidali? Verstehen Sie mich?“

Jetzt war sie klar. Glasklar. Die gestochene Schärfe des Sehens fast lächerlich. Hätte sie gewollt, hätte sie die Poren auf Panettas Nase zählen können. Poren wie Einschusslöcher. Sie wandte den Blick ab, fixierte stattdessen die Wand hinter ihm. Keine Brücken bauen.

„Seh‘ ich aus, als hätt‘ ich etwas an den Ohren?“

Er nahm die Information zur Kenntnis, ohne darauf einzugehen.

„Wir kommen so nicht weiter.“

„Erst will ich wissen, was mit Hess ist. Dann sehen wir weiter.“

„Wie Sie wollen. Aber ich rate Ihnen, dann mit mir zusammenzuarbeiten. Es wäre schade, wenn …“ Er brauchte den Satz nicht zu beenden. Es war auch so klar, worauf es hinausliefe, würde sie dann wieder auf stur schalten. „Also: Um Hess brauchen Sie sich keine Sorgen zu machen. Sobald er sie abgeliefert hatte, ist er wieder abgereist. Konferenz der sogenannten Geberländer Europas in Brüssel. Ein vielbeschäftigter Mann. Und ein Freund. Er war es, den man über Ihre Aktivitäten in New York informiert hat. Und er war es, der uns freundlicherweise davon in Kenntnis gesetzt und vorgeschlagen hat, Sie nach Hause zu bringen. Eva Hess.“

Letzteres schien Panetta zu sich selber zu sagen. Den Blick auf die eigenen Knie gesenkt. Erst dachte sie, sie täusche sich. Sie tat es nicht: Er lachte. Schien sich zu amüsieren.

„Er heißt übrigens nicht Gerolf Hess.“

Panetta hob den Blick. Sah sie an wie jemand, der auf die Reaktion auf eine gute Pointe hoffte. Sie enttäuschte ihn nicht. Sie sprang ins Meer, ließ die dunkle Welle über sich zusammenschlagen, als sie alle Kraft in ihr Lachen legte. Es gelang – sie hörte das eigene Lachen trotz der zweifellos einwandfreien Isolierung des Raums in ihren Ohren nachhallen. Die Küstenlinie entschwand ihrem Blick. Die Versuchung, dem Schmerz nachzugeben, den die Muskelkontraktion auslöste, war groß. Später dann. Noch nicht jetzt. „Schwimm.“ Sie hob den Kopf, sah sie jetzt deutlich, die Uferlinie, strampelte gegen den Krampf an, um oben zu bleiben. Würde sie jetzt schon absaufen, würden sie ihr möglicherweise einen weiteren Druck verpassen, um sie hier zu halten. Und den wiederum würde sie möglicherweise nicht überleben.

Fester Grund unter den Füßen. Klare Bilder. Sie war da. Und doch allein. Dann merkte sie, woher das Gefühl kam: Sie hörte nichts. Sie sah alles, sah Panettas Mund sich bewegen, möglicherweise fragen.

„Ich höre nichts mehr“, sagte sie aufs Geratewohl.

Es war wie mit verschlossenen Augen zu malen: Sie wusste nicht, was dabei herauskam, verließ sich einzig auf die Erinnerung des Menschen, der einst sehend gewesen war.

„Ich glaube, Ihr Halbaffe da hat das mit der Dosierung nicht so richtig im Griff. Was ist es? ASS? Na ja – mir soll's recht sein. Ich hab' sowieso nicht mehr viel zu sagen. Eigentlich bloß eine Frage noch."

Sie sah, dass Panetta ihr zuhörte. Wie einer, dem nur die Flucht nach vorn geblieben war, riss sie alles, was von ihr übrig war, zusammen, rammte das letzte Magazin in die Waffe, schnellte hoch aus der dunklen Ecke, rannte, feuerte ins Unsichtbare:

„Sagen Sie, Panetta, ist es die Kohle, die Ihr Hirn zu Hackfleisch gemacht hat? Oder hat Ihre Arroganz es derart frikadellisiert? Waren Sie schon immer so naiv? Hess, oder wie auch immer er heißt: Er ist nämlich nicht nur gut. Er ist sozusagen doppelt gut. Er ist auch unser Freund."

Der Schlag kam, kaum dass sie den Satz beendet hatte. Ein kurzer Schmerz folgte. Es gab kein Wort, das ihn beschrieben hätte. Wie auch.

„Das ist es also", dachte sie. Dann dachte sie nicht mehr.

Die Sehnsucht war zu Ende. Beten obsolet.

24.

Basel, Rittergasse, Bankhaus K + K Wallenberg

Carl Brun ließ seine Hand mit dem Handy nicht einfach sinken – sie sackte an seiner Seite herunter, als hätte sie sich mit dem Gehörten vollgesogen und sei zu schwer geworden. Einen Lidschlag später sah Piet selbige nicht mehr als 20 Zentimeter vor seinen Augen herumstochern. Dann wieder fallen.

Sie standen immer noch am Küchentresen von Jeanne Wallenbergs Wohnung. Vor ihnen lag der farbgewordene Beweis dafür, dass sie tot sein sollte. Oder zumindest kurz davor.

Brun immer noch stumm.

„Nun sag‘ schon, Carl. Was ist los? Wer war das?“

Und als hätte er Piets Worte nicht gehört: „Weißt du, was das gerade war?“

Diesmal verzichtete Piet darauf, etwas zu sagen, und beschränkte sich auf ein Ton gewordenes Schulterzucken: „Hmmm?“

„Das war Hiller. Wir sind aufgeflogen. Und nicht nur das: Wir sind mit sofortiger Wirkung freigestellt. Du weißt, was das in unserem Job heißt. Wir sind raus.“

„Langsam frage ich mich, was aus dem verdammten Laden geworden ist. Läuft das jetzt immer so? Seid ihr nur noch damit beschäftigt, euch im Interesse anderer gegenseitig zu bespitzeln?“

Piets Ton ließ Brun aufblicken. Der große Mann schien kleiner geworden zu sein. Das Gewicht eines Stücks Glaubens verloren zu haben.

„Du bist frei, Piet“, sagte er. „Genauso wie ich jetzt wohl auch. Wenn du mich so einschätzt, dann hau ab. Okay? Dein Geld lass‘ ich dir per Postanweisung zukommen. Hau ab und denk‘ nicht mehr dran.“

„Und wenn nicht?“

„Wenn nicht, dann hilfst du uns, diesen Saustall auszumisten. Auch wenn's nur eine Ecke ist."

Piets Worte waren Antwort genug: „Wie schätzt du Hiller ein?"

Brun stieß die Luft aus – ob aus Erleichterung oder Ratlosigkeit wusste er selber nicht genau.

„Hiller ist ein Karrierist. Heutzutage sagt man wohl eher: Konsenspolitiker. Respektiert das Kollegialitätsprinzip, sucht den Dialog. Er ist ziemlich gut darin."

„Aber?"

„Er war *draußen*, Piet. Er war verdammt lange draußen. Und auch wenn das lange her ist, wenn er jetzt Familie hat, eine Karriere, die Aussicht auf weitere Gehalts- und Funktionsstufen – man wird das nicht so leicht los."

„Traust du ihm?"

„Das wäre zuviel gesagt."

„Immerhin. Was genau hat er gesagt?"

„Dass er über unseren nicht genehmigten Einsatz informiert sei. Und dass er mir im Fall von Zweifeln gern auch entsprechendes Bildmaterial zukommen lassen könne."

„Die Jungs unten."

„Das denk' ich auch. Und es ist noch schlimmer: Das sind definitiv nicht unsere Leute da unten. Sprich: Man heuert jetzt schon Externe an, um die eigenen Leute überwachen zu lassen."

„Was noch?"

„Dass Jeanne Wallenberg … Was bin ich für ein Idiot! Irgendwo zwischen ‚Sie und Ihr Haufen von Amateuren sind raus' und ‚Fotodateien' hat er noch was von ‚Frau Wallenberg' gesagt. Dass sie sich an jemanden auf Regierungsebene gewandt habe und mit Konsequenzen drohe im Fall, dass wir uns nicht vom Acker machten. So was in der Art."

„Frau Wallenberg? Sie hat sich in den vergangenen zwei Stunden bestimmt an gar niemanden gewandt." Piet klang belustigt.

„Weißt du, was das heißt? Dass Hiller auch keine Ahnung, sondern bloß Order hat. Und wie's aussieht die Hose randvoll."

„Und wer könnte ihn in diesen unangenehmen Zustand versetzt haben?“

„Da gibt's nur zwei Möglichkeiten: jemand aus dem Gremium Sicherheit, dem er direkt untersteht und dem er rapportpflichtig ist. Oder jemand von der Regierung.“

Brun schaute auf die Uhr. Es war kurz nach sieben. Erst jetzt merkte er, dass es stockdunkel war um ihn her. Wie er Piet eben noch vor sich gesehen hatte, war ihm ein Rätsel. Als hätte er durch die Tunnel eines Nachtsichtgeräts geblickt.

„Wir müssen hier raus, Piet. Jeanne Wallenberg auch. Und zwar nicht nur ihr zuliebe.“

„Und wie gehen wir vor? Sollen wir uns selber ausräuchern?“

„Ebendies wollte ich gerade vorschlagen.“

***

Genau elf beziehungsweise 17 Minuten später trafen vor dem Hauptsitz der K + K Wallenberg Privatbank AG an der Rittergasse in Basel nacheinander zwei Sanitätsfahrzeuge und die Feuerwehr ein. Aus dem offenen Terrassenfenster im obersten Stock drang Rauch. Innerhalb kürzester Zeit bildete sich eine kleine Menschentraube an der Ecke Rittergasse-Bäumleingasse. Es wurde getuschelt, Hälse wurden gereckt, erste Mutmaßungen machten die Runde. Keiner ging näher ran. Man war hier schließlich in der Schweiz. Und keiner achtete auf die beiden Männer, die sich der Traube kurz anschlossen, sich wortlos verständigten und kurz darauf in Richtung Münster davongingen. Auch das grollende Erwachen eines mächtigen Acht-Zylinder-Benziners mit 332 PS ging unter im blinkenden Geräuschchaos des Rettungseinsatzes. Der GMC Yukon XL Denali verschwand ungesehen in Richtung Münsterplatz. Erst dort wurden die Lichter eingeschaltet.

„Sieh du zu, dass Jeanne Wallenberg kooperiert“, hatte Brun kurz zuvor zu Piet gesagt.

„Soll ich etwa …?“

„Sag‘s nicht. Tu‘s einfach. Ich rufe die Feuerwehr an und informiere unsere Leute. Dann kümmere ich mich um den Kamin. Komm rüber und wärm‘ dich auf, wenn du fertig bist.“

***

In einem Operationsteam des NDB gelten andere Regeln als in jeder anderen Arbeitsgruppe. Wo andernorts ruhige Geschäftigkeit ein Zeichen von „Alles läuft rund, alle sind glücklich“ ist, wo das Fiepen von Handys, kurzfristige Planänderungen und Hakenschläge des Vorgesetzten oder eines Teammitglieds als störend, wenn nicht gar anmaßend empfunden werden, war es hier das Zeichen dafür, dass es eng wurde. Eng im Sinne von: „Es tut sich was. Wir sind offenbar auf so viele Füße rundum getreten, dass Entschuldigungen und Pflaster nicht mehr reichen.“

Zeit, in Deckung zu gehen.

Die SMS von Brun, die vier Handys in Bern und Basel vier verschiedene Töne entlockte, war so ein Hakenschlag.

Valentin und Nouriel saßen in einem angemieteten Wagen gleich neben dem sicheren Haus in Frick. Der Firmenparkplatz eines Stanzwerks, der unmittelbar an das Grundstück der Villa angrenzte. Es war nicht klar auszumachen, ob das Stanzwerk noch in Betrieb war oder bloß noch eine Hülle. Sie würden es Montag in der Früh wissen. Bis dahin hatten sie einen optimalen Standort für die Überwachung ihrer Überwacher. Wenn diese denn auftauchen würden. Bis jetzt hatte sich noch nichts getan.

Valentin bewegte sich nicht. Wenn‘s wichtig war, würde Nouriel …

„Konzert abgesagt. Wir treffen uns zu Hause“, las dieser in dem Moment laut vom Display ab. Und gleich darauf: „Meint er wirklich *zu Hause*?“

„Sonst hätte er es wohl kaum geschrieben“, antwortete Valentin. Und ohne weiter darauf einzugehen: „Du fährst.“

„Dann fahren wir also nach Hause.“

Das Erstaunen hielt sich hartnäckig in Nouriels Stimme. Valentin hätte gern gelächelt. Indes: Das eigene Erstaunen hielt ihn davon ab.

Sie hatten einen kleinen kompakten Satz von Textnachrichten zusammengestellt, der ihnen, wenn es nötig war, zur kodierten Kommunikation diente. Jedem war klar, dass dieser „Code“ ein Witz war in einer Zeit, wo Handygespräche abgehört und jedes beliebige Gerät geortet oder gar geklont werden konnte. Aber in Situationen wie dieser hier war es besser als nichts. Wenn der Witz ihnen einen kleinen Vorsprung zu verschaffen in der Lage war, dann hatte er seinen Zweck erfüllt. Nur darum ging es.

Das Wort „zu Hause“ war in den Jahren ihrer Zusammenarbeit, die nicht selten einem Zusammenleben gleichkam, allerdings noch nie verwendet worden. „Zu Hause“, das war bei Brun. „Zu Hause“ war im Wald. „Zu Hause“ war sein Allerheiligstes. „Zu Hause“ hielt er um jeden Preis vom Job fern.

„Zu Hause“ in einer Text-Nachricht hieß soviel wie: „Wir sitzen ganz schön in der Scheiße.“

Nouriel startete den Motor.

25.

Frankfurt, Hotel Hessischer Hof

Vaclav Ondrisek – kurz Vasek, wie ihn seine Freunde genannt hätten, hätte er welche gehabt – machte sich zum ersten Mal, seit er für den alten Mann arbeitete, Gedanken über seinen Absprung.

Als er vor rund 20 Jahren seine Ausbildung in einer Sondereinheit der tschechischen Streitkräfte, der 601. Gruppe der Speziellen Kräfte General Moravec, absolviert hatte, war diese längst nicht mehr bloß die Luftlandetruppe gewesen, als die sie 1952 ins Leben gerufen worden war. Auch ihren heutigen Namen, dieses dekadente, Sozialismus ausdünstende Wortmonster, hatte sie erst 2003 erhalten. Zu diesem Zeitpunkt hatte er seinen Dienstherrn längst gewechselt gehabt. Was ihn allerdings – Dekadenz, politische Anbiederung, Pseudo-Modernisierung und vermehrtem Einsatz zu sogenannten Sonderzwecken zum Trotz – ebenso geprägt hatte wie jeden anderen, der mal in der 601. gedient hatte, war der Nachhall eines Urstolzes, der sich aus dem Wissen um die Wurzeln nährte. Ganz egal, ob sie allein für die eigene Regierung als Spezialeinheit oder als einzelne Scharfschützen unterwegs waren, zusammen mit den Amerikanern im Rahmen gemeinsamer strategischer Operationen wie Enduring Freedom in Afghanistan und Kuwait, oder für die Europäer für KFOR, SFOR, IFOR oder wie sie alle hießen – sie waren doch immer für sich gewesen. Nicht augenfällig. Es war im Innern. Der Stolz. Sie waren Fallschirmjäger geblieben. Und er war es noch heute. Die Ausbildung für Orts-, Häuser- und Waldkampf, für Infiltration und Einsätze in der Tiefe, also hinter der feindlichen Linie, egal ob in einem Kriegsgebiet oder an einem Samstagmorgen im Hilton in New York, war dieselbe, die auch die Mitglieder anderer militärischer Sondereinheiten durchliefen. Was sie von diesen unterschied, was ihn immer von den anderen unterscheiden würde, war der Absprung.

Sie waren diejenigen, die sprangen. Jene, die ungezählte Male das Ich über jeden archaischen und evolutionären Instinkt hinausgepeitscht hatten ins Nichts. In Tausende von Metern schwarze Leere.

Nichts Besonderes, war einer möglicherweise versucht zu sagen. Solches machen andere schließlich zum Spaß. Für den Kick, das Adrenalin, das glühend durch die Gänge des Körpers schoss und jeden noch so kleinen Durchschlupf in gleißendes Licht tauchte.

Wer solches sagte, hatte nichts verstanden. War nie auf Befehl gesprungen. Nie aus zehntausend Metern Höhe. Nie mit 90 Kilo Ausrüstung am Körper. Nie im Wissen, dass nach dem kurzen freien Fall durch absolute Dunkelheit ein Gleitflug von bis zu 60 Kilometern durch die Nacht vor einem lag. Das war der Unterschied.

Aber ob nun aus purer Freude an der Überwindung oder aus Pflicht – eines war sich in beiden Situationen gleich: Im Moment des Absprungs war man allein. Der einzige Freund die Leere, die da draußen nach den „Push!“-Rufen der Kameraden, dem Motorenlärm und den Fahrtgeräuschen auf einen wartete. Man selber nackt, die Ausrüstung – in ihrem Fall Waffen und alles, was nötig war, um dort, wo sie landeten, solange zu überleben, bis ein Brückenkopf durch die nachrückenden Truppen gebildet worden war – bloß Gewicht.

Allerdings: Wenn einer der Fun-Springer es nicht schaffte, sich die Leere dort draußen, das Nichts bereits auf den vibrierenden Planken des Flugzeugs zum Freund zu machen, es zu lieben und zu ersehnen, dann konnte er sich umentscheiden. Es sich anders überlegen. Kosten hin oder her. Drinbleiben, geknickt, enttäuscht über die eigene Schwäche, erleichtert, zusammen mit dem Piloten zur Basis zurückzufliegen.

Sie hatten diese Möglichkeit nicht. Wer nicht springen konnte, war raus aus der Truppe. Sie mussten es können. Im Wissen, dass die Leere draußen der Spiegel dessen wäre, was man in sich trug. Heimkehr, Herablassung, Geborgenheit, Panik, Übermut oder Todesangst. Einsamkeit war nicht zu steigern. Dann landete man, lebte, überlebte, erledigte den Job, vergaß. Die Leere blieb. Man hatte ihr das Innerste übergeben. Sie würde immer da sein.

So auch jetzt, als er in Kolkos Suite stand und sich fragte, ob es an der Zeit sei, zu springen.

Etwas war am Kippen. Nicht im Sinn einer Drehung bloß, die zwar alles auf den Kopf zu stellen vermochte, deren Achse aber dieselbe und im Lot blieb. Was hier vor seinen Augen passierte, war eine Zustandsveränderung – als würde das Unfassbare im Denken des alten Mannes die Oberhand gewinnen und allem Rationalen und Kühlen die Grundlage der Vernunft entziehen. Kolko hatte getobt, als er zurückgekommen war. Das Bild, das sich ihm geboten hatte, purer Irrsinn. Die Reduktion eines Menschen auf seine Besessenheit. Die Frage nach dem Absprung war in Wahrheit längst keine mehr. Und doch war er noch da. Nicht Kolkos wegen, der sich beruhigt zu haben schien – er hätte dem alten Mann, dem er seit so vielen Jahren diente, ohne zu zögern seine Waffe an die Schläfe gehalten, abgedrückt. Es wäre ein Job wie jeder andere auch. Unbezahlt zwar, aber bloß einer mehr. Es spielte keine Rolle. Es hatte mit ihm nichts zu tun. Egal, ob er aus satten zwei Kilometern Entfernung jemandem mit behutsamer Präzision das Fadenkreuz auf die Stirn legte, einen Drink präparierte, einen Sprengsatz unter einem Bus oder einer Limousine anbrachte – es waren immer nur Jobs. Erledigte Jobs.

Und genau das war das Problem: Jeanne Wallenberg hätte auch ein Job sein sollen. Erledigt. Aber das war er nicht, solange er nicht mit Sicherheit sagen konnte, ob sie noch lebte oder nicht. Solange er nicht wusste, ob er seine Aufgabe erfüllt hatte oder nicht. Darum war er noch da. Er brauchte Sicherheit. Und falls sich herausstellen sollte, dass er nicht erfüllt hatte, dann musste er die Sache zu Ende bringen.

Also blieb er. Die Option des Absprungs immer nahe bei sich für den Fall, dass der alte Mann sich verlor. Er hatte ihn noch nie so erlebt. Irgendwas, das zwar immer da, aber unter der Kontrolle seines Willens gewesen war, schien dabei zu sein, sich zu befreien. Mehr noch: die Oberhand zu gewinnen.

Bisher hatte alles auf Kolkos Plan gefußt, war logisch gewesen, rational. Kolko wollte den großen Zusammenbruch, die Geburt von etwas Neuem, und organisierte die Schritte, die dazu führen würden. Das war es, was er selber verstanden hatte, was ihn auch faszinierte. Monströs zwar, irrwitzig, sinnlos – aber einer äußeren Logik folgend, auf deren Basis ihre Zusammenarbeit möglich war. Die innere Logik, den Wahnsinn, der den alten Mann antrieb, brauchte er nicht zu verstehen. Bis jetzt jedenfalls. Denn jetzt drang etwas nach außen, was die Sicht vernebelte, das Gelände unwägbar und Schritte tödlich machte. Und er hatte nicht die Absicht, sich einem Ein-Mann-Kamikaze-Kommando anzuschließen, zu dem Kolko bar eigenen Realisierens sich zu formieren schien.

Der alte Mann saß vor dem flackernden Kaminfeuer der Suite. Die Ellbogen auf die Knie gestützt, den Kopf in die Hände gelegt. Er selber stand abseits im Schatten neben der Doppeltür, die vom Salon in den angrenzenden Multimediaraum führte.

Er wusste nicht, warum er hier war. Kolko hatte ihn gebeten, zu bleiben. Also war er geblieben. Seit über einer Stunde stand er jetzt schon da. Das war kein Problem. Er würde die ganze Nacht hier stehen, sollte der alte Mann es wünschen.

Kolkos Stimme klang ruhig, als er sprach:

„Was würden Sie tun, Ondra, wenn jemand Sie nicht wie vereinbart für einen Auftrag bezahlen würde?“

„Er würde bezahlen. Vielleicht nicht mit Geld, aber bezahlen würde er. Oder sie.“

Vasek konnte die Züge des Alten nicht ausmachen: Er blickte ins Flackern des Feuers und bot ihm nur eine unstete Silhouette. Trotzdem hätte er darauf gewettet, dass Kolko lachte. Lautlos. Er wartete, ob noch mehr käme. Mehr, das ihm sagen würde, ob es Zeit sei, aus dem Alten einen Job zu machen oder nicht.

„So einfach ist das“, sagte dieser aber nur. „Gehen Sie jetzt, Ondra. Gehen Sie schlafen, sich ausruhen. Morgen wird ein langer Tag. Seien Sie um fünf Uhr hier.“

Vasek deutete eine Verbeugung an, von der er wusste, dass Kolko sie nicht sehen konnte, die er aber erwartete, und ging lautlos zur Tür.

„Ondra?“

Er blieb stehen, wartete.

„Sie arbeiten schon lange für mich. Sie wissen vieles.“ Es war keine Frage – bloß eine Feststellung. „Sie kennen mich, meine Pläne, die Ziele. Trotzdem würde es Sie einen Klacks kosten, mir eine Kugel in den Kopf zu jagen, sollte es nötig sein. Und ich weiß, dass Sie wissen, dass ich es genauso halten würde in Ihrem Fall. Das ist unsere Basis. Unser Vertrauen. Manch einer würde vielleicht von Armut sprechen – für mich ist es mit Ihnen wie bei den Marines: Kein besserer Freund, kein schlimmerer Feind. Ich glaube, das ist mehr, als 99 Prozent der Leute da draußen je haben werden.“

Vasek antwortete nicht. Er war froh, im Schatten zu stehen. Kurz hatte er Hitze in seinem Gesicht gefühlt, war rot geworden wie eine russische Flagge bei dem, was Kolko so selbstverständlich ausgesprochen und woran er selber seit einer Stunde gedanklich herumlaboriert hatte. Als könne der alte Mann in ihn hineinschauen. Das konnte er nicht. Er schätzte ihn bloß richtig ein. Und ja – er hatte recht: Es war eine gute Basis. Sauber. Trotzdem überraschte ihn die Frage, als Kolko sie jetzt stellte:

„Was halten Sie von Panetta?“

Er brauchte nicht lange zu überlegen. Leise und ruhig wie Kolko sagte er: „Er ist eine Ratte.“

„Und was mache ich mit einer Ratte, wenn ich sie noch brauche?“

„Machen Sie sie zu einem Rattenkönig.“

Das Schweigen vom Sessel her forderte ihn auf, deutlicher zu werden: „Wir hatten einen Rattenkönig bei uns im zoologischen Museum. Es handelt sich um ein eigenartiges Phänomen. Ratten, drei, vier oder 30, die aus einem bis heute nicht geklärten Grund an den Schwänzen zusammenwachsen. Die Überlebenschancen sind gering. Es heißt jedoch, sie würden zum Teil über lange Zeit von Artgenossen versorgt werden. Letztere riskieren aber, sich ihrerseits mit ihren eigenen Schwänzen zu verheddern und auch nicht mehr loszukommen. Machen Sie aus Panetta einen Rattenkönig – dazu brauchen Sie nur zu warten und zuzusehen, wer sich ihm auf eine Art nähert, dass die Möglichkeit des Sich-Verwickelns und Zusammenwachsens wahrscheinlich wird. Und wenn es soweit ist, dann warten Sie weiter und sehen, wer ihn und seine Schicksalsgenossen versorgt. Dann haben Sie alles, was Sie brauchen. Sterben tut dieses Monstrum dann von allein."

„Sie sind ein kluger Mann, Ondra."

Der Angesprochene hörte, dass ein Schmunzeln in der Stimme lag. Es klang auch im darauffolgenden noch nach:

„Auch ich war in ihrem Alter, wenn es ums Warten ging, großzügiger. Ein ‚nur' hier, ein ‚nur' da. Man ist freigiebig mit der Zeit, wenn man jung ist. Ich bin es nicht mehr. Ich kann es mir nicht leisten, zu warten."

Und dann, jäh umschwenkend die Füße auf die Basis des über Jahre gemeinsam Erlebten stellend:

„Rein hypothetisch, Ondra: Wer sind die Kandidaten Ihrer Meinung nach? Wer sind die, die sich am ehesten verheddern werden? Wer wird das Risiko eingehen, sie zu versorgen? Und wer würde das verendende Monstrum aus sicherer Distanz, mit Freuden und ohne sich die Finger schmutzig zu machen, eingehen lassen?"

Vasek war sich nicht sicher, was das hier sollte. Wollte der Alte ihn prüfen? Das Risiko, das er darstellte, abwägen? Oder gar – ähnlich wie er selber – zu der Entscheidung kommen, ob es an der Zeit sei, den Mann an seiner Seite loszuwerden? Ihn mit einem Stoß in die Leere zu befördern, wenn er nicht selber sprang? Der Gedanke beruhigte ihn. Er war vertrautes Terrain. Das, was er kannte und konnte. Alles war besser als irrationale Unwägbarkeit. Er nahm den Ball an:

„Jacques Panetta und der Laborleiter Paul Minkowski von Delta sind die größten Risiken. Panetta hängt zu sehr an dem, was er als Macht und Einfluss interpretiert, Minkowski hat

Angst, seit Bernoullis Tod. Das Resultat ist aber dasselbe in beiden Fällen."

Vasek hielt inne. Das Zögern eine zitternde, kaum wahrnehmbare Bewegung im Raum.

„Noch jemand?", hakte Kolko nach.

„Andras Szabo. Er wird wieder nach Absolution suchen. Für den Moment mögen Geld und Prestige sie ihm erteilen. Aber meiner Erfahrung nach lässt die Wirkung nach. Solche Leute sind immer gefährlich auf lange Sicht. Und dann ist da noch diese Frau vom NDB, Anja Sanders. Jezreel Vidali."

„Ich glaube, dieses Problem hat uns Jacques Panetta abgenommen. Wenigstens das", kam es aus dem Schatten des Sessels. „Und was die restlichen Schweizer Patrioten vom NDB anbelangt: Da wird Hiller dafür sorgen, dass die sich stillhalten. Aber weiter – wer wären in Ihren Augen die Versorger?"

„Jeanne Wallenberg. Aus dem einzigen Grund, dass es ihr egal ist. Alles. Wer lebt oder stirbt, sie selbst miteingeschlossen – ich glaube nicht, dass es sie kümmert. Sie wird irgendwann zu nahe ans Feuer kommen. Was da heute passiert ist … Es hätte nicht passieren dürfen. Ich war zu spät. Ich hätte viel früher dort sein sollen."

Wieder unterbrach ihn der Alte: „Lassen Sie das, Ondra. Das war nicht Ihr Fehler heute. Und wie gesagt: Sollte der NDB da irgendwie mit drinhängen, was ich vermute, dann wird Hiller dem mit großer Wahrscheinlichkeit bereits ein Ende gemacht haben. Außerdem denke ich, dass Sie recht haben: Jeanne wird sich so oder so die Flügel versengen. Und bis dahin kann sie uns noch nützlich sein. Aus eben dem Grund, weil es ihr egal ist. Und weiter? Wer noch?"

„Carla Brunner-Del Vecchio. Sie ist rational. Solange sie eine Chance sieht, ihren eigenen Plan umzusetzen, wird sie weitermachen und jeden kaltstellen, der ihr in die Quere kommt. Sie will die Inflationierung der EU-Währung um jeden Preis. Sie will den Schweizer Franken im Himmel sehen, die Wirtschaft bachab rauschen. Die Zeichen stehen gut, dass sie es schafft, das Land und vor allem sich selber innerhalb der nächsten Jahre an Brüssel anzubinden. Politisch, finanziell und rechtlich. Dann Eric Niederberger – er ist ein Feigling. Aber einer, dessen gut ausgebildete Selbstüberschätzung, die Meinung von der eigenen Bedeutung, ihn am Leben erhält. Bis jetzt jedenfalls. Und wenn er noch lebte, dann hätte ich auch Tom Bernoulli zu dieser Gruppe gezählt. Dem Kerl war alles egal, solange er fliegen konnte. Aber auch das hat sich ja erledigt."

Und ohne auf eine weitere Aufforderung des Alten zu warten:

„Die, die verbleiben, Vincenzo Rossi und seine Leute innerhalb der EZB und der Kommission in Brüssel, Kron alias Wittmann: Sie bauen alle auf Nukleus und das, was der Fonds ihnen bringen beziehungsweise den Leuten nehmen wird. Freiheit und Geld. Sie werden stillhalten – genauso wie die Aithon-Leute. Sie alle, denke ich, würden auf Distanz bleiben. Rossi, weil er hat, was er wollte, und weil er die Zeit hat, zu warten. Für diese Leute – und da rechne ich auch Carla Brunner-Del Vecchio und ihre Amtskollegen im Ausland dazu – bedeutet jeder Tag, an dem die Unzufriedenheit innerhalb der Bevölkerung steigt, mehr Macht, solange Sie sie gewähren lassen. Kron, weil er sich nichts sehnlicher wünscht, als auszusteigen, nur noch Daniel Wittmann zu sein und seine Ruhe zu haben. Und Aithon – das sind Söldner. Inhalte und Personen interessieren sie nicht. Und je schlechter die Lage irgendwo wird, desto besser laufen die Geschäfte."

Vasek verstummte und stellte fest, dass er neugierig war, worauf der alte Mann hinauswollte. Und wie so oft, schloss er auch jetzt eine stumme Wette ab. Die Chancen standen nicht schlecht.

„Ich glaube, es ist an der Zeit, dass wir nach Hause gehen, Ondra."

Der Angesprochene schluckte die Kröte erlittenen Wettverlusts: „Ich leite alles in die Wege. Wann gedenken Sie zu fliegen?"

„Wir fahren, Ondra. Nicht nach New York diesmal. Bloß nach Frankreich."

„Das Château?"

„Ja."

„Gibt es sonst noch etwas, das ich für Sie tun kann?"

„Wir brauchen Panetta, Minkowski und Szabo nicht mehr. Delta ist tot. Gute Nacht, Ondra."

Er öffnete die Tür und schloss sie leise hinter sich. Sein Gaul war doch als erster durchs Ziel gegangen. Er hatte die Wette gewonnen. Jetzt würde er sich eine Frau besorgen. Wie jeden Tag, wenn es sich irgendwie einrichten ließ. Er brauchte das. Fehlte es, kam die Wirkung der Folter gleich.

Danach würde er arbeiten. Alles Nötige erledigen. Für den alten Mann. Und noch etwas für sich selber: Er musste wissen, wer der Kerl bei Jeanne Wallenberg gewesen war, wer ihm den Job versaut hatte. Er müsste ein paar Gefallen einfordern. Es würde eine lange Nacht.

***

Als die Flammen in einer Ecke des Küchenbereichs der Penthousewohnung wie ein Mann standen und bis zur Decke reichten, als der Notruf bei Sanitätspolizei und Feuerwehr abgesetzt war, hatte Brun Piet, der Jeanne Wallenberg auf den Armen trug, vor sich her zum Aufzug getrieben. Er hatte den Schlüssel in den Zylinder gesteckt und auf dem Screen die Taste für die Tiefgarage gedrückt, zu der der Zutritt nur mit Schlüssel oder Badge möglich war. Unten angekommen hatte er sich umgeschaut. Hektik war nicht ratsam und auch nicht nötig. Es würde noch mindestens fünf Minuten dauern, bis die Einsatzkräfte vor Ort wären. Mit der seitlich angebrachten Zierleiste eines alten Opel Rekord hatte er die Fahrertür eines Ford Focus geknackt, der den Eindruck elektronischen Vordiagnostikzeitalters vermittelte. Er hatte sich gefragt, wer an dieser Adresse wohnen oder arbeiten mochte und ein solches Auto fuhr. Ganz zu schweigen von dem goldbraunen Fossil, an dem er sich eben vergangen hatte. Wobei: Hier konnte man schon fast von Sammlerstück reden. Er hatte die Zierleiste auf den Scheibenwischer gelegt, so dass der Besitzer sie sehen würde, und einen Hunderter daruntergeklemmt. Wenigstens das. Dem Ford-Besitzer würde er keinen Gefallen tun können, bloß hoffen, dass dieser kaskoversichert war.

Als Brun den Ford die Rampe zur Bäumleingasse hochgejagt hatte, war ihnen bereits ein Auto der Feuerwehr entgegengekommen. Brun war ausgewichen, aufs Gas getreten und hatte die schmale Gasse hinter sich gebracht, bevor eines der mächtigen Löschfahrzeuge hatte einbiegen und ihnen die Weiterfahrt verunmöglichen können.

Jetzt waren sie aus der Stadt raus. Eigentlich hätte er freier atmen müssen, dachte Piet, sich leichter fühlen. Er tat es nicht – im Gegenteil. Und er hatte keinen Einfluss darauf: Die Schwere war die eines anderen. Bruns Schwere. Er war sich sicher, dass da noch etwas war, was dieser ihm nicht gesagt hatte. Dass etwas gärte. Er selber konnte nur die Nadel sein an der Geschwulst. Entweder würde ihm die Chose dann um die Ohren fliegen oder bloß pfeifend in sich zusammenfallen. Was es auch wäre – es wäre besser als das hier. Gestank und austretende Widerlichkeit hin oder her.

Er fragte gegen jeden Instinkt, der in seinem Kopf schrie, es sei nicht nur eine schlechte, sondern eine saublöde Idee, diese Frage zu stellen:

„Was ist mit dieser Jezreel Vidali? Sollte sie sich nicht längst gemeldet haben?"

Im Wissen, dass Brun wusste, dass er ihn vom Beifahrersitz aus musterte, bohrte Piet seinen Blick in dessen Schläfe, sah sich spannende Kiefermuskeln, weiß werdende Knöchel am Lenkrad, erwartete, jetzt selber mit den Beinen entgegenhaltend, die Vollbremsung.

Nichts geschah. Brun fuhr weiter.

Piet löste den Sicherheitsgurt und drehte sich nach hinten, um nach Jeanne Wallenberg zu sehen, die auf dem Rücksitz auf einer anderen Fahrt durch ein anderes Universum reiste. Ihr Puls ging regelmäßig. Der Atem auch.

Dann kam sie, die Vollbremsung. Piet konnte sich mit einer Hand gerade noch an der Rücklehne des Beifahrersitzes festhalten, während er mit der anderen das jetzt spürbare Gewicht der Frau hielt, die ohne diese Geste nach vorn in den Fußraum geschleudert worden wäre.

Piet hatte nicht gemerkt, dass das, was sich die ganze Zeit über gebläht hatte, schon auf ihn übergegangen war, ihn angesteckt hatte. Fast staunte er, als er die eigene Person anstatt der seines Freundes verbal in die Luft gehen sah:

„Carl – du Riesenarschloch! Was soll das?“

Da er nach wie vor halb auf dem Sitz kniete, halb nach hinten gelehnt Jeanne Wallenberg stützte, die das alles für eine Bodenwelle auf ihrem eigenen Trip halten musste, sah er nicht, dass Brun den Blinker gesetzt und auf den Pannenstreifen gefahren war. Der Wagen war zu stehen gekommen.

Es war falsch, dachte Piet, ohne es zu denken. Sie müssten rasen, irgendwo rein und durch, irgendwas, das das Glühende erklärte, das jetzt zwischen ihnen zu kochen schien. Und bevor er es sich hätte anders überlegen können, schnellten seine Arme nach vorn, die Hände trafen auf Bruns Schulter mit der Wucht eines Rammbocks und knallten ihn gegen die Fahrertür.

Und als hätte er sich an letzterer nicht nur gestoßen, sondern regelrecht versengt, zuckte Brun gleichzeitig zurück, öffnete mit einem Griff hinter sich die Tür, packte Piet am Kragen und zerrte ihn über die Mittelkonsole hinweg aus dem Wagen auf den schmalen, dunklen Streifen daneben, der regelmäßig von den Scheinwerfern der vorbeirasenden Autos in Licht getaucht und wieder bloß zu schwarzem Asphalt wurde. Keiner von beiden sprach, fluchte oder schrie. Bloß dröhnendes Keuchen in ihren Köpfen. Automobilisten und Lastwagenfahrer, die die beiden Gestalten so nahe an der Fahrbahn auftauchen und neben sich verschwinden sahen, hupten. Die hohen und tiefen Töne, die wie dicke und dann immer kraftloser werdende Striemen an ihnen vorbeizogen, gleichsam Hintergrund für den Tumult, der zwei Leben und zwei Gegenwarten umfasste und dabei so lächerlich klein war.

Piet, überrascht von der Kraft und der Wut, die sich in Bruns Angriff offenbarten, kam auf den Knien zu landen. Halb rappelte er sich hoch, halb wurde er von Brun auf die Füße gezerrt. Bevor dieser ihn jedoch mit dem Rücken gegen die Seite des Autos wuchten und ihm mit dem Unterarm die Möglichkeit, sich zu wehren, nehmen konnte, packte er ihn nun seinerseits am Aufschlag des Jackenleders und schleuderte ihn hinter den Wagen. Auch er schien Kraftreserven zu mobilisieren, die er hier und zu dieser Stunde nicht zu haben geglaubt hatte. Brun flog regelrecht, stolperte und fiel, war aber sofort wieder auf den Füßen. Diesmal war Piet gefasst. Und er wusste, dass er die Oberhand hatte und behalten würde, denn im Vergleich zu Brun war er nicht wütend. Er verteidigte sich bloß. Brun kam nicht dazu, nochmal auszuteilen. Piet wich seinem Ansturm aus, drehte sich um die eigene Achse und schlang Brun von hinten die Arme um den ins Leere stürmenden Körper. Dann drückte er zu. Ein Schraubstock war ein Witz dagegen. Brun wehrte sich, das Toben Bewegung gewordener Furor. Und doch spürte Piet bereits das Sich-Ergeben, das Wissen im Körper des anderen, dem der Verstand sich noch verweigerte. Dann hörte es auf. Piet verlagerte einen Arm unter Bruns Kinn. Er würde keine Sekunde zögern, ihn kampfunfähig zu machen, sollte er versuchen, ihn zu täuschen.

„Lass mich los“, keuchte Brun.

„Den Teufel werd‘ ich tun, Carl.“

„Lass mich los.“

Piet schenkte sich die Antwort. Stattdessen drehte er sich um und ging, Brun vor sich herschiebend, zur Rückseite des Wagens.

„Piet! Es ist gut jetzt. Die nehmen uns hier sonst noch wegen sittlicher Störung in der Öffentlichkeit hoch.“

„Vergiss es, Carl. Von mir aus können die mit Handschellen und Knarren in Regenbogenfarben anrücken. Das ist mir scheißegal. Und es ist mir auch scheißegal, ob wir hier noch bis morgen früh stehen oder nicht. Das einzige, was mich interessiert und worum ich dich bitte, ist, mir jetzt verdammt noch mal zu erklären, was das soll. Worauf lass ich mich ein, wenn ich weiter mit dir an dieser Sache arbeite? Du sagst mir nicht alles, und das gefällt mir nicht. Was läuft da mit dieser Jezreel Vidali? Ich muss das wissen, Carl, und das weißt du ganz genau."

„Lass mich los."

„Rede."

Piet fühlte, wie sich die Muskeln in Bruns Körper anspannten, und rammte ihm den Unterarm in die Kehle, das Knie in den Rücken. Dann war es vorbei, und ohne weitere Aufforderung ließ Piet Brun los. Dieser machte einen Schritt, dann noch zwei, beugte sich über die Leitplanke und übergab sich. Piet zündete zwei Zigaretten an. Als Brun zurückkam, reichte er ihm eine davon. Sie rauchten, während die schmutzige Gischt vorbeirasender Autos, Leben, Ziele, Hoffnungen, Träume, sich über sie legte.

Brun schnippte die Kippe als erster weg.

„Fahren wir."

Piet ging mit seiner erst zur Hälfte gerauchten Zigarette zur Beifahrerseite und stieg ein.

Brun beschleunigte auf dem Pannenstreifen und fädelte sich in den nachlassenden Verkehr ein.

„Das war heute schon der zweite solche Halt am Rand der Autobahn."

„Und mit wem hast du dich beim ersten Mal geprügelt?"

„Da war keiner da außer mir."

„Klingt ziemlich ‚Fight Club'-mäßig. Soll ich dich von jetzt an Jack nennen? Oder bevorzugst du Taylor?"

Piet sah, dass Brun grinste. Das war gut. Er erlaubte sich dasselbe. Und noch eine Kippe, deren Rauch er durch den Fensterspalt blies. Er hielt Brun die Schachtel hin.

„Der hieß gar nicht Jack", sagte Brun, als er den ersten Zug inhaliert hatte. „Ich glaube, der hatte gar keinen Namen. Jack war nur der Kerl, von dem er dauernd aus so einer Zeitschrift vorgelesen hat. Erinnerst du dich? In der Art von: ‚Ich bin Jacks Bauchspeicheldrüse.' Oder: ‚Ich bin Jacks überflüssige und überraschungsfreie Existenz.'"

Und ohne auf Piets Zustimmung oder irgendeinen Kommentar zu warten:

„Aber ob du‘s glaubst oder nicht: Es trifft die Sache ziemlich genau. Bloß dass das hier kein Film ist.“

„Wie meinst du?“, fragte Piet jetzt.

„Entweder habe ich mittlerweile eine beängstigende Fertigkeit im Bereich der Selbsthypnose entwickelt, bin paranoid und eine Gefahr für mich selber und andere und bilde mir alles nur ein …“

„Oder?“

„Oder wir stecken wirklich bis zum Hals in der Scheiße. Und mit ‚wir‘ meine ich nicht nur dich und mich und das Team. Ich meine damit Ludwig, die Regierung, unser Land, die Menschen hier, ihre Zukunft. Und ich glaube, dass diese Scheiße nicht an den Landesgrenzen aufhört, Scheiße zu sein. Und ich glaube außerdem, dass die Kinder-Sache, die sie Ludwig anzuhängen versuchen, im Vergleich dazu nur ein Klacks ist.“

„Erklär‘s mir.“

„Ich habe dir alles gesagt, was ich weiß. Das ist das Problem. Wir wissen nichts. Und das macht mich wahnsinnig.“

„Dann fang mit Jezreel Vidali an.“

Kurz drängte sich erneut etwas zwischen sie. Als würde das Auto kleiner, sie selber größer, der Platz knapp. Piet öffnete das Fenster, warf seine Kippe raus, ließ einen Schwall eisiger Luft herein. Es wurde besser.

„Okay“, sagte Brun. „Wir hatten einen Krach. Einen richtigen Krach.“

„Du und diese Jezreel.“

„Genau. Ich habe sie erst vor kurzem reingeholt. Während der letzten Jahre war sie draußen. Allein. Ich weiß nicht, ob es ein Fehler war. Ob ich sie hätte in Ruhe lassen sollen. Sie ist nicht dafür gemacht, im Team zu arbeiten. Allerdings ging es ganz gut. Und den Krach hätten wir auch gehabt, wenn sie noch draußen gewesen wäre.“

„Worum ging‘s?“

„Um Nik Horn. Ein Kokser, Vergewaltiger und Mörder. Wir waren mal ziemlich nahe an ihm dran, mussten ihn dann aber für ein paar andere gehen lassen.“

„Klingt nach einem wahren Menschenfreund."

„Offenbar und laut Jezreel ist er es in der Zwischenzeit auch geworden. Aber darum geht es nicht. Das wussten wir zu diesem Zeitpunkt noch gar nicht. Jedenfalls war da diese Sache mit Andras Szabo, dem Ungarn, von dem ich dir erzählt habe. Die Fäden schienen alle bei Nukleus zusammenzulaufen. Jezreel machte den Vorschlag, bei Horn einen Teil der Gefälligkeiten einzufordern. Ihn das Vertragswerk von Nukleus analysieren zu lassen. Der Kerl ist Banker."

„Klingt vernünftig."

„War es auch. Den Streit gab's nur, weil sogar ich meine Grenzen habe, was die Mittel zum Zweck einer Sache anbelangt. Horn ist für mich jenseits aller Grenzen. Aber was soll's. Darum geht's längst nicht mehr. Fakt ist, das Jezreel Vidali ohne mein Okay und auf eigene Faust in die Staaten gereist ist, um Horn ausfindig zu machen, und dass sie dabei in ein Wespennest gestochen hat. Horn ist möglicherweise tot. Und laut Jez ist er nicht einfach so dahingegangen. Und soweit ich es verstanden habe, wäre es maßlos untertrieben, von dem Nukleus-Vertragswerk als von einem Skandal zu sprechen. Das Ding ist eine Massenvernichtungswaffe erster Güte. Und unsere Regierung hat maßgeblich dazu beigetragen, sie ins Leben zu rufen."

„Okay. Soweit komme ich mit. Ein ganz normaler Job. Und diese Jezreel Vidali scheint nicht auf den Kopf gefallen zu sein und ihren Job gut zu machen."

„Bloß dass wir sie verloren haben."

„Wie das?"

„Kaum war sie in New York, hatte sie ein paar Kollegen an den Fersen. Und ja – sie ist gut. Sie ist sie losgeworden, das Treffen mit Horn hat ohne Probleme stattfinden können. Soweit ich weiß, hatte sie einen ganzen Packen Infos über Nukleus zusammen. Infos von der Art, die möglicherweise erklären würde, warum Ludwig für ein paar Leute hier unbequem geworden ist."

„Wow. Du meinst …?"

„Ich kann es nicht mit Sicherheit sagen. Allerdings deutet gemäß Jez vieles darauf hin."

„Und dann?“

„Dann habe ich dafür gesorgt, dass sie dort so schnell wie möglich rauskam. Jemand war mir noch einen Gefallen schuldig.“

„Muss ein großer Gefallen gewesen sein.“

„Ja. Jedenfalls hat es funktioniert. Unser letzter Kontakt war, als sie bereits im Flieger saß. Sie wollte sich nach der Landung in Basel melden.“

„Und das hat sie nicht.“

„Nein.“

„Was denkst du? Hat dein Kontakt dich reingelegt?“

„Nein. Das glaube ich nicht. Ich glaube, das Jezreel sich geirrt hat. Sie ist diese Leute, wer auch immer es ist, gar nie losgeworden. Und ich glaube, dass sie, beziehungsweise wir, an etwas gerührt haben, das viel wichtiger und größer ist, als wir es uns vorstellen. Die haben alle Hebel in Bewegung gesetzt, und ich glaube, die haben sie drüben auf französischem Boden hochgenommen.“

„Ein bisschen viel Glaube, findest du nicht?“

„Willkommen im Club, Piet. Mehr haben wir nicht.“

„Und warum kontaktierst du diesen Kontakt nicht? Der müsste doch was wissen.“

„Das war der Preis für Jez‘ Mitfahrgelegenheit: Kein weiterer Kontakt.“

„Dann scheiß auf den Preis. Was ist los, Carl? Du bist doch sonst nicht so korrekt.“

„Diesmal muss ich es sein. Es ist Gerolf Hess.“

Schweigen senkte sich über die beiden Männer im Auto. Brun konnte die Fassungslosigkeit seines Freundes geradezu hören. Der Atem, der sich wie der Vorbote eines Tsunamis zurückzog, weit zurück, um dann mit Wort und Ton hereinzubrechen.

„Der Gerolf Hess? Wann war das? 1980 oder 81?“

„1983.“

„Hat der Mann sich etwa seit damals selbst vom Freund und Wirtschaftsberater der argentinischen Militärjunta zum Entwicklungshelfer entwickelt?“

„Das interessiert mich nicht, Piet. Fakt ist, dass er dank dem Einsatz eines Teams unter meinem Kommando lebend da rausgekommen ist. Die US-Regierung – ich nehme an, vor allem Kissinger, denn Hess war ja einer seiner engsten Mitarbeiter – wollte, dass die Sache diskret über die Bühne geht. Am besten über gar keine Bühne. Wir waren erfolgreich, wenn du so willst. Hess legte danach eine steile Karriere hin. Zuletzt war er Chef der Weltbank als Nachfolger von Gabriel Kolko."

„Kolko?", echote Piet.

„Ja – warum?"

„Weil ein Mann mit demselben Namen für unsere Mitfahrerin offenbar die Rolle eines Übervaters innehat."

Und ohne Brun die Gelegenheit für eine Reaktion zu geben: „Und du traust Hess?"

„Ja. Er schuldet mir sein Leben. Und nicht nur das. Wir haben ihm nach dem Einsatz einen Kurzurlaub in der Schweiz ermöglicht damals. Nicht ganz das, was er sich wünschte, vielleicht. Und nicht ganz uneigennützig unsererseits. Wir haben Protokolle. Die sogenannte Wirtschaftshilfe der Amerikaner, namentlich der Weltbank und der Internationalen Entwicklungsagentur, die in Argentinien geleistet wurde, würde in einem noch düstereren Licht erscheinen, als sie es nach heutigem Wissensstand schon tut. Ja – ich traue Hess. Aber der Deal war, dass nach Jezreels Ausreise kein weiterer Kontakt mehr stattfinden darf."

„Und daran willst du dich halten?"

„Ich muss, Piet. Hess hat seinen Teil des Deals erfüllt. Sein Flieger ist in Basel gelandet. An Bord zwei Passagiere. Ein Mann und eine Frau. Gerolf und Eva Hess. Hess ist eine Stunde nach der Landung bereits wieder abgeflogen. Eva Hess hat sich in Luft aufgelöst."

„Und was denkst du?"

„Was soll ich schon denken, Piet? Viele Möglichkeiten sind da nicht. Ich denke, dass jemand sie in Empfang genommen hat. Und zwar jemand, der Zugang hat zu unseren Informationen oder zu jemandem, der seinerseits Zugang hat."

„Wenn das, was du sagst, stimmt, Carl …"

„… werden wir seit Monaten überwacht. Und zwar mit allen Schikanen. Die wissen alles. Mit großer Wahrscheinlichkeit auch jetzt."

„Und was tun wir jetzt? Willst du diese Jezreel zurücklassen?"

Brun fühlte unerwartet einen kurzen wellenartigen Stoß durch sein Inneres schwappen: Er hatte nicht erwartet, Piet „wir" sagen zu hören.

„Nein, Piet. Wir lassen niemanden zurück. Wir werden sie eintauschen."

„Und gegen was oder wen? Ich meine, Jeanne Wallenberg scheint ja nicht gerade hoch im Kurs zu stehen bei diesen Leuten, wie das Heroin belegt."

„Dann können wir nur hoffen, dass sie etwas zu bieten hat, das mehr wert ist als ihr Leben."

***

Es war nicht schwer gewesen, Panetta zu finden. Der Mann hinterließ Spuren wie ein angeschossener Elefant. Vasek hatte nur zu folgen gebraucht: Ein Telefonat mit einem Ex-Kameraden, der heute bei Aithon im Sold stand, und eine Fahrt Richtung Basel, wo die Firma im Niemandsland zwischen Frankreich und der Schweiz ein paar zusätzliche Räume angemietet hatte, hatten gereicht.

Jetzt sah er auf Panetta hinunter. Es war mehr als Körperflüssigkeit, die dem Mann entwich. Möglicherweise hätte er Enttäuschung gefühlt, wären Ekel und Verachtung nicht so umfassend gewesen. Nicht mal gewehrt hatte er sich. Sobald er erkannt hatte, wer ihn da auf Deck 5 der Parkgarage neben dem Aufzug erwartete, war er in sich zusammengesackt. Alle Vermessenheit – so verzerrt sie auch sein mochte –, alles Arrogante und Gierige, Lüsternheit und List hatten die feiste Visage auf einen Schlag verlassen. Was da eingenässt und zitternd vor ihm auf dem Boden saß, war kein Gegner. Ein Mann schon gar nicht.

Vasek hatte, was er brauchte. Einen Namen. Carl Brun. NDB. Er fuhr sich erneut mit der behandschuhten Hand über das Gesicht, versuchte mehr, als nur die Speichelgischt loszuwerden, mit der Panetta den Namen seines Mannes geradezu herausgeschrien hatte. Als hätte er selber ein Gewicht, das man gegen den Namen des eigenen Mitarbeiters wiegen könnte.

„Bitte …“ wimmerte er jetzt. Vasek sah nur den Mund, die bebenden Lippen des anderen. Rotz- und speichelglänzend. Der Rest des Menschen, der keiner mehr war, war weg.

Nehas co tě nepálí. Man braucht nicht zu löschen, was nicht brennt. Er konnte weggehen. Einfach weggehen. Er war hier fertig. Panetta hätte so wenig gegen ihn in der Hand wie der Papst. Es war nicht nötig, ihn zu töten. Die Drohung könnte reichen. Wie bei Minkowski. Er hatte nicht vor, ihn zu töten. Der Mann war Wissenschaftler. Wenn er ein Risiko darstellte, dann nur für sich selber.

Erneut schaute er auf den Mann hinunter. Dieser schien Vaseks kurzes Innehalten auf seine Art gedeutet zu haben: Hoffnung flackerte neben der Furcht in seinen Augen auf. Es war widerlich. Hoffnung sollte unschuldig sein, nicht wissend. Nein – das hier war nicht Hoffnung. Das war etwas anderes: die nicht unterzukriegende Arroganz des feigen Taktierers, die von der Einbildung eigener Überlegenheit zehrt. Die Bestätigung folgte auf dem Fuß. Das Wimmern war nur noch ein Vibrieren der Stimme:

„Hören Sie, Mann … Lassen Sie mich gehen. Ich habe Ihnen den Namen doch gegeben. Sie sollten sich um Wittmann kümmern. Ja, genau – Daniel Wittmann. Das ist der Kerl, der gegen den Alten arbeitet. Der hat mich angerufen und mir gedroht, für den Fall, dass ich nicht Infos über Delta beschaffe. Was ich natürlich nie zu tun vorhatte. Aber ich habe ihn in dem Glauben gelassen, dass ich es tun würde, um zu sehen, was er als nächstes plant. Da sollten Sie ansetzen und nicht bei mir. Ich war immer loyal. Sogar jetzt noch. Ich liefere Ihnen sogar meine eigenen Mitarbeiter ans Messer um der Sache willen. Kommen Sie schon, Vasek …“

„Nennen Sie mich nicht so.“

„Was?“ Panetta hatte die Worte verstanden und doch nur ein Zischen gehört.

„Nennen Sie mich nicht so!“

„Tut mir leid. Hören Sie …“

Das Vibrieren wurde wieder stärker. Panetta schien es mit aller ihm verbleibenden Kraft bezwingen zu wollen. Es gelang nicht. Er klang jämmerlich, als er einen letzten Anlauf nahm:

„Und was ist mit dem Labor? Was ist mit EHEC? Ich meine – ich habe das alles organisiert. Ich bin derjenige, der die Blaupause geliefert hat, wenn Sie so wollen. Ihr braucht mich in dieser Sache.“

„Von welchem Labor sprechen Sie?“

Panetta schien nicht gleich duchzusteigen: „Na welches wohl!“, bellte er. Die gekaufte Arroganz des Freiertums fing bereits wieder an, durch die Patina der Panik hindurchzuschimmern.

„Das Syngenta-Labor. Delta, EHEC, Tom Bernoulli – na, klingelt‘s?“

„Es gibt kein Syngenta-Labor, Herr Panetta“, antwortete Vasek ruhig. „Da müssen Sie etwas durcheinanderbringen. Auch Delta oder wie sie es nennen und die anderen Dinge sagen mir nichts. Tut mir leid.“

Vasek hatte sich entschieden: Es brachte nichts, einer Ratte mit Gift zu drohen. Es war verschwendete Zeit.

Er packte Panetta mit einer Hand am Aufschlag seines Mantels und zerrte ihn, der sich stemmte und jetzt zu schreien versuchte, hinter sich her wie einen Sack Mehl. Aus dem Schatten heraus in das graue Licht der Notbeleuchtung, quer über das verwaiste Parkdeck bis an die Betonbrüstung.

26.

„Was immer es ist, das die Dame in diesen Zustand versetzt, Carl – ist es möglich, dass ich davon etwas kriege?“

Brun war eben mit Jeanne Wallenberg auf den Armen an Lorenz vorbeigegangen und hatte sie in das anschließende Zimmer gebracht, wo er sie jetzt in sein Bett packte.

Sava lachte laut auf. „Vergiss es, Lorenz. Und versuch, nicht durchzudrehen, bloß weil du für einmal weiter als fünf Gehminuten vom nächsten McDonald‘s entfernt bist.“

„Was heißt da fünf Minuten? Um zu Fuß hier rauszugelangen, bräuchte man ein halbes Jahr. Das hier ist die Wildnis. Und wenn ich jetzt nicht sofort ein Netz kriege, dann bin ich weg. Darauf könnt ihr euch verlassen.“

„Nur zu – und vergiss nicht, heißen Kaffee einzupacken. Es ist kalt draußen, wie du bemerkt haben dürftest. Sonst machst du‘s nicht bis morgen früh, wenn wir dich im nächsten Kaff auflesen.“

„Ja – und ein Messer, ein richtig gutes Jagdmesser von Carl“, ergänzte Nouriel, der, beladen mit einem Rechner von draußen hereinkommend, nur den Schluss der Unterhaltung mitgekriegt hatte, instinktiv aber wusste, worum es ging. Es ging immer um dasselbe bei Lorenz.

„Da draußen hat‘s Tiere, deren Namen du nicht kennst. Ich sage nur: große Tiere. Sehr groß, Kleiner. Und …“

Lorenz beendete die sich aufschaukelnde Triezerei mit der Mitteilung, er habe ein Netz.

Sava, Valentin, Lorenz und Nouriel waren nur Minuten vor Brun und Piet hier draußen eingetroffen. Keine Lichter weit und breit. Nicht mal eine Straßenlaterne. Valentin hatte Nouriel von der Hauptstraße auf eine Nebenroute gelotst, die im fahlen Mondlicht matt sich windend schimmerte wie die tote Haut einer Schlange. Dann weiter auf einen Weg, der als solcher nicht mehr zu erkennen gewesen war. Solange Piet und Brun nicht eingetroffen waren, hatte Lorenz keinen Fuß aus dem Wagen, mit dem er zusammen mit Sava von Bern hierhergefahren war, und in den Schnee gesetzt. Dann war er, als Brun die Haustür aufgeschlossen hatte, beladen mit Laptoptaschen und Kabeln, im Mund eine kleine Maglite, vom Auto auf kürzestem Weg in die Wohnküche gesprintet, hatte sich und seine Gerätschaften plaziert und seither bis auf die Bitte nach besagtem Opiat keinen Ton mehr von sich gegeben. Die Tatsache, dass er sich zumindest virtuell auf vertrautem Terrain bewegen konnte, schien ihn jetzt zu beruhigen. Seine Stimme klang wieder wie immer, als er hinter zwei Bildschirmen hervor zu Brun sagte, er glaube, das hier sollte er sich ansehen. Letzterer war gerade dabei, Holz in den Kamin zu schichten.

„Lies es vor, wenn‘s wichtig ist."

„Das erste ist eine E-Mail an dich. Den Absender kann ich nicht ausfindig machen. Ist über zig Server gelaufen. Ich müsste …"

„Sag schon", schnitt ihm Brun das Wort ab.

„Das Gepäck meiner Frau, Eva, liegt in SF 357 bereit. Sie hatte keine Zeit, es selber abzuholen. Der Schlüssel ist bei der Sanität des HB Bern deponiert. 24/24."

Brun war mitten in der Bewegung erstarrt. Jetzt kam er wie in Zeitlupe hoch, machte einen Schritt, einen zweiten. Eine Bedrohlichkeit ging von ihm aus, die alle Sicherheit wegwischte, die vielmehr den Raum und jeden darin zu gefährden schien. Als wäre die beleuchtete Küche kein Hort mehr, sondern Falle; Teil des Wilden rundum, Wände und Wärme bloß Konstrukte hoffender Phantasie.

„Lies nochmal", sagte Brun, der jetzt am Tisch stand.

Lorenz, der die Zugluft nicht bemerkte, kam der Bitte nach.

„Das ist von Hess." Bruns Augen suchten Piet, fanden ihn erst, als er dessen Stimme aus dem Schatten der Küchenecke vernahm:

„Klingt, als hätte er den Teil des Deals, der keinen weiteren Kontakt mehr vorsieht, ignoriert. Zum Glück, würde ich sagen."

Sava, die Brun ungestraft nahetreten konnte, wie sonst keiner des Teams, schaltete sich ein: „Kann einer von euch uns anderen vielleicht mal sagen, worum‘s hier gerade geht?“

„Jezreel“, sagte Brun nur. „Wir haben sie verloren. Der letzte Kontakt war, als sie im Flugzeug war. Seither nichts mehr.“ In kurzen Sätzen fasste er zusammen, was er kurz zuvor im Auto auch Piet über Hess und ihre Vereinbarung erzählt hatte.

Der Raum war wieder ein Raum. Brun nicht mehr allein.

„Soll ich das *Gepäck* holen?“, schlug Nouriel vor.

„Gut. Nimm den Ford.“ Der Schlüssel segelte durch die Luft in Nouriels offene Hand.

„Soll ich sonst noch was bringen?“

„Was zu essen – ich denke, das wird eine lange Nacht. Und beeil dich.“

Die Worte prallten am Holz der Tür ab, die bereits hinter Nouriel ins Schloss gefallen war. Draußen hörte man einen Motor starten, Scheinwerfer glitten durch die plötzliche Stille in der Küche.

„Okay, Leute – machen wir vorwärts. Wenn er so fährt, wie er geht, dann ist er in einer halben Stunde wieder da. Sehen wir zu, dass wir bis dahin alles zusammen haben.“

„Und was heißt das im Klartext?“

„Alles heißt alles. Und alles steht mit allem in Zusammenhang. Davon gehen wir ab sofort aus.“

„Also Ludwig, Ungarn, Nukleus und Tom Bernoulli? Alles Teil desselben Ganzen?“, fragte Sava.

„Genau. Von jetzt an schmeißen wir alles auf einen Haufen. Dann sehen wir weiter.“

„Und wo fangen wir an?“

„Kaffee“, sagte Valentin, der als einziger die ganze Zeit über sitzengeblieben war. Er hatte das Feuer im Kamin angezündet und streckte der sich vortastenden Wärme die Füße entgegen. „Wir brauchen Kaffee.“ Und an Brun gewandt: „Ich mache das, Carl. Bring du uns unterdessen auf den neuesten Stand. Wenn ich mich nicht irre, hast du uns die Dame drüben in deinem Bett noch gar nicht vorgestellt. Und während der Fahrt hat uns Lorenz via Handy eine Meldung vom Ticker vorgelesen, wonach es an der Rittergasse in Basel zu einem Großeinsatz der Feuerwehr gekommen ist. Irgendeine Privatbank …“

***

Die ersten Gerüchte machten die Runde. Die Kurse von Terminkontrakten, die auf steigende Aktienindizes setzten und die over the counter, sprich zwischen privaten Vertragspartnern wie Banken, Unternehmen und anderen Kapitalgesellschaften auch an den Wochenenden gehandelt wurden, waren im freien Fall.

Es ging los. Gabriel Kolko hatte eben den Originaltext des Artikels von Jean-Pierre Lund erhalten, der morgen in der englischen Sonntagszeitung „The Observer“ erscheinen würde. Sie waren Lund buchstäblich und virtuell gefolgt. Als klar war, wo er versuchen würde, die Story unterzubringen, hatte Kolko den langjährigen Weggefährten und Aufsichtsratspräsidenten der Guardian Media Group, zu der „The Observer“ zählte, kontaktiert und sichergestellt, dass die Zusammenarbeit glatt verlaufen, die Story gekauft und glaubwürdig verkauft würde. Das hier war nun allerdings fast *zu* glaubwürdig. Aber im großen und ganzen entsprach es der Vereinbarung. Die Kooperation – andere hätten von Seilschaft gesprochen – schien nach all den Jahren und Jahrzehnten noch zu funktionieren. Rockefeller hatte noch immer recht: „Wir sind der ‚Washington Post‘, der ‚New York Times‘, dem ‚Time Magazine‘ und anderen renommierten Medien, deren Herausgeber und Chefredakteure an unseren Treffen teilgenommen haben und dabei ihr Versprechen der Diskretion seit 40 Jahren gehalten haben, sehr dankbar … Es wäre uns unmöglich, unsere Vorstellungen und Visionen, wie die Welt aussehen sollte, zu entwickeln, wenn es in all diesen Jahren diese Verschwiegenheit gegenüber der Öffentlichkeit nicht gegeben hätte und nicht geben würde.“

Oder eben das richtige Sendebewusstsein.

„Kartellabrede und Kursmanipulation

LIBOR-Gate – ‚Das wird ein Riesen-Skandal‘

Der LIBOR-Zins wird einmal täglich ermittelt und soll anzeigen, zu welchen Sätzen sich Banken untereinander Geld leihen. Er basiert auf von außen kaum nachprüfbaren Angaben der Banken und ist Grundlage für billionenschwere Finanztransaktionen rund um den Globus – und auch für Manipulationen im großen Stil, wie dieser Redaktion seit gestern bekannt ist.

Dieser Zeitung liegen Beweise vor, die belegen, dass in den Jahren 2006 bis 2010 durch Absprache zwischen den Banken die Referenzzinssätze LIBOR und TIBOR sowie die Handelsbedingungen von Derivaten beeinflusst worden sind, um beim Handel mit solchen Finanzinstrumenten Gewinne zu erzielen.

Wichtig für die Finanzwelt

Die Referenzzinssätze LIBOR (London Interbank Offered Rate) und TIBOR (Tokyo Interbank Offered Rate) für die japanische Währung Yen sollen das Zinsniveau auf dem Interbankenmarkt widerspiegeln. Vor allem der LIBOR ist einer der maßgeblichen Richtsätze für die Finanzwelt. An ihm richtet sich die Festlegung der meisten Kredite und Verpflichtungen aus. Das an den LIBOR gekoppelte Marktvolumen beziffert die Britische Bankvereinigung (BBA), die den LIBOR festlegt, auf die astronomische Summe von 350.000 Milliarden Dollar."

Und weiter unten im Artikel:

„Notenbanken wussten Bescheid

Wie dieser Redaktion zur Stunde vorliegende E-Mails beweisen, hätte der jetzt bekanntgewordene Skandal zumindest teilweise verhindert werden können.

Aus dem besagten Schriftverkehr geht hervor, dass die US-Behörden der englischen Notenbank spätestens 2008 Druck zu machen begannen und Änderungen im täglichen LIBOR-Festsetzungsverfahren vorschlugen, um die Glaubwürdigkeit der Referenz zu stärken und möglichen Manipulationen vorzubeugen.

Im Gespräch mit der Redaktion meinte Rob Gardener, Chef des größten weltweit operierenden Fonds GECCO: ‚Trägheit und die Suche nach informellen Lösungen liegen in der Natur von Staaten und ihren Administrationen. Wenn die US-Behörden sich 2008 an die Briten gewandt haben, dann war zumindest die Möglichkeit der Kursmanipulation innerhalb der Behörden seit Jahren bekannt. Was jetzt offiziell wird, wird nicht weniger als ein Riesen-Skandal. Die kurzfristigen Folgen werden Sammelklagen, Schadensersatzzahlungen in Milliardenhöhe und publikumswirksames Köpferollen sein. Auf lange Sicht allerdings ist auch dieses Ereignis bloß ein weiteres Mosaikteil dessen, was wir als Supernova-Kreditexplosion erleben werden. Für weitsichtige Investoren ist es eine erneute Möglichkeit, sich auf mehr Inflation und weniger Wachstum einzustellen. Weltweit.'"

Gabriel Kolko las diesen letzten Satz noch einmal und schleuderte das Papier in die Restglut. Die Bewegung, halb Verve, halb Wut, mündete in einer Grimasse, die ein Lächeln sein konnte. Das war es ja, was er gewollt hatte. Ziel erreicht. Ob nun dieser Gardener – nutzlos einäugig im debilen Reigen obrigkeits- und öffentlichkeitsgläubiger Blinder – noch seine Offenbarungen kundtat oder nicht, spielte keine Rolle. Die Börsen, längst von realen wirtschaftlichen Fundamenten losgelöst, würden crashen, und die Politik würde die Gunst der Stunde zur Lancierung einer Neid- und Vergeltungskampagne wider die Abzockerei durch die Banken und deren Bosse nutzen. Weltweit. Da ging er mit Gardener einig. Und während die völkische Lust auf Rache und öffentliche Pranger im Hinblick auf die kommenden Wahlen verbal befriedigt würde, würde parallel dazu und im Hintergrund ein neues Banken- und Börsenbeglükkungsprogramm mittels Druckerpresse seinen Lauf nehmen. Und irgendwann würden die Dämme brechen, die Liquidität die schützenden Deiche politischer Märkte durchbrechen und in die Realität überschwappen. Worte wie „Währungskrieg" und „Abwertungswettlauf" wären dann bloß noch die Beschreibung paradiesischer Vor-Inflationszeiten.

Dann käme die Phase des Alles-Nehmens und der Kumulierung fast grenzenloser Macht in den Händen weniger, die begriffen hatten, dass Macht keinen Mittelweg kannte. Entweder man gab den Leuten alles, was sie wollten, oder man nahm ihnen alles, was sie hatten. Ein Dazwischen war gefährlich für jene, die führen wollten. Dazwischen fing das Denken an, und es galt, diese Zeitspanne des Übergangs vom einen Zustand, der jetzt zwei, fast drei Jahrzehnte gedauert und die Menschen in Konsum-Zombies verwandelt hatte, in den anderen so kurz wie möglich zu halten.

Es würde passieren. Die Unruhen, die Gewalt, der Krieg. Sie wären die Schub-Reserven der sozioökonomischen Totalzerstörung. Wann, das stand in den Sternen. Kolko hatte den Blick gesehen, mit dem sein Mann, Vaclav Ondrisek, ihn heute bedacht hatte. Oder besser: Er hatte ihn zu deuten gewusst; dieses Aufblitzen von Zweifel an Verstand und Sicht dessen, dem er zu Diensten war. Und trotzdem hatte er weitergetobt, bis er hatte loslassen können. Die Einsicht erlangen und akzeptieren, dass das, was kommen würde, der Zeitpunkt, nicht länger in seiner Hand lag. Oder nur noch zu einem sehr kleinen Teil. Die Unterwerfung eine unehrenhafte Kapitulation, auch wenn höhere Gewalt, der jedem Plan anhaftende Makel des Unvorhersehbaren, ihn dazu zwang. Da konnte man schon mal die Contenance verlieren, ohne indes gleich den Verstand hinterher zu schicken.

Er, Gabriel Kolko, hatte diesen Kampf verloren.

Aithon hatte ihm mitgeteilt, dass Jeanne beim NDB war. Kolko kam nicht umhin, der Aktion in Basel, an der offenbar wieder dieser Brun beteiligt gewesen war, Respekt zu zollen. Jeanne war verloren, Delta war tot, das Schicksal von Nukleus war ungewiss …

Was in der Konsequenz für ihn allerdings hieß, dass Rückzug die Losung der Stunde war – ein geordnetes und scheinbares Sichabsetzen von dem, was das Potential hatte, zu einer nicht zu sichernden Front zu werden. Er hatte die Löcher in der Linie lange unterschätzt: Bernoulli, Jeanne, Panetta, dieser Bastard … Hatte sich zu sehr auf ihre Gier verlassen und darauf, dass die Schweizer ihre Leute im Griff hätten. Und jetzt hatte er womöglich ein ganzes Team des NDB am Hals, das sich nicht damit begnügen würde, ein wenig mit seiner Patentochter zu plaudern. Ein Team, das, wie die Aktion in Basel heute gezeigt hatte, bereit war, alles zu verlieren. Ein kleiner Haufen Ahnungsloser, die aller Unwissenheit und Kurzsichtigkeit zum Trotz in der Lage waren, ihm die Kontrolle über die Zeit, über das Fortschreiten des Jetzt mitsamt seinen Inhalten zu entziehen.

Erneut drohte ihn die Wut zu übermannen. Es war absurd – und doch real. Diese Leute, diese Kreaturen am Tropf kleinstkarierter Ideen von Gerechtigkeit nahmen ihm das Kostbarste überhaupt aus der Hand. Und wussten es nicht einmal.

Dann beruhigte er sich wieder, eine Art ebenso minimalistisch gemusterter Befriedigung verschaffte ihm Luft: Nicht nur Ondra hatte in den Augen seines Gegenübers Dinge gesehen. Auch er, Kolko, hatte zu deuten gewusst, was im anderen vor sich ging. Die Schmach des nicht erledigten Jobs, der Wille, die Sache zu einem Ende zu bringen. Auf eigene Faust. Möglich, dass sich die Probleme Brun, Keller und Konsorten bereits heute nacht erledigen würden.

Fast gefiel ihm jetzt die Aussicht, sich in unmittelbarer Nähe des morgen anrollenden Skandals auf das Château seiner Familie zurückzuziehen und dort, vom Fels aus, auf dem es errichtet war, die Geschehnisse der kommenden Tage und Wochen mitzuverfolgen. Mittendrin und ungesehen.

***

Es war gegen drei Uhr in der Früh. Keiner von ihnen hatte in den vergangenen 36 Stunden geschlafen. Was nach Stunden teils hitzigen Diskutierens, teils brütend schweigenden Schaffens in wilder Ordnung über Tisch, Sitzflächen und Boden vor ihnen lag, hatte das Weckpotential eines nachgeschleppten Überschallknalls. Ob es an der schieren Größe dessen lag, was an Verstehen in das Bewusstsein eines jeden von ihnen sickerte, am Schub des Unfassbaren, mit dem sie die Schallmauer des Möglichen durchbrochen hatten, oder schlicht an der Erschöpfung: Das Bild, das sich Jeanne Wallenberg bot, als sie jetzt im fast schwarzen Eck des wurmstichigen Türrahmens zur Wohnküche stand, war ein Stilleben. Als sie vorhin in scheinbar vollkommener Schwärze die Augen aufgeschlagen hatte, hatte erst Panik, dann Übermut nach ihr gegriffen. Sie war weg. Endlich weg. Nur noch nichts im Dunkeln. Es hatte nur kurz gedauert, das Ziehen im Rücken, das Zittern der Hülle, die immer noch die ihre war, das Atmen durch den offenen Mund gegen die Übelkeit – sie war noch da, auch wenn sie nicht wusste, wo das war. Der Blick hatte sich geschärft, die Schwärze an Kraft verloren. Sie war gleichzeitig mit und gegen das Zerren in sich aufgestanden und auf die kaum sichtbare Lichtquelle zugegangen. Um ein Eck herum, ein Schrank, eine Wand, sie wusste es nicht. Jetzt dieses Bild – das Stilleben: Eine Familie, hätte man meinen können. Vater, Brüder, Schwester.

Die Betrachtung lenkte sie ab, führte sie auf einen gnädigen Umweg auf dem Abstieg zum Schmerz des Entzugs. Da war Peter Keller. An ihn hängte sich ihr Blick jetzt – das einzig Bekannte, vage Vertraute an diesem Ort. Er lehnte an einem hellholzigen Möbelmonster, das den hinteren Teil des Raums vom erleuchteten Kreis rund um den Tisch abtrennte und das ein Franzose mit gutem Willen als „Comptoir“ bezeichnet hätte. Flaschen, Schalen, achtlos hingelegte Gegenstände waren zur Seite und in den Schatten der Natursteinwand geschoben worden, die freigewordene Fläche, wie scheinbar auch sonst jeder verfügbare Zentimeter im Raum, war mit Papieren belegt. Der Mann lehnte da. Reglos. Die einzige Bewegung jene der zitternden Schleife des Rauchfadens einer Zigarette, die bloß gehalten wurde. Filigrane sinnlose Silbersäule. Sie riss den Blick los, um sich nicht im sich Auflösenden zu verlieren, stierend zurückzufallen in die sich nach ihr ausstreckenden, aber kraftlos gewordenen Arme des Stoffs.

Eine Frau im Schatten stehend, die Hände um eine Tasse geschlungen. Jeannes Augen versenkten sich ins Dunkel daneben – es war eine Art Küche. „Küchennische“, sagte man wohl. Sie sah die mattsilberne Fläche einer Kühlschranktür, Gitter über einem Gasherd, einen Wasserhahn.

Ein Mann saß vor dem Kamin, die Füße einer erloschenen Wärme entgegenstreckend. Sie sah nur seinen Hinterkopf, die grauen kurz gestutzten Haare, ein Karopullover, ein Hemdkragen, braune Schnürschuhe. Altmännerschnürschuhe mit dicken Nähten, geriffeltem Leder, Ösen.

Daneben, auf einer der Stufen vor dem Kamin ein anderer Mann. Jünger, die Arme um die Knie gelegt, die Stirn auf die Arme gebettet. Grauer Rollkragenpullover, schwarze Hose, sie sah ein Salomon-Logo, Trecking-Boots, die Haare lang gewellt zu einem Pferdeschwanz gebunden.

Ihr Blick huschte weiter, schneller jetzt. Noch ein Mann. Mindestens so groß wie Peter Keller. Sie glichen sich nicht, und doch dachte sie, sie könnten Brüder sein. Er lehnte mit der Schulter auf der anderen Seite der Feuerstelle an dem riesenhaften Holzbalken, der rund um den Kamin verlief. Mindestens 40 Zentimeter dick. Graumeliert, ging ihr durch den Kopf. Der ganze Mann wirkte graumeliert. Und traurig. Und von einem anderen Hunger verzehrt als sie.

Sie riss den Blick los. Weiter, weiter, weiter – dann sah sie Bewegung. Tröstlich real. Ein Junge – fast einer wie jene, die ihr den Stoff brachten. Sie wollte lächeln, so froh war sie. Da saß dieser schlaksige Junge mit eckigen Schultern vor einer Reihe von Bildschirmen, ließ seine Finger über zwei Tastaturen tanzen, die Augen fliegen und sagte ihr, dass das hier keine Totenwache war. Auch kein Rausch.

Dann kam der Knall.

Eigentlich war es ein Poltern. Als wäre etwas mit großer Wucht nicht nur gegen die Tür neben dem Comptoir-Ding, sondern gegen das ganze Haus geschleudert worden.

Der Junge schreckte hoch, die Augen in dem mageren Gesicht aufgerissen, den Blick auf den am Kamin lehnenden Mann gerichtet. Entgegen kam seinem wortlosen Fragen der andere, der auf den Stufen saß, der jüngere: „Ich sage nur *Tiere*, Lorenz. Große Tiere.“

Die Frau mit der Tasse tat einen Schritt aus dem Schatten, ihr Blick fing die Worte ab, bevor sie treffen konnten:

„Hör schon auf, Nour. Und du, Lorenz, werd‘ endlich erwachsen. Das war ein Schneebrett oder ein Ast.“

Jetzt sah Jeanne Wallenberg sie erst richtig. Halb Amélie de Montmartre, halb Matronin. Sie strahlte etwas Farbiges aus, etwas Übermütiges, Leichtes, man sah sie hüpfen, summend Räume dekorieren, mit einem Fingerschnippen Welten erschaffen, die keiner außer ihr je betreten würde. Und gleichzeitig ging Ruhe von ihr aus, schwere Wärme, weil eine Schwester hier nicht genug war. Weil es eine Mutter brauchte. Immer eine Mutter.

„Aber das da" – Peter Keller stieß sich vom Tresen ab, als könne er besser hören, wenn er frei stünde – „ist kein Tier. Hört ihr das? Das ist solider V8-Motor."

Alle lauschten.

Das Geräusch entfernte sich.

„Da wird sich einer verfahren haben", kam es vom Graumelierten.

„Morgens um drei?" Das war wieder die Frau.

„Es ist Samstag, Sava. Wir sind hier auf dem Land. Da wird an den Wochenenden noch anständig getanzt und gesoffen. Und dann, nach der obligatorischen Schlägerei vor der Kneipe, in der Gegend rumgefahren und in den Autos an der nächsten Generation gearbeitet."

„Ich seh' nach, wenn's der allgemeinen Beruhigung dient", sagte der Graumelierte.

Er ging zur Tür, öffnete sie.

Brun vermochte nur Sekunden danach nicht zu sagen, ob die Worte: „Es ist Jez. Holt sie rein. Schnell", seinen Mund verlassen oder ob er einfach nur gebrüllt hatte.

Er hatte kein zweites Mal auf das zu sehen brauchen, was da zu seinen Füßen vor der Schwelle gelegen hatte, um zu wissen, dass sie es war.

Dann verschwand er im Dunkeln.

Die Frau, die er eben mit „Sava" angesprochen hatte, war als erste bei der Tür, ging in die Knie und hielt die anderen davon ab, näher zu kommen:

„Wartet. Lasst mich erst mal Puls und Atem checken."

Jeanne konnte nicht sehen, was die Frau machte.

„Gut. Sie lebt", hörte sie sie sagen. „Helft mir, sie reinzutragen. Aber vorsichtig." Als nächstes waren Schüsse zu hören. Etwas in Jeanne zählte. 19. Sie kamen aus der Richtung, in der die Straße lag. Dann wieder Stille.

Die Frau ließ nicht zu, dass lähmendes Horchen die Runde machte: „Macht schon, sie muss rein. Sie hat nicht ihre eigenen Klamotten an, und ihre Haare sind klatschnass. Sie ist offensichtlich gewaschen worden. Ihr wisst, was das heißt. Los – Beeilung. Wir müssen sie warm kriegen, sonst stirbt sie an Unterkühlung, bevor irgendein Arzt sie sich ansehen kann."

Gemeinsam traten sie ins Sichtfeld von Jeanne Wallenberg, die mit dem Türrahmen verwachsen zu sein schien. Der alte Mann sah ihr in die Augen, als er auf sie zukam, durch die Tür ging und gleich darauf mit Kissen und Decken zurückkam. Ob er sie gesehen hatte, wusste sie nicht.

Sie betteten den Körper vor dem Kamin auf ein provisorisches Lager. Jeanne konnte nur die Füße sehen. Sie waren nackt. Es waren die Füße einer Frau.

Wieder ein Knall. Diesmal war es die Tür, die gegen die Wand geschmettert wurde. In der Öffnung stand der Graumelierte. Er war ein anderer jetzt. Gefährlich, blutunterlaufen, scharfkantig und keuchend. Ein Mann, dem man das zu nehmen drohte, von dem er eben erst gemerkt hatte, dass es in seinem Leben war.

„Was ist mit ihr?", presste er hervor. Trat ein.

„Ich weiß es nicht, Carl. Sie ist bewusstlos. Atem und Puls sind aber in Ordnung."

Die Stimme war neu. Trotzdem schien sie Jeanne vertraut. Als hätte sie genau diese Stimme erwartet. Vielleicht hatte sie das: Sie passte zu dem Alten. Er war es, der jetzt auf den Mann in der Tür zutrat. Die anderen hielten sich im Hintergrund.

Jeanne sah Fäuste in Zeitlupe sich ballen. Dann stürmte der Mann an dem Alten vorbei in Richtung Kamin. Auf ihrer Höhe hielt er inne, als wäre er gegen eine Wand gelaufen. Sie hielt den Atem an, als er sich zu ihr umwandte. Die Augen gewaltsam in ihren Blick gebohrt. Das Gesicht die Darstellung von etwas, das kaum menschlich war. Abscheu, die den Wunsch vor sich hertrug, zu zerstören. Nichts übrig zu lassen.

Der Flüsterton, in dem er sprach, schien mitten hindurchreißen zu wollen:

„Was stehen Sie da rum? Ist Ihnen langweilig? Oder ist es bloß Zeit für einen neuen Schuss? Nur zu – Ihr Stoff liegt da drüben auf dem Tisch.“ Und dann: „Nein – kommen Sie. Kommen Sie schon her!“

Er hob einen Arm. Sie dachte, er würde sie im Genick oder an den Haaren packen. Die anderen offenbar auch – die Zeit hielt den Atem an. Doch er hob einfach nur den Arm, wie ein Mann, der einem anderen den Vortritt lässt.

„Kommen Sie“, sagte er noch einmal. Die Stimme ruhiger jetzt. Sie machte einen Schritt, stolperte. Sie hatte die Stufe, die die Räume voneinander trennte, nicht wahrgenommen. Der Mann fing sie auf und geleitete sie zum Kamin. Nur einmal noch, als sie sah, was er auch sah, fühlte sie kurz seine Hand sich um ihren Ellbogen krallen. Dann ließ er sie los, als müsse er sie vor sich selber beschützen. Sehr wahrscheinlich war es auch so. Er trat einen Schritt von ihr weg.

„Sehen Sie hin.“

Er hätte es nicht zu sagen brauchen. Sie konnte gar nicht anders, als hinzusehen. Herunter auf den Frauenkörper, der dort zu ihren Füßen lag. Eine Flut dunkler Haare, eine weiße Bluse, schwarze Hose. Bebend wollte sich ihr Blick an die Überreste von Unversehrtem klammern. Es gab sie nicht.

„Sehen Sie hin“, sagte der Mann wieder.

Sie sah hin und sah sich selber. Der hier sichtbare Schmerz, die Schädigungen, das Trauma. Real gewordener Alptraum. Was sie trennte, war das Bewusstsein, das der Mensch da am Boden gnädig hatte verlassen dürfen. Und die Scham. Sie war kein Opfer. Jeanne Wallenberg war kein Opfer. Etwas in ihr, vielleicht sie selber, richtete sich auf. Und mit einem Mal wusste sie, dass sie bereit war, hier zu sein. Hier zu bleiben. Das war ihre Chance.

Jetzt war sie es, die ihren Blick abwandte und in die Augen des Mannes bohrte, den der Alte Carl genannt hatte. Sie wusste wohl, dass sie einen jämmerlichen Eindruck machte, sie fühlte den Schweiß ihre Schläfen nässen, das Zittern ihre Stimme falsch bekleiden. Sie kannte es von Hunderten von Malen – tröstlich stärkender Feind inmitten des unbekannt sich Formierenden um sie her.

„Wer sind Sie und was wollen Sie von mir?"

Sie hatte den Eindruck, dem Mann gehe es nicht viel besser als ihr selber. Von einer Antwort auf ihre Frage konnte indes keine Rede sein. Vorerst jedenfalls nicht:

„Das da haben Sie mit zu verantworten", sagte er.

Sie hielt dem Blick stand. Schwieg. Wartete regungslos im Wissen, dass ebendies klug oder fatal sein konnte. Sie fror.

„Haben Sie genau hingesehen? Ich will wissen, wer das war. Ich will wissen, warum. Und ich rate Ihnen dringend, mir und meinen Leuten hier zu helfen."

„Bringen Sie mir eine Decke."

Ihr Gegenüber schien seinen Ohren nicht zu trauen: „Wie bitte?"

Der Alte trat näher an ihn heran. „Carl …"

„Wie bitte?" Er brüllte dasselbe Brüllen wie vorhin vor der Tür. Er trat von dem Alten und ihr weg, schien Schutz zu suchen auf der anderen Seite des Tischs.

Aber bevor er aus der Sicherheit der Distanz heraus erneut auf sie eindreschen konnte, reklamierte sie die straff gespannte Stille für sich:

„Sehen Sie mich an, Carl. Ich habe keine Ahnung, wer Sie und Ihre Leute sind. Sie allerdings scheinen sehr genau zu wissen, wer ich bin. Sehen Sie mich an. Ich bin ein verdammter Junkie. Und ich bin auf Entzug. Nein – ich beklage mich nicht. Aber wenn Sie wollen, dass ich Ihnen wie auch immer helfe, dann sorgen Sie jetzt dafür, dass ich eine Decke kriege, eine Tasse Kaffee und eine Scheiß-Kippe. Denn sonst – glauben Sie mir – bin ich für Sie vollkommen nutzlos."

Der Alte verschwand erneut in dem Raum nebenan und kam mit einer weiteren Decke zurück. Anstatt sie allerdings ihr zu reichen, drückte er sie dem anderen in die Hand, als wollte er sagen: „Dein Job, Carl."

Letzterer löste sich aus der Erstarrung. Sein Blick senkte sich auf die Decke, die er automatisch entgegengenommen hatte, hob sich wieder, fand aus dem Ratlosen heraus ins Jetzt zurück.

„Okay", sagte er. „Kommen Sie." Und als sie stehenblieb, wo sie war: „Nun kommen Sie schon – hier …"

Er legte ihr die Decke um die Schultern, wickelte sie regelrecht darin ein. Zerrte den Sessel, in dem vor Minuten- oder Jahresfrist noch der Alte gesessen hatte, zum Tisch und drückte sie hinein.

Die Frau stellte eine dampfende Tasse vor sie hin, einen Aschenbecher. „Carl …"

Ohne weiter instruiert werden zu müssen, klaubte der Angesprochene eine zerknautschte Schachtel Zigaretten hervor und legte sie mitsamt Feuerzeug neben das bereitstehende Arrangement.

Jeanne kam sich vor wie ein Exponat. Nicht eben schön – aber schockierend. Sie fühlte die Blicke aller im Raum auf sich ruhen.

„Ich werde das nicht selber können", sagte sie zu niemand bestimmtem. Und als keiner reagierte oder verstand, was sie meinte, löste sie eine ihrer Hände von der Decke, die sie auf Brusthöhe umklammert hielt, und griff nach der Schachtel. Was aussah, als wolle sie eine Kippe aus der Schachtel schütteln, war unkontrolliertes Beben.

Die Frau verstand als erste, trat zu ihr hin, nahm an ihrer Stelle eine Zigarette aus der Schachtel, zündete sie für sie an und steckte sie ihr zwischen die Lippen. Es wurde besser. Nicht gut, aber immerhin so, dass sie weitermachen konnte. Sie verstreute Asche auf dem Tisch, der Kaffee schwappte über, als sie die Tasse an die Lippen hob und wieder hinstellte. Sie zog die Hände erneut unter die Decke, klammerte sich daran, stemmte sich gegen die Übelkeit. Dann war es vorüber. Ein erstes Mal. Ungezählte weitere Schübe würden folgen. Sie musste die Lükken nutzen.

„Fangen wir an. Wer sind Sie und was wollen Sie von mir?"

Erstmals meldete sich jetzt der Junge. Sie hatte ihn hinter den Bildschirmen aus den Augen verloren.

„Carl – ich kann Jo Burger nicht erreichen. Was soll ich tun?"

Der Angesprochene schien nach kurzem Ringen zu einem Entschluss zu kommen: „Macht ihr hier Auslegeordnung mit Frau Wallenberg. Ich versuche, Ludwig zu erreichen. Jez muss hier weg und in ein Spital."

Sprach's, trat zur Tür, öffnete sie, ging nach draußen und verschwand.

„Warum geht er dafür raus? Ist doch bloß ein Telefonat." Der Mann, der vorhin auf der Stufe des Kamins gesessen hatte und jetzt die Stelle im Schatten der Küche füllte, blickte fragend in die Runde.

„Muss eine alte Bauernregel sein", beantwortete er sich die eigene Frage, als keiner darauf einging.

„Ludwig ist sein Vater. Vielleicht liegt es daran." Jeanne Wallenbergs Worte, leise gesprochen, ein neuerlicher Knall. Jetzt wurde sie nicht länger bloß betrachtet, sondern angestarrt.

***

Brun hielt das Bild von Jez vor sich wie ein Mahnmal, als fürchte er, es zu vergessen, wenn er erst begänne, die Nummer der Zentrale des Inselspitals in Bern zu wählen. Er hätte Lorenz bitten können, ihm die Nummer des Zimmeranschlusses von Ludwig zu besorgen. Eine Sache von ein paar Minuten. Er hatte es vorgezogen, diesen Weg zu wählen. Die Chance, dadurch Zeit zu gewinnen, dass eine Art von Normalität vorgetäuscht wurde, auch wenn es morgens um drei war, war größer.

„Inselspital Bern, guten Abend." Professionelle Begrüßung und Frage in einem.

„Guten Abend. Markus Krath hier. Bitte verbinden Sie mich mit Zimmer Nr. 14 der Privatabteilung."

„Es ist 14 Minuten nach drei nachts, Herr … ?"

„Krath."

„Herr Krath."

„Bitte versuchen Sie es. Es ist dringend. Sagen Sie ihm, sein Sohn sei am Apparat."

„Ich muss das zuerst mit dem diensthabenden Arzt abklären."

Und bevor Brun die Gelegenheit bekam, dagegenzuhalten, drang der Nachtsound eines lokalen Radiosenders an sein Ohr.

„Tonight – I wanna give it all to you …"

Er mochte Kiss. Nur jetzt gerade konnte er den solid-schrummenden Rock nicht ab. Überhaupt nicht. Er nahm den Anruf über Lautsprecher und ließ das Handy in die Jackentasche gleiten. Suchte die Zigarettenschachtel. Merkte, dass er sie drinnen vor Jeanne Wallenberg hingelegt hatte. Auch so ein Fluch-Moment. Er ging vorbei. Carl Brun wartete auf die Stimme seines Vaters. Vielleicht war es gut so. Genau richtig, dass ihr erstes Gespräch nichts mit ihnen beiden als Vater und Sohn zu tun hätte. Nicht an erster Stelle jedenfalls. Es wäre auch so schon genug. Die Stimmen, das, was sie enthalten würden, ohne dass man es sagte.

Brun wurde ruhig jetzt, nahm seine Umgebung wahr. Er war gegangen, ohne es zu merken. Als er sich umdrehte, war das Haus im Dunkel vor dem schwarzen Wald nicht zu sehen. Nur der Schein der Lampen von drinnen, der ein kleines und ein größeres Rechteck zeichnete. Er schien nicht die Kraft zu haben, bis nach draußen zu dringen. Kein Strahlenwurf, kein Schatten.

Er merkte, dass das Dudeln in seiner Jacke verstummt war. Etwas anderes war an sein Ohr gedrungen. Eine heiße Welle durchfuhr ihn, als er das Handy hervorzerrte:

„Hallo!?"

„Bist du es, Markus?"

„Sind Sie das, Ludwig?"

„Schön, von dir zu hören. Ich muss allerdings gestehen, dass mich die Uhrzeit ein wenig überrascht.“

Brun war versucht, hysterisch zu werden ob des senil anmutenden Konversationstons des anderen. Stattdessen zwang er sich, die einzige Möglichkeit in Betracht zu ziehen, die solches rechtfertigen würde:

„Können Sie reden?“

„Das ist ja das Problem, mein Lieber. Ich werde hier von Apparaten ebenso überwacht wie von Sicherheitsleuten, die nicht müde werden, zu betonen, sie seien zu meinem Besten hier. Aber was rede ich da – sprechen wir von dir, Markus. Wie geht es dir? Wo bist du?“

Brun atmete geräuschvoll aus. „Herrgott – Ludwig: Sie haben mir vielleicht einen Schrecken eingejagt. Ich dachte schon, die hätten Ihnen das Hirn komplett rausgeprügelt.“

„Soweit ist es noch nicht, mein Lieber. Also, sag‘ schon – wie geht es dir?“

„Ich übersetze das jetzt mal so, wie ich es verstehe: Sie wissen, dass ich Sie nicht anrufe, um mit Ihnen zu plaudern, sondern weil ich hier ein Problem habe. Sie werden jedoch weiter plaudern, als gäb‘s Neues vom Sohnemann, weil Sie, wie eben schon gesagt, von Sicherheitsleuten umstellt sind.“

„Richtig, mein Lieber, auf den Punkt genau.“ Ludwig schaffte es, zu lachen, als hätte Brun eben einen Witz erzählt.

„Okay“, fuhr dieser fort. „Hören Sie, Ludwig. Ich denke, Sie und ich haben eine ganze Menge an Problemen am Hals. Wirklich wichtig ist mir zur Zeit aber nur eines, und darum rufe ich Sie an: Ich brauche einen Arzt hier. Und nicht nur das: Ich brauche ein Spital auf Rädern. Eine meiner Mitarbeiterinnen ist offenbar denselben Leuten begegnet, mit denen auch Sie das Vergnügen hatten. Es würde mich nicht wundern, wenn sich herausstellte, dass es sich dabei außerdem auch um dieselben handelt, die Sie zur Zeit so gut umsorgen. Haben Sie schon mit einem von diesen Gorillas geredet? Ich wette: nein. Versuchen Sie‘s mal – die meisten von denen können nicht mal Deutsch. Und bevor Sie mich jetzt fragen, wie um Himmels willen Sie das anstellen sollen: Lassen Sie sich was einfallen, Ludwig. Sie sind die Regierung."

„Gut. Und was gibt's sonst Neues?"

„Sagen Sie mir, ob wir uns völlig verrennen, wenn wir davon ausgehen, dass Ihr Unfall etwas mit Nukleus zu tun hat."

„Aber nein – ganz und gar nicht", klang es an Bruns Ohr, als hätte er gefragt, ob es störe, wenn er später mit 50 Leuten auf einen Plausch vorbeikäme. „Genau dieselbe Idee hatte ich auch schon. Hervorragend, Markus. Wirklich hervorragend. 372 klingt perfekt. Das ist die Sektion mit der besten Sicht."

„Also doch. Alles klar. Wir sind an der Sache dran. Und noch was, Ludwig: Sobald klar war, dass Sie überleben würden, hat man etwas inszeniert, das Sie, sollte es publik werden, den Kopf kosten würde. Zumindest, was Amt und Würde betrifft. Ich weiß nicht, ob wir das noch aufhalten können."

Am anderen Ende blieb es still, und Brun zündete die Bombe.

„Das ist wirklich gründliche Arbeit", kam es von Ludwig. „Danke, dass du mich informiert hast. Bis später dann. Und, Markus?"

„Ja?"

„Lasst es krachen, okay? Auch wenn ich selber nicht dabei sein kann. Ich will's krachen hören. Meinen Segen habt ihr. Ich freue mich."

Brun ließ die Hand sacken. Die letzten Worte hatten geklungen, als würden sie sich nicht auf die Zukunft beziehen. Als rechnete Ludwig nicht damit, dass es sie gäbe. Zumindest nicht für ihn.

Eine Weile blieb Brun noch im Dunkeln stehen. Er war bis zur Straße gegangen und machte jetzt kehrt, um zum Haus zurückzugehen. Die Farce von eben am Telefon mochte genau das sein: eine Farce. Aber es war wie mit ihrem SMS-Code: Wenn sie zu bewirken vermochte, dass sie auch nur eine Stunde gewannen, dann hatte sie ihren Zweck erfüllt.

Fakt war, dass diese Leute längst wussten, wo er mit seinem Team sich befand. Sie hatten ihnen Jez schließlich frei Haus geliefert. Ob sie allerdings ihre Handys allesamt geknackt hatten, war nicht sicher. Es war ebensogut möglich, dass sie bloß wussten, wo *er* sich aufhielt, und dass sie Jez auf gut Glück hierhergebracht hatten. Sie würden es früh genug wissen. Und jede Chance auf einen kleinen Vorsprung war zumindest das: eine Chance.

Als er jetzt in den Lichtschein der Tür trat und diese öffnete, verstummten seine Leute, als hätte man einen Schalter umgelegt. Eben noch hatte er ihre Stimmen hinter dem trennenden Holz gehört. Jetzt war es still.

„Was gibt‘s? Hab‘ ich Vogelkacke im Gesicht, oder was?“

Lorenz, ohne auch nur die geringste Ahnung zu haben, von welcher persönlichen oder allgemeinen Tragweite die Tatsache möglicherweise war, brach das Schweigen: „Sie hat gesagt, Ludwig sei dein Vater. Ich glaube, sie sind alle ziemlich geschockt.“

Ohne Brun weiter anzusehen, ihn oder die anderen gar zu beachten, arbeitete er weiter. Bruns hochschnellender Blick traf jenen von Sava, verharrte, und dann platzte das Lachen aus ihnen heraus. Entlastung zerrte Erheiterung hinter sich her. Raus aus dem Dreck, in den Spannung und Unsicherheit von Stunden und Tagen sie reingeritten hatten. Alles in Sekundenschnelle. Trotzdem folgten Nouriel und Valentin. Vorsichtige Gemächlichkeit fast im Vergleich zum explosionsartigen Vorwärtsschub der beiden: kopfschüttelndes Grinsen zwischen zwei anderen Blicken. Dann waren sie alle raus aus dem Loch. Nur Lorenz blieb von der Aktion unberührt.

Jezreel stöhnte.

Brun schnellte herum. War bei ihr, ging in die Hocke.

„Jez! Jezreel?“

„Lass gut sein, Carl. Jez kommt so schnell nicht wieder.“ Sava war hinter ihn getreten. „Ihren Pupillen und der Einstichstelle nach zu schließen hat man ihr einen Medikamentencocktail verabreicht, der jeden in die Stratosphäre schicken würde. Lass sie fliegen. Für sie ist es alleweil besser so.“

Brun wandte sich der kleinen Menschengruppe wieder zu – sein Team. Sein Gesicht wieder ernst jetzt. Trotzdem hatte sich etwas gelöst. In ihm, im Raum.

„Also dann, Leute – nur damit das klar ist: Die Tatsache, dass Ludwig mein Vater ist, ändert nichts. Er ist der Finanzminister der Schweiz. Für uns ist er Teil der Regierung, für die wir arbeiten. Punkt. Alles klar? Eines hat sich allerdings grundlegend geändert: Das hier ist ab sofort eine offizielle Operation, und wir haben grünes Licht, alles zu unternehmen, was unserer Meinung nach nötig ist, um den Saustall auszumisten."

Und an Jeanne Wallenberg gewandt: „Woher wussten Sie es? Das mit Ludwig, meine ich. Woher?"

„Aithon", sagte Jeanne Wallenberg nur.

„Und wer ist Aithon? Mal abgesehen von den Söldner-Typen und dem Überwachungsapparat, der jedem Stasi-Mann das Herz höherschlagen lassen würde? Wer steht dahinter?"

Valentin sprach an ihrer Stelle: „Es ist Panetta, Carl. Es war die ganze Zeit Jacques Panetta."

„‚War' ist in diesem Zusammenhang offenbar der richtige Ausdruck", kam es von Lorenz. „Hört euch das an:

‚Mitglied des Sicherheitsausschusses begeht Selbstmord. Der 61-jährige Jacques Panetta hat sich Polizeiberichten zufolge in Basel das Leben genommen. Der dem der Regierung unterstellten Gremium Sicherheit angehörende Panetta stürzte sich am Samstagabend aus einem Parkhaus zwischen Basel-Stadt und dem Flughafengelände Basel-Mülhausen. Die Hintergründe sind bis zur Stunde noch nicht bekannt. Die Staatskanzlei bestätigt in einer Mitteilung lediglich den ‚tragischen Tod' des ranghohen Mitarbeiters.'"

„Jetzt mal langsam. Ihr scheint euch einen hübschen Informationsvorsprung geholt zu haben, während ich draußen war. *Was* war die ganze Zeit über Panetta? Ich kann mir kaum vorstellen, dass der etwas geplant und umgesetzt haben soll, was außerhalb des Gitterzauns eines Kasernenhofs stattgefunden hat. Von Nukleus ganz zu schweigen."

„Halb so wild, Carl.“ Erneut sprach Valentin. „Der Informationsvorsprung, meine ich. Wir haben uns gerade mal gegenseitig vorgestellt. Frau Wallenberg weiß jetzt, wer wir sind, was wir tun und was wir zu wissen vermuten. Außerdem haben wir sie darüber informiert, dass ihr ein freundlicher Gentleman reines Heroin frei Haus geliefert hat und sie womöglich nicht mehr unter uns weilen sollte.“

„Und?“, blaffte Brun in Jeannes Richtung. „Scheint Sie ja nicht gerade aus den Socken zu hauen. Muss ein gutes Gefühl sein, jederzeit über allem zu stehen.“

Jeanne Wallenberg erwiderte seinen Blick stumm.

Valentin rammte seine Worte zwischen die wortlos sich ineinander verkeilenden Blicke. Scharf: „Lass uns arbeiten, Carl.“

„Werden Sie denn mit uns zusammenarbeiten?“, fragte er sie, ohne Valentin zu beachten.

„Ja.“

„Ich glaube Ihnen nicht. Aber warten wir‘s ab und fangen wir damit an: Was ist Section 372?“

„Section 372 ist Sinn und Zweck und Ziel, von dem indes jeder denkt, es sei nur ein Notausgang.“

***

Jezreel sah ihre Gedanken, bevor sie sie verstand. Buchstabe reihte sich an Buchstabe, wurde Wort, ergab einen Sinn, den sie hätte erfassen sollen. Dann war es bereits wieder weg, das sichtbare Wort, viel zu schnell, ein neues im Entstehen begriffen, sie selbst dem Echo des Verschwundenen hinterherlauschend.

Dann verschwanden die Wortgedanken, Wahrnehmung trat an ihre Stelle. Als würde sie erwachen. Sie war sich sicher, jetzt wach zu sein. Sie stellte fest, dass sie lag. Auf der rechten Seite. Sie schloss es aus dem Sichtfeld, ihre Gliedmaßen fühlte sie nicht. Ihr Blick erfasste eine steinerne Stufe, etwas, das wie eine dunkle Scheibe aussah. Jedenfalls der untere Rand davon. Bleigefasst. Sie wollte den Blick weiterbewegen und merkte, dass es nicht ging. Wie festgenagelt konnte sie bloß diesen einen

Ausschnitt anstieren. Sie versuchte, die Augen zu schließen, um nicht in Panik zu geraten. Unmöglich.

Sie zwang sich, zu denken, dass sie das kannte. Es musste irgendein hochpotentes Neuroleptikum sein, das sie ihr in großzügiger Dosis zum Schluss verabreicht hatten. Sie kannte das. Man hatte ihnen während der Ausbildung alles gespritzt, was die Palette an Zugelassenem und Nicht-Zugelassenem hergab. Das hier gehörte mit zum Schlimmsten. Man durfte sich nicht auf die Symptome konzentrieren, nicht nach dem Herzschlag lauschen, der keiner mehr zu sein schien, nicht zu sehen versuchen oder zu schlucken oder sich gar zu bewegen. Man musste das einzige tun, das man tun konnte: Lauschen. Den Geräuschen von außen oder den eigenen Gedanken, die man spazierenführte. Den Schmerzen, die die eigenen und doch fremd waren. Denn sonst wäre Panik des Eingeschlossenen die einzige Option: Ein Sarg war im Gegensatz zu dem hier ein verdammter Freilaufstall. Fünf Zentimeter und ein bisschen Stoff wären Freiheit. Sie lauschte, hörte Stimmen.

Brun.

Das war gut. Brun war da. Immer wieder Brun. Weit draußen flog der Gedanke vorüber, das hier sei ein schöner Moment.

Hätte sie sich bewegen, umdrehen, in die Runde schauen können, hätte sie die Anstrengung auf Jeanne Wallenbergs Zügen gesehen. Sie war grau im Gesicht, schweißglänzend, frierend.

Derweil wütende Fassungslosigkeit in Bruns Stimme:

„Ein Lenkungsinstrument? Ist Ihnen jetzt das letzte Stück Boden unter den Füßen abhandengekommen? Eben haben Sie uns bestätigt, dass Nukleus nichts als eine sorgfältig geplante Enteignungsaktion der Bürger durch die eigenen Regierungen ist, oder anders gesagt: eine Vermögensvernichtungsmaschine. Dass sogenannte Rettungsgelder im großen Stil umgeleitet wurden und in den Fonds geflossen sind, dass dieses Monstrum sich des weiteren gebärden kann und wird wie ein völkerrechtlich organisiertes Staatsgebilde und dass niemand, weder Staat noch Privatperson noch Institution, irgendetwas dagegen unternehmen kann – und jetzt sagen Sie, es sei bloß ein Lenkungsinstrument?“

„Sie müssen anders denken, Brun.“

Jez kannte die Stimme nicht. Es war die einer Frau. Eine schöne Stimme, fand sie. Warmglänzend. Aber nicht ganz. Sie wirkte, als hätte man sie der wärmenden Hülle beraubt. Nackt.

Dann wieder Brun: „Und wie, bitte, soll ich Ihrer Meinung nach denken? So wie Sie und Ihre Spezis? Abgehoben, elitär, größenwahnsinnig?“

„Abgehoben wäre gut.“

„Wie bitte …?“

Jemand lachte. Fassungslos. Nouriel. Sie schienen alle da zu sein.

Wieder die entkleidete Frauenstimme. Bestimmt diesmal, leise, kühler jetzt: „Sie wollen, dass ich mit Ihnen rede, Ihnen helfe. Das versuche ich wirklich. Also hören Sie mir zu.“

Und ohne auf eine Entgegnung zu warten, fuhr sie fort: „Sie und Ihre Leute sind in einem starren Raum-Zeit-Gefüge verfangen, das nicht jener Realität entspricht, mit der Sie es hier zu tun haben. Um das zu verstehen ...“ – sie deutete mit dem Kinn auf die Unterlagen auf dem Tisch – „... müssen Sie sich außerhalb positionieren. Genau wie diese Leute, die Dinge wie Nukleus planen und umsetzen.“

„Dinge? Plural?“ Nouriels Nachfragen hörte sich an wie etwas, das nur schwer zu kontrollieren war.

„Ja – Dinge. Nukleus ist nur ein Lenkungsinstrument. Eines von vielen.“

„Das ist ja krank.“

„Aus Ihrer Sicht ja. Von außen betrachtet ist es das einzig Logische. Sehen Sie sich doch um. Meinen Sie etwa, es gehe um Sie oder mich oder Menschen als Individuen? Das mag im Innern des in sich geschlossenen Systems mit Namen Schweiz, Europa so erscheinen. Von außen betrachtet geht es nur um Massen und um deren Kontrolle – um eine bestimmte Anzahl von Menschen auf einem begrenzten Raum mit ebenso begrenzt zur Verfügung stehenden Ressourcen. Massen müssen kontrolliert und daher gelenkt werden. Nationalstaaten, Währungen, Eigentum, Werte, Traditionen und gewachsene Institutionen wie Ehe und Familie stehen dem entgegen. Sie bedeuten Umwege, Widerstand, Bremse. Oder anders gesagt: Freiheit. Wer Kontrolle will, muss erst die Freiheit minimieren. Werte, Traditionen, Familie, Karitas sind längst über Bord. Was bleibt, sind die Ware Geld und das Eigentum. Kontrolliere sie zu hundert Prozent, dann hast du auch die Kontrolle über die Mehrheit der Menschen. Nimm ihnen alles weg und gib ihnen gerade genug zum Überleben. Nukleus ist heute jenseits aller Nationalbank-Politik soweit, beides zu können."

„Und was steht gerade an? Nehmen oder geben?" Nouriels Stimme, eingehüllt in nur mühsam verhaltenes Lachen, troff vor Hohn, der indes nur fadenscheinig das Vibrieren der Furcht zu verbergen vermochte.

„Beides", antwortete die Frau mit der schier übermenschlichen Selbstbeherrschung und Beharrlichkeit, die jenen Junkies eigen ist, die den Kampf gegen das Gift regelmäßig und allein austragen. Ihre Stimme eindringlich jetzt. Es drang durch, man konnte die Konzentration im Raum hören. Und sich wiederholend: „Beides. Schaffe ein Instrument, dem die Leute vertrauen. Schaffe eine Situation, in der jeder alles verliert, und zeige den Leuten den einzigen Notausgang. Positioniere dich als Retter und Erlöser, indem du das Wunder vollbringst, Linderung zu schaffen. Stichwort: Bedingungsloses Grundeinkommen. Nukleus ist heute in der Lage, den Lauf dessen, was wir Alltag oder Normalität nennen, zu stoppen. ‚Konsolidierung' heißt es dann wohl. Europa muss näher zusammenrücken, wird allenthalben vorgebetet werden, wenn erst die Währungen, dann die Wirtschaft in den Crashmodus übergehen. Von Solidarität wird die Rede sein, von Sicherheit, Gerechtigkeit und Gleichheit. Bis es allerdings soweit ist, wird das weiter gefördert, was kurz vor der Blüte steht: Neid, Gegnerschaft, Spaltung – kurz: Schwächung, zwecks Umorganisation eines einst wirtschaftlich und kulturell pluralistischen Vielstaatengebildes in eine versklavte, abhängige, geschwächte Pufferzone. Nukleus ist nur eine Art Beschleuniger der Entwicklung, die schon Jahrzehnte dauert. Was Sie um sich her sehen und als isolierte und voneinander unabhängige Ereignisse wahrnehmen, sind nichts als flankierende Maßnahmen. Sehen Sie sich aus dieser Warte um. Sezessionsideen sind kein Tabu mehr und werden – wenn auch von den Menschen unbemerkt – mittels verschiedenster NGOs gefördert. Warum? Weil die Schwächung nationaler Staatengebilde erwünscht ist. Oder sehen Sie sich die Bemühungen der Regierungen um Aufspaltung der Gesellschaft in möglichst kleine Teile an. Minderheitenpolitik, wohin man blickt. Denken Sie, das sei Naivität, Dummheit oder ein Irrtum? Oder nehmen wir unser kleines Land hier, die Schweiz: Warum, denken Sie, bedient die Regierung scheinbar willenlos die abstrusen Forderungen ausländischer Regierungen nach Bekanntgabe von Konten eigener Bürger in der Schweiz? Etwa aus Angst vor irgendwelchen grauen oder schwarzen OECD-Listen? Nein – hier wird lediglich die Voraussetzung geschaffen, die es den EU-Gerichten ermöglichen wird, gleich lange Spieße für Aus- und Inländer zu fordern. Resultat: Zugriff auf die Konten sämtlicher Bürger. Der fremden und der eigenen. Sie müssen nur hinsehen, dann reiht sich eines ans andere. Wie ist es möglich, dass die bulgarische und europafreundliche Regierung sich gerade jetzt von einer unorganisierten Opposition stürzen lässt? Warum schickt Ungarn gerade jetzt durch eine sogenannt neue Ausrichtung der Nationalbank-Politik die eigene Währung in den freien Fall? Wie geht es zusammen, dass in der Ukraine eine scheinbar unaufhaltsame Freiheitsbewegung ein faschistisches Nationalisten-Regime an die Macht hievt, das gegen Bares und Waffen jeden Wert, die Freiheit eingeschlossen, seines Landes verkauft? Aus welchem Grund wird gerade jetzt bekannt, dass eine französische Großbank erneut zehn Milliarden sogenannte Hilfsgelder der Steuerzahler verbrannt hat ohne sichtbare Wirkung? Und zwar just in dem Moment, als der französische Nationalstolz sich gegen die Union richtete, die der französischen Regierung auf immer harschere Weise die Unfähigkeit zur Sanierung des eigenen Haushalts vorhält. Und siehe da: Die Regierung der Grande Nation fällt beim Volk in

Ungnade. Die Umfragewerte der europäischen Idee legen zu. Brüssel ist doch nicht so schlecht, wie alle sagen. Und warum, zu guter Letzt, glauben Sie, dass just in diesem Moment, heute oder morgen, ein Skandal seinen Lauf nehmen wird, wie wir ihn in diesem Umfang noch nicht erlebt haben? Warum wird plötzlich publik und medial zu einer volksempörenden Melange zusammengebraut, was in den Führungsetagen von Groß- und Nationalbanken seit Jahren bekannt ist? Dass nämlich der LIBOR-Zins manipuliert wird, dass Kartellabsprachen zur Beeinflussung von Billionen-Märkten gang und gäbe sind? Warum?“ Und ohne auf eine Antwort zu warten: „Weil Feindbilder die Spaltung beschleunigen. Die Bösen, die Sündenböcke, jene, die die Misere scheinbar verschuldet haben werden, werden am Ende die nationalen Regierungen sein. ‚Ihr habt sie gewählt‘, wird es aus Brüssel heißen. ‚Ihr habt falsch gewählt. Seht selbst. Wählt diesmal richtig.‘ Und die Leute werden es tun. Sie werden Schutz wählen und Kontrolle bekommen. Sicherheit wählen und Versklavung ernten. Sie werden Mindestsicherung fordern und Mangel erhalten. Bezahlen werden sie alles mit derselben Währung: ihrer Freiheit. Dass es da nicht schaden kann, flankierend die wirtschaftlich noch stärkste Nation der EU nach Möglichkeit mit Klagen zu überziehen, mit kulturfremden Immigranten zu fluten und via Target-Clearing-System in den Quasi-Bankrott zu treiben, versteht sich von selbst. Die anderen werden dann ganz von allein hinterherstürzen. Mitten hinein in ein vermeintlich messianisches gutes Reich – eine weitere rote Hölle.“

„Woher wissen Sie von dieser LIBOR-Sache?“, fragte Brun.

„Ich könnte jetzt antworten, die Gerüchteküche in unserer Branche sei zuverlässig. Die Sache sei schon gestern herumgereicht worden. Es wäre nur die halbe Wahrheit. Wie gesagt: Flankierende Maßnahmen – nichts geschieht zufällig.“

„Es stimmt“, kam es von Lorenz. „Ich habe da einen Artikel des englischen ‚The Observer‘. Scheint ein Monster-Scoop zu sein. Jedes halbwegs bekannte News-Portal hechelt hinterher.“

„Okay – wir haben es verstanden.“ Bruns Mühe, seine Stimme gelangweilt klingen zu lassen, war nicht zu überhören.

„Sie glauben mir nicht."

„Ich bin versucht, Sie zu bitten, wieder auf den Boden zu kommen. Das mit dem Abheben ist wohl doch keine so gute Idee."

„Gut – dann lassen Sie uns hier aufhören. Wir gehen alle nach Hause, waren alle nie da, setzen die Scheuklappen wieder auf und tun, was unsere Jobs sind. Sie den Ihren, ich den meinen."

Jezreel hörte einen Stuhl gewaltsam nach hinten geschoben werden, rennende Schritte, ein Würgen. Weitere Stuhlbeine wurden über den Boden gezerrt. Andere Schritte.

„Geht's?" Das war Savas Stimme.

Erneutes Würgen. Dann wieder die Stimme der Frau, gedämpft: „Keine Sorge. Das gibt sich schon wieder." Und gleich darauf, als hätte nicht die Frau, sondern die Stimme selbst sich aufgerichtet: „Und? Hat hier jemand Zeit, mich nach Hause zu fahren? Oder zum nächsten Bahnhof?"

„Setzen Sie sich", sagte Brun „Hier geht keiner nach Hause."

Jezreel stöhnte. Erleichterung flutete ihren Körper. Dann Schmerz. Als wären ihre Nervenstränge erwacht. Die Erleichterung war stärker. Sie waren noch nicht fertig hier. Die Frau hatte recht. Sie hatte in allem genau das gesagt, was Horn notiert hatte. Bloß die Worte waren anders: Nimm den Leuten Hab und Halt, halte sie am Leben, kontrolliere sie. „Brot und Spiele", hatte er in seiner krakeligen Jungenschrift geschrieben. Sie merkte, dass Bewegung um sie her wogte. Hörte ihren Namen, sah schemenhafte Gesichter im Spiegel des dunklen Scheibendreiecks, das ihr Sichtfeld halbierte.

„Jez! Jezreel!"

Das war Sava. Sie fühlte Hände auf ihrer Gesichtshaut. Schmerzen. Sie stöhnte erneut. Als sie um- und auf den Rükken gedreht wurde, schien die warme Welle wieder nahe. Dunkel und Trost versprechend erhob sie sich. Sie war bereit. Aber nichts geschah. Kälte und Schmerz hielten sie fest. Abtauchen unmöglich.

„Herrgott!“ – Bruns Stimme – „Wo bleibt der Arzt? Wie lange liegt sie jetzt schon da? Zwei Stunden, drei? Ich bringe sie jetzt …“

„Du tust gar nichts, Carl. Ich mache das.“ Eine Männerstimme, die sie nicht kannte.

„Aber nicht ins Inselspital. Nicht solange dort diese Aithon-Leute patrouillieren. Fahr‘ von hier aus Richtung Oberland, Thun. An dieser Strecke, kurz vor Thun, liegt ein kleines Spital. Dort bringst du sie hin.“

„Die Spezialklink für Geburtshilfe?“ Die Stimme des Mannes klang unverhohlen zweifelnd.

„Die haben Notfallmedizin, Innere und Chirurgie. Und sie sind gut. Frag nach Michael Austerau, wenn du dort bist. Ich seh‘ zu, dass er Bescheid weiß.“

Der Krampf, der ihren Blick in einem Tunnel gehalten hatte, ließ nach. Der Winkel weitete sich. Und jetzt wusste sie, wo sie war. Und sie wusste, dass sie nicht weg wollte hier. Nicht bevor sie mit Brun gesprochen hatte. Nicht bevor sie es ihm gesagt hätte. Sie versuchte, den Kopf zu drehen. Der Krampf war kaum auszuhalten, es fühlte sich an, als würden die Halswirbel nicht drehen, sondern einzeln brechen. Trotzdem schaffte sie es. Dann hielt sie inne, merkte, dass sie vor Anstrengung zu keuchen begonnen hatte. Jemand ging vor ihr in die Hocke. Brun. Gut. Jetzt musste sie es nur noch sagen. Dann konnten sie sie ihretwegen weiß Gott wohin verfrachten.

Ihr Mund schien überschwemmt zu sein. Sie versuchte, zu schlucken, der Schlund krampfte, kurz war Panik bei Fuß, dann löste es sich. Der Speichel floss ab. Irgendwie.

„Brun. Es …“

„Nicht sprechen, Jezreel. Gleich werden Sie versorgt. Piet hier bringt Sie jetzt ins Spital.“

Als er sie hochheben wollte, klammerte sie sich an das erstbeste, das ihre Finger zu fassen kriegten: Das gedrungene Holzbein von Bruns Kaminsessel. Es schien ihr unwirklich, dass sie vor so kurzer Zeit hier gesessen hatte, nachdem sie von Ungarn nach Hause gekommen und ihre Wohnung gefilzt vorgefunden hatte.

Die Bewegung und die Gegenbewegung von Bruns Hebe-Versuch ließen die Welle sich wieder aufrichten. Sie schwamm, was die Kräfte hergaben. Später, erst später durfte sie sich einholen lassen.

„Hören Sie …“ Der Druck ließ nach. Sie war verstanden worden.

„Es tut mir leid, Brun.“

Und bevor er irgendwas im Stil von „Sparen Sie sich das für die Zeit auf, wenn Sie wieder in der Lage sind, mit Abzahlen zu beginnen“ sagen konnte, fuhr sie fort:

„Ich weiß nicht, was ich gesagt habe, Brun. Ich weiß nicht, ob ich geredet habe dort. Ich weiß es nicht. Es tut mir leid.“

Dann war die Kraft zu Ende. Sie dachte, sie würde nie mehr etwas hören, von reden ganz zu schweigen. Etwas in ihr lächelte, als sie im Dunkel entgegen jedem Erwarten erneut Bruns Stimme hörte. Als wäre er selber das Dunkel und nicht bloß die Leere:

„Es ist gut, Jez. Sie haben das Richtige getan. *Mir* tut es leid.“

Dann wurde das Dunkel größer, weiter, fühlte sich an wie Hände auf ihrem Gesicht. Schwere. Der Schmerz war weg. Sie ließ sich treiben.

„Sie ist wieder bewusstlos jetzt“, bemerkte Piet. „Ihr Glück. Die Fahrt wäre sonst ein Höllentrip gewesen für sie.“ Er ging auf der anderen Seite des reglosen Körpers in die Hocke, fasste ihn unter und stemmte sich hoch. Sein Blick streifte Brun, und er bezwang den Drang, in der Bewegung innezuhalten. Er hatte das Gesicht des Freundes noch nie so gesehen, die Augen.

„Ich bin dann mal weg, Leute.“ Er sagte es lauter, als es nötig gewesen wäre. „Kann mir mal jemand mit der Tür und dem Auto helfen? Ich brauche die ganzen Decken und das Kissen.“

Bis auf Lorenz, den die Aktion rundherum nicht zu berühren schien, und Jeanne Wallenberg, die ihren Blick nachdenklich auf den Rücken des in der Hocke erstarrten Mannes beim Kamin gerichtet hielt, waren alle in Bewegung und verschwanden tragend und helfend im Dunkel vor dem Haus.

Die Kälte, die von der Tür her hereinmäanderte, schien Brun zu wecken, er kam aus der Hocke hoch und erschrak, als sein Blick mit jenem Jeanne Wallenbergs zusammenstieß. Er wich aus, ging hinter ihr durch und machte sich an irgendwas in der Küche zu schaffen. Etwas fiel zu Boden. Es schepperte. Ein Stich ging durch Jeannes Kopf. Alter Bekannter.

„Hören Sie, Brun. Sie können von mir halten, was Sie wollen. Das …"

„Wie großzügig", fiel er ihr ins Wort.

Sie ignorierte den Einwurf: „Hören Sie mir zu. Sauer können Sie dann später sein. Wenn Sie zusammen mit Ihren Leuten etwas bewegen wollen, Nukleus beziehungsweise dessen Übereignung an ein paar wenige verhindern, dann müssen Sie sich verschieben. Ob Ihnen das gefällt oder nicht. Wenn Sie sich darauf beschränken, im Innern zu toben, dann kommen Sie nie über die Bedeutung eines Störfaktors hinaus. Und was die Leute draußen mit solchen machen, das wissen wir beide, auch wenn wir nie etwas in der Hand haben werden, um es jemals zu beweisen. Panetta ist tot, Tom ebenfalls und Aithon wird, wenn ich es richtig einschätze, hier in der Schweiz nie eine Niederlassung oder gar Beziehungen zu Regierungsvertretern unterhalten haben. Wenn Sie also sich und Ihre Leute aus dem Risiko nehmen wollen, dann müssen Sie raus aus den Ihnen bekannten Bezugsgrößen. Sie müssen Ihr Denken ändern. Oder täuschen Sie es zumindest überzeugend vor."

„Und was schlagen Sie vor? Soll ich für mich und mein Team eine Bitte um Aufnahme in den Kreis derer bitten, die uns schizophrenerweise bezahlen und andere dafür löhnen, uns daran zu hindern, unseren Job zu machen für die Leute da draußen? Soll ich bei Leuten wie Ihnen, bei den Panettas und Brunner-Del Vecchios, den Niederbergers und den Szabos dieser Welt zu Kreuze kriechen, nur um meinen eigenen Arsch zu retten? Glauben Sie mir …"

Diesmal war es Jeanne Wallenberg, die ihn daran hinderte, weiterzusprechen. Sie lachte. Lachte aus vollem Hals.

Brun, verärgert und gleichzeitig erleichtert, sie, obwohl er sie nicht kannte und auch nicht besonders mochte, über den Berg des Entzugs zu sehen, konnte sich nicht gänzlich gegen das Grinsen wehren, das ihr lachendes Gesicht ihm abrang.

Dann war das Lachen weg. Schlagartig, als hätte er es sich nur eingebildet. Die Stimme, als kennte sie keine Heiterkeit:

„Ich weiß nicht viel, Brun. Aber wem ich zugedient habe, glauben Sie mir, das weiß ich. Und es waren nie die Brunner-Del Vecchios, die Panettas und ihresgleichen. Die verharren allesamt selber im Innern der Welt, von der sie glauben, sie hätten irgendeinen Einfluss auf sie, der größer sei als eine populistische Flatulenz. Nehmen Sie Niederberger: Er ist ein großzügig entlohntes Aushängeschild. Mehr nicht. Seine einzige Leistung: Er passt. Heute und an just dieser Stelle, an der er sitzt. Oder Brunner-Del Vecchio: Sie ist beseelt von der Idee des Marschs hin zu mehr Kollektivismus mit sich selbst an der Spitze. Mehr Staat – sprich: mehr Brunner-Del Vecchio –, weniger individuelle bürgerliche Freiheit. Also mehr Europa, was wiederum bedingt, dass intellektuelle Dauerebbe und zivilisatorische Blickverengung vorherrschen und gefördert werden. Dass sie ganz nebenbei für sich abschöpft, was man der Masse mittels zentralistischer Mehrbelastung abringt, das sieht sie zwar als angenehmen Nebeneffekt, würde aber nie zugeben, dass es ihren Schub nach vorn irgendwie beeinflusse. Wenn das bedingt, dass sie einem planwirtschaftlichen Zentralismus Vorschub leistet oder gar der Enteignung derer, die sie zu führen vorgibt, dann ist das in ihren Augen gerechtfertigt. Mehr noch: Sie entscheidet es bewusst und zum Besten der Leute, die sie indirekt in die Regierung gewählt haben. Dass sie selbst nur Instrument sein könnte, käme ihr nicht in den Sinn. Und Leute wie Panetta: Sie haben es selber gesagt, Brun. Alles, was außerhalb des NATO-Zauns ihrer intellektuellen Kapazitäten liegt – und der ist in der Regel recht hoch und nahe an den individuellen Grenzen gesetzt –, macht ihnen im Grunde angst. Sie wollen sich gut fühlen, mächtig, reich –

aber vor allem wollen sie in der verantwortungsfreien Sicherheit von Befehlen leben. Die Tatsache, dass sie selbst über ein paar bezahlte Söldner bestimmen können, gibt ihnen das Gefühl, am Drücker zu sein. Soll ich fortfahren?"

Es war keine Frage – sie fuhr ohne innezuhalten fort: „Fakt ist, dass diese Leute alle klein denken und planen und leben im Vergleich zu denen, die draußen sind, die verstanden haben, dass weder das Raumgefüge, in dem das alles stattfindet, noch die Zeit, während der es passiert, starre und feste Größen sind, sondern reale und veränderbare Materie, Knetmasse, die bearbeitet werden kann wie jedes beliebige Stück Holz, wie Währungen ... you name it. Die Instrumente, die dazu nötig sind, heißen Europa, USA, Präsidenten, Kanzler, Parlamente. Ja – genau so. Die Welt ist eine Toolbox. Da müssen Sie hin, Brun. Über den Umweg der Marionetten hier müssen Sie dorthin. Raus. Sie werden akzeptieren müssen, dass Sie den Lauf der Welt nicht ändern können. Dass Ihre Möglichkeit zur Umkehr sich auf ein Minimum beschränkt. Und vor allem: Verabschieden Sie sich von der Wahrheit. Oder von der Realität, wenn Sie so wollen. Jeder Versuch Ihrerseits, mit den vorliegenden Fakten an die Öffentlichkeit zu gehen, einen Entrüstungssturm auszulösen oder gar die Regierung zu kippen, würde sofort unterbunden werden. Man würde dafür sorgen, dass Sie erst ignoriert werden und dann versenkt."

„Und was, wenn Sie sich täuschen? Was, wenn mein starres Erleben der Realität genau das ist – die Realität? Wenn Ihre sogenannte Welt ‚draußen', dieses anonyme Machtmonster, in Wahrheit nichts anderes ist als der ganz normale Klüngel? Ein korruptes merkantilistisches Gebilde? Politische Überspannung Hand in Hand mit konzern- und finanzindustrieller Cliquenwirtschaft?"

„Das *ist* die Realität, Brun. Aber eben nur die eine. Jene der Brunner-Del Vecchios, der Panettas, der Niederbergers. Sie leistet der anderen Vorschub, die als gut und fürsorgend akzeptiert wird und mit großen Schritten in Richtung eines monströsen, repressiven und autoritären Wohlfahrts- und Überwachungsstaats stiefelt. Und ich spreche hier nicht von Staat im Sinn von Nationalstaat. Diese Idee wurde längst als nicht zielführend erkannt."

„Und wo bitte stehen Sie in alledem? Wo steht Oskar Ludwig? Ihr verstorbener Noch-Ehemann Tom Bernoulli?"

„Oskar Ludwig wurde unterschätzt, als man sich für ihn entschied."

„Wie meinen Sie das? Er ist vom Parlament gewählt worden …"

„Hören Sie auf, so blauäugig zu sein. Gerade Sie müssten das wissen. Parlamente sind formbar. Entscheide organisierbar. Ebenso wie Regierungsbildungen, Revolutionen oder kleine Revolten. Ludwig schien der Richtige zu sein. Einer für das Volk. Ein Kritischer, ein Gegner immer gigantischerer bürokratischer Kontrollapparate. Einer, der für Ruhe sorgen konnte – und Ruhe heißt in diesem Fall Zeit. Er ist unbestechlich und leider auch unempfänglich für Druck von oben, sprich: von außen. Aber vor allem: Er war von Nukleus überzeugt. Von dem Wert dieses Instruments zum Schutz der Freiheit des Einzelnen, aber auch zum Schutz souveräner Nationalstaaten durch Sicherung ihrer Devisenreserven. Zu seinem und unserem Leidwesen – ja, ich beschönige nichts, ich gehöre dazu – war er aber keiner der selektiv und durch alle Böden hindurch Glaubenden. Er hat sogar das hinterfragt, wovon er hundertprozentig überzeugt war. Er war drauf und dran, Nukleus zu verstehen. Das hat all das, was wir hier gerade erleben und erlebt haben, in Gang gesetzt."

„Er lebt", sagte Brun nur.

„Ich weiß. Und wenn ich Sie wäre, würde ich schleunigst dafür sorgen, dass diese Leute, die ihn ‚beschützen', durch andere ersetzt werden. In seinem Alter sind schwere Operationen ein großes Risiko. Komplikationen nicht selten. Und der Algorithmus läuft. Schritt für Schritt."

Ohne darauf einzugehen, beharrte Brun auf seiner Frage von zuvor: „Ich habe nach Tom Bernoulli gefragt, Frau Wallenberg. Nach Ihrer eigenen Rolle."

„Dasselbe", gab sie zur Antwort. „Nehmen Sie die Form und legen Sie sie darüber. Sie werden feststellen, dass sie passt.

Irgendwie. Draußen und drinnen. Nur, dass ich denke, dass es hier andersrum war: Draußen stört drinnen. Tom hat begriffen, wozu seine Forschung nicht nur genutzt werden *konnte*, sondern auch *sollte*. Er hat alles vernichtet. Daten, Kulturen und zuletzt sich selbst."

„Ich verstehe nicht."

„Offiziell hat er für die Syngenta gearbeitet. Inoffiziell für ein Labor, das nirgends existiert. Das Projekt läuft unter der Bezeichnung ‚Delta'. Erforschung erntevernichtender Organismen, Viren … Erinnern Sie sich an EHEC?"

„Das ist Irrsinn. Die können doch nicht …"

„Oh doch – sie können. Und sie werden, wenn die Zeit dafür reif ist. Aber sparen Sie sich die Mühe, irgendwas von alldem zu finden oder gar zu beweisen. Wie ich die Lage einschätze, ist da längst gründlich saubergemacht worden."

„Was ist mit der Finanzierung?", wandte Brun ein. „Sie müssten die Geldströme doch verfolgen können. Sie sind schließlich die finanzierende Bank, wenn ich es richtig verstehe."

„Falsch. Wir finanzieren gar nichts. Wir managen bloß Nukleus. Es ist eine Investition, wenn Sie so wollen. Das Geld fließt in ein Projekt unter der Schirmherrschaft von Syngenta in Kooperation mit drei renommierten europäischen Universitäten. Eine davon mit Sitz in der Schweiz. Offizielles Projektziel: Sicherstellung der Nahrungssouveränität der Staaten. Und glauben Sie mir: Sollten die Menschen hierzulande im Bereich der Lebensmittelversorgung aufgrund eines drastischen Produktionseinbruchs durch Pflanzenbefall oder ähnliches vor einem Engpass stehen oder gar vor der Aussicht auf Hunger, dann werden sie freiwillig weitere Milliarden in das Projekt pumpen wollen."

Und ohne auf eine Äußerung Bruns zu warten: „Was mich selber anbelangt: Sie haben recht. Ich bin eine von denen. Toms Tod hat etwas ausgelöst. Ich bin erwacht, wenn Sie so wollen. Scheinbar war das schon genug, um zur Gefahr zu werden."

Einen Moment lang war es still in der Küche. Dann wieder Brun:

„Es will mir nicht in den Kopf: Diese Drinnen-und-draußen-Geschichte? Warum sollte sie wahr sein? Warum sollte eine Handvoll Leute im obskuren Draußen das alles tun?"

„Weil sie es können?"

„Und warum gerade jetzt? Auch, weil sie es können?"

„Auch das ist ein Trugschluss: Was Sie als Jetzt wahrnehmen, ist bloß eine Momentaufnahme. Es läuft seit Jahrzehnten, Brun. Schritt für Schritt."

„Das ist doch Irrsinn."

„Mag sein. Sie allerdings sind heute in der Lage, diesen Irrsinn zu verzögern. Vielleicht sogar in der, den Leuten Ihres Landes noch eine Chance zu verschaffen, aufzuwachen."

„Mehr nicht? Was ist mit ‚aufhalten'? ‚Den Irrsinn stoppen'? Ein für alle Mal. Es kann doch nicht sein …"

„Sie hat recht", kam es in bekanntem Bariton von der Tür her. Bruns Kopf schnellte hoch. Jo Burger.

„Jo!" Jetzt erst sah er, dass auch der Rest der Truppe wieder drinnen in seiner Küche versammelt war, die Tür geschlossen.

„Wie lange steht ihr schon hier rum?"

„Lange genug, um den Brechreiz kaum unterdrücken zu können." Das war Nouriel.

„Gut." Brun sagte es nicht laut. Dachte es nicht einmal bewusst. Es war wortloses Wissen: Es war gut, dass sie wussten. Dass sie da waren. Er nicht allein. Die Ratlosigkeit war zu erdrückend für einen einzelnen. Er hätte sie möglicherweise nicht zu stemmen geschafft.

Fragend blickte er jetzt in Burgers Richtung. Er schien eben erst reingekommen zu sein. Schmelzende Wasserflocken glitzerten auf den Schulterpartien des schwarzen Mantels. Das Gesicht sprach indes nicht von Kälte und frischer Luft: Etwas in Bruns Brust verklumpte, als er in die vertrauten Züge des Freundes blickte, die jetzt müde wirkten. Mehr noch: Müdigkeit machte Gesichter nur hart, scharfkantig und rauh – das hier war anders. Die Härte war Tiefe, die Kanten im Grundlosen verschwimmend. Der Urgrund des Glaubens hatte sich als sandig erwiesen. Vielleicht – vielleicht war es auch etwas anderes. Der Anblick war jedenfalls kaum zu ertragen. Trotzdem: Schonzeit wäre eine Beleidigung dessen, was sie verband.

„Was schlägst du vor?"

„Schadensbegrenzung, Carl. Ludwig aus der Schusslinie holen. Und zwar sofort. Damit er seinen Job weitermachen kann. Er ist auf unserer Seite, Carl. Das ist für den Moment das Wichtigste. Er muss die Zeit, die ihm als gewählter und lebender Bundesrat bleibt, nutzen können. Und dann dieses *Ding*" – er spuckte das Wort regelrecht aus – „der Fonds – wir werden Ihre Hilfe noch etwas länger in Anspruch nehmen müssen."

Diese Worte, an Jeanne Wallenberg gerichtet, stellten keinen Blickkontakt her. Als würde er es nicht ertragen. Dies nicht, und auch nicht die Tatsache, auf sie angewiesen zu sein.

„Und was das Weitere anbelangt", fuhr er fort, „hit and run, Carl. Mehr ist nicht drin. Wenn wir es damit schaffen, die Schweiz aus der Sache rauszuholen, für einen Moment oder für immer, dann ist das mehr, als wir uns wünschen können."

„Hit and run? Wir sind nicht mehr da draußen, Jo. Das ist keine sauber planbare militärische Befreiungsaktion. Wir sind beim NDB, schon vergessen? Wie stellst du dir das vor?"

„Im übertragenen Sinn, Carl. Das ist die einzige Strategie, die sich uns anbietet. Das Gute daran: Sie – Brunner-Del Vecchio, Niederberger, dieser Kolko, Rossi, die ganze Bande – können es sich nicht leisten, mit unseren Hits, den zermürbenden und in regelmäßigen Abständen plazierten Angriffen, an die Öffentlichkeit zu gehen. Denn das würde heißen, ihre Haltung, ihre wahre Haltung des ‚Für-mich-reicht's-ja-noch-und-danach-bin-ich-weg' offenzulegen. Es würde sie innerhalb kürzester Frist alles kosten, was ihnen lieb ist. Also werden wir sie langsam dahin führen. Häppchenweise. Schritt für Schritt. Solange, bis sie ohne eigenes Zutun und nach jedem Vertuschungsversuch genau dort sind, wo sie nicht hinwollten."

„Und was ist mit den Runs in deiner Hit-and-run-Strategie? Wir wissen jetzt, was für Maßnahmen sie umzusetzen bereit sind. Siehe Ludwig. Und wer hier denkt, Panetta sei freiwillig oder zufällig über die Brüstung eines Parkhauses gestolpert, der soll die Hand heben. Die wissen doch längst, wer wir sind und welche Rückzugsmöglichkeiten wir haben."

„Umso wichtiger, dass ihr – du und deine Leute – vorsichtig seid."

Wieder schwenkte Burgers Blick kurz in Richtung Jeanne Wallenberg, ohne sie zu sehen, kam zurück, sah Brun in die Augen:

„Sie hat recht, wenn sie von Täuschung spricht. Du wirst zu Kreuze kriechen müssen. Zumindest bei Hiller. Dass jedermann glaubt, du hättest bei mir dasselbe getan, dafür werde ich schon sorgen. Und aus der vorgetäuschten Sicherheit der Haltung jener heraus, deren Hemd ihnen letzten Endes eben doch näher ist als der Rock, werdet ihr operieren. Ich sehe keine andere Möglichkeit. Und ich gestehe, dass mir auch diese nicht gefällt."

„Und was ist mit dir? Ich wiederhole mich: Ludwig, Panetta …"

Burger lächelte zum ersten Mal seit er hier war. Jedenfalls sah es danach aus:

„In meinem Alter, mein Lieber, ist es nicht länger so, dass das Risiko sich parallel zu den eingegangenen Wagnissen entwickelt – alles gleicht sich an. Aufstehen und in die Dusche zu steigen ist für unsereiner etwa gleich risikobehaftet wie jetzt da rauszugehen und eine Notfallsitzung der Regierung einzuberufen. Und dann auch hinzugehen. Es ist dasselbe, Carl. Mach dir also um mich keine Sorgen."

In diesem Moment schwang die Tür auf, ein Schwall kalte Luft schaffte es, sich neben der rahmenfüllenden Gestalt hindurch ins Zimmer zu drängen.

Bruns Stimme und Erkennen hinkten der Bewegung, mit der er auf die Beine kam und die Waffe zog, hinterher. Die Situation war von verzerrt gefrorener Komik: In der Tür ragte die vertraute Gestalt Piets auf, im Raum befanden sich sieben Personen, von denen drei eine Pistole auf ihn richteten. Dann war es vorbei. Bruns Ausatmen kam mit den Worten:

„Piet – wie sieht's aus? Was sagt Austerau?"

„Stumpfes Bauchtrauma. Er hat sie sofort ins CT geschickt. Ultraschall, das ganze Programm. Er vermutet innere Blutungen. Milz, möglichweise auch Leber und Niere angerissen. Prognosen hat er keine abgegeben. Ich weiß nicht, ob das gut ist. Du bist derjenige, der ihn kennt, Carl."

„Worum geht's?", fragte Burger, der sah, wie Brun es nur mit Mühe schaffte, sich mit den Händen, die eben noch ruhig die Waffe gehalten hatten, eine Zigarette anzuzünden.

„Macht ihr das", sagte Brun zu niemand bestimmtem, stopfte sich Zigarettenschachtel und Feuerzeug in die Tasche seiner Jeans und drängte sich an Piet vorbei. „Ich brauche frische Luft."

Auf der Schwelle hielt er inne, drehte sich um: „Oder besser noch: Machen Sie das, Jeanne. Sie sind ja mit diesen Leuten quasi auf Du und Du."

Dann war er weg. Die Blicke der anderen, die sich bei Bruns Bemerkung erst auf ihn, dann auf Jeanne Wallenberg gerichtet hatten, suchten andere Betrachtungsobjekte, an denen sie sich festmachen konnten. Als hätten Bruns Worte die Angesprochene derart entblößt und entstellt zur Schau gestellt, dass ein Weiter-Hinsehen dem Tritt in den Bauch eines am Boden Liegenden gleichgekommen wäre.

Jeanne Wallenberg ignorierte den Aussatz, die Läsionen und den Gestank ihrer Rolle in dem ganzen, die weniger mit Bruns Worten als durch den nicht länger verhohlenen Hass in seiner Stimme sichtbar geworden waren. Erstaunen lag in den zurückkehrenden Blicken der Leute, die sie erst seit ein paar Stunden kannte, als sie mit klarer Stimme zu sprechen begann:

„Brun hat recht. Ich kenne diese Leute. Und ich kenne den Fonds besser als sonst irgendwer. Und wenn ich hier einen Rat einbringen darf: Beides sollten Sie alle in der nächsten Zeit so gut kennenlernen, als wären es Teile von Ihnen selber. Alles andere ist Selbstmord."

Es war Valentins Stimme, die als erste aus der Hilflosigkeit erstaunter Lauterzeugung in die Form von Worten zurückfand:

„Okay. Unter Ihrem Kommando, Frau Wallenberg."

„Fangen wir an."

27.

Flugplatz Bern-Belp, Weihnachtsabend

Wind von Norden her. Gefühlte Temperatur irgendwo zwischen minus zehn und minus unendlich Grad Celsius. Schneeflocken, die scharfe Staubkörner ohne eine Richtung waren, auf die man sich hätte gefasst machen können, Eissand, der den Menschen Schicht für Schicht abschabte bis auf nackte Nerven. Nach einer Weile blendete einen alles trotz der Dunkelheit, schien zu kreischen und zu blinken.

Solche Zermürbung war gut, fand Brun. Bloß stehen, lautlosem Lärm und schneidender Helligkeit des Fühlens standhalten, bis nichts mehr von einem übrig wäre.

Die Landebahn des Flughafens war erleuchtet. Sogar die sich verjüngende Rollbahn schien, von wütenden Böen attakkiert, blasser zu werden. Noch war nicht sicher, ob Ludwigs Maschine würde landen können. Man kämpfte unablässig mit Vereisung. Möglich, dass der Tower sie im letzten Moment nach Zürich umleiten würde.

Es war nicht so wichtig. Er war da. Er wäre da gewesen.

Brun drehte sich um die eigene Achse und kam in Richtung des Abfertigungsgebäudes des Flugplatzes zu stehen. Ob einer vergeblichen Bemühung um Schutz nachgebend oder um einer minimalen Regelmäßigkeit im Prozess der Auflösung Vorschub zu leisten, hätte er nicht zu sagen vermocht. Das Empfinden blieb dasselbe: Reißen, zerren, schleifen von allen Seiten.

Wie jedes Mal, wenn er hier war, wunderte er sich über die Minimalmaße dessen, was täglich Zielhafen Hunderter Privat- und Staatsmaschinen darstellte. Das flachgeduckte Gebäude, in dem Check-in und Check-out, Pass- und Zollkontrolle, Gepäckabfertigung und Duty-Free-Shop untergebracht waren, erinnerte um diese Uhrzeit mehr denn je an eine im wüsten Nirgendwo aufgegebene Tankstelle. Nur aus dem Glasfenster einer Tür, deren Umrisse nicht zu sehen waren, drang, verschämt fast, der unsichere Strahl unwirtlich kalten Lichts.

Aus dem scheinbaren Nichts kommend rasten zwei Fahrzeuge auf die Landebahn. Auf den Dächern zusätzliche Scheinwerfer, um der landenden Maschine den Weg zu weisen. Die tastenden Strahlen erschienen Brun von mehr Leben erfüllt als die Menschen, die sie bedienten. Als gälten an diesem Ort zu dieser Stunde andere Gesetze.

Dann wurden die Lichter der Maschine sichtbar: Ruhig, beruhigend fast, trafen sie auf jene, die ihnen vom Grund entgegenschienen. Und plötzlich stellte Brun fest, dass er froh war, nicht mehr zu sehen als dieses fast poetisch wirkende Aufeinandertreffen von Strahlen. Die Vorstellung davon, wie der Pilot unter diesen Bedingungen mit der Maschine gegen die Abdrift und die Böen kämpfte, reichte ihm völlig. Er brauchte es nicht zu sehen.

Dann war es vorbei. Die Dachscheinwerfer eines Wagens tasteten den Rumpf des stehenden Regierungsflugzeugs ab und kamen auf dem abgerundeten Eck der Rumpföffnung zu stehen. Die Gangway wurde heruntergelassen. Brun blieb stehen im Wissen, dass er im Lichtkegel stehend und in scherenschnittartiger Schärfe die fast lachhafte deutliche Darstellung eines Wartenden bot. Groß, Hände in den Taschen vergraben, Beine schulterbreit auseinander, reglos.

In der Rumpföffnung erschienen zwei Gestalten. Brun atmete aus. Erleichtert. Fast hätte er es vergessen: Vom Zeitpunkt an, an dem Ludwig das Spital vor bald vier Wochen verlassen hatte, wurde er bei jedem Schritt von Nouriel und Piet begleitet. Sie waren im Team zu dem Entschluss gelangt, dass dies die einfachste und sicherste Lösung war, was ihm den einzigen Anruf seines Vaters eingebracht hatte. Nicht etwa, um sich zu bedanken. Wer das erwartet hätte, kannte Ludwig nicht. Brun fühlte das Grinsen in sich wie jedes Mal, wenn er an dieses Gespräch zurückdachte.

Unabhängig von ihrem jeweiligen Erleben und Verstehen in der Zwischenzeit, ohne ein weiteres Gespräch – die Kommunikation lief ausschließlich über Burger –, hatten sie beide auf ihrem Weg offenbar doch eine Richtung eingeschlagen, die sie an den Punkt gebracht hatte, ab dem das Du als einzig ungekünstelte Möglichkeit der Anrede verblieb:

„Schaff mir die Brautjungfern vom Hals, Carl."

„Gefallen sie dir nicht?"

„Ich meine es ernst. Das ist doch lächerlich."

„Da hast du allerdings recht."

„Also?"

„Ich werde es dir nicht ersparen. Nicht solange du der Finanzminister bist, der Herr und Frau Schweizer um Nukleus gebracht hat. Und vor allem: Nicht solange Brunner-Del Vecchio laut Umfragen die von den Leuten favorisierte Bundesrätin ist, während du als ihr Gegenpart fungierst. Du bist der meistgehasste Regierungsvertreter im Land. Und solange das so ist, wirst du die beiden an der Backe haben. Ich werde es dir nicht ersparen."

Brun war es vorgekommen, als höre er die Kraft, mit der am anderen Ende der Leitung Kiefermuskeln gegeneinander kämpften, dann ermüdeten, nachgaben. Schließlich:

„Das sind deine Leute, nicht wahr?"

Anstatt einer Antwort hatte Brun abgewartet, was kommen würde.

„Wenigstens das. Aber sag ihnen, sie sollen sich schleunigst abgewöhnen, mich glauben zu lassen, sie wären nicht da. Die können das nämlich, Carl. Und sie tun es dauernd. Dann trifft mich jedes Mal fast der Schlag, wenn einer von ihnen auftaucht. Und das meine ich buchstäblich, das mit dem Schlag. Ich vermute mal, das wäre nicht in deinem Sinn."

„Ich sehe, was ich machen kann."

„Danke."

Dann war aufgelegt worden am anderen Ende. Und jetzt stand er da und wartete, dass die drei schemenhaften Gestalten eine feste Form gewönnen und zu ihm gelangten. Er hatte nicht bemerkt, dass er sich ebenfalls in Bewegung gesetzt hatte, ihnen entgegenging. Ungeduld war nicht seine Art. Das

Warten war zur zweiten Natur geworden. Normal in ihrem Job.

Dann standen sie sich gegenüber. Nicht vier, bloß zwei. Carl Brun und Oskar Ludwig.

„Was tust du hier?“, fragte Ludwig.

„Dasselbe wie du: Im Schnee stehen.“

Ludwig deutete einen Blick über die Schulter an: „Siehst du? Sie tun es schon wieder.“

„Sie sind gut.“

„Ich bin versucht, dir recht zu geben. Ich gewöhne mich daran.“

Das Lächeln zeichnete die Stimme weich.

„Wo willst du hin?“, fragte Brun.

„Ins Büro.“

„Gut. Fahren wir.“

Brun duckte sich instinktiv, als er, Ludwig den Vortritt lassend, das betrat, was er als eine etwas groß geratene Baracke empfand. Sämtliche Schalter lagen verwaist im Halbschatten des Lichtkorridors, dem sie folgten.

Die Öffentlichkeit würde nie etwas von Flug Nummer 3754L, von dieser Reise Ludwigs, erfahren. Er war mit der Arbeit von Wochen, die Brun in Zusammenarbeit mit Jeanne Wallenberg und seinem Team geleistet hatte, nach Brüssel gereist. Der Vergleich mit einem Koffer voller Handgranaten würde der Sprengkraft der Informationen nicht gerecht. Selten war eine Erpressung so gut vorbereitet worden. Eine Erpressung, die die Schweiz aus dem Klammergriff und der Zerstörungsbahn von Nukleus befreit hatte. Die Drohung: Wir lösen den Fonds auf. Wollt ihr das nicht, dann stimmt ihr einer Übertragung auf die Europäische Union zu bei gleichzeitiger Freigabe der Schweizer Anteile, die in einen rein schweizerischen Fonds mit Namen „Nukleus“ überführt werden.

Auf der Liste jener Länder und Personen, die mit dem Geld ihrer Bürger und durch den Fonds auf das Scheitern der Idee eines Europas koexistierender souveräner Staaten gewettet und ein zentralistisches Monstrum mit dem Potential zur eigenen astronomischen Bereicherung und zur Lenkung der Massen herbeiwünschten, standen die Spitzen von IWF, EZB und EU, Staatschefs und -präsidenten mitsamt ihren Familien, sowie die Führungsriegen von Großkonzernen und -banken. Es war klar gewesen, dass auf die Erpressung der kleinen Alpennation eingegangen werden würde. Sich ihrer entledigen konnte man auch später noch. Die Zeit zwischen dem Jetzt und dem Später war alles, was Brun und seine Leute gewollt hatten. Und sie hatten es erreicht. Mehr noch: Rundum in Europa grassierte Bunkermentalität. Die Karten waren neu gemischt worden.

Noch während sich Ludwig in nicht eben freundschaftlich geführten Verhandlungen befunden hatte, waren laut verschiedenster Blogs im In- und Ausland in aller Stille und unter fast absoluter Verschwiegenheit Dinge in die Wege geleitet worden, die von Furcht sprachen. Furcht der Regierungs-Cliquen vor den eigenen Bürgern: Die französische Regierung hatte die vom Militär abgestellten Wachen des Élysée-Palasts entwaffnen lassen. Deutschland schickte seine Polizei ohne Munition ins Feuer, während ein vertraglich zugesichertes Kontingent einer militärischen Sondereinheit zur Bewachung der Brüsseler Behörden verlegt worden war. Die meisten anderen Länder der EU ließen ihre Parlamente mit sofortiger Wirkung nicht länger von den eigenen Leuten sichern, sondern zogen ihnen die bezahlbare Loyalität neutraler Sicherheitsfirmen vor. Ob den Leuten in der Schweiz auffiele, dass sich die laut Umfrage beliebteste Regierungsvertreterin des Landes, Carla Brunner-Del Vecchio, mit sofortiger Wirkung von einem Tross von Sicherheitsleuten umgeben würde wie ein diktatorischer Dritte-Welt-Despot, war ungewiss.

Währenddessen tobte an den Weltbörsen ein Sturm, wie nur das perfekte Zusammenspiel jahrelang kleingeredeter Risikofaktoren ihn auszulösen vermochte. Es war der perfekte Sturm. Und mittendrin war Nukleus und machte Geld mit jedem Prozentpunkt, den die internationalen Aktienindizes nachgaben. Der LIBOR-Skandal war mit maximaler Wucht eingeschlagen. Zusätzlichen Schub bekamen der Abwärtstrend der Finanzmärkte, der lauter werdende Ruf nach einer zentralen europäischen Politik zur Verhinderung der Ausweitung der sozioökonomischen Katastrophe und der Stimmen, die vor genau dem warnten, von täglich aus dem virtuellen Nichts auftauchenden Gerüchten, die entweder rasch wieder versickerten oder aber, was öfter der Fall war, durch die Hände recherchierender Blogger bis auf die Straße gelangten.

Allen diesen Rumors war indes zweierlei gemein: Erstens peitschten sie die europäische Einheitswährung von einem Tiefpunkt zum nächsten, und zweitens gelang es keinem nationalen Dienst, keiner Brüsseler Spezialeinheit und keinem Hacker, ihren Ursprung herauszufinden. Auch Anonymous – die selber gegen ein sich hartnäckig haltendes Gerücht kämpfte, wonach sich hinter der weltweit zur Marke avancierten Maske bloß geschicktes Marketing einer überbehördlichen Organisation verbarg – scheiterte an dem Versuch, die Quelle oder die Quellen ausfindig zu machen. Die Liste der so gestreuten Nachrichten wurde indes mit jedem Tag länger:

Kolportiert wurde auf diesem Weg, dass die öffentlich zugänglichen Informationen betreffend sogenannte Bankenrettungen durch die EZB nur der Spitze des Eisbergs entsprächen und dass in Wahrheit weitere ungenannte und nirgends kommunizierte Milliarden an Steuergeldern in scheinbar gesunde Finanzinstitute gepumpt worden seien. Von 888 Milliarden Dollar für die britische Barclays war die Rede, von 287 für die Schweizer UBS, von 354 Milliarden für die Deutsche Bank.

Ähnliches wurde von der anderen Seite des Teichs bekannt: Während dort der Präsident um eine Erhöhung der Schuldenobergrenze – was gleichzeitig einen Skandal und einen Witz darstellte beim aktuellen Verschuldungsstand – um eine Billion oder zwei feilschte, schaffte die private Federal Reserve Bank in der Rekordfrist von sechs Monaten satte 16 Billionen Dollar aus dem Nichts zugunsten heimischer und ausländischer Banken. Ein Schelm, wer da vermutete, die Einstellung der Ausweisung der effektiven Geldmenge M3 durch die Fed, die bereits 2005 beschlossen worden war, stehe in irgendeinem Zusammenhang damit.

Weiter wurde bekannt, dass eine Offshore-Tochtergesellschaft der US Trust Corp., eines der einflussreichsten Fonds für außerbörsliche Unternehmensbeteiligungen mit engen Verbindungen zu US- und EU-Regierungskreisen, aufgrund spektakulärer Fehlspekulationen im Edelmetallbereich in Schieflage geraten sei. Das Gerücht besagte, man sei im großen Stil Silber- und Gold-Short-Kontrakte eingegangen, um von einem Sinken der Basispreise zu profitieren. Wie normalerweise üblich bei solchen Kontrakten, wurde auch in diesem Fall nicht mit Auslieferung der Ware gerechnet. Der größte Gegenpart der Tochtergesellschaft bestand jedoch auf Auslieferung, was die politisch mächtige Beteiligungsgesellschaft in Liquiditätsprobleme stürzte, die das Potential hatten, Teile der europäischen und amerikanischen Finanz- und Politelite in den Abgrund zu reißen. Weiter wurde gemunkelt, es werde an einem transatlantischen Rettungspaket mit Steuergeldern für die hundert Prozent private Gesellschaft laboriert. Grund: Systemrelevanz.

Weitere Gerüchte aus der anonymen und scheinbar nimmer versiegenden Quelle befassten sich mit gesellschaftspolitischen Themen, die indes ihre Wirkung weder auf die Politik noch auf die Finanzmärkte verfehlten: Das internationale Kapital mied Orte, an denen politische Instabilität und Unruhen im Rahmen des Möglichen lagen. Und genau das konnte passieren, sollten sich die Gerüchte nicht nur als wahr, sondern vielmehr als Realität in den Köpfen und dem Leben der Bevölkerung erweisen, die zwar noch wegschaute und sich lieber im Virtuellen tummelte, wo alles schön war, wo man täglich Freunde gewann, denen man I-likes, Smileys und Herzen zusenden konnte, wo man konsequenzfrei protestieren und Farbe bekennen und wo man eine zentralbeheizte und ganzkörperepilierte Ignoranz pflegen konnte, die man sich selber und den Friends gegenüber als Toleranz oder gar Engagement vermarktete.

So wurden nicht bestätigte Berichte herumgereicht, wonach die steigenden Lebensmittelpreise, die just mit dem anhaltenden Ölpreisschock zusammenfielen, nicht zufällig und nicht ausschließlich der behördlich propagierten und geförderten Bio-Sprit-Produktion geschuldet wurden, sondern vielmehr einer langfristigen Strategie, wonach GOV-Saatgut in einem ersten Schritt entteufelt und danach als bedenkenlos einsetzbar beziehungsweise als notwendig angesehen werden sollte.

Diesem Gerücht war es zu verdanken, dass eine Meldung, die ansonsten wohl niemanden interessiert hätte, sich rasend schnell verbreitete und der betroffenen Firma einen Marktwertverlust von mehreren Milliarden Euro innerhalb zweier Börsentage bescherte: Der Mikrobiologe Paul Minkowski war gestorben. Selbstmord, hieß es. Minkowski war seit fast 40 Jahren für die Syngenta tätig gewesen, die ihrerseits sowohl die Schweizer als auch die EU-Regierung bei sämtlichen Ermittlungen zu und Forschungsprojekten im Bereich von Bio-Terrorismus beraten und unterstützt hatte. Gemäß den gestreuten Informationen war Minkowski nach all diesen Jahren selbst unter Verdacht geraten, und nun war er tot. Das Ableben der Spitzenkraft auf dem Fachgebiet der Bio-Kriegsführung und -Verteidigung blieb allerdings von zahlreichen Merkwürdigkeiten umgeben. Dies trotz der Tatsache, dass sämtliche großen Medien von erwiesener Schuld sprachen. So wurde schon nach ein paar Tagen bekannt, dass Minkowski von nicht näher genannten Personen kurz vor seinem Tod in eine Nervenheilanstalt eingewiesen worden war. Weiter, dass, obwohl ein Selbstmord vorlag, keine Autopsie der Leiche vorgenommen worden war. Worauf sich die Todesursache – eine Überdosierung einer Kombination verschiedener Schmerzmittel – begründete, blieb ebenso schleierhaft wie Minkowskis effektiver Arbeitsort. Das Labor, dem er während der Hälfte seines Lebens vorgestanden haben sollte, schien nicht zu existieren. Nur enorme Geldflüsse zugunsten eines Projekts mit Namen „Delta1“, die über eine Basler Privatbank im Netzwerk der Syngenta-Holding versickerten und deren Ursprung Anlass zu weiteren Spekulationen und Recherchen gab, konnten möglicherweise weitere Klarheit bringen. Vieles deutete indes bereits an diesem Punkt darauf hin, dass Mittel aus den Verteidigungsetats verschiedener Staaten, aber auch solche interessierter Investoren über ein Fondsvehikel geflossen waren. Dass es sich bei besagtem Vehikel möglicherweise über den als messianisch gepriesenen Nukleus-Fonds handelte und bei den Geldern um umgeleitete Rettungsgelder, die sich Finanz- und Regierungskreise in offizieller Funktion oder als Privatpersonen in großer Eintracht einverleibt hatten, wagte indes noch niemand richtig zu glauben. Zu schreiben schon gar nicht.

So ging es Tag für Tag, Stunde um Stunde weiter, Ruhe schien es nicht mehr zu geben: Es wurde bekannt, dass vom aktuellen EU-Etat von rund 130 Milliarden Euro rund sechs Milliarden versickert waren. Oder etwa, dass die neue EU-Betrugsbehörde OLAF, der sich auch die Schweizer Regierung unter der Leitung von Carla Brunner-Del Vecchio angeschlossen hatte, ein gemeinsam lanciertes Geheimdienstprojekt war, das die zusätzliche Isolation des nicht nur nackten, sondern gläsernen Individuums innerhalb eines Landes weiter vorantreiben sollte, indem man es zum Spitzeln und Ausspionieren nicht nur aufforderte, sondern es zusätzlich belohnte. Mit von der Partie waren von den europäischen Bahn- und Postgesellschaften über Krankenkassen, Versicherungen, Facebook und Google bis hin zu Kfz-Meldestellen und Großverteilern alle, die über so etwas wie einen relevanten Kundenstamm verfügten.

Ein in der Pipeline befindliches Gesetz sollte außerdem nicht nur die totalitäre Ausweitung der finanziellen Überwachung der Bürgerschaft – zum Beispiel mittels Bargeldverbot – vorantreiben, sondern gleichzeitig mittels phantasievollem Hakenschlag auch gleich noch die Medien an die Kandare nehmen: So könnte es in Zukunft möglich sein, dass, sollte ein Journalist „gegen die Werte der EU“ verstoßen, dieser belangt werden oder seinen Job verlieren konnte. Begründung: Terrorismusverhütung oder anderes Vergehen.

Der besagte Gesetzesentwurf, dem die Rechercheure zur Zeit auf der Spur waren, würde sämtliche Orwellschen Visionen zu einem müden Abklatsch der Wirklichkeit schrumpfen lassen. Sollte das schweigend aufgegleiste und still durch die EU-Instanzen geschleuste Gesetz ratifiziert werden, wonach zur Zeit alles aussah, dann würde das nichts anderes heißen, als dass auf dem alten Kontinent die freie Rede unter Strafe gestellt würde und den Behörden gestattet würde, jeden zu verhaften oder anderweitig zum Schweigen zu bringen, der sich innerstaatlichen Terrorismus oder „anderer Vergehen“ schuldig machte. Letztere – wortwörtlich so im Entwurf enthalten – verblieben, behördlicher Willkür Tür und Tor öffnend, in Orwellscher Verschwommenheit. Dass es indes nicht bloß ein Gerücht war, bestätigte der Name des Gesetzesentwurfs: „H.R. 2020“. Innerhalb kürzester Frist war bestätigt worden, dass ein solcher Gesetzesentwurf in verschiedenen internen Mails und Protokollen von Behörden in Brüssel und anderswo geführt wurde. Der erklärende Titel „Innerstaatliches Terrorismusverhütungsgesetz“ erübrigte außerdem Zweifel an der Existenz von etwas, das sich in erster Linie gegen die Bürger eines Landes richtete. Ein weiteres pikantes Detail des Entwurfs: Ziel der Behörden war es, jeden Bürger in urbanen Gebieten täglich im Schnitt 300 Mal mit einer Kamera festzuhalten. Die Schweiz war im Rahmen des Schengen-Dublin-Abkommens mit von der Partie. Allein in Zürich waren in einem ersten Schwung 3.000 Kameras installiert worden. Von Bern, Lausanne, Genf, Basel und anderen Städten lagen noch keine Zahlen vor. Auch das war allerdings nur eine Frage der Zeit.

Dass all diese Gerüchte, die aus dem Nirgendwo des globalen Virtuellen aufzutauchen schienen, von einer ehemaligen Fabrikhalle in der Nähe von Bern ausgingen, konnte nie bewiesen werden.

„Und?“, fragte Brun, nachdem er das Auto vom Flugplatzgelände gefahren hatte. „Wie ist es gelaufen?“

Eine Weile schwieg Ludwig. Dann: „Naja – ich würde sagen, es ist so gut gelaufen, wie so etwas eben gut laufen kann. Viel Neues habe ich denen ja nicht gesagt. Und sie mir auch nicht. Wir ziehen sämtliche Schweizer Gelder aus dem Fonds ab, indem wir einen fiktiven selbstverschuldeten Notstand geltend machen. Dank dem Fondsmanagement und dank dem zeitlich optimal lancierten LIBOR-Skandal hat sich die Investitionssumme fast verdoppelt. Und dank Jeanne Wallenberg lassen sie uns ziehen. Und das mit einem satten 30-prozentigen Edelmetallanteil. Und natürlich mit den zu erwartenden volkszornbefriedigenden Drohungen, die du morgen der Presse wirst entnehmen können: Einführung von Strafzöllen und Einfuhrbeschränkungen auf Schweizer Produkte, Handelshemmnisse, wohin das Auge sieht, Aufgabe von Kooperation im Sicherheits- und im institutionellen Bereich, Aufkündigung der Personenfreizügigkeit und schließlich die erneute Plazierung unseres Landes auf jedweden existenten grauen und schwarzen und roten Listen von Schurkenstaaten und Steuerparadiesen. Der morgige Tag wird ein Freudenfest, soviel ist klar."

„Und danach? Was kommt danach?"

„Wir haben viel in der Hand, Carl. Du und deine Leute, ihr habt hervorragende Arbeit geleistet. Wir werden jeden Hieb, und sei es nur ein verbaler Ausrutscher der Damen und Herren in der Nachbarschaft, kontern. Jeden. Und zwar nicht mit Ausrutschern, sondern mit belegbaren Fakten. Wir haben die Zahlen, wir haben die Namen, wir haben die Daten. Ich glaube nicht, dass wir oft davon Gebrauch machen müssen. Ein- oder zweimal wird reichen. Die Deutschen lancieren eine Hetzjagd gegen Schweizer Banken? Okay – wir liefern den dortigen Medien im Gegenzug jenen Teil der sogenannten Target2-Salden der Bundesbank, also jener Gelder, die angeblich an die EZB verliehen wurden, in Wahrheit aber bei Jeanne Wallenberg eingegangen sind. Und zwar nicht im Namen des Volkes, sondern im Namen der Kanzlerin und ihrer Lakaien. Frankreichs Sozialisten blasen ihrerseits zur Jagd auf die sogenannt ‚reichen Ausländer'? Oder überhaupt auf die Reichen? Gut: Ein Teil der Summe von 23 Milliarden an Rettungsgeldern, die in die französisch-belgische Bank Daxia geflossen sind, befindet sich eigenartigerweise in gesplitteter Form auf Privatkonten des Präsidenten und seiner Verwandtschaft. Wir mögen als Nation klein sein, Carl, aber unsere Spieße sind genau gleich lang. Und ich glaube, dass ich auf diese Weise das Beste für unser Land gemacht habe."

„Nur werden die Leute das nicht sehen. Nicht verstehen wollen. Sie werden dich hassen, und deine Kollegen und ihre Parteien werden alles dafür tun, irgendeinen Sonderzustand geltend zu machen und mit dem Wohlwollen und der Unterstützung des nahen und fernen Auslands eine vorgezogene Neuwahl zu organisieren. Und dann? Was ist dann? Mit Riesenschritten zurück in die Erpressbarkeit?"

„Ich weiß es nicht, Carl. Das einzige, was ich weiß, ist, dass es bis dahin einige Zeit dauern wird. Solches kann nicht von heute auf morgen auf die Beine gestellt werden. Und ich hoffe und vertraue darauf, dass den Schweizern auch dank der Gerüchteküche bis dahin wenn auch nicht alles klar, so doch einiges bewusst wird."

Brun hatte bei den letzten Worten unversehens aufs Gas gedrückt und fand sich bei Tempo 160 auf der Autobahn in Richtung Bern. Er ging auf die Bremse. Auch das zu rabiat, so dass Ludwig nach vorn gedrückt wurde.

„Das kannst du doch nicht ernst meinen! Herrgott! Wie stellst du dir das vor? Wie soll das gehen, wenn gleichzeitig eine wirtschaftliche Bereinigung ausgelöst wird, die den Leuten nichts gibt, sondern nur nimmt? Wie, wenn sich die Firmen erst der neuen Situation anpassen müssen, Investitionen in die Zukunft verlegen, abwarten, keine Leute einstellen? Ihr seid zwar jetzt eure Jobs los, dafür seid ihr frei? Ist es das, was du ihnen sagen willst, wenn's losgeht? Die Menschen sind darauf dressiert, alles und sofort zu kriegen. Zeit ist nur noch die Spanne zwischen Wollen und Haben. Wer heute sagt, es bräuchte zwei bis drei Jahre, ist so gut wie tot. Zumindest politisch."

„Soweit muss es nicht kommen. Ich glaube sogar fest daran, dass es nicht soweit kommt. Wir sind anders, Carl. Wir sind letzten Endes Bergler geblieben. Und was sich um uns herum zusammenbraut, wird den einen oder anderen umdenken lassen. Ein neuer Bericht des Bundesnachrichtendienstes BND ist da ziemlich klar: Man rechnet in den kommenden zehn Jahren mit bürgerkriegsähnlichen Zuständen in Europa. Nicht bloß Unruhen und Demonstrationen wie bisher. Krieg. Ich teile diese Auffassung. Die Leute werden sich gegenseitig zerfleischen und am Ende doch auf denselben Zug aufspringen. Schöne neue Welt. Aber was die Schweiz anbelangt, so kann es doch sein wie zu Nebukadnezars Zeiten. Nenn' es dümmliche Hoffnung, Illusion, was du willst – aber ich weigere mich, sie aufzugeben."

„Dem Namen nach kann das nicht gestern gewesen sein."

„600 vor Christus ungefähr. Allerdings: Wenn du mich fragst, dann hat sich nichts verändert seither. Nicht der Mensch jedenfalls."

„Also?", hakte Brun nach, als Ludwig verstummte. „Worauf willst du hinaus?"

„Nebukadnezar nannte sich selber ‚Herr der ganzen Welt'. Von den Völkern seines Reichs verlangte er dasselbe. Wer sich dem widersetzte und ihm nicht als Gottkönig huldigte, wurde niedergemacht. Der Mann, der diesen Job für ihn erledigte, war der Oberbefehlshaber über sein Heer: Holofernes. Die meisten Völker rundum ergaben sich widerstandslos, um Tod und Zerstörung durch die Übermacht zu entgehen. Einzig ein Volk war anders und rüstete sich zur Abwehr, indem es die Gebirgspässe schloss, in den Ebenen Straßensperren errichtete und jede Anhöhe zur Festung ausbaute. Nebukadnezar tobte, als ihm davon berichtet wurde. Was ist das für ein Volk, das dort oben im Bergland sitzt? Was für Städte bewohnt es? Wie groß ist sein Heer? Woher nimmt es seinen Mut, worin liegt seine besondere Stärke? Wer ist sein König, wer sein Heerführer? Wie kommt es, dass sie allein unter allen Völkern es nicht für nötig halten, sich mir zu unterwerfen? Und so weiter und so fort."

„Klingt romantisch", kam es von Brun. „Und? Was waren die Antworten?"

„Eigentlich nur eine: ihr Glaube. Der Glaube an ein oberstes Prinzip – in ihrem Fall Gott –, das ihnen einerseits verbot, sich anderen Göttern oder Götzen zu unterwerfen, und ihnen andererseits den Mut gab, scheinbar Unmögliches zu wagen."

„Und da willst du Parallelen sehen? Wo bitte ist denn der Gott der Leute? Oder wenigstens der Glaube? Meinst du, irgendwer da draußen hätte etwas, das über ein konsumierbares Instant-Wohlfühl-Ding hinausgeht und für das es sich irgendjemandem gegenüber sich querzustellen lohnte?"

„Du unterschätzt die Menschen, Carl. Du unterschätzt die Schweizer und ihr seit Jahrhunderten oberstes Prinzip – jenes der Freiheit. Es ist eine Naturgewalt."

„Und du überschätzt sie. Maßlos, wenn du mich fragst."

„Ich weiß es nicht."

„Und daran hältst du dich fest? An ‚ich weiß es nicht'?"

„Sieht so aus."

Sie waren vor der dunklen Fassade des Bundeshauses angelangt. Brun sah im Rückspiegel die glänzende Silhouette des Begleitwagens, in dem Nouriel und Piet saßen. Türen wurden geöffnet, die beiden stiegen aus, warteten. Zwei Schattengestalten. Anonym und Brun doch vertrauter als irgendjemand sonst. Er war froh, dass sie hier waren. Nicht Ludwigs wegen.

„Besser als gar nichts", sagte er dann als Erwiderung auf Ludwigs letzte Worte. „Wollen wir?"

„Wir?"

„Naja – du da rein mit deinen neuen Freunden" – er deutete mit dem Kinn auf den scheinbar ins Unendliche hochragenden Sandsteinkoloss – „und ich ..."

„Und du?", hakte Ludwig nach.

„Ich geh zu den Büffeln." Und auf Ludwigs irritierten Blick hin: „Eine Runde durch den Tierpark. Frische Luft. Auch eine Art Freiheit."

Ludwig streckte ihm die Hand hin. Brun hielt in der Bewegung inne, mit der er die Zigarettenschachtel aus der Tasche zu holen im Begriff gewesen war, ergriff sie, hielt sie kurz und machte dann auf dem Absatz kehrt.

Nouriel und Piet sahen ihm nach.

„Geht er immer noch zu den Büffeln?", fragte Piet. „Er hat das schon vor 20 Jahren getan."

„Immer noch“, bestätigte Nouriel.

Dann wandten auch sie sich ab und folgten Ludwig, dessen Gestalt gerade dabei war, im Schatten des Eingangsportals zu verschwinden.

LICHTSCHLAG
Reihe Literatur

Frank Jordan: Die Ministerin. Kein Fall für Carl Brun

Lichtschlag 30

Lichtschlag Buchverlag, Grevenbroich, lichtschlag-buchverlag.de

Paperback 12 x 19 cm, 404 Seiten

ISBN: 978-3-939562-43-6, 19,90 Euro
Ebook ISBN: 978-3-939562-44-3, 7,99 Euro

eigentüm

Eigentum

und Recht

und Freiheit

lich frei